KB050816

광마회귀
4

마귀
광회

狂魔回歸

4

유진성

문학수첩

목
차

◆ ······ 狂魔回歸

171.
여러분,
반갑습니다

나는 육합선생과 외원으로 나와서 벽검을 불렀다.

"벽검, 가자."

원숭이 턱걸이를 구경하고 있었던 벽검이 대답했다.

"예."

내가 일어나자마자 옷을 입고 뛰쳐나온 터라, 그제야 여기저기서 수하들이 몰려들었다. 수하들과 잡담을 나눌 기분이 아니어서 대충 손을 휘젓는 와중에 흑묘방의 입구에서 웃음소리가 들렸다.

"하하하…"

이렇게 눈치 없는 웃음도 있을까. 흑묘방이 고요해진 상태에서 전부 입구를 주시했다.

"…"

내가 웬만하면 방문한 사람을 꺼지라고 했을 테지만 함박웃음을 지은 채로 등장하는 이 사내를 쫓아낼 수는 없었다. 용두철방의 금철용 방주와 용개 부방주가 등장해서 나를 바라봤다.

"우리 왔네."

나는 얼굴이 검붉은 색으로 변한 금 아저씨와 부방주를 환영했다.

"금 아저씨, 부방주, 오셨소."

금철용이 씨익 웃으면서 흑묘방 내부를 둘러봤다.

"그새 사람도 많이 늘고 모르는 얼굴도 많아졌군."

금철용의 방문 이유는 모를 수가 없었다. 나는 마음을 가라앉힌 다음에 금 아저씨에게 말했다.

"진전이 있었나 봅니다."

금철용이 고개를 끄덕였다.

"이를 말인가."

금철용이 손을 내밀자, 용개 부방주가 왼손에 들고 있던 장검을 금철용에게 내밀었다. 금철용이 자신 있는 동작으로 검을 뽑으면서 말했다.

"자, 우리 문주님. 붙어볼까?"

나는 문득 흑묘아를 가지고 있지 않다는 것을 깨달았다. 허리춤에 있는 목검을 붙잡으면서 말했다.

"아쉽지만 일전에 겨뤘던 흑묘아는 모용 선생에게 줬습니다. 오늘은 어쩔 수 없이 이걸로 합니다."

나는 목검을 뽑아서 중단으로 내밀었다.

"치십시오."

금철용이 당황한 표정으로 내게 물었다.

"문주, 검이 너무 얇아졌는데?"

...

"그래요? 겉모습을 보고 얕잡아 보면 안 되겠지요. 이것을 부러뜨리면 부러지지 않는 신념이라는 것을 인정하겠습니다."

솔직히 어떻게 될 것인지는 나도 모르겠다. 이 목검은 무려 마교에서 총사 직위에 있었던 허 장로의 병장기였으니 말이다. 금철용이 자세를 취한 다음에 다시 한번 확인했다.

"그 검 부러져도 내 책임 없네."

"물론입니다."

나는 손목을 살짝 돌려서 검의 날을 세웠다. 금철용이 고개를 살짝 끄덕였다.

"간다."

이어서 금철용이 오른팔을 크게 휘둘러서 장검을 목검의 날에 내려쳤다. 경쾌한 소리가 울렸다.

챙!

숨 막히는 정적 속에서 금철용이 부러진 검을 물끄러미 바라봤다. 물론 내가 들고 있는 목검은 멀쩡한 상태.

"…"

금철용이 내게 물었다.

"문주, 혹시 내공을 썼나?"

나는 금철용의 안색이 너무 안 좋아 보여서 말없이 고개를 저었다. 갑자기 금철용이 무릎을 털썩 꿇더니 부러진 칼날을 만지면서 중얼거렸다.

"아니, 현철을 섞었는데…"

용개가 급히 금철용을 부축했다.

"형님, 일어나세요. 사나이가 무릎이 웬 말입니까."

나는 금철용을 위로했다.

"금 아저씨."

금철용이 처참한 표정으로 나를 바라봤다.

"…"

나는 목검을 집어넣으면서 말했다.

"제가 가진 검, 한때 천하제일살수가 사용하던 검입니다. 그렇게 실망할 필요가 없다는 뜻입니다."

"정말인가? 그 허름한 목검이?"

나는 고개를 끄덕인 다음에 차성태를 찾았다.

"성태야."

"예, 문주님."

나는 손짓으로 차성태를 부른 다음에 용개 부방주와 함께 다리에 힘이 풀린 금철용을 일으켰다.

"금 아저씨, 부방주, 모두 내 말을 잘 들으세요."

"예, 문주님."

"말씀하시게."

나는 차성태를 바라봤다.

"차 총관은 흑묘방을 포함한 하오문에서 병장기가 필요한 사람을 모조리 조사해라."

"알겠습니다."

나는 금철용의 어깨를 가볍게 붙잡으면서 말했다.

"금 아저씨."

"말하게."

"이제 용두철방에서 하오문도들이 사용할 병장기를 전부 만들어 주시오. 병장기의 가격은 중원 최고 철방 대우를 해줄 테니."

나는 금철용이 가져온 부러진 검을 면밀하게 살핀 다음에 말했다.

"이 정도면 그런 대우를 받아야지. 의뢰를 맡아주겠소?"

금철용은 당황한 터라 제대로 대답을 못 했다.

"그게…"

나는 용개 부방주를 바라봤다.

"부방주, 내 말 알겠소?"

용개 부방주가 고개를 끄덕였다.

"당연히 만들어 드려야지. 우리도 실력이 많이 늘었네. 예전과는 비교할 수 없을 거야."

나는 고개를 끄덕이다가 흑묘방의 수하들을 둘러봤다.

"금 아저씨, 여기 전부 하오문도들이오. 용두철방의 병장기로 조금이라도 더 강해지게 만들어 주시오. 그 병장기가 위태로운 우리들 목숨 한 번씩 살릴 수 있게."

금철용이 흑묘방에 있는 내 수하들을 바라봤다.

"당연히 잘 만들어 드려야지."

나는 금철용과 눈을 마주쳤다.

"부러지지 않는 신념을 내 수하들에게 한 자루씩 만들어 주겠다는 일념으로."

금철용이 부담감을 느끼는 표정으로 고개를 끄덕였다. 나는 차성태에게 고갯짓을 했다.

"나는 일이 바쁘니 차 총관이 차라도 대접해라."

"알겠습니다."

나는 먼저 금 아저씨에게 작별을 고했다.

"저는 누구 좀 패러 갑니다. 차 한 잔 드시고 가십시오. 병장기 얘기도 차 총관과 하시고."

나는 그제야 옆에서 구경하고 있는 육합선생과 벽검에게 말했다.

"가자."

뒤에서 수하들의 작별 인사가 쏟아졌으나 나는 딱히 대꾸할 마음이 없었다.

* * *

나는 기어코 모자를 파는 잡화 상점을 찾아내서 방립을 골랐다. 육합선생이 당황한 어조로 물었다.

"대체 뭐 하는 건가?"

"육갑선생, 벽검과 움직이려면 방립이 필수다. 하나 골라."

육합선생이 한숨을 내쉬었다.

"뭔 개소린지 참."

나는 결국 방립 세 개를 사서 계산을 한 다음에 잡화점을 빠져나왔다. 나는 방립을 쓰고, 목검을 왼손에 쥔 채로 벽검과 육합선생을 바라봤다.

"보이냐? 방립에 목검이라니 절대고수가 따로 없다."

"···"

나는 한숨이 절로 나왔다. 벽검과 육합선생은 농담도 할 줄 모르는 새끼들이기 때문이다. 그저 나를 한심하게 바라보는 게 전부였다. 벽검이 방립을 슬쩍 올리더니 살벌하기 짝이 없는 눈빛으로 물었다.

"우향곡은 전부 죽이실 겁니까?"

"뭘 자꾸 다 죽여 미친 새끼야! 그만 좀 다 죽여. 일단 대화를 해봐야지. 말이 안 통하면 그때 생각해. 제발 좀 이야기를 한 다음에 죽일지 말지 결정해라. 벽검아."

"알겠습니다. 왜 화를 내세요."

육합선생이 똑같은 질문을 했다.

"다 죽이러 가는 거 아니었나?"

"..."

"이봐, 육갑. 마교의 삼공자, 그 삼공자의 외가 세력을 칠 것이다. 그놈들이 강호 고수들에게 독을 먹여서 노예로 부리고 있다."

육합성생이 뒤끝 있는 어조로 물었다.

"아, 나처럼?"

"어, 그래. 너처럼. 병신처럼. 하여간 우향곡주도 벽검처럼 강제로 독을 먹어서 노예가 된 놈이다. 그곳에 가서 해독제를 나눠주는 간부인 백면공자를 잡을 거야. 그놈이 삼공자의 외가 측 고수일 것이다. 할 일을 대충 알겠지?"

육합선생이 벽검에게 물었다.

"우향곡은 어디인가?"

"따라오시오."

벽검이 빠르게 걸으면서 말했다.

"이제 보니, 방립을 쓴 것도 그런 전략이었군요."

나는 벽검이 조금 멍청한 놈이라고 생각하면서 짤막하게 대답했다.

"그래."

나는 멍청한 놈과 못생긴 놈을 데리고 우향곡으로 향했다. 정말 재미가 하나도 없는 여정이었다. 우향곡에 도착하기도 전에 동행하는 두 사람을 먼저 패고 싶었으나 어쨌든 지금은 내 편이었기 때문에 그럴 수는 없었다. 빠른 걸음으로 걷던 벽검이 제안하듯이 말했다.

"달려도 되겠습니까?"

"마음대로 해라. 어차피 내가 더 빨라."

벽검이 육합선생에게 물었다.

"그쪽은 괜찮겠소?"

육합선생이 고개를 끄덕였다.

"너보다 빠르니 마음대로 해라."

벽검이 코웃음을 치더니 경공을 펼치면서 달리기 시작했다. 육합선생도 코웃음을 치면서 벽검을 따라갔다. 나는 한숨을 내쉬다가 두 사람을 쫓아갔다.

'허접한 새끼들.'

나는 이틀이나 잠을 보충한 터라 기력이 가득 찬 상태. 그전에는 운기조식에 매달렸기 때문에 어느 정도 월영무정공의 수준도 깊어진 상태였다. 일단은 월영무정공에 집중해서 내가 생각하는 금구소요공 투계의 경지까지 끌어올릴 생각이었다. 그래야 음과 양의 조화가 어느 정도 맞을 터였다.

* * *

　우향곡이 있는 평중산에 도착한 다음부터는 도보로 산을 올랐다. 경공 때문에 뜨거워졌던 신체의 열기도 계곡까지 내려오는 바람 때문에 금세 가라앉았다.

　"우향곡주는 어떤 사람이냐?"

　내 질문에 벽검이 대답했다.

　"무공도 강하고 자존심도 대단한데… 그것 때문에 곤란한 처지에 빠졌죠."

　"왜?"

　"백면공자가 딱히 강압적으로 대한 것도 아닙니다. 백면공자와 비무도박을 벌였다가 패배해서 백면공자가 시키는 대로 약을 먹게 됐습니다. 그래도 백면공자가 일을 시킬 때마다 가장 크게 반발하는 사람입니다. 뭐랄까… 강단이 좀 있지요. 문주님과 말이 아주 잘 통하거나 아니면 아예 안 통할 겁니다."

　"당연히 처음에는 네가 응대해라. 성격 좀 지켜보다가 내가 주둥아리를 열 테니."

　"알겠습니다. 백면공자가 이미 와있으면 어떻게 합니까?"

　"강하냐?"

　"적수가 있을까 싶습니다."

　나는 육합선생을 바라봤다.

　"들었지? 네 상대다."

　육합선생이 고개를 끄덕였다.

"다 같이 패배해서 우리도 독이나 먹으면서 마교의 주구 노릇을 하는 것도 웃기겠군."

"안 웃겨."

우향곡에 도착했는지 거칠었던 주변 환경이 사람이 관리하는 정원과 꽃길로 뒤바뀌어 있었다. 좁은 길을 걷던 벽검이 말했다.

"주변으로 빠지지 마세요. 독초도 있고. 찔리면 골로 가는 가시도 있는 모양입니다."

좁은 꽃길을 지나자 우향곡의 무인들이 등장해서 벽검을 알아봤다.

"오셨습니까?"

벽검이 대답했다.

"곡주님은?"

"안에 계시는데 손님들도 계십니다."

"손님?"

우향곡의 무인이 나와 육합선생을 바라보면서 말했다.

"새로 얻은 수하들입니까?"

벽검이 고개를 끄덕였다.

"그래."

벽검이 바쁜 사람처럼 걸어서 정원을 지나, 야외에 마련되어 있는 원형 탁자로 향했다. 탁자에는 세 사람이 대화를 나누고 있다가 우리를 바라봤다. 우향곡주로 추청되는 사내가 벽검에게 말했다.

"벽검, 무슨 일인가?"

벽검이 머뭇거리자, 우향곡주가 손가락을 들어서 벽검을 가리켰다.

"멈추게. 뒤에 따라오던 놈들도 멈춰라."

나는 그제야 방립을 살짝 올려서 우향곡주를 확인하고 그와 함께 앉아있는 중년의 남녀를 살폈다. 그중 중년 여인의 안색이 급격하게 돌변하더니 조용히 자리에서 일어났다. 눈치가 빨라 보이는 우향곡주가 중년 여인의 표정을 확인하더니 고개를 돌려서 나를 주시했다.

"누구신가? 벽검의 수하가 아닌 거 같은데."

나는 벽검을 밀어내서 옆으로 보낸 다음에 천천히 원형 탁자로 다가갔다. 확실히 우향곡주의 우측에 앉아있는 중년 사내는 모르는 인간이었으나 중년 여인은 눈에 익었다. 다만 확신할 수가 없을 뿐이었다. 내가 가까이 다가가자, 중년 여인이 눈에 띌 정도로 겁먹은 표정으로 내게 포권을 취했다.

"문주님, 그간 안녕하셨습니까."

나는 그제야 웃음이 나왔다.

"아, 누군가 했더니…"

중년 여인이 억지로 웃으면서 대답했다.

"잘 지내셨지요?"

나는 고개를 끄덕이면서 대답했다.

"철섬부인이었군."

"예."

나는 그제야 중년 사내의 정체를 깨달았다.

"이쪽은 그럼 유화곡주셨군."

이제 보니, 유화곡과 우향곡은 동네 이웃사촌처럼 지내는 모양이었다. 유화곡주는 당장 내 정체를 알아차리지 못했는지 철섬부인에게 물었다.

"부인, 누구시오?"

나는 유화곡주를 바라보면서 품에서 섬광비수를 꺼냈다.

"이것을 알아보시겠소?"

유화곡주의 눈이 휘둥그레하게 커졌다.

"섬광비수?"

나는 자연스럽게 합류해서 빈 의자에 털썩 앉은 다음에 탁자에 섬광비수를 박아 넣었다.

"다들 반갑소."

나는 반가운 마음에 활짝 웃으면서 박수를 보냈다. 고개를 돌려서 벽검과 육합선생에게 말했다.

"둘은 잠시 대기해."

"예."

"알겠네."

나는 여태 서있는 철섬부인에게 손을 내밀었다.

"부인, 앉으시오. 편히 앉으시오. 왜 서있어? 강호가 넓으면서도 좁군. 여기서 철섬부인을 보게 될 줄이야."

"아, 예. 저도 정말 몰랐습니다."

철섬부인이 다시 앉으면서 밑으로 손을 뻗더니 유화곡주의 무릎을 눌렀다. 자제하라는 동작 같은데 동작이 훤히 보였다. 어리둥절한 이곳의 주인, 우향곡주가 철섬부인에게 물었다.

"누구시오?"

철섬부인이 공손한 어조로 대답했다.

"아, 이쪽은 하오문주십니다."

우향곡주는 그간 들었던 게 있었던 모양인지 고개를 홱 돌려서 나를 주시했다. 나는 우향곡주와 눈을 마주치면서 별다른 생각을 거치지 않은 채로 주둥아리를 열었다.

"그것이 나다. 반갑소."

반말과 반말이 아닌 말이 이어졌으나 딱히 신경 쓰지 않았다. 중요한 것은 말의 어조가 아니라, 반갑다는 마음의 감정이기 때문이다. 나는 탁자에 꽂은 섬광비수를 바라보면서 중얼거렸다.

"내가 그다지 반갑지 않은 모양이로군."

철섬부인이 바로 대답했다.

"반갑습니다. 문주님."

유화곡주도 침착한 어조로 내게 말했다.

"반갑습니다. 부인에게 말씀 여러 차례 들었습니다."

나는 우향곡주를 바라봤다. 우향곡주가 덤덤한 어조로 내게 말했다.

"하오문주, 반갑소."

이렇게 가는 곳마다 환대를 받는 사내, 그것이 나다.

172.
뒤틀린
내 마음처럼

우향곡주의 나이는 삼십 대 중반. 철섬부인과 유화곡주도 비슷한 나이여서 세 사람은 위아래의 관계가 아니라 동년배의 친구들처럼 보였다. 유화곡주의 인상에서는 신중함이 엿보이고, 우향곡주의 인상에서는 고집과 자존심이 가장 크게 두드러진다는 것을 느꼈다. 마찬가지로 나를 살피던 우향곡주가 물었다.

"문주께서는 무슨 일로 방문하셨소."

나는 이 질문이 이상하게 느껴져서 잠시 생각해 봤다. 춘몽객잔에서 내가 중간 관리자 놈을 때려죽인 일을 아직 우향곡주가 모르는 모양이다. 그렇다는 것은 엽야홍이 백면공자에게 보고하는 시간이 제법 걸렸다는 뜻이다. 나는 섬광비수를 바라보다가 대꾸했다.

"알려줄 것도 있고. 물어볼 것도 있고. 철섬부인."

철섬부인이 바로 대답했다.

"예, 문주님."

나는 섬광비수를 가리키면서 말했다.

"아주 잘 쓰고 있소. 찌를 때마다 푹푹 잘 박히더군. 훌륭한 비수야. 덕분에 많이 잘랐어."

철섬부인이 마른 웃음을 지으면서 대답했다.

"잘 쓰고 계시다니 다행입니다."

나는 주변을 둘러보다가 우향곡주에게 물었다.

"곡주, 혹시 그 백면공자라는 사내가 언제쯤 오는지 궁금한데."

우향곡주가 미간을 좁히면서 대답했다.

"그건 나도 모르는 일이오. 내게 보고할 사람이 아니라서. 그 사람은 왜 찾는 거요? 본론부터 들어봅시다."

"본론부터… 그래야지. 이 자리에서 백면공자가 주는 독약을 먹은 사람이 누구인가? 혹시 철섬부인도 먹었나?"

철섬부인이 손을 내저었다.

"아, 저는 아닙니다. 유화곡주도 먹지 않았습니다."

"그럼 우향곡주만 먹었나?"

우향곡주의 안색이 좋지 않았다. 아마도 내가 계속 반말로 말해서 그럴 것이다. 아니나 다를까, 우향곡주도 말을 놨다.

"문주, 그건 대체 무슨 일로 물어보는 건가. 내가 먹어서 고생 중이네만."

나는 존대와 반말을 대충 섞어 쓰면서 말했다.

"아무런 교류도 없어서 내 말에 무게감이 실리기 어렵다는 것을 알지만 일단은 선의로 말해주리다. 곡주가 복용하고 있는 해독약은 해독약이 아니야. 오히려 해독약에 중독을 일으키는 성분이 포함되어 있어서 해독약을 계속 복용하지 못하면 온갖 증상에 시달리게 되어있지. 아는지 모르겠군."

우향곡주가 깜짝 놀란 표정으로 나를 바라봤다. 철섬부인이 내게 물었다.

"문주님, 사실입니까?"

"부인, 내가 갑자기 이런 곳에 와서 왜 이런 말을 하겠나? 미친놈이 아니고서야."

철섬부인이 물었다.

"죄송하지만, 어떻게 알아내셨는지요?"

나는 손가락으로 벽검을 가리켰다.

"우리 쪽에 명의가 있어서 처음에는 벽검을 해독시키려다가 실패했지. 믿고 안 믿고는 일단 미뤄두고. 결과부터 알려주자면, 그 해독제는 먹을수록 더 괴로워질 거야. 금단증상이 아주 끔찍하다는 뜻이지. 독을 해독하는 약이 아니라 해독제를 계속 먹기 위해서 백면공자에게 협조를 하게 된다는 뜻이야. 내 말이 어렵나?"

철섬부인이 대답했다.

"실은 유화곡주께서 독에 대해 아는 것이 많으셔서 직접 방문하여 우향곡주를 살펴보고 있었습니다."

"결론은?"

"저희도 확실히 알아내지 못한 상태였습니다."

나는 고개를 끄덕였다.

"좋아. 이야기가 좀 풀릴 기미가 보이는군."

제법 영민해 보이는 우향곡주가 입을 열었다.

"문주, 여기까지 와서 알려주는 이유는 뭔가?"

여러 가지 말이 있었으나, 나는 최대한 간략하게 대답했다.

"나는 적이 많다. 여기도 있고 저기도 있다. 흑도도 내 적이고. 일부 백도도 내 적이야. 곧 마교도 내 적이 될 테지. 이놈들과 얼마 전에 시비가 붙은 것은 그냥 표면적인 일이고. 어차피 때려죽일 생각이었는데… 삼공자 세력이 내 눈에 띈 것이지. 알아보니 백면공자가 마교주 아들의 수하더군."

우향곡주가 물었다.

"황당하군. 그걸 아는데 이렇게 나온다는 말인가. 하오문이 그렇게 대단한 문파였나?"

나는 고개를 저었다.

"내가 좀 바빠서, 하오문이 대단해지기 전에 싸우려는데 왜… 불만인가?"

우향곡주는 내 말투가 황당했는지 헛웃음을 지었다.

"호호."

이리저리 둘러보던 우향곡주가 벽검에게 말했다.

"벽검, 이리 와서 좀 거들어 보게."

벽검이 퉁명스러운 어조로 대꾸했다.

"내가 낄 자리가 아니오. 문주님과 이야기하시오. 독과 해독제 부분은 문주님의 말씀이 맞소."

이때, 벽검을 제치고 빠르게 다가온 수하 한 명이 우향곡주에게 말했다.

"곡주님, 백면공자가 오셨습니다."

우향곡주가 침착한 어조로 대꾸했다.

"모셔라."

사람들의 눈동자가 바쁘게 움직였다. 나는 등을 내보인 채로 방립을 쓰고 있었는데, 뒤에서 백면공자가 오고 있다는 것을 알자마자 뒤통수가 제법 뜨거웠다. 그 와중에도 우향곡주의 표정을 살폈다. 우향곡주는 연신 한숨을 내쉬고 있었다. 내가 무슨 말을 하기도 전에 백면공자의 목소리가 들렸다.

"곡주, 오랜만이네. 손님들과 계셨군."

백면공자만이 아니라 발소리가 거의 들리지 않는 고수들이 동행한 상태였다. 나는 다가오는 자들의 발소리로 무공 수위와 고수들의 수를 가늠했다. 수는 그리 많지 않았으나 이 정도면 충분히 우향곡 전체를 몰살할 수 있는 고수들이 몰려온 상태였다.

* * *

백면공자가 바로 내 옆에 등장해서 빈자리에 앉더니 탁자에 둘러앉은 사람을 쳐다봤다. 얼굴에는 백색의 가면을 뒤집어쓰고 있었기 때문에 나는 보자마자 웃겨서 코웃음을 쳤다.

'병신 같은 놈.'

우향곡주가 씁쓸한 어조로 말했다.

"공자, 오셨소."

백면공자가 고개를 끄덕이면서 대답했다.

"역시 발이 넓은 우향곡주답군. 강호에 친구들이 정말 많단 말이야. 소개해 주게."

우향곡주가 손을 들더니 차례대로 소개했다.

"유화곡주, 철섬부인, 하오문주가 되겠소."

백면공자가 웃음을 터트리더니 고개를 크게 끄덕였다.

"다들 반갑소. 엽야홍."

뒤쪽에서 엽야홍의 목소리가 들렸다.

"네, 공자님."

전속력으로 달려온 엽야홍이 백면공자를 바라봤다.

"부르셨습니까."

백면공자가 손가락을 이리저리 움직였다.

"네가 말한 하오문주가 혹시 지금 이 자리에 있는 하오문주냐."

내가 고개를 홱 돌리자, 화들짝 놀란 엽야홍이 뒤로 물러섰다.

"아, 예. 맞습니다."

나는 잔뜩 놀란 표정을 짓고 있는 엽야홍에게 최대한 반갑게 말했다.

"엽 소협, 왔어?"

"아, 예."

나는 심심해서 아무 말이나 떠들어 봤다.

"내가 말한 것은 준비했나?"

엽야홍이 눈을 크게 뜬 채로 대답했다.

"뭔 개소리세요?"

"닥치고 물러가라. 네가 낄 자리가 아니다."

"아니…"

백면공자가 고개를 돌리자마자, 엽야홍이 고개를 푹 숙였다.

"미친놈이니 헤아려 주십시오. 공자님."

백면공자도 손을 내저었다.

"물러가라."

"예."

엽야홍은 무슨 왕 앞에서 물러나는 신하처럼 뒷걸음질을 치면서 물러나다가 돌아섰다. 나는 그런 엽야홍의 퇴각을 바라보다가 중얼거렸다.

"지랄 났네."

백면공자가 우향곡주를 바라봤다.

"곡주, 이게 어떻게 된 일인가? 설마 날 상대로 함정을 팠어? 하오문주가 여기에 왜 있는 것이냐."

우향곡주가 바로 대답했다.

"하오문주도 방금 왔소. 나도 초면이오. 두 분이 풀어야 할 일이 있다면 푸시오. 나는 아무런 관련이 없소. 오자마자 해독제가 독약이라는 말을 하던데 이 부분은 오히려 공자께서 답을 해주셔야겠소."

우향곡주가 순식간에 쏙 빠져나갔다. 백면공자가 나를 바라봤다.

"..."

확실히 내가 시간을 잘 맞춰서 도착한 모양이다. 어차피 눈앞에 백면공자가 있었기 때문에 놓칠 생각은 눈곱만큼도 없었다. 백면공자가 품에서 환약 세 알을 꺼내더니 주사위처럼 탁자 위로 던졌다. 그러자 세 알의 환약이 유화곡주, 철섬부인 그리고 내 앞에 정확하게 떨어졌다. 백면공자가 어조를 달리해서 말했다.

"너희 셋은 그거 먹으면 살려주마. 그리고 우향곡주, 자네는 해독제를 먹기 싫은 모양이지? 사사건건 비협조적으로 나오는군. 좋다. 네가 약을 견딜 수 있다면 계속 그렇게 해보도록."

우향곡주가 백면공자와 나를 번갈아 보다가 물었다.

"공자, 하오문주 말에 의하면 해독제가 금단증상을 일으킨다는데 그 염병할 해독제를 계속 먹어서 평생 노예 짓을 하라 그 말이오? 약속이 다르지 않소. 내가 설마 죽음이 두려워서 평생 남의 개 노릇을 할 사람으로 보였소?"

나는 우향곡주의 당찬 대답에 박수를 보냈다.

짝짝짝.

그러자 이번에는 우향곡주가 나를 갈궜다.

"그리고 하오문주, 내게 이런 것을 알려줘서 원하는 게 뭐요? 백면공자를 잡으려고 그랬던 것이라면 눈앞에 있소이다. 어쨌든 두 사람이 먼저 문제를 해결하시오. 나는 이긴 사람에게 따질 것은 따지고 할 테니. 우향곡은 두 분의 문제에 끼어들지 않겠소."

나는 웃음이 절로 나왔다. 잔머리를 잘 굴리는 대가들이 한자리에 모인 분위기랄까. 나는 상황이 우스워서 철섬부인에게 물었다.

"부인은 어떻게 하겠나?"

철섬부인이 사람들의 눈치를 살피다가 대답했다.

"저는 물론 문주님의 명을 따르겠습니다. 지난번에 약속했듯이 문주님의 적이 되는 일은 하지 않겠습니다. 약속은 약속이니까요."

유화곡주가 말했다.

"나도 무턱대고 이런 약을 먹을 생각은 없소."

나는 고개를 끄덕거리다가 두 사람에게도 박수를 보냈다.

"좋았어. 훌륭한 자세야."

문득 백면공자가 한숨을 길게 내쉬더니 자신의 가면을 벗은 다음에 탁자에 올려놓았다.

"…그럼 네 명 모두 내 손에 죽을 테냐?"

나는 순간 닭살이 돋아서 양팔을 비볐다.

"어우, 재수 없게 무슨 자신감이야."

나는 깜박했다는 것처럼 철섬부인에게 말했다.

"아, 부인."

"예."

"유화곡주와 잠시 벌떡 일어나 보도록. 어서."

철섬부인이 벌떡 일어나더니 앉아있는 유화곡주를 붙잡아서 일으켰다. 나는 고개를 끄덕이면서 말했다.

"좋았어. 그대로 뒤로 삼 보 물러나도록. 실시."

철섬부인과 유화곡주가 뒤로 물러났다. 나는 다시 고개를 끄덕인다음에 손을 내저었다.

"그대로 뒤로 꺼져."

"예."

"섬광비수, 그리고 신뢰에 대한 보답이다. 뒤로 쭉쭉 물러나라."

나는 뜬금없는 말 몇 마디로 두 사람을 전장에서 이탈시켰다. 백면공자도 위험하지만 실은 내 공격에 두 사람이 휘말려서 죽을 수도 있었다. 백면공자는 내가 엉뚱하게 두 사람을 빼내자, 미소를 지었다.

…

"그것참, 신기한 청년이로군."

나는 그제야 백면공자의 본래 얼굴을 바라봤다. 서른 초반의 멀쩡하게 생긴 놈이었다. 가면을 벗었다는 것은 이 자리에서 자신의 얼굴을 본 자들을 가만두지 않겠다는 뜻인데, 가면을 쓰고 노는 놈들의 심리는 대부분 비슷하다. 나는 뒤를 돌아보고 백면공자가 데려온 고수들을 확인하고 싶었으나 이놈은 확실히 존재감이 있었다. 기습을 당할 수도 있었기 때문에 뒤를 돌아볼 여력이 없었다. 이때, 우향곡주가 조용히 일어섰다. 백면공자가 코웃음을 치더니 우향곡주에게 명령했다.

"곡주, 중립 같은 개소리는 내 앞에서 늘어놓지 말도록. 하오문주는 네 손으로 끝장내라. 너는 독만 문제가 아니야. 우향곡 사람들의 목숨이 네 결정에 달렸으니까. 하오문주."

"왜?"

백면공자가 웃으면서 나를 바라봤다.

"자네도 협박해 보게. 누구 말을 따르는지 궁금하군."

"이야, 좀 놀 줄 아는 친구였네."

나는 고개를 끄덕인 다음에 선택의 갈림길에 선 우향곡주를 협박했다.

"백면이 이기면 너는 계속 노예. 내가 이기면 노예해방이다. 나는 강호노예해방전선의 선봉장이자 중군, 중군이자 후미, 후미이면서 동시에 보급관, 보급관이면서 동시에 총대장인 하오문주다."

백면공자가 고개를 절레절레 저었다.

"엽야홍 말대로 완전 미친놈이로군."

나는 백면공자와 눈을 마주쳤다가 동시에 한 손을 뻗어서 장력을 겨뤘다.

퍼억!

내 오른손과 백면공자의 왼손이 맞붙어서 장력을 내보내는 상태. 순간, 우리 둘은 고개를 움직여서 우향곡주를 바라봤다.

"..."

장력 겨루는 것을 확인한 우향곡주가 천천히 왼손을 움직이더니 허리에 있는 장검을 붙잡았다. 발검拔劍을 펼치려는 자세였다. 우향곡주가 처음으로 히죽 웃으면서 입을 열었다.

"누굴 죽여야 하나…?"

내 뒤에서도 여러 개의 검이 동시에 뽑혔다. 뒤에서 육합선생의 웃음소리가 들렸다.

"문주, 거기서 뒤지는 거 아니야? 내가 조금 섭섭할 것 같은데."

조금 떨어져 있는 철섬부인이 품에서 암기를 꺼냈고, 옆에 있는 유화곡주도 천천히 검을 뽑았다. 뒤편에서 엽야홍의 잔망스러운 목소리도 들렸다.

"문주님, 오늘 하늘나라로 떠나실 것 같습니다. 어쩌다가 호랑이 굴에 스스로 들어오셨을까."

나는 흐뭇한 마음으로 고개를 끄덕였다. 과연 누가 배신을 하고, 누가 배신을 하지 않을까. 사람의 마음은 도무지 알 수가 없고, 인생도 한 치 앞을 내다볼 수가 없다. 나는 이런 와중에도 뜬금없이 우리 상남자 선배 허 장로의 말이 떠올랐다. 다시 태어나도 강호에서 살아가고 싶다는 그의 말은 곧 내 마음과 같다.

나는 무척 오랜만에 단전이 꿈틀거리는 느낌을 받았다. 만장애에서 천옥을 삼킨 이후로 처음이다. 그때는 단전의 중간 지점이 칼로 반듯하게 잘려서 두 개의 덩어리로 나뉜 느낌을 받았는데 지금은 약간 다르다. 음과 양으로 나뉘었던 단전이 나를 따라서 미치고 있는 모양인지 서로에게 달려들어서 뒤틀린 내 마음처럼 부딪쳐서 오그라졌다. 대체 이것을 어떤 모양이라고 표현해야 할까. 이를테면⋯ 태극太極?

173.
그럼 됐다

단전에도 성질머리가 있는가? 다른 놈들의 단전은 모르겠으나 내 단전은 그런 모양이다. 체내에서 벌어지는 일은 이해하기 어려울 때가 종종 있다. 단전에 머무르는 양의 기운이 음을 흠씬 두들겨 패고, 음의 기운은 처맞는 와중에도 양의 목을 조르고 있는 형국. 하지만 결코 서로에게 굴복하지 않았다. 음과 양의 주인은 결국 나란 놈이고, 애초에 나는 무언가에 굴복하는 사내가 아니기 때문이다. 나는 배신할 수도 있는 자들 때문에 긴장한 것이 아니라 갑작스러운 변화를 맞이한 단전 때문에 온몸에서 땀을 흘렸다.

'염병할…'

스스로 위기에 빠지는 사내, 그것이 내가 될 줄이야. 그 와중에 백면공자는 물론 내 장력을 잘 견디고 있었다. 이유는 간단하다. 내가 다른 놈들의 기습에 대비하기 위해서 여력을 남겨놓았기 때문이다. 나는 우향곡주를 최대한 무서운 눈빛으로 노려보면서 속마음을 전달했다.

'나만 아니면 돼. 옆에 놈 쳐라.'

우향곡주의 손이 움직이는 찰나, 나는 전신에 힘이 바짝 들어갔다. 눈앞이 번쩍이는 찰나에 뽑힌 우향곡주의 검이 내 앞을 아슬아슬하게 지나더니, 백면공자의 얼굴 근처로 쇄도했다.

'좋았어.'

하지만 백면공자는 오른손의 엄지와 검지로 검을 정확하게 붙잡았다. 나는 백면공자의 출중한 실력을 속으로 칭찬할 수밖에 없었다.

'너도 좋았다.'

반면에 검을 붙잡힌 우향곡주의 눈이 커졌다. 가끔 내공을 모르는 놈들이 이런 상황에서 검을 비틀어 버리면 되지 않느냐고 하는데, 가능할 때가 있고 그렇지 않을 때가 있다. 백면공자도 바보가 아닌 이상, 우향곡주의 검을 붙잡자마자 내공을 쏟아내고 있을 터였다. 어쨌든 간에 백면공자의 상황이 불리해졌다. 당연한 절차대로 백면공자가 수하들에게 도움을 청했다.

"…죽여라."

동시에 백면공자가 찰나에 힘을 폭발하듯이 주입해서 기파와 함께 장력을 터트려서 거리를 벌렸다.

퍼억!

굉음과 함께 탁자가 터져나가면서 내 등을 노린 검기가 밀려들었다. 나는 땅을 박차고 공중으로 치솟았다가, 몸을 회전하면서 전황을 확인했다. 하지만 내가 확인한 것은 나와 같은 높이로 공중에 뜬 백면공자의 얼굴이었다. 우리 둘은 허리춤에 있는 검을 뽑자마자 공중에서 내질렀다.

콰아아아앙!

검신에 휘감긴 두 개의 검기劍氣가 충돌하면서 금속음 대신에 굉음과 충격파가 동시에 터졌다. 우리 둘은 잠시 몸을 가누지 못한 채로 회전을 하다가 땅에 내려설 때쯤에는 균형을 되찾았다. 이럴 때는 괜히 허둥대는 것이 허허실실의 묘미다. 아직 전력을 감춰야 했기 때문이다. 그나저나 나는 매번 이럴 때마다 얇은 목검의 상태를 확인할 수밖에 없었다. 보통 장검보다 얇았기 때문에 부러지진 않을까 노심초사하는 마음이랄까. 잠시 서로의 눈치를 보느라 정적이 이어졌다. 나는 조금 떨어져 있는 육합선생에게 물었다.

"육갑이냐?"

이미 검을 뽑은 채로 백면공자의 수하들과 대치하고 있는 육합선생이 황당한 표정으로 대꾸했다.

"육합이다."

"좋았어."

정작 질문을 던진 나도 말의 의도를 알지 못하는 상태. 백면공자의 수하들이 성급하게 움직이지 않았던 이유는 이들을 다시 바깥에 대기하던 우향곡주의 수하들이 포위했기 때문이었다. 백면공자가 재미있다는 표정으로 주변을 둘러봤다.

"곡주, 이렇게 쉽게 배신을 택하다니 안타깝군. 안타까워."

우향곡주가 검을 든 채로 대답했다.

"내가 언제부터 자네 편이었다고 배신을 운운하나? 고작 비무도박에 한 번 패했을 뿐이지. 노예가 되겠다고 한 적은 없다."

나는 점잖은 어조로 우향곡주를 꾸짖었다.

"도박이 이렇게 무섭습니다. 여러분."

우향곡주가 나를 향해 소리를 버럭 내질렀다.

"닥쳐라! 미친 하오문주 놈."

문득 나는 아랫배가 불편해서 인상을 쓴 채로 주변을 둘러봤다. 갑자기 똥이 마려운 것은 아니었으나, 몸 상태가 심각하게 불길했다.

'안 돼…'

나는 다소 불길한 마음이 들어서 급히 목검에 염화향을 주입했다. 다행히 화르륵- 소리와 함께 보기만 해도 기분이 좋아지는 새빨간 불길이 칼날에 휘감겼다.

'내공은 정상인데.'

나는 애써 불쾌해지는 아랫배의 느낌을 지우기 위해 열심히 딴생각에 집중했다. 망각으로 설사를 다스리는 수법을 응용한 것인데 언제나 그렇듯이 큰 도움은 되지 않았다. 급한 마음에 왼손에 쥐고 있는 섬광비수에는 차가운 객잔의 사나이처럼 서늘한 월영무정공을 주입했다. 다행히 빙공도 정상인 모양인지, 섬광비수의 칼날이 하얗게 물들었다.

순간, 괴상하고 끔찍한 고통이 전신을 쥐어뜯었다. 단전을 누군가가 후벼 파는 느낌도 있었고, 전신의 기혈이 강제로 확장되는 고통이 더해진 상태. 본래 나는 고통에 익숙한 사람이라서 비명을 내지르진 않았다. 하지만 지속해서 제자리에 있어야 할 단전이 멋대로 움직여서 주변의 장기가 뜯겨나가는 고통이 끔찍하게 밀려들었다.

'아, 제발… 지금은 아니야.'

나는 고통을 이겨내느라 전신을 부들부들 떨면서 사람들을 구경했다. 당장 누군가가 내게 기습을 펼치면 막아내기 힘들다는 생각을 하면서 나 혼자 뒷걸음질을 쳤다. 벽검이 놀란 표정으로 물었다.

"문주님, 괜찮습니까?"

육합선생도 놀란 표정으로 물었다.

"문주, 무슨 일인가? 자네 이러면 안 돼. 다 같이 죽을 셈이야?"

백면공자가 턱짓을 하자, 네 명의 중년 검객이 벽검과 육합선생을 상대하기 위해 다가갔다. 중년 검객이 점잖은 목소리로 육합선생에게 말했다.

"다들 가만히 계시오. 인제 보니 육합선생이셨군. 그대가 왜 하오문주와 함께 계시는 거요?"

육합선생이 중년인에게 대답했다.

"알 것 없다."

우향곡에 있는 자들이 전부 나를 바라보고 있었으나, 나는 어쩔 수가 없는 상태였다. 지금은 목소리도 바깥으로 나오지 않았다. 나는 음과 양이 맹렬하게 충돌하는 고통을 온몸으로 느끼면서 잠시 무릎을 꿇은 채로 휴식을 취했다.

'염병할.'

정말로 뜬금없이 찾아온 주화입마일까. 아니면 신체가 놀라서 경련을 일으키는 것일까. 단전의 음양陰陽이 서로 잡아먹기 위해서 미친놈들처럼 싸워대고 있었다. 음양이 조화로워도 아쉬울 판국인데 저희끼리 치고받는 상황이라니? 내가 이래서 여인에게 인기가 없었나? 이때, 나를 유심히 살피고 있었던 백면공자가 웃음을 터트렸다.

...

"하하하하! 주화입마 상태로구나. 실컷 구경하다가 죽어라. 하하하하하… 이런 병신 같은 놈이 감히 내게 대든 것이라니. 이제 곧 혼자서 피를 토할 것이야. 내 장담하마."

실제로 그런 상황이다. 나는 순간 전신에서 땀이 잔뜩 섞인 피를 쏟아냈다. 몇 명은 전신에서 피를 쏟아내는 내 몰골이 무서웠는지 화들짝 놀라면서 뒤로 물러났다. 이번에는 나도 주둥아리가 열리면서 욕이 저절로 튀어나왔다.

"아, 씨벌…"

엽야홍이 신난 어조로 외쳤다.

"와, 진짜네요."

나는 시간이 벌기 위해서 왼손을 내밀었다.

"엽 소협, 잠시만."

"잠시만은 지랄!"

엽야홍이 어깨춤을 추면서 흥겹게 등장했다. 고개를 이리저리 원숭이처럼 움직이던 엽야홍이 나를 바라보면서 다가왔다.

"문주님, 괜찮아요?"

"안 괜찮아. 거기 멈춰라."

"많이 놀랐죠? 하하하… 이거 뭐야, 피를 철철 흘리네? 와, 대체 어떤 병신 같은 무공을 익혔기에 전신에서 피를 흘리는 겁니까! 무공을 대체 어디서 배웠어! 이 개새끼야!"

나는 이런 절체절명의 순간에도 엽야홍의 말에 대꾸했다.

"독학했어."

엽야홍이 발을 구르면서 웃어댔다.

"잘났다. 미친 새끼. 하하하하. 독학을 하니까 그 모양이지! 네가 천재야 뭐야?"

"나도 나름 힘들게 익혔어. 형설지공螢雪之功이라고 알런가 모르겠네."

문자文字를 쓰자, 갑자기 엽야홍이 어조를 달리해서 내게 호통을 내질렀다.

"야, 이 하오문주 개새끼야! 저번부터 엄청 무서운 놈인 줄 알아서 괜히 겁먹었잖아. 이 싸가지 없는 새끼, 병신 같은 새끼, 이름도 병신 같은 하오문주 새끼. 거기 딱 서있어라. 공자님, 제가 오른팔 하나 날리고 시작하겠습니다."

백면공자가 웃으면서 엽야홍에게 말했다.

"엽가 놈아, 방심하지 마라."

엽야홍이 밝은 어조로 대답했다.

"아, 예. 그래야지요. 자, 들어갑니다."

그래도 엽야홍은 살짝 겁을 집어먹었는지 검을 앞으로 내민 채로 천천히 다가왔다. 나는 순간 전신이 나른해져서 목검에 휘감았던 염화향을 거둬들이고, 섬광비수에 휘감았던 월영무정공도 회수했다. 문득 깊은 한숨이 흘러나왔다.

"후우…"

엽야홍이 왼손을 까딱거렸다.

"이 엽야홍이 하오문주의 목을 벤 사나이가 되겠군. 일어나. 이 새끼야. 인생의 쓴맛을 보여주마."

나는 목검을 도로 집어넣은 다음에 섬광비수를 오른손에 바꿔 쥐었다.

"엽 소협."

"왜?"

나는 순간 두 눈에서 쏟아지는 눈물을 막지 못했다. 엽야홍이 깜짝 놀라면서 나를 가리켰다.

"와, 피눈물?"

문득 눈 밑을 닦아보니 엽야홍의 말대로 손가락에 피, 땀, 눈물이 잔뜩 뒤섞인 채로 묻어있었다. 하지만 나는 쉽게 굴복하지 않는 사내다. 힘이 빠지긴 했으나 엽야홍을 죽이기 위해 떨리는 오른손으로 섬광비수를 내밀었다. 하지만 이런 순간에도 손에서 흘러나온 핏물이 섬광비수의 손잡이를 타고 바닥으로 뚝뚝 떨어졌다. 순간, 나는 두 눈이 뒤집힐 정도로 성질이 뻗쳐서 단전에서 싸우고 있는 음과 양의 힘을 동시에 싸잡아서 끌어올린 다음에 섬광비수에 단박에 휘감았다. 괴상한 소리가 귀청을 때리면서 섬광비수의 칼날이 어느새 자줏빛 검기劍氣로 물들었다.

"..."

나도 처음 보는 빛깔의 검기였다. 색이 참 희한했다. 붉은색, 흰색, 피, 땀, 눈물이 뒤섞여서 만들어 낸 빛깔처럼 보였다. 생각해 보니 처음 보는 색은 아니었다. 언젠가 넋을 놓은 채로 바라보고 있었던 자줏빛 노을과 닮아있었다.

'자하검기紫霞劍氣?'

나는 색色에 넋을 뺏긴 채로 바라보다가, 엽야홍이 다가오는 것을 느끼고 섬광비수를 휘둘렀다. 쩍- 하는 소리가 먼저 들리고 이어서 자줏빛 검기가 엽야홍의 검과 신체를 동시에 반듯하게 두 동강을 내고 하늘로 뻗어나가는 광경이 보였다. 나는 순간 엽야홍이 안타까워서 그를 불러봤다.

"엽 소협?"

엽야홍의 시선은 나를 향하고 있었으나, 이미 눈빛의 생기를 잃은 상태. 상반신에 새겨진 대각선의 붉은 핏물이 점점 번져나가다가 전신이 두 조각으로 나뉘어서 바닥에 떨어졌다.

쿵…!

나는 입을 반쯤 벌린 채로 하늘로 떠난 엽야홍을 바라봤다.

"붙잡아서 좀 갈구려고 했는데. 죽어버렸네. 안타깝다."

고통이 진압된 모양인지 몸의 상태가 점점 맹렬하게 회복되고 있었다. 문득 나는 뜻하는 대로 피땀을 배출하던 전신의 구멍으로 단전의 기를 살짝 배출했다. 온몸을 불길하게 뒤덮고 있었던 핏방울이 가볍게 퍼져나가더니 내가 서있는 장소를 기준으로 자색의 핏빛 안개가 자잘하게 흩어졌다. 이곳에 내 이름을 알고 있는 자는 육합선생 정도밖에 없을 것이다. 나를 멍한 표정으로 바라보던 육합선생이 입을 열었다.

"자하紫霞?"

내 이름을 부른 것인지 퍼져나가는 자색의 안개를 지칭하는 것인지 알 수 없어서 평소 말투로 대답했다.

"육갑, 왜?"

육합선생이 즐겁다는 것처럼 껄껄 웃었다.

"주화입마가 아니었어?"

…

"응. 아니야."

나는 섬광비수를 품에 넣은 다음에 잔뜩 놀란 표정을 짓고 있는 백면공자에게 말했다.

"네가 덤볐으면 기회가 좀 있었을 텐데, 늦었네. 회복했다. 시간도 다 벌었고. 이 모든 게 작전, 계략, 전략, 심리전이었음을 깨닫게 될 거야."

백면공자가 그제야 멋쩍은 표정으로 돌변하더니 손가락을 들었다가 수하들에게 명령했다.

"쳐라."

수하들이 내게 달려드는 찰나에 백면공자가 반대 방향의 공중으로 솟구치더니 경공을 펼쳐서 달리기 시작했다.

"저 새끼가…"

나는 백면공자가 도망가는 방향으로 서너 걸음을 걷다가 육합선생에게 명령했다.

"육갑, 여기 정리할 수 있나?"

"해야지. 우향곡도 있는데."

나는 막아서는 검객들을 향해 걸어가다가 섬광비수를 왼쪽에서 오른쪽 상단으로 그었다. 자하검기가 깃털 모양으로 튀어 나가서 세 사람의 목을 단박에 쳐냈다.

푸악!

일격에 죽여놓고 정작 놀란 사람은 나 자신이다.

"소름."

나는 공중으로 솟구쳐서 몸을 회전했다가 좌장으로 장풍을 내보낸 다음에 튕겨나가는 꼼수로 거리를 벌렸다. 나는 공중에서 나뭇가지를 밟고, 나무의 몸통을 밀어내듯이 밟으면서 이동해서 도망치는 백면공자의 등을 계속 주시했다. 이럴 때 나는 아랫놈들은 굳이 신경 쓰지 않는다. 어차피 나는 예나 지금이나 한 놈만 줘패는 것을 좋아하는 성향. 왜 그런지는 모르겠으나 도망치는 놈은 본능적으로 붙잡고 싶다는 욕망이 꿈틀거리기 마련이다. 나는 경공의 속도를 높이면서 도망가는 백면공자를 자극했다.

"백면아, 도망갈 수 있을 것 같으냐?"

"..."

"내가 가장 자신 있는 게 경공인데. 병신 같은 놈. 이런 상황에서 네 수하를 버려? 네 수하 버려!"

나는 수하를 버리고 달아나는 가짜 사나이를 맹렬하게 추격했다. 단전이 갈대처럼 이리저리 나풀대던 것인지, 태극이 된 것인지, 음양이 잠시 휴전을 선언하고 합의를 본 것인지 내 알 바 아니다. 어쨌거나 나는 더 강해진 상황. 그럼 됐다.

174.
아직은
대답이 없었다

나는 차분한 마음으로 달렸다. 처음에는 쉽게 따라잡지 못했으나 달릴수록 속도가 빨라졌다. 뒤엉켰던 장기들이 경공에 놀라서 제자리로 복귀하는 기분이랄까. 그렇게 나는 반 시진을 쉬지 않고 백면공자를 추격했다. 나는 달리는 와중에도 웃음이 흘러나왔다. 적의 고통은 내 기쁨이다. 내가 고통스러워서 적을 더 고통스럽게 할 수만 있다면 나는 밤새 달리는 와중에도 웃을 수 있다. 더군다나 그 적이 마도魔道에 속한 놈이라면 중원에서 서장까지 밥도 거르고 잠도 잊은 채로 달릴 수 있다. 잠시 후에 뒤돌아선 백면공자가 손을 내밀면서 허리를 숙였다.

"잠시만, 잠시만."

"지쳤어?"

나는 호흡을 가다듬으면서 백면공자에게 말했다.

"좋아. 충분하게 쉬어라."

허리를 숙인 채로 기습을 준비하고 있었던 백면공자가 싸늘한 표정으로 허리를 세우더니 나를 노려봤다. 나는 덤덤한 어조로 말했다.

"왜? 더 쉬어."

"덤벼라."

백면공자와의 간격은 약 오 장五丈(약 15m) 정도. 나는 천천히 목검을 붙잡은 다음에 발검식을 준비했다.

"간다?"

잠시 숨을 고른 백면공자가 다시 후다닥 도망을 치기 시작했다. 나도 검을 뽑지 않은 채로 경공을 펼쳤다. 맹렬하게 달리다 보니, 단전도 얌전해진 상황. 나는 속도가 점점 더 빨라졌기 때문에 어느새 백면공자와 어깨를 나란히 한 채로 달리면서 말도 편하게 내뱉었다.

"빨리 안 달리냐. 더 빨리, 더 빨리!"

어차피 내 목적은 백면공자를 이 자리에서 죽이는 게 아니다. 마도에서 이 정도 고수라면 독종일 확률이 높아서 뒤지는 순간에도 잘못된 정보를 전할 가능성이 컸다. 이놈을 쥐패는 것도 중요하지만 정신을 제압하는 것도 그에 못지않게 중요하다는 뜻이다. 이번에도 백면공자가 걸음을 멈추더니 숨을 크게 내쉬었다.

"..."

나는 팔짱을 낀 채로 백면공자를 바라봤다.

"좋아. 쉬었다가 출발해라."

그제야 백면공자가 내 뜻을 간파했다는 것처럼 물었다.

"그러니까 네가 지금 이 지랄을 하는 이유가 내 본거지를 찾기 위함이냐?"

나는 별생각 없이 대꾸했다.

"뭐 그렇게 생각할 수도 있겠군."

"미친놈이로군. 안내하면 따라올 테냐?"

"어, 그럼 나는 좋지. 안내해라. 하지만 마교로 안내하는 멍청한 짓은 하지 말아라. 그쪽은 길을 알아."

백면공자가 고갯짓을 하면서 말했다.

"따라와라. 그쪽으로 안내하면 나도 무사하지 못해. 들어보지도 못한 문파의 수장이 무슨 자신감으로 이러는지 모르겠군. 데려다주마."

나는 덤덤한 표정으로 백면공자를 따라서 움직였다. 해독제의 금단증상을 푸는 방법도 알아내고 싶고, 이 마도 세력이 정확하게 어디에 위치하는지도 알아낼 필요가 있었는데 문제는 내 성질머리다. 지금까지는 잘 참고 있었는데, 사람의 마음은 본래 알 수 없는 법이다. 나는 애초에 백면공자의 일행이었던 것처럼 자연스럽게 걸으면서 말했다.

"백면, 머리 굴리는 소리가 너무 크게 들리는구나. 떨쳐내자니 어렵고, 본거지로 데려가자니 찜찜하고, 싸우자니 승산이 없어 보이고. 뭐 그런 고민이겠지?"

"문주, 원하는 게 대체 뭐냐."

"원하는 게 뭐냐니? 날 죽이겠다고 자객을 보낸 것은 너희다. 내가 우스워 보여서 조장 한 명에 떨거지들 붙여서 상대하라고 명령을 내렸겠지. 하오문에는 사실 병신들이 많아서 네가 충분히 얕볼 수 있겠다만, 그곳의 문주는 얕보면 안 돼. 내가 오늘 그것을 확실하게 알려주마."

"그래서 이 지랄을 한다고?"

"널 이곳에서 죽여버리면 아무도 내가 무서운지 모를 테니 그럴 수 없다. 그것은 옳은 일 처리가 아니야."

문득 걸음을 멈춘 백면공자가 나를 바라보더니 한숨을 길게 내쉬었다. 나는 백면공자의 분위기가 바뀌어서 잠시 눈싸움을 시작했다.

"뭐 하냐? 마음이 바뀌었어?"

순간, 백면공자가 나를 노려보다가 옆으로 이동했다. 신체에서 분리된 백면공자가 자리를 잡자, 똑같이 보이는 놈이 두 사람으로 늘어난 상태. 이어서 두 사람이 다시 넷으로 늘어났다. 나는 팔짱을 낀 채로 백면공자를 구경했다.

"이야, 환마幻魔 계열의 가문이었구나."

백면공자가 환마라는 뜻은 아니다. 아마도 교주에게 딸을 바친 놈이 환마일 것이다. 저놈이 본래의 백색 가면을 쓰고 있었다면 이 환영마공幻影魔功이 조금 더 효과적일 터였다. 어느새 분신이 제법 많이 늘어난 상태. 백면공자도 고민 끝에 이 마공을 사용한 것처럼 보였다. 나는 말라비틀어진 입술을 조금씩 뜯어내면서 환영마공을 심드렁한 마음으로 구경했다. 이제 백면공자의 위치도 쉽게 알아내지 못할 터였다.

"…기어코 사용하게 만드는구나."

예상대로 백면공자의 목소리는 허공에 붕 떠있는 것처럼 괴상하게 울렸다. 나는 백면공자에게 말했다.

"백면, 쓸데없는 짓 하지 말고 어서 가자."

순간 환영들이 동시에 검을 뽑으면서 내게 달려들었다. 나는 가만히 서서 환영들이 내지르는 검을 몸으로 받아냈다. 환영마공을 쓰는 놈이 첫 공격에 본체를 드러낼 가능성은 희박하다. 네 개의 검이 동서남북에서 내 몸을 뚫고 지나갔으나, 예상대로 환영이었다. 나는 주변을 둘러보면서 말했다.

"아깝지? 가만히 있을 줄 몰랐지? 병신 새끼."

실은 환영 분신이 내지르는 검에 전혀 바람 소리가 담기지 않았다. 옷자락 펄럭이는 소리도 없었다. 이처럼 마공에도 늘 약점이 있기 마련이다. 환영마공을 제대로 사용하려면 살수의 무공도 함께 익혀야 한다. 적어도 환영마공과 살수의 무공을 조합해야만 나를 동네 개처럼 뛰어다니게 만들 수 있을 터였다. 하지만 이놈은 그런 수준까진 아니었다.

나는 여러 개의 환영이 내지르는 검을 몸으로 받아내면서 조용히 산책하는 사람처럼 움직였다. 그래도 백면공자가 제법 전장을 잘 고른 상태. 바람도 불지 않고 사방이 평평한 데다가 근처에 개천이 있는 모양인지 물 흐르는 소리가 일정하게 이어졌다. 나는 달려드는 환영의 따귀를 후려치면서 주변을 거닐었다. 따귀를 맞은 환영들은 안개처럼 허망하게 흩어지고 있었다. 물론 나처럼 경험이 많지 않다면 이런 환영들을 향해 열심히 검을 휘두르다가 빈틈이 보이는 순간에 손쉽게 당할 터였다.

따라라라라락!

나는 상공에서 구슬 부딪치는 소리가 나는 순간, 재빠르게 목검을 뽑았다. 내가 소리로 간파하고 있다는 점을 눈치챈 모양이었다. 아주 자그마한 철제 구슬들이 비좁은 공간에서 계속 부딪치는 소리가 일정하게 울렸다. 나는 달려드는 환영을 향해 목검을 휘두르면서 말했다.

"검 손잡이에 구슬을 넣었어? 유치한 새끼. 잘하고 있다."

나는 입으로 "호잇, 하압, 이얏" 같은 추임새를 넣으면서 매화를 벨 때처럼 춤을 추듯이 목검을 가볍게 휘둘렀다. 검을 쥔 채로 춤을 춰보니 이게 또 나름의 흥취가 있었다. 달려드는 환영을 매화라 생각하고 잠시 수련에 임했다.

"나쁘지 않아. 수련도 하고 좋구나."

나는 빗자루질을 하면서 흥얼대는 점소이처럼 뜻도 없고 음도 엉망진창인 중얼거림을 내뱉으면서 목검을 아무렇게나 대충 휘둘렀다.

"그나저나 날씨가 또 후덥지근하구나."

삼재검법도 펼쳤다가 그 어떤 문파에도 없는 괴상한 동작으로 검을 내질러 보기도 했다.

"비가 왔다리 갔다리 멈췄다가 내렸다가 온종일 지랄이구나."

발은 잔망스럽게 구르고 엉덩이를 좌우로 움직이면서 검을 내질렀다.

"염병할 어이구 지겨워. 내 팔자야. 밥을 먹었는데도 배가 고프다니. 거지가 뱃속에, 어떤 새끼가 바닥에 침을, 개새끼가, 가래였네. 씨벌 새끼…"

나는 한참을 중얼거리다가 정신을 퍼뜩 차렸다. 순간, 점소이로 돌아간 것 같은 기분이 들어서 소름이 끼쳤기 때문이다.

"환영마공 무섭네. 순간 내가 점소이인 줄."

"…"

문득 환영이 점점 사라지더니 한참 떨어진 곳에서 홀로 남은 백면공자가 나를 지그시 바라봤다.

"하오문주."

"왜?"

"확실히 격차가 느껴지는군. 이제 제대로 안내하겠네."

나는 고개를 끄덕였다.

"그래. 잘 생각했다. 안내해라. 헛짓거리하지 말고. 그리고 지금은 내 마음이 차분한 상태니까 이 이상 자극하지 마라. 엽야홍 곁으로 보내주기 전에 적당히 하도록. 내가 제정신일 때만 네 목숨이 멀쩡하다는 것을 유념해라. 알았어?"

백면공자가 고개를 끄덕이더니 몸을 돌려서 걷기 시작했다. 나는 순식간에 거리를 좁혀서 백면공자의 옆에 섰다. 화들짝 놀란 백면공자가 움찔했다가 숨을 크게 내쉬었다.

"제기랄."

나는 그제야 목검을 집어넣은 다음에 일상적인 어조로 말했다.

"백면, 가는 김에 좀 떠들어 봐라. 혹시 삼공자 외조부가 환마냐? 내가 생각하기엔 교주에게 딸을 바쳤었던 가문 중에 말이야. 그…"

나는 말을 하던 도중에 내가 펼칠 수 있는 가장 빠른 속도로 손을 뻗어서 백면공자의 왼팔을 붙잡자마자 현월빙공을 주입했다.

"…!"

백면공자의 왼팔이 순식간에 얼어붙는 찰나. 백면공자는 멀쩡한 오른팔로 온 힘을 다한 장력을 내질렀다. 나는 투계의 장력으로 받아친 다음에 왼손을 빼내서 백면공자의 얼굴을 가격했다.

픽!

순간, 백면공자도 왼손으로 방어를 취하려고 했으나, 이미 빙공 때문에 한쪽 팔이 얼어붙은 상태였다. 나는 이놈의 공력이 흩어지는 순간에 오른손은 흡성대법으로 전환해서 붙잡고, 왼 주먹은 백면공 자의 얼굴에 쑤셔 넣고, 가슴을 때리고, 복부에 찔러 넣었다.

픽! 픽! 픽!

"커헉!"

나는 흡성대법으로 내공을 빨아들이면서 피투성이가 된 백면공자 의 눈을 노려봤다.

"…내가 우습게 보였어?"

내공이 **빠져나간다는** 것을 그제야 확인한 백면공자가 끔찍한 비 명을 내질렀다.

"끄아아아아아아!"

나는 왼손으로 백면공자의 입을 틀어막았다.

"조용히 해라. 금방 끝난다. 가만히 있어라."

멱살을 붙잡아서 들어 올렸다가, 그대로 땅바닥에 내려치자 백면 공자의 입에서 핏물이 터져 나왔다. 나는 급히 고갯짓으로 더러운 핏물을 피한 다음에 지속해서 흡성대법을 펼쳤다.

"조용히 좀 해라."

다시 입을 막았다. 백면공자가 죽기 전에 흡성대법을 멈추는 것이 좋았기 때문에 나도 집중할 수밖에 없었다. 천옥에 무슨 변화가 있 었는지, 백면공자의 내공이 흘러 들어가는 광경이 눈에 훤하게 보 였다. 마치 드넓은 호수에 얇은 폭포수 한 줄기가 쏟아지고 있는 광경이랄까. 문득 나는 백면공자와 눈을 마주쳤다가 걱정해 주는 말을 내뱉었다.

"백면아, 죽으면 안 된다. 죽을 것 같으면 빨리 살려달라고 해라. 그래야 살 수 있다."

내가 손을 떼자, 백면공자의 목소리가 애처롭게 새어 나왔다.

"살려… 줘."

나는 고개를 갸웃한 다음에 백면공자의 내공을 더 흡수했다.

"잠시만 기다려 봐라. 사람은 그렇게 쉽게 죽지 않아. 아직이야."

나는 백면공자의 피부가 건조한 사막처럼 갈라지는 것을 보자마자 손을 풀어냈다. 백면공자는 입에 피거품을 문 채로 혼절한 상태였다. 나는 목에 손을 댄 다음에 맥박을 확인했다.

"와, 죽일 뻔했네."

백면공자의 따귀를 후려쳐서 정신을 차리게 했다. 나는 덤덤한 어조로 말했다.

"너 이번에도 눈을 안 뜨면 엽야홍의 곁으로 보내주마."

말이 끝나자마자 백면공자가 눈을 떴다. 나는 잠시 쪼그려 앉아서 백면공자를 노려봤다.

"왜 눈을 그렇게 떠? 이 새끼가 정신을 못 차렸네. 아직 더 맞을 기운이 남았나 본데 알았어."

나는 딱밤을 준비해서 입김을 불어 넣었다. 백면공자의 목소리가 들렸다.

"문주, 살려주게."

나는 딱밤으로 백면공자의 이마를 가볍게 툭 때린 다음에 말했다.

"살려줘?"

"살려주게. 내가 졌으니."

나는 고개를 살짝 낮춘 다음에 백면공자에게 속삭였다.

"음, 일단 궁금한 게 하나 있는데 아주 신중하게 대답해라. 대답을 엿같이 하면 바로 때려죽일 생각이야. 잘 생각해서 대답해."

"…"

나는 목청을 가다듬은 다음에 백면공자에게 물었다.

"…약자가 된 심정이 어때?"

본거지를 물어볼 줄 알았던 모양인지, 백면공자의 눈빛이 요동 쳤다.

"기분이 어떠냐고. 너는 약자였던 적이 없었을 거 아니냐. 너도 지금 이거 첫 경험 아니야? 내가 지금 진지하게 궁금하다. 빨리 대답 해 봐. 너는 일단 지금 내공이 거의 바닥났어. 병신이 됐다 이 말이 야. 그 말은 즉 하오문에서 가장 병신 같은 놈한테도 이기지 못한다 는 뜻이거든. 본인이 약자가 될 것이라는 상상을 해본 적이 있었습 니까? 공자님?"

백면공자는 곧 숨이 끊어져도 이상하지 않을 만큼 안색이 창백해 진 상태였다. 나는 백면공자의 멱살을 붙잡은 다음에 싸늘한 어조로 말했다.

"야, 이 개새끼야. 누가 정신을 잃으라고 했나. 대답을 해라. 나는 네 본거지보다도 이게 더 궁금하단 말이다."

순간, 백면공자가 눈을 까뒤집은 채로 혼절했다.

"아니? 이 새끼가 대답은 안 하고…"

나는 놈의 머리 근처에 바짝 붙어 앉아서 백면공자를 내려다봤다. 기절에서 회복할 때까지. 기다리면서 노려보고 있을 생각이었다. 이 놈이 정신을 차리면 곧장 물어봐야 하기 때문이다. 나는 심심할 때마다 백면공자를 슬쩍 흔들어 봤다.

"이봐, 약자가 된 심정이 어때?"

아직은 대답이 없었다.

175.
나는 교주의
가장 큰 적이다

문득 나는 천옥에 내공이 더해지면 종종 졸음이 쏟아진다는 것을 깜
박했다. 어차피 백면공자도 기절한 상태였기 때문에 나는 가부좌를
튼 채로 잠시 눈을 감았다. 실컷 패고, 갈구고, 야단법석을 떨다가
졸음이 밀려오는 상황이 나도 좀 어처구니가 없었으나 졸리면 주무
셔야지. 별수 없다. 천옥흡성대법을 자주 사용하지 않는 이유가 바
로 이런 현상 때문이다.

　나는 고개를 왼쪽으로 푹 떨군 채로 비몽사몽의 경계에서 꿈을 꿨
다. 그 꿈의 내용은 내가 아주 편한 곳에서 단잠을 자는 꿈이었다.
단잠을 자는 꿈을 꾸는 서글픈 꿈이랄까. 이래서 장자莊子가 나비의
꿈을 꾼 것인지, 나비가 장자의 꿈을 꾼 것인지 알기 어렵다고 말한
모양이다. 나는 이러다가 숙면에 빠질 것 같아서 고개를 애써 뒤로
꺾은 다음에 게슴츠레한 눈으로 하늘을 바라봤다.

　"…"

무심한 하늘과 구름을 잠시 구경하다 보니 눈에 먼지가 잔뜩 들어 간 것처럼 뻑뻑해지고 있었다. 나는 불경을 읊는 것처럼 중얼대면서 하늘을 구경했다.

"잠을 제때 이루지 못한 이자하는 광마가 된다. 잠을 잊은 이자하 는 광마가 된다. 잠을 편히 잘 수 있는 이자하는 광마가 아니다."

늘어지는 하품을 길게 내뱉으면서 나는 내 마음을 경계했다. 죽이 는 것이 매번 능사는 아닐 것이다. 큰 틀에서 더 많은 마도를 때려죽 이려면 정보 수집이 필요하다고 내 마음을 달랬다. 어느 순간, 아직 눈을 뜨지 않은 백면공자의 호흡이 미세하게 뒤바뀌었다는 것을 감 지한 나는 백면공자에게 말했다.

"걸렸으니까 눈 떠라."

내 말이 끝나자마자 백면공자가 조용히 눈을 떴다. 이놈도 한숨을 길게 내쉬었다. 잠시, 내공을 뺏긴 놈과 잠을 빼앗긴 놈이 서로를 노 려봤다. 백면공자가 차분한 어조로 말했다.

"하오문주."

"왜?"

"내공이 사라지고, 싸움에서 한 번 패배했다고 해서 내가 약자인 가? 도저히 약자의 심정이 무엇인지 모르겠으니 그만 좀 물어보게. 모르겠네. 모르겠다고. 다른 것을 물어보면 안 되겠나?"

곰곰이 생각해 보니까 그럴 만도 하다는 생각이 들었다.

"아예 약자의 감정을 모르겠다는 말이냐?"

"모른다. 패배는 곧 죽음이라고 배웠는데 약자의 심정까지 내가 알아야 하나?"

"이 새끼가 약을 처먹었나. 아니면 기절한 동안에 도를 깨달았나. 왜 이렇게 침착해졌지?"

나는 백면공자의 눈을 손가락으로 벌려서 눈빛을 살피고, 턱을 붙잡은 나음에 혀를 살폈다. 약을 먹은 흔적은 찾을 수가 없었다. 나는 백면공자에게 말했다.

"좋았어. 약쟁이, 널 지금 죽이진 않으마. 약자가 된 심정을 모르겠다 하니 알려줄 수밖에. 약자라는 게 뭐 특별한 게 있겠어? 춥고 배고프면 약자지. 그러다가 맞아 죽으면 비참한 약자가 되는 것이고."

나는 백면공자의 멱살을 붙잡은 채로 들어 올려서 일으킨 다음에 머리통을 후려쳤다.

"일단 걷자."

백면공자가 비틀대면서 앞으로 걸어가다가 내게 저주를 퍼부었다.

"앞으로 하오문이 멀쩡할 거 같은가?"

"이미 멀쩡하지 않은데 그것은 무슨 병신 같은 협박이야? 내가 멀쩡해 보이나?"

"…"

"어쨌든 너는 무공이 형편없어졌으니 내 궁금증을 풀어주면 살려줄 수 있다."

백면공자가 힘없는 어조로 대꾸했다.

"뭐가 궁금한가."

"일단은 해독제 금단증상을 해결하는 방법."

백면공자가 걸으면서 말했다.

"그런 게 어디 있겠나? 그냥 먹지 않으면 되는 것을. 삼십 일은 지옥 같겠지만 그다음 이십 일은 벌레에 온몸을 뜯기는 고통, 그다음 십여 일은 온몸이 간지러운 고통, 그다음 사나흘은 고열에 시달리다가 서서히 정상으로 돌아올 거야. 물론 많이 먹은 놈들은 영원히 지옥 같은 고통이 이어지겠지만. 그것은 해독제가 없는 독이다."

나는 백면공자와 나란히 걸으면서 물었다.

"이런 것을 대체 왜 만들었나?"

"우리도 살아남으려고 만들었지."

"다른 자들을 고통에 빠뜨려서 너희가 살아남겠다고."

백면공자가 덤덤한 어조로 말했다.

"문주⋯ 나는 평생 우리 가주님을 두려워하면서 살았는데. 우리 가주님은 교주를 두려워해. 두 사람의 다툼에 아무런 선택도 하지 못한 채로 전쟁터에 끌려온 자들이 우리 같은 놈들이야. 나는 태어나자마자 이 전쟁터에 끌려온 병사라고. 죽어야지만 이 복무가 끝나는데 어쩌란 말이냐?"

"이런 잔머리를 굴려도 교주에겐 승산이 없을 텐데 가주가 이러는 이유는 뭐냐."

백면공자가 고개를 끄덕였다.

"교주는 언젠가 인간을 벗어난 길을 걸을 것이라 내다봤다. 가문을 지키려면 대비해야 한다고 하셨지. 사돈을 상대로 무슨 대비냐고 물었더니 금지된 마공에 손을 대고 있어서 어쩔 수 없다고 하셨다. 이것은 승패의 문제가 아니다. 생존의 문제가 되었지."

금지된 마공은 천옥일 것이라 예상했으나, 혹시나 해서 물어봤다.

"금지된 마공이 무엇이길래."

"정확하게는 모른다. 강호인을 재료로 쓴다고 해서 반대가 심했다더군. 수가 부족하면 상대적으로 충성심이 약하거나 마음에 들지 않는 가문들도 배교자로 몰아서 몰살할 가능성이 있다고 들었다. 그것이 우리 가문이 될 수도 있고."

교주는 그러고도 남을 놈이라서 딱히 감흥은 없었다. 나는 산으로 올라가려다가 생각이 바뀌어서 한적한 길에 있는 객잔으로 들어가서 자리를 잡았다. 창백한 표정의 백면공자가 맞은편에 앉아서 벽에 머리를 기댔다. 나는 주문을 받으러 오는 점소이를 향해 손을 내저은 다음에 백면공자를 바라봤다. 백면공자가 객잔 바깥을 바라보면서 말했다.

"그대는 교주를 이길 수 있겠나?"

"당장은 못 이겨도, 나는 교주가 지금보다 더 강해지는 것을 차근차근 막고 있지."

"어떻게."

"너 같은 놈들을 제거하면서."

"그것참 오래 걸리겠군. 나 같은 놈이 한둘이 아닐 것인데."

"그 와중에 밥도 거르고 잠도 줄여가면서 수련도 하고."

"그것도 참 오래 걸리겠군. 대체 어느 세월에."

"내가 못하면 훗날이라도 내 제자들이 해주기를 바라면서."

"젊은데 벌써 제자가 있나?"

"아직은 없지."

"그렇게까지 해서 교주를 죽이려는 이유가 뭔가? 복수야?"

"아니지."

"그럼 대체 왜 그러고 있나."

나는 기지개를 켜면서 말했다.

"꼬락서니를 보아하니 이것은 나밖에 할 수 없는 일이야. 전에 교주를 본 적 있다. 나를 벌레 취급하더군. 기분이 아주 짜릿했지. 이 새끼가 나를 벌레로 아는구나. 내가 벌레구나. 좋아, 어떻게 되는지 두고 보자. 이런 마음."

백면공자가 읊조렸다.

"일세의 영웅이셨구만. 교주가 자신의 이복형제들을 다 죽인 것은 알고 있나?"

"자세히는 모르지."

"친형제, 이복형제, 숨겨진 형제… 여덟, 아홉이었다던가. 애초에 후계 구도에 있던 자들은 서로 죽이려 했으니 덜 억울했겠으나, 결국엔 후계 다툼에 관심이 없는 자들까지 다 찾아내서 목을 매달았지. 그런 자가 부교주 자리에는 누구를 앉히겠나?"

"살아남은 놈."

"맞아. 자식이 아니야. 살아남은 놈이야. 자네가 우리 삼공자라면 어떻게 했을까. 형제들이 시도 때도 없이 죽이려고 하고, 아비라는 자는 인간의 면모가 없고. 모든 걸 내려놓고 벗어나고자 하면 그거야 말로 바보 같은 짓이지. 교주에게 끌려가서 죽게 될 테니 말이야. 실력으로 경쟁하려 해도 애초에 대공자와 둘째 공자의 세력이 더 강해. 무공은 말할 필요도 없고. 공자들 외가의 수장들도 교에서 한 자리씩 차지하고 있다. 교주는 이 모든 것을 지켜보고 있고. 어찌할 텐가?"

나는 잠시 생각에 잠겼다. 벽에 머리를 대고 있었던 백면공자가 말을 이어나갔다.

"나는 약자들의 심정은 잘 몰라. 하지만 내가 늘 궁금해하던 것은 도대체 어떤 사람이 이런 환경에서 악귀가 되지 않을 수 있을까. 그것은 늘 궁금하게 생각했지. 똑똑한 자네가 답을 한번 줘보게."

"…"

"자네도 뾰족한 수가 없지? 그래도 차라리 자네 같은 사람이 내 상관인 삼공자였으면 좋겠군. 뭔가 방법을 알아낼 것 같은데. 나도 이렇게 당했으니 말이야. 기습을 염두에 두고 처음부터 끝까지 나를 속이다니."

벽에 고개를 기대고 있었던 백면공자의 머리가 밑으로 천천히 내려갔다. 나는 고개를 푹 숙이고 있는 백면공자의 머리통을 한 대 후려쳤다.

"죽은 척하지 마라. 어디서 병신 같은 짓거리야."

백면공자가 고개를 들더니 나를 노려봤다.

"좀 속아주면 안 되겠나? 사람을 병신으로 만들어 놓고 더 뭘 바라나? 나더러 가문의 위치를 말해서 자네에게 다 죽게 하라고? 그건 할 수 없어. 다른 것은 말할 수 있어도."

"병신은 병신이지만 어쨌든 내공은 조금 남겨 놨다. 운기조식으로 회복할 수 있다는 뜻이야. 그리고 잠시만 기다려라. 나는 답을 찾아내야겠으니."

"답이 있겠나."

나는 그제야 점소이를 불러서 술과 몇 가지 음식을 주문했다. 팔짱을 낀 채로 백면공자가 던진 질문에 대한 답을 찾아보았다. 나도 내가 왜 이렇게 답을 찾는지는 의문이다. 아마도 계속해서 마도를 상대하려면… 어쩐지 답을 알고 있어야 하지 않을까 하는 생각이 스쳤기 때문이다. 근거는 딱히 없다.

'내가 삼공자라면 어떻게 했을까.'

살기 위해서 형제들을 죽였다면 나도 똑같은 마도가 됐을 터였다. 이놈들이나 나나 별다른 바 없는 인간이라는 뜻이다.

"이상하게 답이 안 나오는군."

백면공자가 히죽 웃었다.

"그렇지? 답이 없지?"

"네가 생각하는 것과는 조금 다르다."

"뭐가 다른데?"

"나는 형제를 도저히 못 죽였을 것 같은데."

백면공자가 바람 빠지는 소리를 내면서 웃었다.

"멍청한 소리를 하는군. 그럼 자네가 죽겠지."

"이봐, 나는 형제를 갖는 것이 어렸을 때 작은 꿈이었어. 내가 내 꿈을 죽일 수는 없잖아. 두들겨 팰 수는 있어도."

"방법이 있었다면 똑똑한 교주가 형제들을 죽이지 않았겠지. 백도 놈들은 행복한 줄 알아야 해. 출발점부터 지옥이 시작되진 않잖아."

"네가 지금 뭉뚱그려서 말하는 백도가 대체 누구냐."

"무공으로 부를 쌓아 올려서 잘 사는 놈들 아닌가?"

"정신 나간 새끼."

나는 손을 치켜들었다가 더 때렸다간 죽을 거 같아서 참았다. 점소이가 술과 음식을 가져와서 일단 나는 술부터 마셨다. 술이 들어가자 잠이 좀 깨면서 머리가 맑아졌다.

"깨달았다."

백면공자가 덜덜 떨리는 손으로 술을 한잔 따르다가 나를 바라봤다.

"뭘?"

"내가 삼공자였다면… 어떻게 했을지."

백면공자가 술을 마신 다음에 내 말을 기다렸다. 나는 내가 마교의 삼공자가 된 것 같은 환각에 빠진 채로 말했다.

"일단 경공을 죽어라 수련한 다음에 도망쳐야지."

백면공자가 한심하다는 표정으로 나를 바라봤다.

"겨우 도망? 추격자들이 따라붙을 것이다."

"못 쫓아와."

"왜?"

나는 진지한 표정으로 말했다.

"세상 끝까지 도망갈 테니까."

"그래서 무얼 얻는데?"

"얻긴 뭘 얻어. 그냥 도망치는 거다. 형제들이 나를 죽일 수 없게. 내가 형제들을 죽이지 않게. 도망가는 거다. 세상 끝까지. 여행이라고 생각하면서. 절강 앞바다로 가서 배를 타고 대해를 건너든가. 서장을 지나 서역으로 가든가. 북으로 올라가 북해의 섬으로 가든가."

나는 절강 앞바다라는 말을 무심코 꺼냈다가 광승이 떠올랐다. 그냥 별다른 인과 관계 없이 떠오른 모양이다. 백면공자가 나를 바라봤다.

...

"그다음은?"

나는 양손을 좌우로 벌린 채로 대답했다.

"끝이야."

"…"

"다시 돌아올 수 있는 조건은 딱 한 가지. 이 문제를 일으킨 자들을 모두 쥐팰 수 있는 압도적인 무력을 갖췄을 때. 귀환하는 거지. 십 년이 걸리든 이십 년이 걸리든 상관없다."

"그사이에 남은 자들은 어쩌하고?"

"그런 걱정이 무슨 소용인가. 차라리 수련하는 게 낫지."

"돌아오면?"

"전부 쥐패는 거지."

백면공자가 낄낄대면서 웃었다.

"정말 병신 같은 대답이로군."

나는 진지한 표정으로 백면공자를 바라봤다.

"…너는 가문의 위치를 불든지. 그 해독제를 만드는 곳을 불든지 해라. 둘 다 모르면 이 자리에서 뒤지도록 해."

"불면?"

"여행은 보내주마."

"저세상으로?"

"아니, 세상 끝으로. 어차피 엉망진창이 된 네 단전과 내공은 십수 년 이상 운기조식을 해야 회복될 것이다. 그때 돌아와서 이곳을 확인해라. 교주에게 다 죽었든가 아니면 교주가 내 손에 죽었든가 할 테니."

백면공자가 웃었다. 나는 이놈이 웃는 것을 바라보다가 말했다.

"그리고 전략적으로 말이야. 네 가문이 살아남을 가능성이 커지려면 내게 정보를 많이 넘기면 된다. 예를 들면, 대공자와 이공자에 대한 것도 불어라. 세력, 외가, 출몰 지역 등등. 내가 둘을 때려죽이면 너희 가문이 멀쩡하게 살아남을 가능성이 커질 테니."

백면공자가 놀란 표정으로 나를 주시했다. 나는 손가락으로 백면공자를 가리키면서 말했다.

"너는 나를 이용해라. 나는 교주의 가장 큰 숙적이다."

"교주는 적이 많아. 그중에서 그대가 가장 큰 적이라는 것은 동의할 수가 없군."

나는 술을 한잔 마시면서 대꾸했다.

"나다. 하오문을 만든 사람이."

"취했나?"

"너희는 천마신교天魔神敎. 나는 하오문下汚門. 마신이 되려는 놈과 밑바닥에서 구른 놈의 대결이야. 저 높은 곳에 교주가 있고 가장 낮은 곳에 내가 있다. 신이 되려는 놈들은 점소이 하던 놈이 때려죽여야 제맛이지."

지나가던 점소이가 움찔 놀라더니 급하게 주방으로 도망쳤다. 갑자기 백면공자가 눈을 부릅뜬 채로 나를 노려봤다.

"너 점소이였어?"

나는 백면공자의 뺨을 한 대 후려치면서 대꾸했다.

"왜? 열 받아?"

백면공자가 손으로 뺨을 붙잡고 있는 동안에 내가 친절하게 설명

···

해 줬다.

"…이렇게 되는 것이다. 교주가 내게 뺨을 맞으면 얼마나 열이 받을까? 상상만 해도… 어우."

나는 팔뚝을 비볐다.

"소름."

176.
영산靈山을
차지해야겠다는
생각

♦

"문주, 대공자와 이공자는 어차피 계속 교주에게 호출을 당하는 데다가 그쪽 외가도 한자리씩 차지하고 있어서 의미 없다."

나는 술잔을 내려놓은 다음에 백면공자를 바라봤다.

"지금 내 인내심을 시험하는 거냐."

백면공자가 허탈한 웃음을 지으면서 말했다.

"사실이야. 어차피 날 살려줄 마음도 없지 않은가. 이렇게 술 한 잔 먹여서 살살 달래다가 원하는 것을 듣고 나면 나는 죽은 목숨이겠지."

아직 내 설득이 부족한 모양이었다.

"백면, 잘 들어라. 너는 이미 내공을 잃었어. 너희 세력이 제대로 된 세력인지 아닌지… 하오문보다 더 병신 같은 곳인지를 확인하려면. 이대로 너를 살려 보내서 복귀시키면 돼. 네 가문이 너를 환영할까?"

"..."

"내공은 죄다 사라진 데다가 얼굴은 누구에게 처맞았고. 하오문주에게 끌려다녔다는 것까지 알려지면 가문에서 너를 어떻게 대우할 것 같으냐. 생각해 보고 말해봐라."

백면공자는 내 말을 듣고 자신의 처지를 생각하는 모양인지 입을 다문 채로 있었다. 나는 손가락으로 백면공자를 가리켰다.

"그래서 여행을 보내주겠다고 한 것이다. 네가 자신이 있으면 어차피 이대로 복귀하면 돼. 대신에 해독제 만드는 장소는 내게 불어. 너희 가문과 떨어졌다면 더욱 좋아. 나는 해독제 만드는 곳을 불태우러 가고. 너는 가문으로 달려가도 좋다."

"왜 그렇게 그 독을 없애고 싶어서 안달인가?"

사실 이것은 간단한 문제다. 모용백마저 어려워할 정도의 독약이라면 미리 불태우는 것이 좋다. 이것은 강호인이 먹어도 문제고, 평범한 자들이 먹어도 문제라는 게 내 결론이다. 아마 이것에 중독되면 농민들은 앞다퉈 찾아가서 쌀을 바친 다음에 얻어낼 가능성도 있었다. 환마로 추정되는 세력이 엄청나게 커지게 될 터였다.

"벽검 같은 놈은 남의 밑에 있을 놈이 아니다. 그런 놈도 노예 짓을 하고 있으니 이것은 문제가 크다. 교주가 악용할 수도 있어서 도저히 그냥 못 넘어가겠군. 내 인내심은 여기서 끝이 났으니 이제 네가 말할 차례. 셋을 세마."

"..."

나는 백면공자를 죽여야겠다고 마음을 먹은 다음에 손가락을 접었다.

"하나, 둘, 셋."

백면공자가 말했다.

"화산華山에 있다."

"어디? 천하에 화산이 한둘이냐. 이 미친놈아 그렇게 말하면 어떻게 찾아가."

"서악西岳에 있다고."

"나더러 드넓은 서악을 다 뒤지라는 말이냐."

"화산 서쪽 연화봉에 이르는 곳곳에 있다. 나도 가본 적이 없어. 그곳을 관리하는 자가 때 되면 물건을 보내고 우리는 받을 뿐이니까."

"왜 하필 서악에서 그딴 것을 만들었지?"

"옛 마도의 마두魔頭들이 서악에서 서열을 다투는 회동을 하다가 뜬금없이 몰살된 적이 있다. 마도가 꺼리는 영산靈山이 몇 군데 있는데 그중 하나지. 기록으로 남아있어서 여전히 꺼리고 있다. 평범한 사람들은 모르는 기록이지."

요약하면, 교주도 미신처럼 꺼리는 영산이라는 얘기였다.

"누구에게 죽었다더냐."

"관윤자關尹子라는 별호만 남았는데 정체는 알 수가 없다."

"너희가 꺼리는 나머지 영산은 어디냐."

"항산, 숭산, 형산, 태산 그리고 종남."

"그곳을 꺼리는 이유는."

백면공자가 턱을 만지다가 대꾸했다.

"뭐 화산과 비슷한 이유지. 도를 수련하기 좋은 산이라 하여 다른 곳보다 운기조식의 효과가 뛰어나다는데, 무공에 미친 옛 마두들이

...

한자리씩 차지하려고 올랐다가 죽기도 하고, 불문에 귀의했다는 마두도 있고. 강제로 도사가 되었다는 소문도 있고. 죽을 때까지 동굴에 갇혔다는 낭설도 있고. 이래저래 소식이 끊어진 소문들이 모여서 그 뒤로 마도 출신의 인물들은 방문을 꺼리게 되었다."

나는 문득 한숨이 나왔다.

"그렇다면 화산에서 이것을 만드는 자들은 강호인이 아니로군. 그저 돈 때문에 무엇인지도 모른 채로 만들고 있구나."

"그런 셈이야."

"별 거지 같은 일들이 천하 곳곳에서 일어나는군."

이야기를 들어보니 그나마 화산과 종남은 서로 가깝게 위치하나 나머지 영산들은 제법 멀었다. 마도의 기록에 남았다는 것을 보면 너무 옛일이어서 지금 찾아가 봤자 옛 고수들의 흔적이 있을 가능성은 그리 크지 않아 보였다. 나는 술을 한잔 비운 다음에 백면공자에게 일을 맡겼다.

"당장 내가 멀리 있는 화산으로 갈 여력이 안 된다. 네게 세 가지 선택권을 주마. 셋 중 하나만 선택해라."

백면공자가 나를 노려봤다.

"…"

"싫어? 싫으면 죽는 것까지 해서 선택지는 네 개로 하자."

"말해주면 선택하겠네."

나는 손가락 하나를 접었다.

"일단 뒤지는 선택은 어때? 엽야홍도 만나고."

"넘어가겠다."

"아쉽군. 하지만 걱정하지 마라. 아직 선택지가 세 개나 남았어."

나는 나 때문에 수전증이 갑자기 생긴 백면공자에게 술을 따라주면서 말했다.

"…네 가문으로 돌아가서 상세히 보고해라. 수하들이 제법 많이 죽었지? 인력손실도 보고하고. 벽검 같은 놈은 배신해서 하오문에 달라붙었다는 말도 전해주고. 너는 하오문주에게 패배해서 내공을 잃었다는 것도 보고해야겠지. 왜? 그것이 사실이니까. 보고는 정확하고, 신속하게, 과장 없이, 있는 그대로. 어차피 너는 수전증이 생겨서 네가 부리던 놈들에게도 갈굼을 당하게 될 거야. 이렇게 할래?"

백면공자가 나를 노려보면서 대답했다.

"…넘어가마."

"아쉽군. 처맞다가 토사구팽당하기 딱 좋았을 것인데."

백면공자가 부들대는 손으로 술을 들이켰다. 내가 물었다.

"몇 개 남았지?"

"두 개."

"좋았어. 다음 선택지는 아주 좋아. 바로, 여행을 가는 거지. 여행을 떠나요. 푸른 언덕에 전낭을 메고, 황금빛 태양 축제를 여는, 황야를 향해서, 계곡을 향해서, 먼동이 트는."

"적당히 해라."

나는 무표정한 얼굴로 계속 백면공자를 놀렸다.

"어때? 굽이 또 굽이. 싫어? 하긴, 괜히 여행하다가 벽검 같은 놈에게 걸리면 맞아 죽을 수도 있겠군. 무공 실력도 제법 떨어진 상태라서 산적도 만나고, 수적도 만나고, 황야에서 마적도 만나는… 알

찬 여행이 되겠어."

"…"

"참고로 하오문이 남악녹림맹은 해체를 시켰으니 그쪽은 편히 여행을 다녀도 좋다는 정보를 알려주마. 네 여행을 무사히 다니라고 한 일은 아닌데 그렇게 되었다. 알다시피 너희 쪽 마적도 내가 때려잡았고."

"마지막 선택지는 무엇이냐."

나는 고개를 끄덕인 다음에 알려줬다.

"사실 돈이 좋긴 하지. 여행 다닐 때도 편하고. 내가 지금 바빠서 당장 화산으로 달려갈 수가 없다. 네가 가서 그 병신 같은 약을 만들고 있는 것을 정리해라. 가서 불을 지르든, 그놈들이 벌어들인 돈을 다 빼앗든 간에 네 마음대로 해라. 그 정도면 십수 년 노잣돈은 좀 벌 수 있겠지."

한참을 멍한 표정으로 나를 바라보던 백면공자가 물었다.

"그다음엔?"

나는 덤덤한 어조로 말했다.

"내 알 바 아니다."

"음."

"너도 인생에 한 번은 네 마음대로 살아보도록 해. 무엇이 정상이고, 무엇이 비정상인지… 가고 싶은 데로 가고, 하고 싶은 대로 하고, 돈도 써보고 싶은 대로 써보고. 원 없이 다 해봐라. 원 없이 다 해보고 그래도 나를 죽이고 싶다면 찾아와서 복수해라. 네가 속했던 세력이 그때도 걱정된다면 복귀해도 좋고. 생각이 바뀌어서 다르게 살아보고 싶다면 좋은 술 하나 사서 나를 찾아오면 된다. 그동안 네가 무슨 생각을 하면서 살았는지, 내가 그 이야기를 들어주마. 그때는 백면공자 대신에 네 이름을 내게 말하도록 해."

백면공자가 내 시선을 회피하더니 아무것도 없는 객잔 바깥을 멍하니 바라봤다. 내 눈에는 백면공자가 세상에 나가본 적이 없는 애송이로 보였다. 눈만 껌벅이는 채로 바깥의 햇살을 바라보는 백면공자에게 내가 말했다.

"너는 태어나자마자 이 전쟁터에 끌려왔다며."

"…"

"내가 네게 휴가를 주마. 다녀와라."

백면공자가 어조를 달리해서 물었다.

"정말 살려주는 거요?"

나는 이제 긴말이 필요 없다고 생각해서 고개만 살짝 끄덕였다. 표정이 시시각각 변하던 백면공자가 자리에서 일어나더니 내게 말했다.

"그럼 나는 이제 휴가를 가겠소."

객잔 입구까지 천천히 걸어가던 백면공자가 나를 다시 불렀다.

"문주."

"왜?"

내가 바라보자, 백면공자가 두 손을 모아서 포권을 취했다.

"나는… 화산으로 가겠소."

나는 이제야 이놈이 사람의 말을 알아들었다고 생각해서 긴 한숨이 흘러나왔다. 고개를 몇 번 끄덕인 다음에 짤막하게 대꾸했다.

"살펴 가라."

백면공자가 고개를 살짝 숙였다. 나는 화산으로 떠나는 백면공자의 위태로운 발걸음을 잠시 지켜보았다. 가다가 재수가 없으면 누군가에게 맞아 죽을 수도 있고, 운이 좋아서 무사히 화산에 도착할 수도 있었다. 그러나 저놈이 아직 알지 못하는 사실이 있다. 봇짐을 짊어진 채로 천하를 두 발로 돌아다니는 상인들은 모두 내공을 잃은 저놈보다도 허약한 존재들이다. 식구를 먹여 살리기 위해, 무공을 익히지 않은 평범한 사람들이 하루하루 목숨을 건 채로 먼 길을 오가고 있다는 사실을 저놈은 아직 모를 것이다.

여행을 떠났다가 휴가가 끝나서 돌아오게 되면 알 수도 있었다. 그리고, 그것을 알아야만 비로소 마도魔道에서 벗어날 수 있을 것이다. 나는 백면공자가 사라진 다음에 지친 마음으로 객잔을 둘러봤다. 겨우 마도 한 명을 상대했을 뿐인데, 심신이 지친 상태였다. 문득 주방 입구에 조용히 서있는 점소이와 눈을 마주쳤다. 점소이가 내게 물었다.

"문주님, 술 더 드릴까요?"

내가 고개를 끄덕이자, 점소이가 술 단지를 들고 와서 직접 술을 따른 다음에 자연스럽게 맞은편에 앉았다. 이놈이 백면공자가 마시던 술을 바닥에 뿌리더니 빈 잔을 내게 내밀었다.

"저도 한 잔 주십시오."

나는 문득 살짝 정신을 차린 다음에 점소이를 바라봤다.

"달라면 드려야지. 받아라."

"예."

점소이가 술을 받으면서 주절댔다.

"저 답답한 인간이 문주님의 말을 마지막에 가서야 겨우 이해한 모양입니다. 아이고, 그냥 같이 듣고 있다가 속 터져서 죽는 줄 알았습니다."

"그래?"

"예. 그래도 마지막에는 좀 와닿는 게 있었던 모양이에요."

"다행이군. 마시자."

나는 점소이와 함께 술을 들이켰다. 나도 그제야 좀 속이 후련했다. 점소이가 소매로 입술을 닦으면서 진중한 표정으로 나를 바라봤다.

"문주님."

"왜."

"제가 살면서 정말 여러 사람의 술자리 대화를 들었지만, 오늘처럼 이렇게 장대하고, 엄숙하고, 흥미로우면서도 알쏭달쏭하게 못 알아먹겠는 대화는 정말 처음이었습니다. 하지만…"

점소이가 자신의 가슴을 두드렸다.

"저는 이 마음으로 이해했습니다. 문주님이 저 답답한 인간의 마음을 어떻게든 돌려보려고 애를 쓰시는구나. 그것이 저는 참 인상적이었습니다."

나는 고개를 끄덕인 다음에 점소이에게 물었다.

"취했어?"

"전혀 안 취했습니다. 한 잔만 더 주세요."

"받아라."

나는 술을 따라주면서 점소이에게 물었다.

"너는 내가 누군지 알아?"

"잘 모르겠습니다. 문주, 문주. 하오문, 하오문. 하는 거 보니까 하오문주 아니세요?"

"그것이 나다."

"취하셨어요?"

"아직은 아니지."

나는 점소이와 함께 낄낄대다가 술을 나눠 마셨다. 주거니 받거니 하면서 점소이에게 내 술을 금세 탈탈 털렸다.

"그나저나 여기는 왜 이렇게 손님이 없냐."

점소이가 한숨을 내쉬었다.

"그러게 말이에요."

나는 옆으로 돌아앉아서 빈 의자에 두 다리를 올려놓았다.

"너 때문에 손님 없는 거 아니냐? 손님 술을 이렇게 매번 탈탈 털어먹으니까 재수 없어서 다시 안 오는 거 같은데."

"일리 있는 말씀이십니다. 그럴 수도 있죠."

내가 팔짱을 낀 다음에 하품을 늘어지게 하자, 점소이가 말했다.

"손님도 없는데 한잠 주무세요."

"그래."

"근데 그 하오문에는 어떻게 들어갑니까? 저도 들어갈 수 있습니까?"

"왜 들어오려고."

"예? 아니, 아까 저 답답한 사람 휴가도 보내주시고. 좋으신 분 같아서."

"나는 좋은 사람이 아니다."

"나쁜 놈이세요?"

"상당히 그쪽이지."

나는 품에서 섬광비수를 꺼낸 다음에 점소이를 향해 흔들었다.

"나 잔다."

섬광비수를 탁자에 꽂은 다음에 눈을 감자, 점소이의 목소리가 들렸다.

"편히 주무십시오. 제가 철저하게 경계를 서고 있겠습니다. 문주님."

나는 고개를 살짝 끄덕인 다음에 대답했다.

"확인."

점소이가 객잔 바깥으로 나가면서 말했다.

"좋습니다. 오늘 장사는 여기까지."

나는 눈을 감은 상태에서도 잡생각에 가까운 전략을 두서없이 떠올렸다. 교주를 상대하기 위해서 화산과 종남산을 차지해야겠다는 생각이 들었다. 물론 당장 할 수 있는 일은 아니다. 일에도 순서가 있는 법이니까. 가르칠 만한 제자가 생기면 그때 화산에서 함께 수련해도 좋겠다는 생각이 들었다. 만약 못생긴 전생 귀마, 육갑 놈이 그때까지 살아있으면…

이놈은 종남산으로 보내도 좋겠다는 생각이 들었다. 어쨌든 이놈도 수련을 거듭하면 강호에서 열 손가락에 꼽히는 무림공적이 되는 실력자이기 때문이다. 가끔 내가 종남산에 찾아가서 전생 귀마를 두들겨 패면… 본래 성질머리가 더러운 놈이니 더욱 악에 받쳐서 수련에 임할 터였다. 거기에 영산의 정기를 받아서 수련을 거듭하면? 뭐라도 되지 않을까. 안 되면 될 때까지 내가 두들겨 패면 된다.

177.
돈 좀 있어?

잠시 조는 동안에 단전이 근질근질해서 잠이 깼다. 이것을 기면증이라고 해야 할까. 아니면 남보다 빨리 강해지는 것에 대한 여파라고 이해해야 할까. 천옥에 내공이 더해졌을 때 종종 잠이 오는 현상은 일종의 경고처럼 느껴졌다. 왜냐하면, 이 현상이 없었다면 아마도 나는 싸울 때마다 이놈 저놈의 내공을 빨아들였을 테니 말이다.

강호의 네 번째 재해. 그것이 내가 될 수도 있다는 뜻이다. 사람의 정신을 벗어날 정도로 강력한 무공을 보유하게 되면. 사람이 아닌 존재가 될 수도 있다는 것을 스스로 경계했다. 나는 눈을 뜬 채로 고요한 객잔을 바라보다가 일순간 이곳을 자하객잔으로 착각했다. 내부 구조가 달랐기 때문에 현실을 깨달으면서 잠이 확 달아났다.

'휴, 또 돌아간 줄 알았네.'

귀찮아서 다시는 과거로 돌아가고 싶은 마음이 없다. 탁자에 있는 물을 마신 다음에 객잔 바깥을 바라보니, 술을 뺏어 먹고 취했던 점소이 놈이 탁자에 엎드려서 잠을 자고 있었다.

'완벽한 경계 태세로군. 탈락.'

나는 정신을 차리자마자 이것저것 해야 할 일이 가득 떠올라서 살짝 한숨이 나왔다.

'오지랖 중독증인가.'

사람이 이렇게 바쁘게 살면 좋지 않다는 걸 알면서도 부지런해질 수밖에 없는 상황이다. 교주의 말대로 나는 지금 발악 중이기 때문이다. 어쨌든 이렇게 발악하다가 전생보다 더 미친놈이 될 가능성도 살짝 있었기 때문에 나는 고요한 객잔에서 잠시 목계심법으로 마음을 다스렸다. 나무로 된 싸움닭, 그것이 나라고 생각하면서 잡념을 지웠다. 잠시 후에 전낭에서 꺼낸 통용 은자를 탁자에 내려놓고, 섬광비수를 챙긴 다음에 객잔을 나섰다.

"또 보자."

뒤에서 점소이가 화들짝 놀란 목소리로 내게 외쳤다.

"문주님! 계산요."

"탁자에."

"아, 감사합니다. 그런데 하오문에는 어떻게 들어갑니까?"

"너 같은 놈은 안 받아."

"제가 왜요!"

나는 서서히 속도를 높이면서 대답했다.

"내 마음이야."

사실 별일 없는 객잔까지 하오문에 들어올 필요는 없다. 나는 경공을 수련하는 심정으로 속도를 서서히 끌어올리다가 우향곡으로 질주했다.

* * *

　백면공자 덕분에 내가 화산에 가지 않아도 되는 상황이다. 하지만 백면공자가 끝내 본거지를 알려주지 않았기 때문에 우향곡에 복귀할 필요성은 있었다. 그렇다는 것은 며칠 내에 마도의 고수들이 우향곡에 등장할 가능성이 있다는 말이다. 우향곡의 상황은 한마디로 꽃들이 널브러진 난장판이었다. 특히 독 가시가 있다던 꽃밭에 백면공자의 수하들이 많이 널브러져 있었다. 우향곡주가 잔머리를 굴려서 대처한 모양이었다. 쑥대밭으로 변한 꽃길을 지나서 담소를 나누던 곳에 도착하자, 육합선생이 멀쩡한 얼굴로 나를 바라봤다.

　"문주, 왔나? 백면은."

　"처리했지. 여기는?"

　육합선생이 형겊으로 검을 닦으면서 대답했다.

　"물론 다 죽였지. 도망가는 놈 없이."

　"역시 육갑이로군."

　육합선생은 이제 귀찮은 모양인지 단답형으로 대꾸했다.

　"육합."

　둘러보니 한쪽에서 시비가 우향곡주의 어깨에 금창약을 바르고 있고, 다친 자들도 여기저기서 치료를 받고 있었다. 나는 사람들의 표정도 구경하고 엉망이 된 우향곡도 구경하다가 뻘쭘하게 서있는 철섬부인을 불렀다.

"부인."

"예, 문주님."

나는 철섬부인의 멀쩡한 상태를 확인한 다음에 물었다.

"부인은 혹시 구경만 했나?"

철섬부인이 멋쩍게 웃으면서 대답했다.

"…아, 저는 사실."

"사실 뭐."

"무공을 모르는 사람처럼 가만히 서있다가 위험해 보이는 곡주의 부하를 암기로 구하고. 그리고 또 제가 두 차례나 육합선생을 뒤에서 기습하는 고수를 암기로 처리했습니다. 아무래도 제가 전면에 나서는 것은 익숙하지가 않아서."

육합선생이 고개를 끄덕였다.

"내가 도움을 좀 받았지."

나는 철섬부인의 이야기를 듣다가 말없이 박수를 보냈다.

"생각해 보니 예전에 우리가 싸울 때도 암기 던지는 솜씨가 무척 매서웠지."

"아, 예."

"그때나 지금이나 아주 얍삽하지만, 그래도 육갑선생을 구했군."

옆에서 이야기를 듣던 육합선생이 중얼거렸다.

"육합이다."

철섬부인이 쑥스럽다는 것처럼 웃으면서 내게 말했다.

"그 백면공자도 무척 강해 보였는데 역시 문주님이십니다."

"그러게 말이야. 확실히 그대와 함께 내게 대항하던 이룡노군보다는 훨씬 강했어."

"아, 그렇군요."

나는 철섬부인과 눈을 마주쳤다가 동시에 웃었다.

"그런데 말이야."

"예, 문주님."

"일전에 부인이 내게 했던 말… 그대가 친우들에게 내 행보를 방해하지 말라는 말을 하겠다고 했었는데. 우향곡주에겐 전달하지 않았나?"

"아, 기억하고 계셨군요. 제가 아는 모든 친우들에게 그리 전달했습니다. 다만 당시에는 흑묘방이라고 전달을 했던 터라, 이 자리에 있는 우향곡주에게도 제가 아까 정정해서 전달했습니다. 그때 흑묘방주님이 지금 하오문주님이시라고 말이죠."

"그런 사연이 있었군."

나는 뒷짐을 진 채로 우향곡주에게 다가갔다.

"곡주는 괜찮나?"

우향곡주가 아까보단 부드러운 태도로 대답했다.

"괜찮습니다."

나는 의자를 우향곡주 앞에 내려놓고 앉은 다음에 둘러보다가 유화곡주와 벽검을 손짓으로 불렀다. 나는 세 사람을 내 앞에 앉힌 다음에 말했다.

"유화곡주께서 약에 대해 좀 안다고?"

유화곡주가 차분한 어조로 대답했다.

"예, 문주님."

...

나는 유화곡주에게 내가 생각하는 처방전을 알려줬다.

"잘 들으시오. 해독제를 먹지 않아서 금단증상이 나타나면 최초 삼십 일은 극심한 전신 고통."

"예."

"그다음 이십 일은 벌레에게 뜯기는 고통. 그다음 십여 일은 간지러운 고통. 다음 사나흘은 고열… 여기까지 버티면 회복 기간으로 돌입한다는데 어떻게 생각하시나?"

사실 이것의 구체적인 금단증상을 모용백에게 말하면 그가 훨씬 더 대처를 잘할 터였다. 그러나 지금은 유화곡주가 처리할 수밖에 없었다. 유화곡주가 곰곰이 생각했다.

"전신 고통, 벌레, 간지러움, 고열 순서로군요."

"내가 무슨 말을 하려는지 알겠지? 각각 대처하지 않으면 자네 친구는 아마 머리가 휙 돌아서 주변에서 감당하기 어려울 거야."

우향곡주와 벽검이 서로를 바라보더니 한숨을 동시에 내쉬었다. 유화곡주가 말했다.

"정말 고통이 끔찍하다면 문주님 말씀대로 각기 다른 네 번의 처방으로 견디는 수밖에 없겠습니다."

"예를 들면?"

"전신 고통이 시작되면 정신적으로는 안정을 취할 수 있는 약을 처방하고, 곡주 스스로는 기력과 체력을 아예 소비하거나 극한의 상황이 올 때까지 땀을 흘려서 조금이라도 빨리 체외로 배출하는 수밖에 없습니다."

"맞아?"

"그것은 상황을 판단해서 제가 대처하겠습니다."

"다음은."

"벌레에 뜯기는 고통은 정석적인 처방으로 대처하고, 간지러움은 그 여파이기 때문에 약초를 바르는 것으로 대응합니다. 고열은 회복의 전조라서 극심한 몸살이라 생각하면서 버티는 수밖에 없겠습니다."

나는 벽검을 가리켰다.

"그렇게, 벽검까지 돌봐줄 수 있겠소?"

유화곡주가 고개를 끄덕였다.

"예, 그렇게 해야지요."

일단 중독자들의 치료 문제를 해결한 다음에 우향곡주를 바라봤다. 이번엔 다른 문제였다.

"곡주는 이제 어떻게 하겠나?"

"어떤 것을 말입니까."

"백면공자에게 놈들의 본거지를 알아내지 못했다. 이 자리에서 백면의 수하들도 전부 죽었으니 곧 백면공자의 윗사람이 올 터인데…"

"음."

"백면공자의 윗사람이 마교의 삼공자라 하니까 그가 직접 올 수도 있고 아니면 삼공자의 외조부가 등장할 수도 있겠군."

나는 손가락으로 우향곡을 이리저리 가리켰다.

"괜히 이곳에서 버티다가 다 죽을 수도 있다는 뜻이야."

우향곡주가 입을 다물었다. 나는 솔직하게 전력 상황을 공유했다.

"삼공자가 오면 나랑 붙을만할 거야. 그놈이 천재라면 내가 밀릴 수도 있고. 하지만 무공이 실력의 전부는 아니니까. 그러나 그놈의 외조부가 등장하면 나도 장담하지 못해. 싸웠다가 도망쳤다가 이랬다가 저랬다가 지랄 염병을 해야만 상대가 가능하겠지. 적어도 육십은 넘은 노마두일 테니 말이야. 마교의 후계자 전쟁에도 참여했던 백전노장일 가능성이 매우 커."

문득 우향곡 전체가 조용해졌다.

"어떻게 하겠나?"

우향곡주가 씁쓸한 표정으로 내게 물었다.

"문주께서 가르침을 주면 따르겠습니다. 독단적인 제 판단으로는 이 우향곡 전체가 선친께서 물려주신 것이라 떠날 마음이 없는데… 상황을 들어보니 정말 독단인 것 같습니다."

완전 답답한 유형은 아니었으나 찜찜한 마음이 있어서 우향곡주를 떠봤다.

"일단은 우향곡이 보유하고 있는 영약 좀 내놔 봐. 육갑에게 주게."

"갑자기 영약을…"

"왜? 그대가 싸울 거야? 그럼 안 줘도 돼. 이봐, 육합."

제대로 이름을 불린 육합선생이 바로 대꾸했다.

"왜?"

"가자고."

"그럴까."

나는 육합선생과 동시에 일어났다. 나는 철섬부인을 비롯한 사람들에게 손을 흔들었다.

"그럼, 무운을 빌겠네."

"…"

철섬부인이 종종걸음으로 우향곡주에게 다가가더니 답답하다는 어조로 속삭였다.

"그거 먹는다고 곡주님이… 감당할 수 있겠어요?"

"아니, 그게 아니라 당황해서 말이 헛 나온 것인데."

우향곡주가 나를 불렀다.

"문주님, 오늘 자꾸 일이 많아서 경황이 없었습니다."

내가 돌아보자, 우향곡주가 일어나서 내게 말했다.

"문주님, 보유하고 있는 영약이 있습니다. 당연히 내어 드려야지요."

나는 건조한 어조로 대답했다.

"그게 또 뭐 해독제를 먹어야 하는 깜찍한 수준의 독약은 아니겠지?"

"그럴 리가 있겠습니까."

"뭔데?"

"우화향雨花香이라 부르는데 저희가 심혈을 기울여서 재배하는 영약입니다."

"효과는?"

"보통 첫 복용 때 각자의 심법 기준으로 칠팔 년에서 십이삼 년에 해당하는 내공이 더해집니다. 장복할수록 효과가 떨어지는 영약이어서 기간을 두고 먹어야 하는 단점이 있습니다."

이 정도면 그래도 보급형 영약 중에서는 최상급이다. 천옥 때문에 내겐 간에 기별도 안 갈 테지만, 육합선생에겐 큰 도움이 될 터였다. 나는 육합선생을 바라봤다.

"우화향이라고 들어봤나?"

"들어봤지."

"구분할 수 있겠어? 가품인지 진품인지."

육합선생이 어렵지 않다는 것처럼 고개를 끄덕였다. 나는 육합선생에게 속삭였다.

"좋은 거냐?"

사람들에게 등을 내보인 채로 나를 바라보던 육합선생이 엄지를 들어 올렸다가 내렸다. 하지만 나는 우향곡주의 태도가 마음에 들지 않아서 계속 까칠하게 말했다.

"그렇군. 상당히 아깝겠어."

"아닙니다."

나는 덤덤한 어조로 우향곡주에게 하고 싶은 말을 전부 쏟아내면서 갈궜다.

"이봐, 곡주. 나이는 나보다 많이 처먹었는데 상황 판단이 이래서야. 표정을 보면 영약도 아깝고, 돈도 아깝고, 우향곡도 아까운 모양이로군. 생각하는 게 졸부가 따로 없어. 무공은 백면보다 약하고, 그렇다고 백도의 협객도 아니고. 자존심 하나 믿고 목숨을 걸어대는 흑도도 아니고. 이래서 여기 붙었다가 저기 붙었다가 성질대로 살다가 정사지간이라 불렀나 보네. 내가 웬만하면 얽히는 마도를 다 때려잡을 생각이긴 하지만 그대 하는 짓과 말을 보고 있자니 회의감이 드는군."

무어라 대답하기 전에 철섬부인에게 말했다.

"부인도 적절하게 도와주다가 빠지도록. 휘말려서 다 죽을 수도 있으니. 노마두가 오면 감당이 안 될 것이다."

철섬부인도 성질이 조금 났는지 우향곡주를 앙칼지게 노려봤다.

"우향곡주님, 이러실 겁니까? 문주님과 같은 아군을 어디서 모시려고 이러시는 겁니까."

안색이 창백해진 우향곡주가 갑자기 내게 성큼성큼 걸어오더니 가까운 곳에서 멈춰 섰다.

"문주님."

"말씀하시오. 곡주님."

"제가 평생 누구에게 아쉬운 말을 한 적이 없어서 태도도 그렇고 말투도 못내 마음에 안 드셨을 겁니다. 이미 한 차례 육합선생과 저희를 도와주셨으니 이대로 돌아가셔도 우화향을 내어드리고 살아남게 되면 앞으로 하오문의 일에도 협조하겠습니다."

음, 살짝 옳은 답변이 흘러나오긴 했다. 그래도 나는 기분이 언짢아서 육합선생을 슬쩍 바라봤다. 육합선생은 빨리 우화향을 복용하고 싶은 모양인지 팔꿈치로 내 옆구리를 치면서 주둥아리를 열었다.

"한번 봐주게. 우리가 몰랐다면 그대로 떠나도 마음이 편할 것이나 이미 강적이 온다는 것을 아는데도 이렇게 훌쩍 떠나버리면 마음이 불편하지 않겠나? 어차피 마도를 죽이겠다고 나선 것인데."

나는 황당한 표정으로 육합선생을 바라봤다. 이놈이 나랑 만난 이후로 말을 가장 길게 하고 있었다. 강호인에게 영약이 이렇게 무섭다. 나는 속내와 달리 침착한 어조로 육합선생에게 말했다.

"육갑선생, 협객이 다 되었구만."

"별말씀을."

"혹시 영약 때…"

육합선생이 급히 내 말을 끊었다.

"그렇지 않고. 그렇지 않네. 도와주는 게 마음이 편할 것 같아서. 뭐 그간 부상도 있었고 하니 먹으면 도움이 되겠지."

나는 육합선생의 어깨를 붙잡았다.

"선생, 그대와 내가 힘을 합쳐도 노마두에게 밀릴 가능성이 있어. 남을 도와주다가 죽을 수도 있다는 뜻이야. 그래도 괜찮겠어?"

잠시 전생 귀마가 고민에 빠졌다. 영약과 협객행 사이에서 고민에 빠진 전생 악인의 표정이 참으로 볼만했다. 육합선생이 내게 말했다.

"솔직하게 말해도 될까?"

"솔직해야지."

"우화향을 먹고 싶네. 그것을 먹으면 내가 이곳에 빚을 지는 것이지. 원한이 있으면 갚고, 은혜를 입었으면 그것도 갚아야 속이 편해. 강호에 사는 자들은 난관을 돌파해야 더 강해지는 법. 자네가 좀 도와주게나."

이쯤 해서 내가 덥석 도와주리라 생각했다면 큰 오산이다. 나는 우향곡주를 바라봤다가 일부러 예전에 상납받던 놈들의 말투로 주둥아리를 열었다.

"우향곡주."

"예, 문주님."

나는 손가락을 비비면서 물었다.

"돈 좀 있어?"

"…"

기분 나쁘게 했으니 공짜로는 절대 안 도와주겠다는 마음가짐으로 정신을 무장했다.

178.
꽃보다
이자하

돈 좀 있냐는 물음에 우향곡주가 대답했다.

"문주님, 돈은 물려받은 것이 있어 평생 쓰지 못할 정도로 많습니다. 얼마를 원하시든 제가 문주님과 하오문의 후원자가 되겠습니다."

뜻밖의 대답이었지만 그리 놀라진 않았다. 살짝 졸부 느낌이 있어서 돈이 많을 것이라는 예상은 이미 하고 있었기 때문이다. 사실 이런 와중에 돈이 있냐고 물어보는 것은 뜬금없는 질문이다. 다들 다양한 표정으로 나를 바라보면서 말을 기다렸다. 나는 우향곡주가 머무는 것으로 보이는 산장과 주변의 정원, 잘 정돈되어 있었던 꽃길과 작은 연못을 둘러보다가 말했다.

"그런데 이곳의 전반적인 꽃밭 분위기는 누가 만들었나?"

"조부님과 제가 만들었습니다. 유곡幽谷에 파묻혀서 살다 보니 할 일이 없었지요."

"정말 꽃 같군."

욕은 아니지만, 욕처럼 내뱉은 그런 느낌? 전부 나를 바라보고 있어서 최대한 진중한 어조로 본론을 꺼냈다.

"어쨌든 내가 여기서 적을 맞이하면 이기든 지든 간에 이 아름다운 꽃밭은 황무지로 변할 거야. 무슨 말인지 알겠지?"

우향곡주가 고개를 끄덕였다.

"이해합니다."

"돈이 많다니 다행이군. 일단은 가솔들을 이끌고 유화곡으로 피하도록 해. 하지만 거기도 끝내 안전하지 않을 거야. 유화곡주, 철섬부인. 왜 그럴까?"

철섬부인이 대답했다.

"마교를 건드렸으니 저희도 무사하지 못하겠지요."

"이해하니 다행이군."

나는 이 사람들이 가야 할 곳을 알려줬다.

"어쨌든 백면공자 일당도 마교의 외부 세력쯤은 될 테니까. 이미 마교를 건드린 셈이다. 꽃잎 몇 개 뜯어낸 수준이겠지만, 그쪽에서 발끈할 수 있는 빌미는 제공한 셈이지. 우향곡도 무사하지 못할 것이고, 유화곡도 마찬가지. 그대들은 모아뒀던 재산을 몽땅 가지고 가솔들과 함께 서악, 그러니까 화산의 연화봉으로 떠날 채비를 하도록 해."

우향곡주가 눈을 크게 떴다.

"예? 화산이요?"

나는 뒷짐을 진 채로 우향곡을 구경하면서 말을 이어나갔다.

"일단은 지금 당장 우화향을 가져와라."

나는 육합선생을 바라봤다.

"육갑은 우화향을 먹자마자, 이곳에서 당장 운기조식을 하도록. 나는 그사이에 계속 떠들고 있을 테니. 시간이 아깝다."

우향곡주가 손짓을 하자, 수하 두 명이 우화향을 가지러 가기 위해 움직였다. 우향곡주가 내게 물었다.

"화산으로 가야 하는 이유가 있습니까?"

"내가 뜬금없이 이유도 없이 가라고 하겠나? 마교는 본질이 종교단체야. 우리가 생각하기에는 이상한 교리들을 만들어서 믿는 자들이지. 이상한 것을 믿다보면, 오히려 이상하지 않은 것을 꺼리게 되는 습성이 있어. 종종 강호인들이 영산이라 부르는 장소에서 옛 마도의 고수들이 죽었던 모양이야. 대표적으로 화산과 종남산이 그런 모양이더군. 우리에겐 영산이지만, 마도 세력에겐 금지禁地랄까. 시간이 흐르면 교리도 점차 바뀌고 꺼리는 것도 변하겠지. 하지만 지금은 아니야."

나는 모여있는 사람들에게 말했다.

"금지로 가라. 살아남고 싶으면."

그래도 먼저 인연이 닿아서 그런 모양인지 철섬부인이 내게 권했다.

"문주님, 그렇다면 문주님과 육갑, 아니 육합선생과 하오문도 함께 화산으로 가시지요. 굳이 이번에 적을 맞이할 필요는 없지 않겠습니까?"

나는 손짓으로 세 사람을 불렀다.

"가까이 오도록."

유화곡주, 철섬부인, 우향곡주가 내게 다가왔다. 나는 어조를 낮춰서 설명했다.

"기왕 거처를 옮기는 거… 세 사람이 힘을 합쳐서 연화봉 주변에 사람들이 많이 살 수 있도록 여러 채의 집과 건물을 지어주도록 해."

세 사람이 서로의 얼굴을 쳐다봤다. 나는 내가 머물 집도 부탁했다.

"나중에 내가 머물 곳도 하나 지어주고."

우향곡주가 침을 삼켰다.

"너무 일이 커지는데요. 문주님?"

"고향을 떠나는 게 쉽지 않다는 건 나도 알아. 하지만 고향을 떠나지 못해서 죽음을 맞이할 필요는 없어. 그곳은 사실 백면공자가 말한 영산이야. 마교의 총단에게 걸리지 않으려고 거기서 해독약을 재배하고 있었던 셈이지. 백면공자는 내공을 뺏은 다음에 그곳으로 보냈어. 만약 그가 제대로 정리하지 못하고 있다면 세 사람이 백면을 죽이고 그 해독제를 만드는 장소도 찾아내서 불태우도록 해."

"음, 알겠습니다."

"그가 내게 약조한 바로는 그곳을 정리한 다음에 여행을 떠나겠다고 했었다. 놈이 약조를 지키지 않으면 죽이는 게 옳아. 반대로 만약 세 사람이 일 처리를 제대로 못 하면 내가 가서 확인할 거야. 내 성질은 부인이 잘 알고 있지?"

"예, 문주님."

가만히 듣고 있었던 유화곡주가 질문했다.

"그런데 저희가 자리를 잡고, 집을 여러 채 짓는 동안에 문주님은 언제 정착을 하시겠습니까?"

나는 슬쩍 웃었다.

"나는 모르지. 만약 싸우다가 내가 못 돌아가면 그대들이 하오문을 좀 챙겨주도록 해. 내가 앞으로 몇 년을 더 싸움에 집중할 것인지는 아직 알 수 없다."

"예."

나는 우향곡주에게 특히 압박을 줬다.

"곡주."

"예."

"돈은 이런 때에 이런 식으로 써야 한다. 그대가 죽으면 그 많은 돈, 소용이 없다고. 연화봉 주변에 사람이 살 수 있도록 여러 가지를 준비하면서 돈을 뿌리도록 해. 만약 그 많은 돈이 다 떨어진다면 내가 흑도를 쥐패서 쌓아뒀던 돈을 잔뜩 들고 가서 하오문의 축문과 합류할 테니… 돈은 마음껏 퍼부어."

"알겠습니다."

"나는 강호에서 싸우다가 오갈 데 없는 자들이나, 부모 잃은 아이들을 거두게 되면 그곳으로 보낼 테니 그 점도 유념하도록. 내가 왜 화산으로 가려는 것인지 이제 좀 이해했나?"

세 사람이 대답했다.

"이해했습니다."

나는 유화곡주, 철섬부인, 우향곡주의 얼굴을 찬찬히 살피다가 말했다.

"우리 넷은…"

내 말을 듣고 있었던 육합선생이 끼어들었다.

"왜 넷인가? 다섯이지."

나는 말을 정정했다.

"우리 다섯은. 사실 서로 친하지도 않고 오랜 시간을 친우로 지내지도 않았고, 심지어 상하 관계도 아니야. 하지만 육합과 내가 먼저 목숨을 걸어서 시간을 벌어주겠다. 그대들은 가솔들과 끝까지 살아남아서 화산에 정착하도록 해. 우리는 전부 강호인이기 때문에 은혜는 은혜대로 갚고, 원한은 원한대로 갚는 사람들이다."

"맞습니다."

"그럼 더는 말을 길게 하지 않아도 되겠군. 일단 여기부터 정리해서 유화곡으로 떠나도록. 최소한 우향곡주가 금단증상을 해결한 다음에 떠나야 할 테니까 시간이 많은 것 같으면서도 실은 촉박하다."

우향곡주가 다급한 표정으로 내게 말했다.

"문주님, 독초로 함정을 좀 파둘까요? 위치만 기억하시면 싸울 때 도움이 되실 터인데."

"바쁘니까 그냥 가도록 해."

"알겠습니다."

그사이에 달려온 우향곡의 수하들이 자그마한 상자를 가지고선 뜬금없이 내게 다가왔다.

"문주님, 우화향을 가져왔습니다."

나는 턱짓으로 육합선생을 가리켰다.

"선생에게 줘라."

"두 개를 가져왔는데요?"

나는 뒷머리를 긁다가 대답했다.

"줘."

하나를 받아서 일단 품에 넣은 다음에 곡주들과 부인에게 손짓했다.

"빨리 움직이라고. 인원이 많으니."

나는 우화향 상자를 건네받은 육합선생에게 말했다.

"육갑, 바로 복용해서 운기조식하도록. 나는 지금 먹을 생각이 없다."

육합선생이 고개를 끄덕였다.

"알겠네."

사람들이 분주하게 움직이다가 때때로 내게 다시 인사를 하러 오거나, 육합선생에게 말을 걸려는 자들도 있었다. 그럴 때마다 나는 다들 입을 닥치게 한 다음에 전부 돌려보냈다. 육합선생이 곧장 운기조식을 시작했기 때문이다. 나는 이들과 마지막 작별의 순간에도 손을 몇 번 흔들다가 입 모양으로 인사를 대신했다.

'잘 가라.'

다들 나를 향해 고개를 숙였다가 서두르는 걸음으로 우향곡을 빠져나갔다. 전부 등에 커다란 봇짐을 짊어지고 있었기 때문에 피난민 행렬을 보는 것만 같았다. 나는 그제야 조용해진 우향곡을 바라보다가 육합선생 근처에 앉아서 가부좌를 틀었다. 전생 귀마가 눈을 감은 채로 운기조식에 집중하는 동안… 나는 뜬눈으로 새소리와 물소리를 들으면서 상념에 빠졌다.

* * *

나는 가부좌를 튼 채로 반쯤 졸고 있다가 육합선생의 깊은 호흡 소리에 눈을 떴다. 엉터리 도사 놈처럼 허우적대는 손짓으로 운기조 식을 마무리한 육합선생이 만면에 미소를 띤 채로 눈을 떴다. 표정 만 봐도 성과가 제법 좋았다는 것을 알 수 있었다. 어찌 보면 이 영 약이야말로 우리 같은 사내들에겐 백면공자가 뿌리던 해독제, 즉 마 약이나 다름이 없었다. 육합선생이 웃음을 감추지 못하는 표정으로 내게 말했다.

"자네도 복용하고 어서 운기조식을 하게. 내가 교대할 테니."

나는 웃음이 절로 나왔다. 전생 귀마를 앞에 두고 운기조식을 할 마음은 전혀 없었다. 또한, 이미 내 몸에는 대붕大鵬만 한 영약이 들 어있는 상태라서 서두를 필요도 없었다.

"나는 나중에."

육합선생이 표정을 굳힌 채로 내게 물었다.

"문주, 아직도 나를 믿지 못하나?"

"선생."

"말하게."

"갑자기 생각난 것인데 그대는 제자가 있나? 설마 그 벌레 같은 놈들이 제자는 아닐 테고."

"없네."

"왜 없어?"

문득 육합선생이 입을 다물었다. 나는 육합선생의 표정을 보고 나 서야, 그가 무공을 배웠던 육합문이 멸문했다는 사실이 떠올랐다. 어찌 보면 그 사건 때문에 육합선생이라 불리던 사내가 시간이 흘러 귀마가 됐을 터였다. 이 사내는 복수심을 가지고 살아가던 인생의 방향을 다른 곳으로 전혀 틀지 못했던 사람이다. 하지만 상처는 누구에게나 있는 법이라서 나는 하고 싶은 말을 내뱉었다.

"나중에 제자를 한 명 거둬들이도록 해."

"내가 왜?"

"나는 천하에서 가장 뛰어난 협객의 자질을 가진 제자를 가르칠 거야. 다음 시대를 이끌어야 할 테니 되도록 안전하게 화산에서 무공을 가르치는 게 낫겠지. 자네는 종남산에서 제자를 가르치도록 해."

"그러니까 내가 왜?"

내가 씨익 웃으면서 말했다.

"제자끼리 싸움을 붙여서 구경 좀 하자고."

"…"

"자고로 불구경하고 싸움 구경이 제일 재미있는 법이지. 선생도 알겠지만 싫어하는 놈하고 허구한 날 치고받고 싸워야 실력이 빨리 느는 법이야. 경쟁 상대가 없이 벽 보고 수련하는 것은 사실 미련한 짓이지. 무슨 말인지 대충 알지 않나."

"그렇긴 하지."

"혹시 모르지."

"뭘?"

"그대가 나보다 제자 가르치는 재주는 더 뛰어날지도."

"그걸 말이라고 하나? 당연히 내가 더 뛰어나겠지."

나는 발끈하는 육합선생의 장단을 좀 맞춰줬다.

"생각해 보니 아니야. 당연히 내가 더 뛰어나겠지."

"그 지랄 맞은 성격에 잘도 뛰어나겠군."

"그대도 지랄은 나 못지않아."

나는 낄낄대면서 웃다가 육합선생을 놀렸다.

"그리고 이미 내가 이겼어."

"뭔 개소리야? 아직 제자도 없는데."

나는 품에서 우화향 상자를 꺼낸 다음에 육합선생을 향해 흔들었다.

"나는 안 먹었거든. 그때까지 보관했다가 제자에게 줘야겠다. 육갑 떠는 제자 놈을 당장 줘팰 수 있도록."

육합선생이 비웃는 표정으로 대답했다.

"썩어 문드러지겠네. 잘 보관해라. 독초가 되어서 먹자마자 제자를 잃겠군. 하여간 자네는 너무 충동적이야."

나는 육합선생의 말을 듣자마자 상자를 열어서 우화향을 입에 넣은 다음에 잘근잘근 씹으면서 육합선생을 바라봤다.

"선생, 진심 어린 충고 고맙군. 바로 먹는 게 낫겠어."

육합선생이 떨떠름한 표정으로 다른 곳을 쳐다봤다. 나는 우화향을 씹으면서 중얼거렸다.

"이거 진짜 염병할 맛이네. 인생의 쓴맛이로구나."

육합선생이 벌떡 일어나더니 내게 말했다.

"한바탕 돌아보고 올 테니 바로 운기조식해라. 지형을 잘 살펴놓아야 잘 싸울 수 있다는 것을 애송이가 알런가 모르겠다만."

육합선생이 뒷짐을 진 채로 우향곡을 둘러보면서 산책을 시작했다. 아무래도 본인이 근처에 있으면 내가 불편하리라 생각하는 모양이었다. 나는 육합선생의 등을 한참이나 물끄러미 바라보다가 호흡을 길게 내뱉었다. 문득 이런 생각이 들었다. 사람이 정말 변하긴 하는 모양이라고 말이다. 하지만 그 변화가…

내게도 전생 귀마에게도, 결코 쉬운 일은 아니었다. 나는 탁자로 가서 섬광비수를 꽂은 다음에 두 다리를 빈 의자에 뻗었다. 백면공자는 첫 휴가를 얻어서 화산으로 향하고 있겠으나, 나는 이런 순간이 짧은 휴가였다. 양손을 머리 뒤에 댄 채로 우향곡의 하늘을 바라보다가 숨을 크게 들이마셨다. 우향곡의 진한 꽃향기를 맡는 도중에 주변을 돌아다니고 있는 육합선생에게 물었다.

"육합."

"왜 그러나?"

"화산에도 꽃이 많을까?"

"그걸 말이라고 하나? 그걸 질문이라고 해? 당연히 많겠지."

"역시…"

"역시 뭐?"

"그대는 화산과 어울리지 않아. 종남으로 꺼지도록 해. 자네 못난 얼굴 때문에 꽃들이 놀랄 거야. 내가 가는 게 맞겠지."

제법 떨어진 곳에서 육합선생의 긴 한숨 소리가 들렸다. 나는 육합선생과 지금 쳐다보고 있는 하늘을 향해 선언했다.

"내가 화산으로 간다. 왜냐하면, 육갑보다 잘생겼기 때문이다."

어디선가 육합선생이 소리를 버럭 내질렀다.

"거, 지랄 염병 떠는 소리 좀 그만하고. 운기조식 좀 해라!"

"방금 지랄 염병이라고 했나?"

"…"

"그것이 나다."

나는 우향곡의 꽃들을 구경하다가 생각나는 대로 중얼거렸다.

"…꽃보다 이자하."

이건 좀 너무 나간 것 같아서 나는 나 자신에게 혀를 찼다.

"쯧쯧쯧…"

먼 곳에서 육합선생도 나를 따라서 혀를 찼다. 문득 고개를 돌려 보니, 새삼스럽게 전생 귀마가 입을 굳게 다문 채로 우향곡의 꽃을 구경하고 있었다.

'꽃들 놀라겠다. 이 새끼야.'

이번에는 속마음을 입 밖으로 내뱉지 않았다.

179.
육합, 왜 이런 것을
내게 가르치나?

나는 운기조식을 할 마음도 들지 않고 딱히 수련하고 싶은 마음도
없어서 흘러가는 구름을 구경했다. 이곳에서 사흘 정도는 머물러야
만 피난 행렬이 무사히 유화곡에 들어갈 터였다. 지루하다고 생각하
면 이 사흘도 한없이 지루해질 것이고. 모처럼 경관이 좋은 산장에
서 쉰다고 생각하면 보기 드문 휴식이 될 터였다. 수련보다는 휴식
이 필요한 상태라서 아무것도 하지 않았다.

　여기서 내가 할 일이란… 구름을 보고, 꽃을 보고. 꽃을 바라보고
있는 전생 귀마를 가끔 쳐다보는 것이었다. 꽃과는 전혀 어울리지
않는 사내도 할 일이 없는 모양인지 유난히 특이한 꽃이 많이 피어
있는 꽃길을 돌아다니고 있었다. 문득 나는 꽃을 구경하는 전생 귀
마가 인상적이어서 그를 불러봤다.

　"육합."

　"왜 그러나?"

"뭘 그렇게 동네 고양이처럼 어슬렁대고 있나?"

"그냥 있네."

꽃을 보고 있으면서도 꽃을 보고 있다는 말을 하지 못하는 사내가 육합선생이었다. 나는 꽃을 구경하는 전생 귀마를 한 폭의 그림이라 생각하고 여백에 들어갈 말을 생각나는 대로 읊어보았다.

"우향곡에 틀어박혀 꽃을 바라보고 있으려니."

내가 뜬금없는 말을 꺼내자, 전생 귀마가 나를 물끄러미 바라봤다.

"…"

나는 귀마와 꽃을 가리키면서 말을 이어나갔다.

"바람에 이리저리 움직이던 꽃들이 내게 묻는다."

귀마가 화답하듯이 내게 물었다.

"뭐라 묻던가?"

"어디서 오셨냐고 묻는군."

귀마가 덤덤한 어조로 대답했다.

"나는 육합문에서 왔네."

나도 대답했다.

"나는 일양현에서 왔네. 꽃들이 다시 묻기를."

"…"

"그곳에도 자신들과 비슷한 꽃이 있냐고 묻는군. 그렇다고 하자 꽃들의 시선이 검에 머물렀다."

귀마가 말했다.

"왜?"

"혹시 검객께서 그 꽃을 검으로 해쳤냐고 물어보네. 그런 적은 없었다고 하니, 비로소 꽃들이 안심했다. 하지만 나는 이들에게 며칠 내로 닥칠 소식을 전했네."

"무어라?"

"마귀 같은 놈들이 우향곡에 몰려오면 어쩔 수 없이 나도 검을 뽑아야 한다고."

육합선생도 정신이 좀 나가고 있는 모양인지 내게 물었다.

"꽃들이 뭐라고 대답하는가?"

"그것은 어쩔 수 없는 일이고. 잠시 이야기를 나누게 되어서 기쁘다는 말을 하는군."

이제 육합선생도 내게 장단을 잘 맞춰줬다.

"그것이 바로 꽃의 본성이로군."

내가 고개를 끄덕이자, 육합선생이 묘한 표정으로 웃더니 꽃을 보면서 말했다.

"이봐, 나는 육합이다. 육갑이 아니라…"

나는 순간 웃음이 터져서 허벅지를 한 대 때렸다.

"하하."

육합선생이 피식대면서 웃다가 내게 말했다.

"이보게 문주, 내공을 소비하지 말고 검으로 붙어보세."

나는 일어나서 육합선생에게 다가갔다. 이자가 무언가 깨달음이 오려는 모양인지 긴가민가하는 표정을 짓고 있었다. 나는 목검을 붙잡으면서 잔잔한 어조로 말했다.

"일양현의 점소이, 이자하올시다."

육합선생이 검을 뽑으면서 대답했다.

"나는 육합문의 마지막 생존자라네. 육합문의 무공을 다 익히기도 전에 육합문이 사라지게 되었지."

"이런 우연이 있을 수가."

"무엇이?"

"우리 객잔도 불에 타서 없어졌거든."

육합선생이 씨익 웃었다.

"아, 그런가."

"하지만 흑도의 돈을 빼앗아서 불에 탔던 것보다 열 배는 더 크게 짓고 있지."

육합선생이 어깨를 들썩이면서 웃다가 검을 내질렀다.

"대단한 악당이로군."

나는 육합선생의 검을 목검으로 튕겨낸 다음에 입을 다물었다. 우리 둘은 서로를 바라보면서 꽃을 구경하러 온 들짐승처럼 움직였다. 문득 육합선생이 내게 말했다.

"육합문의 검은 지극히 단순한 검법. 동서남북을 틀어막고, 하늘과 땅을 가르는 기세로 반격하는 것. 강호에 내던져진 다음에는 다양한 무공을 익힌 다음에 육합검법의 묘리에 모두 숨겨놨네. 복잡하게 익힌 다음에 단순하게 펼치고 있지. 그 뜻을 이해해 보게."

뜬금없이 육합선생이 내게 육합검법의 묘리를 알려주고 있었다. 나는 별다른 생각 없이 육합선생과 칠십여 합을 겨뤘다. 처음에는 내공을 주입하지 않은 채로 겨루는 것이 무척 어색했으나 전생 귀마 놈의 공격이 무척 단조로웠기 때문에 어렵지 않게 적응할 수 있었다. 싸우던 도중에 육합선생이 제안했다.

"육합검법으로 대응해 보게."

나는 그의 말대로 동서남북의 방위로 반격하다가 빈틈이 보일 때만 찌르고, 베고, 내려치는 것으로만 반격했다. 어찌 보면 이것은 삼재검법보다 겨우 한 단계 위에 있는 지극히 단순한 검법이었다. 나는 다시 육합검법의 단순한 묘리로만 전생 귀마와 한참을 맞붙었다. 어느 순간, 육합선생이 스스로 뒤로 물러나더니, 검을 수직으로 그어서 한줄기 거대한 검풍劍風을 쏟아냈다.

순간, 내 얼굴과 눈앞이 온통 바람으로 뒤덮였다. 내공으로 튕겨 내지 않으면 막을 수 없는 한 수였다. 육합선생이 내게 육합검법을 가르치려는 의도로 펼친 것이었기에 나는 곧장 똑같은 수법으로 검풍을 일으켰다. 두 줄기의 검풍이 회오리처럼 섞였다가 요란한 굉음과 함께 하늘로 뻗어나갔다. 검풍을 내보냈던 육합선생이 검을 내리면서 말했다.

"내가 계속 철벽의 방어를 펼치면서 검로劍路를 단순하게 이끌었던 이유를 알겠나?"

나는 비무에서 깨달은 바를 즉석에서 논검論劍의 형식으로 대답했다.

"첫째는 실수를 유도하고."

"둘째는?"

"변수를 틀어막으며."

"셋째는."

"단 일검一劍에 역전하기 위해."

"넷째는?"

"불필요한 움직임으로 내공을 과도하게 소비하지 않고."

"좋아, 다섯."

나는 여기서부터 대답을 하는 데 시간이 걸렸다.

"…결국엔 육합의 방위가 잡다한 무공을 모조리 숨겨놓을 수 있는 포괄 개념의 동작이어서."

"얼추 이해한 모양이군. 그다음은?"

"그다음도 있나?"

육합선생이 바닥에 주저앉더니 내게 말했다.

"천천히 생각해 보게. 왜 단순한 검로를 이렇게 고집하는지."

나도 맞은편에 주저앉아서 팔짱을 꼈다.

"결국에… 상대의 숨통을 끊는 마지막 공격은 아무리 많아봤자 베기, 찌르기, 내려치기에 수렴하니까. 결국엔 가장 확실하게 죽일 수 있는 검법으로 다듬기 위해. 복잡하게 수련해서 단순한 공격의 수준을 끝없이 끌어올리는 무학."

육합선생이 나를 잠시 바라보다가 고개를 끄덕였다.

"그것이 육합검법이네. 세상의 수많은 검법에는 현란한 초식, 다양한 움직임, 속임수, 허초와 실초가 있지. 하지만 내가 익히는 검법은 이 모든 것을 무력화시키는 방어에 이은 일수반격一手反擊. 그 방어와 일수반격을 삼 일 밤낮에 걸쳐서 펼쳐도 지치지 않는 체력과 내공이 필요하지. 육합문의 무학은 이렇게 단순하고 뚜렷해서 성취가 참 느린 무학이야. 무언가 화려한 것을 기대하고 들어왔던 놈들은 십중팔구 제 발로 기어나갔지."

"그랬겠군. 거기에 자네가 익힌 복잡한 무학들을 숨겨놓게 된 계기는?"

"복수를 할 때 보니까 결국에는 대부분 다 찌르거나 단순하게 베어서 죽이더군. 나름의 해답을 찾았다고 생각했지. 육합검법의 묘리는 결국 남을 흉내 내지 않는 것이네. 어차피 무학의 완성이란 끝이 없는 길이니 서두르지 말아야겠지."

동의하는 바다. 육합선생의 무학이 이러했기에 전생 귀마 시절에도 강했던 것일 터. 성격이나 과거가 어떠했든 간에 대종사가 될 능력은 충분히 갖추고 있었다. 나는 고개를 끄덕이다가 육합선생에게 조언했다.

"그대의 첫 제자는 천하에서 가장 인내심이 뛰어난 아이여야 할 거야. 보통 고집으로는 대성하기 어렵겠군."

"그런 제자가 있을까 모르겠군."

"찾아야지. 그런데 왜 갑자기 내게 육합문의 묘리를 알려주는 건가?"

육합선생이 별일 아니라는 것처럼 말했다.

"죽으면 이게 다 무슨 소용인가."

흐름에 따라서 내가 익힌 검법을 육합선생에게 알려줘야 하는 차례였는데 사실 그것은 매우 어려운 일이었다. 전생 귀마가 익히고 있는 검법의 정반대되는 무학이라서 그렇다. 그 때문에 나도 일단 말로 설명해 봤다.

"어쩌다 보니 나는 육합검법의 정반대되는 검법을 추구하고 있군."

육합선생이 고개를 저었다.

"정반대가 아닐세."

"그럼?"

"그것은 말로 표현하기 어렵군. 흑묘방에 머무르고 있을 때 종종 소군평이 매화나무를 흔든 다음에 떨어지는 매화를 칼로 쳐내고 있더군. 자네가 익히려던 것이지?"

나는 고개를 끄덕였다.

"맞아."

"지켜보다가 황당해서 소군평에게 뭐 하는 짓이냐고 물었더니 자네를 따라 하는 것이라고 했네. 소군평이 말하길 문주님이 자신보다 한 열 배는 더 잘하는 것 같다고 하더군."

"그래서 뭐라고 답해줬나?"

"네 실력으로는 가망이 없는 수련 방법이니 때려치우라고 했지."

"맞는 말이야."

"자네는 왜 규칙 없이 떨어지는 매화를 후려치고 있었나. 수하들이 무작정 따라 할 정도로 제법 잘했던 모양인데."

이 영민한 사내는 내가 가르치지 않아도 질문을 던지면서 무언가를 얻어내고 있었다. 나는 편한 마음으로 말했다.

"왜냐하면, 검법의 초식이라는 것은 결국 과정에 지나지 않기 때문이야."

"그런가?"

"십삼수와 같은 초식에 아무런 변화도 주지 않은 채로 고집스럽게 휘두르면 이를 간파한 상대에게 죽게 돼. 세상에 수많은 검법과 초식이 있지만, 그것은 전부 수련할 때나 필요한 것이지 직접 싸울 때는 달라. 배운 초식대로 다양한 상황에 대처하는 고수가 어디 있나?"

"없지."

"기초를 익히고, 단계별로 복잡해지고, 신묘한 초식을 익히는 것은 미리 몸을 훈련하고 다양한 검로를 익혀서 생각하는 것보다 빠르게 대처하려는 의도지. 그 말은 뭐겠나?"

"지독하게 수련하면 흩날리는 매화를 하나하나 쳐내는 것도 초식이 되겠군. 하지만 어느 세월에 그걸 완성하겠나? 삼재검법으로 천하제일이 되는 것보다 더 오랜 시간이 필요할 거야."

이처럼 육합선생의 검법과 내가 생각하는 검법은 차이가 있었다. 서로를 어느 정도 이해하고 있음에도 불구하고 말이다. 이것이 종남의 검과 화산의 검이 서로를 이해하면서도 다른 방향으로 흘러가는 출발점이 될 터였다. 나는 곰곰이 생각하다가 육합선생에게 말했다.

"내가 생각하기에 천하제일검객이 탄생하려면…"

"말해보게."

"육합의 고집스러운 묘리도 알고 화산의 자유분방함도 갖춰야 해. 우리가 키울 제자들이 서로 교류하지 않으면 대단한 검객은 나올 수 없을 거야. 내 말이 무슨 뜻인지 이해하지?"

육합선생이 고개를 끄덕였다.

"자네와 내가 무척 동떨어진 무학을 추구하니까. 양측이 대결해서 계속 심득을 얻어야 한다. 이 말이로군."

어느새 온종일 육합선생과 논검을 하다 보니 주변이 어두컴컴해진 상황. 우리는 그제야 우향곡주의 거처로 향하면서 말했다. 뜬금없이 육합선생이 이렇게 말했다.

"좋았어. 검은 어느 정도 이해했네. 내일은 장법과 권법, 각법, 경공에 대해 논해보세."

"그다음엔?"

"삼 일 차에는 운기조식과 심법, 기를 체외로 발현하는 것에 대해 논해보세."

"그러자고."

생각해 보면 전생 귀마와 나는 어떤 마도의 고수가 올 것인지 전혀 모르는 상태에서 무학을 논하고 있었다. 애초에 우리는 도망치는 사내들이 아니라서 그렇다. 적을 기다리면서 살아남기 위해서 서로의 무학을 교환하고, 논쟁했다.

그래서일까. 사흘이 흘렀는지 오륙 일이 흘렀는지 까먹은 채로 우향곡의 논검을 이어나갔다. 어느 날 꽃들이 만발한 장소에서 내공에 대해 논하다가 문득 고개를 돌려보니, 백발의 사내가 근처에서 뒷짐을 진 채로 우리를 바라보고 있었다.

"..."

적인지 아군인지 알 수가 없어서 내가 먼저 인사를 건네보았다.

"노인장, 어서 오시오."

백발의 노인장이 다가오면서 내게 물었다.

"자네가 우향곡주인가?"

"아니외다."

가까이 다가온 백발 노인장이 탁자에 앉으면서 우리에게 물었다.

"두 사람이 이곳에 찾아온 삼공자의 수하들을 죽였나?"

나는 육합선생을 바라봤다가 덤덤한 어조로 대답했다.

"그렇소."

백발 노인장이 한숨을 내쉬었다가 고개를 끄덕였다.

"잘 찾아왔군."

잠시 우리 셋은 우향곡의 풍경을 말없이 바라봤다. 다채롭던 꽃들의 안색이 전부 하얗게 질리고 있는 것처럼 보였다. 아무래도 삼공자의 외조부가 직접 찾아온 모양이었다.

180.
은밀한 전략가

노인장이 말했다.

"두 사람에게 별 감정은 없네. 다만 진행하던 일에 차질이 생길 정도로 방해를 받았군. 두 사람은 나이도 젊고 실력도 출중해 보이니 삼사 년이든 사오 년이든 내 밑에서 일하면서 아까운 목숨을 붙여놓는 게 어떻겠나. 큰일이 지나가면 조건 없이 풀어주겠다고 약조하네. 돈도 많이 벌게 될 것은 물론이고 딱히 두 사람에게 이래라저래라 할 사람도 없게끔 지위도 보장하겠네."

백발 노인장은 자신이 누구인지 소개도 하지 않은 채로 오자마자 육합선생과 나를 가문의 사업으로 끌어들이고 있었다. 이것이 마도식 인재 초빙이란 말인가? 욕설을 섞은 것도 아니고, 삼류 흑도처럼 협박한 것도 아니라서 나도 최대한 점잖게 대답했다.

"노인장, 여기 보다시피 못생긴 육합선생은 남의 밑에 있을 사람이 아니다. 관상을 보고 말해라. 늙은이가 관상 볼 줄도 모르나. 나이를 어디로 처먹은 거야?"

노인장이 나를 노려보는 와중에 육합선생도 나를 노려봤다.

"..."

나는 순간 적이 두 명으로 늘어난 것 같아서 덤덤한 어조로 사과했다.

"농담이야. 넘어가자고."

노인장이 육합선생에게 친근한 어조로 권했다.

"육합선생, 자네 별호는 종종 들었네. 이 자리에서 죽는 것보다 늙은이 밑에 있는 것이 낫지 않겠나? 남의 밑에 있다지만 실은 지금보다 훨씬 많은 사람을 부리게 될 것이네."

나는 고개를 끄덕이면서 육합선생을 바라봤다.

"그러게. 나쁘지 않은 제안 같은데 당사자에게 직접 대답을 들어봅시다."

육합선생이 곁눈질로 백발의 노인장을 바라보면서 대답했다.

"사마외도 밑으로 들어갈 내가 아니다."

나는 미간을 좁히면서 끼어들었다.

"그 말은 뭐야? 임 맹주 밑으로 들어갈 수는 있다는 말인가?"

육합선생이 대답했다.

"문주, 이런 와중에도 자꾸 헛소리를 할 텐가?"

"나는 싸우기 전에 종종 헛소리를 내뱉는 버릇이 있어. 참고하도록."

슬쩍 웃음을 흘리던 백발의 노인장이 내게도 물었다.

"자네도 육합선생과 같은 생각인가? 무척 젊군. 대공大公들과 나이가 비슷하겠어. 죽이자니 아깝군."

나는 동의한다는 것처럼 고개를 끄덕였다.

"아까우면 꺼지면 되잖아. 늙은이 새끼, 평생 피를 보고 산 것 같은데 인재 탐내는 척하지 마라. 안 어울려. 그리고 나는 철저하게 독립적인 사람이다."

"그 철저하다는 것이 어느 정도이기에?"

"노인장이 두려워하는 교주에게 잡혀도 밑으로 들어갈 생각이 없어. 교주든 아니든 사실 아무런 상관이 없지."

순간 나는 광승에게 끌려다닌 것이 생각나서 속이 좀 뜨끔했다. 하지만 그때는 무공 실력이 형편없었기 때문에 어쩔 수가 없었다. 노인장이 웃으면서 말했다.

"정말 무모하게 사는 친구들이로군. 더 할 말 있나?"

나는 백발의 노인장에게 물어볼 게 있었다.

"개똥같이 분위기를 잡는 노인장이 삼공자의 후원자인가?"

"그러하네."

"노인장이 죽거나 다치면 삼공자가 앞으로 어떻게 되겠나?"

노인장이 고개를 갸웃하면서 내게 물었다.

"자네는 대체 누구인데 이쪽 사정을 어느 정도 아는 것처럼 말을 하는 것인가."

나는 씨익 웃으면서 노인장을 바라봤다.

"나야 뭐 노인장 윗사람의 적이지."

"왜 그렇게 망상에 빠져있나? 육합선생."

육합선생이 짤막하게 대답했다.

"왜."

"왜 정신 나간 젊은이와 같이 다니고 있나?"

육합선생이 코웃음을 치면서 대답했다.

"가끔 정상일 때도 있다네."

노인장이 내게 말했다.

"잘 듣게. 교주가 가끔 입에 담는 적의 이름이 천하에서 대여섯을 넘지 않네. 자네가 뭔 짓을 하든지 교주 입에 거론될 일이 없다는 뜻이야."

나는 고개를 끄덕였다.

"시간이 좀 흐르면 예닐곱이 되겠지."

노인장이 우리를 협박했다.

"자, 이제 그대들은 곱게 죽진 못할 것이네. 발등을 핥으면서 약을 내려달라 애원하겠지. 모처럼 예의를 갖춰서 제안하러 왔는데 아쉽게 되었군."

나는 심리 상태를 흔들기 위해서 최대한 입을 놀렸다.

"늙은이, 그대가 팔이라도 하나 잘려서 돌아가면 삼공자도 위태롭겠지. 우리에게 죽지 않아도 앞으로 사업이 험난해질 테니까 오늘은 제대로 싸우도록 해라."

노인장이 육합선생과 내게 쌍장을 내밀었다. 나는 몸을 보호하려는 의도로 염계대수인을 휘감아서 받아쳤다.

콰아아아아아아아앙!

순식간에 귀청이 멍해지면서 어느새 나는 몸이 공중에 뜬 상태였다. 장력을 겨뤘던 자리가 움푹 파여있었는데, 약간 떨어진 곳에서

...

인상을 찌푸린 육합선생이 땅에 내려서고 있었다. 나는 지상에 내려서자마자 노인장에게 물었다.

"늙은이, 별호가 무엇인가?"

노인장이 입을 여는 순간, 나는 벼락 치듯이 호통을 내질렀다.

"닥쳐라! 생각해 보니 네 별호 따위는 궁금하지 않아. 계속 덤비도록."

노인장이 한숨을 내쉬더니 나를 쳐다보는 와중에 손으로 자신의 관자놀이를 몇 차례 빙빙 돌렸다. 나는 그것을 보자마자 말했다.

"미친 새끼…"

도발이 너무 잘 먹힌 것일까? 노인장이 육합선생을 내버려 둔 채로 내게 달려들었다. 기세가 흉흉해서 나는 즉시 도망쳤다.

"…"

며칠 산책을 하면서 우향곡의 지형은 대부분 살펴놨던 상태. 나는 계곡 아래로 도망을 치다가 노인장이 이끌고 온 병력이 포위망을 구축한 것을 발견한 다음에 다시 크게 돌아서 우향곡으로 복귀했다. 그 와중에 백발의 노인장과 육합선생이 차례대로 도착해서 호흡을 한 번씩 내뱉었다.

"후…"

백발 노인장이 내게 물었다.

"뭔가? 왜 도망을 치나. 바깥에 이미 수하들을 전부 배치해 놨네. 아까 내게 했던 말을 고스란히 돌려주겠네. 오늘 나를 몸 성하게 이기지 못하면 자네들도 포위망을 탈출하다가 죽게 될 거야."

나는 인상을 쓴 채로 눈을 여러 차례 껌벅였다.

"아, 늙은이 새끼. 말할 때마다 지루해서 잠이 오네. 아, 낮잠 잘 시간인데 죽을 맛이네. 아으… 육갑, 자네가 좀 싸워봐. 늙은이 새 끼, 말투도 느릿느릿해서 속이 답답하다."

육합선생이 검을 뽑자, 이번에도 노인장이 내게 달려들었다.

"아니…"

나는 황당해서 말을 하다 말고 다시 도망쳤다. 늙은이의 경공 실 력이 상당히 뛰어나긴 했으나 나는 어차피 지저분하게 달렸다. 늦지 대도 달리고, 일부러 큼지막한 나무 뒤에 숨었다가, 공중으로 솟구 쳐서 나무의 몸통을 밀어낸 다음에 방향을 급격하게 바꿨다. 그사이 에 우지끈 소리가 들리면서 큼지막한 나무가 몇 차례 쓰러졌다. 나 는 도망가면서 말했다.

"산신령 노하시겠다."

이번에도 얼마 도망가지 못하고 주변을 틀어막고 있는 병력에 가 로막혔다. 나는 전방을 향해 경고했다.

"비켜라."

동시에 전방에서 수십 개의 검이 뽑혔다. 나는 비킬 마음이 없는 자들을 향해 목검을 뽑자마자 발검식으로 검기를 분출했다.

쐐앵!

일자一字 형태의 검기를 수십 명이 검을 휘둘러서 받아쳤다. 나는 휘청이는 놈에게 빠르게 다가가서 어깨를 밟고 넘어간 다음에 목검 을 휘둘렀다. 늙은이의 목소리가 들렸다.

"비켜라."

나는 순간 오감이 확장되면서 시야가 넓어지는 느낌을 받았다. 감각, 본능, 소리, 촉감까지 전부 시야에 힘을 보태고 있었기 때문이다. 살상의 목적이 아니라 돌파한다는 목적을 가진 채로 병력을 뚫다가 솟구쳐서 좁게 서있는 나무를 이리저리 튕겨내면서 포위망을 빠져나 갔다. 나는 다시 방향을 틀어서 노인장과 거리를 벌린 다음에 우향곡 으로 향했다. 다시 대화를 나누던 곳에 도착해 보니 육합선생이 무릎 을 꿇은 채로 명상에 잠겨있었다. 나는 육합선생에게 말했다.

"육합, 명상할 때가 아니야."

육합선생이 눈을 감은 채로 대답했다.

"자네가 경공을 멈추면 합류하겠네. 따라잡는 것이 벅차군."

"솔직한 고백, 좋았다."

이어서 백발 노인장이 다시 우향곡에 등장해서 황당한 표정으로 나를 바라봤다. 나는 처음에 노인장에게 내뱉었던 말을 그대로 반복 했다.

"…노인장, 어서 오시오. 지닌 내공에 비해 경공이 좀 부족하군. 집안에서 턱짓으로 하인들이나 부리면서 지냈으니 허리와 무릎이 정상은 아닐 것이다. 조만간 뛰다가 숨이 넘어가겠군. 늙은이 새끼, 호흡 조절하고 있네."

"…"

문득 육합선생을 바라봤다. 이 새끼는 이런 와중에도 눈을 감은 채로 미소를 짓고 있었다.

"웃어?"

나는 진지한 어조로 노인장에게 권했다.

"노인장, 이 새끼 웃는데? 나한테만 덤비지 말고 육합선생의 검법도 한번 확인하는 게 어떻겠소."

노인장이 대답했다.

"한참 어린 후배들을 상대로 이게 무슨 짓인지 모르겠군. 둘 다 동시에 덤비도록 해라."

나는 노인장의 느릿느릿한 말투를 성대모사로 따라 해봤다.

"둘 다… 동시에… 덤비도록… 하아아아여어어어라아."

노인장이 다시 내게 달려들었기 때문에 나는 서둘러서 피했다.

"아, 씨벌!"

왜 또 나를 따라오는 것일까. 노인장의 내공 수준이 꽤 높아서 나는 다시 도망을 쳤다. 이번에는 도망을 치면서 노인장을 달래보았다.

"사과하겠소."

"…"

"다시 우향곡으로 돌아가서 정식으로 붙어봅시다."

이런 와중에도 노인장이 내게 물었다.

"도망가지 않을 것인가?"

"승부를 냅시다. 육합선생과 합류하리다."

"합류해라."

"좋소."

나는 방향을 꺾어서 다시 우향곡에 진입했다. 새삼스럽게 진입로에서 보는 꽃들의 풍경이 정겨웠다. 나는 육합선생을 불렀다.

"선생…"

내가 어조를 평소와 달리하자, 육합선생이 눈을 떴다. 나는 육합선생을 바라보다가 한쪽 눈을 살짝 깜박인 채로 말했다.

"자네가 먼저 덤비도록. 차륜전으로 대항하세. 지치거나 위험할 때 내가 교체하는 것으로 하지."

육합선생이 자리에서 일어났다. 내가 탁자에 있는 술로 향하자, 육합선생이 노인장에게 정중한 어조로 물었다.

"선배, 차륜전으로 상대해도 되겠소?"

육합선생이 정중하게 묻자, 노인장이 고개를 끄덕였다.

"자네가 먼저?"

"한 수 배우리다."

나는 술을 한잔 따라 마시면서 곁눈질로 노인장과 육합선생을 바라보다가 중얼거렸다.

"휴… 더럽게 잘 따라오네. 늙은이 새끼."

욕을 하자마자 노인장이 또 나를 노려봤다. 나는 손을 내밀어서 노인장을 진정시켰다.

"미안합니다."

노인장이 육합선생에게 달려들었다. 둘은 미련한 곰 새끼들처럼 정중앙에서 맞붙더니 맹렬하게 겨루기 시작했다. 내가 생각하기에 육합선생은 정중한 마음이 눈곱만치도 없는 놈이다. 그런 육합선생이 정중한 어조로 썼다는 것은 눈치가 있다는 뜻이다. 솔직히 저놈이 어느 정도 버틸 수 있을지, 나도 모르겠다. 일단 달리는 와중에도 소변이 계속 급했기 때문에 등을 내보인 채로 바지춤을 끌러내서 소변을 해결했다. 나름, 긴장한 모양인지 물줄기가 보이지 않아서 전통적인 수법을 사용해 봤다.

"쉬… 쉬이…"

뒤에서 굉음도 울리고 가끔 자그마한 돌멩이가 날아와서 귓가를 스치고 있었으니 당연히 물줄기가 보이지 않을 수밖에. 하지만 나는 결국 해냈다.

"휴."

좌아아아아…

투명한 물줄기를 구경하면서 전생 귀마가 분전하는 소리를 귀로 들었다. 검과 장력이 부딪칠 때마다 두 고수의 내공이 소리로 표현되고 있었다. 확실히 만만치 않은 상대여서 전생 귀마가 밀리는 형국이었다. 나는 볼일을 마친 다음에 허리띠를 졸라맸다. 숨을 한 번 크게 들이마셨다가 내뱉은 다음에 중얼거렸다.

"아수라발발타."

바지춤에 머물러 있었던 오른손에 염화향을 휘감고, 왼손에 월영무정공으로 만들어 낸 백화향白花香을 휘감았다. 소변은 즉, 기습을 준비하기 위한 은밀한 전략이었다. 나는 남악맹에서 싸울 때보다 빙공의 경지가 살짝 더 높아진 상태. 염화향만큼은 아니지만 빙공으로 만들어 낸 백화향의 한기가 제법 서늘했다.

나는 명검을 만드는 장인처럼 심혈을 기울여서 두 개의 기운을 손바닥에서 뭉치다가 천천히 돌아섰다. 여전히 노인장과 육합선생이 맹렬하게 겨루고 있었다. 아직 두 사람은 내가 무슨 짓을 하고 있는지 알아차리지 못하고 있었다. 순간, 나는 공력을 쏟아내면서 두 개의 기운을 짓눌러서 서로 엉터리진 태극처럼 압박했다. 접전을 벌이는 극양과 극음의 기운이 비명을 질러대기 시작했다.

파지지지지지직!

육합선생이 먼저 나를 발견했다가 검을 휘두르면서 외쳤다.

"미쳤나!"

노인장은 저도 모르게 시선이 내게 머물렀다가, 급히 육합선생의 검을 피하면서 연신 뒤로 물러났다. 나는 목숨을 건 채로 계속 일월광천을 주조하다가 말했다.

"…노인장. 너는 피할 수 있을지 몰라도 포위망을 구축하고 있는 네 수하는 전부 삼도천三途川을 건너게 해주마."

육합선생을 상대하고 있는 노인장의 안색이 그제야 창백해지고 있었다. 나는 노인장을 노려보면서 또박또박한 어조로 말했다.

"나는 하오문주 이자하. 너는 오늘 사람 잘못 건드렸다."

181.
빛이 있으라

나는 잠시 내가 만든 일월광천에 넋을 빼앗겼다. 이것은 정상적인 무공 혹은 현상이 아니다. 세불양립勢不兩立이라는 표현도 부족하다. 본래 불의 기운을 가진 것과 얼음의 기운을 가진 것은 한쪽이 소멸해야 지속해서 존재할 수 있기 때문이다. 하지만 이 현상을 만든 내공은 지속적인 힘이다. 즉 존재해서는 안 되는 상황을 강제로 유지하는 것과 같다.

이는 세상의 이치를 벗어나는 현상이라서 무학의 이론으로 따지면 마도로 향하고 있는 것만 같은 느낌. 어쩌면 역천逆天(이치를 어김)의 수법이라고 해야 할 것이다. 나는 치열하게 싸우고 있는 육합선생과 노마두를 바라보다가 우리를 포위하고 있는 병력의 상공으로 일월광천을 집어 던졌다.

역천이고 나발이고, 나는 모르겠다. 애초에 마도魔道라는 것은 평범한 사람들의 생각과 가장 동떨어져 있는 자들의 못된 마음가짐이기에 역천의 수법으로 죽이든 발로 밟아 죽이든 마찬가지다. 그저 죽이면 그만이다.

파지지지직!

요란한 굉음을 일으키는 일월광천이 공중에서 빛을 내뿜었다. 타오르는 염화와 얼어붙게 하려는 백화가 서로를 잡아먹으려는 갈등의 틈바구니에서 터트리는 빛줄기가 사방팔방으로 뻗어나갔다. 내 눈에는 아름답게 위험한 광경이었다. 순간, 달려드는 육합선생을 멀리 튕겨낸 노인장이 공중으로 솟구쳤다. 이때, 나는 노인장의 전신에서 허점을 발견했으나 감히 목검으로 공격할 생각은 하지 못했다. 당장 나부터 도망쳐야 하는 상황이라서 그렇다.

'저 새끼가 나를 얕봤구나.'

눈치가 없는 것일까. 아니면 자신의 무공을 과신하는 것일까. 나는 전속력으로 달려가서 육합선생의 어깨를 붙잡은 다음에 일월광천을 던진 반대 방향으로 죽어라 내달렸다. 내게 끌려가던 육합선생이 노인장을 가리켰다.

"저 미친 자가…"

나는 육합선생을 낚아채서 급하게 달리는 와중에도 고개를 돌려서 상공을 주시했다. 높이 솟구친 채로 맹렬하게 회전하는 일월광천을 향해 노인장이 쌍장을 내밀고 있었다. 아무래도 일월광천을 더 먼 곳으로 밀어내려는 의도로 보였다. 내 판단으로는 아주 미련하고 무식한 대처였다. 어느새 나는 육합선생과 멍하니 서서 눈만 껌벅였다. 주변의 모든 소리가 사라진 상태.

"…"

노인장의 쌍장에서 분출된 장력이 일월광천에 닿았을 때. 일월광천이 회오리처럼 주변의 사물을 빨아들였다. 먼저 양손을 내밀고 있는 노인장의 팔이 일월광천에 빨려가듯이 사라지고, 이내 아득하게 느껴지는 정적 속에서 노인장의 몸도 먼지로 흩어지면서 사라졌다. 그렇게 일월이 사라진 자리에. 빛이 있었다. 육합선생이 전방에 검을 내밀면서 말했다.

"아, 제기랄."

동시에 나도 한숨이 나왔다.

"아, 이건 좀."

곧이어 육합선생과 나는 일월광천의 여파에 휩쓸린 채로 비명을 내지르면서 날아갔다.

"으아아아아아악."

점점 멀어지면서 들리는 육합선생의 비명에는 나를 향한 욕도 섞여있었다.

"이자하아아! 개새끼이야아아아!"

나는 육합선생의 욕을 들으면서 정신을 애써 부여잡았다. 왜 그런지는 모르겠으나 가슴이 뻥 뚫리는 시원함을 느끼면서 웃음이 절로 나왔다.

"으하하아아아아악!"

웃음도 섞이고, 비명도 섞인 괴성이었다. 공중에서 나는 빨라진 것 같기도 하고, 느려진 것 같기도 했다. 정신을 잃은 것일까. 아니면 꿈속을 떠다니는 것일까. 이랬다가 저랬다가 혼란스러웠으나 나는 본래 혼란스러운 사람이라서 딱히 두렵지는 않았다. 주변에 사람의 팔다리가 눈앞을 지나가고, 이기어검을 펼친 것처럼 병장기들도 이리저리 떠다니는 상황. 순간 시체가 갑자기 눈앞에 등장해서 나는 방황하는 영혼을 향해 따귀를 후려쳤다.

퍽!

동시에 내 등짝에 울리는 퍽- 소리를 듣고 나서야, 먹먹했던 두 귀가 새롭게 뚫리듯이 온갖 소음이 밀려들었다. 나는 절벽 같은 곳에 등을 부딪쳤다가 신형을 회전하면서 땅으로 내려가는 상황. 어차피 주변이 온통 엉망진창이었기 때문에 나는 의도적으로 몸을 맹렬하게 회전했다. 나는 땅에 닿고 나서도 예닐곱 차례를 회전하다가 휘청거리면서 주변을 바라봤다. 내심 착지가 마음에 들진 않았다.

"십 점 만점에 삼… 사 점!"

빛을 동반한 태풍이 지나간 모양인지 사방이 탁 트여서 시야가 아주 쾌적했다. 주변이 고요했기 때문에 꿈인지 생시인지 잠시 혼란스러웠다. 어쨌거나 나는 이번에 확실하게 깨달았다. 아직 나보다 강한 고수들이 강호에 많은 상황이지만 일월광천을 사용하는 순간만큼은 내가 강호의 네 번째 재해가 맞는 것 같다고 말이다.

처음에는 생각 없이 사용했는데… 사용할 때마다 나 자신이 움츠러드는 절기가 일월광천이었다. 언젠가 내가 만든 일월광천에 내가 죽을 수도 있기 때문에 성질 더러운 애새끼처럼 분노하는 상황을 줄여야겠다고 다짐했다. 물론 다짐만 하고 까먹을 확률이 매우 높았다. 나는 태풍이 한차례 지나간 우향곡을 둘러보면서 말했다.

"육합선생…?"

누가 죽고, 어떤 놈이 살았는지는 모르겠으나 나는 일단 육합선생부터 찾았다. 노인장이 끌고 온 병력이 다 죽진 않았을 것이다. 동서남북에서 포위망을 구축했었고, 일월광천이 서남 방향의 상공에서 터졌기 때문에 잔당들이 아직 군데군데 살아있을 터였다. 하지만 노인장이 일월광천을 얕보고 달려들었다가 소멸당했기 때문에 긴장이 풀린 상태였다.

노인장이 일월광천을 얕봤다는 것은 사실 나를 얕봤다는 뜻이다. 몇 차례나 계속 도망을 치고, 육합선생에게 차륜전의 선봉을 맡기고, 등을 내보인 채로 오줌을 갈겼으니 충분히 얕볼 만했다. 하지만 이것이 다 전략이었음을 뒤지는 순간까지 몰랐을 것이다. 나는 대자로 뻗어있는 육합선생을 발견했다. 그 와중에도 손에는 장검이 달라붙어 있었다. 기절했음에도 불구하고 손에서 검은 놓지 않고 있었다.

"검객劍客이었네."

이 정도는 되어야 어디 가서 검객이라고 소개할 만하다. 죽은 검객은 아닌 것 같아서 나는 육합선생을 발로 쳤다.

"일어나라."

순간, 육합선생이 몰래 낮잠을 자다가 걸린 제자처럼 화들짝 놀라면서 눈을 떴다.

"…!"

벌떡 일어난 육합선생이 좌우를 둘러보면서 적을 찾았다.

"끝났나?"

"몰라."

나는 그제야 난장판을 살펴보면서 생존자를 찾았다. 당장은 생존자가 보이지 않고, 시체들만 보였다. 땅에 파묻힌 손이나 병장기가 보였고, 찢어진 옷과 자그마한 장신구도 보였다. 나는 일월광천이 터졌던 곳에서 멀어질수록 시체들의 상태가 점차 온전해지고 있다는 것을 알았다. 여전히 문제는 일월광천을 일대일 상황에서 펼치는 것은 속도가 너무 늦다는 점이다. 이것의 위력이 올라갈수록 나도 온전할 수 없다는 것은 두 번째 문제다.

문득 이런 생각이 들었다. 일월광천을 잘 사용하려면 내 몸을 보호할 수 있는 절기도 익혀야겠다고 말이다. 금구소요공의 마지막 경지인 금구金毬를 정복하거나. 월영무정공으로 방어 절기를 익히거나. 혹은 일월을 조합하는 방어 절기를 만들어야 했다고 생각했다. 문득 나는 다 죽어가는 놈들의 숨통을 끊어놔야겠다는 생각보다 방어 절기를 고민하느라 잠시 걸음을 멈췄다. 어차피 생존자도 보이지 않았다. 잠시 황폐하게 뒤죽박죽이 된 곳에서 근엄한 자세로 버티고 있는 큰 바위에 걸터앉아서 가부좌를 틀었다.

금구의 경지는 전생에 경험했듯이 너무 높다. 초계를 정복하고 금구로 나아가야 해서 몇 년이 걸릴지 예상할 수가 없었다. 월영무정공도 마찬가지. 뒤늦게 익혔기 때문에 만월滿月의 경지에 오르려면 시간이 걸릴 터였다. 결론은 또다시 일월의 조합이었다. 나는 무아지경에 빠진 채로 양손에 동시에 일월의 기운을 휘감았다. 그와 동시에 육합선생의 목소리가 들렸다.

"문주, 그만 좀 해라. 또 뭐 하는 거야?"

나는 육합선생의 말을 듣고 양손에 주입한 기를 현저하게 줄인 다음에 손바닥에서 태극으로 뭉치다가 기를 회수해서 마지막 느낌을 기억해 뒀다. 가까이 온 육합선생이 내게 물었다.

"방금은 뭔가?"

"방어 절기를 고민 중이야."

육합선생이 고개를 갸웃하다가 내게 물었다.

"검막劍幕 같은 절기를 말하는 것인가?"

"검막? 보여줘 봐."

"도박패 뒤집으라는 것처럼 쉽게 말하지 마라. 쉬운 무공이 아니다."

거리를 벌린 육합선생이 검을 세우더니 왼손의 검지와 중지로 칼날을 아래에서 위로 훑으면서 검결을 맺었다. 검기와 지법의 기氣가 맞붙어서 종이를 뽑아내는 것 같은 신기한 현상이 벌어졌다. 이때, 육합선생이 손목을 돌리자 검이 한 바퀴를 돌더니 궤적을 따라 검막이 만들어졌다. 육합선생이 내게 말했다.

"이것이 검막의 기본."

"그게 기본이라고? 그다음 단계는?"

이번에는 육합선생이 검결을 펼치지 않은 채로 검을 돌리자, 진득한 검기가 방패를 만들어 내는 것처럼 보였다. 같은 절기였으나 수준이 높다는 것을 보여주는 시범이었다. 쉽게 보이는 것은 육합선생이 능숙하게 펼쳤기 때문이다. 나는 육합선생의 뛰어난 시범에 박수를 보냈다.

"훌륭하군."

이때, 조금 떨어진 잔해에서 포위망에 참여했던 부상자 놈이 빠져나와서 도망가는 것을 보고… 나는 발검식으로 검기를 날렸다. 도망가던 놈의 신체를 검기가 가르고 지나갔다.

푸악!

잠시 소강상태에 빠지면 사람의 심리가 좀 봐줘야 하는 게 아닌가 싶을 때가 있다. 그러나 저런 놈들을 살려주면 어차피 나중에 하나 둘 모여서 다시 나를 쫓는 천라지망의 구성원이 될 게 뻔했다. 천라지망의 구성원이 되거나 교주에게 힘을 보태거나. 이래저래 마도가 향하는 길은 내 행보의 대척점에 있다. 죽일 수밖에. 나는 육합선생에게 고갯짓을 하면서 말했다.

"잔당 처리하면서 이야기하자고."

나는 육합선생이 추구하던 육합검법의 묘리가 떠올라서 물어봤다.

"그 단순하게 추구한다던 검법에 이런 묘리가 곳곳에 숨어있는 건가? 그러니까 단순한 내려치기를 펼치는 와중에도 검막을 펼칠 수 있다는 말이잖아."

육합선생이 고개를 끄덕였다.

"그러하네. 내려치기도 그냥 내려치기가 아닌 셈이지. 수십 가지의 변주가 있다. 검기, 검풍, 검막, 끊어치기, 무겁게 치기, 오로지 속도와 검의 절삭력에 집중하는 내려치기도 경지가 매우 높은 셈이야. 하지만 이것의 수련은 모두 가장 단순한 내려치기부터 시작한다. 보통 끈기로는 익히지 못해."

나는 육합선생의 이야기를 듣고 나서야 무림맹주 임소백의 검법이 실로 대단하다고 느꼈다. 육합선생에겐 말을 할 수 없었으나 임소백의 검법은 아마도 무겁게 치기에 속한 것처럼 보였기 때문이다. 심지어 단순한 중검重劍의 묘리도 아니었다. 나는 궁금한 것이 생각날 때마다 육합선생에게 물었다.

"검강劍强은 실전에서 어때?"

"문파마다 검강의 묘리가 다르긴 하나, 결국엔 운영의 문제. 검강은 단순하게 말하면 한 방이야. 그만큼 압축된 내공을 크게 소모해야 하기에 쓸 것인지 말 것인지 고민해야 하지. 열 번의 검기를 펼칠 수 있는 내공을 단박에 소모하는 느낌이지. 자네라면 교전 중에 열 번의 검기를 쓰겠나 아니면 한 번의 검강을 쓰겠나."

"그때그때 다르겠지. 다수와 겨룰 때 검강을 쓰는 것은 멍청한 짓일 테니."

"하지만 나보다 뛰어난 상대를 만났을 때 심리전과 조합해서 한 번에 승부를 끝장낼 수도 있겠지. 자네가 펼쳤던 그 대책 없는 절기처럼."

전생의 무공 수준이 나랑 비슷했던 사내가 전생 귀마라서 대화를 나누는 것에 큰 어려움이 없었다. 이것은 우향곡 논검의 연장선이었다. 왜 이렇게 전생 귀마 놈이 내게 검법에 대해서 친절하게 설명해줄까 하는 의구심이 들 때쯤에 이놈이 내게 물었다.

"그 위험한 절기는 대체 어떻게 펼친 것인가?"

나름 조심스러운 어조로 질문하는 육합 놈을 바라봤다.

"알려줘?"

육합선생이 큰 기대하지 않는다는 어조로 말했다.

"뭐 알려주면 좋고."

나는 진지한 어조로 말했다.

"일단 극양의 내공과 극음의 내공을 쌓는 것이 필수거든. 필수요소랄까."

사실 필수요소부터가 대다수 강호인들에게 불가능한 영역이다.

육합선생이 아무 말 없이 나를 지그시 노려봤다.

"..."

"왜? 뭐야? 눈을 왜 그렇게 떠?"

육합선생이 짤막하게 한숨을 내쉬더니 혼자 앞으로 걸어갔다.

"가세."

"왜 한숨을 내쉬나? 알려주는데."

"가자고."

"이미 가고 있잖아. 극양과 극음을 익히면 되는 것을. 자고로 무공은 천천히 수련해야 하는 법. 서두르지 말도록. 서두르지 않는 것이 곧 육합의 무학이라며. 천천히…"

육합선생이 무어라 신경질을 내는 것 같은 고함을 내지르더니 전방으로 뛰어갔다.

"..."

꼴을 보아하니, 운 좋게 살아남은 놈들은 육합선생에게 다 맞아 죽을 팔자였다. 하기사 귀마와 광마가 힘을 합쳐서 싸웠는데 이따위 놈들이 살아서 돌아가는 것은 매우 어려운 일이었다. 내가 일월광천을 쓰지 않았더라도 결과는 같았을 것이라 장담할 수 있다. 물론, 아님 말고 정신에 의거해서.

182.
비로소,
완성인가?

잔당을 대부분 처리했다고 여길 때쯤 육합선생이 검에 묻은 피를 바닥에 털어내면서 말했다.

"…이렇게 했는데도 도망치는 놈은 아직 명줄이 긴 것이니 어쩔 수 없네. 어떻게 하겠나? 더 쫓아? 아니면 바로 유화곡으로 합류할까."

나는 고개를 저었다.

"뭐 하러? 이 정도면 충분해. 어차피 수장 격인 사내가 죽었으니 삼공자가 사태를 알아내려 해도 유화곡은 의심할 가능성은 적어."

"어째서 그런가?"

나는 일월광천에 소멸된 노인장을 언급했다.

"노인장이 꽤 강했잖아. 애초에 유화곡주나 우향곡주가 죽일 수 있는 사내가 아니었어. 흑도에서도 제법 유명한 고수가 나서야 죽일 수 있었을 테니. 이곳에 내 절기에 당해서 산산조각이 난 시체가 잔뜩 널려있으니 당장은 사태의 원인을 알아내기 힘들 거야. 곡주들도 함께 죽었다고 생각하겠지."

"그렇긴 하지만 생존자가 있다면 자네를 찾을 것인데."

"애써 일을 완벽하게 마무리하지 말자고. 완벽한 마무리는 없어. 똑똑하고 꼼꼼한 사내가 세상일을 완벽하게 해결할 수 있다면 제갈량이 기산에서 매번 패하지 않았겠지. 우리는 느슨하게 가자고."

어차피 나는 이미 전쟁 중이다. 적들이 유화곡으로 가는 것보다는 내게 오는 것이 속 편한 상황이었다. 잠시 무언가를 생각하던 육합선생이 말했다.

"나는 다녀올 곳이 있는데 자네는 어찌하겠나?"

"어디?"

"육합문에 가서 챙길 것이 좀 있네."

"육합문?"

"정확히는 위패를 모시는 사당이네. 옛 육합문 자리에 있는."

나는 육합선생의 표정을 바라보다가 말했다.

"심심할 테니 함께 가자고. 논검이나 하면서…"

운이 없어서 둘 중 한 명이 삼공자와 맞닥뜨리면 곤란해진다. 마교에서 대공이라 불리는 자가 혼자 돌아다닐 리는 없기 때문이다. 외가는 외가고, 삼공자를 수행하거나 호위하는 고수들은 따로 있을 터였다. 우리는 시체들을 뒤에 두고 영보산으로 향했다.

* * *

육합선생은 산 중턱에 올라 넝쿨로 위장해 놓은 문을 열고 들어갔다. 딱히 과하게 숨겨놓은 장소는 아니어서 문을 열자마자 휑한 장소에 덩그러니 놓여있는 몇 채의 건물들이 보였다. 잠시 둘러보면서 걷던 육합선생이 공터인지 연무장인지 구분이 되지 않는 곳을 가리켰다.

"주로 저기서 수련했었지."

곳곳에 잡초가 길게 솟아있는 쓸쓸한 연무장에는 오랫동안 빗자루질을 하지 않아서 모여있는 돌멩이들이 이곳저곳에 놓여있었다.

"사형제가 많지 않았나 보군."

나도 망한 문파를 찾아와서 구경하는 것은 처음이었다. 육합선생이 고개를 끄덕였다.

"많았을 때도 있었지. 대사형이 악행으로 소문이 난 자들을 몇 차례 참살하자, 제자가 갑자기 늘었던 적도 있었네. 대부분 얼마 못 버티고 사라지긴 했지만."

"수련이 힘들어서 떠났나 보군."

"애초에 나처럼 갈 곳이 없는 제자만 남게 되었지."

사실 아무나 강호인이 될 수 있는 것은 아니다. 멋져 보여서, 강해지고 싶어서 문파에 들어왔던 자들은 종종 현실의 벽에 막혀서 자신의 자리로 되돌아간다. 이들은 고되게 무공을 수련해야 할만한 특별한 사연이 없는 자들이기 때문이다. 무언가를 가볍게 동경했다가 쉽게 포기하는 자들이 대부분 이렇다. 육합선생은 연무장에 말없이 잠시 서있었다. 연무장에서 함께 검을 휘두르던 사형제들을 떠올리는 모양이었다. 육합선생이 말했다.

"…사부님은 몸이 불편하셔서 주로 대사형이 우리를 지도했지. 사부보다 대사형이 더 무서웠어. 세상에 이렇게 엄격하고 냉정한 사람이 있을까 싶었는데 그때 대사형이 엄하지 않았더라면 나는 벌써 여러 차례 죽었을 것이야."

나도 육합선생의 젊은 시절을 떠올리고, 그와 함께 검을 내지르던 사형제들을 상상해 봤다. 이곳은 때때로 시원한 바람이 불어오는 산 중턱이어서 그런지 시선을 옮기면서 상상할 때마다 땀을 식히면서 웃고 있는 육합선생의 사제들과 무뚝뚝한 표정으로 있는 대사형이 보였다. 잠시 텅 빈 연무장을 감상하던 육합선생이 고개를 끄덕이면서 말했다.

"…들어가세. 오랜만에 손님을 안내하는군."

육합선생이 나를 육합문으로 안내했다.

* * *

육합선생은 보관함에서 꺼낸 다섯 자루의 검을 무릎 앞에 내려놓은 채로 위패를 하염없이 바라보고 있었다. 챙겨야 할 물건이라는 게 사형제들의 검이었던 모양이다. 문득 육합선생이 일어나더니 위패와 탁자 곳곳에 있는 거미줄을 맨손으로 걷어낸 다음에 다시 돌아와서 무릎을 꿇었다.

나도 위패를 바라봤다. 맨 위에 육합선생의 사부로 추정되는 사람의 위패가 놓여있고. 그 아래는 다섯 명의 위패가 나란히 있었는데, 이름을 살펴보니 같은 성씨가 없는 위패들이었다. 각기 다른 곳에서 태어나 사형제라는 인연을 맺은 모양이었다. 육합선생이 아무 말이 없었기 때문에 나도 딱히 할 말이 없었다. 한참 동안 위패를 바라보던 육합선생이 나를 바라봤다.

"…"

나는 고개를 한 번 끄덕인 다음에 위패로 다가가서 향을 뽑았다. 딱히 내가 아는 예법이 없었기 때문에 육합선생이 했던 대로 향을 불사르고 나서 고운 흙을 담아놓은 그릇 안에 꽂았다. 육합선생이 꽂은 향과 내가 꽂은 향이 나란히 연기를 내뿜기 시작했다. 나는 위패를 향해 포권을 취했다.

"후배는 하오문주 이자하입니다. 앞으로 육합문의 마지막 제자와 사마외도를 척결할 것이니 하늘에서 보살펴 주십시오."

나는 짧게 말한 다음에 내 자리로 돌아왔다. 육합선생이 잔잔한 어조로 말했다.

"고맙네. 오랫동안 손님이 오지 않았으니 반가우실 게야."

"별말씀을… 그 다섯 자루의 검은 사형제들이 사용하던 것인가?"

육합선생이 위패를 바라보면서 슬쩍 웃었다.

"그래. 이 익숙한 검 때문에 복수를 제대로 할 수 있었지. 검이 좋다는 것을 알았는지 흑도 놈들이 버리거나 팔지 않은 채로 가지고 다니더군. 전리품처럼 말이야. 덕분에 확실하게 찾아서 복수도 하고 검도 되찾을 수 있었지."

"전부 죽이는 데 몇 년이 걸렸나."

"사실 기억이 나지 않네. 오래 걸렸다는 것밖에… 찾고 죽이고, 찾고, 고문하고, 알아내고, 죽이고. 세월을 잊었었지."

육합선생이 다섯 자루의 검을 물끄러미 바라봤다. 내가 물었다.

"이제 보관하지 않고 가져갈 생각인가?"

육합선생이 고개를 끄덕였다.

"육합문을 다시 세울 수 있다면 이곳에 보관하는 게 맞겠지만. 이 제는 가져갈 생각이야."

육합선생이 위패를 향해 포권을 취하면서 말했다.

"대사형, 제가 대사형과 사제들의 검을 가져가겠습니다. 대사형의 성정을 닮은 제자 다섯 명을 구해서 각기 검을 전달하겠습니다. 미리 말씀드리지만 육합문의 제자는 아닙니다. 육합문의 깨끗한 이름은… 이미 제가 망쳤습니다. 복수하겠다고 사용하던 육합선생이라는 별호에는 마귀 같은 놈, 악귀 같은 놈이라는 오명이 들러붙었습니다. 복수를 이뤘는데 어찌하여 제가 육합문의 깨끗한 이름을 더럽히게 된 것일까요. 답을 알 수 없어 그간 찾아오지 않았습니다. 사부님과 대사형께 사죄드립니다."

옆에서 이야기를 듣고 보니 육합선생이 육합문의 둘째 제자였던 모양이다. 육합선생이 나를 바라보더니 웃는 표정으로 말했다.

"검은 나중에 내 제자들에게 전달할 생각이네."

"그게 낫겠군."

"종남오검終南五劍이라는 별호를 지어줘야겠네."

제자도 안 구했는데 별호부터 생각하는 육합선생이 우스워서 나는 말없이 웃었다. 육합선생이 위패를 향해 말했다.

"대사형, 저는 새롭게 만드는 문파의 장문인이 될 자격이 없습니다. 새롭게 출발해야 할 문파의 장문인이 살육을 저지른 육합선생이라는 소문이 나면 안 되겠지요. 초대 장문인 자리는 제자에게 맡기고 저는 생이 끝날 때까지 육합문의 마지막 제자로 남겠습니다."

나는 육합선생의 목소리가 점점 떨리는 것처럼 들렸다.

"대사형… 왜 제가 육합문의 마지막 제자가 되어야만 했는지 아직도 잘 모르겠습니다. 아무런 조건 없이 고아를 거둬주셨던 은혜는 제가 고아들을 제자로 거둬 무공을 가르쳐서 갚겠습니다. 거둬주셨던 마음, 그렇게 해야 제가 이해를 할 것 같습니다. 나중에 다시 돌아오겠습니다."

육합선생이 일어나더니 위패를 향해 절을 올렸다. 절을 대체 몇 번이나 하려는 것일까. 사부에게, 대사형에게, 사제들에게도 각기 절을 올렸다. 문득 육합선생이 울음을 참는 것 같아서 나는 주둥아리를 열었다.

"…못난 놈, 마음껏 울어라. 당분간 찾아오기 힘들 것이니."

육합선생은 내 말이 황당했는지 웃는 표정으로 눈물을 흘렸다.

"그래야지."

육합선생이 흐르는 눈물을 손으로 닦다가 다섯 자루의 검이 담겨 있는 보자기를 단단하게 묶은 다음에 일어나서 어깨에 둘러멨다. 육합선생이 작별의 말을 남겼다.

"사부님, 대사형. 저 갑니다. 사제들도 잘 있게."

나는 눈이 새빨개진 육합선생과 사당을 빠져나와서 옛 육합문의 거처를 한 번 둘러보다가 말했다.

"나중에 여기 와서 머물 생각하지 말고 종남산으로 위패를 옮겨. 사형제들도 선생이 키운 제자들 구경하는 재미는 있어야지."

육합선생이 고개를 젖힌 채로 웃다가 대답했다.

"그것도 나쁘지 않군."

나는 전생 귀마 놈과 육합문이 잠들어 있는 영보산을 천천히 내려가다가 말했다.

"검법의 이름에는 육합을 넣는 게 좋겠군."

굳이 이유를 알고 있으면서도 육합선생은 내게 되물었다.

"왜?"

"남들은 몰라도 제자들은 자신의 뿌리가 어디였는지 알아야지."

"육합은 흔한 말이네."

"검법에 붙으면 흔한 말이 아니니 걱정하지 말도록."

육합선생의 분위기가 너무 어두웠기 때문에 나는 헛소리를 장착해서 아무 말 대잔치를 시작했다.

"내가 가장 좋아하는 검법 이름이 뭔지 알아?"

"모르지."

"삼재검법이야."

"어째서."

"삼재검법을 만든 사람은 사실 검법이 뛰어났을 거야. 본인이 찌르기, 베기, 내려치기 같은 동작만 할 줄 아는데 감히 삼재라는 이름을 붙였을까?"

"도대체 뭔 개소리인가."

"내 말은… 삼재검법은 누군가를 가르치기 위해 만든 이름이라는 뜻이야. 그것도 엄청나게 재능이 없는 자들을 가르쳐야 했을 경우랄까. 이놈들은 도저히 못 가르치겠다. 세 가지를 가르치는 게 한계다. 그렇게 생각하고 삼재검법이라는 이름을 생각해 냈겠지. 어쨌든 병신 같은 놈들이라도 이름이 있는 검법을 전수해야 좋아했을 테니."

잠시 내 말을 곰곰이 생각하던 육합선생이 웃음을 터트렸다. 나는 내가 했던 말을 바로 반박했다.

"하지만 아닐 수도 있다."

"뭐?"

"정말로 세 가지를 제대로 해야만 다음 경지로 나아갈 수 있다고 생각했다면 삼재검법을 만든 사람은 엄청난 고수겠지."

"음."

"이쪽이 육합검법의 묘리에 가까워. 여하튼 삼재검법을 만든 사람이 누구인지는 영원히 알 수가 없게 되었어. 강호에서 풀지 못하고 있는 난제 중 하나지."

"그런 게 또 있나?"

"자네는 마교가 언제부터 있었는지 아나?"

"글쎄."

"왕조마다 있었겠지. 심지어 마교가 여러 개일 때도 있었다고 한다. 그러니 하나로 합쳐졌을 때 천마天魔라는 별호가 탄생한 것이겠지. 역사에는 언급이 안 됐겠지만 아마 은나라나 주나라 때도 있었을 거야. 어쨌든 왕조가 금하는 종교는 대부분 마교라고 불렸으니 말이야. 특히 왕조가 바뀌는 시기에는 사람들이 많이 죽었을 테고. 역적이나 그들의 인척들은 지도자를 따라서 옛 왕조의 율법을 따라 신앙심으로 버텼겠지. 그러다가 어느새…"

육합선생이 걸음을 멈추더니 나를 바라봤다.

"어느새 뭐."

···

"똑똑한 수장은 옛 역사를 지우고 자신을 경배하라 일렀겠지. 이 것이 종교의 변질이다. 예를 들면 천마라 불렸던 놈이 본래의 역사를 지우고 천마신교天魔神敎라는 이름을 만들었겠지. 이 마교 놈들은 하도 역사를 지워대고, 사람을 죽여대서 자신들이 본래 어디서부터 시작했는지도 잊었을 거야."

나는 육합선생에게 당부했다.

"그러니 자네는 나중에 종남에 자리를 잡더라도 뿌리를 잊지 말도록 해. 사부와 사형제들이 자네를 보살펴 줬던 육합문이 자네의 뿌리야. 마도와는 근본이 다르다고."

"그런 사마외도와는 다르지."

잠시 덩그러니 놓인 바위에 걸터앉은 육합선생이 내게 말했다.

"잠시 쉬어야겠네."

체력이 떨어져서 쉰다는 말은 아니었다. 명상이 필요한 것처럼 보였기 때문에 나도 근처의 바위를 하나 골라잡아서 가부좌를 틀었다. 나도 잠시 눈을 감은 채로 마음을 비웠다. 한참을 졸음과 사투를 벌이는데 육합선생의 목소리가 들렸다.

"문주."

"왜."

"설령 우리가 누군가에게 패배해도 나중에는 제자들이 이길 수 있겠지?"

나는 눈을 감은 채로 육합선생을 꾸짖었다.

"육합, 그것은 옳지 않은 마음가짐이야. 그런 육갑 떠는 마음가짐으로 임하면 안 돼."

"그럼 어떤 마음가짐으로 임해야겠나."

나는 눈을 뜬 다음에 전생 귀마에게 내 마음가짐을 전했다.

"죽일 놈들 싹 다 지옥에 끌고 가겠다는 마음가짐. 그때까지는 질 수 없다."

귀마도 조용히 눈을 뜨더니 나를 똑바로 주시했다. 나는 이제야 전생 귀마 놈과 정신적인 동맹을 체결하는 느낌을 받았다.

"하오문주, 육합선생… 이런 이름 따위는 오물 옆에서 굴러다녀도 좋다. 더럽게, 치졸하게, 치사하게 싸워서라도 다 때려죽인다는 마음가짐. 그게 필요하다."

귀마가 씨익 웃으면서 말했다.

"듣고 보니 그게 더 마음에 드는군."

나는 고개를 끄덕이다가 숨을 크게 내쉬었다. 비로소, 완성인가? 이제 광마, 독마, 색마, 귀마는 온전하게 힘을 합칠 수 있게 되었다. 전생 악인회前生 惡人會. 이 조직이 존재한다는 것은 나밖에 모르기 때문에 강호 역사에 다시없을 신비 세력이 탄생했다고 봐도 무방하다. 한 명이 말을 좀 안 듣긴 하지만 조직마다 본래 그런 놈이 있기 마련이다. 어쨌든 나는 살짝 병신 같지만 멋있는 신비 조직의 수장이 되었다.

신비 조직, 악인 모임, 돼지통뼈, 예전에 다들 한 성질 했음, 그래도 내가 대장, 성공적, 소름, 그것이 나다.

183.
전생 악인회

백응지 천풍객잔. 내가 음식을 잔뜩 주문한 다음에 길거리를 구경하자, 육합선생이 물었다.

"왜 이렇게 많이 주문했나?"

"여기가 음식을 잘해. 먼저 빙당국수로 속을 풀고, 고추 얹은 두부도 먹고, 만두 먹고, 술안주로 탕초리척을 먹으면서 두강주 한잔하자고."

육합선생이 대답했다.

"바로 복귀하지 않아도 되나?"

"육합, 살면서 이렇게 한심하게 살아본 적 있어?"

"단언컨대 없네."

"이번 기회에 경험해 보라고."

나는 마른안주를 씹으면서 길거리를 구경했다.

"사람은… 가끔 한심하게 살아야 해."

육합선생이 한숨을 내쉬었다.

"자네는 예전에 엄청 한심했나 보군. 이런 모습이 아주 잘 어울려."

"나는 당연히 세상 한심한 사내지."

나는 하오문으로 복귀하려다가 방향을 틀어서 백응지에 도착했다. 오는 동안에 육합선생과 무공에 대해 토론하고, 특히 검막劍幕에 대한 무학 이론을 자주 들었다. 물론 나만 배운 것은 아니다. 나는 교전 중에 검막을 부수거나 역이용하는 수법을 육합선생에게 알려 줬다.

따라서 우리의 여정은 어떻게든 무학의 수준을 끌어올리는 것이 가장 중요해서 하오문으로 복귀하든 백응지에 와서 술을 한잔 마시든 간에 별 차이는 없었다. 나는 육합선생과 국수를 먹으면서 길거리를 종종 살펴봤다. 육합선생도 눈치를 챈 모양인지 국수를 먹으면서 내게 물었다.

"누굴 찾나? 죽일 놈인가?"

나는 국물을 마신 다음에 대답했다.

"죽일 놈은 아니고."

"대체 누군데?"

나는 길거리를 돌아다니는 사람들을 가리키면서 말했다.

"여기 분위기 어떤가?"

육합선생이 살짝 불편하다는 것처럼 말했다.

"강호인들이 제법 많군. 대부분 백도 문파나 세가 소속인 것처럼 보이는데. 뭐 본래 백응지가 그런 곳이니."

"이곳에서 후기지수라고 해야 하나? 그중에서 가장 강한 녀석이 있는데."

"있는데, 뭐?"

"아마 그대보다 강할 거야."

육합선생이 코웃음을 치면서 대답했다.

"이봐, 문주."

"왜?"

"내가 자네에게 패한 것도 무척 어처구니가 없는 일이네. 후기지수라면 어쨌든 자네 또래가 아닌가?"

"비슷하지."

육합선생이 진지한 표정으로 내게 물었다.

"그런데 나보다 강하다고? 그럴 수가 없지."

나는 두부를 먹으면서 대답했다.

"왜? 젊은 놈이 자네를 이기면 안 되는 법이라도 있나? 마교의 대공들도 나랑 나이가 약간 많거나 비슷할 것인데. 이들도 전부 자네보다 약한 수준은 아니겠지."

"그자들은 특수하지."

"특수한 게 무슨 소용이야. 마도와 싸우다가 지면 죽음밖에 없어."

"그런가?"

나는 두강주를 마신 다음에 말했다.

"누군가가 백도와 싸우면 앙금이 남고, 흑도끼리 싸우면 이긴 놈이 진 놈을 수하로 삼으려는 습성이 있지. 하지만 마도는 대체로 선택지가 없어. 한쪽은 그냥 죽는 거야. 아니면 노예가 되거나."

"자네는 어떤가?"

"나는 앙금이 남을 때도 있고, 수하로 삼을 때도 있고, 죽일 때도 있지."

육합선생이 술을 마시면서 나를 바라봤다.

"너 다 해먹어라. 잘났네. 아주."

나는 뜬금없이 웃음이 터져서 한참이나 어깨를 움직이면서 낄낄 댔다. 내가 웃음을 멈추지 못하자, 육합선생도 우스웠는지 나를 따라서 몇 차례 웃었다.

"그만 좀 처웃어. 미친놈이냐. 다 쳐다보네."

나는 술기운이 오르자마자 오른손에 빙막*氷幕을 휘감았다. 손바닥 에 하얀 냉기가 차올랐다가 얇은 원반 모양으로 형성되자, 육합선생 이 다급하게 말했다.

"하지 마라. 좀. 굳이 술을 마시다가 수련을 해야겠어?"

"습관이 돼서 그만."

"그런데 왜 자꾸 그렇게 빙막을 얇게 구현하려고 애를 쓰나?"

"속도."

"속도라니?"

"빨리 펼치는 연습을 하는 것이라고."

"그렇군."

"암기나 검을 붙잡을 때도 유용한 것 같고. 연구할 게 많은 무공이 야."

음식을 다 먹고 나서 슬슬 검마의 거처로 찾아가려는데 익숙한 목 소리가 들렸다.

"너 여기서 뭐 하냐?"

고개를 돌려보니 오랜만에 보는 색마 놈이 걸어오고 있었다. 색마가 미간을 좁히면서 말했다.

"어떤 미친놈이 계속 크게 웃나 했더니, 그 미친놈이 이 미친놈이었네."

근처에 있었던 모양이다. 나는 색마를 만나자마자 미친놈 삼 연타를 맞은 다음에 빈자리를 가리켰다.

"앉아라."

나는 색마가 앉자마자 두 사람을 소개했다.

"이쪽은 육합선생, 여기는 풍운몽가의 차남인 몽랑."

나는 전생 악인회에 속한 놈들을 소개한 다음에 두 사람을 지켜봤다. 육합선생이 색마에게 말했다.

"반갑네."

색마가 곁눈질로 육합선생을 훑은 다음에 퉁명스러운 어조로 대답했다.

"반갑소."

나는 팔짱을 낀 채로 심각하게 고민했다. 어떻게 하면 이 두 놈의 싸움을 구경할 수 있을까. 세상 진지한 자세로 고민하다가 일단 두 강주를 들었다.

"오랜만에 만났는데 한 잔 받아라."

색마가 술잔을 붙잡더니 떨떠름한 어조로 말했다.

"…그거 없지?"

"뭐?"

"아니다."

설사약을 말하는 것이라서 나는 무표정하게 술을 따라줬다. 육합 선생의 빈 잔에도 술을 따라준 다음에 말했다.

"자, 마시자고."

우리 셋은 전혀 반갑지 않은 태도로 서로를 살펴보면서 술을 한잔 마셨다. 다들 성질머리도 제법 더럽고 경계심도 많은 터라 술자리가 아주 딱딱하고 좋았다. 색마가 내게 물었다.

"여기까지 웬일이냐?"

나는 탕초리척을 집어 먹으면서 대답했다.

"일전에 허 선배의 건강이 나빠졌다는 소식을 듣고 보러 갔는데 네 사부가 보이지 않아서 한번 와봤다. 잘 계시나?"

"모르겠군."

"왜 몰라?"

"거의 명상에만 잠겨 계셔서 방해할 수가 없다."

나는 색마의 표정을 구경하다가 고개를 끄덕였다.

"그렇군."

내가 말을 멈추자 색마와 육합선생이 서로를 바라봤다가 고개를 돌렸다. 딱 봐도 서로를 마음에 들어 하지 않는 기색이 역력했다. 내가 슬쩍 웃자… 육합선생과 색마가 동시에 내게 말했다.

"왜 웃어?"

"왜 처웃나?"

나는 쯧- 소리를 내면서 대꾸했다.

"근데 이 미친 자들이 웃는 것까지 지랄이네. 웃으면 안 돼?"

색마가 말했다.

"왜 웃는지 말하고 웃어."

나는 탁자를 한 번 가볍게 내려친 다음에 말했다.

"좋아. 오늘 내가 백응지로 찾아온 이유는 네 사부를 만나는 것도 목적이지만 두 사람을 만나게 하려는 의도도 있었다. 왜일까?"

"…"

"그것은 그간 내가 상대했던 고수 중에서 그대 둘이 가장 뛰어나기 때문이야. 마치 용과 호랑이, 용호상박, 솔직히 나더러 두 사람의 비무도박에 돈을 걸라고 하면 누구에게 걸지 잘 모르겠다."

"…"

육합선생과 색마가 서로를 노려보더니 이어서 동시에 나를 쳐다봤다. 색마가 말했다.

"이 새끼가 싸움을 붙이려고 여기까지 와?"

육합선생도 피식 웃었다.

"이제야 백응지에 온 이유를 알았군. 미리 말하지 그랬나."

나는 진지한 표정으로 두 사람을 바라보다가 허허실실 전법으로 슬쩍 물러났다.

"농담이야. 농담. 몽랑, 너는 오늘이나 내일 사부에게 고한 다음에 괜찮다고 하면 육합선생과 내가 방문하마. 여기까지 왔는데 만나긴 해야지."

육합선생이 물었다.

"대체 사부가 누구이기에?"

"만나면 알 거야. 그나저나 이렇게 육합선생과 백응지에 오니까 마음이 정말 편해지는군."

색마가 내게 물었다.

"뭐가 편해?"

"네 사부, 나, 육합선생, 그리고 너까지. 웬만한 마도 세력이 밀려와도 우리 넷이 감당할 수 있지 않겠어?"

색마가 고개를 끄덕였다.

"그건 그렇지."

곰곰이 생각하던 색마가 고개를 갸웃하면서 내게 물었다.

"뭐야? 혹시 마교가 움직였나?"

"어쩌다 보니 삼공자와 엮여서 그쪽 세력을 좀 죽였다."

"삼공자라…"

"알아?"

"다른 사람은 몰라도 나는 알지. 환귀자幻鬼子의 외손자야."

사부가 마교에 있었던 검마이기 때문에 마교의 고수들에 대해서는 색마보다 잘 알고 있는 사람이 드물 터였다. 나는 육합선생과 눈을 마주쳤다.

"우리가 환귀자를 죽였나?"

"그런 것 같군."

색마가 놀란 표정으로 물었다.

"환귀자를 죽였다고?"

나는 고개를 갸웃했다.

"삼공자 세력을 건드렸다가 등장한 노인장이었으니 아마 맞을 거다. 그리고 보니 통성명도 안 하고 죽었군. 싸가지 없는 새끼."

색마가 인상을 썼다.

"너 설마 추격조를 뒤에 달고서 이곳에 온 것은 아니겠지."

"그럴 리가. 전멸시켰다."

우리 셋은 잠시 입을 다문 후에 술을 마셨다. 술을 마시는 와중에도 색마 놈은 고개가 저절로 돌아가더니 걸어가고 있는 여인네의 엉덩이를 주시하고 있었다. 이때, 육합선생이 뜻하지 않게 색마에게 이런 말을 건넸다.

"뭘 그렇게 노골적으로 쳐다보나?"

색마가 실실 웃으면서 대답했다.

"지나가는 길고양이가 예뻐서 쳐다봤는데 왜? 불만이신가?"

육합선생도 슬쩍 웃었다.

"길고양이가 처자 엉덩이에 매달려 있었나 보지?"

"처자 엉덩이에 매달려 있든 어깨에 들러붙어 있든 그대가 뭔 상관이지?"

와, 정말 감탄이 나올 정도로 유치한 대화가 오가서 듣다가 팔뚝에 소름이 돋았다. 과연 귀마와 색마다운 더러운 만남이랄까. 나는 한숨을 내쉰 다음에 탁자를 두드렸다.

"그만하게. 서로를 소개한 다음에 비무나 주선할 생각이었는데 이건 뭐 예상치도 못하게 유치하군. 이렇게 감정싸움부터 할 거면 굳이 겨룰 필요 없어. 나중에 기회 되면 한판 붙어보자고."

색마가 나를 바라봤다.

"넌 좀 닥치고 있어."

육합선생이 내게 말했다.

"입 좀 다물게."

내가 입을 다물자, 색마가 육합선생의 역린을 건드렸다.

"누가 그렇게 못생긴 눈에 경멸을 담으라고 하더냐. 보기 불편하다."

육합선생이 자리에서 일어나는 것을 보고 나는 손을 아래로 내저었다.

"앉아. 앉으라고. 쯧."

육합선생이 일어나자, 색마도 자리에서 일어났다. 나는 색마를 노려봤다.

"에헤이, 이 사람들이…"

색마가 육합선생에게 말했다.

"가자고."

육합선생이 고개를 끄덕였다.

"안내해라."

두 사람이 나를 술자리에 버려둔 채로 성큼성큼 걸어갔다. 나는 탁자에 주문한 것보다 살짝 많은 돈을 올려둔 다음에 마른안주와 두 강주를 챙겨서 두 사람을 쫓아갔다.

* * *

넓은 공터에서 나는 팔짱을 낀 채로 심판을 봤다.

"비무 형식. 크게 다치는 일 없게. 단판. 병장기는 마음대로. 모래 뿌리기 금지."

색마가 나를 노려봤다.

"…"

육합선생이 내게 물었다.

"문주, 장법으로 겨루면 누가 이길 것 같은가."

나는 솔직하게 대답했다.

"몽랑이 이기겠지."

내 말을 듣자마자, 육합선생이 장검 다섯 자루가 들어있는 봇짐을 내려놓더니 자신의 검을 뽑았다.

"대충 싸워서는 못 이기는 상대인가 보군."

시건방진 표정으로 서있는 색마가 코웃음을 치면서 말했다.

"보아하니 하오문주에게 처맞고 나서 동행하는 모양인데…"

육합선생이 아무런 예고도 없이 달려들자, 색마의 신형이 뒤로 미끄러지듯이 이동했다. 나는 팔짱을 낀 채로 두 사람의 싸움을 구경했다. 이미 결과는 알고 있다. 육합선생이 지금 당장은 이길 수가 없는 상대가 색마다. 내가 두 사람과 겨뤄봤기 때문에 모를 수가 없었다. 내공도 색마가 더 깊고, 공방전에 대한 이해도도 색마가 더 뛰어나다.

육합문의 무공은 전생 귀마가 말한 대로 발전 속도가 더딘 무공이다. 이번에 귀마가 색마에게 패하면, 귀마의 마음에 불이 피어오르리라 생각했다. 나는 바닥에 편한 자세로 앉아서 공부하듯이 싸움을 바라봤다. 색마가 사용하는 빙공은 내가 사용하는 월영무정공과 비교하고, 귀마가 사용하는 육합검법은 내가 수련하고 있는 매화검법에 대응해서 지켜봤다.

우연히도 두 사람의 싸움은… 요소 하나하나가 나와 관련이 되어 있었다. 나는 색마의 움직임과 공방전의 수법을 기억했다가 월영무정공에 하나하나 추가하고, 귀마가 펼치는 철벽 방어 전략을 유심히 지켜봤다. 희한하게도 두 사람 모두 내게 패한 경험이 있는 고수들이었으나… 심판의 관점에서 바라보자, 두 사람에게 배울만한 것이 너무 많이 보였다.

싸움이 이어지자, 색마의 내공이 깊다는 것을 눈치챈 육합선생이 철벽 방어를 펼치면서 빙공에 대응하기 시작했다. 반면에 색마는 빙공의 강도를 점점 끌어올림에도 불구하고 번번이 공격이 막히자 표정이 점점 진중해지고 있었다. 나는 마른안주를 씹고, 두강주를 마시면서 비무를 구경했다. 문득 자세가 불편했기 때문에 큼직한 돌멩이를 왼팔의 밑에 놓은 다음에 비스듬히 반쯤 누운 자세로 비무를 구경했다.

"이야… 방금 아까웠다. 육갑이 잘 피했네."

"…"

"아슬아슬하네."

"…"

"또 속냐? 아니군."

"…"

순간, 굉음이 터지더니 두 사람이 뒤로 쭉 물러나면서 대치했다. 육합선생이 말했다.

"문주, 더 떠들면 가만 안 두겠다."

색마도 내게 경고했다.

"속으로 좀 말해라. 방해된다."

전생 귀마와 전생 색마가 힘을 합쳐서 내게 덤비면 나도 곤란해지기 때문에 덤덤한 어조로 대답했다.

"알았다. 확인."

나는 두강주를 마신 다음에 조용히 싸움을 지켜봤다. 내 예상보다 훨씬 진지한 싸움으로 흘러가고 있었다.

184.
누가 내 마음을
알아주나?

싸움 구경만큼 재미있는 게 없다고 하는데 사실 이 말에는 빠진 게 있다. 강자들의 싸움을 구경해야 재미있는 법이다. 들개들이 싸우는 것보다는 호랑이와 곰이 싸워야 더 눈길을 잡아끈다. 왜냐하면, 누가 이길 것인지 섣부르게 예측할 수 없기 때문이다. 싸우는 모습 자체는 호랑이가 더 화려하겠지만, 말 그대로 재수가 없으면 맹렬하게 휘두르는 곰 발 한 방에 호랑이의 목이 꺾일 수도 있는 법이다. 지금 싸움이 그렇다.

색마는 내공을 싹 거둬내더라도 잘 싸우는 사내다. 그것은 색마와 머리끄덩이를 붙잡고 싸웠던 내가 잘 안다. 반면에 육합선생은 참을 줄 아는 사내. 애초에 육합검법은 철벽 방어에 이어서 반격으로 끝장내는 무공임을 알기에 나는 싸움의 흐름을 정확하게 읽을 수 있었다. 하지만 당사자들은 약간 다르다. 승부가 예상보다 길어지자, 서서히 초조해하고 있었다.

육합선생은 젊은 색마가 엄청나게 강하다는 것에 놀란 기색이었고. 색마는 볼품없게 생긴 놈이 빙공을 철저하게 막아내는 것에 놀란 눈치였다. 내가 이런 생각을 하는 와중에도 비무는 점점 거칠어졌다. 귀청을 때리는 굉음도 여러 차례 발생하고, 슬슬 두 사람의 눈빛에는 살기가 번뜩이는 상황. 이러다가 색마의 신체 한 부분이 허망하게 잘릴 수도 있었고, 육합선생은 자칫하면 전신이 얼어붙어서 심각한 내상을 입을 수도 있었다.

'하여간 둘 다 잘 싸운단 말이야.'

귀마와 색마를 맞붙게 한 것 자체가 소기의 목적을 달성한 상태. 어쨌든 간에 무림공적들을 미리 접선해서 이렇게 싸움을 붙여놓고 바라보고 있으려니 마음이 흐뭇하게 웅장해졌다. 다만, 한쪽이 중상을 입어야 끝날 정도로 싸움이 격렬해지고 있었기 때문에 어쩔 수 없이 나도 주둥아리를 다시 개방했다.

"생사결이 아니다. 정신들 차려. 이 미친 자들이 원수를 만났나."

나는 두 사람이 내뿜고 있는 살기를 흩어놓으려고 일부러 낄낄대면서 말했다.

"연적戀敵들이 만난 건가. 똥싸개 놈이 못생긴 사내에게 애인을 빼앗겼나. 죽자 사자 달려드네."

색마가 호통을 내질렀다.

"닥쳐라!"

육합선생은 욕을 하다 말았다.

"제기랄…"

두 사람은 잠시 거리를 벌렸다가 호흡을 가다듬은 후에 다시 맞붙었다. 싸움이 이렇게 길어질 것이라 예상하지 못했었는지 슬슬 상대를 죽이려는 살초가 등장하고 있었다. 나는 살초가 나올 때마다 일부러 지적했다.

"와, 속임수? 안 속았구요. 어림없구요. 바로 간파당했죠?"

순간, 공중에서 색마가 내지른 거대한 손바닥이 뻗어나갔다.

부아아앙!

구경하고 있는 내게도 한랭한 기운이 밀려들었다. 당연히 색마가 빙공을 휘감아서 내지른 장력이었기에 순백의 장력이 기이할 정도로 멋졌다. 동시에 육합선생의 검에 싯누런 검기가 분출되더니 백색의 손바닥이 십十 자 모양으로 쪼개졌다.

파악!

그 혼란 속에서 흩어지는 자신의 장력을 뚫고 등장한 색마가 맹공을 퍼붓자, 그 와중에도 육합선생은 뒤로 침착하게 물러나면서 방어와 반격을 조합해서 대처했다. 나는 진심으로 박수를 보냈다.

"방금 둘 다 좋았다. 이야…"

육합선생의 대처는 이전에 내게 덤빌 때보다 훨씬 유연해진 상태. 종종 명상에 잠길 때마다 육합검법을 다듬었던 모양이다. 반면에 색마는 내게 덤볐을 때 내보이지 않았던 수법들을 다양하게 펼치고 있었다. 순간, 색마 놈이 어금니를 꽉 물었다. 꼬락서니를 보아하니 내가 구경하고 있다는 것도 잊은 채로 절기를 사용할 기세였다.

'이 똥싸개가 어디서 절기를…'

나는 앉은 자세에서 곧장 공중으로 솟구쳐서 두 사람이 겨루고 있는 중앙으로 돌진하면서 읊조렸다.

"물러나라."

나는 공중에 뜬 채로 왼손에 월영무정공을 휘감아서 육합선생의 검을 붙잡고, 오른손에는 염계대수인을 휘감아서 색마의 장력을 받아쳤다.

콰아아아앙!

색마가 서너 걸음을 빠르게 뒤로 물러나고. 육합선생의 검신劍身은 월영무정공의 냉기가 절반쯤 차오른 상황. 색마가 말했다.

"갑자기 뭐 하는 짓이냐?"

나는 육합선생의 검을 밀어낸 다음에 말했다.

"잠시 휴식."

육합선생이 인상을 쓰면서 말했다.

"누구 마음대로 휴식이야?"

나는 허리에 양손을 올린 채로 귀마와 색마를 바라봤다.

"팔 하나가 잘려서 떨어지든가 빙공에 심각한 내상을 입으라고 두 사람의 싸움을 주선한 게 아니다. 멍청한 놈들. 적당히 해야지."

색마가 다시 주둥아리를 여는 찰나에 나는 소리를 버럭 내질렀다.

"닥쳐! 똥싸개 놈아."

"…"

"이 정도로 오래 겨뤘는데도 승부가 나지 않는다면 한쪽의 실력이 압도적이진 않다는 뜻이다. 둘 다 절기를 준비하려는 것 같아서 일부러 끊었다. 실력을 더 쌓아서 상대를 압도하는 게 중요하지. 고작 이런 비무에 도박 수를 던져서 이기는 게 무슨 소용이야? 내가 두 사람에게 철천지원수를 소개한 것도 아닌데."

이때, 검마의 목소리가 들렸다.

"문주, 오랜만이군."

고개를 돌리자, 오랜만에 보는 검마가 손에 목검을 든 채로 다가오고 있었다. 귀가 밝은 사내라 조금 떨어진 거처에서도 굉음을 듣고 찾아온 모양이었다. 새삼스럽게 이 사내는 언제 봐도 시커먼 어둠에 휩싸인 분위기였다. 눈을 마주치자마자 얼굴에 엷게 퍼지는 미소마저 없었다면, 이 사내는 어둠 그 자체였다. 저 엷은 미소가 어둠에서 비집고 흘러나오는 유일한 빛처럼 보였다. 검마는 본래 성정이 대단히 견고한 사내라서 저 정도 빛만 유지해도 제정신으로 살아갈 수 있는 것처럼 보였다. 나도 검마를 보자마자 오랜만에 밝게 웃었다.

"선배, 오셨소."

검마가 육합선생을 바라보면서 말했다.

"제자와 한참을 싸우던데 누구신가? 딱 봐도 철천지원수는 아닌 것 같네만."

육합선생이 검마를 물끄러미 바라보면서 대답했다.

"영보산에서 온 보잘것없는 검객으로 육합선생이라 불리고 있소. 그쪽은?"

검마가 자신을 소개했다.

"나는 백응지에서 수련하는 검객이네."

이렇게 보니 두 검객의 만남이 내게도 인상적이었다. 검마가 웃음기를 지운 채로 색마를 바라봤다.

"제자야."

"예, 사부님."

"영보산에서 온 검객의 실력이 어떠하더냐?"

색마가 육합선생을 바라봤다가 대답했다.

"나쁘지 않습니다. 방어가 무척 견고합니다."

"나중에 또 겨뤄보도록 해라. 멀리서도 빙공 박살 나는 소리가 무척 듣기 좋더구나."

"예."

나는 검마에게 제안했다.

"선배, 이왕 나오셨으니 차 한 잔 얻어먹읍시다."

"자네가 먼 곳에서 왔는데 응당 그래야지. 가세."

나는 검마의 옆으로 가서 허 장로에게 받은 목검을 자랑했다.

"알아보겠소?"

검마가 슬쩍 보더니 고개를 끄덕였다.

"쓸만한가?"

"너무 가벼워서 적응 중이오."

"병문안 갔다가 용명에게 들었네. 며칠 차이로 자네가 다녀갔다더군. 검을 선물 받았다는 얘기도 그때 들었지. 그렇지 않아도 총사께서 자네 걱정을 좀 하더군."

"음. 아프신 분이 왜 내 걱정을."

검마가 웃으면서 말했다.

"교주에게 그렇게 함부로 말하는 사람은 나 이후로 자네가 처음이라더군. 심지어 교주가 자네도 알아봤다던데."

"그러게 말이오. 어떻게 나를 알아봤지."

"교주 밑에는 과도하게 충성하려는 자들이 많아. 이것도 보고하고 저것도 보고하다가 자네 용모파기도 흘러갔겠지. 그곳에 간자가 있었을 수도 있고."

"그런 모양이오. 아, 얼마 전에 여기 동행한 육합선생과 환귀자로 추정되는 노인장을 죽였소."

"환귀자를?"

검마가 고개를 갸웃하다가 대답했다.

"쉬운 상대가 아니었을 텐데. 합공으로?"

"환귀자가 우리를 너무 얕봤소. 죽기 전까지 여유가 아주 대단했지."

"아, 자네가 너무 젊어서 방심한 모양이로군. 상황에 따라서 상당히 거만한 면모가 있는 사내여서 이해 못 할 죽음은 아니다."

뒤에서 따라오던 육합선생이 한숨을 내뱉었다.

"거론하고 있는 교주가 혹시 내가 종종 소문을 들었던 그 교주요?"

나는 고개를 끄덕였다.

"맞아."

"그렇다면 문주와 이야기하고 있는 검객께서는 마교의 인물인가?"

나는 고개를 저었다.

"교주와 다투고 교를 떠난 사람이니 긴장할 것 없다."

따라오던 색마도 궁금하다는 것처럼 검마에게 물었다.

"사부님, 그런데 영보산에 유명한 검파劍派가 있습니까?"

검마가 대답했다.

"그걸 왜 내게 묻느냐? 겨룬 사람에게 물어봐야지."

색마가 육합선생에게 물었다.

"유명한 검파 출신이오?"

색마가 대놓고 물어보자 육합선생과 검마가 동시에 한숨을 내쉬었다. 두 사람이 입을 다물 눈치여서 내가 대신 대답해 줬다.

"육합문의 마지막 제자다."

색마가 되물었다.

"육합문? 육합문은 처음 듣는데?"

나는 걸으면서 색마를 바라봤다.

"어쩌라고 이 새끼야. 여자 엉덩이나 쳐다보니까 모르지."

검마가 내게 말했다.

"참 이상하단 말이야."

"뭐가 이상하오?"

"내가 혼낼 때보다 자네가 뭐라고 할 때 더 효과적인 것 같다는 생각이 들어."

"선배, 나는 그 이유를 잘 알지."

"알려주게."

"내가 못난 놈 전문가라서 그렇소. 이쪽은 내가 전문이야. 강호 제일이지."

옆을 보니 검마가 슬쩍 웃고 있었다. 뒤에서는 색마가 한숨을 내쉬었다. 사부가 함께 있으니 평소처럼 떠들 수가 없는 모양이었다. 잠시 아무 말 없이 길을 걷다가 검마가 내게 뜻밖의 질문을 던졌다.

"모용 선생은 잘 있나?"

"잘 있소. 함께 왔으면 좋았을 텐데."

한가로운 대화가 오갔으나 이것도 나름 좋았다.

'이제 차를 한잔 마신 다음에 검마와 육합선생을 싸움 붙이면…?'

하여간 볼만한 싸움이 될 터였다. 두 사람 모두 수많은 무공과 병장기 중에서 검劍을 고른 사내들이기 때문이다. 고집도 아주 염병할 정도로 세다는 공통점이 있다. 더군다나 검마는 현재 목검木劍을 수련하는 상황이고, 육합선생은 어처구니없을 정도로 철벽 방어를 펼치는 사내. 육합선생과 검마가 붙으면… 색마와 붙을 때보다 얻을 게 많을 터였다.

강호를 돌아다니면서 이래저래 싸움을 붙이고 구경하는 사내, 그것이 나다. 이 모든 행동의 바탕에는 강호의 안녕과 평화, 아군의 실력 상승, 나 자신의 견문 넓히기, 승부욕 자극, 무공 교류, 전생 악인회에 속한 자들이 모두 대종사로 성장했으면 하는 바람이 깔려있다. 누가 내 마음을 알아주겠는가?

* * *

못난 똥싸개 놈은 차도 제대로 못 끓이는 모양인지 검마가 직접 다기를 들고 평상으로 나왔다. 그런데 예전에 마시던 차가 아니었다. 검마가 네 개의 술잔에 독물毒物의 원액 같은 것을 조금씩 따르더니 이어서 평범한 물을 마저 채워 넣었다.

"선배, 이건 뭐요?"

검마가 찻잔을 나눠주면서 말했다.

"매실일세."

"매실? 아, 그 매실?"

"허 장로가 권하더군. 입맛을 돋우는 효능도 있고. 화병에도 좋을 것이라고 하더군."

나는 어리둥절한 표정으로 검마에게 물었다.

"화병 있소?"

검마가 고개를 갸웃하면서 사람들을 둘러봤다.

"다들 있지 않나?"

"..."

"당연한 말을 하는군. 마시게나."

우리 넷은 매실을 쭉 들이켰다. 뭐 그렇게 맛있지도 않고 딱히 맛없지도 않은 어정쩡한 맛이었다. 그저 화병에 좋다고 하니 약이라고 생각하면서 마셨을 뿐이다. 네 사람 모두 전반적으로 무뚝뚝하고 심심한 사내들이라서 우리는 잠시 침묵에 휩싸였다. 그나마 내가 말이 많은 편인데도 항상 분위기가 무거운 검마가 끼어있어서 평소처럼 헛소리가 원활하진 않았다.

검마가 다시 무서운 표정으로 찻잔에 매실 원액을 채우더니 그 위에 또 물을 부었다. 우리는 어쩔 수 없이 또 매실을 한 잔 더 마셨다. 마도 출신의 검객이 직접 찻잔을 건네주는 훈훈한 다도茶道 시간, 매실 두 잔의 여유와 숨 막히는 정적… 본래 매실은 체했을 때도 효능이 좋은 편인데, 지금은 매실을 마시다가 급체할 것만 같은 분위기였다. 문득 검마가 나를 바라보더니 덤덤한 어조로 말했다.

"문주, 불철주야 늘 고생이 많네."

"딱히 뭐 고생이랄 것도 없소."

검마가 손으로 육합선생을 가리켰다.

"여기 실력이 뛰어난 검객을 아군으로 맞이해 내 제자와 싸움을 붙이고. 내게도 소개한 것을 보아하니 나도 붙어봐야겠지. 문주가 그래도 우리 셋을 아군으로 여겨 무학을 교류하게끔 자리를 주선한 것이니 고생이 많았다고 할 수밖에."

검마가 색마에게 말했다.

"안 그러냐?"

색마가 고개를 살짝 숙였다.

"맞습니다. 처음에는 실력을 얕잡아 봤는데 겨뤄보고 생각이 달라졌습니다. 백응지에서 종종 겨루던 흔한 검객이 아닙니다. 사부님, 저도 문주의 의도는 이해하고 있습니다."

"이해했다니 다행이구나."

이번에는 검마가 육합선생을 바라봤다.

"육합선생은 어떻게 생각하시나."

육합선생이 고개를 끄덕였다.

"쉽게 만나기 힘든 고수들과 겨뤄보게 되었으니 이제 문주의 의도를 알 것 같소."

갑자기 검마, 색마, 귀마가 동시에 나를 바라봤다.

"음."

세 사람이 내게 한마디 해보라는 눈치를 보내고 있었기 때문에 나는 팔짱을 끼면서 짤막하게 말했다.

"…알면 됐소."

내 마음을 누가 알아주나 했더니… 어쨌든 세 사람은 내 마음을 이해하고 있었다. 아마도 내가 못난 놈 전문가라서 그런 것이겠지?

생각을 다시 곰곰이 해봤더니. 이 셋도 못난 놈 전문가라서 나를 이해하는 것 같다. 아무튼, 그렇다. 누가 내 마음을 알아줬나 했더니…

　바로, 여러분.

185.
눈앞에
술이 있었다

다들 한 성질 하는 인간들이 모여서 매실을 마시는 지금, 이 순간의 기분을 무어라 표현해야 할까. 전반적인 어색함과 우리에겐 결국 싸움과 무공 이외에는 할 말이 별로 없다는 허탈함이 분위기를 지배했다. 하지만 나는 기분이 남달랐다. 바라볼 때마다 이 사람들의 전생이 떠올랐기 때문이다.

색마는 마교의 광명좌사. 검마는 전생이나 지금이나 인간과 마귀의 경계선에 서있는 것 같은 불온함을 가지고 있을 것이고. 육합선생은 그의 별호에 들어간 귀鬼와 마魔를 보면 알 수 있듯이 많은 사람에게 미움을 받던 사내였다. 물론 나도 마찬가지. 전생으로 따지면 이 세 사람에 못지않게 미움을 받았던 광마가 나다. 물론 나는 백도, 흑도, 마도가 전부 나를 미워했다는 점이 약간의 차별점이었겠지만 말이다.

어쨌든 간에 이렇게 못난 놈들이 한자리에 모인 것도 기적에 가까운 일이다. 아직 우리는 무림공적의 명단에 오르지 않았기 때문에… 평범한 객잔에 들어가서 밥을 먹을 수도 있고. 우리를 보자마자 용모파기를 확인하면서 긴장하던 무림맹원의 모습도 아직은 본 적이 없다. 그러면 된 것이다.

* * *

나는 절대로 먼저 술을 마시자는 말을 할 것 같지 않은 검마에게 술을 마시자고 권했다.

"선배, 오랜만에 왔는데 조촐하게 술이나 마십시다. 매실 좀 그만 마시고. 매실만 마시다가 화병 생기겠소."

검마가 덤덤한 어조로 대답했다.

"술이 없네. 술이 없다는 것은 집 안에 술안주도 없다는 뜻이지."

나는 고개를 끄덕였다.

"별일 아닌 일을 그렇게 진중하게 설명하지 마시오. 술도 사 오고, 술안주도 사 오면 해결되는 문제니까."

나는 품에서 꺼낸 전낭을 통째로 색마에게 던졌다. 색마는 어리둥절한 표정으로 묵직한 전낭을 붙잡았다. 나는 색마가 무어라 하기 전에 먼저 말했다.

"막내가 냉큼 가서 술 좀 사 와라. 안주도 넉넉하게. 네 사부님이 좋아하시는 안주로 사 오도록. 나는 아무거나 괜찮으니까 신경 쓰지 말고. 여기 육갑도 촌놈이라서 주는 대로 잘 받아먹을 거다."

나는 몇 마디 말을 하지 않았음에도 불구하고 색마, 검마, 귀마의 따가운 눈총을 받았다. 세 사람이 동시에 나를 공격할 수 있었기 때문에 헛기침이 절로 나왔다. 색마가 인상을 쓰면서 내게 물었다.

"내가 왜 막내냐."

나는 색마를 노려보면서 대답했다.

"그럼 누가 막내냐."

색마가 성난 표정으로 육합선생을 바라봤는데, 육합선생의 외모는 애초에 나이에 비해서도 상당히 노안이었다. 색마가 어쩔 수 없이 다시 나를 노려봤다.

"네가 사 와. 어디서 심부름을 시켜?"

나는 상대할 가치가 없는 놈에게 시선을 뗀 다음에 검마를 바라봤다. 그러자 검마가 차분한 목소리로 색마를 불렀다.

"제자야."

"예, 사부님."

검마가 색마를 물끄러미 바라보다가 가벼운 어조로 말했다.

"사 와."

색마가 한 대 맞은 표정으로 대답했다.

"…다녀오겠습니다."

고개를 삐딱하게 숙인 채로 문까지 걸어가던 색마가 고개를 돌려서 검마에게 물었다.

"사부님, 뭐 드시고 싶은 안주 있으십니까?"

검마가 퉁명스러운 어조로 대답했다.

"아무거나 사 와."

"예."

색마가 사라지자, 검마가 뜻밖의 말을 꺼냈다.

"육합선생."

"말씀하시오."

"근래 내가 목검을 수련하고 있는데. 목검으로 한번 상대를 해주 겠나?"

육합선생이 어리둥절한 표정으로 물었다.

"뭐 어렵진 않겠소만. 목검을 수련하고 있다는 것이 무슨 의미 요?"

검마가 고개를 끄덕였다.

"…간단하네. 이래저래 부족한 게 많아서 다시 시작하는 마음으로 목검을 붙잡았네."

"특이한 접근이오. 그럽시다."

검마가 내게 말했다.

"문주, 자네 검을 빌려주게."

나는 허 장로의 목검을 육합선생에게 건넸다. 이것은 말 그대로 뽑지 않으면 목검, 뽑으면 진검인 병장기다. 두 사람이 목검을 든 채 로 나가는 동안에 내가 말했다.

"선배, 제자가 비무를 보지 않아도 되겠소?"

"그것은 육합선생이 허락해야 할 일이야. 다만, 그놈은 검으로 대 성할 놈이 아니라서 굳이 봐야 할 이유는 없네. 육합선생, 문주는 참 관해도 되겠나?"

육합선생이 고개를 끄덕였다.

"상관없소."

나는 그제야 두 사람을 따라갔다가 문 앞에 섰다. 육합선생과 검마가 살짝 거리를 벌린 다음에 대치하는 상황. 나는 신기하게도 누가 이길 것인지가 궁금한 게 아니라, 과연 두 사람이 어떻게 싸울 것인지가 더 궁금했다. 승패보다 내용이 궁금한 비무는 처음이어서 살짝 당황스러운 상태.

육합선생이 먼저 검마에게 검례를 취했다. 검마는 이런 예의를 갖추지 않는 사내라서 그저 고개만 살짝 끄덕였다. 대체 어떻게 싸울 것인지 궁금해하는 찰나에 검마의 분위기가 급격하게 돌변했다. 목검을 쥔 자세에서 뜬금없이 검마의 전신이 돌개바람처럼 보이는 기류에 휩싸이고 있었다.

'뭐야?'

평범한 우하단 자세로 목검을 쥐고 있는 육합선생의 눈도 동그랗게 커진 상태. 검마가 물었다.

"준비됐나?"

"됐소."

육합선생의 대답이 끝나자마자, 팍- 소리가 들리더니 목검 두 자루가 맞붙었다. 검마가 너무 빠르게 이동한 터라, 나도 눈알을 좌우로 빠르게 움직이면서 구경했다. 육합선생은 검마의 목검을 쳐내면서 연신 뒤로 물러났다. 평소에 철벽 방어에 익숙하지 않았던 검객이라면 이미 검마의 맹공을 견뎌내지 못하고 패배했을 것 분위기랄까. 일방적인 검마의 공세가 이어졌다. 이번에는 나도 주둥아리를 열지 않고 속으로만 감탄했다.

'와, 그냥 혼쭐이 나네.'

어찌 된 노릇인지, 검마는 처음부터 육합선생의 전략에 대해 눈치를 챈 모양이었다. 검마는 시종일관 공격만 퍼부었다. 이것이 인상적인 이유는 육합선생이 방어 위주로 움직인다는 것을 간파한 검마가 일부러 더 방어를 강요하는 것처럼 보여서다. 아예 반격할 기회조차 주지 않고 있었다. 생각해 보면 크게 이상한 일은 아니다.

육합선생은 색마와 승패를 가리지 못했고, 검마는 그런 색마의 스승이기 때문이다. 애초에 실력 차이가 있는 상황. 실전 경험도 검마가 훨씬 더 많아 보이는 데다가, 검을 휘두르는 분위기 자체가 패도霸道를 추구하는 것처럼 무척 살벌했다. 한마디로 육합선생은 평소처럼 방어 전략을 고수했다가 검마의 분위기에 압도되어서 크게 위축된 상황.

육합선생은 평소의 성향 때문에 아무런 기회도 얻지 못하고 있었다. 잠시 후 검마의 목검이 육합선생의 어깨를 아무렇지도 않게 푹 찌르더니, 뒤늦게 날아온 육합선생의 목검을 후려쳐서 가볍게 날려 보냈다. 육합선생이 어깨를 붙잡았다가 가만히 서있는 검마를 바라봤다.

"…"

잔뜩 놀란 육합선생의 입에서 긴 한숨이 흘러나왔다. 이내 육합선생이 검마에게 포권을 취하면서 말했다.

"잘 배웠소."

검마가 고개를 끄덕이더니 가벼운 어조로 대답했다.

"들어갑시다."

검마가 먼저 안으로 들어가고, 나는 목검을 주워서 돌아오는 육합선생의 상태를 살폈다.

"육갑, 괜찮나? 많이 놀랐나 보군."

살짝 넋이 나가있었던 전생 귀마 놈은 육갑이라는 말에 그제야 정신을 차린 표정으로 내게 말했다.

"아, 이제야 누군지 알 것 같군. 백웅지가 백도 지역이라서 바로 알아보지 못했네."

육합선생이 목검을 내밀면서 이유를 캐묻는 표정으로 바라봤다.

"대체 마교의 검마가 왜 여기에 있나?"

나는 목검을 받으면서 대답했다.

"그러는 너는 왜 여기에 있는데."

"뭔 소리야?"

"간단한 질문으로 길게 대답해야 하는 것 좀 물어보지 말아라. 그리고 내가 대답할 수 있는 문제도 아니고."

들어가서 평상을 바라보니 검마가 천으로 목검을 닦고 있었다. 나는 그 모습을 잠시 물끄러미 살펴봤다. 검마는 임소백에게 패했을 때도 덤덤하더니만, 육합선생에게 이겨놓고도 별다른 차이가 없었다. 매우 일상적인 모습을 유지하고 있었다. 육합선생과 나는 다시 매실을 마시던 자리에 도로 앉아서 검마를 바라봤다. 검마가 목검을 닦으면서 내게 말했다.

"임 맹주 때처럼, 목검을 부러뜨릴 수 없어서 조금 곤란한 싸움이었네."

나는 무슨 말인지 바로 이해했다.

"아, 그러셨소."

허 장로가 선물한 목검이어서 진검을 감싸고 있는 목재 부분을 부수지 않기 위해 검마가 배려했다는 뜻이고, 그래서 싸움이 길어졌다는 것을 알려준 셈이었다. 검마가 입을 다물고 있었기에 비무에 대한 감상을 먼저 육합선생에게 물었다.

"육갑, 어땠나?"

그동안에 생각을 정리한 육합선생이 차분한 어조로 말했다.

"아무래도 나처럼 방어 전략을 고수하는 검객을 여러 차례 상대한 느낌이군. 나는 별생각 없이 고수하던 내 전략인데 스스로 자충수를 둔 느낌이네. 지켜본 문주는 어떠했나?"

나는 육합선생의 생각에 동의했다.

"나도 같은 생각이야. 이번 승부는 내공이나 검법을 거론하기보다는 검마 선배의 경험에서 온 대처가 핵심인 것 같군. 선배는 어떠했소?"

검마가 대답했다.

"육갑…"

"이보시오. 육합이오."

"육합선생과 문주 생각이 맞네. 견고하게 방어를 잘 해내는 무인은 종종 있지."

검마가 육합선생을 바라보더니 뜻밖의 말을 내뱉었다.

"전신에 기류를 휘감았던 것부터 심리전이었네. 무엇인지 이해하지 못했다고 판단하자마자 물러날 준비부터 하더군. 그다음에는 방어 전략을 고수했고. 딱히 나보다 빠르게 움직일 수도 없었지."

이것이 설명의 끝이었다. 얼핏 부족하다고 느낄 수도 있는 짤막한 평가였다. 하지만 나도 곰곰이 생각을 해보자 더 길게 설명할 필요도 없었다. 패배한 이유는 단순한 것이다. 굳이 복잡하게 생각할 필요가 없다. 검마가 여러모로 더 강해서 육합선생이 졌을 뿐이다. 육합선생은 별다른 감정을 내비치지 않은 채로 말했다.

"흔히 하는 말이어서 좀 그렇긴 하지만 한 수 배웠소."

검마가 고개를 끄덕였다.

"인상적이었네. 자네도 속도와 내공, 경험이 더해지면 더 견고해지겠지."

이번에는 검마가 나를 바라봤다.

"문주는 직선으로 뻗은 검 한 자루를 가지고 싸우는 검객들이 이처럼 다양하다는 것에 대해 무슨 생각이 드나?"

재미있는 질문이어서 나는 웃음부터 흘러나왔다.

"그렇기에… 검객은 검뿐만이 아니라 검 이외의 것에도 관심을 많이 가져야 한다고 생각하오."

검마가 엷게 웃으면서 말했다.

"그것참, 나 들으라고 하는 말이로군."

나는 부인하지 않았다.

"맞소."

그제야 검마는 천으로 닦고 있었던 목검을 평상에 내려놓았다.

"자네 말이 맞는지 확인해 봐야겠군."

잠시 검을 평상에 내려놓은 검마의 모습은 마치 짊어지고 있었던 무거운 짐을 내려놓은 것처럼 보였다. 그제야 발로 문을 차고 등장한 색마가 양손에 가득 술과 안주를 가지고 걸어왔다.

"왔습니다."

우리 셋은 심통이 난 색마의 얼굴을 구경하면서도 도와줄 기색은 없었다. 색마가 술과 안주를 평상에 내려놓으면서 내게 말했다.

"문주, 돈이 많던데? 백응지에서 가장 비싼 술과 안주로 넉넉하게, 네 말대로 아주 넉넉하게 많이 사 왔다."

"잘했다. 산적들 줘패고, 흑도도 줘패서 뺏은 돈이니까 부담 없이 먹도록 해."

평상에 거한 술상이 차려졌다. 술과 안주를 대충 내려놓은 색마가 내게 전낭을 던지더니, 그릇과 젓가락을 챙기려는지 안으로 들어갔다. 색마가 자꾸 한숨을 내쉬자, 검마가 한마디를 내뱉었다.

"시끄럽다."

"예, 사부님."

그제야 색마 놈이 한숨을 내뱉지 않았다. 이를 가만히 지켜보던 육합선생이 그제야 검마에게 호칭을 붙여서 말했다.

"검마 선배, 어쩌다가 백도 가문의 차남을 제자로 삼았소?"

검마가 대답했다.

"그러게 말일세. 자네는 짧게 대답하기 어려운 질문을 쉽게 던지는 경향이 있군. 입구에서 문주에게도 그러더니 말이야."

나도 검마와 함께 육합선생을 자연스럽게 갈궜다.

"못난 놈."

"…"

검마가 우리에게 물었다.

"나도 궁금하군. 흑도에서 굴러먹은 검법을 익힌 게 아닌데 어찌

다가 자네는 하오문주와 이곳에 오게 되었나."

육합선생은 그제야 쉽게 대답할 수 없는 질문이 어떤 것인지 깨달은 것처럼 말했다.

"그러게 말이오."

털어놓을 사연이 많다고 해야 할까? 서로에 대해 필수적으로 알아야 할 이야기들이 각자 있었다. 그리고 다행히… 눈앞에는 술이 있었다. 술을 마시면 말이 평소보다 많아지고, 그렇게 되면 서로의 사연을 알게 될 터였다. 내가 술판을 벌이고 있는 이유다. 상대의 사연을 들어야만 조금이나마 더 가까워질 수 있다.

검마, 색마, 귀마 그리고 광마가 모인 자리다. 나는 못난 놈들의 술자리가 의미 없는 일이 아닐 것이라 믿고 있다. 검마는 사고방식이 너무 무겁고, 반면에 색마는 깃털처럼 가볍다. 귀마는 눈치가 좀 없는 편이고, 나는 눈치가 너무 빠른 편이다. 우리 네 사람 모두 술을 좀 마시고 정신을 차릴 필요가 있었다. 매번 살던 대로 살면, 정신을 못 차릴 경우가 종종 있기 때문이었다.

186.
온통
어둠이었다

술을 마셔보니. 검마는 다섯 잔을 마신 다음에 멈추고, 육합선생은 일곱 잔을 마신 다음에 취했다. 육합선생은 평상 끄트머리에 누워서 잠을 자고, 검마도 술기운이 올라온다면서 안으로 들어간 상황. 술에 취해 사연을 나누기는 개뿔이. 그런 거 없었다. 결국에 나머지 술은 색마와 내가 주당 대결을 벌이듯이 비워냈다.

나는 색마와 딱히 주고받는 욕 이외에는 할 말이 없어서 입을 다물었다. 검마의 거처가 실로 고요해진 터라, 육합선생의 코 고는 소리만 잔잔하게 이어졌다. 어느덧 마실 술도 없게 되자, 색마가 담벼락 위로 올라가더니 경계를 서는 보초처럼 어두워지는 주변을 빤히 응시했다.

"뭐 하나?"

색마가 낮은 어조로 대답했다.

"평소에 다섯 잔까지는 안 드시는데, 오늘은 좀 많이 드신 것 같다."

사부가 취했으니 경계를 선다는 뜻이었다.

"저번에도 그 정도는 마시지 않았나?"

"그때는 그냥 홀짝이신 거지."

"원래 선배가 술이 약한가?"

어둠을 응시하던 색마가 나를 바라봤다.

"술도 마셔봐야 늘지. 너나 나나, 이거 마시고 취하겠느냐만 안 마시던 사람들은 원래 이런 법이지."

"내공으로 취기를 몰아낼 수 있지 않나. 육갑 놈도 금세 자빠졌네."

색마가 대답했다.

"손님들과 마시는 술인데 내공으로 몰아낼 이유는 없지."

어쩌다 보니 술을 전부 비우고 나서야 색마 놈과 나는 욕설 없이 가장 긴 대화를 나누게 되었다. 다시 어둠을 빤히 응시하던 색마가 내게 물었다.

"혈야궁에서 교주를 만났다며, 어떠하더냐."

"아, 만났지."

"보기만 해도 오금이 저리더냐? 소문은 그렇다던데."

"그럴 리가. 인상적이긴 하더군."

"사부님 말씀에 의하면 교에서도 웬만한 자들은 아예 눈을 못 마주친다고 하던데. 예의를 갖추려고 그런 게 아니라 교주 앞에서는 고개를 숙이고 대화를 하는 게 더 편해서 그렇다고 하더군."

"두려워할 만하지."

"왜?"

"무슨 생각을 하는지 모르는 놈이니까."

색마가 대답했다.

"왜 몰라. 다 때려죽이고 천하제일이 되려는 생각만 하겠지."

"그런 목표를 말하는 게 아니다. 일상적인 상황이나 평범한 대화를 할 때도 무슨 생각을 하는지 알 수 없고 이해할 수 없을 것이다. 그런 게 더 무서운 법이야."

색마가 뜬금없이 이렇게 말했다.

"생각해 보면 말이야. 나는 마교 때문에 태어난 것이나 다름이 없다."

"그러냐?"

"그런 셈이지. 마교가 옥화궁을 무너뜨리지 않았다면 옥화궁 사람들이 뿔뿔이 흩어지지도 않았을 것이고. 뿔뿔이 흩어지지 않았다면 내가 태어날 이유도 없으니 말이다. 애초에 옥화궁주께서 여인들만 보살피겠다고 만든 세력이었다. 그런 세력을 마교가 박살을 냈기 때문에 내가 태어난 셈이다. 뭐 좋은 집안에서 태어난 것은 불만이 없었다만, 뜬금없이 어머니가 다른 형이 있고 나는 서자고. 뭐 거기까지도 이해해. 하지만 이 모든 상황이 내가 선택하지 않았던 환경이란 말이야."

"그래서."

색마가 고개를 돌려서 나를 바라봤는데 달빛이 밝지 않은 밤이라서 표정은 잘 보이지 않았다.

"그냥 그렇다는 말이다. 이 모든 일이 그저 교주가 강해서 벌어진 일이야. 왜 남의 인생을 이렇게 병신처럼 출발하게 한 것일까. 그 이유를 알아낼수록 별다른 이유가 없었다는 결론에 다다랐지. 옥화궁이 그저 마교에서 독립했다는 이유로 대부분 죽었다고 하니 말이다."

말을 마친 색마가 갑자기 어둠을 물끄러미 바라보다가 어조를 달리해서 말했다.

"뭐 하는 놈들이냐? 다들 기어 나와라."

나는 평상에서 솟구쳐서 색마 근처의 담벼락 위에 서서 바깥을 주시했다. 백응지에서 습격을 받을 이유가 있을까 하는 생각이 스치기도 했고. 딱히 고수들이라면 못 올 이유도 없다는 생각이 들었다. 시커먼 어둠이 일렁이는가 싶더니 서너 명이 천천히 걸어 나왔다. 전부 옷을 잘 차려입고 있어서 어디서 온 놈들인지 알 수가 없었다.

* * *

한 사내의 목소리가 들렸다.

"안에 검마 선배 계시냐?"

색마가 대답했다.

"어디서 온 놈들이냐고 물었다."

목소리의 주인이 몇 걸음을 더 걸어 나오더니 색마와 나를 보면서 대답했다.

"셋째 대공이 오셨다고 전해."

색마가 대답하기 전에 거처 안에서 검마의 목소리가 들렸다.

"들어와라."

어둠 속에서 수하들이 한 사내에게 말했다.

　　　…

"들어가시지요."

젊은 청년이 침착한 표정으로 등장하더니 아무 말 없이 검마의 거처로 들어왔다. 수하들은 전부 바깥에 대기하고 있는 상황. 나는 색마와 함께 담벼락에 걸터앉아서 젊은 사내를 바라봤다. 셋째 대공이라고 했으니 마교주의 셋째 아들인 모양이었다. 뒷짐을 진 채로 검마의 거처를 둘러보기도 하고, 이제 막 잠에서 깬 육합선생도 쳐다봤다. 내가 봐도 확실히 교주와 닮은 구석이 있었다. 교주가 워낙 특이하게 생긴 터라, 그 자식 놈을 처음 보는데도 못 알아볼 수가 없었다. 안에서 편한 옷으로 갈아입은 검마가 등장하더니 삼대공에게 말했다.

"어서 와라."

삼대공이 고개를 끄덕이면서 대답했다.

"좌사, 잘 지내셨소."

검마가 삼대공을 물끄러미 바라봤다.

"죽으러 온 것은 아닐 테고. 여기까지 어인 일이냐."

"좌사, 환귀자 장로가 돌아가셨소."

"그런데."

"아무래도 은퇴하신 분이라 아무도 복수에 나서지 않을 테고 하여 직접 왔소. 보고에 따르면 하오문주에게 죽었다더군. 여러 사람에게 물으니 좌사와 친분이 있는 사내라 해서."

"친분이 있지."

삼대공이 고개를 끄덕였다.

"친분이 있다고 하니, 내가 좌사의 거처에 들어와서 하오문주의 머리채를 붙잡고 끌어낼 수는 없지 않겠소. 좌사의 얼굴도 보고 미리 양해도 구할 겸 왔소이다."

검마가 대답했다.

"셋째야, 환귀자의 바람이 무엇이었지?"

"나를 부교주로 만드는 것과 가문이 살아남는 것."

"그런 환귀자가 쓰러졌다면 네게 운이 없음을 깨닫고 자중하는 것이 옳다. 이렇게 튀는 행동을 하면 네 아비가 흡족하게 생각하겠느냐? 후계자를 다투는 놈이 백응지까지 오다니 이게 무슨 짓이냐."

삼대공이 대답했다.

"못마땅하셔도 사사롭게는 내 외조부가 당하신 것이니 이해하지 않으시겠소? 그것도 이해를 못 하면 사람이 아니지."

"네가 외지에서 날뛰면 네 아비가 트집을 잡아서 여기저기서 싸움이 벌어질 수도 있는데 감당하겠느냐? 결국에 네 형들의 활약이 더클 것이고. 환귀자를 잃은 너는 교에서도 고립될 것이니 이는 올바른 대처가 아니다."

"좌사가 내 입장이라면 어찌하시겠소."

"왜 아직도 내가 좌사인 것이냐. 이쯤이면 공석을 채웠을 것인데."

삼대공이 피식 웃었다.

"그렇게 쉽게 얻을 수 있는 자리가 아니외다. 새롭게 좌사가 되려는 자는 배교자를 먼저 처단해야 안팎으로 인정을 받을 테니까. 선배에게도 곧 좋은 소식이 있을 거요."

"반가운 소식이로구나. 그건 그렇고. 내가 너라면 환귀자의 죽음을 핑계로 외가에서 자숙하면서 한 차례 큰바람이 지나가길 기다리겠다만 네가 내 말을 따를 리는 없고."

삼대공이 고개를 끄덕였다.

"잘 보셨소. 선배를 무인으로 존경하긴 하나, 배교자의 가르침에 고개를 끄덕거릴 필요도 없으니 말이오. 듣자 하니 백응지가 백도의 정신 나간 놈들이 삼삼오오 모여서 술이나 퍼마시는 한량들의 중심 가라던데… 좌사께서도 술 냄새를 풍길 줄이야. 뭐 하러 이런 곳에 틀어박혀서 세월을 허비하고 계시는지 모르겠군. 그냥 복귀해서 교주님의 발치에 머리를 처박는 것이 어떠시겠소."

검마가 낮게 깔린 웃음소리를 내뱉었다. 삼대공의 말이 이어졌다.

"좌사, 교주께서 아주 한심하게 생각하신다는 말씀을 종종 하셨소. 목검을 만지고 계신다는 소식에 즐거워하는 자들이 많더군."

가만히 듣고 있었던 색마가 끼어들었다.

"이 시건방진 병신 새끼가… 교주 아들이 무슨 벼슬이냐? 주둥아리, 조심해라."

삼대공이 색마를 바라봤다.

"아, 너구나. 옥화궁의 천박한 핏줄이…"

색마가 담벼락에서 조용히 일어서자, 검마가 입을 열었다.

"아직 이야기 중이다. 몽랑아."

색마가 가슴을 한 차례 들썩였다가 대답했다.

"예."

삼대공이 웃으면서 검마를 바라봤다.

"선배, 교주께서 직접 상대하려는 고수가 강호에 많지 않소. 직접 나서서 죽이려는 고수가 많지 않다는 뜻이지. 그것이 선배가 이런 곳에서 편히 쉬고 계실 수 있는 이유가 되겠소. 아시지 않소? 선배가 수단과 방법을 가리지 않은 채로 더 강해지는 것을 원하고 계시오. 언제가 됐든 선배도 교주님과 직접 마무리를 짓고 싶으실 터. 오늘은 별일 없이 하오문주를 내어주시오."

검마가 짤막하게 한숨을 내쉬었다.

"셋째야, 너 자신을 너무 믿고 있구나. 쉬운 승부가 아니다. 너희 후계자들이 모두 어려서부터 오성이 뛰어났다는 것은 누구보다 내가 더 잘 알고 있다. 하지만 조금 더 완성된 상태에서 죽고 죽이는 전장에 나서길 바랐던 것이 교주나 나의 공통된 바람이었지. 인생을 조금 더 살아보고 천방지축으로 날뛰는 것이 낫지 않겠느냐?"

"하오문주를 죽인 다음에는 좀 자중하리다. 뭐 어쨌든 선배가 거절하리라는 점은 올 때부터 알고 있었소. 그렇다고 내게 방법이 없는 것은 아니라서 말이지."

삼대공이 검마를 바라보다가 고개를 몇 번 끄덕거렸다.

"좌사, 오랜만에 얼굴 봐서 좋구려. 백도 놈들이랑 흥청망청 술이나 드시면서 평안하게 지내시길 바라오. 좌사도 고생을 많이 하셨으니 죽이기 전에 주는 포상 휴가라고 생각하실 거요. 또 봅시다."

삼대공이 돌아서더니 성큼성큼 걸어서 거처를 빠져나갔다. 나는 삼대공의 뒤에 대고 말했다.

"저 병신이 끝까지 안 쳐다보고 가네. 어처구니가 없네."

나는 삼공자의 말을 곰곰이 생각하다가 검마를 바라봤다.

"…그나저나 선배, 우리도 또 봅시다. 나는 이만 가야겠군. 술 과하게 드셨으니 마중 나올 필요는 없소."

검마는 나를 불러 세웠다.

"문주, 서두르지 말게."

"서둘러야 하는 상황 아니오?"

아직 술이 덜 깬 육합선생이 끼어들었다.

"이게 대체 무슨 상황이야?"

갑자기 등장했던 삼대공이 사라진 것에 대해서 검마가 설명했다.

"나를 찾아온 게 아니라 하오문주를 도발한 것이다. 이대로 백응지를 떠나면 하오문을 찾아가서 괴롭히겠지. 문주 스스로 찾아오게끔…"

육합선생이 그제야 사태를 이해했다.

"아."

"문제는 삼대공이 어떤 자들과 함께 있는지 모른다는 점이야. 흥분하지 말게."

내가 이해한 바도 같다. 언뜻 삼대공이 검마와 말다툼을 한 것처럼 보여도, 정작 속뜻은 "내게 방법이 없는 것은 아니지"라는 말로 나를 여기에서 끌어낸 셈이다. 더군다나 내가 봐도 검마는 교주와 붙어야 할 위치에 있는 사내라서 저런 철없는 새끼를 추격하는 일에는 어울리지 않았다. 여러 가지를 고려해서 삼공자가 방문한 셈이랄까. 잠시 생각하던 검마가 내게 말했다.

"노골적인 도발이긴 하나 문주가 이렇게 끌려가는 것이 못내 불쾌하군."

나는 덤덤한 어조로 대답했다.

"어쩔 수 없소. 가끔 적의 계략에 당해줄 때도 있어야지. 육갑, 자네는 술이 안 깼으니 여기 있어라."

검마가 끝까지 말을 듣고 가라는 것처럼 손을 내밀었다.

"문주, 방심하지 말게. 그리고 추격전의 상황이 반대로 벌어질 수도 있네."

"알고 있소."

"또한… 마교주 아들은 어쨌든 간에 상징하는 바가 있네. 내 말은 반드시 자네가 죽일 필요는 없다는 뜻이야. 잡아서 넘기기만 해도 후계 경쟁자들의 손에 죽을 것이다. 자네가 죽이는 것과는 결과가 한참 달라질 테니 이것도 참고하게."

"참고하리다."

나는 담벼락에서 고개를 한 번 세차게 흔들었다. 하필이면 술을 너무 마신 상태였다.

"아이고, 염병할…"

나는 육합선생, 검마, 색마에게 도움을 청할 마음이 전혀 없어서 그대로 삼대공이 사라진 어둠 속으로 향했다. 사방이 어두워서 그런지 술기운이 계속 올라왔다. 잠시 우두커니 서서 호흡부터 가다듬고 있는 와중에 색마의 목소리가 들렸다.

"사부님…"

색마가 별다른 말을 하지 않았음에도 검마의 대답이 들렸다.

"다녀와라. 신중하게 행동하고."

"예, 알겠습니다."

나는 호흡을 가다듬자마자, 일단 내공으로 술기운부터 몰아냈다. 이런 상태에서 곧장 경공을 펼치면 달리는 도중에 먹은 것을 다 게워

낼 위험이 있었다. 이번에는 거처에서 육합선생의 목소리가 들렸다.

"검마 선배, 또 봅시다."

어김없이 검마의 목소리가 들렸다.

"너는 육갑 떨지 말고 가만히 있어라. 술이 깬 다음에 나중에 합류하도록."

나는 진기를 한 차례 체내에서 돌린 다음에 중독 증상을 해결하는 방식으로 퍼마셨던 술의 취기를 검지 끝으로 빼냈다. 완벽한 방법은 아니지만, 어느 정도 취기가 해소되었다. 어둠을 응시하는 와중에 다가온 색마가 내 옆에 섰다. 나는 색마를 쳐다보면서 말했다.

"뭐야, 이 술 취한 똥싸개 놈은."

색마가 미간을 좁히면서 대꾸했다.

"이 몸은 옥화궁의 더러운 핏줄이니 신경 쓰지 마라. 술도 못 마시는 촌뜨기 놈."

"술을 적당히 사 왔어야지."

나는 하품을 한 다음에 색마와 함께 어둠 속으로 걸어갔다. 번화가에 진입하지 않기 때문에 길이 어두컴컴한 상황. 내가 쫓아가는 것인지, 아니면 쫓기는 것인지도 알 수가 없었다. 정말 이대로 하오문을 쳐들어가겠다는 것인지, 아니면 근처에서 나를 기다렸다가 상대하겠다는 것인지도 당장은 알 수가 없었다. 그저 주변이 온통 어두웠다.

187.
천리객잔의
미식가美食家

나는 백응지의 번화가로 가지 않고 옛 관도官道로 빠질 수 있는 길을 택해서 어둠 속을 걸었다. 백응지에서 멀어질수록 주변이 더 고요해졌다. 이미 함정으로 들어가는 중이라서 굳이 달릴 필요는 없었다.

"환귀자를 죽였으니 저놈이 멍청하지 않은 이상 환귀자보다는 강한 고수를 대동하지 않았을까. 아니면 설마 삼공자가 환귀자보다 강한가? 검마 선배에게 저 정신 나간 새끼들 이야기 들은 거 없나?"

옆에서 걷는 색마가 대답했다.

"환귀자라는 놈이 얼마나 강했는데?"

나는 곰곰이 생각하다가 대꾸했다.

"어쨌든 나랑 육합보단 강했지. 예상보다 잘 싸우더군. 경험도 많고."

색마가 문득 걸음을 멈추더니 심각한 어조로 되물었다.

"환귀자가 너보다 강했다고?"

"강했지. 내공도 나보다 깊었고. 나이가 육십은 넘었으니 말이야."

"근데 어떻게 죽였나? 합공으로?"

"아니지."

"그럼?"

나는 한숨을 내쉬었다.

"넘어가자. 강한 놈이 무조건 이기는 것은 아니야."

"뭔 개소리야."

도망치는 것을 반복하던 와중에 오줌을 싸다가 죽었다는 이야기는 도저히 나도 제정신으로 할 수가 없었다. 문득 생각해 보니 나는 내가 지금 제정신이 맞나 싶었다. 술을 많이 처먹은 상태였기 때문이다. 뛰지 않은 이유는 취기를 계속 몰아내려는 이유도 포함되어 있었는데, 물론 색마도 같은 상태였다. 색마가 말했다.

"세대가 한 차례 바뀌어서 천하제일을 다투려면 교주의 아들들이 경쟁 상대가 될 것이라는 말씀을 하셨지. 어쨌든 내 또래에서 그 정도 고수는 백도에도 많지 않을 것이라 하셨다. 하지만 말이야. 사부의 예상은 이랬다."

"뭐?"

"어차피 한 놈만 살아남을 것이라고. 내 생각도 같아. 호랑이 새끼가 왕이 되려면. 다른 형제들을 잡아먹든지, 물어뜯든지, 손발을 자르든지, 단전을 파괴하든지… 어차피 한 놈만 남겠지. 그 말은 뭐겠어? 지금 처리하는 게 유리한 일이라는 뜻이지."

나는 냉소를 머금었다.

"형제끼리 싸우다니 복에 겨운 새끼들."

"너는 형제가 없어서 모르겠지만 이복형제는 타인만도 못한 관계일 때가 많다. 특히 가진 게 많은 놈은 더욱 그렇지. 형제라는 게 네 생각처럼 훈훈하지만은 않아. 나처럼."

나는 고개를 끄덕였다.

"나는 어렸을 때부터 가진 게 없는 놈이었으니 내 알 바 아니다. 하지만 이 마교 새끼들이 왜 이렇게 지랄 맞은 것인지는 잘 알고 있지."

"왜 그런데?"

"형제도 죽이는 놈들이 누군들 못 죽이겠나?"

"그건 그렇군."

"자신들의 신을 믿지 않는 자들이 곤란해지거나 괴로워지면 나쁜 종교가 맞다. 멀쩡한 이름 대신에 마魔가 붙어서 불리는 이유가 이런 것 때문이야."

실은 내가 아는 마교의 악행은 훨씬 더 많다. 하지만 아직 벌어지지 않은 일을 색마에게 말해줄 수는 없었다. 나는 달이 살짝 모습을 드러내기 시작했을 때 색마에게 물었다.

"똥싸개, 같이 싸우게 됐으니 하나만 묻자."

"물어봐."

"가장 강력한 빙공의 절기로 몇 명까지 후려칠 수 있겠나? 말단 무인이라 치면."

잠시 고민하던 색마가 대답했다.

"한 오륙십 명… 너는?"

나는 다소 과장되게 대꾸했다.

"나는 칠십 명."

"그럼 나는 팔십 명."

"생각해 보니 구십 명."

"지랄 좀 그만하자."

어둠 속을 걷는 와중에 전방에 등불이 하나 보였다. 잠시 후에 등불을 들고 나타난 사내가 말했다.

"문주님? 이쪽입니다."

나는 걸음을 멈춘 채로 등불을 주시했다. 사내가 등불을 자신의 얼굴 옆으로 들어 올리면서 내게 말했다.

"대공이 계시는 곳으로 안내하겠습니다."

"좋다. 가자."

나는 등불을 들고 있는 사내의 어깨를 붙잡은 채로 말했다.

"등불을 기준 삼아서 암기가 쇄도하면 너도 죽을 텐데 기분이 어때?"

"안내하는 중에 그럴 리가 있겠습니까."

"네가 윗놈들의 마음을 그렇게 잘 알아?"

그제야 이놈의 표정이 딱딱하게 굳었다. 나는 이놈과 어깨동무한 채로 밝아진 등불을 벗 삼아서 길을 걸었다.

"대체 어디로 안내하는 거냐. 근처에 거점이 있었나?"

"한적한 곳에 객잔이 하나 있는데 거기서 기다리고 계십니다."

"아, 너희 것이냐?"

"아닙니다."

"그렇다면 누군가가 있나 보군."

나는 이런 생각이 들었다. 삼공자가 병력을 많이 대동한 채로 나를 죽이려고 하면 그것은 내가 대처하기 쉬운 일이다. 허접한 놈들이 많으면 도망 다니는 게 오히려 더 쉽다. 하지만 객잔에 만약 한두 명의 고수가 추가되어 있다면 그것은 약간 곤란해지는 일이다. 분명히 강한 놈이 기다리고 있을 테니까 말이다.

그렇다고 내가 여기까지 와서 색마 놈과 도망칠 성격도 아니다. 도망치면 어차피 삼공자가 하오문을 괴롭힐 게 뻔했기 때문에 외통수에 걸린 상황. 잠시 후 우리는 천리객잔千里客棧이란 간판이 적힌 지저분한 가게로 들어갔다. 직접 도축을 하는 모양인지 피 냄새가 짙게 깔린 객잔이었다.

* * *

객잔 이 층 난간에서 등장한 삼공자가 우리를 바라봤다.

"문주, 어서 와라."

둘러보니 삼공자의 수하들만 보일 뿐이고, 딱히 눈에 들어오는 새로운 고수는 보이지 않았다. 삼공자가 색마와 나를 내려 보다가 말했다.

"주인장, 손님 오셨소."

주방에서 미세한 발걸음 소리가 들리더니 앞치마에 손을 닦으면서 나오는 삼십 대의 사내가 보였다. 온통 평범함으로 온몸을 두른 객잔의 주인장이었는데 머리카락은 기름을 바른 모양인지 유난히 번들대고 있었다.

'음...'

나는 주인장을 보자마자, 이놈이 도살자屠殺者 백가白家임을 알아보았다. 다른 별호로는 미식가美食家라 불린다. 내가 예상하던 강자의 반열에 오른 고수가 맞다. 왜냐하면, 삼공자를 포함할지라도 현재 이 객잔 안에서는 도살자 백가 놈이 가장 강하기 때문이다.

천리객잔은 도살자 백가 놈이 인육으로 음식을 만드는 장소라는 뜻이고, 도살자 백가의 객잔이 백도 근처에 있는 이유는 멀쩡한 놈들을 잡아다가 사람 고기로 쓰기 위해서일 것이다. 이 보기 드문 악인은 예나 지금이나 주루 혹은 객잔을 운영하는 것이 취미였다. 도살자 백가 놈이 우리에게 물었다.

"손님들, 뭐 드시겠소?"

나는 탁자에 앉으면서 대답했다.

"술이나 줘라. 안주는 됐고."

색마와 함께 탁자에 둘러앉아서 백가 놈을 바라보자, 백가 놈이 웃으면서 말했다.

"여기는 안주가 맛있는데."

나는 딱히 할 말이 없어서 한숨을 내쉬다가 삼공자에게 물었다.

"술이나 가져오고. 삼공자, 왜 여기로 유인했나?"

도살자 백가 놈이 주방으로 들어가는 사이에 삼공자가 대답했다.

"이 바닥에서 제법 유명한 사내에게 살행 좀 의뢰했더니 직접 보고 결정을 해야겠다고 해서 말이야."

"그렇군."

나는 색마를 바라봤다. 이놈도 주인장을 보자마자 보기 드물게 긴장한 모양인지 눈알만 이리저리 굴리고 있었다. 어쨌든 색마도 긴장하는 것이 옳다. 아직 전생 무림공적이었던 색마와 나는 한참 젊은 상태고. 오악五惡에 속한 고수는 마교주 아들의 의뢰를 당당하게 받을 정도로 잘나가는 시절이기 때문이다.

그러니까 도살자 백가 놈은 나중에 오악이 되는 인물이다. 물론 아직 그 오악이 무림공적 명단에 반듯하게 이름이 올라있는지는 알 수가 없었다. 당연히 나는 오악의 특징을 전부 알고 있기에 보자마자 알아볼 수 있었고. 색마도 객잔 주인장의 분위기나 기도에서 이미 쉽게 만날 수 없는 강자라는 것을 눈치챈 것처럼 보였다. 색마가 중얼거렸다.

"사부님하고 함께 왔어야 했는데. 너무 자만한 거 아니냐?"

"그러게 말이다."

"이제 어쩌자는 말이냐. 퇴각할까?"

나는 색마를 보면서 말했다.

"뭐 나는 항상 경공에 자신이 있어서 말이야. 너는 알아서 해라."

"이 염병할 새끼…"

주방에서 술을 들고 나온 도살자 백가 놈이 웃으면서 다가오더니 탁자에 술을 내려놓았다.

"미안하지만 술이 이것밖에 없네. 그리고 손님들은 내 허락 없이 함부로 객잔을 나서지 말게나."

도살자 백가 놈이 등을 내보인 채로 걷더니 조금 떨어진 곳에 앉아서 삼공자를 올려다봤다.

"그래서, 이 두 사람인가? 한 명만 죽여달라고 하더니 왜 두 명으로 늘었지?"

삼공자가 웃으면서 대답했다.

"한 명만 죽여도 상관없소. 마음에 드시오?"

"조건을 말해주게."

삼공자가 우리를 무시한 채로 도살자 백가 놈과 협상에 나섰다.

"이번 일을 맡아주면 통용 은자 일천 개를 드리고. 행동이 자유로운 외당外黨 조직에 넣어드리겠소. 명령을 받거나 딱히 교를 위해 일을 하지 않아도 좋소. 오늘처럼 내가 말하는 상대를 가끔 처리해 주면 그때마다 계속 큰돈을 드리겠소. 물론 돈으로만 해결할 생각은 없소. 무공을 원하면 무공비급을 구해다 드리고, 미인은 물론이고 구하기 힘든 술이나 음식 재료도 내 인맥을 동원해서 최대한 공급해 주리다. 듣자 하니 미식가라던데… 얻기 힘든 고수에게 일을 맡기려면 내가 이 정도는 해야 하지 않겠소?"

도살자 백가 놈이 활짝 웃으면서 우리를 바라봤다.

"…그렇다는군. 누가 하오문주인가?"

나는 색마를 가리키면서 덤덤한 어조로 말했다.

"이쪽이오."

색마가 한숨을 내쉬었다.

"…후우. 나는."

나는 색마의 말을 끊었다.

"닥쳐라. 하오문주. 못난 놈."

갑자기 색마 놈이 실성한 모양인지 변명을 포기한 채로 낄낄대면서 웃었다. 나는 일단 도살자 놈이 가져온 술을 한잔 따랐다. 이어서 색마 놈에게 술을 내밀면서 말했다.

"문주, 한잔하세."

"혼자 처먹어라."

결국, 나는 술을 혼자 마셨다가 급히 바닥에 뱉었다.

"퉤! 이 씨벌… 맛이 왜 이래?"

나는 도살자 백가 놈을 노려봤다.

"주인장, 술맛 왜 이래? 왜 이딴 술을 팔아. 구정물을 섞었어? 똥물을 섞었나?"

"뭐?"

"물만 섞어도 이런 맛은 안 나는데. 병신 같은 술을 팔고 자빠졌네. 생긴 것도 병신처럼 생겨서. 재수 없게. 퉤! 이 씨벌 놈아…"

도살자 백가 놈이 실로 무서운 눈빛으로 나를 노려봤다.

"…"

나는 관자놀이 근처에서 손가락을 빙빙 돌리면서 말했다.

"이런 술이나 처마시니까 머리가 홱 돌아서 인육이나 처먹고 살지. 이 새끼야. 세상에 맛있는 게 얼마나 많은데 사람 고기를 먹고 자빠졌어?"

옆에 있는 색마가 나를 툭 쳤다.

"그만해라. 의뢰 안 받아도 죽겠다."

나는 색마에게 공손한 어조로 대답했다.

"예, 문주님."

색마가 옆에서 한숨을 내쉬다가 도살자를 바라봤다.

"저기 그 미식가 선배."

놀랍게도 색마도 객잔 주인장의 정체를 아는 모양이었다. 도살자가 웃으면서 대답했다.

"젊은 손님께선 나를 아나?"

색마가 대답했다.

"사부께서 가끔 언급하셨던 터라 알아보았습니다. 복장과 분위기
가 듣던 대로 똑같군요."

"자네 사부가 누구인가."

색마가 빠르게 대답했다.

"검마라 불립니다."

"아…"

도살자가 어깨를 들썩이면서 웃더니 삼공자를 올려다봤다.

"삼대공, 나더러 검마에게 쫓기라고 이런 의뢰를 하는 건가? 은자
일천 개로 처리할 일이 아니지 않나. 비용을 올려야겠네."

삼공자가 미간을 좁히더니 도살자를 노려봤다.

"검마가 두렵소?"

도살자가 대답했다.

"이 머리에 피도 안 마른 교주 아들놈아, 네가 태어나기도 전에 명
성을 날리던 사내가 검마다. 겨우 은자 천 개로 이런 일을 맡겨?"

삼공자의 수하 한 명이 끼어들었다.

"공자님께 그 무슨 불경한 어조요."

도살자가 삼공자에게 물었다.

"죽여도 되겠나?"

삼공자가 고개를 저었다.

"참으시오."

순간, 삼공자가 왼손을 휘두르자, 대화에 끼어들었던 수하가 벽으로 날아가서 퍽- 소리를 내더니 곧장 기절했다. 삼공자가 냉랭한 표정으로 도살자를 내려다보면서 말했다.

"백 선배, 어차피 걷는 길이 우리 쪽에 가깝지 않소? 이미 사람 죽이는 일에 익숙해져서 꼬리를 밟히면 임소백에게 쫓기게 될 터인데, 우리 쪽과 교류를 나누는 것도 나쁘지 않소. 솔직히 말씀드리면 나도 고수가 한 명이라도 더 필요한 상황이라서 말이지. 내가 앞으로 성공하든 실패하든 우리 쪽 금전적인 지원을 종종 받는다고 해서 손해는 아닐 거요."

나는 도살자 대신에 대답했다.

"아이고, 못난 새끼. 네 아비가 퍽이나 좋아하겠다. 사람 고기나 처먹는 사내에게 살행 의뢰를 하지 않나. 네 아비가 이 소식을 들으면 너는 죽은 목숨이야. 마도가 어쩌다가 이렇게 추락했어? 교주 아들놈 실력이나 구경하려고 따라왔더니 도살자를 대기시켜 놔?"

삼공자가 손으로 나를 가리키더니 도살자에게 물었다.

"보셨소? 막 나가는 놈이외다. 참고로 저놈이 하오문주이니까 검마의 제자와 착각하지 마시오."

도살자가 나를 보면서 웃었다.

"그래. 네가 하오문주로구나."

나도 손가락으로 도살자 놈을 가리켰다.

"환귀자도 너처럼 여유를 부리다가 내 손에 죽었지. 하지만 그전에 제의할 게 있다."

도살자가 별 기대 없는 표정으로 대답했다.

"뭔가?"

나는 삼공자를 가리키면서 말했다.

"교주 셋째 아들, 나 대신에 죽여주면 은자 일천 개? 받고 일백 개 더."

내가 말을 마치자마자… 삼공자, 색마, 도살자가 동시에 한숨을 내쉬었다. 은자 일백 개 정도로 사태가 변할 일은 아니었으나, 나는 오랜만에 도박장에 온 것처럼 흥이 올라왔다. 이래서 사람들이 도박을 못 끊나 보다. 나는 기대 섞인 눈초리로 삼공자를 바라봤다.

"받아? 말아."

도살자가 결심한 표정으로 삼공자에게 말했다.

"일단 하오문주의 두 팔을 잘라주마. 두 팔에 일천 개. 재미있는 놈이라서 당장 죽일 필요 없다. 돈도 많은 것 같으니 말이야. 팔 자르고 나서는 내가 알아서 하겠다. 어때?"

삼공자가 흡족한 표정으로 대답했다.

"좋소."

나도 고개를 끄덕이면서 대답했다.

"확인."

188.
도살자에게
쫓기는 나

나는 잠시 마교와 도살자에게 양해를 구했다.

"…잠시 기다려라. 갈 때 가더라도 유언 한마디 정도는 괜찮잖아?"

"…"

나는 삼공자의 냉소를 확인한 다음에 색마에게 진중한 어조로 말했다.

"몽랑아."

"왜?"

색마에게 세상 진지한 어조로 말했다.

"내가 쓰러지면 네가 이대 하오문주를 맡아라. 너는 마교에 어울리는 놈이 아니다. 알았어? 검마 선배를 봐서라도 넌 빠져라. 이놈들도 아직은 검마 선배를 무시한 채로 너를 죽일 수 없을 거다."

"뭔 개소리야?"

"무공은 본래 약하고 억울한 자들을 도와주기 위해서 익히는 것이니까 잊지 말도록. 마음을 더 열어야 지금보다 더 강해질 수 있다."

색마가 한숨을 내쉬었다.

"지랄 염병을 해라."

"그래. 믿을 사람이 너밖에 없다."

나는 분위기를 잔뜩 잡은 채로 일어나서 도살자에게 말했다.

"백가 놈은 주방 가서 병장기부터 가져와라. 관상을 보아하니 도축 칼로 위장한 보도寶刀 같은 것을 쓰는 것 같군. 누구 팔이 먼저 잘리는지 보자고."

"언행 한번 시원하구나! 좋다!"

도살자가 히죽 웃더니 주방으로 향했다. 나는 크게 심호흡을 한 다음에 도살자가 주방으로 들어가는 찰나… 경공을 펼쳐서 급하게 객잔을 빠져나갔다. 우당탕탕- 소리에 이어서 몇 명의 목소리가 다급하게 들렸다.

"어?"

"도망가는데요?"

이어서 객잔 문 박살 나는 소리가 들리더니 도살자가 경공을 펼치면서 나를 귀신처럼 쫓아오기 시작했다. 귀신은 딱히 무섭지 않으나 경공이 빨라서 약간 오금이 저렸다. 그러니까 환귀자의 경공 실력과는 비교가 안 될 정도로 빨랐다. 나는 삼공자가 일단은 검마를 두려워한다는 것을 알기에 색마를 버려둔 채로 도주했다. 오랜만의 전력 질주랄까.

도살자의 경공이 어느 수준인지 궁금했기 때문에 정말 전속력으로 달려봤다. 생사결의 시간이 왔음을 알게 된 신체의 모든 감각이 지극히 예민해진 상태. 뒤에서 바람 가르는 소리가 나서 급히 고개를 젖히자… 내 시야의 위쪽에 있었던 나뭇가지가 소리 없이 베여서 바닥으로 떨어졌다. 나는 나뭇가지가 바닥에 닿기 전에 뻗어나가면서 속도를 더 높였다. 뒤에서 도살자의 목소리가 들렸다.

"젊은 문주가 과연 도망갈 수 있을까."

목소리가 아주 차분한 것이 인상적이어서 나도 친절하게 대답해 줬다.

"병신 같은 놈. 냄새나니까 그만 쫓아와."

나는 공중에 살짝 뜬 다음에 발검식을 펼치면서 돌아섰다. 검기가 닿은 도로 양옆의 나무가 반듯하게 잘리는 와중에 공중에 솟구친 도살자는 칼을 이리저리 휘둘렀다. 순간 세 줄기의 도풍刀風이 밀려들었다. 세 줄기의 도풍은 올곧은 일직선이 아니라 회오리가 들쑥날쑥하게 뻗어나가는 것처럼 쇄도하고 있어서 온전하게 피하는 것이 힘들어 보였다. 나는 땅을 밀어낸 다음에 뒤로 물러서면서 도풍이 박히는 땅을 바라봤다. 벼락 세 줄기가 땅에 꽂히더니 요란한 소리를 내면서 돌무더기가 튀어 오르고 있었다.

파바바바바박!

땅에 한 발을 붙인 도살자가 도약 한 번으로 솟구치더니 나를 당장 따라잡았다. 나는 호흡 한 번을 제대로 들이마시지 못한 채로 목검을 휘둘렀다. 도살자는 매우 능숙하게 빠른 도법을 펼치는데도, 내가 칼을 한 번 피할 때마다 근처에 있는 무언가가 반듯하게 잘려 나갔다.

…   광마회귀4

심지어 칼에 담긴 내공의 깊이 때문에 잘려나갈 때 들리는 소리가 매우 미약했다. 빠르고, 정확하게 잘려나간다는 것을 소리로 듣고 있는 상황. 나는 그 와중에도 도살자와 가끔 눈을 마주쳤다. 도살자도 그렇고 나도 그렇고. 두려움은 없다. 도살자가 칼을 휘두르는 사이사이에 말을 끼워 넣듯이 내뱉었다.

"이렇게, 잘, 싸우는데, 왜, 도망을… 쳤나."

나도 목검을 휘두르는 호흡에 맞춰서 대답했다.

"피 냄새가 역해서, 내 코는, 예민해."

순간 목검과 도축 칼이 부딪치면서 불꽃이 튀고, 두 개의 칼에서 전해진 도살자의 악력이 내 손까지 이어졌다. 곧 손아귀가 찢어질 것 같은 느낌이 전해졌다. 나는 이때까지도 염계나 월영무정공을 사용하지 않은 채로 겨루다가 진각을 한 번 밟은 다음에 다시 도주했다. 도살자의 서늘한 웃음이 내 귀를 물어뜯는 것 같았다.

"흐흐흐흐."

진각을 피해서 뒤로 물러났던 도살자가 다섯 걸음 만에 따라와서 내 등을 향해 도축 칼을 내질렀다.

쐐액!

나는 뒤로 돌자마자 목검을 세운 다음에 얇은 목검의 면으로 도축 칼의 찌르기를 받아냈다.

텅!

기를 주입한 목검이 활처럼 휘어졌다. 순간, 도살자의 찌르기를 내 몸에 싣고, 동시에 땅을 밀어내면서 공중에 떴다. 거리를 벌리긴 했으나 도살자의 속도가 빨라서 무언가를 해볼 수도 없는 상황. 나는 도살자의 눈빛과 표정을 구경하는 것에 그친 다음에 다시 목검을 휘둘렀다.

도살자는 목검을 피하면서 동시에 내 하반신을 공격했고. 내가 펼치는 대부분의 공격을 빠른 몸짓으로 피하면서도 내 팔을 자르려고 시도하거나, 반격을 펼쳤다. 이상하게도, 방어를 펼치지 않는 동작이라서 더욱 빨라 보였다. 동작마다 동귀어진의 뜻이 담겨있었다. 더군다나 확실히 회귀한 이후에 만난 고수 중에서는 몸놀림과 칼의 속도가 가장 빠른 상대였다. 도살자도 내 실력이 인상적이었는지 도축 칼을 휘두르면서 말했다.

"하오문주, 밑으로 들어오면 살려줄게. 그 실력, 탐이 난다."

나는 도축 칼을 튕겨내다가 침착한 어조로 대답했다.

"…확인."

스스로 공격을 멈춘 도살자가 고개를 갸웃하면서 말했다.

"오, 생각이 있나?"

나는 도살자가 "생각이"라는 말을 할 때 이미 경공을 펼쳐서 도망가기 시작했다. 뒤에서 도살자가 다시 웃음을 터트리면서 따라왔다.

"재미있는 놈이야."

이번에는 도살자의 목소리에 살의가 잔뜩 담겨있었다.

"팔 두 개로 끝나진 않을 거다."

웃으면서 말하는 어조에도 살의가 담겨있는 사내, 그것이 도살자였다. 나는 도망을 치면서도 성실한 사내처럼 대답했다.

"확인."

"확인이 대체 무슨 뜻이냐."

질문을 무시한 채로 나는 생각을 하면서 달렸다. 도법과 검법은 어느 정도 동수에 가깝고, 내공도 서로 깊어서 당장은 바닥이 날 가능성이 없다. 나는 달리면서 도살자의 도법이나 움직임에서 빈틈이 있었는지를 되새겼다. 이상하게도 딱히 없었다. 도살자가 방어를 펼치려고 하지 않았기 때문에 서로 몸을 상해서 승부를 보는 수밖에 떠오르지 않았다. 그것이 내가 도망치는 이유였다. 더군다나 내가 무언가를 숨긴다고 생각했는지 도살자도 절기 같은 것은 일절 선보이지 않은 채로 도법에만 집중한 상태.

내 검법도 사실은 근본이 없는 허접한 상태라지만… 도살자의 도법도 대체 어디에서 배운 것인지 모를 정도로 근본이 없었다. 그런데도 강한 이유는 소군평이나 남가락 같은 흑도 고수들은 두세 번 칼질에 팔 하나가 날아갈 정도로 도살자의 속도가 빠르기 때문이었다.

눈치도 빠른 성향이라서… 왼손으로 무언가를 준비하려고 하면, 도축 칼이 더 빨라졌다. 싸우고, 도망치고, 대처법을 고민하고, 다시 상대하고, 더 생각할 시간이 필요했다. 그런 와중에 도살자는 내게서 스무 걸음 이상을 떨어지지 않은 채로 바짝 따라왔다. 도살자의 목소리가 들렸다.

"이틀 밤낮을 꼬박 도망쳐도 나를 따돌릴 수는 없다. 네가 먼저 지치는지 내가 먼저 지치는지 확인해 보자꾸나."

나는 간략하게 대답했다.

"확인."

당장 떠오르는 것은 양패구상밖에 없었다. 내 팔이 끊어질 때, 도살자의 목이나 가슴도 뚫을 수 있었다. 하지만 이것은 옳은 대처가 아니다. 나는 달리는 와중에 육합선생이 며칠에 걸쳐서 가르쳐 주던 검막을 떠올렸다.

'철벽 방어에 이은 한 수.'

전생 귀마의 수법을 내가 펼쳐야 할 순간이 왔다. 검막을 펼치는 것은 문제가 없었으나 도살자의 내공이면 검막이 소용없을 터였다. 아마 강철로 만든 방패로 막아도, 방패와 팔이 동시에 잘릴 테니까 말이다. 하지만 검막은 시야를 잠시 방해할 수 있다. 나는 도망치는 와중에 몇 개의 절기를 조합했다.

검막, 빙막, 염계대수인, 백화검기, 염화향, 섬광비수, 만검식, 단검식, 기검식까지. 도살자의 심리상태, 경공 속도, 칼질의 속도를 고려하고. 내 조합의 대처가 중간중간 실패했을 때 어떻게 대응할 것인지 고민하고. 나는 잠시 도살자가 주둥아리를 열 때까지 계속 달렸다. 도살자의 목소리가 들렸을 때…

"…언제까지."

나는 공중에 뜬 채로 돌아서면서 목검으로 검막을 뿌렸다. 목계의 기로 생성된 검막이 전방에 펼쳐지고. 좌장에 냉기를 주입해서 장력으로 만든 빙막을 펼치면서 뒤로 물러났다. 두 개의 막이 교차해도, 한 번의 칼질에 날아갈 것을 예상했다.

파악!

예상대로 막이 부서진 곳에 염계대수인의 장력을 쏟아내고. 잔월빙공을 주입한 검기를 날리면서, 손가락을 퉁기자마자 염화향을 공중에 띄웠다. 이어서 검기가 소멸하고 염화향이 도풍에 흩어지는 것을 보자마자. 품에서 꺼낸 섬광비수를 도살자를 향해 집어 딘졌다.

쒜앵!

빙공을 주입한 만검식을 펼쳐서 흩날리는 형태로 뿌린 다음에 기를 압축시키는 단검식으로 목검도 미련 없이 던졌다. 전부 도살자의 대처를 눈으로 확인하면서 내던진 상태. 타앙- 소리와 함께 섬광비수가 튕겨나가고… 도살자가 두 번 휘두른 칼질에 만검식으로 흩날리던 냉기도 소멸했다. 그 틈에 목검은 도살자의 목을 아슬아슬하게 스치고 지나갔다. 순간 도살자가 분노한 표정으로 공중에 솟구치더니 도축 칼을 치켜들었다.

피할 곳이 없어 보이는 절기였다. 나는 본래 맨손에 기검식을 휘감아서 승부를 내려 했으나, 본능적으로 포기했다. 도살자의 절기가 더 강하다는 판단. 도축 칼에 휘감긴 검강이 하늘에서 떨어지는 채찍처럼 내 몸 근처를 박살내고, 나는 양손에 일월광천을 휘감으면서 도망을 쳤다.

"…"

이러다가 동귀어진으로 죽을 수 있겠다는 불안한 마음에 육합선생이 알려준 검막의 묘리와 흡성대법을 적용해서 일월광천을 분리했다.

'…아이고, 엿 됐다.'

합칠 수 없는 기운을 태극처럼 구겨 넣어서 역천逆天의 힘을 만들어 낸 것이 일월광천이다. 그러나 이것이 이렇게 가까운 곳에서 터지면 도살자도 죽고, 나도 사지가 터져서 죽을 게 뻔했기 때문에 다시 역순逆順으로 일월광천을 조합했다.

'염병할.'

순간, 내 뒤에서 검강이 밀려들었다. 물론 내 손에도 빛이 있었다. 나는 공중에 뜨자마자 양손에서 만들어 낸 이름 없는 광막光幕으로 검강을 막아냈다. 내 귀에 쐐앵- 하는 소리가 두 번이나 겹쳐서 들렸다. 광막이 검강을 고스란히 튕겨냈다. 도살자의 한쪽 팔이 푸악- 소리와 함께 날아가더니, 외팔이가 된 도살자가 땅에 착지하자마자 내게 달려들었다.

나는 양손에 휘감고 있는 일월광천의 기운을 각기 한 손으로 옮긴 다음에 피를 뿌려대면서 공격하는 도살자의 몸에 염계지법과 잔월지법을 연달아서 적중시켰다. 팔 하나가 날아갔음에도 불구하고 도살자의 기세가 너무 흉흉했기 때문에 나는 뒤로 물러나면서 계속 지법을 펼쳤다.

퍽! 퍽! 퍽! 퍽! 퍽!

지법으로 몸이 뚫릴 때마다 속도가 현저하게 느려진 도살자가 끝내 내 얼굴 근처까지 다가와서 멀쩡한 손을 제법 빠르게 내밀었다. 하지만 내가 왼손으로 도살자의 손목을 붙잡은 상황. 그 손에 날카롭게 다듬어져 있는 철제 젓가락이 삐쭉 나와 있었다. 나는 젓가락을 바라보면서 말했다.

"…젓가락, 확인."

나는 왼손에 빙공을 주입하고, 도살자의 오른쪽 어깨에도 빙공을 주입했다. 그제야 지랄발광을 하듯이 쏟아지던 피가 멈추고 있었다. 도살자의 눈에는 핏발이 가득한 상태. 내게 한쪽 팔을 붙잡혔음에도 불구하고 눈빛에 담긴 살기는 여전했다. 도살자가 눈을 부릅뜬 채로 내게 물었다.

"…너 대체 뭐야. 싸우는 내내 나보다 약했잖아."

나는 도살자의 상반신에 빙공을 때려 박은 다음에 도살자의 왼손을 돌려서 날카로운 젓가락을 놈의 어깨에 천천히 박아 넣었다.

푹.

도살자의 입에서 아무런 비명이 들리지 않는 것이 이상했다. 나는 도살자의 앞섶을 풀어헤쳐서 그의 맨몸을 확인했다. 몸에 화상이 가득했다. 흔하게 볼 수 있는 고문의 흔적이 아니었다. 나는 도살자의 턱을 붙잡은 채로 표정을 구경하다가 물었다.

"자네를 누가 이렇게 고문했나?"

도살자가 대답했다.

"백의서생白衣書生, 그가 했지."

나는 고개를 끄덕였다.

"확인."

도살자가 기이한 눈빛으로 내게 물었다.

"내 사부를 아느냐?"

"알지. 오악이잖아. 백의서생이라 불리다가 악제惡帝가 된 사람."

도살자가 물었다.

"오악은 뭐고 악제는 뭐냐? 금시초문인데."

나는 등줄기에 소름이 돋는 것을 느끼면서 대답했다.

"그런 게 있어."

아직 내가 아는 오악이 무림맹에 의해 오악으로 규정되지 않은 시기가 확실했다. 문득 이런 생각이 들었다. 삼공자가 도살자에게 살행을 의뢰한 것처럼. 당대의 강호에서 살인을 가장 잘하는 사마외도의 최고수들에게 마교가 이런저런 의뢰를 했을 것이라는 생각. 당연히 의뢰자는 삼공자만이 아닐 것이다. 나는 별 기대 없는 어조로 아직 숨이 붙어있는 도살자에게 정중하게 물었다.

"백 선배, 혹시 백의서생의 은신처를 알 수 있을까?"

"네가 죽일 수 있겠나?"

나는 고개를 끄덕였다.

"노력해야지."

"더 수련해라. 아직은 부족하다. 알려줄 수 없다."

도살자가 나를 바라보다가 입을 벌려서 웃자 이빨 사이로 흐르는 핏물이 잔뜩 보였다. 나는 그대로 도살자의 이마에 일장을 내질러서 즉사시켰다.

퍽!

도살자가 나랑 싸우는 동안에 비명을 한 번도 내지르지 않았기 때문에 어쩔 수 없이 물어볼 수밖에 없었다.

"도살자, 죽었나?"

"..."

대답이 없었기 때문에 그제야 나는 숨을 크게 내뱉었다.

"확인."

189.
하오문주의
암어

"자네 친구 행동이 참 황당하군."

색마는 삼공자의 말에 대답했다.

"친구 아니다."

삼공자가 고개를 끄덕였다.

"뭐 어찌 됐든 도살자에게서 벗어나긴 힘들 것이다."

"그래서."

"그대는 검마의 제자니까 실력이 제법 있을 테지. 죽지 않고 이 자리에서 버텨도 너 역시 도살자를 감당할 수 없을 거야. 네 사부든 백응지의 정신 나간 놈들이든 간에 총본산이 직접 나서면 어차피 전부 죽게 되어있어. 너라도 미리 교에 몸을 의탁하는 게 어떠하겠느냐? 곤궁할 때 살려달라고 무릎을 꿇는 것과 미리 내 초대를 받아서 당당히 입교하는 것은 의미가 매우 다를 것이다. 실력은 충분히 대우해 주마."

색마가 삼공자를 올려다봤다.

"후계자 싸움이 원활하지 않아? 주제를 파악해서 미리 은퇴하는 게 어떠냐? 사부님에게 듣자 하니 네가 다른 대공보다 나은 점은 잔인무도함 이외에는 없었다. 무공도 부족하고, 지모도 부족하다지. 심지어 외가 세력도 약하다던데. 미리 사부님 발치에 고개를 조아려서 시종이라도 하는 것이 네 분수에 맞는 일이야. 삼공자."

삼공자가 수하들에게 말했다.

"죽여라. 어차피 도살자가 처리한 것으로 꾸미면 될 테니."

색마는 하오문주와 나눴던 대화가 떠올랐다.

'가장 강력한 빙공의 절기로 몇 명까지 후려칠 수 있겠나?'

색마는 그때처럼 똑같이 대답했다.

"…오륙십 명."

삼공자가 눈을 가늘게 뜨면서 되물었다.

"뭐? 무슨 말이냐."

"혼잣말이다."

객잔은 넓지 않았다. 삼공자의 수하도 열 명 남짓이다. 이 층과 전방, 좌측에서도 천천히 포위망을 좁히면서 다가오던 삼공자의 수하들이 동시에 달려들었다. 색마는 손등으로 자신의 코와 입을 가볍게 막으면서 중얼거렸다.

"월광일섬月光一閃."

순간, 색마의 전신에서 백색의 냉기가 소리도 없이 사방팔방으로 퍼져나갔다.

쩌저저저저적!

쌍장을 교차한 채로 이 층에서 월광일섬의 냉기를 막아낸 삼공자가 객잔 뒤편으로 물러나고. 색마의 근처까지 검을 내질렀던 삼공자의 수하들은 전부 얼어붙은 상태. 색마는 실전에서 처음 펼친 월광일섬의 냉기가 못마땅해서 한숨을 내쉬었다. 입에서 허연 입김이 흘러나왔다. 탁자에 붙어있는 술병을 뜯어낸 색마는 얼어붙은 자들의 머리통을 하나씩 박살 내기 시작했다.

퍽!

비명을 내지르는 자들도 없이 단조로운 타격음이 이어졌다. 얼어붙은 술병으로 수하들을 전부 때려죽인 색마가 객잔 이 층으로 올라가면서 말했다.

"교주 아들놈, 어디 갔나? 붙어보자고."

색마는 이 층에 도착해서 비교적 공력이 높은 삼공자의 수하들에게 다가갔다. 월광일섬의 위력이 떨어지는 것인지, 삼공자 수하들의 내공이 깊은 것인지 쉽사리 가늠할 수가 없었다. 어쨌든 이놈들은 막힌 혈도를 풀어내려는 것처럼 애를 쓰고 있었다. 색마는 그곳에서도 얼어붙은 술병으로 아직 움직이지 못하는 자들을 하나하나 확인하면서 때려죽였다. 문득 둘러보니 이 층 벽이 부서진 상황. 색마가 고개를 내밀고 바깥을 살펴보니, 주변이 온통 고요했다.

"…삼공자, 설마 도망이냐? 교주 아들이 검마의 제자를 두려워할 리가 없는데."

색마는 부서진 곳으로 뛰어내려서 어둠을 주시했다. 조금 떨어진 장소에서 삼공자의 목소리가 정적을 깨뜨렸다.

"도살자 선배! 이쪽이오!"

색마는 눈을 크게 떴다.

"…음."

잠시 정적이 흘렀다가 삼공자의 입에서 소스라치게 놀라는 소리가 흘러나왔다.

"아니…!"

방향을 급격하게 바꾸는 것처럼 우당탕탕- 소리가 들리더니, 어둠 속에서 두 사람의 경공 펼치는 소리가 이어졌다. 하지만 이내 한쪽이 따라잡힌 모양인지 병장기가 맹렬하게 부딪치는 소리가 밤하늘에 울려 퍼졌다. 색마는 싸우는 소리를 엿들으면서 도둑고양이처럼 조용히 접근했다.

'이 촌뜨기 새끼가 쉽게 당할 놈이 아닌데.'

색마는 일부러 발소리를 내지 않은 채로 접근한 다음에 달빛 아래에서 맞붙은 두 사람을 구경했다.

"…"

당연히 삼공자가 검을 휘두르고 있었고. 뜬금없이 등장한 하오문주의 손에는 피 묻은 도축 칼이 들려있었다. 색마는 눈을 가늘게 뜬 채로 두 사람의 싸움을 구경했다. 마교의 삼공자 대 하오문의 촌뜨기. 내공은 당장 누가 더 높은지 알 수 없었으나, 검법과 도법은 박빙薄氷이었다.

사실 두 명의 젊은이가 이렇게 치열하게 싸우고 있는 모습은 말도 안 되는 장면이었다. 한쪽이 무려 마교주의 아들이기 때문이다. 색마가 알고 있는 또래의 후기지수들은 마교주 아들과는 비교할 수 없을 정도로 약했다. 그러니까 지금은 하오문주가 특출나게 강하다는

… 광마회귀 4

것이 오히려 반전처럼 보였다.

언뜻 하오문주의 도법이 약간 더 빨라 보이긴 했으나. 길이가 짧은 도축 칼을 사용하고 있어서 두 사람은 맞수를 만난 것처럼 여기저기서 불꽃을 튀기면서 싸우고 있었다. 둘 다 경공이 뛰어나서 위치가 순식간에 멀어졌다가 가까워지기를 반복하더니 공중에서도 맞붙었다가 땅을 밟자마자 순식간에 공수를 주고받았다. 색마는 구경하면서 히죽 웃었다.

'이야, 싸움 구경 재미있구나. 반 시진은 더 싸워야 결판이 나겠는데?'

이때, 하오문주의 입에서 쇳소리가 섞인 것처럼 들리는 불쾌한 웃음소리가 흘러나왔다.

"으흐흐흐흐…"

색마는 자신의 팔뚝을 바라봤다. 하오문주의 목소리가 도살자 백가 놈과 비슷하다고 생각하는 순간, 팔뚝에 닭살이 올라오고 있었다. 색마는 기이함과 궁금함을 동시에 느끼면서 하오문주를 바라봤다.

'이 와중에 성대모사를?'

그나저나 대체 도축 칼로 펼치는 도법은 왜 저렇게 매끄러운 것일까? 백도에서는 한 번도 본 적이 없는 특이한 도법이었다. 방어를 포기한 공격 일변도의 맹공을 펼치는 무식한 도법이었기 때문이다. 어쩐지 도축 칼과 무척 잘 어울려 보이는 도법이기도 했다. 색마의 마음에 정체를 알 수 없는 의혹이 차오르기 시작했을 때, 하오문주의 목소리가 들렸다.

"삼공자, 실력이 제법 괜찮구나."

"…"

삼공자는 온 힘을 다해서 장검을 휘두르느라 대꾸할 여력이 없어 보였다. 대신에 하오문주의 말은 도축 칼을 휘두르면서 이어졌다.

"하오문주가 제법 잘 싸우더군."

"…"

"얼굴 가죽을 뜯어내서 인피면구를 썼네. 옷도 뺏어 입고 검도 뺏었지. 자네도 깜빡 속았군."

목소리가 도살자 백가 놈과 매우 흡사하긴 했으나, 색마는 냉소를 머금었다.

'어디서 통하지도 않을 거짓말을…'

하지만 색마는 이내 얼굴에서 냉소를 지웠다. 정작 목숨이 간당간당할 정도로 위험하게 싸우고 있는 삼공자의 표정은 무척 진지했기 때문이다. 하오문주가 갑자기 호통을 내질렀다.

"겨우 내게 은자 일천 개… 일천 개? 일천 개!"

호통을 내지를 때마다 도축 칼이 벼락을 품은 것처럼 수직으로 떨어졌다.

채캉! 캉! 캉!

단순한 공격임에도 속도가 엄청 빨라서 삼공자는 연거푸 뒤로 물러나면서 수비에 치중했다. 하오문주가 삼공자에게 공격을 퍼부으면서 말했다.

"너 같은 놈들 때문에 내가 살인마가 됐다. 매번 돈을 주고 살인을 시켰지. 이 개새끼들, 너희도 내 사부와 다를 바가 없어. 똑같은 놈들이야. 돈 주고 살인시키는 놈들! 마교나 백의서생이나 다를 바가

…

없다. 내가 먼저 죽여주마. 복수다."

삼공자가 검기를 휘감아서 맹렬하게 도축 칼을 후려친 다음에 물러서더니 다급한 어조로 말했다.

"정말 도살자 선배…"

삼공자가 말을 하다 말고 몸을 급히 비틀었으나, 이내 번쩍거리면서 날아온 도축 칼에 무릎을 적중당하더니 공중에서 두 바퀴를 빠르게 돌았다. 푸악- 소리와 함께 핏물이 길쭉하게 뻗어나갔다. 구경하고 있었던 색마는 손으로 자신의 입을 틀어막았다.

'소름… 저걸 당했네.'

순식간에 거리를 좁힌 하오문주가 가까스로 균형을 잡은 삼공자의 얼굴을 발로 차서 날려버렸다.

퍽!

하오문주가 어깨를 들썩이면서 웃더니 바닥에 널브러진 삼공자에게 다가갔다.

"삼공자, 나야 나."

"선배요?"

"나야 나. 나라니까. 그것이 나라니까."

하오문주가 낄낄대면서 다가가더니, 갑자기 달려들어서 삼공자의 얼굴을 발로 찍었다.

콰아아아앙!

가까스로 몸을 옆으로 굴려서 피한 삼공자가 오른손으로 땅을 쳐서 벌떡 일어났을 때, 어느새 다가온 하오문주가 지법을 적중시켰다. 삼공자는 기절할 것 같은 표정으로 하오문주를 바라보고 있었다. 실로 괴이한 수법으로 싸움을 끝낸 하오문주가 어둠을 주시하면서 입을 열었다.

"똥싸개냐?"

색마는 그제야 안도의 한숨을 내뱉으면서 일어섰다.

"휴… 나다."

똥싸개, 그렇다. 도살자는 알 수가 없는 하오문주의 암어暗語를 확인하자마자 색마는 긴장이 확 풀렸다. 색마마저 도살자가 살아남은 게 아닐까 의심하고 있었던 상태였다. 흡사한 목소리, 괴상하게 칼질하는 낯선 모습이 너무 미친놈처럼 보여서 색마도 내심 착각한 상태였다. 색마는 문득 하오문주와 눈을 마주쳤다가 저도 모르게 움찔했다.

"…깜짝이야. 미친 새끼야. 노려보지 마라. 너 같은 미친놈은 처음 본다. 도살자는 어떻게 됐나."

하오문주가 삼공자를 바라보면서 일상적인 어조로 말했다.

"어떻게 되긴 뭘 어떻게 돼. 도살됐지. 파묻고 오느라 좀 늦었다."

하오문주가 삼공자를 향해 진지한 목소리로 말했다.

"삼공자."

"…"

"도살자는 내가 아귀지옥餓鬼地獄으로 보냈어. 왜 하필이면 아귀지옥일까? 평소에 불쌍한 자들을 죽여서 인육을 먹었으니 아마 다른 곳도 아닌 아귀지옥의 입구에서 잠시 대기하고 있을 거야. 어떻게 생각하나. 나 지금 진지하게 묻고 있다. 그놈은 아귀지옥에 갔겠지?"

"…"

"하나, 둘, 셋."

삼공자가 아무런 대답을 하지 못하자 하오문주의 손이 뻗어나가더니 삼공자의 따귀를 강렬하게 후려쳤다. 퍽- 소리와 함께 삼공자의 입에서 이빨이 서너 개 쏟아졌다. 색마는 지켜보다가 한숨을 내쉬었다.

"이봐, 문주. 사부님 말씀 잊었나? 우리가 죽이는 것과 죽이지 않는 것은 결과가 매우 다르다. 일단 사부님에게 데려가자. 죽이는 건 나중에 해도 늦지 않아. 이러다가 백응지에 교주가 등장하면 끔찍한 일이 벌어진다고."

하오문주가 고개를 끄덕이더니 삼공자에게 말했다.

"죽이는 것은 나중에 해도 되지만, 삼공자가 대답하지 않으면 이 자리에서 죽이겠다. 인육을 먹는 놈은 아귀지옥에 빠지게 된다. 어떻게 생각해. 대답을 해라."

삼공자가 바닥에 핏물이 섞인 침을 내뱉은 다음에 대답했다.

"동의한다. 나도 그렇게 생각하네."

"그래?"

"…"

"그런 놈에게 나를 죽이라고 사주해? 이런 개 같은 놈을 봤나."

색마는 한숨을 내쉬다가 팔짱을 꼈다. 도저히 정신이 반쯤 나간 하오문주를 말릴 수가 없는 상황이어서 이대로 삼공자를 맡길 수밖에 없었다. 하오문주가 삼공자의 머리카락을 움켜쥔 채로 물었다.

"네 대단한 아비가 이런 것이 마도魔道라고 가르치더냐?"

하오문주가 삼공자의 얼굴을 계속 후려치자, 퍽- 퍽- 소리가 나면서 고개가 돌아갔다.

"인육 먹는 놈에게 돈을 줘서 살행을 의뢰하는 것이 마도냐? 내 인내심은 여기까지다. 잘 대답해."

한참을 뻣뻣한 자세에서 엉망진창으로 처맞은 삼공자가 대답했다.

"그것은 마도가 아닌 것 같다. 내 행동을 부끄러워하실 것이다."

하오문주가 삼공자를 노려보면서 말했다.

"그렇지? 그것은 마도가 아니다. 사람이 아닌 놈들이 도(道)를 아무 데나 가져다가 붙이다니 아니 될 말이야. 교주란 놈이 바빠서 자식 교육을 병신같이 했나 보군."

삼공자가 게슴츠레한 눈초리로 물었다.

"대체 마도가 무엇이냐?"

하오문주가 삼공자의 머리통을 후려갈기면서 말했다.

"나도 몰라 이 새끼야. 내가 마도대종사야? 왜 나한테 물어봐. 물어볼 사람에게 물어봐야지. 너희 교주에게 물어봐라. 그럼 지금은 바쁘니까 꺼지라고 하겠지만."

색마는 하오문주와 눈을 마주쳤다가 고갯짓을 하면서 말했다.

"헛소리 그만하고 가자."

"확인."

색마가 고개를 끄덕거리면서 하오문주의 어깨를 툭툭 쳤다.

"근데 도살자는 어떻게 이긴 거야? 강해 보였는데."

"말하자면 길다. 하늘이 도왔지. 여자 엉덩이나 쳐다보는 네깟 놈이 뭘 알겠냐만."

색마가 고개를 끄덕였다.

"확인."

색마는 기분이 좀 이상했다. 하오문주와 자신만이 알아들을 수 있는 암어가 하나 더 추가된 느낌이랄까? 암어는 대충 이 정도였다. 색마, 똥싸개, 촌뜨기, 확인.

190.
점소이는 내가
해봐서 아는데

나는 검마의 처소 근처에서 삼공자에게 말했다.

"이야, 교주의 위세가 대단하네. 이런 놈을 안 죽이고 여기까지 데려오게 만들다니…"

나는 성질이 뻗쳐서 쩔뚝거리면서 걷고 있는 삼공자의 머리통을 다시 후려친 다음에 말했다.

"네가 이곳에서 뒤지면 무고한 자들이 많이 죽을 위험이 있어서 네가 살아있다는 점을 명심해라."

색마도 옆에서 빈정거렸다.

"그만해라. 저러다가 백응지에서 자살하겠다. 죽어도 다른 곳에서 죽어야지. 삼공자, 안 그러냐?"

삼공자는 색마를 노려봤다가, 이번에는 색마에게 따귀를 한 대 맞았다. 색마가 말했다.

"누가 그딴 눈빛으로 쳐다보래? 정신이 나갔나? 패장敗將답게 굴어라. 그리고 네가 살아남을 것이라고 너무 맹신하진 말아라. 사부님의 마음이 바뀌면 네 인생도 오늘이 마지막이야."

색마는 삼공자를 평상이 있는 마당으로 데려간 다음에 어깨를 쳐서 무릎을 꿇게 했다. 삼공자가 숨을 거칠게 몰아쉬면서 처소에서 나오는 검마를 바라봤다. 평상에서 가부좌를 틀고 있다가 눈을 뜬 육합선생이 삼공자에게 말했다.

"금세 다시 오셨군. 반갑소."

나는 육합선생을 바라봤다.

"취했냐?"

육합선생이 무뚝뚝한 표정으로 대답했다.

"정말 반가워서 그런 것이네."

색마가 사부에게 말했다.

"사부님, 시건방진 언행을 일삼는 삼공자를 문주와 함께 잡아 왔습니다. 그런데 이놈이 유인한 곳에 도살자 백가 놈이 기다리고 있었습니다. 자칫하면 문주와 제가 당할 뻔했습니다."

검마가 덤덤한 어조로 대답했다.

"셋째야, 아무리 궁지에 몰려도 강호에서 적수가 드문 사내의 자식이 어찌 그런 백정 놈과 일을 도모한다는 말이냐."

나는 팔짱을 낀 채로 삼공자를 바라봤다.

"옳소."

어쩐지 당장 검마에게 맞아 죽어도 이상하지 않은 무겁고 심각한 분위기였다. 무릎을 꿇은 삼공자가 검마에게 물었다.

"좌사, 마도가 대체 무엇이오? 교주님도 그렇고 좌사도 싸울 때는 수단과 방법을 가리지 않았다고 들었소. 왜 당신들은 되고, 나는 안 된다는 말인가."

검마가 침착하게 대답했다.

"그런 비열한 짓은 백도에 숨어있는 위선자들도 할 수 있고. 추잡하게 살아가는 삼류 흑도도 할 수 있는 짓거리인데 그것이 어째서 마도란 말이냐."

나는 검마의 말에 고개를 끄덕였다.

"옳은 말씀."

검마가 말했다.

"도살자 놈이 있었다면 문주와 내 제자도 적잖이 고전했을 것인데 네가 잡혀 온 이유부터 들어보자."

삼공자가 탄식했다.

"모르겠소. 분명히 하오문주보다 도살자의 실력이 뛰어나다고 생각했는데 두 사람이 추격전을 벌였다가… 살아서 돌아온 사람이 하오문주였소."

나는 진중한 어조로 대화에 끼어들었다.

"그것이 나다."

순간, 나를 바라보고 있었던 색마 놈이 이상한 표정으로 웃음을 참았다. 검마가 씁쓸한 어조로 말을 이어나갔다.

"짧은 시간이었다곤 하나, 너희 대공들도 내게 검을 배운 시기가 있었다. 내가 다 부끄럽구나."

"..."

"네가 도살자라 불리는 식인 백정 놈과 일을 도모했다는 소식이 전해지면 네 아비가 아니더라도 다른 대공들에게 붙잡혀서 사지가 찢어질 것이다. 환귀자까지 잃었으니 이미 후계자 싸움에서 패배한 것이나 다름이 없다. 살아있을 이유가 있느냐?"

삼공자는 처참한 표정으로 바닥을 노려봤다.

"좌사, 기회를 주시오."

검마가 말했다.

"마도가 무엇인지 내게 와서 물을 게 아니라 스스로 답을 구했어야지. 거들먹거리면서 들어왔던 놈이 금세 이렇게 비굴해지다니 오히려 내가 더 궁금하구나. 셋째야, 대체 네가 생각하는 마도가 무엇이냐?"

별생각 없이 듣고 있었던 나는 저절로 눈이 크게 떠졌다.

'어?'

그러니까 이것은 검마의 마지막 질문이었다. 대답에 따라서 삼공자는 이곳에서 죽을 터였다. 다만, 마도에 대한 대답이 검마의 마음에 든다면 삼공자가 이곳에서 살아서 나갈 가능성도 있었다. 내가 이해하는 검마는 그런 사내다. 삼공자도 그렇게 멍청한 놈은 아니었던 모양인지 대답할 말을 고르느라 안색이 점점 창백해지고 있었다.

삼공자의 대답이 늦어지고 있었지만 아무도 뭐라고 하는 사람은 없었다. 적이든 아군이든 간에 목숨이 달린 생사문답生死問答의 시간이었기 때문이다. 나는 색마와 함께 평상에 걸터앉아서 대답을 고민하는 삼공자를 구경했다. 그러나 나는 예전부터 입이 간지러운 고질병에 시달리는 중이어서 주둥아리를 열 수밖에 없었다.

"그러게… 대체 마도가 무엇일까. 살인 의뢰를 했다가 실패하고.

데리고 왔던 수하들도 깡그리 전멸당하는 게 이놈이 주장하는 마도일까? 너는 어떻게 생각해?"

눈이 마주친 색마가 내 말에 이어서 대답했다.

"그러게 말이다. 이대로 살려서 보내면 이번에는 금은보화를 들고 다른 사마외도 고수를 찾아가서 우리를 죽여달라고 부탁하겠지? 아니, 그러지 말고 차라리 네 아비와 형제들을 죽여달라고 부탁하는 게 낫지 않을까? 그러면 네가 다음 교주가 될 수도 있잖아. 이놈이 생각하는 마도는 일단 돈이 많아야 가능한 모양이로군. 육합선생은 어떻게 생각하나?"

광마, 색마, 귀마의 삼연격三聯格이 자연스럽게 이어졌다. 육합선생은 아직 술이 깨지 않은 모양인지 낮게 깔린 웃음소리를 내면서 대답했다.

"그럴 돈이 있겠나? 교주나 다른 대공을 죽이려면 대체 얼마나 많은 돈이 필요하겠나? 평생 일이라는 것을 해봤는지 모르겠군. 아비를 죽이고 형제들을 처단하려면 돈부터 모아야 한다는 뜻이겠지. 무공 이외에는 할 줄 아는 것이 없을 테니 어떻게… 점소이 일이라도 배워서 해보는 게 어떻겠나. 삼공자. 자네의 마도를 위해서 푼돈이라도 모아야 하지 않겠나?"

나는 진중한 표정으로 고개를 끄덕이다가 중얼거렸다.

"…티끌 모아 마도로군. 점소이는 내가 해봐서 아는데 돈이 잘 안 모여."

색마와 귀마가 잠시 다른 곳을 응시했다.

"…"

검마가 심각한 표정으로 듣고 있었기 때문에 색마와 육합선생도 웃지 않으려는 기색이 역력했다. 삼공자가 창백한 표정으로 말했다.

"좌사, 죽여주시오."

검마가 냉소를 머금은 채로 말했다.

"마도가 무엇인지 대답하랬더니 죽여달라는 말이냐? 정답을 말하라는 게 아니다. 사람은 본래 각자 생각이 다르기 때문이야. 제자야."

색마가 입을 가리고 있던 손을 내리면서 대답했다.

"예, 사부님."

"마도가 무엇이냐?"

"저는 마도를 알지 못합니다. 관심도 없습니다."

나는 옆에서 "여자는?"이라는 질문으로 받아치려다가 분위기 때문에 겨우 참았다. 아마도 이놈은 마도魔道가 아니라 색도色道를 걷는 사내라는 생각이 든다. 그런 말이 있는지 없는지도 모르겠으나 일단 이놈은 그렇다. 검마가 육합선생에게 말했다.

"육합은 마도가 무엇이라고 생각하나?"

육합선생이 대답했다.

"대체로 삼공자와 같은 놈들이 마도 아니겠소? 살려두면 대체로 아무런 도움이 되질 않소. 은원恩怨도 구분하지 못하는 놈들이지."

검마가 미소를 지었다.

"그렇다는군. 문주 생각은 어떤가?"

나는 삼공자를 바라봤다.

"그것은 어려운 질문이오. 하지만 확실한 것은, 이런 놈이 제대로 된 마도가 될 가능성은 없소. 그저 마도의 끄나풀, 마도의 잔챙이, 마도의 하수인, 마도병신魔道病身, 마도의 망신살, 허접한 놈, 살려 보내도 마도대종사가 될 가능성이 전혀 없는 하찮은 인성의 사나이, 쓰레기. 이 정도? 진정한 마도는 아니오. 선배는 어떻게 생각하시오?"

검마가 대답했다.

"진정한 백도의 시선은 약자에게 향하는 것이 맞겠지."

나는 고개를 끄덕였다.

"그렇소."

"진정한 마도라면 살아가는 내내 강자들을 주시할 것이다. 삶 전체를 오롯하게 자신보다 강한 자를 꺾기 위해 집중해도 시간이 부족할 테니까."

검마가 삼공자를 노려봤다.

"네 아비도 결국에는 꺾지 못하고 있는 삼재들을 떠올리면서 살아갈 것이고. 나도 네 아비를 떠올릴 때마다 잠자리가 불편해지곤 한다. 하지만 무림맹주 임소백은 나를 포함한 이런 정신 나간 자들을 경계하느라 밤잠을 설치고 있겠지. 그러나 내가 이런 은신처에 틀어박혀 있는 동안에는 임소백이 뜬금없이 나를 죽이겠다고 찾아올 일은 없을 것이다. 그는 약자들과 동료, 수하들에게 시선이 더 머물러 있기 때문이야. 이것이 내가 생각하는 마도와 백도의 차이점이다."

삼공자는 잠자코 듣고만 있었다. 검마의 말이 이어졌다.

"어느 날 네 아비의 생각과 결심이 달라졌다. 스스로 닦은 힘으로 강자를 상대하려 하지 않고 약자들을 희생해서라도 천마天魔가 되겠다고 결심한 모양새였지. 네 아비와 내가 틀어진 이유다."

…

검마는 분명 삼공자에게 말을 하고 있었으나 그의 이야기는 색마, 육합선생, 그리고 나도 진지하게 경청하는 중이었다. 검마가 말했다.

"무엇을 추구하든 간에 결국 정점에 닿으면. 어느 날 백도, 마도, 흑도에서 적수를 찾지 못한 자들이 휑한 황야에 모이거나 한적한 산의 정상에 조촐하게 모여서 천하제일을 가리겠지. 이들의 싸움이 약자들을 괴롭히거나 몰살하는 식으로 영향을 미치진 않을 것이다. 어떤 길을 추구하든 간에 내가 생각하는 정점은 대체로 이와 같다."

그제야 삼공자가 대답했다.

"그렇다면 나는 마도가 아니오. 살아남기 위해서 수단과 방법을 가리지 않았을 뿐."

이제야 솔직한 대답이 나온 느낌이랄까. 검마가 말했다.

"환귀자가 쓰러졌으면 네가 외가로 달려가서 수습해야지. 환귀자가 무공을 모르는 자도 아니고, 하오문주를 죽이려다가 당한 것이니 사적인 복수는 무공을 회복한 다음에 하오문주와 결판을 내라. 그 방식이 오늘 대화에서 크게 어긋난 것이면 내가 너를 찾아가마."

삼공자가 대답했다.

"알겠소."

"나는 네가 여러 가지 이유로 백응지에서 죽는 것을 바라지 않는다. 물러가도록 해."

삼공자가 힘겹게 일어나더니 검마를 비롯해서 색마, 귀마, 그리고 나를 바라봤다. 결국에는 좌사를 향해 입을 열었다.

"좌사…"

검마가 대답했다.

"입 다물고 사라져라."

나는 쩔뚝거리면서 나가는 삼공자에게 말했다.

"삼공자, 신기하게 살아남네. 하지만 나도 네가 백응지에서 죽는 건 원치 않는다. 또한, 앞으로 하오문도를 찾아가지 말고 내 얼굴을 보러 오도록 해. 네가 교주 아들이기 전에 사람 새끼라면 이렇게 살아서 나가는 부끄러움을 알겠지."

삼공자가 나를 돌아보더니 고개를 끄덕였다.

"그러겠네."

삼공자가 문에서 사라지자마자 검마가 내게 말했다.

"문주, 미안하네. 자네에게 원한이 있는 놈을 내가 보내줬으니."

나는 고개를 끄덕이면서 검마의 사과를 받아줬다.

"선배."

"말하게."

"살면서 누군가에게 미안하다는 말을 몇 번 해봤소."

검마가 곤란한 표정으로 한숨을 내쉬더니 금세 대답했다.

"몇 차례 되지 않네."

"정말 미안한 모양이로군. 그렇다면 부탁 하나 합시다."

"뭔가?"

나는 검마뿐만이 아니라 색마와 귀마도 바라봤다.

"도살자 백가 놈에게 사부가 있더군."

"..."

"백의서생이라고 하던데 들어보셨소?"

검마, 색마, 귀마가 동시에 고개를 갸웃했다. 나는 이들에게 백의서생에 대해 설명했다.

"사실 저 병신 같은 삼공자보다는 백의서생 쪽이 훨씬 더 문제의 인물이외다. 도살자 놈의 신체에 고문의 흔적이 가득하더군. 그러니까 도살자의 무공은 물론이고 그 추잡한 인격도 고문의 여파일 수 있소. 백의서생의 거처를 불진 않더군. 아마 쉽게 찾을 수는 없을 거요."

검마가 대답했다.

"하지만 만날 방법이 있는 모양이로군."

나는 고개를 끄덕였다.

"당연히 있소."

색마가 궁금하다는 것처럼 물었다.

"어떻게?"

나는 세상 진지한 표정으로 대답했다.

"천리객잔. 도살자 백가 놈이 주인장으로 있었던 객잔이오. 이번에 돈을 쓰든 해서 도살자의 죽음을 흑도나 사마외도 세력으로도 퍼질 수 있게 알리는 거요. 어딘가에 있을 백의서생의 귀에도 들어갈 수 있게끔 말이지."

나는 색마를 가리키면서 말했다.

"이놈이 봐서 알겠지만, 도살자의 실력이 결코 우리 둘보다 낮지 않았소. 백의서생의 실력은 그보다 더 강할 테고."

나는 검마, 색마, 귀마에게 제안했다.

"백의서생이 나를 찾아오기 전까지 수련에 집중합시다."

색마가 당황한 표정으로 내게 물었다.

"같이 잡자는 게 아니고 수련에 집중하자고?"

나는 색마의 말에 묵직한 어조로 대답했다.

"못난 놈, 마도가 무엇이냐?"

색마가 한숨을 내쉬면서 대답했다.

"또 시작이네. 사부님, 하오문주가 종종 성대모사를 합니다. 미친 놈이 발작하는 것이니 너무 기분 나빠하지 마십시오."

검마가 색마에게 말했다.

"방금 네 말이 더 기분 나쁘구나."

"죄송합니다."

검마가 내게 물었다.

"백의서생이 어느 정도의 강자라고 예상하나?"

직접 붙어보지 못했기 때문에 나도 알 수 없었다.

"모르겠소. 다만 도살자를 저렇게 만들었다면 다른 제자가 있어도 이상하지 않을 거요. 설마 도살자 같은 백정 놈이 유일한 제자일 리는 없을 테니까."

귀마가 내게 물었다.

"어째서 그렇게 생각하나?"

나는 이렇게 대답했다.

"서생은 결국 공부를 하는 사람이다. 도살자의 인격을 망가뜨린 것이 처음도 아니고 마지막도 아니겠지. 때때로 공부하는 자들은 지독한 면이 있기 마련이야."

그것이 내가 알고 있는 악제惡帝였다.

191.
자하도紫霞道

검마의 생각도 존중하고, 삼공자가 백응지에서 죽으면 문제가 있다는 점도 동의한다. 하지만 사람 심리가 그렇게 단순하겠는가? 당연히 기분이 좋지만은 않았다. 하지만 나는 기분이 항상 오락가락하는 편이어서 처소에 모여있는 한심한 색마, 답답한 귀마, 점잖게 미친 검마를 구경하고 있으려니 불쾌한 기분이 점점 사라졌다.

나까지 포함하면 네 명의 얼간이. 전생에는 대부분 나 혼자 싸우고, 죽이고, 쫓기고, 미쳤었는데 지금은 이 얼간이 새끼들과 함께 미쳐간다는 것이 나쁘진 않았다. 이놈들이 어떻게 미쳤든 간에 내가 대적하려는 적들과 함께 싸울 수 있는 고수들이기 때문이다. 덕분에 삼공자 같은 놈을 살려 보내서 얻은 찜찜함은 금세 잊었다.

생각해 보면 내 앞에 다시 나타나서 죽을 확률은 높지 않다. 형제들에게 당하거나, 형제들이 보낸 암살자에게 죽을 것이라고 예상한다. 그놈이 죽든 말든 간에. 지금은 내가 전생의 악인들을 조금씩 빚을 향해 살짝 돌려놓고 있다는 사실이 더 중요하다. 나는 전생 악인회에 속한 얼간이들을 자하도^{紫霞道}로 인도할 생각이다.

백도, 마도, 흑도. 나는 모르겠다. 사실 내 알 바도 아니다. 하지만 내가 추구하려는 길은 조금 알고 있다. 죽었어야 할 놈은 죽이고, 죽지 말았어야 하는 놈에게는 기회를 주고 그 결과는 하늘에 맡겨보는 것. 내가 자꾸만 얼간이들을 둘러보면서 심호흡을 하자 검마가 내게 물었다.

"문주, 괜찮나? 주화입마가 온 것은 아니겠지?"

"나는 괜찮소. 여러분들은?"

색마는 아무런 생각이 없는 표정으로 나를 바라보고. 귀마도 별문제 없다는 것처럼 고개를 끄덕였다.

"괜찮네."

검마가 내게 다시 물었다.

"…화병이 도진 모양인데 매실이나 한잔 더 할까?"

나는 고개를 저었다.

"거, 매실 좀 적당히 합시다. 나는 당분간 천리객잔이나 백응지에 숙소를 잡아서 머무르겠소."

검마가 고개를 끄덕였다.

"편할 대로 하게나."

나는 색마에게 말했다.

"내일 일당 주고 고용할 수 있는 사람들 좀 천리객잔으로 보내줘라. 시체들 처리하고 객잔도 청소해야겠다."

색마가 고개를 끄덕였다.

"내가 알아서 보내주마. 벽도 수리해야 할 거다."

나는 평상에서 일어난 다음에 얼간이들에게 말했다.

"그럼 쉬시오. 나는 뭔가 살짝 깨달음이 올 것 같아서 야밤에 수련 좀 해야겠소."

검마가 엷은 미소를 지으면서 말했다.

"고생하게."

육합선생이 일어나면서 내게 말했다.

"문주, 돈 좀 줘. 나는 숙소를 잡아야겠다."

"이 거지새끼가…"

"자네 수하들에게 가진 것을 다 털렸었다는 점을 잊지 말도록."

"확인."

나는 어쩔 수 없이 전낭에서 전표를 꺼내서 육합선생에게 건넸다.

* * *

도살자는 죽었으나 도살자의 무식하고 살벌한 도축도법屠畜刀法은 내가 계승했다. 도축도법의 일인 전승자, 그것이 나다. 도축도법의 묘리는 간단하다. 신체의 고통을 느끼지 못하는 사내가 방어를 포기한 채로 공격을 펼치는 도법이다. 나도 다양한 무공을 상대해 봤으나 도살자의 도법처럼 살벌했던 무공은 없었다. 정말 무식하기 짝이 없으면서도, 대처하는 것이 무척 어려운 상승常勝의 도법이었다. 아슬아슬하게 죽음과 동귀어진의 경계를 오가는 느낌.

도축도법은 실력이 엇비슷한 사람을 이길 수 있을 정도로 위력적이고, 심지어 내공이 좀 부족하더라도 윗줄의 고수까지 숨통을 끊을 수 있는 도법이기도 하다. 물론 그 과정에서 신체 몇 곳이 허망하게 날아갈 위험도 있다. 그렇기에 나는 내 식대로 도축도법을 재현해서 천리객잔으로 향하는 동안에 길에서 마구잡이로 펼쳐봤다.

나는 평소에 부끄러움이 없는 사내라서 엉망진창의 자세로 칼을 휘두르면서 움직였다. 집중해서 지랄 발광을 해봤더니 이것은 그야말로 미친놈에게 딱 어울리는 도법이었다. 나는 경공을 펼치면서 도축 칼을 전방에 내밀었다. 짧은 궤적으로 휘두르면서 전진하고, 적의 동작을 확인하자마자 고개를 숙이면서 휘두르는 식이다.

그렇다면… 전진하면서 펼치는 것이 도축도법 일 초식. 회피하면서 펼치는 것이 도축도법 이 초식. 나는 일 초식과 이 초식을 섞어서 밤길을 질주했다. 가끔 상상으로 만들어 낸 적들의 검과 암기가 내 몸으로 날아올 때마다 몸을 비틀면서 도축 칼을 내밀고, 찌르고, 휘둘렀다.

최대한 나를 죽이려고 했었던 도살자처럼 움직였다. 달리다가 공중으로 낮게 떠서 찌르고, 움직이면서 베고, 병장기를 쳐내는 순간에도 공격으로 전환했다. 내 머리에는 지금 도살자가 나를 죽이기 위해 달려들었던 매 순간이 모두 담겨있는 상황. 그 도살자의 살의와 용맹함, 살벌함은 고스란히 다시 내 손에서 펼쳐지고 있었다.

나는 맹렬하게 일 초식과 이 초식을 반복하다가 드디어 문제의 삼초식을 깨달았다. 내 신체를 내주고 상대의 숨통을 끊는 것이 도축도법 삼 초식이다. 삼 초식은 그야말로 살벌했다. 이를 조금 달리 표현하면 세련된 동귀어진 수법이랄까. 분명히 상대와 내가 동시에 다치는 것을 강요하면서도 기세로 몰아붙여서 적이 물러설 수밖에 없도록 만드는 것이 도축도법의 심리전이었다.

오죽하면 내가 도망가면서 싸우고, 물러나면서 도축 칼을 쳐냈겠는가. 내가 이럴 지경이니 웬만한 고수들도 도축도법에 무척 고전할 터였다. 나는 달빛을 벗 삼아서 계속 칼을 휘둘렀다. 상상으로 만들어 낸 검이 내 복부를 찌르고, 왼팔을 떨어뜨리고, 무릎을 잘라내는 순간에도 나는 도축 칼로 상대의 목을 날렸다. 이번에는 공중에 뜬 채로 왼손을 내밀어서 상대의 검을 내 손바닥에 박아 넣은 다음에 일도양단을 펼쳐서 가상의 상대를 반으로 쪼개는 상상을 하는 순간, 등줄기에 전율이 일었다.

"아… 실로 살벌하구나."

이 도축도법은 살벌한 마음가짐이 초식으로 이어지는 무학이다. 나는 일, 이, 삼 초식을 반복하면서 야밤에 홀로 날뛰었다. 도살자의 영혼에 빙의된 것 같은 움직임이랄까. 하지만 내 성정 자체가 귀신에 흔들릴 정도로 약하지 않았기 때문에 두려움은 눈곱만치도 없었다.

나는 천리객잔으로 향하는 동안에… 도축도법을 온전하게 내 것으로 만들었다. 실로 광기가 난무하는 도법이었기 때문에 어렵지 않게 터득할 수 있었다. 다만 도축이라는 말이 마음에 들지 않았고, 어쨌든 도살자의 도법을 내가 이어받았기 때문에 나는 새로운 도법의 이름을 새로 정했다. 이것은 지금부터 광마도법狂魔刀法이다.

나는 이름을 새롭게 붙이자마자, 도축도법의 세 가지 초식을 잊기 위해 천리객잔 앞에서 칼춤을 췄다. 세 가지 초식을 머리에서 잊을 때까지 칼춤을 출 생각이었다. 비록 혼자 미친놈처럼 춤을 추고 있었지만, 상상으로 만들어 낸 도살자가 되살아나서 도축도법으로 나를 공격했다. 나는 그 도축도법을 광마도법으로 분쇄하면서 칼춤을 이어나갔다. 순식간에 전신이 너덜너덜하게 찢겨나간 상태였지만…

애초에 나는 광마다. 칼춤을 추면서 도살자를 다시 찢어 죽이고, 잘라내어 죽이고, 장력으로 머리를 박살 냈으며 동귀어진 초식을 무력화시킨 다음에 반으로 쪼개기도 했다. 무아지경에 빠진 상태… 흥에 겨운 나머지 도축 칼을 천리객잔의 폿말에 집어 던진 다음에…

푹!

나는 목검을 뽑자마자 매화검무梅花劍舞를 펼쳤다. 즉흥적으로 광마도법을 녹여낸 검무였다. 순식간에 흑묘방에 있는 매화나무가 떠오르면서 회귀 후에 인연을 맺은 수하들의 얼굴이 스쳐 지났다. 자연스럽게 다치지 말아야지 하는 생각이 들자마자… 매화검무의 위력이 현저하게 약해졌다. 나는 흥이 떨어지자마자 검을 도로 집어넣은 다음에 공중으로 솟구쳐서 폿말에 붙어있는 도축 칼을 뽑았다. 매화검무는 실로 어려운 영역이어서 광마도법을 완벽하게 익힌 다음에 넘어가는 것이 옳다는 생각이 들었다.

* * *

시체가 널브러진 천리객잔 안으로 들어가서 잠시 숨을 골랐다. 색마 놈이 빙공을 썼던 모양인지 엉망진창이 된 시체들이 곳곳에 있었다. 이때, 뜬금없이 무언가가 달그락거리는 소리가 귀에 꽂혔다.

"…"

이 층으로 올라가 보니 벽에 상체를 비스듬히 세우고 있는 사내가 창백한 얼굴로 나를 쳐다보고 있었다. 빙공에 당했는지 전신을 벌벌 떨고 있는 상태. 나는 왜 이놈이 살아있는 것인지 잠시 고민해 봤다. 생각해 보니 처음에 도살자에게 막말을 내뱉었다가 삼공자의 장력에 나가떨어져서 기절한 놈이었다. 나는 도축 칼을 든 채로 놈에게 다가가면서 말했다.

"…살아있었구나. 운이 좋아. 동료들은 다 죽었는데 말이야. 하지만 재수가 없게도 딱 걸렸다. 이놈. 하하하…"

내가 웃는 표정으로 도축 칼을 치켜들자, 앉은 채로 지켜보던 놈이 그대로 혼절했다. 입에서 허연 거품이 흘러나오는 것을 보자마자 칼을 회수했다.

"기절을 해? 확인."

나중에 깨어나면 면접을 본 다음에 점소이로 고용해야겠다는 생각이 들었다. 어쨌든 객잔 점소이보다는 객잔 주인장이 낫다. 점소이는 청소, 요리, 배달, 손님 접대, 진상 처리, 갈굼 당하기, 앞마당 쓸기, 침 닦기, 호객 행위 외에도 일백일흔두 가지 잡다한 업무가 더 있다.

반면에 객잔 주인장의 경우에는 돈을 세는 업무, 낮잠, 외출, 둘러보기, 참견하기, 점소이 갈구기 등의 업무가 있어서 점소이보다는 확실히 더 편하다. 슬슬 나도 휴식이 필요했으나 시체들과 밤을 지새울 수는 없었기 때문에 어쩔 수 없이 도축 칼을 기절한 놈의 머리를 향해 집어 던졌다.

쐐앵! 푹!

도축 칼이 기절한 놈의 머리 위에 있는 벽에 박히자마자… 기절했던 놈이 눈을 번쩍 떴다. 나는 놈과 눈을 마주치자마자 말했다.

"때려죽이기 전에 기상."

"몸이 얼어서…"

내가 성큼성큼 걸어가자, 놈이 벌떡 일어났다.

"…"

나는 젊은 놈의 턱을 붙잡은 채로 관상을 살피면서 물었다.

"내가 누군지 알아?"

"하오문주입니다."

"청소할래, 죽을래."

"청소하겠습니다."

"실시."

나는 삼공자의 호위로 추정되는 놈을 청소부로 고용한 다음에 벽에 꽂힌 도축 칼을 뽑았다. 색마의 말대로 이 층 벽에 구멍이 뚫려있어서 그 앞에 앉은 다음에 야경을 구경했다.

"…주방 가서 술 좀 가져와."

청소를 시작하려던 놈이 주방으로 들어가서 달그락거리더니 술을 가지고 와서 내 옆에 내려놓았다. 나는 맛없는 술을 마시면서 야경을 감상했다. 조금 있으면 아침 해를 볼 수 있을 것 같은 시간이었다. 삼공자의 수하가 말없이 죽은 동료들의 시체를 치우는 소리가 들렸다. 한참을 청소하던 놈이 내게 조심스러운 어조로 물었다.

"…문주님 혹시 삼대공도 돌아가셨습니까?"

"아직 죽지 않았다. 여기서 죽으면 곤란해지기 때문에 동료들이 살려 보냈다."

"알겠습니다."

나는 시커먼 밤을 구경하면서 물었다.

"왜 물어본 거야."

"삼대공이 죽으면 호위들도 전부 자결해야 합니다."

"확인."

나는 조용한 어조로 물었다.

"혹시 백의서생 거처가 어디인지 알고 있나?"

"처음 듣는 별호입니다."

"삼공자가 도살자에겐 어떻게 접근했지?"

"도살자는 본래 환귀자 어르신과 거래하던 살수입니다. 위치는 파악하고 있었습니다."

"환귀자가 도살자에게 누굴 죽이라고 의뢰했었나."

"다른 대공을 암살할 때 합류할 대기 전력이었습니다."

"정말 서로 끔찍하게 생각하는 형제들이구만. 멍청한 새끼들…"

나는 눈을 감은 다음에 오늘 하루를 마무리했다. 눈을 감자마자 도살자의 표정이 보였다. 그다음에는 무릎을 꿇고 있는 삼공자가 나를 노려보고 있었다. 하도 미친놈들을 많이 만나서 그런지 이제는 그저 웃음밖에 안 나왔다. 꿈과 현실의 경계에서 청소를 하는 놈에게 경고했다.

"…칼 들고 쫓아가게 하지 마라."

"알겠습니다."

문득 나는 전생에 나와 같은 취급을 받았던 무림공적들의 별호가 두서없이 떠올랐다. 독마, 귀마, 색마, 도살자, 독행자獨行子, 비객飛客, 동호일검東胡一劍, 악제, 천악까지… 나는 너무 짧은 시간에 강해진 것 같다는 생각을 하자마자 졸음이 밀려왔다. 하지만 삼공자의 수하 놈이 청소를 하고 있고, 이래저래 전생의 사건들이 떠올라서 쉽게 잠이 오지 않았다. 나는 뻑뻑해지는 눈을 다시 뜬 다음에 시커먼 어둠을 하염없이 바라봤다. 달리 할 게 없었기 때문에 정신을 부여잡은 채로. 빛을 기다렸다.

192.
알 수가 없었다

나는 천리객잔에서 뜬눈으로 밤을 지새우다가 사해를 밝히는 빛을 맞이했다. 내 마음은 시커먼 밤 속에서 한참을 오락가락했지만, 빛은 다행히도 변함이 없었다. 종종 주화입마에 빠졌던 것도 내 마음 탓이고. 오늘처럼 잠이 오지 않는 것도 내 마음 때문에 그럴 것이다. 무공은 점점 강해지고 있는데 강호서열록江湖序列錄 같은 곳에 무공이 아닌 마음으로 순위를 정하면 나는 어느 정도에 있을까. 문득 이런 생각이 들었다. 그 순위가 자주 바뀌는 것이라면 내 서열은 바닥에서 정상까지 오르락내리락할 것이라고. 나는 오늘도 수고스럽게 빛을 비추는 해를 향해 연가戀歌를 한 곡조 지어서 불러봤다.

알 수가 없다. 뜬눈으로 아침 해를 보는 이유.

걸레를 쥐어짜는 사람과 그 사람을 쥐어짜는 부자의 차이.

죽여야 할 자와 죽이기 싫은 자의 차이.

...

알 수가 없다. 미치지 않은 채로 살아가는 법을.

피를 뿌리는 죄업과 죽지 않겠다는 다짐.

더욱 강해지는 방법과 살수를 가려내는 심안.

여인의 마음과 그보다 어려운 내 마음.

악인을 찢어 죽일 때의 심정과 악인에게 기회를 주는 무모함.

그 무모함에 담겨있는 불온함과 기대감.

지옥에 떨어질 것인지 축생으로 태어날 것인지.

대체로 알 수가 없다.

종종 잠이 오지 않는 이유는.

아직 답을 찾지 못했기 때문이다.

"술이 아직…"

나는 문득 술병을 들었다가 밤새 다 마셨다는 것을 알았다. 그제
야 이 층 난간으로 가서 시체를 치우고 걸레질을 하는 호위 놈을 바
라봤다.

"다 치웠나?"

"치우고 있습니다."

"시체는?"

"바깥으로 옮겨서 거적으로 덮어놨습니다."

나는 호위와 눈을 마주치자마자 말했다.

"뭘 봐."

호위가 잠시 머뭇거리다가 내게 물었다.

"아까 그 노래는 제목이 있습니까."

"없어."

"제목이 없는 노래입니까."

"아직 제목을 짓지 않았다. 너는…"

"예."

"죽기 싫으냐?"

"살려주십시오."

"너는 날 죽이겠다고 삼공자랑 함께 온 놈이다. 살려주는 것은 쉬운 일이 아니야. 만약 시키는 대로 하기 싫다면 그 자리에서 지금 자결해라. 낯선 인연을 살려준 적은 몇 번 있으나 알고 나서 배신한 놈을 죽이지 않은 적은 없었다."

호위가 한참을 나를 올려보다가 대답했다.

"살려주시면 시키는 대로 하겠습니다."

"방금 그 말에 목숨이 걸렸다는 것을 알고 있겠지?"

"예."

나는 곳곳이 삐걱대고, 냄새나고, 칙칙한 분위기가 감도는 객잔을 손가락으로 가리키면서 말했다.

"이곳은 도살자의 천리객잔이다."

"예, 알고 있습니다."

"주방 근처에만 가도 피 냄새가 난다. 도살자가 무고한 자들을 잡아다가 칼질을 한 모양이야. 칼은 물론이고 바닥에도 피와 머리카락 같은 것이 온통 뒤죽박죽이겠지. 도살자가 대체 몇 명을 죽여서 이런 악취를 뿜어대고 있는지 모를 일이다. 너는 천리객잔을 깨끗하게 청소해. 그것만 해내도 살려주마."

"…"

"피를 닦고, 피가 굳어있는 것도 닦고, 머리카락도 치워. 천리객잔에 피 냄새가 없어질 때까지 청소해. 열흘이 걸리든 백 일이 걸리든 피 냄새가 없어질 때까지. 탁자, 의자, 젓가락, 집기, 요리 도구… 도저히 다시 쓸 수 없는 것은 버리고. 그때는 돈을 줄 테니 새로 사라."

"…"

"이곳을 가끔 사람들이 오가다가 밥을 먹고 차를 마시고 술도 한잔 마실 수 있는 곳으로 만들어 놔. 청소하고 수리하고… 할 수 있겠어?"

"하겠습니다."

나는 고개를 끄덕였다.

"질문."

호위 놈이 조심스럽게 내게 물었다.

"…하지 않겠다는 뜻이 아니라. 정말 궁금해서 여쭙는데 왜 이런 허름한 객잔을 그렇게 바꾸시려는 것인지…"

나는 머리카락을 쓸어올렸다가 대충 대답했다.

"여기 원혼이 덕지덕지 달라붙어 있는 모양인지 잠도 안 와. 나는 특별한 일 없는 이상 도살자의 사부가 찾아올 때까지 이곳에서 수련할 생각이니까. 시간이 많다. 머무는 곳을 깨끗하게 만들겠다는 데 이유가 있어? 네가 도망치면 내가 새로운 도살자가 될 거다. 알겠어?"

"예."

"낮이나 오후에 백웅지에서 일꾼들이 올 거다. 그때 시체를 처리하고 그 사람들에게 일을 시키고, 돈을 주고, 감독하는 것도 네가 처리해. 나는 무공 수련하느라 바쁘니까 네가 점주 역할을 하도록."

호위 놈이 어리둥절한 표정으로 숨을 크게 내쉬었다가 대답했다.

"예, 알겠습니다."

"내 손에 죽거나… 청소하거나. 둘 중 하나야. 나중에 강호의 고수들을 초대해서 밥을 먹을 수 있을 정도로 일 층과 주방부터 깨끗하게 청소하고 당분간 이 층으로 올라오지 마라. 내가 칼을 던질 가능성이 매우 크다."

이렇게 나도 악덕 업주가 되었다. 이전 주인장은 때려죽였고, 객잔 재산은 통째로 갈취했으며, 그 과정에서 살아남은 놈은 협박과 강요를 거듭해서 점소이 겸 점주로 고용했다. 심지어 월봉도 주지 않을 생각이다. 세상에 이렇게 악덕한 업주가 있을까 싶겠지만. 그것이 나다.

잠을 좀 자야겠다는 생각이 들어서 객잔 바깥으로 나갔다. 이곳에서 자다가 피 냄새를 맡으면 눈을 뜨자마자 광마도법을 펼칠 위험이 있었다. 나는 천리객잔의 푯말을 바라보다가 객잔의 지붕으로 솟구쳐서 평평한 곳에 드러누웠다. 여기서 자면 해가 중천에 뜰 때 햇살이 뜨거워서 깨날 터였다. 나는 자기 전에 내공 섞인 목소리로 호위 놈에게 말했다.

"너는 내 손에 죽으면… 청소 못 해서 죽은 놈이 된다."

* * *

두 시진 정도를 곤히 잤을 때, 색마의 목소리가 들렸다. 나는 눈을 뜨자마자 오만상을 찌푸렸다. 지붕에서 팔베개를 한 채로 잤더니 두 눈이 일월광천을 처맞은 것처럼 따가웠다.

'염병할…'

나는 할 일 없는 동네 한량처럼 일어나서 객잔 아래를 바라봤다. 색마가 한심한 표정으로 나를 바라보고 있었다. 일꾼들을 데리고 온 색마가 내게 물었다.

"거기서 왜 자고 있냐?"

나는 잠이 덜 깬 상태에서 대답했다.

"닥쳐라. 아, 목이 마르네."

나는 지붕에서 떨어진 다음에 일꾼들을 바라봤다. 평범한 일꾼들이 아니라 무공을 익힌 자들처럼 보여서 색마에게 물어볼 수밖에 없었다.

"어디서 데려왔어?"

색마가 대답했다.

"집에서."

풍운몽가에 속한 일꾼들이라는 뜻이었다. 색마가 일꾼들에게 말했다.

"도와주게. 이 층에 부서진 곳이 있을 거야. 시체도 옮기고."

"예, 공자님."

새삼스럽게 똥싸개는 풍운몽가의 차남이었다. 나는 전낭을 꺼내면서 말했다.

"가문 사람들이면 얼마를 줘야…"

색마가 대답했다.

"됐다. 내가 때려죽였으니 시체는 내가 치워야지."

그러고 보니 도살자를 제외하면 색마의 손에 죽은 놈들이었다.

"일단 들어가자."

색마는 객잔에 들어갔다가 삼공자의 수하를 발견하자마자 인상을 썼다.

"살려뒀나? 저놈 뭐야?"

"구석으로 날아가서 기절했었던 놈. 점소이로 고용했다."

"아…"

색마와 대화를 하는 도중에 객잔 입구에서 육합선생이 들어오면서 말했다.

"한참을 찾았군."

"어떻게 찾아왔나?"

육합선생이 짤막하게 말했다.

"바깥에 시체."

육합선생이 코를 붙잡으면서 말했다.

"여긴 장사를 하는 곳이 아니었군. 무슨 피비린내가 이렇게."

색마가 갑자기 박수를 쳐대더니 풍운몽가에서 데려온 자들을 집중시켰다.

"…주목들 하시오."

"예, 공자님."

"저기 걸레 들고 있는 놈이 마교 삼공자의 호위였던 놈이니까 도주하거나 이상한 행동을 하면 죽여도 좋소."

"알겠습니다."

색마가 손으로 부채질을 하더니 내게 말했다.

"…나가서 밥이나 먹고 오자. 여기선 도저히 안 되겠다."

굳이 그래야 하나 싶어서 내가 제안했다.

"국수라도 말아줄까."

색마가 고개를 저었다.

"네놈이 만드는 국수 먹다가 토할 것 같다. 너 음식 못하잖아."

"왜 그렇게 생각하지?"

"그냥 딱 보면 그렇게 생겼어."

"가자."

나는 색마, 귀마와 함께 일어나서 백응지의 중앙 거리로 향했다. 이리저리 구경하면서 밥집을 찾는 와중에 사람들이 모여서 무언가를 보고 있는 것을 발견했다. 그곳으로 가보니 등에 맹盟이라는 글자가 큼지막하게 적혀있는 옷을 입은 무인이 벽에 여러 장의 방과 용모파기 같은 것을 붙이고 있었다. 나는 색마, 귀마와 함께 서있다가 사람들이 물러갈 때쯤에 가까이 다가가서 무림맹의 방을 확인했다.

이 기분을 대체 무어라고 해야 할까. 무림맹이 발표하는 무림공적 명단과 그들의 용모파기가 나란히 붙어있었다. 물론 내가 전생에 봤던 것과는 시기도 다르고, 명단도 달랐다. 심지어 내가 모르는 고수도 무림공적 명단에 올라있었다. 도합 열 명이나 붙어있는 무림공적 명단과 용모파기를 훑어보면서 색마에게 말했다.

"이거 현상금이 꽤 많네."

색마가 대답했다.

"무림공적인데 많아야지. 실력이 대단할 테니."

육합선생이 한 사람을 가리키면서 말했다.

"와, 저 사람이 무림공적에 올랐군."

"누구?"

살펴보니 동호일검이라 적혀있는 용모파기가 있었다. 물론 동호일검은 내 전생에도 무림공적에 올랐던 상위권 공적이자 오악의 일원이다. 별호는 그야말로 평범하기 이를 데 없으나 드넓은 동호의 최고수를 뜻하는 일검一劍이기 때문에 강호인들은 이 사내를 사도제일검邪道第一劍으로 꼽는다. 천악은 아예 용모파기가 없었고. 독행자와 비객은 외모보다 복장에 대한 그림으로 대체된 상태.

반면에 이번에 발표한 십 인十人의 무림공적 명단에는 악제와 도살자도 없고 당연히 광마, 색마, 귀마, 독마와 같은 별호도 없었다. 전생에도 이런 식으로 십 인의 명단이 발표되었다가… 일부가 백도의 고수들에게 잡히거나 죽고. 다시 십 인의 무림공적이 발표되는 식이었던 것 같다. 어쨌든 내가 강호 활동을 본격적으로 하기 이전 시절의 무림공적 명단을 색마, 귀마와 함께 바라보고 있으려니 기분이 참 이상했다. 조금 떨어진 곳에서 무림맹원들의 목소리가 들렸다.

"…공적들의 위치 제보만 정확하게 해줘도 포상금이 주어지니 강호의 형제 여러분들께서 반드시 확인하셨으면 합니다. 방을 확인해 주십시오. 맹주령입니다. 명단과 용모파기를 필사해서 주변에 전달하셔도 무방합니다."

여기저기서 큰 목소리로 외치는 무림맹원들이 돌아다니고 있을 때 한 사내가 내 쪽으로 다가오면서 말했다.

"문주님, 오랜만입니다."

　　　　　　　　　　　　* * *

　처음 보는 사내가 나를 보자마자 포권을 취했다. 나는 엉겁결에
포권을 취한 다음에 물었다.

　"누구…"

　사내가 씨익 웃으면서 말했다.

　"칠검대 소속 단혁산이라 합니다. 아, 몽 공자도 계셨군요."

　단혁산이 색마에게도 포권을 취했다. 색마도 화답하면서 대답했다.

　"반갑소. 단 무인."

　아직도 어리둥절한 표정을 짓고 있는 나를 보면서 단혁산이 웃
었다.

　"문주님, 칠검대를 잊으셨습니까? 맹주님과 문주님, 그리고 몽 공
자와 함께 남악맹을 쳤었습니다. 저도 그곳에 있었지요."

　나는 그제야 눈을 크게 뜬 채로 단혁산을 바라봤다.

　"아, 그러셨소. 고생이 많으시오."

　단혁산이 갑자기 손가락을 튕기더니 내공을 살짝 담은 목소리로
말했다.

　"집합!"

　여기저기에 흩어져 있었던 무림맹원들이 갑자기 이쪽으로 모여들
었다. 그런데 다들 나를 보자마자 여기저기서 웃고 있었다.

　"앗! 문주님 아니십니까?"

　무림맹의 무인들이 나를 둘러싼 채로 포권을 취했다. 전부 다 함
께 싸웠던 색마도 귀신같이 알아보고 있었다. 나는 사실 무림맹의

　　　　　…　　　　　광마회귀 4

맹원들과 이렇게 살가운 대화를 나눠본 적이 없어서 말문이 계속 막혔다. 문득 목이 바짝 타들어 가는 느낌을 받았다. 생각해 보니 전생에 무림맹의 천라지망에 갇혀있을 때… 이 중에서 내 손에 불구가 됐거나 죽은 놈들도 있겠다는 생각이 들었다. 당장은 알 수가 없었다. 나도 젊고, 이들도 젊은 시절이었기 때문이다. 내가 평소와 다르게 주둥아리를 다물고 있자… 색마가 내 어깨를 붙잡으면서 말했다.

"뭐야? 죄지었어? 무림맹원들 만나니까 말수가 줄어드네."

색마의 말에 맹원들이 단체로 웃음을 터트렸다.

"하하하…"

"문주님, 죄지으셨습니까?"

나는 멋쩍은 웃음을 지은 채로 무림맹원들을 둘러봤다.

"…아직 백도 무인은 안 때려죽였소만."

색마가 급히 내 입을 틀어막더니, 과하게 웃으면서 맹원들에게 말했다.

"하하하. 그간 하오문주가 흑도나 사마외도를 많이 때려잡았소. 다들 아시겠지만 얼마 전에 근처에서 아주 못된 놈도 때려죽이고. 다들 도살자라고 들어보셨을 거요."

"오, 들어봤습니다."

"그놈이 하오문주의 손에 죽었소. 아쉽게 명단에는 없는 놈이었군."

나는 문득 할 말이 없어서 육합선생을 바라봤다. 이놈도 할 말이 없는지 꿀 먹은 벙어리가 되어있었다. 나는 겨우 정신을 차린 다음에 무림맹원들에게 말했다.

"…공무 중이라 바쁘실 테니 술은 어렵겠고. 괜찮다면 밥이나 차

정도는 내가 사겠소."

내가 제안하자, 잠시 정적이 흘렀다.

"..."

대체 무슨 분위기인지 알 수가 없었다. 맹원들이 단혁산을 바라보자, 단혁산이 내게 말했다.

"문주님, 그럼 밥이나 한 끼 얻어먹어도 되겠습니까?"

단혁산이 선임자인 모양이었다. 단혁산이 얻어먹겠다고 하자, 다른 맹원들의 표정이 급히 밝아지고 있었다. 사실 나는 가진 게 돈밖에 없었기 때문에 이들에게 밥이나 술을 사주는 것은 어렵지 않은 일이었다. 다만 이런 일을 해본 적이 없었기 때문에 당황하고 있을 뿐이었다. 나는 무림맹원들에게 말했다.

"마침 밥을 먹으러 가는 길이었으니 같이 갑시다. 맹주님 근황도 궁금하고 남악맹 이야기도 좀 합시다. 근무 중 태만으로 문제가 생기면 한 번 정도는 내 이름을 팔아서 넘어가면 되겠소."

단혁산이 웃으면서 대답했다.

"아, 좋습니다. 문주님 이름을 팔면 맹주님도 용서를 해주시겠지요."

나는 갑자기 색마, 귀마, 무림맹원들을 이끌고 밥집을 찾아 나서게 되었다. 이 기분을 대체 무어라 표현해야 할까. 근처에서 웃고 떠드는 무림맹원들의 목소리가 가슴을 두들기는 북소리처럼 들렸다. 인생이 도대체 어떻게 흘러가는 것인지. 알 수가 없었다.

193.
내가
육룡六龍이라니?

내가 촌뜨기라서 똥싸개가 백미향이라는 객잔으로 맹원들을 안내했다. 간단한 통성명을 한 다음에 잠시 후 무림맹원과 색마, 귀마가 뒤섞여서 밥을 먹고 있는 모습을 보고 있으려니 탕초리척에 두강주를 부어서 섞어 마시는 느낌이 들었다.

'이것이 대체 무슨 조합이냐.'

전생에 무림맹원들과 박 터지게 싸운 것은 색마나 귀마도 마찬가지다. 그러니까 지금 물과 불이 뒤섞여서 밥을 먹는 중이었다. 이것도 나름 일월의 조화이자 인생의 태극太極인 것일까. 그때는 왜 그렇게 죽자 사자 싸우고. 지금은 왜 이렇게 둘러앉아서 밥을 먹고 있을까. 그때나 지금이나 사람은 같은데 말이다.

어쨌거나 밥은 맛있었다. 다들 이 정도 어색함은 무덤덤하게 넘길 수 있는 자들이라서 별다른 대화도 없이 배를 가득 채웠다. 밥을 다 먹고 차를 마실 때쯤에서야 대화가 오갔다. 단혁산이 색마에게 말했다.

"몽 공자께서는 맹에 들어오실 생각이 없으십니까?"

색마가 짤막하게 대답했다.

"없소."

무슨 생각에선지 단혁산이 이번에는 귀마에게 물었다.

"육합선생께서는…"

귀마가 고개를 저었다.

"없소."

"예."

단혁산이 나를 바라봤다.

"실은 방도 붙이고 평소 오지 않는 지역을 돌아다니면서 맹원도 모집하고 있습니다."

"맹은 신원이 확실한 사람만 받는다고 들었는데."

단혁산이 색마와 육합선생을 가리켰다.

"당연히 풍운몽가의 차남이시고. 육합선생께서도 문주님의 일행이시니 신원이 확실하겠지요."

하지만 색마와 귀마가 입맹 권유를 매몰차게 거절한 다음에 정적이 흘렀다. 잠시 후에 윤지학이라는 무림맹원이 내게 말했다.

"문주님, 무림맹에 문주님이 강하다는 이야기가 많이 퍼졌습니다. 사실 검대에 속한 맹원들과도 연배가 매우 비슷합니다. 물론 몽 공자도 젊으시고요. 저희는 사실 특별한 일이 없을 때는 수련을 지독하게 하는 편입니다. 하지만 저희가 문주님보다 강하다는 생각은 안 드는군요."

말이 약간 두서없긴 했으나, 이해하지 못할 말은 아니었다. 요약하면 내가 나이가 젊은데 본인들보다 강한 것이 내심 이해되지 않는 모양이었다. 솔직한 성격의 사내라면 충분히 물어볼 수 있는 질문이었다. 나는 윤지학을 보면서 고개를 끄덕였다.

"아직 갈 길이 멀긴 하지만 내가 나이에 비해서 빠르게 강해진 것은 맞소."

윤지학이 내게 물었다.

"영약이나 기연을 얻으셨습니까?"

무림맹원들은 물론이고 색마와 귀마도 나를 바라봤다. 어쩔 수 없이 나는 최대한 솔직하게 대답했다.

"말하자면… 절벽에서 떨어졌었소. 높은 곳이었지."

색마가 자연스럽게 끼어들었다.

"그때 머리를 다쳤군."

"그때 머리를… 아니, 기연을 얻었지. 머리는 안 다쳤소."

무림맹원들이 저희끼리 눈빛을 교환하다가 물었다.

"정말입니까?"

나는 진지한 표정으로 대답했다.

"여러분들에게 거짓말을 왜 하겠소. 진지하게 물어보니 진지하게 대답을 하는 중이오. 강호의 기연이라는 것은 대체로 황당무계한 법이라서 전해 들으면 이상한 법이오. 이것이 퍼져나가면 와전이 되는 법이고. 사람들은 말을 하는 도중에 제 생각을 추가하기 때문에 더욱 그렇소."

육합선생도 황당한 모양인지 이렇게 물었다.

"…절벽 아래에 영약이 있었다는 말인가?"

나는 육합선생과 눈을 마주쳤다가 고개를 끄덕였다.

"있었지. 하지만 그게 끝은 아니야. 어느 날은 여기 있는 몽 공자를 데리고 봉우리에도 올랐었지. 그곳에서는 월단화를 먹었다. 운이 좋았지."

월단화라는 말에 다들 매우 놀란 표정을 지었다.

"사실입니까?"

나는 색마를 바라봤다. 함께 월단화를 먹었던 색마가 고개를 끄덕였다.

"그것은 사실이오."

단혁산이 감탄한 표정으로 말했다.

"두 분이 강한 이유가 있었군요. 가는 곳마다 기연이 있다니요. 아시는지는 모르겠습니다만 무림맹 이남에서 떠오르고 있는 후기지수 네 명과 하오문주님, 몽 공자까지 더해서 신남육룡新南六龍이라 부릅니다."

나와 색마는 신남육룡이라는 말이 나왔을 때부터 마시던 찻물을 뿜었다.

"…픕."

"줄여서 보통 육룡이라 하지요."

나는 입을 닦으면서 단혁산을 바라봤다.

"육룡?"

이 광마가 말이냐?

…

＊ ＊ ＊

단혁산이 고개를 끄덕였다.

"예."

색마가 물었다.

"혹시 신북오호新北五虎에 대칭되는 말이오?"

단혁산이 웃었다.

"아시는군요. 그렇습니다. 강호 사람들이야 늘 비교하고 경쟁하는 것을 즐기지 않습니까. 무림맹 북쪽에 오호, 남쪽에 육룡. 떠오르는 강자들이 포함된 명단입니다. 어찌 보면 오늘 저희가 방을 붙인 십인의 무림공적과 대칭되는 고수들인 셈이죠."

여기서 북과 남의 기준은 장강長江이 아니라 무림맹이다. 소문의 진원지와 중심이 늘 무림맹이기 때문이다. 우연히도 무림맹의 남쪽에는 백도 세가가 많고, 북쪽에는 문파가 많다. 여기서 나온 북호남룡北虎南龍은 비무의 결과에 따라 구성원이 자주 바뀌는 별호였다.

어쨌든 여러 강호인들의 주목을 매우 받게 되는 별호임에는 틀림이 없었고, 여인들이 선망하는 별호이자, 흑도나 사마외도에서는 잡아 죽이려는 명단이기도 하다. 그러니까 무림공적은 백도의 강호인들이 죽이려고 하고. 북호남룡 같은 듣기 좋은 별호는 사마외도에게 죽기 딱 좋은 별호라는 뜻이다.

그렇게 내 처지가 무림공적에서 북호남룡에 속하는 고수로 뒤바뀌었다. 그렇기 때문에 북호남룡에 속하면 여러 가지 의미에서 인기도 많아지고, 도전도 많이 받고, 부와 명예를 얻기 때문에 매우 피

곤하게 살아야 한다는 단점이 생긴다. 여기서 가장 황당한 사실 하나… 그럼 내가 이제 인기가 많아지나? 설마, 그럴 리는 없을 것이다. 어쩐지 여자들에게 인기가 많아지는 것이 아니라 사마외도에게 인기가 많아질 것 같다는 기분이 드는 것은 왜일까?

"…"

나는 황당한 마음으로 중얼거렸다.

"대체 어떤 놈이 나를 육룡에 넣었소?"

단혁산이 헛기침을 하면서 대답했다.

"무림맹주께서…"

"놈은 취소하리다."

"예."

"맹주님이 갑자기 나를 왜?"

단혁산이 눈을 크게 뜨면서 말했다.

"문주님, 다른 후기지수들은 들어가고 싶어서 안달인 별호입니다."

"그것이 나는 아니외다."

"예. 죄송하지만 맹주님이 언급하신 거라서 문주님이 명단에서 쉽게 빠지긴 어려울 겁니다."

이럴 수가, 그렇다면 강제로 인기 있는 남자가 된다는 말인가? 나는 문득 색마를 노려봤다. 어쩐지 같은 육룡의 고수인데. 여자들의 인기는 색마가 받고, 나는 사마외도들에게 인기가 많아서 통성명도 안 하고 기습하는 염병할 놈들이 늘어날 것 같은 기분이 들었다.

'이런 엿 같은…'

단혁산이 말했다.

"본래는 신남사룡新南四龍이 종종 언급됩니다. 하지만 맹주님이 그 신남사룡이 하오문주 혹은 풍운몽가의 차남을 꺾을 수 있을지는 의문이다… 이렇게 말씀하셔서 갑자기 사룡은 육룡으로 바뀌게 되었습니다. 맹주님의 말씀 때문에 문주님과 몽 공자의 명성과 소문이 강호에 엄청나게 퍼지는 중입니다."

나는 문득 이런 생각이 들었다. 최근에 임소백 맹주가 많이 힘든 모양이라고 말이다. 사마외도를 남에게 이런 식으로 떠넘길 사내가 아닌데, 이 정도면 색마와 내게 짐을 덜어준 것 같은 느낌마저 받았다. 나는 문득 색마와 눈을 마주쳤다가 중얼거렸다.

"…똥싸개 용龍이라니. 대단하네."

"절벽에서 떨어져서 머리를 다친 촌뜨기 용이라니. 대단하다."

색마가 내게 아주 성의 없는 포권을 취하면서 양손을 덜렁댔다.

"영광이오. 영광."

"별말씀을."

나는 이놈이 양손만 덜렁대면 강호의 복이라고 생각한다. 괜히 어디 가서 아랫부분을 덜렁댈까 그것이 걱정이었다. 하지만 나는 애초에 걱정만 하는 사내가 아니다. 언제든지 강호의 미인들이 잔뜩 모인 자리에서 색마에게 설사약을 먹일 수 있는 사내, 그것이 나다. 나는 짧게 보지 않고 길게 내다보면서 색마를 괴롭힐 생각이라서 웬만한 것은 좀 져줘도 상관이 없었다.

* * *

무림맹원들과 밥을 먹고 담소를 나누다 보니… 어느새 나는 전생 무림공적에서 촉망받는 신진 고수로 거듭나게 되었다. 물론 내가 원했던 일은 아니지만, 세상일이 늘 그렇듯이 원하는 대로만 살 수는 없다. 어쨌든 일전에 무림맹주와 함께 싸웠기 때문에 이 정도 유명세는 오히려 예상보다 늦게 찾아온 것이다. 이상하게도 일부 맹원들의 기대 섞인 눈초리와 달리… 나는 물론이고 색마에게도 기뻐하는 기색이 전혀 없었다.

신기하게도 옆에서 같이 이야기를 듣고 있었던 전생 귀마에게도 부러워하는 기색이 전혀 없었다. 어쨌든 우리 셋은 이따위 별호에는 아무런 관심이 없는 사내들이기 때문이다. 새삼스럽게 그동안에 색마, 귀마, 그리고 나의 공통점을 찾기 어려웠었는데 이런 사소한 것에서 공통점을 발견한 상황. 이유를 곰곰이 생각해 보자면… 우리 셋의 목표는 아마도 이보다 더 훨씬 높기 때문일 것이다. 고작 후기지수들이 얻는 별호에 광마, 색마, 귀마라 불리면서 여러 사람을 괴롭히던 자들이 어찌 만족하겠는가. 나는 색마의 소감을 물어봤다.

"…어떤가? 육룡이 된 소감이."

색마가 별생각 없이 대답했다.

"영광이군. 일봉이선一鳳二仙과 명성을 나란히 하게 되다니…"

일봉이선은 아름답다고 소문이 난 여고수이기 때문에 나는 특별히 기억해 놨다. 담소가 끝나갈 무렵에 한 맹원이 진중한 어조로 내게 질문했다.

"문주님."

"말씀하시오."

···

"어떻게 하면 저희가 더 강해질까요."

나는 이름 모를 맹원의 표정을 바라보다가 물었다.

"굳이 내게 물어보는 이유가 있소?"

"예, 저는 사실 이 질문을 종종 합니다. 새로 만난 강호의 선배에 게도 묻고. 새롭게 알게 된 동료나 강호의 친구들에게도 묻습니다. 매번 대답이 다르고 생각이 다르기에 이렇게 물어보는 것이 어느새 습관이 되었습니다. 문주님의 생각도 그래서 궁금하군요."

나는 고개를 끄덕이다가 내 앞에 있는 젓가락 통을 가리켰다.

"젓가락 통의 위치, 젓가락 개수."

"…"

그다음에는 손으로 밥을 먹고 있는 백미향의 주변 환경을 하나하 나 가리켰다.

"입구까지 거리, 벽의 두께, 병풍의 두께, 백미향의 정문에서 누군 가가 달려올 때 걸음 수와 대략적인 속도. 여기까지 오는 계단의 대 략적인 수."

나는 손가락으로 천장을 가리켰다.

"천장의 높이, 위층과 아래층에서 들리는 잡음의 구분, 백미향 바 깥에서 들리는 대화나 잡음의 일정함, 바닥의 재질과 두께, 여러분 들의 특징과 표정, 버릇, 건강 상태, 부상 확인. 지금 나랑 함께 있는 몽 공자와 육합선생의 대략적인 실력. 우리가 전부 힘을 합쳤을 때 어느 정도의 고수까지 상대할 수 있는지."

나는 손가락으로 내 관자놀이를 가리켰다.

"…밥을 먹으면서 대략이나마 전부 가늠해 놨소. 그럴 일은 없겠지만 혹시나 맹원 여러분들을 습격하려는 무림공적이나 사마외도의 고수가 있을 수도 있으니까 말이오. 예를 들면 여기 있는 젓가락으로 천장을 뚫을 수 있는지, 병풍 너머의 탁자까지 던질 수 있는지. 또한, 주변의 잡음은 어떻게 변하고 있는지 가벼운 마음으로 인지하고 있는 상태요."

내가 말을 길게 하는 동안에 무림맹원들이 전부 입을 다문 채로 나를 주시했다. 나는 진지한 어조로 말했다.

"밥을 먹고, 차를 마시고, 여러분들과 대화를 하면서도 생각 일부를 빼내어서 인지했소. 강해지는 방법을 물었는데 왜 이런 대답을 하는지 궁금하시겠지만. 내 생각이 그렇소."

나는 무림맹원들을 둘러봤다.

"어떻게든 살아남아야 강해질 기회가 있소. 살아남아야 기연을 만날 수 있지. 그래야 운 좋게 영약이나 하수오 몇 뿌리라도 먹을 가능성이 생기지 않겠소. 철저하게 살아남아서… 하루하루 조금씩 수련해서 강해지는 수밖에 없겠소."

나는 질문을 던진 무림맹원을 바라봤다.

"답변이 됐소?"

"예, 문주님."

다른 맹원들도 내게 이런저런 말로 대답했다.

"잘 들었습니다."

"유념하겠습니다."

나는 고개를 끄덕였다가 다들 차를 비운 것 같아서 자리에서 일어났다.

"바쁘실 텐데 일어납시다."

* * *

나는 계산을 한 다음에 색마, 귀마와 나란히 서서 무림맹원들과 작별했다. 여러 가지 작별의 말과 다시 만나자는 훈훈한 대화도 한참이나 오갔다. 전생 무림공적에 속하던 우리 셋은 한참이나 작별의 말을 건네야만 했다. 무림맹원들이 사라지자마자 나는 한숨을 내쉬었다.

"후우."

낯선 사람을 만나서 사귄다는 것은 왜 이렇게 힘든 것일까. 모를 일이다. 내 옆에서 연신 한숨을 내쉬던 색마가 내게 물었다.

"촌뜨기, 아까 안에서 말한 거 정말 다 인지하고 있었냐? 뭐? 병풍의 두께? 벽의 두께? 천장의 재질? 진짜냐, 지랄이냐. 대답을 똑바로 해봐라."

귀마도 나를 바라봤다.

"나도 그중에서 절반은 인지하고 있었네."

나는 뒷짐을 진 채로 혀를 찼다.

"뭐가 그렇게 궁금해?"

색마가 대답했다.

"정말이냐고? 어떻게 그걸 다 인지하냐고. 밥만 열심히 처먹더구만."

나는 무림맹원들이 시야에서 사라진 것을 확인한 다음에 색마와 귀마에게 말했다.

"그냥 젓가락 통만 확인하고 밥 먹었지. 체할 일 있냐? 그냥 손가락질하면서 생각나는 대로 말한 거지."

가만히 있었던 색마가 갑자기 미친놈처럼 웃음을 터트렸다. 다소 고지식한 귀마가 인상을 쓰면서 내게 물었다.

"왜 그런 거짓말을 했나?"

나는 귀마를 바라보면서 덤덤한 어조로 말했다.

"내가 뭐 나쁜 말을 한 거도 아니고. 조심하자는 뜻이다. 육룡의 가르침인데 다들 가슴에 새기지 않겠어?"

그제야 말귀를 알아들은 귀마도 씨익 웃으면서 대답했다.

"그렇긴 하군."

194.
신新 천리객잔

내가 알지 못했던 무림공적 명단을 확인하고. 백도의 떠오르는 후기
지수들을 싸잡아서 부르는 육룡에 내가 포함되었다는 사실도 알게
되었다. 나는 하오문주이자 육룡 이자하. 그러나 명예나 별호에 집
착하면 삶이 귀찮고 하찮아지기에 나는 청소를 마무리하고 있을 허
름한 천리객잔으로 향했다. 생긴 것과 다르게 깔끔한 취향을 가진
귀마가 말했다.

"굳이 그렇게 지저분한 곳에서 머물러야겠나? 돈도 많으면서."

"한적한 객잔이 편해. 청소는 호위에게 시키면 될 것이고."

"나는 당분간 백응지의 숙소에 머물면서 검마 선배에게 더 도전해
보고 싶네. 검법이 너무 인상적이더군. 다만 매번 귀찮게 할 수는 없
으니…"

귀마가 색마를 바라봤다.

"자네가 언질을 주면 그때 찾아가도록 하겠네."

귀마는 검법을 겨뤘다가 깔끔하게 패한 것이 가슴에 남은 모양이다. 본래 귀마의 성격이 이렇다. 복수를 매우 치밀하게 준비해서 오랜 시간에 걸쳐 마무리한 성격이었으니 말이다. 사실 강호인은 이렇게 강해지는 것이 맞다. 색마가 대답했다.

"비무는 환영하시겠지만 별다른 깨달음이 없이 도전하면 그것을 더 불쾌하게 생각하실 테지. 수련하다가 적절한 시기에 말하라고. 내가 주선할 테니. 하지만 지금은 아니야."

"알겠네."

귀마는 검마를 목표로 삼아서 수련에 매진하겠다는 태도였다. 잠시 후 나는 천리객잔의 앞에 도착해서 이곳까지 산책하듯이 따라온 두 사람에게 말했다.

"깨끗하고, 냄새도 좋고, 맛있는 음식이 나오는 객잔보다는 확실히 여기가 더 낫다."

"왜?"

나는 손가락으로 천리객잔의 푯말을 가리켰다.

"보라고. 도살자의 흔적이 남아있다. 내가 죽이긴 했으나 솔직히 말하자면 너희 둘보다 도살자가 더 강했다."

색마는 말없이 고개만 끄덕였다.

"그런 도살자의 사부는 얼마나 강할까? 그 제자 놈을 때려 죽여서 빼앗은 천리객잔에서 수련을 하다 보면 하루하루가 불안하고 불편하겠지."

색마와 귀마가 나를 물끄러미 바라봤다. 나는 내 다짐을 두 사람에게 전했다.

...
광마회귀 4

"그 불편함을 감수해서 내가 더 강해질 수 있다면 견디면 돼. 육룡이고 나발이고 나는 일단 모르겠고. 잠시 하오문, 수하들, 마교도 잊으련다. 도살자가 너무 이상할 정도로 강했어. 두 사람도 조심하라고."

사실 검마에게 패배한 귀마나 도살자를 죽인 내 심리 상태나 비슷할 것이다. 당분간은 더 강해져야겠다는 생각밖에 없었다. 나는 색마와 귀마의 눈빛이 변하는 것을 확인한 다음에 짤막하게 마무리했다.

"확인."

내 말에 색마와 귀마도 응답했다.

"확인."

"나도 확인."

나는 흩어지는 두 사람을 잠시 바라보다가 천리객잔으로 들어갔다. 풍운몽가의 무인들이 대기하고 있다가 내게 말했다.

"문주님, 오셨습니까?"

"고생 많았소. 몽 공자가 방금 돌아갔으니 따라가시오."

둘러보니 입구의 문짝이 수리되어 있고, 시체는 수레로 이미 다 옮긴 모양이었다. 몇 명이 남아서 이 층의 벽도 판자로 덧대서 임시로나마 수리한 상태였다. 내가 별생각 없이 품에서 전낭을 꺼내자, 무인들이 전부 손사래를 쳤다.

"문주님, 둘째 공자가 돈을 받지 말라고 해서 저희는 그만 가보겠습니다."

"나는 몽랑의 수하가 아니오."

술값으로 할 수 있는 통용 은자를 꺼내서 맨 앞에 있는 무인의 손에 강제로 떠넘겼다.

"술이라도 한잔하고 돌아가시오."

멋쩍은 표정을 짓고 있던 무인들이 어색하게 대답했다.

"예, 그럼 잘 쓰겠습니다."

하나둘씩 천리객잔에서 무인들이 빠져나가다가 한 사람이 내게
말했다.

"문주님?"

"말씀하시오."

"몽랑에게 여인이 아닌 사내 친구가 있는 줄은 저희도 처음 알았
습니다. 성정이 거칠고 제멋대로여서 쉽지 않으실 텐데 고생이 참
많으십니다."

나는 고개를 끄덕였다.

"친구 아니니까 고마워할 것 없소."

"예, 그럼. 앞으로도 잘 지내주십시오."

나는 손을 내저으면서 말했다.

"아, 그놈이 엇나갈 때마다 내가 종종 두들겨 팰 테니까 걱정들 하
지 마시오. 다들 아시겠지만, 이놈은 좀 맞아야 해서."

내게 말을 건넸던 스물 중반의 무인이 덤덤한 어조로 대답했다.

"맞습니다. 집안에서도 쫓겨나기 직전이니 문주께서 종종 패주십
시오. 저희가 가주님에게는 잘 전달해 놓겠습니다."

나는 그제야 웃으면서 대답했다.

"이제야 말이 좀 통하는군. 살펴들 가시오."

"예."

주방으로 가보니 삼공자의 호위 놈이 바닥을 닦고 있었다. 뭔가 좀 이상하다는 생각이 들었다.

'도망쳐도 되지 않았을까?'

천리객잔에 몽가의 가솔들만 있는 상황이면 떠나도 이상하지 않을 일이었다.

"…밥은 먹었냐?"

호위가 대답했다.

"만두를 좀 먹었습니다."

"만두가 어디서 났어?"

"몽가의 무인들이 나눠줬습니다. 그리고 여기 음식 재료가 좀 남아있어서 만들어 먹으면 될 것 같습니다."

"왜 도망은 안 치고?"

호위 놈이 걸레질하면서 대답했다.

"일단 약속을 했으니 청소를 한 다음에 생각하겠습니다."

"그게 다야?"

"예."

나는 웃으면서 호위 놈을 바라봤다. 이놈이 무슨 생각을 하고 있는지 모르겠다. 삶의 큰 변수와 작은 변수가 한꺼번에 오고 있다는 느낌을 받았으나 나는 이것을 전부 있는 그대로 받아들였다.

* * *

날이 어두워진 저녁. 내가 통째로 사용하고 있는 이 층에서 가부좌를 틀고 있을 때 천리객잔으로 누군가가 들어왔다. 어리둥절한 마음에 잠시 생각해 보니 이곳은 손님을 받는 객잔이다. 당분간 영업하지 않는다는 푯말이나 표시를 해놨어야 했는데 깜박했다. 탁자를 이어붙인 곳에서 가부좌를 틀고 있다가 조용히 손님의 말을 기다려 봤다. 빈자리에 앉은 손님이 입을 열었다.

"장사 안 하나?"

주방에 틀어박혀 있는 호위 놈이 대답했다.

"안 합니다."

"도屠 사제는 어디 있나?"

나는 저절로 눈이 번쩍 떠졌다.

'도 사제?'

도살자의 도를 말한 것이라서 도살자의 사형이거나 지인이라는 뜻이었다. 나는 가부좌를 풀고 난간으로 가서 탁자에 앉아있는 사내를 내려다봤다. 탁자 위에 시커먼 낚싯대를 올려놓은 사십 대의 사내가 내게 물었다.

"넌 누구냐?"

나는 사내의 눈빛을 들여다보면서 대답했다.

"도살자 죽인 사람."

사내가 웃으면서 말했다.

"네가? 무리다. 사제는 어디 있나?"

이놈은 내가 누구라고 생각하는 것일까. 내 입으로 죽였다고 고백해도 전혀 믿질 않았다. 이때 입구에서 붉은 옷을 입은 여인이 들어와서 먼저 들어온 손님에게 말했다.

.....

"조수釣叟 사형, 제가 늦었군요."

조수는 대충 낚시하는 늙은이라는 말이다. 나는 붉은 옷을 입은 여인을 훑었다. 손에 든 것이 마편馬鞭(말을 모는 데 쓰는 채찍)이었기 때문에 여인의 호칭이 무엇인지 예상할 수 있었다. 나는 처음 보는 여인에게 말했다.

"편 사매, 어서 와라."

여인이 다소 놀란 표정으로 나를 쳐다봤다.

"누구십니까?"

이렇게 되면 조도편釣屠鞭이 백의서생의 제자들이 된다. 단순 뜻풀이는 낚고, 도축하고, 채찍질하고. 직업으로 따지면 어부, 도자屠者, 마부가 된다. 마치 내가 만든 하오문의 흑도 분파를 보는 것만 같은 구성이었다. 낚싯대를 들고 온 놈이 마부 여인에게 말했다.

"저놈이 도 사제를 죽였다는군. 주방에 있는 놈도 죽기 싫으면 이리 나와라."

이때, 입구에서 장신의 사내가 고개를 한참 숙이더니 몸을 빼내듯이 등장해서 낚시꾼에게 말했다.

"조 사형, 저 왔습니다."

나는 새롭게 등장한 거한에게 물었다.

"너는 뭐냐? 차력 공연하다가 늦었느냐? 밥 처먹다가 늦었어?"

거한이 허리춤에서 꺼낸 손도끼를 탁자 위에 올려놓으면서 대답했다.

"저 병신은 뭡니까? 도 사형은요?"

낚시꾼이 고개를 저었다.

"모르겠다. 파악 중이야."

손도끼가 저렇게 앙증맞게 보이는 것은 나도 처음이었다. 소매가 없는 산적의 짐승 가죽옷을 입은 것을 보아하니 대충 나무꾼인 모양이었다. 나는 나무꾼을 향해 고개를 끄덕였다.

"네가 그럼 초수樵竪(나무꾼) 사제였군."

무공 수위와 기도로 가늠해 보면 조도초편釣屠樵鞭인 모양이었다. 이때, 주방에서 나온 삼공자의 호위가 뻔뻔한 표정으로 입을 열었다.

"도 선배와 삼공자께서 하오문주를 추격하고 있습니다. 잠시 기다리십시오. 술이라도 내어드릴까요?"

가장 늦게 들어온 나무꾼이 손을 내저었다.

"술이 맛없을 게 뻔하니 됐네."

"예."

그제야 낚시꾼이 웃으면서 내게 말했다.

"아, 자네는 삼공자가 부른 지원 병력이었군. 이리 내려오게. 같은 일을 하게 된 처지인데 통성명은 해야지."

나도 웃으면서 대답했다.

"통성명은 지랄."

낚시꾼, 나무꾼, 마부가 나를 올려다봤다. 사형제 순서가 실력과 밀접하다면 낚시꾼은 도살자보다 강하고. 나무꾼과 마부는 도살자와 비슷한 수준이거나 몇 수 아래라는 뜻이다. 어쨌든 셋이 힘을 합치면 내게 승산이 별로 없다는 말이다. 물론 죽고 죽이는 것은 다른 문제다. 잠시 정적이 흐르는 와중에 천리객잔 앞에서 두 사람의 대화가 들렸다. 나는 이 세 사람을 제대로 상대해야겠다고 마음을 먹은 찰나에 두 사람이 더 늘어나서 한숨이 절로 나왔다.

"또 있어?"

바깥에서 들리는 대화는 이랬다.

"한잔하고 갑시다."

"객잔이 더러워서 들어가기 싫군. 음식도 맛이 없을 게 뻔해."

"유난 떨지 말고 여기서 딱 한 잔만 걸친 다음에 금화루로 갑시다."

"굳이 이런 곳에서?"

"백응지는 술값이 비싸다고. 그중에서 금화루는 가장 비싸. 여기서 술을 마셔야 돈을 아끼지. 이래서 못 놀아본 사람하고 다니면 답답하다니까. 왜 그렇게 답답해?"

입구에서 등장한 두 사람이 안을 둘러보더니 빈자리에 앉았다. 나는 고개를 끄덕이면서 새롭게 등장한 손님을 말없이 바라봤다. 다행히도 똥싸개 색마와 육합선생 귀마였다. 대화를 판독하자면 백응지로 복귀하는 와중에 나무꾼이나 마부를 보고 쫓아온 모양새였다. 당연히 그 정도 눈치는 있는 놈들이다. 길에서 만난 고수를 허투루 보진 않았을 테니 말이다. 색마가 나를 올려다보면서 말했다.

"주문받아라. 이 점소이 새끼야. 손님이 들어왔는데 뭘 그렇게 멀뚱멀뚱하게 노려보고 있어?"

옆에 있는 귀마 놈이 색마를 툭 쳤다.

"점소이에게 왜 그렇게 함부로 말하나?"

"관상을 보라고. 싸가지 없게 생겨서."

귀마가 나를 물끄러미 보더니 고개를 끄덕였다.

"그렇긴 하군."

"…"

낚시꾼, 나무꾼, 마부가 일제히 색마와 귀마를 노려봤다. 딱 봐도 강호인이라는 것을 서로 아는 상황이라서 말문이 막힌 모양이었다. 이때, 이 미친 삼공자의 호위 놈이 또 주둥아리를 열었다.

"삼공자께서 자리를 비우셨으니 두 분도 대기하십시오. 객잔 내부 공사 중이어서 드릴 것이 술밖에 없으니 잠시 기다리십시오."

이 분위기 어쩔 텐가…? 평범하고 누추한 천리객잔 안에 잠시 혼돈이 휘몰아쳤다. 색마가 자신을 노려보고 있는 마부에게 말했다.

"왜 그렇게 노려봐? 잘생긴 사람 처음 봐?"

홍의마부紅衣馬夫가 코웃음을 치더니 마편을 만지작거렸다. 이들의 우두머리인 낚시꾼이 대신 대답했다.

"아, 자네들도 삼공자를 돕기 위해 왔나? 풍운몽가의 차남과 육합선생? 몽랑 자네는 백도 소속이고, 육합선생 자네는 정사지간으로 알고 있네만. 언제 마교에 달라붙었나?"

색마와 육합선생이 멋쩍은 표정으로 입을 다물자.

"…"

낚시꾼이 다시 나를 올려다봤다.

"너무 젊어서 긴가민가했다만 네가 하오문주구나. 도살자를 정말 죽였느냐? 네 실력으로 불가능한 일인데. 아니면 삼공자가 교의 세력을 믿고 우리를 배신했나?"

나는 팔짱을 낀 다음에 한숨을 내쉬면서 말했다.

"사실은…"

"말해라."

"죽이는 데 일다경一茶頃(차 한 잔 마실 시간) 정도가 걸렸다. 다들 당황스럽겠지만 사형제의 복수를 해야겠지?"

낚시꾼이 대답했다.

"도 사제를 일다경 안에 죽일 수 있는 고수가 많지 않다. 너는 아니야. 고문한 다음에 어찌 된 일인지 알아보마."

낚시꾼이 이번에는 색마와 육합선생에게 경고했다.

"너희 둘은 허락 없이 끼어들어서 봉변을 당하는 일이 없도록 해라."

나는 양손을 합장한 다음에 낚시꾼, 나무꾼, 마부에게 부탁했다.

"알겠으니 바깥으로 나가자. 객잔 무너지는 꼴을 보는 게 이제 지겹다."

"…"

"내가 하오문주 맞고. 내가 도살자를 죽인 것도 맞다. 도망갈 생각이 없으니까 바깥으로 나가서 넓은 곳에서 싸우자고. 안 도망갈 테니까. 제발요."

낚시꾼, 나무꾼, 마부가 일어섰다.

"나와라."

나는 바깥으로 도살자의 사형제들이 나가는 동안에 색마와 귀마를 바라봤다. 딱히 할 말이 없었다.

"확인."

색마가 일어나더니 무서운 눈빛을 한 채로 웃었다.

"나는 홍의마부와 싸우겠다."

아직 함께 다니는 사내의 정체성이 색마인지도 잘 모르는 육합선생이 어리둥절한 표정으로 말했다.

"왜?"

색마가 살벌한 표정으로 대답했다.

"나는 본래 사마외도 여고수와 싸우면 더 강해져. 본능이니까 깊게 캐묻진 말도록."

잠시 색마를 물끄러미 바라보던 육합선생은 뭔가를 알았다는 것처럼 대답했다.

"확인."

이로써 대진표는 색마 대 홍의마부, 귀마 대 나무꾼, 광마 대 낚시꾼으로 정해졌다. 아마도 심판은 주방에서 내내 청소를 하던 삼공자의 호위가 될 터였다.

195.
색마色魔

천리객잔. 문제의 결전 장소에서 여섯 명이 대치했다. 아무리 사마외도와 잡다한 군상들의 대결이라지만 엄연히 강호의 도리가 존재하는 법. 연장자인 낚시꾼이 대결의 방식을 내게 물었다.

"하오문주, 우리와 단체로 싸우겠나 아니면 일대일 차륜전 대결을 하겠나? 자네 좋을 대로 하게."

가장 뒤늦게 입구에서 등장한 삼공자의 호위 놈이 대답했다.

"아군끼리 단체전이 웬 말입니까? 지금 삼 대 일로 하오문주를 핍박하겠다는 말입니까? 제가 허락하지 않을 테니 일대일 하세요."

낚시꾼이 황당하다는 표정으로 호위를 바라봤다.

"허락?"

나도 황당한 표정으로 호위를 바라봤다.

"허락? 이 새끼가 주방에서 피 냄새를 맡더니 정신이 돌았나. 삼공자한테 맞아서 넋이 환영마공幻影魔功으로 분열됐나. 미쳤어? 돌았어? 뒤질래?"

호위가 떨떠름한 표정으로 대답했다.

"죄송합니다."

낚시꾼이 말했다.

"몽 공자와 육합선생. 너희는 내가 좋은 말로 경고했거늘 끝내 끼어들 셈이냐?"

색마가 미간을 좁히면서 대답했다.

"시끄럽다. 제발 나한테 이래라저래라 하지 마. 듣기 싫어. 죽여버릴 거야. 명령하지 마라."

좌중의 모든 이들이 질풍노도의 시기를 뒤늦게 맞이한 색마를 바라봤다.

"..."

낚시꾼이 말했다.

"애초에 하오문주를 도와주겠다고 온 것이었군. 좋아. 그렇다면 일대일 지목 형식으로 가세. 편 사매."

홍의마부가 대답했다.

"예, 사형."

"네가 먼저 나서라."

홍의마부가 중앙으로 나서는 동안 낚시꾼과 나무꾼이 뒤로 물러났다.

* * *

홍의마부는 말채찍을 빙글빙글 돌리면서 세 사람을 바라봤다. 먼저 하오문주의 분위기와 기도를 살피다가 눈을 마주쳤다.

"..."

잠을 못 자서 눈에 핏발이 가득한 것인지 미친놈이라서 핏발이 가득한 것인지 구분할 수가 없었는데 어쨌든 눈빛에 붉은 기운이 감돌아서 무서웠다.

'이자가 정말 도살자를 죽였나? 사실이면 나보다 강하다는 뜻인데.'

실력이 가늠되질 않았기 때문에 중앙에 서있는 못생긴 검객에게 시선을 옮겼다.

'육합선생…'

표정이 고지식해 보이는 것은 둘째치고 일단 못생기면서도 무섭게 생겼다. 더군다나 셋 중에 가장 과묵했기 때문에 실력이 가장 높아 보이는 분위기를 지니고 있었다.

'너도 일단 제외.'

홍의마부는 풍운몽가의 차남이라는 젊은 사내를 노려봤다. 평소에 홍의마부가 가장 싫어하는 사내의 부류가 바로… 기생오라비 같은 놈. 함부로 쳐다보고 몸매를 훑는 놈. 바람둥이 같은 놈. 이 세 부류였는데 풍운몽가의 젊은 놈은 세 가지를 두루 갖춘 것 같은 불쾌함을 지니고 있었다. 홍의마부가 손가락으로 색마를 가리켰다.

"너 나와라."

순간, 지목을 받은 색마는 홍의마부를 향해 엷은 미소를 짓다가 한쪽 눈을 찡긋했다. 건들대면서 걸어오는 색마가 홍의마부를 향해 말했다.

"누님?"

홍의마부가 인상을 쓰면서 말했다.

"내가 왜 네 누님이냐."

"아, 반말 좋아하는구나? 나도 반말이 좋아. 스물 중반이면 아직 아무것도 모를 때지."

"대체 뭔 소리냐?"

홍의마부는 분위기가 좀 이상하다고 느끼는 와중에 지켜보고 있는 하오문주가 자신의 팔을 연신 쓰다듬는 것이 보였다. 닭살이 돋은 모양인지 입으로 욕을 하고 있었다.

"음..."

홍의마부는 몽가의 차남이 가까이 다가오자 저도 모르게 한기가 느껴져서 천천히 원을 돌면서 대치상황을 이어나갔다.

'가까이서 보니까 허접한 놈이 아니네.'

그 와중에 몽랑이라는 놈이 마편을 향해 눈을 흘기면서 말했다.

"채찍 좋지. 취향이 그쪽이야? 찰싹찰싹이야? 어디 때리는 거 좋아해?"

순간, 홍의마부는 순식간에 예닐곱 걸음을 물러나서 거리를 벌렸다.

파바바바바박!

본능적으로 등줄기가 서늘했다.

"..."

몽랑이 천천히 거리를 좁히면서 말했다.

"조합이 좋아. 얼어붙게 한 다음에 채찍으로? 좋다. 취향은 존중해 줘야지."

홍의마부가 입을 열기도 전에 하오문주가 성난 어조로 외쳤다.

"똥싸개, 적당히 해라. 때려죽이기 전에."

홍의마부가 말했다.

"문주 말대로 입 다물고 덤벼라."

"방금 명령을 했나? 나한테?"

몽랑이 갑자기 손으로 상의 앞섶을 풀어내더니 상체의 맨살을 드러냈다. 맨살에 고문을 받은 것 같은 기괴한 상처들이 가득했다. 몽랑이 말했다.

"내가 분명히 이래라저래라 하지 말라고 했을 텐데. 한마디만 더 해봐. 바지도 벗고, 그다음 것도 벗겠다. 경고하는데 자극하지 말아라. 자극하면…"

이때, 하오문주가 소리를 버럭 내질렀다.

"닥쳐라! 편 사매, 자극하지 말도록. 그놈은 유명한 색마다."

"뭐?"

이것은 걱정을 해주는 것일까. 아니면 겁을 주는 것일까. 홍의마부는 달려드는 색마를 향해 병장기로 개조한 터라 길이가 제법 늘어난 마편을 휘둘렀다.

휘휘휙!

색마의 몸놀림이 실로 경쾌했다. 싸우자마자 한기가 밀려들었기 때문에 빙공에 대비하면서 보법에도 신경을 썼다. 하오문주의 목소리가 계속 들렸다.

"그놈은 백응지에서 가장 유명한 백도제일색白道第一色이다. 줄여서 일색一色이야. 걸리면 뼈도 못 추리고 새로 사 입은 옷도 못 추리게 돼. 빙공을 조심하라고. 빙공의 고수야. 내가 알기론 상대를 꼼짝 못 하게 하려고 빙공을 익혔다고 들었는데, 꼼짝 못 하게 한 다음에 대체 무슨 짓을 하는지는 상상에 맡기겠다. 사람의 상상은 본래 대단한 법이지. 육합, 자네는 무슨 상상을 하고 있나? 안색이 붉어지고 있는데 자네 설마…?"

육합선생이 소리를 버럭 내질렀다.

"닥쳐라. 좀!"

홍의마부는 마편을 휘두르다가 색마와 눈을 마주칠 때마다 놈이 눈웃음을 치고 있다는 것을 알게 되었다. 순간, 색마가 연달아서 장력을 쏟아내다가 코를 킁킁댔다.

"아, 분내가…"

이때, 낚시꾼도 대화에 끼어들었다.

"사매, 그 정도 유치한 대화에 마음이 흔들린다는 말이냐? 사부님에게 말씀드려서 고행苦行을 좀 해야겠구나. 정신을 차리도록 해라."

"예, 사형."

순간, 홍의마부의 안색이 창백해지더니 편법鞭法이 순식간에 안정감을 되찾았다. 이상하게도 적과 아군이 모두 자신을 괴롭히고 있다는 느낌을 받아서 평소에 비해서 실력 발휘를 할 수가 없었다. 그 와중에 다시 하오문주가 빈정거리는 어조로 말을 이어나갔다.

"고행 좋지. 고문의 대가인가 보군. 사부가 무섭나 보군. 불쌍한 놈들. 노예 새끼들. 애달프구나. 백의서생이라 했던가? 도살자의 정신도 크게 망가졌던데 네놈들도 다를 바 없구나. 겁먹은 쥐새끼들의 인생이야. 이봐, 저기 등장했군. 자네들 사부가 아닌가? 백의서생, 어서 오시오."

싸우고 있었던 홍의마부는 저도 모르게 고개를 아주 살짝 움직였다가 어깨에 일장을 한 대 얻어맞은 채로 뒤로 물러났다.

퍽!

"크흑!"

낚시꾼이 소리를 버럭 내질렀다.

"사매! 사부가 어찌 여길 오신단 말이냐! 하오문주, 한 번이라도 더 떠들면 단체전을 하자는 것으로 받아들이마."

하오문주가 심드렁한 어조로 대답했다.

"확인."

가만히 있었던 육합선생도 묵직한 어조로 입을 열었다.

"확인."

이리저리 날뛰던 색마가 낄낄대면서 장법을 펼쳤다. 하지만 장법을 펼치는 동작의 절반은 장난스럽게 춤을 추는 것만 같았다.

"편 사매, 젖었어? 으슬으슬해? 빙공에 처음 당했나? 추워? 벗어줘?"

짤막한 말이 끊기듯이 흘러나올 때마다 한랭한 장력이 쏟아져서 더욱 정신이 어지러웠다.

"..."

홍의마부는 그제야 어깨 부위에서 퍼지고 있는 한기를 느꼈다. 왼쪽 팔이 점점 무거워지는 상황. 결국, 진기를 한 차례 주입해서 왼팔에 퍼지고 있는 한기를 몰아내려고 애를 써봤다. 색마가 말했다.

"네 사부가 빙공으로는 고문을 안 하더냐? 실망이로군. 자고로 고문은 뜨겁고, 춥고, 배고프고, 좁은 곳에 갇히는 게 기본이다. 그다음에는 무엇일까. 기본적인 네 가지 고문에 벌레를 추가하는 것이다. 벌레 좋아하나? 뱀? 지네? 개구리는 어때? 입에 넣으면 맛있어."

지켜보던 낚시꾼이 말했다.

"첫 번째 비무는 우리가 졌다."

낚시꾼이 나무꾼에게 턱짓하자, 땅을 박차고 뛰어오른 나무꾼이 다짜고짜 색마에게 손도끼를 휘둘렀다.

쐐액!

순간 빙공을 휘감은 손으로 손도끼의 날을 붙잡은 색마가 우장을 내밀고. 동시에 나무꾼도 주먹을 말아쥔 채로 색마의 장력을 받아쳤다.

콰아아아아아아앙!

색마의 신형이 누운 자세로 빠르게 밀려나는 동안에 하오문주가 빠르게 등장하더니 등을 붙잡자마자 바로 세웠다. 동시에 나무꾼이 반쯤 정신이 나간 홍의마부의 뒷덜미를 붙잡더니 뒤로 던졌다. 순간 투둑- 하는 소리가 들리더니 나무꾼의 상의가 저절로 찢어지고 있었다. 외공과 내공을 동시에 익힌 모양인지 흉측할 정도로 굵은 핏줄과 근육을 드러낸 상태. 낚시꾼이 손을 휘둘러서 낚싯줄을 내보내더니 홍의마부의 허리를 휘감아서 가볍게 당기자 홍의마부가 옆에 내려섰다. 낚시꾼이 홍의마부를 꾸짖었다.

"편 사매, 이게 무슨 추태냐. 지닌 실력도 제대로 발휘를 못 하다니."

"죄송합니다. 사형."

"뒤에서 운기조식해라."

"예."

나무꾼의 주먹질에 튕겨 나갔던 색마가 불쾌한 표정으로 말했다.

"…이게 무슨 짓이냐? 한창 즐기는 중인데."

낚시꾼이 말했다.

"기분 나빠하지 말게. 어차피 우리 셋이 전부 패배하면 이곳에 목숨을 내놓고 갈 터이니… 첫 대결은 패배를 인정하겠네. 초수 사제는 누가 상대하겠나?"

육합선생이 앞으로 걸어 나오자, 뒤에서 하오문주가 붙잡았다.

"잠시만, 잠깐만, 다들 대기."

* * *

나는 낚시꾼이 승부에 끼어들어서 잔머리를 굴렸기 때문에 나도 잔머리를 굴려서 대응했다. 육합선생과 눈을 마주쳤다가 덤덤한 어조로 말했다.

"육합, 나무꾼은 내가 상대하겠다."

표정 관리를 못 하는 육합선생은 마침 적들에게 등을 내보인 채로 나를 바라보고 있었다.

"왜?"

나는 육합선생과 색마를 바라보다가 말했다.

"그대가 우리 셋 중에서 가장 강하니까 저 낚시하는 늙은이를 상대해야지. 내가 중군으로 나서는 게 맞다. 대장전大將戰에 나서도록 해."

"아, 그런가?"

당연히 우리 셋 중에서는 내가 가장 강하다. 하지만 저놈들이 그걸 알 리가 없다. 어쨌든 가장 무섭게 생긴 데다가 나이가 많은 사람도 육합선생이었기 때문에 낚시꾼과 맞상대하는 것이 어울리는 상황이긴 했다. 사실 나무꾼의 실력이 도살자와 큰 차이가 없다면 육합선생이 무척 고전할 터였다. 손도끼에 몸이 찢어진 상태로 승리를 거머쥐는 것은 크게 의미 없는 상황. 아무리 전생 귀마 놈의 실력을 높게 평가해도 몸이 성한 상태로 초부樵夫(나무꾼) 놈을 이길 가능성은 크지 않다.

나는 강제로 육합선생을 뒤로 물러나게 한 다음에 중앙으로 나가면서 나무꾼의 관상을 살폈다. 그래도 홍의마부보다는 평정심이 있어 보이고 다부진 몸과 표정 때문에 자부심과 자존심이 무척 강한 유형이라는 것을 알아차렸다. 나무꾼의 심리 상태를 흔들기 위해서 삼공자의 호위에게 말했다.

"야, 호위 놈."

"말씀하세요."

"도축 칼 가져와."

"예."

나는 엄청난 덩치를 뽐내면서 서있는 나무꾼에게 양해를 구했다.

"병장기 가져올 테니까 근육 자랑 그만하고 기다려라."

나무꾼이 벌레 바라보는 눈빛으로 나를 주시하다가 말했다.

··· 광마회귀 4

"가져오도록."

나는 그 와중에 낚시꾼의 표정과 운기조식을 하는 홍의마부의 상태도 확인했다. 단체로 싸우든 일대일로 싸우든 간에 대국을 살펴서 항상 대승을 거두는 것이 내 목표였다. 우당탕탕- 소리가 들리더니 빠르게 다녀온 호위 놈이 내게 도축 칼을 내밀었다.

"여기 있습니다."

나는 도축 칼을 건네받으면서 말했다.

"도축 칼이 여러 개인데 일부러 돼지 잡는 칼을 가져왔구나. 역시…"

나무꾼이 인상을 쓰면서 말했다.

"그거 도살자 사형의 칼이냐?"

나는 나무꾼을 향해서 도축 칼을 흔들었다.

"글쎄다. 뒤진 다음에 물어보도록 해라."

내가 씨익 웃자 나무꾼이 손도끼를 치켜든 채로 달려들었다. 나는 순간 광마도법을 펼치려다가 나무꾼의 기세가 너무 흉흉해서 자연스럽게 경공을 펼칠 수밖에 없었다. 다행히 나무꾼의 경공 실력은 근육 덕분에 빠르지 않았다. 나는 천리객잔 앞에서 나를 쫓아오는 나무꾼을 뒤에 두고 크게 원을 그리면서 몸을 풀었다. 문득 하늘을 올려다보니 오늘은 달이 좀 예쁘게 떠있었다.

"와… 달빛이. 이야…"

나는 순간 기분이 좋아져서 웃음이 절로 나왔다.

196.
백의서생을
상상해 봤다

달빛도 좋고 밤공기도 시원한데. 뒤에서 손도끼를 든 근육남筋肉男이 쫓아오고 있다는 생각을 하자 금세 웃음기가 사라졌다.

'백의서생의 거처를 알아내기 위해 고문을 해야 하나. 아니면 깔끔하게 죽여야 하나?'

올바르지 않은 고민을 하게 되었다. 싸움에서 이런 고민은 사실 하는 게 아니다. 당연히 상대가 실력자라면 온 힘을 기울여서 죽이는 게 답이다. 나는 항상 작은 실마리를 가지고 여러 가지를 상상하는 버릇이 있다. 백의서생은 아마도 사마외도의 고수들을 잡아다가 고문이나 실험을 하고, 제자로 받아들여서 가르치는 것이 아닐까?

제자라는 것은 일종의 정신적인 선물일 것 같고. 실제는 학자와 살아있는 실험체라고 보는 것이 옳을 터였다. 내가 이런 추측을 하는 이유는. 낚시꾼, 도살자, 나무꾼, 마부가 사용하는 무공의 분위기와 특색에 공통점이 전혀 없기 때문이다. 나이, 보법, 호흡, 병장기,

...

분위기까지 너무 제각각이다. 순간 나는 아무런 근거도 없고, 이유도 없고, 명확하게 인식을 하지 않았는데도 불구하고 한 사람의 얼굴이 불현듯이 떠올라서 기분이 오싹했다.

'백의서생…?'

문득 이런 생각이 들었다. 나는 이미 이놈을 만났던 것이 아닐까? 물론 지금은 가능성이 크지 않은 추측일 뿐이었다.

* * *

사실 백의서생 악제는 전생에도 무림공적 서열이 나, 색마, 귀마보다 늘 높았다. 누구에게 당한 적도 없다. 내가 만장애에서 쫓기고 있을 때도 악제는 어디선가 활동하고 있었을 것이다. 일단 제자들의 실력이 모두 뛰어나다. 마부가 색마에게 너무 허망하게 패배한 이유는 본래 색마가 강한 데다가 변태여서 마부가 제 실력을 발휘하지 못한 탓이다. 물론 내 주둥아리도 한몫했을 것이고. 반면에 도살자, 나무꾼, 낚시꾼은 확실히 실력자다. 순간 나는 뒤통수로 도끼가 날아오는 것 같아서 몸을 돌리자마자 도축 칼로 막았다.

캉!

동시에 광마도법으로 공격을 펼쳤으나… 나무꾼은 도살자와 여러 차례 겨뤘던 모양인지 거의 흡사한 몸놀림으로 손도끼를 휘둘러서 내 공세를 완벽하게 막아냈다. 나는 도축 칼로 공격하면서 나무꾼에게 물었다.

"언제부터 백의서생에게 잡혔나?"

"…"

대답이 없었다. 나는 손도끼를 쳐내면서 나무꾼의 동작에서 빈틈을 몇 군데 발견했으나 반격하지 않았다. 너무 쉽게 발견한 빈틈은 애초에 빈틈이 아니기 때문이다. 도살자도 그랬지만 지금 싸우는 나무꾼도 마찬가지. 외공이 뛰어난 육체를 가지고 있었기에 섣부르게 공격 하나를 적중시켰다가, 그 여파로 붙잡혀서 내 전신이 갈기갈기 찢어질 것 같은 불안함이 있었다. 가끔 내 뛰어난 상상력이 내 발목을 붙잡는 느낌이다.

하지만 근거가 있었기 때문에 나는 신중했다. 이제 좀 나무꾼의 성향을 파악한 상태. 도살자가 수비를 포기한 채로 반 박자 빠른 속도로 몰아붙이는 유형이라면, 나무꾼은 자신의 육체에 칼이나 창이 박히는 순간, 상대를 붙잡아서 한 방에 찢어내는 유형이다. 이래저래 한 방 싸움이었으니 조심할 수밖에. 문득 근처에서 구경하던 색마의 목소리가 들렸다.

"촌뜨기, 조심해라. 호신공을 익힌 것 같다. 한 방 싸움이야."

색마가 조언하자, 낚시꾼의 말도 이어졌다.

"사제, 하오문주가 네 성향을 파악했을 것이다. 침착하도록."

"예."

색마, 낚시꾼, 그리고 내가 바라보는 상황 판단력이 일치하는 상황. 모든 이들의 예상대로 나무꾼은 손도끼를 휘두르다가 때때로 왼손을 뻗어서 나를 붙잡으려고 했는데, 그때마다 나는 등줄기가 짜릿했다.

'잡히면 죽겠지?'

이놈은 웬만한 사내의 머리통을 한 손으로 으깰 수 있을 정도로 덩치가 크다. 호시탐탐 나를 붙잡기 위해서 노력하고 있다는 의도가 은연중에 드러나고 있었다. 나는 도축 칼을 휘두르다가 히죽 웃었다. 금세 나무꾼의 반응이 이어졌다.

"웃지 마라."

"확인."

나는 일부러 구경하고 있는 낚시꾼의 시야에서 조금씩 멀어졌다. 어느 순간 낚시꾼이 강호의 도리를 내던진 채로 낚싯줄을 던질 것만 같았기 때문이다. 거리를 충분히 벌린 다음에… 한 방 싸움을 준비했다. 어쩐지 나무꾼의 맨손에 잔월지법을 먹였다가는 손가락이 통째로 붙잡혀서 으스러질 것 같은 느낌이 들어서 지법도 자제했다. 도살자와 싸울 때와는 다르게 내가 펼칠 수 있는 수법을 하나하나 지웠다.

지법, 장법, 일월광천, 발검식, 매화식, 염화향과 백화, 검기와 검풍까지. 전부 잊었다. 위력이 뛰어난 것은 시간이 필요하고. 금방 펼치는 것은 위력이 떨어졌기 때문에 각종 수법은 배제한 채로 귀마가 싸울 때처럼 철벽 방어만 유지했다. 오랜만에 길게 싸우자, 한편으로는 마음이 흡족했다.

"좋다."

나무꾼은 훌륭한 상대였다. 오히려 사형제 관계인 도살자의 도법에 익숙해서 내 광마도법을 너무 잘 막아내는 상황. 나는 미련 없이 도축 칼을 나무꾼의 얼굴에 던진 다음에.

쐐액!

허리춤에 있는 목검을 뽑자마자 잔월빙공이 주입된 발검식을 펼쳤다. 나무꾼은 얼굴로 날아오는 도축 칼은 손도끼로 쳐내고, 발검식으로 날아간 냉기는 좌장으로 으스러뜨리듯이 움켜쥐어서 소멸시켰다. 나는 전방에 빙공을 주입한 검막을 커다란 방패처럼 뿌린 다음에.

검막을 부수면서 등장할 것이 뻔한 나무꾼을 향해 목검을 빠르게 내밀었다. 순간, 굉음과 함께 부서진 검막 안에서 나무꾼이 등장하더니 맨손으로 목검의 날을 붙잡고, 이어서 오른손에 쥔 손도끼를 일도양단의 기세로 내려쳤다. 나는 거리를 파고들어서 떨어지는 나무꾼의 손목을 왼손으로 붙잡았다.

턱!

이때, 나무꾼이 무슨 절기를 펼치듯이 숨을 들이마시더니 양팔을 좌우로 뻗으면서 기파를 터트렸다. 나무꾼이 위치한 주변의 땅이 움푹 파이면서 돌무더기마저 기파에 휩쓸려서 퍼졌다.

퍼억!

나는 목검과 왼손에 각기 빙공을 주입하고 있었는데, 나무꾼이 호신절기를 펼쳤는지 일순간에 모든 것을 날려버렸다. 짧은 시간에 폭주하는 형태의 사도무공邪道武功을 쓰는 모양이다. 나는 여태 약한 척을 했기 때문에 기파에 밀려나면서도 휘청거리는 형태로 물러났다. 하지만 공중에서 허우적대듯이 날아가는 와중에도 검을 놓치진 않았다. 순간, 나무꾼이 방어를 포기한 채로 돌격하리라는 것을 예상하고.

귀마와 나눴던 여러 가지 논검論劍이 떠올랐다. 그중에서 한 가지

이야기를 가져와서 우리 상남자 선배가 선물한 얇은 목검에 밀어 넣었다. 살수의 검, 허 장로의 표정, 진지한 표정으로 검을 설명하던 귀마의 표정이 겹쳤다. 시간은 무척 촉박했으나. 찰나가 영원처럼 느껴지는 느낌이랄까.

기파로 날려 보냈던 맹수 한 마리가 맹렬하게 달려오고 있었는데 전신에 폭풍을 휘감고 있는 불쌍한 산짐승처럼 보였다. 태어날 때부터 엄청나게 강한 맹수로 태어나서 일찌감치 사냥꾼에게 잡혔던 짐승의 모습이었다. 맹수에게 시선을 뗀 채로. 죽음을 기다리는 사람처럼. 목검의 날에 월영무정공을 주입해서 바라봤다. 하얗게 물든 날이 무척 보기 좋았다. 웃음이 절로 나왔다.

이걸로 나무꾼을 죽일 수는 없었기 때문에 머리와 단전이 동시에 미친 것처럼 금구소요공도 끌어올렸다. 삽시간에 일월광천을 내부에서 조합한 것처럼 위험천만한 음과 양의 조합을 목검에 휘감았다. 다행히 하얗게 질려있던 검이 불그스름하게 변한 상태에서 나무꾼을 가볍게 향해 휘둘렀다.

커다란 손으로 목검의 날을 붙잡는 나무꾼의 웃는 표정이 인상적이었다. 이어서 손이 검의 궤적에 따라 잘리고, 나무꾼의 표정이 변하더니 멀쩡한 오른손을 내 얼굴로 내밀었다. 하지만 커다란 손바닥이 내 얼굴을 가렸을 때 목검에서도 자하검강紫霞劍罡이 분출된 상태. 나는 '푸악!' 하는 끔찍한 소리를 들으면서 뒤로 물러났다.

"…"

나무꾼의 손바닥 때문에 정확하게 본 게 없으나 이미 온몸을 나무꾼의 피로 뒤집어쓴 상태. 바닥에 대각선으로 잘린 나무꾼의 시체가 놓여있었는데, 검의 궤적이 있는 곳에만 핏물이 없었다. 그러니까 주먹 두께의 검에 잘린 것처럼 검의 궤적에 있었던 신체가 아예 사라진 상태였다. 피의 폭포에 몸을 담갔다가 빠져나온 몰골로 뒤를 돌아보니 낚시꾼, 가부좌를 틀고 있는 홍의마부, 색마, 귀마, 삼공자의 호위가 보였다. 나는 손바닥으로 눈에 묻은 피를 닦은 다음에 걸어가면서 말했다.

"내가 이겼네?"

기쁜 마음으로 웃자, 얼굴에 흐르고 있었던 피의 끈적함이 새삼스럽게 느껴졌다. 나는 천리객잔 앞으로 걸어가면서 말했다.

"나무꾼을 이기고 내가 돌아왔다. 세상에 이렇게 강한 나무꾼은 또 처음이네. 안 그러냐?"

아무도 내 말에 대답해 주는 이가 없었다. 색마와 귀마는 내 말을 무시할 수 있다고 쳐도 삼공자의 호위는 아니었다.

"호위, 안 그러냐?"

"그렇습니다."

나는 색마와 귀마를 바라봤다. 내가 중군으로 나서서 나무꾼을 죽인 이유는 내게도 강호의 도리가 얼마 없기 때문이다. 이제 삼마三魔가 힘을 합쳐서 낚시꾼을 도륙하면 내 전략이 완성된다. 나는 색마와 귀마를 향해 웃으면서 말했다.

"강호의 도리는 지나가는 개한테 주자고."

순간, 나는 고개를 돌려서 낚시꾼을 주시했다. 가부좌를 틀고 있는 홍의마부의 뒷덜미를 낚아채더니 경공을 펼치면서 도주했다. 어리둥절한 마음에 몇 걸음을 내디뎠을 때 이미 낚시꾼의 모습은 어둠에 묻힌 상태였다.

"..."

육합선생이 말했다.

"합공을 예상했겠지. 영악한 놈이다. 고지식한 나무꾼을 희생양으로 바치고 자네 무력을 확인한 다음에 물러갔을 것이다. 삼 대 일도 자신이 없었겠지만 말이야."

나는 고개를 끄덕이면서 육합선생에게 말했다.

"이러면 이긴 것이냐 진 것이냐."

육합선생이 간단하게 답했다.

"애초에 백의서생을 잡아야 이긴 것이라 할 수 있겠지."

문득 색마가 한숨을 내쉬더니 어둠을 응시하다가 말했다.

"…나는 이 길로 집에 가서 옷가지와 병장기도 챙겨오고. 사부님에게도 말씀드린 다음에 돌아오마."

나는 어둠으로 향하는 색마에게 물었다.

"왜?"

색마가 대답했다.

"나도 생각해 보니 객잔이 편한 것 같다."

"지랄…"

나는 어둠 속에 파묻힌 색마를 향해 말했다.

"올 때 야채만두."

"알았다."

나는 천리객잔 앞에서 상의를 모두 벗은 다음에 옷으로 얼굴과 손에 묻은 피를 닦았다. 육합선생이 내게 말했다.

"문주, 내가 싸웠으면 고전했을 것이네. 고생했네."

"별말씀을. 들어가자고."

나는 숨을 크게 내쉰 다음에 천리객잔의 푯말을 올려다봤다.

"아주 그냥 피 냄새가 진동하는 객잔이 됐네."

호위 놈이 대답했다.

"그러게 말입니다."

나는 상의에서 전낭을 꺼낸 다음에 남아있는 공용 은자를 꺼내서 호위에게 건넸다.

"가서 술 좀 사 와라."

호위는 차성태가 그랬던 것처럼 내게 같은 것을 물었다.

"안주는요?"

나는 고개를 끄덕이면서 대답했다.

"안주는 네가 좋아하는 거로 사 와라. 넉넉하게."

"알겠습니다."

나는 육합선생과 객잔에 들어가서 탁자에 앉은 다음에 잠시 쉬었다. 맞은편에 앉은 육합선생이 연신 한숨을 내쉬었다.

"백의서생이 대체 누구이기에 저런 제자들을 데리고 있는지 모르겠군."

나는 확실하게 알아내지 않은 것에 대해서는 말을 아꼈다. 잠시 무언가를 고민하던 육합선생이 말했다.

"백응지의 숙소를 정리하고 사형제들의 검을 챙겨서 이쪽으로 오겠네. 자네는 술이나 마시고 있게나."

"왜 자꾸 여기로 온다는 거야? 숙소에서 쉬어라."

육합선생이 일어나더니 덤덤한 표정으로 대답했다.

"그럴 수는 없지. 쉬고 있게나."

또다시 육합선생이 천리객잔을 빠져나가자, 나는 다시 객잔에서 혼자가 되었다. 도살자도 죽고, 나무꾼도 죽고, 삼공자의 수하들도 죽고, 도살자에게 잡힌 불쌍한 사람들도 죽은 곳에 홀로 남아있자 기분이 아주 짜릿했다. 피 냄새를 맡고 몰려온 원혼들이 허공에서 둥둥 떠다니는 훈훈한 분위기가 객잔 내부에 맴돌았다. 나는 원혼들을 눈으로 보려고 애를 써봤다. 하지만 보이는 게 없었다.

아무것도 보이지 않는 객잔 탁자의 빈자리에 한 사람의 형상을 떠올려 봤다. 옷차림, 표정, 말투, 자세, 무공, 생각, 전생의 행적까지… 순간 내 직관과 상상이 만들어 낸 사내가 탁자에 앉아있었다. 이놈이 바로 백의서생이었다. 대화 몇 마디로 전생 독마 모용백을 주화입마 직전까지 몰고 갔던 사내. 내게 월영무정공을 선물했던 사내가 나를 바라보면서 웃고 있었다. 나는 피 칠갑을 한 상태로 상상으로 만들어 낸 사내와 함께 웃었다.

197.
내 곁에
악인들이 있어서

내가 백의서생을 쾌당의 마군자로 의심하는 이유는 여러 가지다. 첫 번째는 월영무정공을 내게 선물했기 때문이다. 고작 한 번 만났다는 이유로 내게 빙공을 선물한 의도가 무엇일까. 사실은 의도가 불명확하다. 아마 마군자는 월영무정공을 모용백에게 가져다주기 전에 나를 조사했을 것이다.

조사하면 무엇이 나오나? 대부분 흑도의 수장들을 무자비하게 때려죽였다는 정보가 모였을 것이다. 흑선보주, 대나찰, 수선생, 이룡노군, 십이신장 일부, 패검회주 등등. 특히 수장 격인 사내들은 대체로 잔인하게 때려죽였다. 그러니까 나는 그의 관심사 인명록에 올라간 상황이다. 제자가 되기 전의 도살자나 나무꾼처럼 말이다.

두 번째, 월영무정공은 정상적인 무공이었나? 아니다. 월영무정공의 서책에는 극음의 진기를 얻기 위한 방법론으로 채음採陰 방식이 서술되어 있다. 사람을 죽여서 극음의 진기를 얻어내는 마공이자

빙공인 셈이다. 이 방법론을 여러 차례 읽었던 우리 모용 선생은 내 눈에 보일 정도로 초췌해질 만큼 마음을 다친 상태였다. 딱 봐도 주화입마에 빠지기 직전이었다. 나는 당시에 모용백이 내게 했던 말을 아직 기억하고 있다.

'이 무공을 만든 자가 어딘가에 살아있다면 찾아내서 죽이고 싶습니다.'

일말의 자비심도 보이지 않았던 무공 수련 방식이 적혀있었기 때문이다. 그러니까 이 마군자 놈은 서책 하나로 모용백의 마음을 시커멓게 만들고, 이어서 내게도 전달했다. 하지만 마군자가 나에 대해서 절대로 알 수 없는 사실이 하나 있다. 애초에 나는 천옥을 보유하고 있다.

즉 채음 방식으로 극음의 진기를 쌓을 필요가 없다는 뜻이다. 마군자가 월영무정공을 내게 전해준 이유는 그동안 내가 흑도를 잔인하게 죽여대면서 활동했던 것처럼 '또 한 명의 무림공적 탄생'을 바랐던 게 아닐까 싶다. 도살자가 그랬던 것처럼 말이다. 사실 내게 천옥이 없고. 내가 살육과 복수 혹은 무공에 완전히 정신이 나가있는 놈이라면 월영무정공을 얻고 나서 빙공을 수련하기 위해 지금보다 더 잔인한 학살을 이어나갔을 터였다.

물론 나의 성향상 칼날은 흑도로 향했을 테지만… 하루 걸러서 사람을 죽여대고 그 정기를 뽑아서 월영무정공의 기반으로 삼았다면 나는 전생보다 더욱 빠르게 광마가 되어가고 있었을 터였다. 마군자의 의도가 적중하는 셈이랄까. 그러니까 이 모든 추론은 애초에 마군자가 내게 월영무정공을 건넬 이유가 매우 불분명하다는 것에서 출발한다.

'단순히 자신과 경공을 겨루기 위해서?'

그렇게 단순한 놈이 아니다. 백의서생이 마군자일 것이라는 심증을 굳히자, 여러 가지 의문점도 떠올랐다. 대체 전생에는 어떤 방식으로 마도에서 백도로 옮겼을까. 그리고 어떻게 무림맹이 찾고 있는 악제惡帝라는 신분을 끝내 들키지 않았을까. 또한, 어떤 의도로 백도에 들어갔을까. 궁금해 미칠 지경이다. 이때, 삼공자의 호위 놈이 술과 안주를 사서 입구에서 등장했다. 나는 여태 몸에 묻은 피도 제대로 닦지 않은 채로 상념에 빠져있다가 호위 놈을 노려봤다.

"…왔나?"

"예, 문주님. 이쪽에 술과 안주를 놓겠습니다."

"그래."

나는 상념에 푹 빠진 채로 삼공자의 호위를 계속 노려봤다.

'마도에서 백도로 옮기는 방법?'

순간, 나는 전신에 소름이 돋는 것 같은 기분을 느끼면서 낮게 깔린 웃음이 저절로 흘러나왔다. 내가 갑자기 웃자, 삼공자의 호위가 놀란 눈으로 나를 바라봤다.

"왜 갑자기 웃으십니까?"

"갑자기 사는 게 웃겨서 웃는다."

"아, 예."

"너는 어때."

"저는 웃을 일이 별로 없어서 모르겠습니다."

"확인."

…

나는 전생의 일을 알기에 도살자가 추후에 무림공적이 된다는 것을 알고 있다. 하지만 그 도살자에게 이런 사형제들이 있는 줄은 몰랐다. 이들이 전부 살아있었다고 가정하면 무림맹이 나서도 잡는 것이 쉽지 않았을 것이다. 도살자, 나무꾼, 낚시꾼이 힘을 합치면 적어도 무림맹 서열로 십대고수에 속하는 자가 직접 수하들을 이끌고 나서야 하지 않았을까.

그런데 이런 무림공적들의 목을 백의서생이 직접 들고 와서 무림맹에 투신하겠다고 찾아가면 어떻게 될까. 그러니까 내 말은… 여러 명의 무림공적을 죽인 공로라면 충분히 입맹할 수 있다는 것이다. 세상 사람들은 무림공적을 때려죽인 영웅의 출현으로 볼 것이고. 사정을 아는 극소수는 제자의 목을 잘라서 무림맹으로 들어간 희대의 악인으로 생각할 것이다.

물론 그 지경에 이르면 그것을 아는 극소수도 백의서생에게 다 죽은 상태겠지만 말이다. 어쨌든 지금은 백의서생이 마군자일 것이라 의심만 하는 상황이고. 그렇기에 백의서생이 나중에 악제가 된다는 것도 밝힐 수 없는 상황이다. 마교주와는 또 다른 형태의 거대한 악을 목격한 기분이 들고 있다. 신기하게도 내 예상이 맞는다면 백의서생은 나중에 얻게 되는 자신의 별호에 부족함이 없는 사내가 될 것이다. 그것이 악제惡帝다. 마음과 생각이 실로 복잡했지만 다행히 눈앞에는 술이 있었다. 술과 안주를 예쁘장하게 깔아놓은 호위가 내게 말했다.

"문주님, 드시지요."

나는 일상적인 어조로 호위에게 물었다.

"독은?"

"없습니다."

"왜 없어?"

"제가 그렇게 용감하고 무모한 놈은 아닙니다."

나는 고개를 끄덕인 다음에 호위에게 말했다.

"네 입으로 확인해라."

"알겠습니다."

호위가 젓가락을 뽑아낸 다음에 술과 음식을 살피기 시작했다. 문득 이런 생각이 들었다. 주변에 악인이 너무 많아지면 둘러싼 모든 이들이 악인이 아닐까 의심하게 되는 것이라고. 지금 내가 그렇다. 의심과 냉정한 마음가짐 사이에서 중도中道를 지키는 것은 쉬운 일이 아니다. 어찌 보면 내가 이런 마음을 품은 것도 백의서생의 영향이 미쳤기 때문일 것이다.

'이 새끼가 강호 생활을 재미있게 만드네.'

나는 혼자 낄낄대다가 씻기 위해서 일어났다. 피 냄새는 이제 어느 정도 참을 수 있겠는데 온몸 구석구석에서 끈적대는 느낌은 도저히 참을 수가 없었다.

"나 씻고 온다."

"예."

* * *

객잔 뒤에 있는 우물에서 경건한 마음으로 피를 씻었다. 피를 씻

…

어야 몸을 씻을 수 있고. 몸을 씻어야만 때를 벗길 수 있다. 이렇게 내 몸과 마음에는 피의 흔적이 많다. 적수를 죽일 때는 아수라발발타, 지금처럼 피를 씻을 때는 강 같은 평화. 마교에게 쫓기게 되거나 백의서생에게 잡혀서 고문을 당하는 일이 생기더라도 미치지 않기를 기도하면서 나는 내 몸 구석구석을 깨끗하게 씻었다.

구질구질한 냄새가 나는 포로가 되느니. 깨끗하고, 맑고, 자신감 있는 포로가 되는 상상을 하면서. 박박 씻었다. 불현듯 이런 생각이 떠올랐다. 일이 걷잡을 수 없이 커졌을 때. 광마라 불리는 사내가 무림맹을 찾아가서 실은 백의서생이라는 놈의 정체가 악제라고 밝히면 누가 그 말을 믿어줄까. 아무도 믿지 않을 것이다.

하지만 협객이라고 불리는 사내가 무림맹을 찾아가서 똑같은 것을 말하면 말의 무게가 다를 것이다. 그렇다면 협객이라고 불리는 자들이 강한 이유는. 그들이 내뱉는 말에 진실이 담겨있기 때문이 아닐까. 광마 같은 사내의 무공보다, 협객이 가진 진실이 더 강하다면. 진실이 무공보다 강하다는 뜻이 된다.

그렇게, 세상 사람들이 믿기 싫어하는 어떤 진실을 명확하게 밝혀내려면 나부터 똑바로 살아야겠다는 결론에 다다르자 피를 씻는 와중에도 소름이 끼쳤다. 전생에는 그냥 미쳤었는데. 이번에는 협객이 되려다가 미치는 게 아닐까 싶다. 그러지 말자고 속으로 다짐하고 경계하면서 피를 씻어냈다. 나는 협객이 아니다.

따지고 보면 협객이란 자들은 대부분의 세상 사람들이 어려워하고, 때로는 귀찮아하고, 외면하는 일을 해낸 자들이다. 그것은 바로 자신이 아닌 타인을 위해서 하는 일들이다. 생각해 보면 이 사람들처럼 미친 자들이 없다. 나는 태어나서 처음으로 과거에 협객이라 불린 자들을 내심 존경하게 되었다. 그들이 강해서 존경하는 게 아니라, 그저 협객이었다는 사실이 존경스럽다.

* * *

나는 색마가 가져온 옷으로 갈아입은 다음에 술자리에 합류했다. 잠시 육합선생이 은침을 꺼내더니 음식과 술에 독이 없는지를 확인했다. 이처럼 우리 셋은 삼공자의 호위를 전혀 믿지 않고 있다. 당장 죽지 않는 것과 계속 경계하는 것은 전혀 다른 일이다. 사람은 시간을 두고 지켜봐야 믿을 수 있다. 어쨌든 우리는 각자 싸움을 복기하면서 아무 말 없이 술을 마시고 안주를 집어 먹었다.

색마와 귀마가 짐을 가지고 천리객잔에 합류한 것은 여기서 죽은 놈들의 사부가 나 혼자 상대할 수 없는 놈이라고 예상했기 때문이다. 도살자와 나무꾼만 봐도 알 수 있는 일이다. 그러니까 어쨌든 색마와 귀마는 내가 누군가에게 당해서 죽는 것을 바라지 않고 있다. 나도 두 사람의 마음을 알기 때문에 딱히 할 말이 없었다. 잠시 후 나무꾼의 시체를 치우고 돌아온 청소 담당 호위 놈에게 말했다.

"너도 그만 치우고 여기 와서 먹어라."

"알겠습니다. 일단 좀 씻고 오겠습니다."

잠시 후 우리는 하나의 탁자에 둘러앉아서 말없이 술을 마셨다. 한참이나 정적이 이어지다가 색마가 궁금하다는 것처럼 물었다.

"아까 그 낚시꾼 놈 쫓아가면 잡을 수 있었을까."

...

육합선생이 고개를 갸웃했다.

"힘들었을 것 같다. 문주의 경공 실력이면 따라잡을 수 있었을 것인데 단시간에 승부를 내긴 힘들었을 것이야. 나무꾼의 사형이었으니. 자네는 어떻게 생각하나?"

나도 고개를 끄덕이면서 동의했다.

"맞아. 경공 실력이 비슷해도 먼저 출발했기 때문에…"

"사부가 있다는 거 같은데 그 점은 어떻게 생각하나."

나는 적당한 정보만 알려줬다.

"도살자가 죽기 전에 사부에게 고문을 받았다고 실토하더군. 제자들이 저렇게 미쳤으니 사부도 제정신은 아니다."

사실 백의서생이란 놈은 제자 몇 명이 죽었다고 당장 이곳으로 달려와서 복수할 놈이 아니다. 내 예상으로는 책을 읽느라 두문불출할 수도 있고, 다도에 빠져서 은거 중일 수도 있었으며 다른 제자를 물색하느라 돌아다닐 수도 있었다. 아니면 전생에 내가 알던 것처럼 쾌당의 고수들과 몰려다니면서 경공 대결을 벌이고 있거나… 그러니까 제 놈의 관심사에 벗어나면 아예 신경을 끊는 유형이다. 그보다는 마교의 사정이 궁금해서 호위에게 물었다.

"넌."

"예."

"이름이 뭐냐."

내 질문에 색마와 귀마도 호위를 노려봤다. 호위는 자신의 목숨이 내가 아니라 이 두 악인에게 끝날 수 있다는 점을 알고 있을까. 공손한 어조로 자신을 소개했다.

"저는 성이 없고 석 삼三에 복蝠 자를 붙여서 삼복입니다. 세 번째 심복이라는 뜻입니다."

"세 번째 심복이 왜 삼공자를 수행하지 않고 여기에 있나."

"도살자에게 한마디 했다가 삼공자에게 맞아서 기절했지 않습니까."

"그런데."

"죽은 줄 알았습니다. 깨어나 보니 그냥 황당해서 그렇습니다."

내가 고개를 끄덕이자, 색마가 빈정거렸다.

"굉장한 심복이네."

귀마도 고개를 끄덕였다.

"때리면 안 되는 심복이었군."

나는 삼복에게 술을 따라주면서 마교의 이야기를 요청했다.

"그래서 부교주는 누가 될 것 같은지 삼복의 의견이나 술안주로 들어보자."

삼복이 술을 받으면서 대답했다.

"예. 일단 교주님의 아들은 총 세 명으로 알려져 있습니다."

"그런데."

"몇 명인지는 모릅니다. 교주님의 사생활이니까요. 더 있다고 들었는데 후계 구도에는 세 명이 거론됩니다. 대공자와 이 공자의 가문은 부교주 자리는 물론이고 공석인 좌사 자리를 놓고 다투는 중입니다."

"삼공자는."

삼복이 웃으면서 말했다.

...

"대공자와 이공자를 잡아 죽이려고 했었죠."

"어떻게."

삼복이 덤덤한 어조로 말했다.

"그것까진 듣지 못했습니다."

"왜 그렇게 형제들끼리 잡아먹지 못해서 안달이냐."

삼복이 놀란 표정으로 대답했다.

"…당연하지 않겠습니까. 이미 대공자의 손에 이복동생들 여럿이 죽었습니다. 후계자 다툼이 아니라 형제들의 복수전이기도 합니다. 물론 대공자가 직접 죽였다는 증거는 없지요. 하지만 다들 그렇게 믿고 있습니다. 교주님이 아무런 간섭을 하지 않으시기에 한 명이 남을 때까지 계속될 겁니다."

나는 짤막하게 한숨을 내쉬었다가 술병을 들고 색마, 귀마, 삼복에게 술을 따라줬다. 또르륵- 소리가 평화롭게 들리는 와중에 술기운이 잔뜩 몰려오고 있었다.

"받아라. 마셔라. 취하자."

나는 이놈들과 술을 목구멍에 부은 다음에 입을 닦았다. 새삼스럽게 색마와 귀마 같은 악인들이 내 편으로 있어서 다행이라는 생각이 들었다. 이것은 악인들이 아니라면 버티지 못할 이야기라서 그렇다. 이때, 끼이익- 소리가 들리더니 천리객잔의 입구에서 밀봉된 술을 옆구리에 낀 사내가 등장해서 우리를 둘러봤다. 다행히 천군만마와 같은 기분이 들게 하는 검마였다. 색마가 사부에게 여기서 벌어진 일을 보고했기 때문에 찾아온 모양이었다. 나는 놀란 표정으로 검마를 바라봤다.

"선배, 오셨소."

"사부님, 오셨습니까."

검마가 덤덤한 표정으로 다가오더니 나를 향해 이렇게 말했다.

"문주, 객잔을 새로 개업했다기에 찾아와 봤네."

나는 이 손님을 일어나서 맞이할 수밖에 없었다.

198.
도원결의가
안 통했군

다 함께 일어나서 술을 들고 온 검마를 맞이했다. 검마는 탁자에 술을 내려놓더니 삼공자의 호위인 삼복을 바라봤다.

"넌 누구냐."

삼복은 한 걸음을 뒤로 물러나더니 한쪽 무릎을 꿇으면서 말했다.

"삼대공의 호위 삼복이 좌사를 뵙습니다."

검마는 대답을 하지 않은 채로 삼복이 앉았던 자리를 차지한 다음에 색마에게 말했다.

"술 따라라."

"예, 사부님."

색마가 밀봉된 술의 입구를 연 다음에 술을 따르기 시작하자, 검마가 내게 물었다.

"호위를 왜 살려뒀나?"

나는 무릎을 꿇은 채로 대기하고 있는 삼복을 바라봤다.

"청소를 좀 시켰소."

검마가 대답했다.

"대공들은 성격과 실력이 제각각이지만 호위까지 잘못 뽑는 놈들은 아닐세. 호위는 배반하지 않아. 배반하고 싶어도 못하게 만들어 놨겠지."

나도 동의한다.

"배반이 무슨 의미가 있겠소? 환귀자가 죽어서 삼공자의 목숨이 바람 앞의 등불이 되었는데. 이놈이 그것을 깨닫지 못하고 충성을 다한다면 삼공자가 죽을 때 함께 죽으면 그만이오. 충성을 바칠 대상이 사라지면 무엇에 충성을 다할지 모를 일이오. 무덤지기라도 하려나."

검마가 고개를 끄덕였다.

"그렇군. 그래서 일단은 청소를 시켰군."

검마가 삼복을 바라보면서 물었다.

"하오문주가 네 생각과 성향을 파악했는데도 청소를 시킨 모양이다. 너는 호위들이 받는 교육을 이겨냈을 테니 온갖 고문을 당해도 네 입에서 진실을 듣는 것은 어렵겠지. 그러나 잔머리를 굴리는 교도는 내가 불편하니 삼공자에게 합류하도록 해라."

삼복이 무릎을 꿇은 자세에서 검마에게 포권을 취했다.

"…살려주셔서 감사합니다. 좌사 어르신."

나는 천천히 고개를 들고 있는 삼복을 바라봤다. 이미 안색이 창백해진 상태였다. 삼복이 내게 포권을 취했다.

"문주님, 물러가겠습니다."

나는 고개를 끄덕였다가 전낭에서 은자를 하나 꺼냈다.

"삼복아."

"예, 문주님."

나는 어쨌든 이놈을 사람으로 대했다.

"청소와 심부름을 하느라 고생했다. 검마 선배의 말대로다. 내가
너를 죽이지 않고 있으니 몽 공자와 육합선생도 너를 지켜보고만 있
었다. 네가 앞으로 교리를 따라서 살면 삼공자와 함께 죽음을 맞이
할 거야. 세상의 유일한 진리라고 여겼던 교리를 버려야지만 새로운
삶이 기다릴 것이다. 선택은 네 몫이야. 어떻게 살든 간에 무운을 빌
겠다. 받아라. 삼공자의 세 번째 심복."

통용 은자 한 개가 그리 큰돈은 아니었으나. 나는 이 평범한 은자
하나를 삼복에게 건넸다. 삼복이 다가와서 두 손을 내밀더니 떨어지
는 은자를 붙잡았다. 나는 마지막으로 삼복의 눈을 들여다본 다음에
작별의 말을 건넸다.

"검마 선배와 내 말을 잊지 말도록."

"예, 그럼."

삼복은 그대로 천리객잔의 입구로 걸어가더니 돌아서서 허리를
깊숙이 숙였다가 말없이 객잔을 나섰다. 호위를 쫓아낸 검마가 그제
야 술잔을 들었다.

"문주 덕분에 죽는 자가 늘고, 죽었어야 하는 놈들이 살아나는 경
우도 종종 있구나. 마시자."

우리는 검마가 가져온 술을 들이켰는데 앞서 마시던 술보다 훨씬
지독했다. 검마가 말했다.

"문주는 누구보다 더 잔인하고, 누구보다 더 자비롭구나. 이렇게 사는 것이 정답이라고 생각하나?"

나는 술에 살짝 취한 채로 대답했다.

"정답이 어디 있겠소. 하루에 열두 번은 더 후회하고. 서너 번은 부끄럽고. 두세 번은 실소가 터지고 있소. 그러나 하루에 한 번 정도는 내가 살려준 놈들이 지금은 어디서 무엇을 하고 있을까 생각하고 있소. 내가 살려준 놈들은 일양현에도 있고 남화, 남천, 남명, 흑선보 곳곳에 흩어져 있소. 내가 마음에 들지 않는 놈들을 그때그때 족족 죽여대면 언젠가는 내 별호 앞에 네 번째 재해災害라는 말이 붙을 거요. 그럴 수는 없지."

검마가 보기 드물게 미소를 지었다.

"그것참 문주의 포부가 참으로 크군. 네 번째 재해라니."

색마가 대답했다.

"그러게 말입니다."

다시 색마가 잔을 채워서 우리는 술을 또 마셨다. 다들 약한 척을 할 수 있는 사내들이 아니라서 눈을 부릅떠서 숨을 크게 내뱉었다. 나는 색마, 귀마, 검마에게 제안했다.

"술에 취했거나 취하지 않았거나 상관없소. 술에 취한 이야기를 해봅시다. 우리 네 사람은 그동안에 재미없는 삶을 살았소. 누구는 스스로 면벽수행을 하는 수도승처럼 재미없는 삶을 살았고."

나는 검마를 가리켰다.

"어떤 사내는 살아서 숨 쉬는 동안에 대부분 복수만을 생각하면서 살았소."

이번에는 귀마를 가리켰다.

"어떤 똥싸개는 여자에 미쳐있음에도 정작 마음 깊이 사랑하는 여인은 만나지 못했고."

나는 손가락으로 색마를 가리켰다. 그리고 나는 마지막으로 나를 비난했다.

"나는 인생의 절반쯤은 미친 채로 보냈소. 그래서인지 나는 여러분들이 생각하는 대로 성격이 매우 좋지 않소. 하지만 수많은 강호인 중에서도 복수에 미쳤던 사내, 수도승처럼 사는 사내, 여자에 미친놈만이 나와 대화가 통하는 것은 왜일까?"

육합선생이 고개를 젖히면서 웃음을 터트렸다.

"핫핫…"

색마도 어깨를 몇 번 움직이면서 웃고, 검마도 미소를 지었다. 나는 세 사람에게 경고했다.

"이번에는 정말 술에 취한 소리를 해야 넘어가겠소. 누구부터 하시겠나? 육갑?"

육합선생이 고개를 끄덕였다.

"육합일세. 나는 사실 자네를 죽이려고 했었네."

"그랬지."

"흑묘방에 잡혀있을 때, 자네에게 처맞아서 누워있을 때, 모용 선생이 준 산공독을 먹었을 때도 복수를 꿈꿨네. 그러다가 어딘가에서 싸우고 돌아온 자네가 무척 성질을 부리더니 나보고 어서 꺼지라고 했었지."

나는 고개를 끄덕였다.

"맞다."

"사실 자네는 나를 죽일 수 있었음에도 자네 방식대로 나를 용서한 것이었네. 나는 그렇게 받아들였지. 흑묘방을 떠나려는데 호연선생이 나를 붙잡더군."

"호연청이 뭐라고 하던가?"

육합선생이 떨떠름한 표정으로 말했다.

"그냥 건강하게 잘 지내시라고 하더군. 순간 마음에 담겨있던 응어리 같은 것이 어디론가 사라졌네. 그것은 자네를 향한 복수심이 아니라 그냥 예전부터 쌓여있었던 응어리였던 모양이야. 어쩌면 복수심이 만들어 낸 작은 괴물 같은 것이 자취를 감춘 것일 수도 있고. 그다음은 자네도 알다시피 함께 사마외도를 치러 가자는 말을 하게 되었지. 이 정도면 취객醉客에 합격한 셈인가."

나는 고개를 끄덕였다.

"좋았다."

색마가 말했다.

"사부님, 저는 살면서 이런 촌뜨기는 처음 봤습니다. 잘하는 게 싸움밖에 없습니다."

검마가 대답했다.

"그래서 무슨 말이 하고 싶은 거냐."

색마가 헛웃음을 지으면서 말했다.

"그냥 못난 놈이라고요. 저처럼 말입니다."

검마가 동의했다.

"옳다. 나도 문주처럼 제대로 못난 사내를 본 적이 없다."

나는 사부와 제자를 바라보면서 물었다.

"취했소?"

검마가 고개를 끄덕이면서 말했다.

"우리는 사실 편협한 사내들이네. 속이 넓지 않지. 싸우면 반드시 이겨야 하고. 반드시 이기기 위해서 수련을 하는 사람이지. 나는 자네에게 어떤 것에도 얽매이지 않는 자유로움을 느꼈네. 어떤 사람에겐 도를 닦는 심정으로 추구해야 하는 마음가짐일 것인데 자네는 본성 자체가 그런 편이더군. 자네가 가끔 찾아올 때마다 잠시나마 내 삶을 지배하고 있었던 무료함이 사라졌네. 자네는 어떤가?"

세 명의 악인들이 나를 바라봤다. 나는 세 사람에게 말했다.

"나는 지금 더할 나위 없이 좋소."

"무엇이?"

"검에 미친 사내, 복수에 미쳤던 사내, 그리고 여자에 미쳤던 똥싸개 놈이 쉽게 만날 수 없는 강자라는 것이. 우리는 사실 미쳤거나, 미치기 직전의 사내들이오. 보기만 해도 알 수 있소. 임소백 맹주도 마찬가지. 여자, 수하, 교, 복수, 무공… 관심사가 제각각이더라도 우리는 힘들게 익히고 있는 무공으로 무공을 익히지 않은 자들을 괴롭히는 사내들은 아니외다. 나는 그 선을 지키는 게 좋소. 술에 취해서 하는 말이지만 세 사람도 그랬으면 좋겠소."

이번에는 내가 세 사람에게 술을 따랐다. 나는 그 어느 때보다 독하면서도 부드럽게 넘어가는 술을 마신 다음에 내 속내를 밝혔다.

"내 꿈은 여기서 더 미치지 않는 것이오. 강호에서 살아남는 동안에 가장 미친 짓은 미치지 않는 것임을 깨달았소. 도살자와 나무꾼을 내 손으로 죽였는데, 이들의 사부는 백의서생이라는 놈이오. 검마 선배는 들어봤소?"

"금시초문이군."

나는 세 사람에게 내 추측을 전달했다.

"예상이지만 그 백의서생이라는 놈은 예전에 내게 빙공을 선물했었소."

세 사람이 놀란 표정으로 나를 바라봤다.

"…그러니까 알게 모르게 나도 그놈의 실험체 후보인 셈이지. 빙공을 건네준 다음에 어디선가 내 소식을 기다리고 있었을 거요. 물론 나 같은 놈들이 한둘이 아니겠지. 강호가 이렇게 미쳐 돌아가고 있지만 나는 아직 선을 넘지 않았소. 딱 이 정도만 미치는 게 적당하리라 보는데 어떻소?"

검마가 고개를 끄덕였다.

"더 미치면 주화입마에 빠질 것이네."

색마가 고개를 저었다.

"그래. 지금도 충분히 미친놈이야. 그만 미치라고."

귀마가 물었다.

"빙공을 전달한 사내였다니… 확실한가?"

나는 고개를 끄덕였다.

"추측이긴 하나 그렇소. 혈야궁에서 교주를 만났을 때도 마찬가지. 내게 발악하고 있으라더군. 그리고 보면 다들 내가 미치기만을 기다리고 있는 사람들 같단 말이야. 술에 취해서 하는 말인데…"

나는 술을 한 잔 더 마셨다.

"내 적과 맞수들이… 내가 더 미치기를 기다리고 있는 모양이니 나는 정상인처럼 살겠소. 무공을 익히지 않은 자들은 보호하고, 상인을 괴롭히는 흑도는 때려죽이고, 무림맹주가 도와달라고 하면 예전처럼 무림맹으로 향할 거요."

듣고 있던 색마가 웃으면서 말했다.

"협객이냐? 대단한 협객 납셨네."

나는 술에 취한 김에 막말을 내뱉었다.

"나는 협객이 아니다. 그리고 너희 셋도 죽었다 깨어나도 협객이 될 수 없다는 사실을 잘 알고 있어."

색마가 미간을 좁히면서 말했다.

"사부님에게 그 무슨 망발이냐?"

검마가 손을 들더니 제자의 주둥아리를 다물게 했다. 나는 세 사람을 노려보다가 실실 웃었다.

"…단언컨대, 이 미친 세상에서 가장 미친놈들이 바로 협객이다. 개인의 영달을 바라는 너희 셋과는 격이 다르고, 마음가짐이 다르고, 삶의 자세가 달라. 술에 취해서 하는 말이다. 앞으로 세 사람은 내 적이 되지 않기를 바란다. 교주가 무섭다고 어느 날 교주의 발등을 핥는 일도 없도록 해라. 내가 때려죽일 테니까."

나는 말을 하다 말고 성질이 뻗쳐서 손으로 탁자를 두드렸다. 안주가 담긴 그릇과 술잔이 이리저리 튀어 올랐다.

"내 손으로 너희 셋을 죽이게 하지 말란 말이야. 알았어?"

색마가 갑자기 엄청나게 큰 소리로 웃으면서 말했다.

"네가 사부님보다 실력이 부족한데 어떻게 사부님을 해친다는 말이냐? 사부님, 자하가 정말 취한 모양입니다."

검마가 고개를 끄덕였다.

"취했구나."

귀마가 내 어깨를 붙잡았다.

"문주, 그만 마셔라. 많이 취했다."

나는 술에 취한 김에 술을 더 따라서 검마, 색마, 귀마의 잔에 채웠다.

"술 받아라. 악인들아. <u>흐흐흐흐</u>, 오늘 참 기분이 좋구나. 마시자고."

검마가 가져온 독한 술이 한 잔 더 들어가자 입에서 불이 나오는 것만 같았다. 나는 술에 취한 채로 손을 탁자 위에 내밀었다.

"···다들 손 내밀어. 빨리."

"···"

색마가 곤란한 표정으로 검마의 안색을 살피자, 검마가 먼저 손을 내밀어서 내 손에 겹쳤다.

"내밀었네."

우습게도 검마가 손을 내밀자, 귀마와 색마도 어쩔 수 없이 손 위에 손을 포갰다. 나는 내 위에 올라간 세 사람의 손을 흔들면서 말했다.

"맏형의 별호는 검마劍魔라 한다. 검에 뛰어난 사내다. 둘째 형의 별호는 육합선생이지만 그의 못생긴 얼굴과 어울리지 않으니 내가 귀마鬼魔라는 별호를 지어주겠다. 둘째 형의 별호는 지금부터 귀마다. 셋째는 하오문주 이자하, 그것이 나다. 나보다 나이가 많은 두

　　　⋯　　　광마회귀 4

형들의 별호를 본받아서 나는 광마狂魔다. 넷째는 몽랑. 평소에 여인을 미친 듯이 밝히고 있으니 네가 색마色魔가 아니라면 누가 색마라 불리겠느냐? 너는 넷째, 색마다."

"…"

"우리는 한날한시에 태어나지 않았으나…"

색마가 소리를 버럭 내질렀다.

"닥쳐 이 새끼야! 좀 적당히 해라! 도원결의냐?"

나는 말을 하다 말고 웃음이 터져서 배를 붙잡은 채로 웃기 시작했다. 한참을 혼자 웃다가 세 사람에게 말했다.

"도원결의가 안 통했군. 어쩔 수 없지. 복숭아나무가 없어서 그런 거니까 넘어가자고."

검마가 내게 말했다.

"셋째야, 말을 꺼냈으면 마무리를 해라."

"…"

순간, 우리는 검마를 물끄러미 바라봤다. 이 새끼는 항상 진지한 사내라서 그냥 넘어가는 법이 없었다. 나는 짤막하게 한숨을 내쉬었다가 내뱉은 말을 끝까지 수습했다.

"이제 세 사람의 적은 내 적이다. 악인들을 때려죽이는 악인들. 악인회惡人會 결성! 강호의 안녕과 평화를 위하여. 좋았어."

색마가 손을 빼내면서 한숨을 내쉬었다.

"미친놈 적당히 해야지."

귀마가 중얼거렸다.

"술도 못 마시는 놈이."

검마가 지저분한 탁자를 턱짓으로 가리키면서 말했다.

"이것 좀 치워라. 먼저 가마."

사내들의 술자리라서 그런지 분위기가 참 어색했다. 하지만 나는 술에 취했기 때문에 내 알 바 아니다. 졸음이 쏟아지고 있었기 때문에 의자를 하나 끌어다가 발을 올려놓은 다음에 눈을 감았다. 섬광비수를 꺼내서 꽂아야 하는 순간인데⋯ 술에 취하니까 만사가 귀찮았다.

섬광비수, 오늘은 생략.

199.
은전 한 닢에
교리를 버렸다

잠이 깨고 나서야 술에 취했던 것이 기억났다. 보통 내공이 깊으면 술에 잘 취하지 않는다. 어제는 취하려고 마신 셈이다. 문득 주변을 둘러보니 객잔의 아침이었다.

"또 자하객잔은 아니겠지."

술 마신 다음 날에 객잔에서 일어나면 종종 눈이 부어있었던 자하객잔의 골방이 아닐까 의심하고 있다. 그러지 않아서 다행이다. 나는 지금처럼 열심히 살 수 없었기 때문에 다양한 감정을 반복하는 것도 싫고 손에 피를 묻히는 것도 지겨웠다. 특히 죽인 놈을 또 죽이는 것은 그만하고 싶었다. 그럴 때마다 마치 신神에게 농락당하고 있는 느낌이 들기 때문이다.

탁자에 섬광비수가 꽂혀있지 않은 것을 보고 기분이 좀 이상했다. 만약 살수들이 나를 노리고 있었다면 술에 취해 잠이 들었던 어젯밤보다 더 좋은 기회는 없었을 것이다. 하지만 어젯밤은 이미 지나갔다. 나는 평소보다 맑은 정신으로 객잔 내부를 둘러보다가 이 층으로 올라갔다. 겹쳐놓은 탁자 위에 색마 놈이 시체처럼 반듯한 자세로 잠을 자고 있었다. 내가 근처에 있다는 것을 알았는지 색마가 입을 열었다.

"…깨우지 마라. 더 자야 한다."

이 새끼는 나를 몽가의 하인으로 아는 것일까. 잠꼬대인지 아닌지 확인하기 위해서 이렇게 대답해 봤다.

"예, 공자님. 편히 주무십시오."

색마가 대답했다.

"오냐, 셋째야."

잠꼬대가 아니었다.

"…화, 확인."

검마는 자신의 처소로 돌아간 모양이고 귀마의 모습이 보이지 않아서 바깥으로 나가보았다. 전날의 취객들이 무엇을 하고 있는지 확인은 해봐야 하지 않겠는가. 그나저나 분명히 먹다 남은 술과 안주들이 탁자 위에 난장판을 벌이고 있어야 하는데 왜 이렇게 깔끔한 것일까? 탁자를 깨끗하게 치우는 것도 알지 못한 채로 깊은 잠에 빠졌던 것이라서 기분이 시종일관 어리둥절했다. 술에 누가 수면제를 탄 것일까.

객잔 앞에 나가보니… 멀쩡한 상태여도 못생긴 귀마 놈이 과음 때문에 더 못생겨진 얼굴로 검을 휘두르고 있었다. 나는 객잔 바깥에 놓인 의자에 앉아서 아침부터 수련하는 귀마를 구경했다. 귀마가 검을 휘두르면서 내게 물었다.

…   광마회귀 4

"일어났나. 시체처럼 아주 잘 자더군."

하여간 이 새끼들의 머릿속은 왜 이렇게 어두운 것일까. 그냥 잘
잤냐고 물어보면 될 것을 군이 시체가 왜 등장하냐는 말이다. 생각
해 보니 조금 전에 나도 색마를 보자마자 그랬던 터라 할 말이 없었
다. 나는 귀마가 오늘따라 너무 못생겨 보여서 이렇게 물었다.

"육갑, 밤새웠나?"

육갑 놈이 검을 휘두르면서 대답했다.

"갑자기 셋째와 넷째 놈들이 퍼질러 자기에 어쩔 수 없이 밤을 꼬
박 지새웠지."

"그럼 밤새 검을 휘둘렀나?"

"오랜만에 밤새 휘둘렀네."

"검마 선배는?"

"새벽까지 교의 오대 명검名劍 이야기를 들려주다가 주무시겠다고
가셨네."

"마교 오대 명검?"

그제야 귀마가 검을 우하단으로 내리더니 숨을 크게 내쉬었다. 탁
자에 놓인 물을 마신 다음에 근처에 앉아서 말했다.

"교주의 천마검天魔劍, 우사의 대운검大雲劍, 좌사의 광명검光明劍,
대공자의 승사검勝邪劍이 사대 명검이라더군. 거기에 옛 총사가 사용
하던 일살검一殺劍까지 더하면 오대 명검."

"음."

귀마가 나를 보면서 말했다.

"일살은 자네의 목검이라더군. 이 다섯 자루의 명검에 공통점이

있다던데 자네는 알고 있나?"

그런 것을 내가 알 리가 없다.

"몰라."

"그 전에 일살은 말이야. 제일살수第一殺手에게 계승하는 검이라서 일살이라더군. 축하하네. 총사라는 분이 자네를 제일살수의 후계자로 여긴 모양이지."

"축하한다는데 왜 이렇게 등골이 서늘하지?"

귀마가 씨익 웃으면서 말했다.

"맞아. 다섯 자루의 검은 교도들이 어떻게든 회수하려는 물건이라더군. 성물까지는 아니지만, 교의 상징적인 병기여서 그들의 명예와 관련되어 있다고 하네."

나는 머리를 긁었다.

"이 영감님이 나를 죽이려고 목검을 떠넘기다니…"

"그럴 리가 있겠나. 어쨌든 천마, 대운, 광명, 승사는 교의 고위직이 다루는 검이어서 회수해야 하고. 일살은 상징성 때문에 살수들이 회수해야 하는 병기라고 했네."

"이런 이야기를 자네에게 한 이유가 있겠지?"

귀마가 고개를 끄덕였다.

"저 검을 들고 있는 자들과 겨룰 때 공력이 부족하거나 보잘것없는 검을 들고 있는 경우에는 금세 맨손이 될 각오를 하라고 하더군. 병기끼리만 부딪쳐도 허접한 창칼은 금세 부러진다고 하니까 말이야. 검마 선배는 목검을 수련하고 있긴 하나, 광명검을 교에 돌려줄 생각이 없다고 했네. 실력을 쌓는 수련도 중요하지만, 검의 정점에 도달하려면 지금 내가 사용하는 검보다는 좋은 것을 구하라고 하더군."

나는 내가 아는 것을 말했다.

"그런 검은 대부분 주인이 있지 않나? 백도와 흑도의 고수들이 지닌 것으로 아는데."

귀마가 고개를 끄덕였다.

"만들어야지."

"어디서."

"용두철방에서…"

나는 손으로 내 이마를 때렸다. 그러고 보니 일전에 귀마는 흑묘방에서 금철용 아저씨를 만난 적이 있다. 그에게 명검 제작을 의뢰하려는 모양인데 나는 만류하려다가 겨우 참았다. 혹시 모를 일이다. 금 아저씨도 실력이 많이 늘었기 때문이다. 나는 귀마를 위로하듯이 말했다.

"나중에 부탁해 보라고. 내 목검이 마교 오대 명검에 들어가는 것이라면 금 아저씨의 검이 부러지는 게 당연했겠지."

귀마가 고개를 끄덕이더니 피곤한 표정으로 내게 물었다.

"이제 교대 좀 해도 되겠지? 나는 자야겠네."

나는 고개를 끄덕였다. 그러고 보니 귀마는 객잔 앞에서 검법을 수련함과 동시에 경계 근무를 선 것이나 다름이 없었다. 나는 잠시 경계 근무 교대에 나선 사람처럼 객잔 앞에서 시간을 축내면서 모처럼 맞이한 평범한 하루를 있는 그대로 받아들였다.

내가 생각하기에. 맨날 싸우는 남자는 언젠가 미칠 가능성이 크고, 맨날 일하는 남자는 언젠가 바보가 될 확률이 높다. 또한, 맨날 노는 남자는 조만간에 비참해지기 마련이다. 그래서 웬만하면 적당히 싸우거나 일하고, 때때로 놀고, 별일이 없을 때는 아무것도 하지 않는 것이 중요하다.

지금이 그렇다. 나는 오랜만에 숨만 내쉬었다. 바깥을 구경하는 와중에 봇짐 상인들이 대화를 나누면서 다가오고 있었다. 이야기를 들어보니 객잔에서 배를 채운 다음에 떠나자는 말이었다. 나는 딱히 대접할 게 없었기 때문에 목검을 뽑아서 햇빛에 반사되는 칼날을 유심히 바라봤다.

밥을 먹겠다고 다가오던 봇짐 상인들이 조용히 지나갔다. 나는 도로 검을 집어넣은 다음에 오랜만에 내가 살려준 놈들과 수하들이 지금쯤 무엇을 하고 있을지 상상해 봤다. 코를 파다가 다리를 떨고. 다리를 떨다가 하품을 하고. 탁자 위에 비스듬히 기댄 채로 평범한 일상을 보내고 있으려니 내가 하오문주인지 점소이인지, 광마인지 육룡인지도 잊었다.

오늘 하루 나는 아주 옛날에 그랬던 것처럼 세상 한심한 사내가 되어서 평범한 햇살, 바람, 풍광, 공기를 있는 그대로 맞이했다. 운기조식을 하라는 것처럼 음과 양으로 나뉜 단전이 꿈틀대고 있었으나 나는 내 단전을 향해 경고의 말을 남겼다.

'깝죽대지 말고 가만히 있어라. 오늘은 쉬는 날이야.'

수하들을 한 명씩 떠올리는 와중에 유난히 모용백의 얼굴이 생각났다. 이놈이 정신을 차리고 무공 수련에 전념하고 있을지 모를 일이었다. 상념의 결론은 언제나 비슷했다.

'살아남으면 강해질 날이 온다.'

　　　…

문득 바람에 실려 오는 공기가 시원해서 숨을 크게 들이마셨다.

* * *

천리객잔에서 벗어나서 밤새 어디론가 이동했었던 삼공자의 호위 삼복은 중간 거점으로 사용하는 안가安家에 도착한 상태. 하지만 안가의 상황은 입구부터 시체가 가득했다. 마당과 담벼락에도 시체가 보였고, 지붕에 걸쳐있는 시체와 우물 입구에 상반신을 처박은 시체도 보였다. 아군의 시체도 많았지만, 그보다 많은 시체가 낯선 복장을 하고 있었다. 나이가 많은 자들도 섞여있는 것을 보자마자, 사마외도의 고수들이 안가를 습격했다는 것을 알게 되었다.

생존자만 확인한 다음에 빠져나갈 생각으로 주변을 둘러보던 삼복은 조용히 대청 문을 밀었다. 대청 문에 기대고 있는 시체를 밀어낸 다음에 들어서자 천리객잔 내부가 그랬던 것처럼 역한 피 냄새가 코를 찔렀다. 시체로 쌓은 작은 동산 위에 가부좌를 틀고 있는 삼공자가 보였다.

"공자님, 삼복입니다. 공자님?"

삼복은 창백한 안색의 삼공자에게 다가가서 무릎을 꿇었다. 삼공자가 눈을 뜨더니 삼복을 바라봤다.

"삼복이구나. 살아있었나?"

"예. 객잔에서 기절했다가…"

삼복은 삼공자가 오해할 것 같아서 말을 자세히 할 수가 없었다. 하지만 그 와중에도 삼공자는 미간을 좁혔다.

"어떻게 살았지?"

"좌사께서 자비를 베풀어서 살아남을 수 있었습니다."

삼공자가 고개를 끄덕였다.

"음, 바깥에 생존자는?"

"보지 못했습니다."

"안가 위치는 언제 발각됐는지 모르겠구나. 외가도 습격받고 있을 것이다."

"부상은 괜찮으십니까?"

삼공자가 고개를 저었다.

"이상한 장력에 한 대 맞았는데 꽤 아프구나. 삼복아."

"예."

"나는 부교주가 될 실력도 자격도 없는 모양이다. 실패했다."

삼복은 대답할 말이 궁색해서 듣고만 있었다. 삼공자가 말했다.

"어차피 형들에게 자비를 바랄 수도 없는 처지고. 교주님은 만나주지도 않을 것이다. 외가도 위험한 상태겠지."

"예."

삼공자가 손으로 앞섶을 끌러내자 가슴 부위에 시커먼 손바닥 자국이 찍혀있었다.

"무엇인지 알아보겠느냐?"

삼복이 말했다.

"혹시 독성이 있습니까?"

"있었지만 거의 다 몰아냈다."

"독목자毒目子의 암연수黯然手 같습니다. 대공자나 이 대공이 제천맹의 고수를 포섭한 모양입니다."

"나만 사마외도 고수를 고용한 게 아니었겠지."

"독목자는 어떻게…"

삼공자가 대청 입구를 턱짓으로 가리켰다. 삼복이 돌아보자 가슴에 커다란 구멍이 난 시체가 널브러져 있었다. 삼복이 말했다.

"공자님, 업히십시오. 근처의 의원에게라도…"

삼공자가 고개를 저었다.

"됐다. 내 몸은 내가 더 잘 알아. 여기서 독성을 몰아내는 게 더 빠르다."

"…"

"삼복아."

"예."

"대공들이 죽으면 호위도 죽어야 한다고 배웠겠지만 너는 앞으로 그럴 필요 없다. 이곳에 있으면 추가로 검시하는 자들이 올 수 있으니 먼저 빠져나가라. 나는 운기조식을 하다가 맞이하거나 시간이 충분하면 나도 잠시 피해있어야겠다. 다른 곳보다 차라리 백도가 바글바글한 백응지에 숨어있는 게 나을 것 같구나."

"제가 어디로 가겠습니까? 같이 가시지요."

"삼복아, 안 죽는 게 복수다. 흩어지자. 빨리 가라."

삼공자가 손을 내젓더니 다시 눈을 감았다. 삼복이 말했다.

"공자님, 남아서 끝까지 수행하겠습니다."

삼공자가 눈을 감은 채로 말했다.

"뭘 수행해. 나 아직 안 죽었다. 겨우 장력 한 대 맞은 것이야. 회복한 다음에 외가로 가서 그쪽도 당했다면 복수에 나설 것이다. 후계자 다툼은 실패했어도 복수까지 실패할 마음은 없다. 외가의 원한은 너와 상관없는 일이니 끼어들지 말도록 해. 가라. 말하는 것도 지치는구나. 정 걱정이 되면 외가 쪽을 살펴봐 다오."

삼복이 고개를 숙였다.

"알겠습니다. 공자님. 그런데 교로 복귀하지 않으시고요?"

"교주님은 약자를 경멸해. 당분간 가지 않겠다."

"예… 아, 그동안에 말씀을 한번 드리려고 했는데 이제야 말씀드립니다. 오갈 데 없는 고아 거둬주셔서 감사했습니다. 빨리 회복하십시오."

"쓸데없는 소리."

삼복은 귀를 기울여서 삼공자의 호흡 소리를 들은 다음에 조용히 물러났다. 다시 안가에 즐비한 시체를 둘러보다가 빠져나온 삼복은 문득 가만히 멈춰서 품에 손을 넣었다. 하오문주가 전달한 은자 한 닢이 손바닥에 덩그러니 놓여있었다. 젊은 하오문주의 싸가지 없는 표정과 그의 말이 떠올랐다.

'교리를 버려야지만 새로운 삶이 기다릴 것이다.'

삼복은 멍하니 서서 교리를 버리라는 게 무슨 뜻인지 잠시 고민했다.

'대체 뭔 개소리일까.'

주변을 둘러보고 오늘따라 유난히 맑은 하늘을 바라봐도 당장 답을 알아낼 수가 없었다. 삼복은 주화입마가 밀려올 것 같다는 감정을 느끼는 와중에도 교리를 버리라는 말이 무엇인지 치열하게 고민

했다. 생각나지 않는 것을 생각해 내려고 애를 쓰자, 머리에서 열이
나고 있었다.

* * *

"이게 뭐 하는 짓이냐! 삼복아!"

"…"

은전 한 닢을 쳐다보느라 골머리를 앓던 삼복은 도로 안가에 들어
가서 삼공자를 업은 다음에 전속력으로 달리는 중이었다. 삼공자가
말했다.

"내려줘라. 어디로 가는 게냐?"

"여기 있으면 죽습니다."

"그러니까 이런 상황에서 어디로 간다는 말이냐?"

삼복은 경공을 펼치면서 입을 다물었다. 잠시 후에 몸이 성치 않
은 삼공자가 또 잔소리를 시작하자, 삼복이 어조를 달리해서 입을
열었다.

"공자님, 좀 닥치세요."

"뭐?"

삼복이 맹렬하게 달려나가면서 삼공자에게 말했다.

"일단은 안전한 곳으로 모시겠습니다. 시끄러우니까 좀 닥쳐요."

결국에, 삼복은 은전 한 닢에 교리를 버렸다. 그것만이 삼공자를
살리고 자신도 살아남는 방법이라고 믿을 수밖에 없었다.

200.
우리의 정체를
묻는다면

나는 주방에서 전날 먹다 남은 안주를 가져온 다음에 천리객잔 바깥에서 늦은 점심으로 먹었다. 차갑게 식은 안주였지만 맛에 신경을 쓰지 않는 편이라서 상관없었다. 매번 맛없는 음식을 먹다 보면 가끔 먹는 제대로 된 음식이 진수성찬처럼 느껴지는 법이다. 그날을 위해서 맛없는 음식을 뱃속에 적립했다. 식은 탕초리척 하나를 입에 넣은 채로 우물거리는데 한 사내가 좌측에서 달려오더니 우측으로 이동했다.

후다다닥!

나는 탕초리척을 씹으면서 멀어지는 사내를 바라봤다.

"..."

대낮부터 왜 저렇게 뛰어가고 있을까. 물론 아는 놈은 아니다. 일단 복장도 백응지에서 유행하는 의복이 아니었다. 동네 똥개처럼 쫓아가 볼까 하는 마음이 잠시 스쳤다가 이내 사라졌다. 천리객잔에

밤을 지새운 귀마와 색마가 잠을 자고 있었기 때문이다. 목이 슬슬 막히는 기분이 들어서 검마 선배가 가져온 독한 술을 조금 마셨다.

"꺼억."

탕초리척 세 개와 술 두 모금으로 점심을 간단하게 해결했다. 나는 설거지가 귀찮아서 잠시 의자에서 흘러내릴 것 같은 자세로 멀쩡한 하늘을 구경했다. 이러다가 낮잠을 자면 이보다 더 완벽하게 한심한 점소이는 세상에 둘 이상을 찾기 어려울 터였다. 순간 나는 방금 달려가던 놈이 향하던 방향에서 누군가의 짤막한 비명을 들었다. 달려가던 놈의 비명인지 달려가던 놈이 다른 사람을 때린 것인지 알수 없었다. 잠시 후 낯익은 복장의 사내가 누군가를 업은 채로 달려오다가 나랑 눈을 마주쳤다.

"문주님, 안녕하십니까?"

기절한 사내를 등에 업은 삼복이 내게 인사를 건네더니 좌측으로 계속 도망쳤다. 나는 도망치는 삼복을 향해 대답했다.

"수고가 많다."

그나저나 삼복은 왜 저리로 도망치는 것일까. 차라리 사람이 많은 백응지에 잠시 있으려면 북상하는 게 나을 텐데 말이다. 잠시 후 삼복이가 길에서 회군回軍을 선택한 모양인지 다시 모습을 드러냈다. 한 시진 이상을 달렸던 것일까. 자세히 보니까 머리카락이 온통 땀에 젖어있었다. 표정도 볼만했다. 웃는 것인지 우는 것인지 모를 표정으로 나와 눈을 마주치자마자 억지로 웃고 있었다.

"하하… 좀 지나가겠습니다."

나는 고개를 끄덕였다.

"그래. 수고가 많다."

삼복이 등에 업고 있는 사내가 누구인지 확인하지 않을 수가 없었다. 마침 고개를 내 쪽으로 돌리고 있었는데 독에 당한 모양인지 눈밑이 시커먼 삼공자 놈이 게슴츠레한 눈을 뜨고 있었다. 아직 정신을 잃지는 않은 모양인지 중얼거리는 목소리가 내 귀에 들렸다.

"내려라. 죽이고 이동하는 게 낫겠다."

삼공자의 말에 삼복이 소리를 버럭 내질렀다.

"좀 닥쳐요!"

나는 열심히 도망치는 삼복이를 향해서 박수를 보냈다.

"이야, 마교의 삼공자한테 닥치라고 할 수 있다니 삼복이 많이 컸네. 이 새끼 출세했네. 출세했어."

출세했다는 말이 상황에 정확하게 들어맞는 말은 아니지만 어쨌든 내 눈에는 출세한 것처럼 보였다. 그럼, 출세한 것이다. 이어서 좌측에서 다양한 복장을 한 군상들이 등장해서 삼복이 도망친 쪽으로 달려 나갔다. 복장이 통일되어 있지 않다는 것은 삼복에게 좋은 소식이다. 어쨌든 마교는 아니라는 뜻이니까. 하지만 마교에 달라붙은 놈들일 확률이 높다는 것은 사마외도라는 뜻이어서 이것은 삼복에게 나쁜 소식이었다.

덕분에 나는 마교에 소속된 자들이 사마외도에게 쫓기는 진풍경을 구경하게 되었다. 세상사, 마교라도 다를 것 없는 모양이다. 약하면 저렇게 되는 법이다. 그래도 삼복이 저렇게 목숨을 내건 채로 삼공자를 구하고 있는 것을 보아하니 검마 선배의 말대로 호위까지 잘못 뽑는 자들은 아닌 모양이었다.

그 와중에 간간이 근처에서 뼈 부러지는 소리와 비명이 이어졌다. 나는 이제 하늘을 구경하는 게 아니라 사람 살아가는 광경에 시선을 뺏길 수밖에 없었다. 오늘만 벌써 세 번째로 등장하는 삼복이 웃는 얼굴로 달려오면서도 침착한 어조로 말했다.

"저기 문주님?"

"왜? 왜 불러."

"물 좀 마실 수 있겠습니까? 목이 말라서. 하하…"

삼복은 삼공자를 업은 채로 천리객잔 앞에 멈춰서 웃고 있었는데, 저것이야말로 마른 웃음이라는 것이었다. 나는 객잔 안을 가리키면서 말했다.

"안에 물이 있다. 조용히 들어가라. 잠자는 사람들 있으니."

삼복이 삼공자를 업은 상태에서 내게 고개를 깊숙이 숙였다.

"감사합니다. 문주님."

삼복이 삼공자를 업은 채로 천리객잔으로 들어갔다. 나는 잠시 어리둥절한 표정으로 주변을 둘러봤다.

"하… 엮였네."

목마른 자에게 물을 주는 것이 이렇게 심각한 일이다. 한숨을 두어 차례 내뱉자 사마외도인지 흑도인지 모를 다양한 군상들이 몰려오고 있었는데 일부는 다리를 절뚝이거나 얼굴 이곳저곳이 터진 상태였다. 쫓아가는 와중에 삼복에게 맞은 모양인데 인원수로 몰아붙이고 있는 분위기였다. 나는 이제 이놈들도 눈에 익을 것 같았다. 이들도 물을 달라고 하면 물을 줄 생각이었는데, 무리에서 한 놈이 내게 호통을 내질렀다.

"어디로 갔나!"

"못 봤느냐? 업고 있는 놈 말이다!"

나는 백응지가 있는 북쪽을 가리켰다. 좌측으로 이동하려던 떨거지들이 저희끼리 옷깃을 당기고 소리를 지르더니 북쪽으로 방향을 틀었다. 백응지로 몰려가는 놈들 때문에 소리 없이 웃었다.

'웃긴 놈들이네.'

이때, 한 놈이 우연히 고개를 돌렸다가 내 표정을 보자마자 멈춰 섰다. 이놈이 갑자기 분위기를 무겁게 잡으면서 말했다.

"웃어? 다들 멈춰봐라."

백응지로 몰려가던 놈들이 호흡을 고르면서 저희끼리 대화를 나눴다.

"저놈이 백응지를 가리키고 난 후에 웃고 있었다."

"사실 백응지로 갈 이유가 없지 않나?"

"애매하군. 또 반으로 나눌까?"

"아니지. 객잔부터 살펴라. 저놈 표정이 확실히 이상하다."

내 표정이 이상한 게 아니라, 그냥 내가 이상한 것이다. 백응지로 가던 놈들이 천리객잔 앞으로 천천히 되돌아왔다. 나는 다가오는 놈들을 하나씩 바라보다가 말했다.

"…다들 이 자리에서 죽겠다고 오는 거냐? 거기 딱 멈춰라."

나는 웃음기를 지운 다음에 떨거지들을 노려봤다.

* * *

···

다가오던 놈들이 동시에 멈췄다.

"..."

점소이가 내뱉을 수 있는 말이 아니었기 때문에 다들 얼굴에 황당한 기색이 퍼지고 있었다. 이놈들이 수를 믿고 내게 막말을 해댔다.

"이봐, 점소이. 지금 무슨 일을 방해하는 것인지 알고 있느냐? 신교神教가 엮인 일이다. 잘 생각하고 말해라."

나는 고개를 끄덕였다.

"너희들, 경고하는데 목소리를 더 낮춰라. 안에 잠자고 있는 사람들이 있다. 그리고 세상에 어떤 정신 나간 미친 점소이가 마교의 일을 방해하겠느냐?"

"..."

"하지만 그것이 나다."

나는 낄낄대면서 웃다가 젓가락 하나를 집었다.

"얘들아, 신교고 나발이고 객잔에서 소란 피우지 말도록. 그리고 너희는 신교 소속이 아니다. 의뢰받은 병신 끄나풀이자, 돈 보고 달려드는 낭인 혹은 사마외도의 수하들이겠지."

한 사내가 점잖은 어조로 말했다.

"이보게, 자네가 숨겨주고 있는 사람이 신교의 삼공자라네. 내어주기만 하면 자네에겐 별문제가 없을 것이라고 약조하겠네. 대공들의 싸움에 끼어들 셈인가?"

"안에 들어간 두 놈은 내가 목숨을 살려놓은 자들이다. 살려줬다가 금세 죽으라고 할 수는 없지. 그리고 백응지 근방에서 죽으면 안되는 놈이다. 너희는 끄나풀이라서 알지 못하겠으나 저놈 때문에 백도와 마도의 이간질이 발생할 수 있다. 이래저래 허락할 수 없으니 물러나도록. 너희들이야말로 겨우 돈 때문에 대공들의 싸움에 끼어들 셈이냐? 교주가 아무리 방관자라 해도 이런 싸움을 기대하진 않았을 것이다."

이때, 천리객잔의 문에서 깊은 한숨 소리가 들리더니 내 우려대로 색마가 심각하게 열이 받은 표정으로 등장했다.

"아… 잠을 못 자겠네. 돌겠네."

사람은 본래 잠을 방해받게 되면 평소보다 십팔十八 배는 더 분노하게 되는 법이다. 색마가 연신 숨을 크게 내쉬다가 고개를 흔들더니 탁자에 있는 술을 마시면서 말했다.

"…사부님이 살려두라 했으니 망정이지 아니면 내 손에 죽었어."

술을 마신 색마가 다짜고짜 놈들에게 갑자기 달려가더니 공중으로 솟구쳐서 날아 차기로 한 놈을 날렸다. 퍽- 소리와 함께 날아간 놈이 공중에서 맹렬하게 회전하더니 머리부터 땅에 떨어진 다음에 바닥에서 꿈틀대기 시작했다. 어느새 다시 탁자로 돌아온 색마가 젓가락으로 탕초리척을 먹으면서 말했다.

"안 꺼지면 이번엔 다 죽이련다."

나는 색마를 바라봤다. 세상에 이런 악당이 다 있을까. 설명도 없고 예고도 없이 날아 차기를 하는 놈은 오랜만이었다. 포위했던 놈들이 물러나는 와중에 이렇게 말했다.

"또 보게 될 거다."

"뭐?"

순간, 나는 술이 확 깨는 기분이 들자마자 젓가락을 던졌다.

…

쐐앵!

날아간 젓가락이 푹- 소리와 함께 또 보자는 말을 내뱉은 놈의 어깨를 뚫고 지나갔다. 비명과 함께 우르르 소리가 들리더니 떨거지들이 이내 감쪽같이 사라졌다. 나는 문득 색마와 눈을 마주쳤으나 딱히 할 말이 없어서 바깥 풍경에 시선을 돌렸다.

"…"

이때, 삼복이 바깥으로 나오더니 포권을 취하면서 말했다.

"문주님, 몽 공자님. 감사합니다. 잠시 삼공자께서 독만 마저 몰아낸 다음에 저희는 떠나겠습니다. 아무래도 제천맹의 고수가 근처에 있는 것 같아서."

나는 색마와 함께 동시에 되물었다.

"제천맹?"

"제천맹이 왜 여기서 나오나?"

삼복이 설명했다.

"안가를 습격한 무리에 제천맹의 독목자가 섞여있었습니다. 다른 자들도 있을 겁니다. 아무래도 다른 대공들이 유명한 흑도 무리를 고용한 모양입니다. 저희도 그랬으니 할 말이 없습니다."

"그래?"

삼복과 색마가 나를 바라봤다. 나는 품에서 전낭을 꺼낸 다음에 삼복에게 말했다.

"삼복아."

"예, 문주님."

"알겠으니까 온 김에 고기 좀 넉넉하게 사 와라. 우리가 다들 밥을 제대로 안 먹었다."

내가 돈을 건네자, 두 손으로 돈을 받은 삼복이 심각한 표정으로 되물었다.

"갑자기 고기를 왜…"

나는 손가락으로 객잔 앞을 대충 가리킨 다음에 말했다.

"오늘은 날씨가 좋으니까 바깥에서 구워 먹자고. 술도 사 오고. 고기도 이것저것 다양하게. 불판에 놓고 밑에 장작불 때워서 화르륵, 자글자글, 지글지글 뭔 말인지 알지? 채소도 사 오고. 싸우든, 도망을 치든 간에 배는 든든해야 할 거 아니냐."

삼복이 중얼거렸다.

"사 오는 거야 어렵지 않습니다만 삼공자께서 운기조식을…"

"알겠으니까 닥치고 빨리 다녀와라. 맛있는 고기로, 신선한 거로. 오늘은 신선하게 가보자. 알았어?"

"예."

돈을 받은 삼복이 객잔 안쪽을 잠시 물끄러미 바라보다가 말했다.

"…운기조식하세요. 심부름 다녀옵니다."

"…"

삼복이 경공을 펼치면서 달려가자, 색마가 내게 물었다.

"왜 갑자기 고기를 구워 먹겠다고 지랄이냐. 지금 이러는 게 맞아?"

나는 색마의 표정을 구경하면서 고개를 끄덕였다.

"…곤궁한 자를 내쫓지 않고. 목마른 자에겐 물을 내줘야지."

"왜?"

"두 번은 외면했는데 세 번은 어렵더군."

"무슨 말이야?"

"삼복이 저놈을 업고 이 앞을 두 번이나 왔다 갔다 하면서 도망치더라고."

색마가 그제야 웃었다.

"아… 황당하군."

"나도 세 번은 힘들다. 곤궁한 자를 내쫓고 목마른 자를 외면하면 마교 교주와 다를 바가 없다. 비록 저놈이 교주의 아들이긴 하지만 물을 주고 밥 한 끼 먹여서 내보내는 것은 나도 할 수 있고 너도 할 수 있다. 교주는 제 아들이 이렇게 궁핍하게 도망 다니는 것을 알고 있는지 모르겠군. 뭐 알아도 신경도 안 쓸 것 같긴 하다만."

잠시 정적이 흘렀다가, 색마가 조용한 어조로 말했다.

"그러고 보니까 오늘 갑자기 고기가 좀 먹고 싶긴 하네."

나는 고개를 끄덕였다.

"확인."

* * *

탁자 세 개를 이어붙이고 그 옆에 큼직한 돌을 둘러서 위석식圍石式 화덕을 만들었다. 그곳에서 삼복이 여러 가지 방식으로 고기를 구웠다. 철판을 놓고 굽고, 주방에 있는 집기를 가져와서 볶음고기도 만들었다. 지켜보니 삼복은 훌륭한 숙수가 될 자질이 있어 보였는데 무슨 연유로 호위무사나 하고 있는지 모를 일이었다.

어쨌든 우리는 탁자에 채소도 깔고, 술도 놓고, 그때그때 구운 고기를 들고 와서 나눠 먹었다. 결국에 고기 냄새에 못 견디고 일어난 귀마까지 못난 얼굴로 합류해서 고기를 먹기 시작했다. 마교의 대공 세력이 몰려올 수도 있고. 대공들이 고용한 흑도와 사마외도 무리가 올 수도 있는 상황이었으나. 일단 우리는 입에 기름을 잔뜩 묻혀가면서 고기를 구워 먹었다. 잠시 후에 삼복과 교대한 귀마 놈이 주방에서 가져온 얇은 꼬챙이에 고기를 끼우더니 불 위에서 굽기 시작했다. 갑자기 귀마가 손가락을 튕기더니 고개를 끄덕였다.

"좋다."

무언가 실험을 마친 모양인지 얇은 꼬챙이에 삼복이 사 온 여러 가지 고기를 끼우기 시작했다. 나는 삼복, 색마와 나란히 서서 여러 가지 잡다한 고기를 한 방에 굽는 귀마에게 말했다.

"와, 그거 맛있겠는데."

색마도 고개를 끄덕였다.

"둘째가 고기 천재였네."

눈치를 보던 삼복이 색마에게 조심스럽게 물었다.

"둘째요? 뭔가 서열이 있으신가 봅니다."

색마가 대답하지 않자, 삼복이 궁금하다는 표정으로 나를 바라봤다. 나는 삼복에게 우리의 정체를 간략하게 알려줬다.

"우리의 정체를 묻는다면 대답해 주는 것이 인지상정. 우리가 바로 강호에서 유서 깊은 별호를 차지한 사대악인四大惡人들이다."

내 말을 들은 색마와 귀마가 동시에 피식 웃었다.

201.
내가 부족했던
모양입니다

고기를 먹으면서 생각해 보니 나는 잠을 충분히 잔 상태였다. 이는 앞으로 삼 일 밤낮을 쉬지 않고 싸울 수 있다는 뜻이다. 강호의 일은 한 치 앞을 예상할 수 없기에 사마외도가 기웃대는 상황에서는 배를 든든하게 채워서 대비할 필요가 있었다. 나는 색마, 귀마와 함께 열심히 고기를 해치웠다.

삼복은 개방의 거지처럼 고기를 먹다가도 종종 한두 개씩 빼내서 삼공자에게 줄 그릇에 모으고 있었다. 모처럼의 고기 잔치가 끝나갈 무렵에야… 객잔에서 운기조식을 마친 삼공자가 퀭한 얼굴로 등장해서 난장판이 된 탁자와 삼복, 그리고 우리를 말없이 바라봤다.

"…"

나는 귀마, 색마와 객잔 앞에 나란히 앉아서 별말 없이 이를 쑤셨다. 삼복이 눈치를 보다가 물었다.

"공자님, 괜찮으십니까?"

삼공자가 한숨을 내쉬더니 우리와 조금 떨어진 곳에 앉아서 삼복에게 말했다.

"삼복아, 일부러 여기로 데려온 거냐."

"예."

"도대체 왜?"

"살고 싶어서 그랬습니다. 기분이 상하셨다면 사과드립니다. 독은 다 몰아내셨습니까?"

"독은… 그것보다 내가 경황이 없어서 말이다."

"예."

"네가 내게 몇 번이고 닥치라고 했었던 것 같은데 대체 무슨 생각으로."

나는 이를 쑤시다 말고 삼공자를 노려봤다.

"야, 삼공자."

"…"

"입 닥치고 고기나 처먹어. 바닥에 패대기쳐서 그 멍청한 대갈통 박살 내기 전에 네 호위 그만 갈구고. 못난 새끼 살려주려고 업고 다녔는데 그깟 닥치라는 말도 못 해? 이 새끼가 주둥아리를 찢어놔야 정신을 차리려나. 운기조식 또 하고 싶으냐?"

"…"

당연히 분위기가 무거워졌다. 그러나 삼공자를 갈구려는 것은 나만이 아니었다. 귀마도 삼공자를 바라보더니 가라앉은 어조로 입을 열었다.

"삼공자. 어쨌든 자네가 운기조식할 시간이 필요했기 때문에 우리 셋이 이곳에서 고기를 처먹으면서 호법을 서고 있었네."

"음."

"자네가 시간을 벌어서 독을 몰아냈다면 바깥으로 나오자마자 고생한 자네 호위를 꾸짖을 게 아니라 상황부터 살피는 게 맞지 않겠나? 그런 정신머리로 어찌 다른 대공들과 경쟁을 했는지 모를 일이군."

나는 귀마의 말에 고개를 끄덕였다.

"옳다."

색마는 삼공자를 갈구지 않고 삼복을 향해 빈정거리는 어조로 말했다.

"저런 놈이 뭐가 불쌍하다고 그렇게 업고 다녔느냐? 너도 가만히 보면 제정신이 아니야. 그 모아둔 고기 아까우니까 그냥 네가 다 처먹어라."

삼복은 두 손을 공손히 모은 채로 우리의 눈치도 살피고 삼공자의 눈치도 살폈다. 삼공자가 아무 말도 못 하자 삼복이 아까 빈 그릇에 모아두었던 고기를 가져와서 눈치 없이 말했다.

"공자님, 고기 좀 드세요. 맛있습니다."

이 무슨 절정에 다다른 눈치 없음이란 말인가. 나는 귀마, 색마와 함께 고개를 돌린 다음에 아무것도 없는 전방을 주시하거나 노려봤다. 삼공자는 고기가 담긴 그릇을 받더니 먹기 싫다는 것처럼 옆에 내려놓았다. 한참 수하를 갈구고, 우리에겐 갈굼을 당했는데 고기가 목구멍에서 쉽게 넘어가진 않을 터였다. 나는 의식의 흐름대로 다시 삼공자를 갈구려고 고개를 돌렸는데, 때마침 옆에 있는 귀마가 내 무릎을 툭 쳤다. 가만히 있으라는 뜻인 것 같아서 나는 다시 전방을 주시했다.

"…"

괴이할 정도로 무거운 정적이 흐른 후에 삼공자가 입을 열었다.

"하오문주, 몽 공자, 육합선생. 덕분에 시간을 벌어서 몸을 추스를 수 있었소. 삼복아."

"예."

"덕분에 살았다. 안가에 있었으면 죽었을 것이다. 생각해 보니, 네가 내게 했던 험한 말은 아무것도 아니다. 괜찮다."

삼복이 가라앉은 어조로 말했다.

"아, 예. 하오문주님이 객잔 안으로 들여보내 줘서 살 수 있었습니다."

색마가 삼복에게 말했다.

"삼공자에게 술이나 한잔 따라줘라. 속이 답답해서 고기가 목구멍으로 안 넘어갈 거다."

"아, 그렇군요. 알겠습니다."

색마가 말했다.

"그나저나 대공들의 싸움이 참 살벌하네. 한쪽은 도살자와 그의 사형제를 고용하고 다른 쪽은 제천맹의 고수까지 포섭한 모양이니… 아들들의 싸움을 이렇게까지 방관하는 교주의 의도를 모르겠군. 그냥 한자리에 모여서 비무 한판으로 모든 것을 결정하면 되는 거 아닌가? 촌뜨기는 어떻게 생각해?"

나는 별생각 없이 대답했다.

"본인도 그렇게 박 터지게 싸워서 교주 자리를 차지했나 보지. 대

물림인가?"

귀마가 대답했다.

"내가 알기로는 당대의 교주가 후계자 다툼을 벌였을 때 교의 상황이 엉망진창이었다고 들었다. 모든 조직이 사분오열되어서 맞붙었다고 하니까 말이야. 지금은 어찌 보면 교주의 통제 아래 대공들만 싸우는 것이라서 교의 상황은 별다른 타격이 없겠지. 대공들의 외가 세력도 억누르고, 이 모든 것을 장악해서 이겨봤자 교주의 명령을 들어야 할 것이니 제법 허망한 싸움이지."

"왜?"

"교주가 물러나겠나? 나이도 실력도 강호인으로 따지면 이제야 전성기를 맞이하고 있는데 말이야. 물론 삼재라는 별호는 예전에 얻었으나 지금은 실력이 더 높아졌겠지."

통상적으로 백도에 속한 강호인들은 사십 대에서 오십 대를 전성기라 생각한다. 오랫동안 반복한 내공 수련이 그때 빛을 발한다고 여기기 때문이다. 하지만 그런 통상적인 생각과 다르게 고수는 이십 대에서 등장할 수도 있고, 육십을 넘겨서 천하제일이 되는 경우도 가끔 있다. 어쨌든 강호에서는 교주가 이제야 전성기를 맞이한다고 보고 있었다.

내 예상이긴 하지만 교주 때문에 백도의 전체적인 수준도 올라갔을 것이다. 언제 정마대전이 벌어질 것인지 모르기 때문에 임소백을 비롯한 백도의 고수들도 열심히 수련하고 있을 테니 말이다. 그제야 삼공자가 술을 한 잔 마셨다. 사실 삼공자는 지금 갈 곳이 마땅히 없을 터였다. 이래저래 뛰어다니던 삼복도 지쳤는지 삼공자 옆에 앉아서 멍하니 객잔 앞을 바라봤다. 나는 할 일 없는 네 사람과 객잔 바깥을 둘러보다가 혼자 웃었다.

"…진짜 인생 한심한 새끼들 다 모였네. 이렇게 모이기도 쉽지 않아."

귀마가 대답했다.

"나쁘지 않군."

나는 평범한 광경을 바라보면서 네 사람에게 말했다.

"이것이 객잔의 풍경이다. 즐겨라. 순간을 즐기지 못하면 영원히 지나치게 돼. 우리는 영원히 즐길 수 없으니 순간을 즐기자고."

색마가 고개를 끄덕였다.

"개소리에 도가 텄네. 득도했냐?"

나는 고개를 저었다.

"득도는 우리 맏형이 했지. 우리 셋은 멀었어."

귀마가 궁금하다는 것처럼 내게 물었다.

"문주는 검마 선배가 득도를 했다고 생각하나?"

"물론이지. 우리 셋보다 수준이 높다."

"어떤 점이?"

순간 나는 고개를 돌려봤다. 귀마는 물론이고 색마, 삼공자, 삼복까지 내 말을 기다리고 있었다. 나는 검마의 수준을 설명했다.

"한때 마교의 광명좌사. 교주 이외에는 명령을 받지 않는 사내. 나라로 따지면 승상과도 같은 위치가 아니냐."

삼복이 대답했다.

"맞습니다."

"우사가 있다곤 하나 서로 동등했을 테지. 총사는 은퇴한 원로의 명예직이었던 것 같고. 강호에서 가장 강력한 단체의 이인자 자리를 내던질 수 있는 사내가 강호에서 몇 명이나 될까. 이는 권력욕이 최우선 관심사가 아니라는 뜻이다. 검마 선배가 가진 광명검, 마교의 사대 명검이라면서. 그것을 잠시 내려놓은 채로 매일 목검을 수련하고 있다. 이는 올바르지 않은 방법으로 강해지는 것을 경계했다는 뜻인데 마도 출신으로 선택하기 어려운 방법이다."

다들 내 이야기를 잠자코 듣고 있었다.

"하지만 이런 것을 떠나서 검마 선배의 속내는 무엇일까. 교주, 교리, 마검도 그를 붙잡거나 억압할 수 없었다. 홀로 생각하고 홀로 정립한 마도魔道를 추구하면서도 사마외도의 번잡한 것들과는 교류하지 않으니 그 자체로 대종사다. 설령 교주에게 패배하거나 세력이라고는 말 안 듣는 제자 한 명밖에 안 남아서 수적인 핍박을 받더라도 검마는 검마다."

나는 전방을 주시했다.

"남에게 큰 피해를 주지 않고, 자신의 생각을 관철해서 살아가는 것이 쉽지 않다. 그런데도 대공들이나 사마외도는 저희끼리 싸우면서도 섣불리 검마 선배를 건드려야겠다는 생각은 하지 못하겠지. 사내라면 이렇게 살아야 하는 법. 윗사람 비위나 맞추고 명령을 잘 수행한다고 해서 그것이 마도는 아니다. 교리를 따르고 교주 말에 고개를 숙이는 게 마도가 아니라는 뜻이야."

나는 곁눈질로 삼공자를 노려보면서 말했다.

"나이를 그만치 처먹었으면 노예가 무엇인지 마도가 무엇인지는 구분하고 살도록 해. 병신 짓거리도 좀 그만하고. 도살자 같은 놈들을 부려서 네 형들을 다 죽여봤자. 너는 교주의 후계자가 될 수 없어. 네 아비가 너 같은 병신에게 교를 물려줄 것 같으냐."

삼공자는 입을 열지 못하고, 삼복이 조심스러운 어조로 내게 물었다.

"그럼 누구에게 물려줄까요?"

"안 물려주겠지, 이 새끼야."

"왜요?"

나는 씨익 웃으면서 말했다.

"도대체 내가 마교의 대변인도 아니고⋯ 말이 나온 김에 내 생각을 말하자면, 교주를 죽이거나 죽일 수 있는 실력자에게 교를 물려주겠지. 그게 마도 아니냐? 왜들 그렇게 병신처럼 싸우고 있어. 실력도 병신 같은 것들이. 너보다 약한 호위에게 업혀 다니는 새끼가 부교주를 하겠다고? 정신 좀 차려라. 거기 탁자에 삼복이가 구워준 고기나 처먹도록 해. 배는 고프지?"

내가 낄낄대면서 웃자, 색마와 귀마까지 멋쩍은 표정을 지었다. 삼공자가 나를 노려보다가 손을 뻗더니 그릇에 담긴 고기를 손으로 집어서 먹기 시작했다. 잠시 삼공자가 아무 말 없이 손으로 고기를 집어 먹더니 기름 묻은 손으로 술을 한잔 따라 마셨다. 색마가 궁금하다는 것처럼 내게 말했다.

"셋째야."

"왜?"

"너는 왜 그렇게 사람을 잘 괴롭히냐. 어디서 그렇게 못돼먹은 말을 배웠어? 예전에 절벽에서 떨어졌을 때 무공은 안 가르쳐 주고 말로 사람 피 토하게 만드는 법을 가르쳐 주는 기인이사를 사부님으로 모신 거 아니야?"

나는 색마를 손가락질하면서 말했다.

"하여간 이런 새끼가 더 나쁜 놈이야. 가만히 있으면 되는데 꼭 후속타를 먹인단 말이야. 둘째는 어떻게 생각해?"

귀마가 동의한다는 것처럼 고개를 크게 끄덕였다.

"맞아. 내가 삼공자였다면 두 사람 말을 듣다가 고기가 목구멍에서 막혔을 거야."

"...!"

갑자기 끅- 소리가 들려서 돌아보니 삼복이 삼공자의 등을 두드려 주고 있었다.

"공자님, 천천히 드세요. 젓가락으로 드시지."

삼공자는 새빨개진 얼굴로 다급하게 술을 마셨다. 나도 나란 놈이 가끔 이해되지 않을 때가 있다. 난 왜 이렇게 못된 놈으로 태어났을까. 내가 세상 돌아가는 꼬락서니를 다 이해할 수는 없어서 내 알 바 아니긴 하다. 흥이 나서 삼공자를 갈구고 있다 보니, 그제야 신新 천리객잔의 주변에 암운이 감돌기 시작했다.

사마외도 무리가 등장하고. 사마외도의 입을 다물게 하는 우두머리가 끼어있는 모양인지 아까보다 부쩍 늘어난 강호인들이 질서정연한 모습으로 몰려오고 있었다. 그 와중에 술로 목구멍에 걸린 고기를 애써 넘긴 삼공자가 계속 손으로 고기를 집어 먹으면서 자신을 죽이겠다고 몰려드는 자들을 바라보고 있었다. 내가 보기에도 수가 꽤 많다. 몰려왔던 놈들이 널찍하게 포위망을 구축하더니 중앙 부근의 사람들이 좌우로 갈라졌다. 그곳에서 흑의장삼을 입은 훤칠한 사내가 걸어 나와서 주변을 둘러보다가 말했다.

"누군지 설명해라."

무리에서 한 놈이 바로 대답했다.

"우측부터 하오문주, 육합선생, 풍운몽가의 몽랑, 삼공자, 마지막은 삼공자의 호위 같습니다."

흑의장삼을 입은 사내가 시큰둥한 어조로 대답했다.

"조합이 왜 이렇게 개판이냐?"

이 물음에는 내가 대답했다.

"그러게 말이야."

흑의장삼이 내게 말했다.

"하오문주, 나는 제천맹의 원가성元嘉星이다."

나는 원가성의 말에 고개를 끄덕였다.

"원숭이를 닮았군. 무슨 일인가?"

원가성이 잠시 나를 노려보더니 한숨부터 내쉬었다.

"…삼공자를 다른 사람에게 넘겨주기로 했네. 그대들이 교의 삼공자를 보호할 이유가 없으니 우리에게 넘겨주게. 잡아서 당장 죽이겠다는 것도 아니고 의뢰자에게 산 채로 넘겨줄 생각이네. 교 내부의 일에 끼어들어서 좋을 것 없고, 우리 제천맹의 행사를 방해하는 것도 현명한 판단이 아니라네. 육룡에 속해서 이제 막 명성이 퍼지기 시작한 그대들인데 이 정도 사리판단은 할 수 있지 않나?"

삼공자가 고기를 씹다가 원가성에게 말했다.

"대공자냐 아니면 둘째의 명령이냐. 그것부터 말해라."

원가성이 삼공자를 바라보면서 대답했다.

"그대는 닥치시오. 하오문주와 얘기 중이니까."

원가성이 내게 말했다.

"하오문주, 이번 일만 아니었으면 우리 제천맹에서 먼저 그대에게 입맹 권유를 했을 것이네. 듣자 하니 수하로 부리는 흑도 세력이 제법 많더군. 자네는 임 맹주보다 우리 쪽에 더 어울리는 사람이라고 생각하는데."

이야, 여기서 또 인재 초빙이… 이럴 때가 아니었다. 나는 삼공자를 바라봤다.

"다 처먹었나?"

삼공자가 손으로 가슴을 두드리면서 대답했다.

"잠시만."

어쩔 수 없이 원가성에게 먼저 말했다.

"이봐, 원가성. 호의가 계속되면… 아, 이게 아니지. 하여간, 내게 이래라저래라 할 수 있는 강호인은 많지 않다. 없지는 않아."

원가성이 말했다.

"결론부터 말해라."

나는 원가성을 노려봤다.

"너는 아니야. 제천맹이면 정보 수집을 게을리하지 않았을 것인데. 내가 남악맹을 어떻게 몰살했는지는 듣지 못했나?"

원가성이 주변의 수하들을 바라보더니 이렇게 대답했다.

"…듣기로 임소백이 다 죽였다던데, 아니냐?"

"맞습니다."

"그렇다는군. 네가 뭐?"

나는 한숨이 절로 나왔다. 아직 강호에서 내 지랄이 부족했던 모양이었다. 그렇다면, 내 탓이다.

202.
중생들아,
들어라

나는 원가성과 그가 데리고 온 제천맹의 수하와 사마외도의 떨거지들을 바라봤다. 성질을 내서 죽이는 것은 어렵지 않은 일이다. 하지만 모처럼 객잔의 평범한 일상이 곧 아수라장으로 변한다는 사실이 기분 나빴다. 겨우 돈 때문에 말이다. 나는 앉은 자세에서 공중으로 솟구쳤다가 천리객잔의 지붕에 가볍게 내려섰다.

"…"

포위한 자들은 물론이고 사대악인들과 삼공자, 삼복도 나를 올려다봤다. 웬 미친 닭 새끼가 지붕에 올라갔나 싶겠지만. 나는 진지한 표정으로 가부좌를 틀면서 모인 자들에게 말했다.

"중생들아, 들어라."

"…"

"죽음과 삶의 경계가 이토록 가까워진 적이 없었음을 인지해라. 너희가 지금 데려가려는 사내는 마교 교주의 셋째 아들이다. 너희들이 교주의 마음과 생각을 예측할 수 있어서 이런 짓거리를 하는 것이냐? 제천맹과 사마외도의 떨거지들이 교주를 감당할 수 있단 말이냐? 없다."

"…"

"대공자가 시켰든 이공자가 시켰든 간에 저 아래에서 손으로 고기를 집어 먹고 있는 놈이 마교 교주의 삼남三男이라는 사실은 변하지 않는다. 감당할 수 있다면 지금 당장 쳐라. 일부는 내가 누군지 정확하게 모르겠지만, 나는 임소백 맹주와 남악녹림맹을 공격했던 하오문주 이자하다. 임 맹주에게 어려운 일이 생기면 내가 합류하고, 내가 누군가에게 핍박을 받으면 임 맹주가 올 것이다. 임 맹주와 내가 동네 형 동생 관계로 보인단 말이냐? 아니다."

"…"

"지붕 아래에서 재수 없는 표정으로 앉아있는 놈은 풍운몽가의 차남이다. 몽가는 대장군을 배출했던 집안이어서 가솔 절반은 강호인, 절반은 사병이나 다름이 없다. 아무리 집안에서 내놓은 망나니 차남이라고 하나, 사마외도에게 죽는 것을 웃고 넘어갈 풍운몽가가 아니다."

여태 가만히 듣고 있었던 제천맹의 원가성이 황당한 표정으로 코웃음을 쳤다. 나는 세 번째로 육합선생도 언급했다.

"그대들이 보고 있는 무섭게 생긴 사내는 육합선생이다. 사문의 복수를 하기 위해서 검을 수련한 다음에 흑도 문파 서너 곳을 단신으로 살육한 사내다. 육합선생이라는 별호를 들어보지 못한 놈들이 있을 것이다. 그러나 육합선생이라는 별호를 들어본 놈들은 그가 복수에 미친 사내라는 것을 알고 있겠지."

나는 한껏 조용해진 중생들을 타일렀다.

"중생들아, 너희가 공격하려는 자들이 이런 놈들이다. 그리고 내가 만든 하오문에는 정확하게 어떤 고수가 있는지, 세력이 어느 정도인지는 나만이 알고 있다. 제천맹이 흑도에서 가장 강한 단체 중에 하나라는 점은 인정하마. 그러나 교주, 풍운몽가, 하오문, 육합문의 생존자를 감당할 수 있으면 이 자리에서 우리를 매우 쳐라."

"…"

나는 진지한 표정으로 중생들을 바라봤다.

"단언컨대, 너희는 몰살이야."

나는 가부좌를 튼 상태에서 언젠가 허름한 절에서 봤었던 아미타불阿彌陀佛 불상佛像의 손동작을 따라 했다. 오른손의 엄지와 검지를 붙인 다음에 허옇게 빛나는 백화의 불꽃을 휘감고. 왼손은 단전으로 내린 다음에 엄지와 검지에 새빨간 염화의 불꽃을 휘감았다. 이제 나는 헛소리를 읊조리다가 아미타불의 뜻을 깨달은 사내가 되었다.

설법說法과 경고를 듣지 않는 자에게 일월광천을 내려서 다 때려 죽이겠다는 아미타불의 마지막 경고, 그것이 바로 이 손동작이었다. 이대로 합장하면 빛이 터지면서 다 죽기 때문이다. 그러고 보면 아미타불 역시 자비심이 깊으셨던 강호의 선배였던 모양이다. 나는 염불을 외우듯이 중얼거렸다.

"…선배, 내가 그 뜻을 이어받겠소. 아미타불."

지붕 아래에서 색마가 한숨을 내쉬었다.

"저 미친 새끼는 언제 적당히 미치려나."

색마가 허리에 손을 얹은 채로 일어나더니 제천맹의 병력을 향해 말했다.

"이봐, 저놈이 합장하면 이 자리에 있는 놈들은 다 죽는다. 하오문주는 내가 본 강호 최정상의 미친놈이다. 아직 적수를 찾지 못했다. 내가 진지하게 제안한다. 원가성 당주, 가서 실패했다고 전해. 이번 일은 제천의 당주급이 해결할 수 있는 문제가 아니다."

색마가 손으로 나를 가리켰다.

"셋째야, 침착해라. 그거 좀 하지 마. 나 화낼 거야. 하지 말라고 했다."

이때, 귀마가 공중으로 솟구치더니 지붕의 가장자리에 내려서서 검을 뽑았다.

스릉…!

색마가 놀란 표정으로 귀마에게 물었다.

"뭐야?"

귀마가 대답했다.

"셋째에게 암기가 날아올 수도 있으니까 막아주려고. 그냥 다 죽이는 게 나으려나?"

나는 고개를 끄덕였다.

"아 · 미 · 타 · 불."

"아이, 씨."

색마가 갑자기 짤막한 비명을 내지르더니 공중으로 솟구쳐서 지붕 위에 합류했다. 나는 제천맹의 병력을 바라보면서 일월의 불꽃을 아미타불의 빛으로 합쳤다. 두 손에서 고막을 찢을 것 같은 굉음이 발생했다.

파지지지지직!

천리객잔 전체가 무너질 것처럼 들썩이기 시작했다. 순간, 내가 양손에 품은 빛을 확인한 사마외도의 무리가 원가성을 버려둔 채로 도주하기 시작했다. 처음에는 한두 명이었는데 공포가 전염병처럼 퍼져서 단체로 도주에 동참했다. 도망가는 자들의 비명은 그제야 점점 더 커지고 있었다. 무리의 수장으로 왔었던 원가성마저도 황당한 표정으로 뒷걸음질을 치고 있었다.

"아니…"

나는 순식간에 광막光幕의 묘리로 일월광천의 빛을 회수한 다음에 사대악인과 삼공자에게 명령했다.

"저 새끼 붙잡아라."

순식간에 색마, 귀마, 삼공자 그리고 내가 동시에 공중으로 솟구쳤다. 나는 도주하는 원가성을 악인들과 쫓아가서 장풍을 내지르고, 지법, 돌멩이 던지기 등으로 몰이사냥을 한 다음에 순식간에 포위해서 원가성을 단체로 몰아붙이기 시작했다. 색마의 말에 따르면 이놈은 제천의 당주급 고수다. 당주급 고수가 어느 정도의 실력자인지는 당장 알아낼 수가 없었다. 우리 네 사람이 이놈을 에워싼 채로 맹렬하게 합공을 펼치고 있기 때문이다. 다들 내 뜻을 이해하고 있는 것일까? 어쨌든 귀마의 좌장이 최초로 원가성의 어깨를 강타하고.

"크흑!"

색마가 지법으로 원가성의 가슴을 찍고.

"윽."

삼공자가 발차기로 원가성의 턱을 올려 찼다.

퍽!

나는 그 틈을 노려서 비틀대는 원가성의 머리통을 한 대 후려쳤다.

퍽!

원가성의 정강이를 발로 차서 쓰러뜨린 다음에 양팔을 허우적대면서 막아내는 원가성의 몸뚱어리를 발로 밟았다.

"어디서 쪽수 믿고 와서 분위기를, 분위기를, 분위기를…"

퍽! 퍽! 퍽!

"분위기를 잡고 지랄이야. 개새끼야."

내가 성질을 부리자, 귀마와 색마도 합류해서 원가성을 짓밟았다. 뒤늦게 합류한 삼복도 우리 틈을 비집고 들어와서 원가성을 짓밟았다.

"너 때문에 내가 어부바를, 어부바를, 어부바를! 개새끼야."

원가성이 피투성이가 된 다음에 우리는 짓밟는 것을 멈췄다. 우리가 이렇게 자비로운 사내들이다. 나는 삼복에게 명령했다.

"끌고 와라."

"예, 문주님."

삼복은 색마의 지법에 당해서 부들대면서 떨고 있는 원가성의 발목을 붙잡은 다음에 질질 끌고 왔다. 우리는 동네 얼간이들처럼 주변을 노려보면서 천리객잔으로 되돌아왔다. 삼복이 원가성을 집어던졌다. 바닥을 떼굴떼굴 굴러가다가 멈춘 원가성은 경련이 일어난 모양인지 몸을 잠시도 가만히 있질 못한 채로 떨었다. 한바탕 먼지를 들이마셨기 때문에 우리는 말없이 술을 따라서 입 안을 행구면서 마셨다. 나는 술을 뱉은 다음에 원가성에게 다가가서 머리카락을 붙잡았다. 반쯤 정신이 나간 원가성을 바라보면서 말했다.

"원 당주."

"…"

"이 얼마나 자비로운 광경이냐? 원 당주, 원 당주, 원…"

나는 대답을 하지 않는 원 당주의 뺨을 후려쳤다. 퍽- 소리와 함께 원 당주의 입에서 빠져나온 이빨이 바닥에 굴러다녔다. 나는 다시 놈을 불렀다.

"원 당주."

원 당주가 숨을 거칠게 몰아쉬면서도 나를 노려봤다. 나는 손을 뻗어서 원가성의 눈을 확인했다.

"눈빛이 살아있네. 이 새끼, 살아있네. 흑도였네. 와, 야무지네."

나는 야무진 눈빛을 유지하고 있는 원 당주의 뺨을 다시 후려쳤다.

퍽!

이번에는 너무 세게 때린 모양인지 고개가 홱 돌아간 원가성이 바닥에 쓰러지면서 기절했다. 색마가 덤덤한 어조로 물었다.

"죽었나?"

나는 손을 뻗어서 원가성의 맥을 확인한 다음에 대답했다.

"아직 살아있다. 삼복아 술 줘봐라."

"예."

나는 삼복이 건넨 술을 받은 다음에 원가성의 얼굴에 부었다. 독한 술이 콧구멍과 입으로 흘러 들어가자 *끄헉* 소리와 함께 원가성이 다시 정신을 차렸다. 나는 단조로운 어조로 다시 놈을 불렀다.

"나는 이 짓을 밤새 할 수 있다. 왜냐고? 그것은 내가 딱히 할 일도 없고 심심하기 때문이다. 다시 한번 애타게 불러본다. 원 당주."

원가성이 입에 들어갔던 술을 질질 흘리면서 대답했다.

"…예."

나는 손가락으로 원가성을 가리킨 다음에 악인들을 바라봤다.

"와, 이제 대답하는 거 봐라. 아까 대답했으면 안 맞았는데. 바보냐? 대답하는 게 그렇게 어렵나? 웃긴 놈이네. 하하하하."

나는 원가성을 잠시 내버려 둔 다음에 일어나서 술을 따라 마셨다. 우리는 의자를 하나씩 가져와서 원가성 주변에 놓은 다음에 앉아서 술도 마시고 다 식은 고기도 가끔 젓가락으로 찔러서 먹었다.

"꺼억."

이제야 색마, 귀마, 삼공자, 삼복도 내 행동에 어느 정도 적응이 되었는지 별다른 위화감 없이 자연스럽게 동참했다. 술을 마시고 싶으면 술을 마시고. 고기를 먹고 싶으면 구워서 먹고. 생각나는 대로 잡담하고. 풍경도 구경하면서 우리는 평범한 객잔의 일상을 금세 되찾았다. 삼복이 내게 물었다.

"…문주님, 고기 좀 더 구울까요?"

"더 구워봐라. 소면은 안 사 왔나?"

"소면은 깜박했습니다."

"아쉽네."

삼복이 웃으면서 말했다.

"이따 사 와서 제가 국수 한 그릇씩 말아드리겠습니다."

나는 삼복을 향해 박수를 보냈다.

"이 새끼, 야무지네. 좋았다. 강호생활 이래 나는 너처럼 뛰어난 호위를 본 적이 없어. 삼복아."

"감사합니다."

색마와 귀마도 삼복을 칭찬했다.

"다재다능하네."

"네가 고생이 많다."

삼복이 씨익 웃더니 삼공자에게 물었다.

"공자님은 뭐 드시고 싶은 거 없으세요?"

삼공자가 딱딱한 표정으로 대답했다.

"없다."

"예."

삼복은 끝내 후속타를 먹였다.

"드시고 싶은 거 생각나면 말씀해 주세요."

"…"

나는 그제야 떨고 있는 제천맹의 당주를 돌아봤다.

"이 원숭이 새끼 이름이 뭐였지?"

색마가 대답했다.

"원가성?"

"아, 맞네."

나도 제천맹에 대해 아는 것이 있어서 색마에게 물었다.

"제천맹에는 당주가 가장 많지?"

"그렇지. 외부 세력이었다가 편입되면 보통 당주 직위를 받지. 그래서 당주들 실력도 제각각이고 하는 일도 천차만별이다. 이름만 제천맹이고 거의 뭐 흑도 연합이야. 제천맹주가 대단한 사내이긴 하지. 다들 그 밑으로 모인 거니까."

무림맹의 법을 따르면 수입이 줄거나 사업을 아예 접어야 하는 중소세력들이 있는데 이들이 제천맹에 많이 들러붙은 상태였다. 이쯤이면 원가성이 제천맹주를 들먹이면서 우리를 협박하는 것이 정상이다. 하지만 우리가 너무 미친놈들이라서 그런 것일까. 원가성은 입도 뻥긋하지 않았다. 어차피 말실수하면 처맞게 된다는 것을 알아차린 모양이었다. 나는 젓가락을 들고 가서 슬슬 익어가고 있는 고기 한 점을 붙잡은 다음에 원가성에게 다가갔다.

"원 당주, 입 벌려. 아…"

원가성이 매우 지치고 피곤한 기색으로 나를 노려봤다. 나는 싸늘한 어조로 말했다.

"입 벌려. 때려죽이기 전에. 마지막 경고다."

원가성이 입을 벌리는 것을 보자마자, 나는 고기를 내 입에 넣었다. 나는 고기를 씹으면서 세상 진지한 표정으로 원가성을 노려봤다.

"원 당주."

"예."

"내게 이래라저래라 할 수 있는 사내가 너는 아니라고 말했을 텐데. 내 말이 우스웠나? 어차피 너를 지금 죽여도 나는 제천맹주에게 찍힐 테고, 죽이지 않아도 찍힐 텐데. 이 상황에 대해서 너는 어떻게 생각해. 들어보자."

나는 젓가락을 아무 데나 집어던진 다음에 왼손으로 원가성의 머리통을 쓰다듬었다.

…

"대답을 잘해라."

대답에 따라서 원가성의 머리통을 부술 생각이었다. 원가성이 내 눈빛을 바라보다가… 절강의 앞바다처럼 심하게 요동치는 눈빛으로 내게 말했다.

"문주님, 살려주십시오."

나는 오른손에 장력을 휘감은 다음에 대답했다.

"내가 너를 살려줘야 해? 왜? 다들 왜 이런 순간에만 자비를 바라나. 약자는 괴롭히고, 강자에겐 자비를 바라는 게 사내의 삶이냐. 개새끼들은 쉽게 바뀌지 않아."

나는 딱밤으로 원가성의 이마를 가격했다. 퍽- 소리와 함께 원가성이 그대로 허물어졌다. 죽었을 수도 있고, 아직 숨이 붙어있을 수도 있었으나 나는 굳이 확인하지 않았다. 다만 이런 놈을 상대하고 있을 때. 내 말의 뜻과 대처의 의미를 악인들이 알고 있을지, 그것이 궁금했다. 나는 돌아서서 색마, 귀마, 삼공자, 삼복의 표정을 바라봤다.

"차남, 육합, 삼남, 호위. 너희도 이런 놈들처럼 살면 안 돼. 이런 놈은 사내가 아니다."

대답을 바라고 한 말은 아니어서 다들 입을 다문 채로 나를 바라봤다.

203.
없으면 됐어

나는 무심코 천리객잔의 푯말을 보다가 중얼거렸다.

"이야, 작은 객잔 하나 멀쩡하게 운영하는 게 이렇게 어렵다."

이제 이곳은 마교가 찾아올 수도 있고, 백의서생이 찾아올 수도 있으며, 이번에는 든든하게도 제천맹까지 합류했다. 이러다가 객잔 앞에서 정마대전이 벌어졌다고 해도 이상하지 않을 형국이다.

"삼복아."

"예."

"가게 하나 운영하는 게 이렇게 힘들다."

뜬금없는 말이긴 했으나 삼복은 내 말의 의미를 대충 이해한 모양인지 고개를 끄덕이면서 대답했다.

"그러게 말입니다. 저도 예전엔 몰랐습니다."

나는 웃으면서 말했다.

"몰랐겠지. 무공을 익히지 않은 객잔 주인장, 점소이들이 전부 네 눈에는 하찮은 인생을 살아가는 사내라고 생각했을 테니까. 하지만 이들이 약한 것을 비난하거나 낮춰 볼 일은 아니다. 삼공자, 네가 마교 교주의 아들로 태어난 것과 평범한 사람이 평범한 집안에서 태어나는 것은 선택할 수 없는 문제야. 내 말이 틀렸나?"

삼공자는 고개만 끄덕였다. 나는 말을 이어나갔다.

"이런 동네에서 태어났는데 마침 아버지가 객잔 일을 하고 있으면 아들이 객잔 일을 종일 도울 수도 있는 거지. 강해질 시간이 어디 있겠어?"

이번에는 삼복이 대답했다.

"그렇습니다."

"너희 네 사람… 나랑 인연이 어떻게 이어질지 나도 모르겠다. 이렇게 만난 김에 부탁하마. 강호인들과 죽고 죽이는 것은 자존심 문제가 맞아. 어느 정도 서로에게 정당한 싸움이다. 하지만 이런 곳에서 일하는 사람들은 괴롭히지 말아라. 나는 그것 때문에 점소이를 때려치우고 하오문을 만들었다."

삼복이 잔뜩 놀란 눈으로 나를 바라보다가 귀마와 색마와 표정까지 확인했다. 믿기지 않는다는 표정으로 내게 물었다.

"점소이셨어요?"

나는 덤덤한 표정으로 고개를 끄덕였다.

"한때는 그랬지."

천리객잔을 바라보면서 말을 이어나갔다.

"이런 객잔을 하나 가지고 있었는데 불에 홀라당 타서 없어졌다. 아마 도살자도 이런 객잔을 직접 지었을 리는 없을 거야. 분명 누군가를 죽이고 차지했을 테지. 객잔 한 곳에서 벌어지는 일이 이렇게 험난하다."

문득 나는 옆에서 지렁이처럼 꿈틀대고 있는 원가성을 바라봤다.

"눈빛이 살아있더니만 아직 살아있네."

나는 앉아있던 자리로 돌아와서 힘겹게 일어나는 원가성을 바라봤다. 이마에서 한 줄기 피가 흘러내리고 있었다. 원가성이 처참한 표정으로 무릎을 꿇더니 우리를 바라봤다. 반쯤 넋이 나간 표정이었다. 귀마가 내게 의견을 물었다.

"문주, 저놈은 이제 어떻게 하겠나? 나는 이제 항상 셋째의 의견을 물어보고 사태를 해결하는 게 맞는 것 같다는 생각이 드는데. 넷째는 어때?"

색마가 대답했다.

"내가 왜 넷째야. 열 받게."

귀마가 해결책을 제시했다.

"넷째가 싫으면 다섯째를 만들어라. 여섯째도 만들고."

나는 해결책을 제시할 마음이 없어서 색마를 갈궜다.

"아니꼬우면 일찍 태어나지 그랬나. 미리 안 태어나고 뭐 했어? 그리고 원가성 저놈은 우리가 결정할 필요 없다. 삼공자를 잡아가겠다고 온 놈이니 삼공자가 선택해야지. 죽이든지 살리든지 마음대로 해. 네 운명과 관계가 더 깊은 것이니 내 알 바 아니다."

삼공자가 원가성을 바라보다가 고개를 끄덕였다.

"누가 시켰나?"

원가성은 삼공자의 표정을 살폈다. 좋지 않은 행동이었다. 왜냐하면, 삼공자는 새삼스럽게 마교의 대공이어서 저런 놈을 죽이는데 일말의 망설임이 없기 때문이다. 원가성도 눈치가 있는지 바로 대답했다.

"둘째 대공이 요청했소."

"뭐라고 하면서?"

원가성도 할 말이 있었다는 것처럼 말했다.

"삼대공이 사마외도 고수를 포섭하고 있다는 것을 알고 계셨소. 본인은 수련하느라 바쁘니 제천맹에서 해결해 주거나 아니면 삼공자를 생포해서 데려오면 좋겠다고 요청하셨소. 대신에 삼공자 주변에 있는 사마외도는 전부 죽이라고 하셨지."

우리는 대답을 하지 못하는 삼공자를 바라봤다. 잠시 생각을 거듭하던 삼공자가 원가성에게 말했다.

"원 당주."

"말씀하시오."

"내가 부리던 사마외도는 하오문주에게 다 죽었다고 전해주게. 그리고 나는 하오문주에 의해서 죽음 직전까지 몰렸다가 뜻밖에 배교자인 광명좌사 검마 선배에게 용서를 받아서 풀려나게 되었네. 여기까지 이해했나?"

"이해했소."

"왜 갑자기 거기서 좌사가 등장하는 것이냐고 반문하겠지만 나도 뜻밖의 일이었네. 하오문주와 좌사가 친분이 있는 것 같다고 설명하면 되겠지. 사정은 이렇게 정하고. 둘째에게 전달해 주게. 나는 후계자 싸움에서 물러나겠다고. 사마외도나 살수를 포섭해서 두 대공을 공격하는 일도 없을 것이라 약조하겠네."

원가성이 고개를 끄덕였다.

"음."

삼공자가 결심을 밝혔다.

"다만 우리 외가는 건드리지 말라고 전해주게. 나는 후계자 구도
에서 스스로 물러나겠지만 한 사람의 강호인으로… 무공을 수련해
서 언젠가 대공들에게 도전하겠다고 전하게. 당분간 내가 교로 돌아
가는 일도 없을 것이야. 원 당주, 내 진심을 전해줬으면 좋겠군."

원가성이 대답했다.

"최대한 노력하겠소."

삼공자가 고개를 끄덕였다.

"하오문주가 괜찮다면 너를 살려서 돌려보내 주겠다. 가라."

원가성이 힘겹게 일어나더니 불안한 표정으로 나를 바라봤다.

"문주님."

"왜?"

"제가 돌아가도 되겠습니까?"

나는 의자에 비스듬히 앉아서 원가성을 향해 손짓했다.

"이리 와봐라. 작별의 말은 나눠야지."

원가성이 내 앞으로 가까이 다가와서 손을 앞으로 모은 채로 섰
다. 나는 원가성의 얼굴을 다시 한번 기억한 다음에 진심을 전했다.

"원 당주, 나는 말이야."

"예."

"지금 내 실력이 자네들의 맹주나 아니면 제천맹 내부의 최고수들

에 비해서는 부족할 수도 있다는 것을 알고 있어. 솔직하게 말하는 거야."

"예."

나는 원가성과 눈을 마주친 채로 말했다.

"하지만 제천맹과 전쟁이 벌어지면 너희 제천맹의 팔 할은 내 손으로 직접 찢어 죽이겠다고 약조하마."

"…"

"너는 삼공자와 하오문의 뜻을 전할 전령이다. 네 판단과 언변으로 전쟁이 일어나지 않기를 바라마. 객잔 위에서 내가 하려던 지랄염병은 두 눈으로 확인했겠지?"

"예, 빛을 봤습니다."

"나는 오락가락하는 사내라서 매번 자비를 베풀지는 않는다. 기왕이렇게 된 김에 제천맹은 내 행적을 더 자세히 조사해 봐라. 나는 대체로 다 죽이면서 여기까지 왔다. 너는 운이 좋은 편이야. 가라."

그제야 원가성이 떨리는 날숨을 내뱉더니 나를 향해 포권을 취하고 사람들을 둘러보면서 작별의 말을 건넸다.

"문주님, 몽 공자, 육합선생, 삼대공. 물러가겠습니다. 살려주셔서 감사합니다."

자신을 쏙 빼놓고 말하자, 삼복이 콧방귀를 뀌어댔다. 원가성이 삼복을 발견했다가 뒤끝 있는 어조로 말했다.

"어부바하게 해서 미안했네. 덕분에 자네에게도 많이 맞았군. 그럼 이만."

등을 내보인 원가성을 향해 삼복이 중얼거렸다.

"저 새끼가 근데 미안하다는 건지 복수를 하겠다는 건지…"

분위기가 어색해진 가운데 삼복은 자신이 과했다고 여겼는지 바로 삼공자에게 사과했다.

"죄송합니다. 공자님."

삼공자가 하늘을 바라보다가 대답했다.

"뭐가 죄송해?"

"주제넘은 말을 했습니다."

삼공자가 삼복을 물끄러미 바라봤다.

"그 정도는 해도 된다."

"예."

순간 아무도 입을 여는 자들이 없어서 천리객잔 앞이 잠시 고요해졌다. 이런 순간이야말로 아무것도 하지 않은 채로 가만히 있는 것이라 할 수 있었다. 삼복이 혼자 움직이더니 술을 따르면서 돌아다녔다. 보아하니 삼복이 술을 마시고 싶어서 먼저 우리에게 술을 따라준 모양새였다. 술로 목을 조금 축였을 때, 삼공자가 잔잔한 어조로 말을 꺼냈다.

"…내가 어렸을 때 가장 처음 배운 것은 희로애락喜怒哀樂을 줄이라는 것이었지. 크게 기뻐하면 정이 쌓이고, 정을 쌓으면 수련에 방해가 된다. 크게 노하면 냉정함을 잃게 되고, 냉정함을 잃으면 적을 놓치게 된다. 크게 슬퍼하면 마음이 약해지고, 마음이 약해지면 적을 용서하게 된다. 크게 즐거워하면 즐거움을 좇게 되고, 그것을 좇다 보면 수련을 게을리하게 된다. 희로애락을 줄여야만 강해질 수 있다. 너는 강해져야만 살아남을 수 있다. 무공을 익히기도 전에 내가 배운 것이네."

나는 삼공자의 표정을 바라봤다. 그러고 보니 놈의 표정에는 별다른 감정이 없어 보였다. 감정을 절제하는 법을 배운 사내였다. 물론 술을 마시다가 왜 이런 말을 꺼냈는지는 알 수가 없다. 하지만 다들 술을 마시고 있었기 때문에 삼공자의 말을 들을 준비가 되어있는 상태였다. 잠시 말이 끊어진 삼공자를 향해 내가 말했다.

"그래서."

삼공자가 전방을 주시하면서 한숨을 내쉬었다.

"그래서… 이렇게 된 것일까. 주변에서 누군가가 갑자기 죽어도 크게 슬프지 않았고. 크게 기뻐할 일도, 크게 즐거워할 일도 없었지. 우리를 잠시 가르쳤던 좌사나 우사도 아무런 감정이 없어 보이는 사내들이었네. 다른 교관이나 사부들도 마찬가지였지. 하지만 이 감정이 부족한 사내들은 전부 교주님을 두려워하거나 어려워해서 나는 자연스럽게 이렇게 생각했지. 언젠가는 나도 저런 사람이 되어야 하겠구나. 이게 맞는 것인가."

삼공자가 우리를 바라보더니 실로 공허한 눈빛으로 말했다.

"솔직히 앞으로 어떻게 살아야 할지 잘 모르겠네."

나는 웃음이 절로 나왔다. 내가 웃자, 삼공자가 궁금하다는 것처럼 물었다.

"왜 웃나?"

"웃을 때는 별 이유가 없다. 웃기면 웃는 것이지."

삼공자가 내게 말했다.

"나는 희로애락 중에서 노여움에 대해서는 잘 알고 있네. 하지만 지금 내 심정이 슬픔인지 아닌지도 구분하기가 어렵군."

나는 술을 한잔 마신 다음에 일어나서 앞으로 나간 다음에 악인들로 구성된 관객들 앞에 섰다. 일인 공연을 하는 심정이기도 하고, 어리숙한 악인들을 가르치는 선생님이 된 기분도 느껴졌다. 어쨌든 나는 잠시 고민하다가 말하고 싶은 대로 말했다.

"슬픔이란 무엇이냐?"

나는 뒷짐을 진 채로 오락가락하다가 천리객잔을 가리켰다.

"할아버지가 내게 남기셨던 객잔의 이름은 자하객잔. 어느 날 할아버지가 너무 늙으셨다는 것을 내가 뒤늦게 깨달았을 때. 그제야 할아버지의 인생을 유심히 살펴보니 이분의 삶이란 눈을 뜨고 눈을 감을 때까지 대체로 내 걱정만 하고 계신다는 것을 알게 되었지. 할아버지와 내 삶은 한 치도 나아질 기미가 보이지 않았고. 할아버지도 곧 하늘로 떠나실 것이라는 점을 내가 너무 뒤늦게 알아차렸다. 언젠가 하릴없이 바깥을 돌아다니다가 집에 돌아왔는데 방으로 들어가기도 전에 객잔이 너무 조용하다는 것을 알게 되었다."

"…"

"그때 알았지. 전부터 내가 혼자라는 것은 알았지만 실은 할아버지가 있어서 혼자가 아니었다는 사실을. 그리고 나는 이제 막 혼자가 되었다는 사실을 그 적막함 속에서 깨닫게 되었지. 대체로 슬픔이란 이런 감정들이 한꺼번에 몰려오는 순간이겠지."

나는 삼공자의 눈을 바라봤다.

"슬픔이 무엇인지 조금은 알겠나?"

삼공자가 고개를 끄덕였다. 나는 이제 삼공자에게 분노를 설명했다.

"…객잔에는 아직 많은 추억이 남아있었는데 사실 돈은 얼마 없었지. 상납금을 바쳐야 했으니까. 돈 뜯어내는 놈들과 자주 싸웠는데 어느 날 이상한 소리에 뛰쳐나가 보니 객잔이 불에 타고 있더군. 아주 활활 타올랐다. 객잔은 불길에 아주 약한 놈이었어. 나는 불에 휩싸인 객잔을 보다가 할아버지도 떠오르면서 심경이 복잡해졌지. 불을 질렀던 놈들을 바라보고 있을 때의 내 마음, 그것이 바로 뚜렷한 분노였다. 이것도 이해했나?"

삼공자가 고개를 끄덕였다. 나는 이번에 내 전문분야가 아닌 기쁨에 대해서도 간략하게 설명했다.

"그래도 너희 같은 마귀들에게 오늘, 슬픔이 무엇인지 대충이나마 알려준 것 같아서 마음이 흡족하구나. 그것이 내 작은 기쁨이다."

"…"

삼복이 마른 웃음을 지은 채로 내게 물었다.

"문주님 그럼 즐거움이란 무엇일까요?"

나는 삼복을 향해 웃는 얼굴로 대답했다.

"그것은 나도 잘 알지 못해. 당장 알아낼 수도 없다. 세상의 가장 큰 즐거움이 무엇인지 얼핏 예상은 해보겠다만… 우리 같은 놈들에게 그런 날이 올 가능성은 희박하다. 그것은 어려운 일이야."

삼복이 고개를 끄덕였다.

"그렇습니다."

나는 웃음기를 지운 다음에 말했다.

"아직 때려죽일 놈들이 많으니까 그것은 나중에 생각해 보자고. 아직은 아니야. 누구, 나한테 즐거움에 관해서 설명해 줄 사람? 있나?"

나는 색마, 귀마, 삼공자, 삼복을 차례대로 바라봤다. 전부 입을 다문 채로 고개를 젓거나 가만히 있었다. 나는 고개를 끄덕인 다음에 말했다.

"없으면 됐어."

204.
빛으로
돌려세우기

내가 회귀한 이후에 스스로 잘했다고 생각하는 점은 어쨌든 색마가 마교에 투신하지 않게끔 한 것이었다. 그러니까 이 문제는 지금도 진행 중인 사안이다. 악인회나 사대악인과 같은 말은 그저 내 농담일지라도. 이놈들이 마교에 합류하거나 여기저기 흩어져서 악행을 일삼지 않게 하는 것이 내 목적이다.

본래는 광명좌사가 되는 색마를 가장 중요하게 생각했는데, 그 덕분에 검마를 알게 되었고. 이것에 어느 정도 나도 영감을 받았던 모양인지 운이 더해져서 귀마도 함께하게 되었다. 나는 악인들을 붙잡아서 빛을 향해 돌려세우는 중이었다. 이들에겐 통상적인 꾸짖음이 잘 통하지 않기 때문에 나는 시종일관 헛소리와 개소리를 섞어서 말할 수밖에 없었다. 그렇다고 하더라도 속뜻은 언제나 같다.

악인들아…

빛이 내리쬐는 이쪽이 더 따뜻하다.

그쪽으로 가지 말아라.

그쪽은 어둡고, 외롭고, 쓸쓸하고, 추운 길이다.

내가 이런 악인들을 이용해 먹으면 나는 악인일까 아닐까. 사실 악인인지 아닌지 관심이 없다. 애초에 나는 광마였기 때문이다. 겉으로는 내가 이들을 매번 갈구고, 욕하고, 때리고, 비웃고 있었으나 내 내면에서는 이 못난 새끼들에게 하루에 열두 번 정도를 부탁하고 있었다.

함께하자고. 흑과 백의 아슬아슬한 경계에서 발을 걸치고 있는 내 쪽으로 오라고. 어쨌든 속이 시커멓게 물들어 있는 놈들을 애써 빛으로 돌려세우는 것이 쉬운 일은 아니었다. 그런 의미에서 삼공자의 이탈은 어떤 의미일까? 지금은 모를 일이다. 전생에는 대공자나 둘째 공자에게 잡혀서 어디선가 죽었을 게 뻔한 놈이었기 때문이다.

색마와 귀마가 도로 잠을 보충하겠다고 들어가고. 종일 어부바를 한 채로 달리느라 지쳤던 삼복도 의자에 앉아서 졸기 시작했는데도 삼공자는 하염없이 평범한 객잔의 풍경을 바라보고 또 바라봤다. 나도 딱히 할 말도 없고, 해줄 말도 없고, 말을 하는 것도 귀찮아서. 삼공자와 함께 천리객잔 앞에서 노을을 구경했다.

해가 지고, 노을이 천하를 뒤덮었다가, 이내 어두운 밤이 찾아왔다. 새카만 밤하늘에 한두 개씩 빛나던 별들이 빽빽할 정도로 등장해서 빛을 내뿜고 있을 때… 나도 삼공자도 밤하늘을 올려다보면서 별을 바라봤다. 밤하늘의 빼곡한 별이 아름답게 느껴지면 삼공자의 희로애락에 변화가 있다는 뜻일 테고. 저 아름다운 별들이 예전과 마찬가지로 무덤덤한 광경이라면 삼공자의 마음도 별반 달라지지 않았다는 뜻일 것이다.

하지만 나는 굳이 삼공자에게 물어보지 않았다. 누가 봐도 삼공자는 지금 밤하늘의 별을 오랫동안 바라보고 있었기 때문이었다. 덕분에 나도 모처럼 시원한 밤공기를 충분히 들이마시면서 밤하늘을 구경했다.

* * *

검마는 잠시 목검을 내려놓은 채로 평상에 앉아서 밤하늘에 빼곡한 별을 구경하고 있었다. 흩어졌다가 뭉쳐있는 별의 모양을 바라보고 있으면 저 안에도 검의 궤적이 담겨있는 게 아닐까 하고 잠시 정신이 어지러워지곤 했다. 유난히 홀로 빛나고 있는 별을 바라보고 있으면 부럽기도 하고, 저것이 임소백 맹주나 혹은 교주의 별이 아닐까 하고 상상하기도 했다. 어쨌든 아직 자신은 두 사람의 실력에 비해 부족한 사람이기 때문이다.

그렇게 검마는 잠시 밤하늘에서 자신의 실력에 맞는 별이 있는지 찾아보았다. 별의 크기와 밝기가 무공의 수준이라고 생각하고 있는 자신이 우습긴 했으나 어쨌든 진지하게 자신의 별을 헤아려 봤다. 하지만 수많은 강호인이 빛을 내뿜고 있어서 자신의 별을 찾는 것은 쉬운 일이 아니었다. 하지만 그 별을 찾아내기도 전에 검마는 시선을 아래로 내린 다음에 입구를 주시했다.

"…"

잠시 후 문밖에서 목소리가 들렸다.

"광명우사의 전령, 홍목한입니다."

검마가 대답했다.

"들어와라."

문이 열린 다음에 불그스름한 의복을 갖춰 입은 전령이 검마의 처소에 들어와서 한쪽 무릎을 꿇었다.

"그간 잘 지내셨습니까?"

검마가 고개를 끄덕였다.

"별일 없었다. 홍 전령도 오랜만이구나."

홍목한이라는 전령이 고개를 들더니 검마와 눈을 마주쳤다.

"제가 호칭을 어떻게 해야 할지 모르겠습니다."

"배교자에게 호칭을 고민할 필요 없으니 편히 불러라."

홍목한이 방문한 목적을 밝혔다.

"선배님, 이번에 공석이 된 광명좌사 자리를 원하는 자들은 광명검을 회수하라는 교주님의 명령이 있었습니다. 이에 기존 조직에 속해있었던 자들과 은퇴했던 장로들이 관심을 표하셨고 동맹 가문에서도 지원자들이 속속 나왔습니다. 우사께서 이 소식을 들으시고 광명검을 회수하려는 자들이 단체로 몰려갈 것이니 선배에게 알리라고 하셨습니다."

"그런가?"

"우사께서 지원자들에게 경고하시길 선배님에게 먼저 장소를 여쭙고 명령을 수행하라고 말씀하셨습니다. 선배님이 장소를 정해주시면 제가 지원자들에게 전달하겠습니다."

"홍 전령."

"예."

"병력이 많다더냐?"

홍목한이 입술을 달싹이다가 대답했다.

"제가 가늠하긴 어렵습니다. 동맹 가문에서도 지원자가 있습니다."

검마가 처소를 둘러봤다.

"그래? 여기서 맞이하긴 어렵겠구나. 일시日時는?"

"선배님이 정해주시면 제가 돌아가서 전달하겠습니다."

검마는 밤하늘을 바라보다가 홍목한에게 물었다.

"홍 전령, 조만간 비가 오겠느냐?"

홍목한이 하늘을 확인한 다음에 대답했다.

"십여 일은 계속 맑을 것 같습니다."

"그렇다면 그 안에만 오도록 해라."

"전달하겠습니다. 장소는 어디로 하시겠습니까?"

"이곳에서 남서 방향으로 한적한 곳에 객잔이 하나 있다. 주변에 객잔이라고는 그곳 하나이니 어렵지 않게 찾을 것이다."

"예. 전하겠습니다."

홍목한은 말을 마친 다음에 일어나서 처소를 둘러봤다.

"지내시는 데 불편함은 없으십니까?"

검마가 고개를 끄덕였다.

"조용해서 나쁘지 않다. 우사는 잘 지내는가?"

"외적인 일이 많아서 바쁘신 것 같습니다."

"그렇겠군. 교주는 별말 없었나?"

홍목한이 조심스럽게 대답했다.

"있었습니다."

"전달하게."

"그것이 좀…"

"괜찮다. 내가 교주의 막말을 하루 이틀 들었겠나?"

홍목한이 고개를 살짝 숙인 다음에 대답했다.

"…목검이나 수련하는 놈에게 가당치 않은 검이니."

"알았다."

"예."

"홍 전령, 자네가 우사와 함께 지원자들을 잘 달래서 허무하게 죽는 자들이 줄어들게 해라. 교주가 심심했나 보군. 아직도 낚이는 놈들이 많아."

"전달하겠습니다. 그럼 저는 이만, 물러가겠습니다."

검마가 고개를 끄덕이자, 홍목한이 입구까지 걸어갔다가 돌아서더니 조용히 고개를 한 번 숙인 다음에 물러났다. 검마는 홀로 남은 처소에서 제법 빠르게 멀어지고 있는 홍목한의 짤막한 한숨 소리를 들으면서 중얼거렸다.

"…홍 전령의 경공 실력이 더 늘었구나."

문득 검마는 밤하늘을 바라보다가 조만간 크고 작은 별들이 빛을 잃을 것이라 예상했다. 어쨌든 오랜만에 벽장에 걸어두기만 했었던 광명검을 꺼내야 하는 시점이었다. 이를 화가 난다고 해야 할지, 씁

…

쓸하다고 해야 할지. 검마는 자신의 마음을 알 수가 없어서 자그마한 한숨이 입 밖으로 흘러나왔다. 검마는 광명검을 챙기기 전에 집 안 이곳저곳을 돌아다니면서 집기들을 반듯하게 정리했다.

* * *

나는 밤하늘을 구경하다가 백응지 방향을 주시했다. 어두워서 잘 보이는 게 없는데도 무언가가 다가오고 있다는 것을 알아차렸다. 잠시 후에 어둠 속에서 어둠과도 같은 사내가 등장하더니 나와 삼공자를 물끄러미 바라봤다.

"선배, 어서 오시오."

검마는 평소의 후줄근한 복장이 아닌 잘 차려입은 정복을 갖추고 있어서 어디론가 여행을 가려는 사람처럼 보였다. 검마가 다가와서 삼공자를 바라봤다. 삼공자가 당황한 표정으로 말했다.

"좌사, 오셨소."

검마가 말없이 내 옆에 앉더니 처음 보는 시커먼 장검 한 자루를 탁자에 올려놓았다. 나는 저 시커먼 장검이 마검魔劍임을 알았다. 이자가 왜 갑자기 마검을 꺼낸 채로 여기에 왔을까. 검마에게 물어볼 수밖에 없었다.

"선배, 왜 그리 화가 나셨나? 마검까지 챙겨오고."

검마가 탁자에 있는 술을 따르면서 대답했다.

"광명검을 회수하겠다는 연락을 받았네."

"아하."

"백응지의 처소에서 맞이하면 싸움이 커질 수도 있어서 이쪽으로 가져왔네."

"오호."

"문주가 불편하다면 다른 곳에서 싸워도 상관없네."

"으흠?"

감탄사만 연발하자 검마가 나를 노려봤다. 나는 헛기침을 한 다음에 검마를 격려했다.

"잘하셨소. 여기서 맞이하는 게 낫겠지. 생각해 보니까 천리객잔에는 피 냄새가 너무 난다니까. 한 번쯤 다 때려 부순 다음에 다시 만드는 게 낫겠소. 하오문의 지부로 생각하고 다시 만들 작정이니 너무 미안해할 것 없소. 어차피 본래도 내 객잔이 아니었으니 검마선배가 미안할 이유가 전혀 없지."

검마가 고개를 끄덕이면서 대답했다.

"미안하네."

"말했을 텐데. 이제 악인회에 속한 사람들의 적은 내 적이라고. 만형의 검을 무슨 전당포에 저당 잡힌 물건을 회수하는 것처럼 뺏길 수는 없지. 안 그러냐?"

나는 삼공자를 바라봤다. 삼공자가 눈동자를 이리저리 움직이면서 대답할 말을 고르자, 졸다가 깨어난 삼복이 대신 대답했다.

"그렇습니다. 무조건 문주님 말이 맞습니다."

내가 물었다.

"꿈꿨냐?"

"아니요. 안 잤는데요."

본래 호위가 졸면 안 되는 것이라서 나는 그냥 넘어가 줬다. 검마가 삼공자에게 물었다.

"삼대공, 너는 여기서 뭐 하는 게냐?"

나는 중간에 껴서 고개만 좌우로 움직였다. 이놈들이 서로 얼굴을 보고 대화를 했으면 좋겠는데 굳이 내가 중간에 끼어있었다. 내가 삼공자를 바라보자, 삼공자가 대답했다.

"쫓기다가 문주가 구해줘서 잠시 빌붙어 있었소. 밤하늘도 좀 구경하고."

나는 고개를 끄덕인 다음에 검마를 바라봤다.

"그렇다는군. 사실 내가 여럿 살렸지. 똥싸개도 살리고 못생긴 놈도 살리고 어쩌다 보니 마교주 아들까지 살렸네. 와…"

오랜만에 자화자찬을 해봤다. 아무도 대꾸해 주는 이가 없어서 나는 작게 중얼거렸다.

"나 누구랑 얘기하냐."

검마가 내게 물었다.

"삼대공이 누구에게 쫓겼나?"

"뭐 제천맹 소속이라고 하는데 일단은 잘 타이르고 협박해서 돌려보냈소. 봐줬는데 또 오면 싹 다 죽일 수밖에. 백의서생이 또 제자나 수하들을 보내면 싹 다 죽일 수밖에. 마교에서 선배의 검을 회수하겠다고 오면 또 싹 다 죽일 수밖에. 싹 다 그냥."

내 상태가 위태로워 보였는지 검마가 내 어깨를 살짝 붙잡았다.

"문주, 침착해라."

"나는 항상 침착한 편이외다. 항상 냉정하게 싸늘한 마음을 잘 유지하고 있지."

검마가 내게 권했다.

"헛소리 그만하고 들어가서 운기조식이나 좀 하게."

나는 자리에서 일어났다.

"확인."

내가 객잔으로 들어가는 사이에 검마가 삼공자에게 말했다.

"너는 엮일 필요 없으니 호위와 떠나라."

나는 천리객잔 안에 들어와서 잠시 두 사람의 대화를 엿들었다. 삼공자가 대답했다.

"나는 딱히 갈 곳이 없소. 문주가 목숨을 한 번 살려줬으니 나도 이곳에서 몸을 좀 회복하리다."

"십 일 이내로 교의 병력이 도착할 것이다. 교도를 죽여서 배교자가 될 셈이냐?"

"좌사, 그것은 틀린 말이외다."

"무엇이."

"날 공격하는 놈들이 배교자요. 그러니까 대공들의 싸움에 사마외도가 끼었던 것이고. 나도 궁금하군. 좌사 자리를 탐내는 자들이 누구인지. 이래저래 내가 불편하겠군."

생각해 보니 삼공자가 아직 마교의 대공이었다. 대공이라는 직책이 무엇인지 사실 나도 잘 모른다. 명예직은 아닌 것 같고 그냥 후계자 구도에 있는 자들에게 주어지는 특별 직책인 듯싶었다. 슬슬 천리객잔에서 돌아가는 상황이 이보다 더 개판일 수는 없었다. 나는 잠시 친숙한 객잔 의자에 가부좌를 틀고 앉아서 이것저것을 생각했다.

...

이러다가 정마대전인가? 그럴 수는 없었다. 어디까지나 마도 대 마도가 겨뤄서 출혈경쟁을 벌이는 게 좋았다. 정확하게는 마교 대 광마 연합. 혹은 마교와 제천맹 대 사대악인이다. 그 중심에 마검 한 자루와 불편한 존재가 되어버린 삼공자가 있다. 문득 나는 초조한 마음이 들어서 바깥에 있는 검마에게 물었다.

"선배, 검을 언제 회수하러 오는 거요?"

"십 일 이내인데 밤인지 낮인지 알 수 없네."

"그렇군. 확인. 나는 오랜만에 운기조식을 하겠소."

나는 사대악인들을 호법으로 생각하고 오랜만에 운기조식을 시작 했다. 여전히 금구소요공과 월영무정공의 균형을 맞추기 위해서 월 영무정공의 운기조식에 집중했다. 오랜만에 집중하는 것이 쉬운 일 은 아니었다. 내가 있는 객잔을 잊고, 사대악인을 잊고, 마교를 지우 고, 코를 찌르는 피 냄새도 외면해야만 했다. 결국에 잡다한 고민과 망상, 우려와 걱정, 삼공자가 말했던 희로애락을 잠시 떨쳐낸 다음 에 대주천을 시작했다.

밤하늘을 오래 쳐다봤기 때문일까. 다행히 눈을 감은 채로 주시하 는 어둠이 밤하늘의 어둠처럼 느껴졌다. 나는 시커먼 내 마음속을 떠다니면서 빛나는 별을 하나씩 잡아다가 단전에 쌓기 시작했다.

205.
하여간 세상에는
미친놈들이 많아

살면서 나는 지금처럼 편한 마음으로 운기조식을 한 적이 없었다. 하지만 사흘 차에 접어들면서 내 내부 사정은 그렇지 않았다. 때때로 무척 추웠고, 으슬으슬 떨기도 했으며, 이러다가 얼어 죽는 것이 아닐까 하는 공포가 엄습할 때도 있었다. 정신을 집중하는 것은 때때로 꿈을 꾸는 것과 흡사해서 꿈보다 더 생생한 환각을 보여줄 때가 있다.

지금이 그렇다. 환각이 생생하다는 말은 언뜻 이치에 맞지 않는 말이지만. 무공을 익히다 보면 말이나 글로 설명하기 어려운 영역에 진입할 때가 있다. 이것이 그저 느낌에 그치면 좋으련만 나는 실제로 추웠다. 마치, 빙공으로 적을 괴롭히기 전에 내가 먼저 한빙지옥에서 벌을 받는 느낌이랄까. 환각 속에서 나는 두 발이 먼저 얼어붙었고. 그다음에는 허리까지 차오른 눈을 밀어내면서 설산의 정상을 향했다.

시간이 얼마나 흘렀을까. 모른다. 이럴 때는 알 수가 없었다. 나는 돌풍을 동반한 눈보라를 맞으면서 눈, 코, 입이 얼어붙은 채로 걷기만 했다. 이런 경우에 섣불리 금구소요공의 도움을 받거나 편한 길을 찾아서 오르면 절벽으로 떨어지거나 얼어붙은 채로 꿈에서 깨어나지 못할 가능성이 있었다.

당연히 고생길을 택해야 한다. 지독하게 춥고, 적당히 외로운 데다가 오만가지 형태의 걱정과 공포가 뒤섞이고 있었지만 나는 때때로 웃으면서 올랐다. 나는 눈보라 이외에는 아무것도 없는 설산을 반나절이나 더 기어 올라가서 드넓은 설원의 고원에 도착했다. 공기가 희박해서 숨을 쉬는 게 만만치 않았으나 바람은 서서히 가라앉고 있었다. 빙공의 경지가 한 단계 더 오른 것이라 예상해서 안도의 한숨이 흘러나왔다. 월영무정공 현월弦月 경지의 끝자락에 도착한 것이라 생각했다.

'오늘은 여기까지.'

만월滿月 경지는 꿈도 꾸지 않았다. 금구소요공처럼 경지가 세세하게 분리된 것은 아니었으나 분명 초계超鷄 단계와 금구金龜 단계를 합친 것만큼 광활할 것이 분명했기 때문이다. 나는 차가운 설원의 고원에 대자로 누운 다음에 편한 마음으로 눈을 감았다. 동시에 현실에서 눈을 뜬 다음에 호흡을 길게 내뱉었다.

"후우…"

내 호흡을 따라서 차가운 입김이 흘러나왔다. 나는 눈을 뜨려다가 눈꺼풀이 찢어지는 기분을 맛봤다. 실제로 전신에 빙공의 여파가 있었던 모양인지 온몸이 축축하다는 느낌을 받았다. 겨우 눈을 떠보니 근처에서 사대악인이 전부 나를 바라보고 있었다.

"아이, 씨벌. 깜짝이야."

"..."

속이 철렁했다. 아직 현실 감각이 돌아오지 않은 상태에서 색마, 귀마, 검마와 같은 마귀들에게 둘러싸여 있었기 때문이다. 표정들이 전부 살벌하기 짝이 없었다. 겨우 정신을 차리는 와중에 귀마가 한숨을 내쉬면서 말했다.

"문주, 괜찮나? 주화입마에 빠진 줄 알았네."

"그럴 리가. 괜찮아."

주화입마는 전생 광마 시절에 충분히 겪었다. 다시는 겪고 싶지 않은 경험이었다. 색마는 잠시 나를 노려보다가 별말 없이 돌아섰다. 검마가 고개를 한번 끄덕인 다음에 말했다.

"고생했네."

나는 세 사람의 표정을 확인했다. 무슨 일이 생겼나 싶어서 쳐다보고 있던 모양이었다. 분명히 어두워졌을 때 운기조식을 시작했었는데 어느새 해가 중천에 뜬 모양인지 사방이 훤했다.

"이번 운기조식은 얼마나 걸렸지?"

내 물음에 귀마가 대답했다.

"하루 반나절쯤 걸렸네. 시간이 계속 늘어나는군."

나는 고개를 끄덕였다.

"좋았어. 얼어 뒤질 뻔했다. 운기조식도 적당히 해야지. 나처럼 무식하게 하면 안 돼."

귀마가 피식 웃으면서 대답했다.

...

"이제 씻고 오게나. 그럼 당분간 운기조식은 끝인가?"

"회복해야지. 씻고 온다."

전신을 휘감은 축축한 느낌 때문에 나도 버틸 수가 없었다. 객잔 뒤에 가서 씻으려는데 주방에서 달그락 소리가 들려서 잠시 안을 확인해 봤다. 삼복이 요리를 하고 있다가 화들짝 놀라면서 대답했다.

"문주님, 일어나셨습니까? 아, 주무신 건 아니었지. 점심 준비하고 있습니다."

"확인."

나는 그대로 뒷문으로 나가서 옷을 훌러덩 벗은 다음에 우물로 향했다. 미리 받아 놓은 물을 휘저어 보니 그렇게 따뜻할 수가 없었다.

* * *

탁자 두 개를 이어붙인 다음에 검마, 색마, 귀마, 삼공자, 삼복과 내가 둘러앉아서 젓가락질을 시작했다. 삼복이 차린 밥상을 보면서 나는 이런 생각이 들었다.

"삼복이 없었으면 우린 다 굶어 죽었을지도 몰라."

색마가 말했다.

"설마 굶어 죽었을까?"

나는 확신에 찬 어조로 말했다.

"굶어 죽었다. 전부 음식 사러 가기 귀찮다고 여기서 버티고 있었겠지. 아니면 내가 만든 음식을 먹다가 맛없어서 뒤졌거나."

귀마가 웃으면서 밥을 먹다가 말했다.

"자네 음식 솜씨가 그렇게 개판인가?"

나도 젓가락질을 하면서 대답했다.

"예전에 어떤 손님한테 국수를 말아줬는데 한 젓가락을 먹더니 그 릇을 내게 집어 던지더군."

귀마가 황당하다는 표정으로 물었다.

"그래서 어떻게 했나?"

"뭘 어떻게 해. 날아 차기를 한 다음에 머리끄덩이를 붙잡고 싸웠 지."

"하하하하하하…"

삼복이 혼자서 웃음을 터트리자, 다들 삼복이를 물끄러미 바라봤 다. 삼복이 당황스러운 표정으로 말했다.

"왜 저만 웃죠."

"…"

"죄송합니다."

나는 사실 웃음을 참고 있었는데, 참은 김에 계속 참았다.

"밥 먹자."

"예."

근엄한 표정으로 밥을 먹고 있던 검마가 궁금하다는 것처럼 물 었다.

"누가 이겼나?"

"우리 동네 전문 용어로 서로 쫄았다는 말이 있소. 같이 때리다 보 면 적당 선에서 싸움이 멈추는 거지. 생각해 보면 국수 한 그릇 때문 에 싸운 건데 그릇을 던진 것은 그놈 잘못이고 맛없게 만든 것은 내

잘못이니 적당히 넘어가는 거지. 아무리 꼴통들이라도 국수 때문에 살인 사건이 벌어지진 않소. 거기까진 아니야. 요약하자면, 비긴 것으로 할까? 이렇게 끝난 셈이지."

검마가 고개를 끄덕였다.

"비기는 싸움도 있었군."

나는 밥을 먹으면서 검마에게 물었다.

"어떨 것 같소. 슬슬 광명검을 탐내는 정신 나간 놈들이 올 때가 되었는데."

검마가 말했다.

"광명검을 회수해라. 이것은 아무래도 표면적인 명령이고. 속뜻은 옛 광명좌사를 죽이라는 것이겠지."

색마가 인상을 쓰면서 물었다.

"그렇습니까?"

검마가 고개를 끄덕였다.

"교주의 함정임을 아는 자들도 있을 것이다. 알면서도 오는 놈들이 있을 테고. 결국에 인간은 공을 세우려 하기 때문이지. 어떤 놈은 일대일 대결을 원하겠지만 이들이 뭉쳐서 일단 난장판으로 싸울 수도 있다. 가장 뒤늦게 나타나서 마검만 탈취한 다음에 돌아가려는 놈도 있을 테고. 이번 기회에 교의 중심으로 진출해서 한자리를 차지하려는 동맹 가문의 지원자도 있을 테지. 그러니까 이것은 교주가 내게 떠넘긴 청소나 다름이 없다."

귀마가 궁금하다는 것처럼 물었다.

"이것이 어째서 청소요?"

검마가 대답했다.

"좌사는 그냥 교주가 임명하면 돼."

이야기를 듣고 있었던 삼공자가 고개를 끄덕였다.

"그렇소. 어차피 교에서 벌어지는 모든 일은 교주님의 마음에 달렸소. 어느 날 처음 보는 사내를 데리고 와서 지금부터 이 사람이 좌사라고 소개하면 그 사람이 좌사인 것이오. 누가 그 결정에 반박하겠소?"

나는 여기까지 들은 다음에 검마에게 물었다.

"교주가 심심한가?"

질문이 이상하다고 생각했는지 검마가 나를 물끄러미 바라봤다.

"어떤 의미인가?"

"그러니까 이렇게 싸움을 붙여놓고 교주가 구경하러 올 가능성은 없느냐는 이야기요. 삼공자가 더 잘 알려나?"

삼공자는 제 아비의 성격에 대해서 이렇게 설명했다.

"사람들이 많이 예상할 것 같으면 오지 않으시고. 사람들이 예상하지 못할 것 같으면 오시겠지. 나도 모를 일이라서 예측할 수 없소."

나는 검마를 바라봤다.

"선배는 어떻게 예상하시오."

검마가 대답했다.

"오지 않을 것 같다."

"어째서."

검마가 사대악인과 삼공자를 둘러보면서 말했다.

"아직 너희를 다 죽일 마음이 없을 것이다. 이번 결과가 그저 궁금한 정도겠지. 명확한 것은 교주가 이곳에 오면 다들 어설프게 행동하지 말고 사방팔방으로 흩어지는 것이 낫다. 아마 오지 않을 테지만 내 말을 유념하도록."

검마가 도망을 치라고 권유했으면 도망치는 것이 맞다. 나는 간단하게 답했다.

"알겠소."

밥을 다 먹어가는 시점에서 문득 검마가 젓가락을 내려놓더니 이렇게 말했다.

"바깥에 손님이 왔군."

"벌써?"

우리는 설거지를 싫어하는 사람처럼 동시에 일어나서 삼복이를 남겨둔 채로 나갔다.

* * *

천리객잔에서 조금 멀찍이 떨어진 좌측의 공터에 마차 세 대가 도착하더니 사람들이 내리면서 지켜보고 있는 우리를 향해 고개를 숙였다. 무리에 있는 한 사내가 나를 보면서 말했다.

"하오문주님, 저희는 싸우러 온 것이 아닙니다. 잠시 이곳에 임시 막사 좀 설치하겠습니다."

마차 뒤에 달린 수레에서 막사를 칠 수 있는 각종 도구와 뼈대가 되는 목재들을 꺼내더니 사람들이 달라붙어서 야전 막사를 짓기 시작했다. 일부는 막사 앞에 기둥을 세우더니 그 위에 햇빛 가리개를 설치하고 그 밑에 탁자, 의자를 놓고 문방사우文房四友까지 올려놓았다. 나는 검마에게 물었다.

"마교에 심판이 있소?"

"없네."

"기록이나 관찰을 병적으로 좋아하는 고수는?"

"내가 알기로는 없네."

"동맹 세력인가 보네."

나는 사대악인들을 객잔 입구에 내버려 둔 다음에 홀로 뒷짐을 지고선 막사를 설치하는 자들에게 다가갔다.

"…수고가 많다."

막사를 설치하던 자들이 동시에 동작을 멈추더니 나를 향해 포권을 취했다.

"하오문주를 뵙습니다."

나는 손을 절도 있게 내저으면서 마도 세력의 같잖은 예의를 물리쳤다.

"확인."

일꾼들의 얼굴과 피부의 색을 바라보니 땡볕에서 농사를 짓고 왔는지 다들 까무잡잡했다. 더군다나 전부 외공을 혹독하게 수련했는지 막사를 치는 속도가 무척 빨랐다. 나는 실력이 있어 보이는 삼십 대의 사내를 향해 말했다.

"어디서 이렇게 싸움 소식을 듣고 귀신같이 몰려온 것이냐?"

사내가 대답했다.

"저희는 명령만 받았습니다. 저희가 가장 먼저 도착할 줄은 몰랐습니다. 문주님."

"너희가 어느 세력인데?"

사내가 고개를 숙이면서 대답했다.

"제 입으로 말씀드리지 못하는 것을 용서해 주십시오."

"그렇구나. 수고해라."

"예."

"막사 안을 구경해 봐도 될까?"

사내가 이제 막 기둥 위에 덮개를 씌우고 있는 막사를 가리키면서 말했다.

"아, 얼마든지 보셔도 좋습니다."

나는 막사도 구경하고, 깃발이나 문양, 가문의 문장 같은 것이 있는지를 확인했다. 그러나 마차의 모양과 일꾼들의 허리에 있는 검의 형태도 면밀하게 살폈으나 알 수 있는 게 전혀 없었다. 그러니까 이들의 정체를 알아낼 수 있는 증거가 단 한 가지도 없었다. 하지만 괜찮다. 나는 오지랖이 넓은 동네 청년처럼 이곳저곳을 구경하다가 묵묵하게 일하는 일꾼들의 동작과 표정을 잠시 바라봤다. 나는 숨을 죽인 채로 이들의 호흡 소리까지 구별해서 듣고 있다가 책임자로 보이는 사내에게 말했다.

"…백의서생이 구경하러 온다더냐?"

나는 허리를 숙인 채로 일을 하던 한 놈의 눈이 살짝 커지는 것을 보고. 다른 놈이 곁눈질로 나를 바라봤다가 급히 시선을 돌리는 것도 확인했다. 내 질문에 대답하는 놈이 아무도 없었다. 이런 질문에… 순간적으로 대답하는 놈이 아무도 없다면, 침묵이 곧 대답이다. 나는 책임자를 향해 다시 물었다.

"구경하러 오겠다는 거냐? 싸우러 오겠다는 거냐? 확실히 해라. 내가 너희를 이 자리에서 이유 없이 다 죽일 수는 없잖아."

그제야 한 중년인이 탁자 위에 문방사우를 정리하다가 일어섰다.

"문주님, 당연히 싸우러 오시는 게 아닙니다. 교의 연락을 받았는데 사정을 알아보니 전 광명좌사의 일행 중에…"

일꾼 중 한 명이 나지막한 어조로 끼어들었다.

"시끄럽다."

"예."

등을 돌린 채로 막사를 잇는 끈을 말뚝 같은 곳에 두르고 있었던 사내가 대답했다.

"구경하러 오시는 것이니 저희를 죽일 필요까진 없습니다. 문주님. 저희는 말을 많이 할 경우에 혀가 뽑힐 수 있으니 문주께서 아량을 베풀어 주십시오."

나는 고개를 끄덕였다.

"알았다. 너희들 혀도 소중하지. 혀가 있어야 사는 재미가 있지. 맛도 보고 말도 하고. 혀를 뽑는다니… 어우, 끔찍해라."

나는 일꾼들 틈바구니에서 혼자 낄낄대면서 웃다가 계속 이리저리 일부러 기웃댔다. 다들 내가 가까이 다가와서 구경할 때마다 더워서 그런 것인지 긴장해서 그런 것인지 모를 땀을 이마에서 흘리고 있었다. 애초에 나는 마군자魔君子가 마도 출신임을 알고 있었다. 물론 마교의 동맹 세력인 줄은 꿈에도 몰랐다. 생각해 보면 지금 마도의 종주는 마교주일 테니, 그리 이상한 일은 아니었다. 어쨌든 나는 이곳을 한참 구경하다가 천리객잔으로 돌아가서 맏형에게 말했다.

"선배, 중립을 표방하는 구경꾼 세력이 온 모양이오."

검마가 고개를 끄덕였다.

"누구인가?"

"일전에 말한 백의서생이 되겠소. 와, 소름."

나는 순간 팔뚝을 비볐다. 사대악인과 삼공자가 나를 바라보는 와
중에 내가 말했다.

"생각해 보니 천리객잔의 지분을 백의서생도 어느 정도 가지고 있
네. 어쨌든 마지막 주인이 도살자였는데 내가 뺏은 거니까. 설마 객
잔을 뺏겠다고 온 것은 아니겠지?"

나는 이렇게 말을 해놓고도 예상이 조금 엇나간 기분이 들었다.
그것은 아닌 모양이다. 색마가 막사를 설치하고 있는 자들을 보면서
사부에게 물었다.

"사부님, 지금 다 죽이는 게 낫지 않겠습니까?"

검마가 고개를 저었다.

"내버려 둬라. 저 정도 고수들을 일꾼으로 뒀다면 어쨌든 구경하
러 왔다는 말이 맞을 것이다. 일부러 적으로 삼을 필요는 없다."

"예."

우리는 각자 어리둥절한 심정으로 막사를 설치하는 일꾼들을 구
경하면서 방금 먹었던 밥을 소화했다. 나는 이를 쑤시다가 말했다.

"하여간 세상에 미친 새끼들 많아. 으이구, 미친놈들. 쯧쯧쯧."

206.
서생이
내 머리 위에
있구나

마군자가 나중에 악제가 되는지는 당장 확인할 방법이 없으나, 저 정도면 악제가 아니라 광제狂帝라고 불러도 손색이 없는 미치광이 같다. 나는 막사를 뚝딱뚝딱 건설하는 놈들을 보다가 이런 생각이 들었다. 미친놈들이 너무 많아서 미쳤다는 의미가 희석되는 것 같다고 말이다.

모두가 미친 곳에서는 미치는 것도 별 의미가 없다. 그렇다면 미친놈들 틈바구니에서는 나 혼자 정상인처럼 행동하는 것이 가장 미친 짓일 터였다. 나는 잠시 정상인의 시선으로 백의서생을 상상했다. 도대체 무슨 생각으로 광명검을 둘러싼 싸움을 저렇게 노골적으로 지켜보는 것일까? 고민 끝에 이런 결론을 내렸다. 우리들의 어린 시절처럼 단순하게 싸움 구경이 재미있어서 오는 것일 수도 있겠다고.

만약 그렇다면 백의서생의 행동은 변질이 된 적 없는 순백의 광기다. 별호대로 백의서생이라는 말에 어울리는 광기를 지닌 셈이다.

하지만 나를 비롯한 사대악인들은 막사를 설치하는 놈들을 구경하는 것보다 더 놀란 표정으로 다가오고 있는 사내들을 바라봤다.

"이것은 또 무슨 등장이냐."

무림맹원들이 등장한 상태. 일전에 봤었던 칠검대 소속의 단혁산과 윤지학이 무리에 포함되어 있어서 어렵지 않게 알아볼 수 있었다. 일단은 두 사람을 환영했다.

"단 무인, 윤 무인. 어서 오시오."

맹원들이 긴장한 낯빛으로 사대악인들을 둘러본 다음에 내게 포권을 취했다.

"문주님, 또 뵙습니다."

"여기까진 어떻게 찾아오셨소."

단혁산이 말했다.

"맹에서 소식을 전달받았는데 문주님이 걱정되어서 일단 와봤습니다."

"무슨 소식."

단혁산이 천리객잔과 주변을 한 차례 둘러보다가 말했다.

"천리객잔 주변에서 사마외도끼리 맞붙을 것이라는 일종의 자진 신고를 받았습니다. 투서 내용에 따르면 사마외도끼리 맞붙는 것이고, 인근에서 생활하는 사람들이나 백웅지에는 피해가 없도록 하겠다는 내용이 있었습니다. 만약 백웅지에 피해를 주려는 사마외도가 있다면 자신들이 미리 차단할 테니 사마외도의 싸움에 백도가 끼어드는 일이 없었으면 한다는 제보이자 신고였습니다."

나는 어리둥절한 표정으로 대답했다.

"그러니까 여기서 싸운다는 것을 미리 신고했다 이 말이네."

윤지학은 나만큼이나 어리둥절한 표정으로 대답했다.

"예. 일단은 그렇습니다. 서찰에는 아군으로 생각하는 사내가 있어서 직접 살펴볼 것이니 걱정하지 말라는 이야기도 적혀있었습니다."

"아군?"

단혁산이 나를 물끄러미 바라봤다.

"그 아군은 당연히 문주님입니다. 서찰에 이자하라고 적혀있어서 잠시 혼란이 있었습니다만 주변에 알아보니 문주님의 성함이라고."

나는 고개를 끄덕이면서 대답했다.

"그렇군. 나를 아군으로 생각한다는 세력은?"

단혁산이 내 표정을 구경하면서 말했다.

"삼락서옥三樂書獄이라고 하던데. 아십니까?"

나는 고개를 저었다.

"삼락서옥? 나도 모르는 아군이 내게 있었군. 든든하기 짝이 없네."

문득 사대악인들을 바라봤더니 이들도 입을 다물고 있었다.

"무림맹이 알고 있는 단체요?"

단혁산이 고개를 저었다.

"저희도 모릅니다. 조사하고 있을 겁니다."

나는 막사 쪽을 바라봤다.

"나도 모르고 무림맹도 모른다면 아마도 삼락서옥은 저자들일 확률이 가장 높소."

나는 막사를 설치하는 자들을 가리켰다. 사대악인과 무림맹원들이 일제히 시선을 돌렸다. 순식간에 막사를 완성한 자들이 마차에 다시 도구를 챙겨넣고 있었다. 본래는 서옥書屋(글방)이라는 말을 주로 쓰고, 서옥書獄이라는 표현은 없는 말이다. 억지로 해석하자면 글 읽는 감옥이다.

반면에 삼락三樂은 해석하기가 쉽다. 본래 군자삼락君子三樂이라는 말이 있기 때문이다. 부모가 다 살아계시고. 형제가 아무 탈 없이 무사하고. 천하의 영재를 얻어서 교육하는 것. 이것이 군자의 삼락三樂이다. 당연히 백의서생은 군자 앞에 마魔가 붙기 때문에 평범하고 정상적인 삼락을 가지고 있지 않을 것이다.

예를 들면 천하의 영재를 얻어서 교육하는 게 아니라 천하의 몹쓸 놈을 잡아다가 고문과 교육을 병행했을 터였다. 정신이 망가진 도살자처럼 말이다. 상념에 잠시 빠져있을 때, 윤지학이 내게 물었다.

"문주님, 저희가 가서 물어볼까요?"

나는 고개를 저었다.

"그러지 마시오. 저 사람들은 말을 많이 하면 제 주인에게 혀가 뽑히는 모양이오."

마침 막사에서 한 사람이 걸어오더니 내게 보고하듯이 말했다.

"문주님, 저희는 막사 설치를 완료했습니다. 한 명만 남고, 이만 물러가겠습니다. 보기 불편하셨을 텐데 사정을 봐주셔서 감사했습니다. 그럼, 무운이 있길 빕니다."

사내가 고개를 깊숙이 숙였다.

나는 고개를 끄덕였다.

"다들 땡볕에 막사 설치하느라 고생 많았소."

"격려의 말씀, 감사합니다."

사내가 돌아서더니 막사를 설치한 인원들과 합류해서 이내 마차가 출발했다. 확실히 이놈들의 표정을 보아하니 예전부터 평범하게 살았을 것 같지 않은 분위기가 남아있었다. 그런 와중에 다들 예의를 갖추고 있었으니 이들 역시 백의서생에게 잡혀서 노예처럼 살아가고 있는 모양이었다. 나는 단혁산을 바라봤다.

"단 무인."

"예."

"어쩌다 보니 이곳에서 싸우게 됐소. 주변에는 피해가 없도록 내가 살펴볼 것이니 크게 우려하지 않아도 될 거요. 서찰의 내용대로 마귀들끼리 싸우는 것이니 이곳에서 많은 놈이 죽을수록 좋소. 아마 저놈들도 문제가 없도록 바깥을 통제하고 있을 거요. 굳이 엮이지 마시오. 정신 나간 놈들 같으니까."

이곳에서 단혁산과 무림맹원들이 할 일은 딱히 없었다. 사태를 어느 정도 파악한 단혁산이 말했다.

"문주님."

"말씀하시오."

"이런 말씀을 드려도 될지 모르겠으나 맹주님께서 종종 친근하게 아우처럼 언급하고 계십니다. 어떤 싸움인지 모르겠으나 저희도 문주님에게 무운이 있길 바랍니다."

아우라는 말에 나는 아무렇지 않은 표정으로 대답했다.

"우리 지엄하신 맹주 형님에게 안부 좀 전해 주시고."

"예."

무림맹원들이 물러나는 와중에 단혁산이 내게 가까이 다가와서 귓속말을 했다.

"문주님, 도와드릴 거 없습니까? 비공식적인 질문입니다. 맹의 지시는 없었으나 저희는 합류할 생각으로 왔습니다."

나는 잠시 생각했다가 단혁산의 어깨를 두드렸다.

"음, 단 무인. 고맙지만 이번 일은 이 안에서 해결해 보겠소."

"알겠습니다."

단혁산이 뒷걸음질을 치면서 사대악인들을 바라봤다.

"여러분, 그럼 또 뵙겠습니다."

나는 맹원들을 향해 손을 흔들었다.

"봐서 반가웠소. 살펴들 가시오."

"예, 문주님."

나는 싸우기도 전에 진이 빠지는 느낌을 받았다. 대체 무림맹에 먼저 보고해서 백도는 개입하지 말라는 합의를 끌어내는 것은 어떤 생각을 해야 가능한 것일까. 우리는 잠시 천리객잔 앞에 놓인 의자에 앉아서 아무 말도 하지 않았다. 다만 상황이 황당하다고 여겼는지 여기저기서 코웃음이 몇 번 흘러나왔다. 나는 심심했기 때문에 일부러 일어나서 막사로 향했다. 막사를 지키고 있는 젊은 사내가 긴장한 표정으로 나를 바라봤다.

"문주님, 어서 오십시오."

나는 고개를 끄덕인 다음에 탁자를 턱짓으로 가리켰다.

"잠시 앉아봐도 될까?"

"예."

나는 탁자를 차지한 다음에 천리객잔을 향해 손을 흔들었다. 검마, 귀마, 색마는 내 손짓을 물끄러미 바라보기만 할 뿐, 아무런 반응이 없었다. 나는 오기가 생겨서 일부러 손을 더 크게 흔들었으나 사대악인의 마음은 쉽게 흔들리는 법이 없었다.

"하여간…"

"예."

"쌀쌀맞은 인간들이야. 도무지 호응이 없어. 하기 싫은 일은 절대 안 하지."

나는 탁자 위에 놓인 벼루와 먹, 붓과 종이 뭉치를 보다가, 천리객잔 앞에 앉아있는 악인회의 마귀들을 다시 바라봤다. 이렇게 보고 있으려니. 구경할 놈이 굳이 나 한 명은 아닌 것 같다. 일단 검마가 싸우는 희귀한 모습을 구경하게 될 테고. 정말 강적이 나타나면 검마가 마검까지 뽑을 터였다. 더군다나 색마의 존재를 알고 있는지는 모르겠으나 실전된 것이나 다름이 없는 옥화궁의 빙공도 구경하게 될 터였다. 거기에 육합선생과 내 실력까지 확인하는 기회가 있을 테니 내가 백의서생이라 하더라도 이 자리에 왔을 것 같다는 생각이 들었다.

'확인. 이 느낌이군.'

나는 대기하고 있는 사내에게 물었다.

"주인장께서 그림을 좀 그리나 보군. 종이가 서책 크기가 아니고 그림용이야."

사내가 짤막하게 대답했다.

"예."

"혹시 예 아니오로 대답하라던가?"

…

"그건 아닙니다."

"길게 대답해 보게."

"문주님에게 예의를 갖추라고 하셔서 대답하는 것이 조심스럽습니다."

적을 알고 나를 알아야 승부에서 이길 확률이 올라가고. 수하를 갈궈야 윗놈이 어떤 놈인지 알 수 있는 법이다. 나는 사내에게 물었다.

"이름이 뭔가?"

"칠겸七鎌입니다."

"일곱 번째 낫?"

"예."

"낫 좀 보자."

칠겸이 허리춤에서 낫을 꺼내서 내게 보여줬다. 나는 친숙한 낫을 보면서 고개를 끄덕였다.

"삼복에 육합, 칠겸이라… 연이 있는 것도 같고 없는 것도 같고 애매하구나. 내 말이 무슨 뜻인지 알겠어?"

"잘 모르겠습니다."

"괜찮다. 나도 잘 모를 때가 많아."

"예."

나는 문방사우를 바라보면서 물었다.

"이 그림쟁이는 언제 온다더냐?"

"모르겠습니다."

"아, 네 주인을 그림쟁이라고 인정하는 거냐?"

칠겸의 안색이 창백하게 돌변하더니 입을 다물었다. 나는 칠겸의 표정을 구경하다가 고개를 돌려서 길을 주시했다. 마차 한 대가 다가오고 있었다. 나는 마차를 보면서 칠겸에게 물었다.

"…서생이냐?"

"아닙니다."

"그렇다면 죽으러 온 좌사 후보로군."

마차가 서서히 속도를 줄이더니 내가 앉아있는 막사 앞을 지났다. 마부는 나를 신경도 쓰지 않았는데 마차의 햇빛 가리개가 움직이더니 웬 중년인이 나를 노려봤다. 배탈이 난 모양인지 안색이 창백하고 눈빛이 음침한 사내였다. 귀신을 닮아서 조금 무섭긴 했으나 눈싸움을 질 수 없었기 때문에 나도 함께 노려봤다.

"…"

창백한 귀신 놈이 입가에 미소를 짓더니 이내 햇빛 가리개를 내리면서 지나갔다. 당연히 내가 알 수 있는 놈이 아니어서 칠겸에게 별 기대 없이 물어봤다.

"저놈은 누구냐? 기분 나쁘게 생겼네."

칠겸이 대답했다.

"신교 외당에 소속된 귀령마가鬼靈魔家의 가주입니다."

나는 고개를 끄덕이면서 근엄한 어조로 정보를 캐물었다.

"그렇군. 저자가 좌사 자리에 도전할 만한 실력은 갖추었는가."

칠겸이 대답했다.

"외당의 최고수 중 한 명이어서 이 자리에 올 자격이 있습니다."

"외당이라는 것이 내가 생각하는 게 맞나? 교 내부에 있지 않고 외부에서 활동하는 동맹 세력인가."

칠겸이 고개를 저었다.

"외당에 속하면 명령을 수행하기 때문에 동맹 세력과는 다릅니다. 동맹 세력은 협조를 요청받지, 교의 명령을 수행하진 않습니다."

"너희처럼?"

"예."

나는 정세에 해박한 칠겸을 향해 박수를 보냈다.

"이야, 나이도 어린데 해박하네. 역시 서생의 제자야. 훌륭해."

"감사합니다."

귀령마가의 가주가 탄 마차가 천리객잔 앞에 서더니, 마차에서 아까 본 귀신 같은 놈이 내렸다. 저 정도면 배짱이 대단한 놈이라고 할 수 있다. 수하도 없이 등장해서 천리객잔 앞에 서더니 검마를 물끄러미 바라봤다. 내게도 인상 깊은 광경이었다. 나는 잠시 백의서생에게 빙의한 사람처럼 백지를 하나 책상에 펼친 다음에 붓을 들었다.

"먹 좀 갈아라."

"예."

칠겸이 옆으로 와서 먹을 가는 동안에 나는 붓을 든 채로 잠시 호흡을 가다듬었다. 순간, 이런 생각이 들었다.

'이런… 내가 백의서생이 하는 짓을 그대로 하고 있구나.'

나는 먹을 갈고 있는 칠겸에게 물었다.

"칠겸아."

"예, 문주님."

"혹시 말이다. 백의서생이 내가 이 자리에 앉아서 그림을 그릴 것이라고 예상했느냐?"

칠겸이 희미하게 웃음을 참으면서 내게 말했다.

"예, 예상하셨습니다. 아마, 기뻐하실 겁니다."

"내 행동을 예측해서 기뻐한다는 것이냐 아니면 그림을 그리려고
해서 기뻐한다는 것이냐."

칠겸이 말했다.

"문주에게 순수한 면이 있으셔서 책상에 놓인 문방사우를 보면 글
을 적거나 천리객잔을 바라보다가 그림을 그리실 것이라 예상하셨
습니다."

나는 감탄한 어조로 대답했다.

"서생이 내 머리 위에 있구나. 대단하다."

순간, 나는 막사 위쪽으로 시선을 보냈다. 막사 위로 무언가가 지
나가더니 이내 경공이 뛰어난 흑의인黑衣人이 땅에 내려섰다. 등을
돌리고 있어서 얼굴은 확인할 수 없었으나 땅에 내려서는 동작이 무
척 고요해서 살수의 무공을 익힌 사내처럼 보였다. 이놈 역시 막사
는 확인도 하지 않은 채로 천리객잔을 향해 걸어갔다. 나는 어쩔 수
없이 칠겸에게 물었다.

"저 살수 같은 놈은 누구냐?"

칠겸이 고개를 저었다.

"저도 모르겠습니다."

나는 붓을 내려놓은 채로 일어서서 천리객잔으로 향했다.

"삼복아."

안쪽에서 삼복이 우당탕 소리를 내면서 바깥으로 뛰쳐나왔다.

"예."

나는 귀령마가 가주를 턱짓으로 가리킨 다음에 말했다.

"손님 받아라."

삼복이 앞치마에 손에 묻은 물기를 닦더니 귀령마가 가주에게 다가갔다.

"주문하시겠습니까?"

귀령마가 가주가 살벌한 눈빛으로 삼복을 노려봤다.

"필요 없다."

"예."

삼복은 다시 정체불명의 흑의인에게 물었다.

"주문하시겠습니까?"

"필요 없네."

"예."

귀령마가 가주가 검마에게 말했다.

"좌사, 소개나 해주시오. 평생 혼자 지내더니 심경의 변화가 있으셨나. 이상한 놈들과 함께 지내고 계셨군."

검마가 잔잔한 어조로 대답했다.

"강호에서 만난 제자와 아우들이네."

전직 광명좌사에게 도전하려는 자들이 몰려오는 가운데 나는 귀마, 색마와 함께 검마의 표정을 구경했다. 이상하게도 그의 입에서 아우라는 말이 흘러나오자… 검마가 전보다 조금은 따뜻한 사내가 된 것처럼 느껴졌다. 나는 심심한 나머지 검마의 말을 이어받아서 도전자들에게 나를 소개했다.

"나는 셋째 이자하라 한다. 남의 객잔에 냄새나는 엉덩이 붙이고 있지 말고 주문을 해. 참고로 여기는 은자銀子만 받는다. 돈 없으면 꺼지도록. 저쪽에 돌 굴러다니는 땅바닥에 가서 대기하고 있어. 대 갈통 부수기 전에."

귀령마가 가주와 흑의인이 살벌한 눈빛으로 나를 노려봤다.

"…"

확실히 나 때문에 분위기가 좀 무거워졌다.

207.
우리는
정상이 아니다

귀령마가 가주와 흑의인이 내게 살기를 품자 검마가 입을 열었다.

"귀령 가주."

귀령마가에서 온 음산한 사내가 검마를 바라봤다.

"좌사, 말씀하시오."

검마는 표정 변화가 전혀 없는 얼굴로 말했다.

"혹시 다른 의도가 있어서 온 것이면 지금 이야기하게."

"…"

귀령마가의 가주도 감정이 있는 사내였는지 검마를 바라보는 와중에 눈 밑이 파르르 떨리고 있었다. 귀령 가주가 대답할 말을 고르는 동안에 검마의 말이 이어졌다.

"혹시 견문을 넓히기 위해서 왔다면 자네를 죽이지 않겠네. 귀령의 전대 가주에게 내가 중상을 입힌 것은 사실이나 그때는 좌사 자리를 놓고 겨룬 것이라 서로에게 나쁜 감정이 없었지. 안타깝게도 자네 가문의 무공은 그때 모두 경험했네. 자네가 전대 가주의 실력을 넘어섰단 말인가?"

검마의 말이 끝나자마자 다들 혈도를 찍힌 사람들처럼 꿈적도 하지 않았다. 귀령마가 가주가 조용히 자리에서 일어나더니 이렇게 말했다.

"좌사께서 말씀하신 대로 나는 싸움이 궁금해서 왔소."

검마가 귀령마가 가주에게 말했다.

"다행이구나. 나는 귀령마가에 원한이 없다. 하지만 네가 관전을 핑계로 여기에서 구경하는 것도 원하지 않는다. 내게 쓸데없이 도전하거나 관전 중에 잔머리를 굴린다면 아직 수가 제법 남아있는 귀령마가를 찾아가서 생자生者를 모두 마검의 혼魂으로 삼을 것이다. 자네의 실력을 무시하는 건 아니지만 내게 도전할 시기는 아직 아니야. 이 길로 돌아가라."

이번에야말로 정적이 감돌았다. 귀령 가주가 힘겹게 물었다.

"관전도 허락하지 않겠소?"

검마가 고개를 끄덕였다.

"사람들이 얼마나 몰려올 것인지 가늠할 수 없고. 그리되면 적과 아군을 구분할 수 없어서 죽이게 된다. 자네는 그 틈바구니에 끼어 있지 않는 것이 좋아."

음산한 분위기를 가지고 있는 귀령 가주도 숨이 막히는 모양인지 헛기침을 한 다음에 말했다.

"좌사, 그렇다면 다음에 또 뵙겠소."

나는 황당한 마음에 눈이 살짝 커졌다.

'뭐야, 쫄았어?'

저런 마귀 같은 놈이 말 몇 마디에 물러나다니? 새삼스럽게 검마라는 사내의 위세가 마교에서도 대단했다는 것을 알 수 있었다. 귀령마가 가주도 자존심이 보통은 아닐 것인데 어쨌든 결론은 이렇게되었다. 귀령마가 가주가 조용히 마차로 걸어가는 동안에 아무도 입을 여는 자가 없었다. 동네에서 말싸움하다가 한쪽이 도망가면 다소우스웠는데, 귀령마가 가주의 모습은 그 정도까진 아니었다. 검마가이번에는 흑의인을 바라봤다.

"너는 대체 누구냐? 좌사 자리에 도전할 수준이 아닌데."

흑의인이 대답했다.

"좌사께서 이탈했을 때 추적조에 있었던 절생截生이라 하오."

절생은 사람의 이름이 될 수 없다. 무언가를 잘라야 살 수 있다는뜻이기 때문에 살수의 별호에 어울렸다. 검마가 대답했다.

"그런데."

"내가 이끌던 추적조는 전부 좌사에게 몰살되었소."

"그래서."

"개인적인 감정은 없소. 그때 나도 죽지 못해서 왔을 뿐."

나는 절생이라는 살수의 허리춤에 있는 검을 확인하자마자, 내가들고 있는 목검의 길이와 폭이 똑같다는 것을 알아차렸다. 다른 점이라면 목검이 아니라 흑색으로 칠해졌다는 것 정도. 나는 살수의검을 확인하자마자 절생에게 말했다.

"절생, 네 이놈."

절생이 황당한 표정으로 나를 쳐다봤다. 나는 되는대로 주둥아리를 개방했다.

"까마득한 후배 살수 나부랭이가 입을 놀릴 곳이 아니다. 살문殺門의 선배에게 먼저 예의를 갖춘 다음에 입을 놀리도록."

절생이 내게 말했다.

"뭔 개소리냐?"

"허겸 총사의 제자, 그 제자의 제자 정도 되는 놈이 말을 함부로 하는구나. 나는 허겸 총사의 마지막 직계인 이자다. 배분으로 따지면 내가 네 사숙조의 사부다."

"뭐?"

절생이 놀란 표정으로 나를 보고, 이어서 검마의 표정을 살폈다. 검마는 애초에 표정이 없는 사내라서 절생이 알아낼 수 있는 게 없었다. 나는 목검을 왼손으로 잡아서 올린 다음에 절생에게 물었다.

"이게 무슨 검이냐?"

절생은 눈을 동그랗게 뜬 채로 대답했다.

"일살一殺?"

"맞다."

절생이 자리에서 일어나더니 내게 정중한 어조로 말했다.

"도전하겠소."

나는 아차 하는 마음에 욕지거리를 입에 담았다.

"에이, 씨벌…"

"…"

검마가 귀령 가주를 달래서 돌려보낸 것에 영감을 받은 나머지 배분으로 눌러서 쫓아 보내려고 했는데 도전이라니? 이래서 이 새끼들이 마도로구나. 사실상 백도에서도 가장 고지식한 놈들에게나 통했을 수법을 펼쳤으니 내 실수가 맞다. 적당히 모면할 말을 고르는 와중에 검마가 말했다.

"셋째가 상대해 줘라."

나는 잠시 검마를 노려봤다.

"뭐요?"

맏형에게 욕을 하는 것은 나도 껄끄러워서 노려보는 것에 그쳤다. 어쩔 수 없이 나는 객잔 앞의 너른 공간을 가리키면서 절생에게 말했다.

"좋다. 가자. 아, 이건 좀 배분상 안 맞는 대결인데."

순식간에 대결이 결정되자마자 나는 절생과 함께 공터로 향했다. 어차피 마도는 주로 생사결을 한다. 비무의 구체적인 내용을 정할 필요가 없었다. 이기면 살고, 지면 죽는 식이다. 하지만 이곳은 마교가 아니라 객잔 앞이다. 내가 공터에 도착해서 서있자, 절생이 거리를 벌리면서 말했다.

"준비되셨소?"

"아직이다."

등을 내보인 채로 걸어가던 절생이 내 짐작으로 열서너 걸음 바깥에서 멈추더니 돌아섰다. 나는 마도의 고수와 이런 식으로 겨룬 적은 없어서 궁금한 김에 물어봤다.

"혹시 생사결이냐?"

절생이 대답했다.

"총사 어르신의 제자가 맞소? 일살이 모조품이 아닌가 의심되는군. 그딴 것을 묻다니."

나는 절생을 꾸짖었다.

"이 못난 놈. 총사 어르신도 말년에 심경의 변화가 있으셔서 함부로 살생하지 않으셨다. 싸우면 반드시 죽여야 하는 너희들 수준과는 아득한 격차가 벌어졌다는 말씀이야. 네 목숨부터 귀한 줄 알아야 남의 목숨을 함부로 여기지 않을 것인데. 멍청한 살수 새끼, 날이 무더운데 시커먼 옷이나 입고 다니다니 정신 나간 놈."

솔직히 내가 할 말은 아니지만 어쨌든 중요한 것은 놈을 꾸짖는 것이라서 내용은 별 상관이 없었다. 절생이 내게 다시 물었다.

"준비됐소?"

"아직이다."

"언제 준비가 되겠소?"

나는 지켜보고 있는 삼복에게 호통을 내질렀다.

"삼복아!"

"예, 문주님."

"목마르다."

삼복이 날랜 동작으로 주전자를 낚아챈 다음에 내게 다가왔다. 나는 물을 마신 다음에 절생을 노려보면서 말했다.

"무승부로 할까?"

"싫소."

"물론 그렇겠지."

나는 왼손에 월영무정공을 휘감은 다음에 내 얼굴을 덮었다. 차가운 기운이 얼굴에 닿자 그제야 좀 정신이 번쩍 들었다. 나는 손가락

사이로 절생을 바라보다가 말했다.

"준비됐다."

말을 마치자마자 절생의 발아래에 있던 먼지가 원형으로 떠올라서 퍼지더니, 공중에 낮게 뜬 절생이 검을 뽑으면서 한 호흡에 날아왔다. 나는 얼굴을 덮고 있었던 손을 전방으로 뻗어서 목 근처까지 온 검을 붙잡았다. 나는 얼굴에서 목까지 손을 옮겼을 뿐인데. 그사이에 절생은 열서너 걸음을 일보一步로 좁히고, 검까지 뽑아서 내밀었다.

하지만 월영무정공을 애초에 휘감았던 손이었기에 시험 삼아서 빙공을 극성으로 주입해 봤다. 이는 천리객잔에서 출발해서 설산의 고원에 닿았었던 산행山行에서 비롯된 현월의 경지다. 절생은 붙잡힌 검을 비틀려는 순간에 검과 함께 얼어붙었다.

"…"

나는 고개를 슬쩍 옆으로 내밀어서 절생의 상태를 확인했다. 아주 오래전에 나는 무공이 강해지면 반드시 해보고 싶은 것이 있었다. 그것은 고수의 검을 검지와 중지로 붙잡아 보는 것이었다. 겉멋의 극치랄까. 자칫하면 검지와 중지로 검을 붙잡는 게 아니라, 검지와 중지가 잘릴 가능성이 매우 크다.

덕분에 나도 이번에는 다섯 개의 손가락과 손바닥을 모두 이용해서 붙잡았다. 아마 빙공을 익히지 않았더라면 시도하지 못했을 터였다. 나는 그제야 칼날에서 손을 놓은 다음에 월영무정공의 냉기를 체내로 잔뜩 받아들인 절생에게 말했다.

"도대체 너는 몇 번을 살려줘야, 살아갈 수 있었을까?"

얼어붙은 터라 대답이 없었다.

"…"

나는 절생의 멱살을 붙잡은 다음에 공력을 주입해서 막사로 집어던졌다. 엄청난 속도로 날아간 얼어붙은 절생의 몸이 칠겸에게 쇄도하자, 깜짝 놀란 칠겸이 허리에서 뽑아 든 낫을 휘둘렀다. 절생의 몸이 낫에 의해 갈라졌다. 나는 푸악- 소리와 함께 피를 뒤집어쓴 칠겸을 노려봤다. 무공 실력도 확인하고, 칠겸의 표정도 확인했다. 칠겸이 피 칠갑을 한 얼굴로 노려보기에 나도 입을 열었다.

"누가 거기서 공짜로 구경하래? 시체 치워."

나는 곰곰이 생각하다가 이번에도 또 소름이 돋았다. 죽은 놈의 이름이 절생截生이다. 몸이 잘려서 생이 끝난다는 뜻이었나 보다. 아님 말고. 나는 시체 처리를 칠겸에게 떠맡긴 다음에 그제야 마차를 바라봤다. 이제야 마부가 마편을 휘둘러서 마차를 출발시켰다. 귀령마가의 가주 놈도 마차 안에서 싸움을 구경한 셈이었다. 나는 떠나는 귀령 가주에게 말했다.

"귀령 가주, 세상에 공짜가 어디 있나? 쫓아가기 전에 멈춰라."

이때, 마차의 뒤쪽 창에서 암기 같은 것이 날아왔다.

쐐앵!

나는 이번에야말로 오른손의 중지와 검지에 빙공을 주입한 다음에 암기를 붙잡았다. 확인해 보니 뜬금없이 은자銀子였다. 일종의 관전료인 셈이랄까.

"확인."

나는 은자를 품에 넣은 다음에 천리객잔 앞으로 향했다. 사대악인들이 옹기종기 모여서 나를 원숭이 보듯이 바라보고 있었다. 검마가 건조한 어조로 말했다.

"수고했네."

귀마도 똑같은 어조로 말했다.

"수고했네."

색마가 말하기 전에 내가 먼저 색마를 향해 말했다.

"닥쳐라."

"..."

나는 탁자에 놓인 술을 한잔 따라 마시면서 말했다.

"일 승 무패로군. 나쁘지 않아. 삼복아."

"예, 문주님."

삼복이는 이제 불려 나올 때마다 거친 호흡을 내뱉고 있었다. 나는 삼복에게 말했다.

"이거 보통 일이 아니다."

"그렇습니다."

"언제 어떤 놈들이 올지 모르고. 포위를 당할 수 있으니까 먹을거리를 넉넉하게 사 와라. 육포 같은 것도 비상식량으로 사 오고. 우리가 포위망을 뚫고 밥을 먹으러 가는 것은 너무 귀찮은 일 아니냐."

"그렇습니다."

"그 포위망을 뚫는 임무를 네가 맡을 수도 있다. 왜, 어째서? 우리는 귀찮아서."

삼복이 무언가 깨달은 표정으로 고개를 끄덕였다.

"지금 다녀오는 게 낫겠습니다."

"다녀와라."

삼복이 고개를 끄덕였다.

"돈 주세요."

"일전에 줬잖아."

"다 썼습니다."

나는 삼복에게 얼마를 줬었고, 이놈이 대충 얼마를 써서 반찬거리와 고기, 술을 사 왔는지 복기해 봤으나 생각나는 게 하나도 없었다. 내가 계산에 이렇게 어둡다. 어쩔 수 없이 전낭에서 전표를 꺼낸 다음에 삼복에게 맡기고, 귀령 가주가 던진 은전도 삼복의 손바닥에 올려놓았다.

"이건 네 심부름 값. 착복해라."

삼복이 웃으면서 나를 바라봤다.

"확인."

"뭐?"

"…했습니다. 확인했다는 말이죠. 다녀오겠습니다."

삼복이 경공을 펼치면서 갑작스레 사라졌다. 나는 객잔 앞에 사대악인밖에 보이지 않아서 객잔 안쪽을 살펴봤다. 탁자를 이어붙인 곳에서 삼공자가 자고 있었다.

"저놈이 야간 경계를 섰었나?"

색마가 고개를 끄덕였다.

"그랬지."

나는 "확인"이라는 말을 하려다가 삼복이 때문에 하지 않았다. 사대악인들 옆에 앉아서 잡다한 생각을 지운 채로 평화로운 일상을 주시했다. 문제는 왼쪽 시야에서 시체를 치우고 있었기 때문에 전혀 평화롭지 않았다. 그렇다면 천리객잔의 평범했던 일상이 점차 강호의 아수라장으로 변한다는 뜻이다. 내가 입을 다물고 있자, 검마가 입을 열더니 두서없는 이야기를 시작했다.

"…귀령마가의 전대 가주는 나 때문에 은퇴를 했고. 절생이라는 살수의 조원들은 내가 죽였구나. 실은 죽였다는 사실조차 잊고 있었다. 일전에는 아무런 감흥 없이 맞서 싸우는 자들을 죽이고. 또 그것이 끝이라 여겼건만 사람은 잊는 법이 없구나. 본래 교주가 심심해서 광명검을 회수해 오라고 한 줄 알았더니 그게 아닌 모양이다. 당한 자들은 잊지 않는다는 것을 이 나이를 먹고서야 알게 되다니."

우리는 검마의 회고回顧를 잠자코 듣고만 있었다. 검마가 말했다.

"검을 회수하려도 오겠지만 내게 원한이 있는 자들도 모두 찾아올 것 같다. 이들을 하나씩 보내고 있는 교주는 어디선가 웃고 있겠지."

나는 검마에게 물었다.

"교주가 무엇 때문에 웃고 있겠소?"

검마가 대답했다.

"네가 감히 평화로운 삶을 살 수 있겠느냐? 교주의 비웃음이 귓가에 들리는 것 같구나. 교를 떠났는데도 교주는 내게 일상적인 삶을 허락하지 않고 있다."

나는 검마의 회고가 무척 쓸쓸하게 들려서 한숨이 흘러나왔다. 하지만 이내 정신을 바짝 차린 다음에 검마의 어조와 머릿속을 분석했다. 확실히 이놈은 살짝 우울증이 있는 상태였다. 그런 와중에 고개를 돌려서 동네 할 일 없는 고양이와 개들처럼 전방을 주시하고 있

는 악인들을 살폈다. 차례대로 우울증, 집착증, 색정광이 있고 내게
는 광증이 있었다. 나는 떨떠름한 마음으로 상황을 인지했다. 우리
는 정상이 아니다. 문득 나는 모용백을 호출할까 하는 생각을 잠시
해봤다.

생각해 보니 모용백도 좀 위험하다. 천리객잔이라는 극한 환경에
가둬놓으면 모용백도 주방에서 독을 제조하다가 혼자 낄낄댈 것 같
다는 생각이 들었다. 그럴 수는 없지. 나는 정신을 바짝 차렸다.

208.
보초를 서다가
만든 필살기

날이 어두워졌을 때 나는 경계병에 지원했다. 그간 운기조식을 하느라 나를 제외한 자들이 모두 경계를 섰기 때문이다. 악인들이 나를 지켜줬으니 이제 내가 악인들의 밤을 지켜줄 차례. 경계를 설 때는 순찰 경로를 정해놓고 주변을 돌아다니는 것이 옳다. 그러나 지금은 사막처럼 한적한 곳에 천리객잔이 덩그러니 놓여있는 것이어서 딱히 순찰할 필요가 없었다.

애초에 우리는 쉽게 물러나는 성격들이 아니라서 고립을 자처한 상황이다. 악인들이 객잔으로 들어가자마자 나는 천리객잔의 지붕으로 솟구쳐서 가부좌를 틀었다. 어두워지는 하늘을 바라보면서 생각했다. 살수들이 튀어나오지 않는 고요한 밤, 거룩한 밤이 되기를.

객잔 안에서는 나를 제외한 인원들이 잠을 자거나 휴식을 취하고, 나는 홀로 달을 벗 삼아서 애늙은이처럼 엉망진창인 노래를 흥얼거렸다. 내가 부를 수 있는 노래는 많지 않다. 가사가 외워지지 않을 때가 많고 여러 노래를 들어도 좋아하는 노래는 한정적이기 때문이다. 그래서인지 나는 항상 좋아하는 노래만 반복하는 경향이 있었다.

그중에는 음률이 없는 시도 포함되어 있었는데 나는 오늘따라 유난히 조조의 관창해觀滄海가 떠올랐다. 조조는 자신에게 대항했던 북방의 오환을 격파하고 나서 관창해를 지었는데, 이는 갈석산에 올라 너른 바다滄海를 보면서 읊었던 시다. 나는 객잔 지붕에 앉아서 주변에 깔리고 있는 시커먼 어둠을 출렁이는 바다처럼 바라봤다. 관창해에는 이런 부분이 있다.

동쪽 갈석산에 올라 너른 바다를 바라보니.
일월日月이 저 바다의 중심에서 떠오르는 것 같고.
찬란한 별과 은하도 바다에서 나와 하늘로 퍼지는구나.

물론 이것이 정확한 해석인지는 알 수 없다. 내가 조조에게 물어볼 수 없는 상황이기 때문이다. 어쨌든 글귀를 놓고 해석하는 것도 내 마음이어서 나는 내 식대로 글귀를 곱씹었다. 그렇게, 객잔의 지붕에서 출렁이는 어둠을 바라보고 있으려니. 나는 조조가 왜 그렇게 사람들을 죽여댔는지 어느 정도 이해할 수 있을 것만 같았다. 조조를 변명하는 것도 아니고 내 행동을 변명하는 것도 아니지만 그냥 그렇게 이해되었다. 어차피 우리 둘 다 선한 사람은 아니기 때문이다.

조조가 두통에 시달렸다고 하던데 강호인으로 따지면 그것도 주화입마였을까 하는 상상을 하는 식이다. 어쨌든 관창해에서는 일월지행日月之行과 성한찬란星漢燦爛이 모두 바다에서 비롯된다고 보았

⋯

다. 내 식대로 치환하면. 일월의 기운이 모두 단전이라는 바다에서 비롯되는 것과 같다. 본래는 평화롭게 근무 교대하듯이 일과 월이 순리대로 등장하는데, 그것을 동시에 억지로 뽑아 올려 충돌을 시키면 바닷물이 한꺼번에 뒤집히는 것처럼 자연재해가 일어난다.

이것은 일월광천의 묘리다. 따라서 나는 성한찬란도 고민하지 않을 수가 없었다. 이것도 바다에서 시작되는 일이고, 내게도 출렁이는 단전이 있기 때문이다. 마침 밤이어서… 나는 지붕에 드러누운 채로 밤하늘의 별을 마음껏 구경했다. 별星은 홀로 존재하고, 은하漢는 무리를 지은 별들의 모습을 말한다. 찬란燦爛은 눈부시게 아름다운 것을 뜻한다.

지금 내가 바라보고 있는 밤하늘의 광경이 그렇다. 조조가 후인들에게 무학에 대한 깨달음을 얻으라고 시를 짓지는 않았겠으나 나는 조조의 시에서도 무학을 고민했다. 눈부시게 아름다운 밤하늘을 바라보다가 눈을 감으면 시커먼 망망대해가 펼쳐지고. 다시 눈을 떠보면 하늘에 빼곡하게 빛나고 있는 별들이 내게 쏟아지는 것 같아서 아찔했다.

나는 별과 은하가 찬란하다는 것에서 비롯된 무학의 묘리를 다수를 살생하지 않고 특정 인물만 끝장내는 방향으로 좁혔다. 일월광천이 바닷물을 뒤엎어서 다수를 쓸어내는 절기라면, 성한찬란은 그저 찬란한 빛줄기와 같은 무공으로 삼고 싶었다. 요점은 이렇다. 눈부시게 아름다워서 막아내기 힘든 무공.

문득 나는 맹주의 육전대검이 떠올랐다. 맹주의 검법이 실로 멋진 이유는 겉으로 볼 때는 평범하다는 점이다. 지극히 평범해 보이는 일격으로 검마가 휘두른 목검을 단박에 부러뜨렸다. 나는 그렇게 평범해 보이는 묘리는 떠올릴 수가 없었다. 그것은 임소백의 인생이 녹아있는 검법이기 때문이다. 나는 반대로 생각했다. 화려함 속에 살의殺意를 감추자.

* * *

자하신공은 스스로 경계해야 할 무공이다. 아직 내 경지가 이것을 펼치기에 적절하지 않기 때문이다. 왜냐면 이것은 바닷물이 뒤집히듯이 내 단전이 요동치는 무공이라서 그렇다. 그래서 나는 본능적으로 내 속이 뒤집히려는 열 받은 상황에서만 쓰고 있었다. 고로, 자하신공은 내가 열이 받을수록 위력이 강해진다는 결론에 다다른다.

대체 어떤 무공이 화를 낼수록 강해지겠냐만, 실제로 내가 그렇다. 아마 자하신공의 다른 속말은 분노신공일 것이다. 평범한 사람도 분노하게 되면 몸과 마음에 여파가 남는다. 단전을 뒤흔들어서 사용하는 자하신공은 당연히 내 몸과 마음에 여파를 남기기에 자제하고 있었다. 따라서 나는 천리객잔의 지붕 위에서 목검의 칼날이 붉게 빛났다가 하얗게 빛나는 것을 반복하다가 이것을 자하신공의 하위 무공인 일월신공日月神功으로 삼았다.

묘리는 간단하다. 극양과 극음을 빠르게 자유자재로 전환하는 것이다. 묘리는 간단하지만, 나처럼 사용할 수 있는 사람은 강호에 몇명이 없을 것이다. 애초에 의미가 있는 극양과 극음의 내공을 동시에 보유하는 사람이 드물기 때문이다. 나는 밤하늘을 보면서. 차분하게 무공을 정리하고 정립했다. 최상위에 자하신공, 그 밑에 일월신공. 두 무학에서 파생된 절기는 일월광천, 일월광막日月光幕, 자하검강. 그리고 성한찬란을 새롭게 추가했다.

이렇게 정한 후 나는 객잔에서 뛰어내린 다음에 검을 든 채로 경공을 펼치면서 성한찬란을 연습했다. 어떤 분야든지 처음에 펼치는 것은 허접하다. 그 허접한 것을 다듬고, 잘라내야 조각상이 나온다. 나는 성한찬란이라는 허접한 조각상을 다듬기 위해서 야밤에 검을 휘둘렀다.

시커먼 객잔 주변을 밤하늘이라고 생각하다가 검을 든 채로 하늘에서 떨어지는 유성流星을 흉내 내고, 유성을 따라 하려면 빛살처럼 빨라야 하기에 나는 경공 속도를 계속 끌어올렸다. 문득 검을 들고서 경공을 빠르게 펼치다 보니 혈야궁주가 내게 조언했던 살수의 검과 동작이 떠올랐다. 나는 그것도 내 것으로 삼았다.

조각상의 형체가 갖춰지고 있을 무렵… 나는 칼날에 월영무정공을 휘감은 채로 시커먼 공간을 휘젓고 다녔다. 새카만 곳에 백화白花가 떠다니는 모습은 밤하늘의 별 무리와 크게 다를 바 없었다. 밤새 의미 없는 별을 쏟아내던 나는 어느 순간 가상의 목표를 정한 다음에 기존에 주입했던 빙공에 극양의 기운을 더해서 칼날의 끝에 일점一點으로 집중했다.

칼날 전체에서 빙공이 사방으로 퍼져나가고. 칼끝에서 붉게 빛나는 염계의 검기가 뻗어나갔다. 시커먼 밤의 공간이 허연 꽃과 붉은 직선으로 수 놓였다. 이것은 시커먼 도화지에 검으로 그린 그림이었다.

"…!"

무언가 어설프게 따라 하긴 했는데, 이것은 너무 경지가 높은 무학이어서 쉽게 내 것으로 만들 수가 없었다. 어쨌든 성한찬란이라는 이름을 임시로 붙인 절기를 조각상의 형태로 만들어 놓은 상태. 수련을 시작하자마자 절기를 완성할 수는 없는 법이어서 나는 도로 검을 집어넣은 다음에 어둠 속에서 불을 밝히고 있는 천리객잔으로 향했다.

그 와중에 살심殺心을 더해서 분석해 보니··· 성한찬란이라는 절기에 이런 의미가 더해졌다. 빙공으로 적의 시야를 가리고, 동시에 상대를 녹이는 일검 찌르기. 나름 필살검必殺劍이었다. 성한찬란이 발음도 희한하게 어렵고 뜻도 애매한 터라 나는 이 절기에 쉽고 단순한 이름을 붙여주었다.

이것은 유성검流星劍이다. 보초를 서다가 필살기를 만드는 사내. 그것이 나라는 것을 확인. 무공을 하나 만들었더니 잠시 머리가 어지러워서 나는 객잔 지붕으로 향했다. 아, 이래서 고양이들이 가끔 지붕에 올라가는 것일까? 고양이의 마음까지 헤아리면 안 될 것 같아서 나는 뺨을 한 대 후려쳤다.

'적당히 하자.'

* * *

지붕에서 뜬눈으로 떠오르는 해를 확인하고 있으려니 일찍 일어난 삼복이 객잔 앞에 나와서 빗자루질을 시작했다. 삼복의 빗자루질이 시작되자, 좌측의 적진에서도 칠검이 나오더니 막사 주변을 쓸기 시작했다. 잠시 빗자루를 들고 있는 칠검과 삼복이 서로를 노려봤다. 삼복이 칠검에게 말했다.

...   광마회귀 4

"뭘 봐? 눈 깔아라."

칠겹이 코웃음을 치더니 빗자루질을 이어나갔다. 나는 지붕 위에서 삼복에게 말했다.

"삼복아."

"아이, 깜짝이야!"

삼복이 나를 발견하더니 놀란 표정으로 말했다.

"지붕에서 뭐 하세요?"

"세상을 지켜봤지. 달이 지더니 해가 떴다. 별도 사라졌어. 어디로 갔는지 모를 일이다."

"고생하셨습니다."

삼복이 다시 빗자루질을 하면서 말했다.

"들어가서 주무세요."

"삼복아, 너는 점소이가 천직인가 보다."

"그렇지 않습니다."

"점소이를 무시해?"

"사내라면 문주님처럼 점소이로 출발해서 객잔도 운영하고, 객잔을 운영하다가 돈을 벌어서 표국 일도 하고 상단도 키우고 예쁜 여자랑 혼인하고 꿈을 크게 가져야 하지 않겠습니까?"

"너는 계획이 다 있구나. 야망이 있네."

"문주님은 계획이 있으십니까?"

"있지."

"뭐에요?"

"너 같은 놈들이 계획대로 살 수 있게 하는 것이 내 계획이다."

"엄청나네요."

삼복이 빗자루를 아래로 내리더니 나를 올려다보면서 포권을 취했다.

"존경합니다. 문주님."

"나는 왜 이렇게 아부하는 놈들만 보면 뺨을 때리고 싶지."

"아부하는 거 아니에요. 아부는 저기 막사에서 낫 든 놈들이나 하겠죠. 저거 빗자루질하는 꼬락서니 좀 보십시오."

나는 칠겸에게 말했다.

"칠겸아, 좋은 아침이다."

칠겸이 대답했다.

"예, 문주님."

나는 별 기대 없이 칠겸에게 말했다.

"아침이나 같이 먹을까?"

칠겸이 대답했다.

"괜찮습니다."

"호의를 무시해?"

"죄송합니다."

* * *

나는 일부러 삼복이에게 아침을 저녁 만찬처럼 준비하라 일렀다. 그런 다음에 객잔 바깥 자리에 음식을 잔뜩 깔아놓고, 어제 사 온 음식들도 탁자에 깔고 위석식 화로에서 고기도 구웠다. 가끔 막사를 바라보면 문방사우를 올려놓은 탁자에 앉아있는 칠검이 육포를 씹으면서 우리 쪽을 바라보고 있었다. 나는 기름이 좔좔 흐르는 탕초리척을 젓가락으로 붙잡은 다음에 칠검을 향해서 흔들었다.

"칠검아…"

"예, 문주님."

"그냥 한번 불러봤어."

나는 칠검을 바라보면서 탕초리척을 입에 넣었다. 치이익- 소리가 들려서 고개를 급히 돌려보니 커다란 고기 살점에 불이 붙고 있었다. 돼지 다리를 통째로 굽는 모양이었다.

"이야, 제대로네."

삼복이는 불에 굽고 있었던 뒷다리를 칠검을 향해 흔들었다. 우리는 무공을 익히는 사내들이라서 아침을 매우 전투적으로 먹었다. 검마의 말에 따르면 십 일 이내에 적들이 도착할 확률이 높다고 했으니 오늘내일 내로 다양한 마귀들이 객잔에 찾아올 터였다. 이런저런 생각에 음식을 과하게 쑤셔 넣었다.

나 때문에 잠을 푹 잤던 모양인지 악인들도 그렇고 운기조식으로 부상을 회복하고 있는 삼공자도 밥을 아주 잘 쑤셔넣고 있었다. 나는 딱히 바라는 게 없이, 이놈들과 함께 밥을 나눠 먹었다. 검마도 처소에서 매번 죽을 끓여 먹었던 게 아닐까 싶을 정도로 밥을 아주 잘 먹고 있었다. 내 근거 없는 예상이긴 한데, 사람이 죽만 먹으면 우울증에 걸릴 확률이 높다.

사람이 밥보다 술을 더 처마시면 색마처럼 엇나갈 가능성이 크고. 십여 년을 혼자서 밥을 먹으면 귀마처럼 답답해질 가능성이 크다.

그런 의미에서 우리는 다 함께 밥을 처먹으면서 때때로 칠검을 바라봤다. 한참 아무 말 없이 밥을 처먹다가 검마도 심심했던 모양인지 젓가락으로 두툼한 고기 살점을 붙잡은 채로 칠검을 주시했다.

"..."

검마가 고기를 흔들면서 칠검에게 말했다.

"이리 와서 같이 먹게나."

칠검이 검마를 노려보면서 대답했다.

"됐소."

나는 검마의 젓가락에 붙어있는 살점을 노려보다가, 기습을 펼치듯이 젓가락을 내밀어서 낚아챘다. 그러자 금나수법을 펼치듯이 손목을 돌린 검마가 내 젓가락을 가볍게 피하더니 자신의 입에 고기를 쑤셔 넣었다. 검마가 나를 보면서 말했다.

"어림없지."

나는 냉소를 머금은 채로 우연히 색마를 바라봤는데, 이 새끼는 나랑 눈을 마주치자마자 갑자기 미친놈처럼 웃기 시작했다. 우리는 밥을 먹으면서 혼자 처웃는 색마를 안쓰럽게 쳐다봤다. 검마가 말했다.

"밥 먹자."

"예."

색마가 웃음을 뚝 멈추더니 다시 조용히 밥을 먹었다. 생각해 보니 아무래도 색마가 검마 때문에 웃었던 모양이다. 스승과 제자의 관계를 생각해서 나는 그냥 조용히 넘어가 줬다. 평화로운 밥상머리에서 누군가가 얻어터지는 꼴을 보고 싶지 않았기 때문이다. 내가 이렇게 속이 깊다.

209.
심마에
빠지고 싶지 않았다

나는 사대악인과 함께 천리객잔 주변에 도착한 마교 병력을 바라봤다. 몇 명이 도착했는지는 당장 알 수 없었으나, 이들은 돌돌 말려있는 거대한 붉은 천을 풀어내더니 가끔 기둥을 세워가면서 천리객잔 바깥을 차단했다.

"저게 뭐 하는 거요."

검마가 대답했다.

"적인왕赤人王의 병력이 도착했다는 뜻이네."

당연히 들어본 별호다. 마교에서 별호에 왕이 붙은 고수는 네 사람밖에 없기 때문이다. 광명좌우사자 바로 아래에 위치하는 사천왕四天王들이 그렇다. 하지만 붉은 천막은 동쪽에서 시작되었다가 이내 북쪽에서 멈췄다. 별것 아닌 광경이었으나, 나는 저렇게 커다란 천막을 본 적이 없어서 신기했다. 천리객잔에서 제법 떨어지긴 했으나 북동쪽을 커다란 붓으로 붉게 칠한 것처럼 보였다.

그제야 붉은 천막 군데군데에서 인왕人王이라 적힌 깃발이 휘날리기 시작했다. 하지만 이내 새하얀 천막이 등장하더니 북쪽에서 서쪽으로 출발하기 시작했다. 붉게 칠하더니 이제 하얗게 칠하는 중이었다. 이제 막 출발한 새하얀 천막은 잠시 후에 서쪽에서 멈췄다. 적인왕의 등장 때문에 백색의 세력은 누구인지 알 것 같았다. 나는 함께 구경하고 있는 삼공자를 바라보면서 물었다.

"저것은 백천왕白天王 세력인가?"

"그렇소."

"교의 사천왕이 전부 나설 때도 있나?"

삼공자가 대답했다.

"그런 경우는 없소. 싸우러 온 것인지 통제를 하러 온 것인지 모르겠으나 사천왕이 한꺼번에 나선 일은 지금까지 없었지. 통제하러 온 것이면 전부 있을 가능성도 있겠군."

나도 고개를 갸웃할 수밖에 없었다.

"너무 요란한데. 그냥 허장성세 아니야?"

사천왕이 광명좌우사자 바로 아래에 있는 간부들이라면 좌사 자리를 노리는 게 그리 이상한 일은 아니다. 그렇다 하더라도 이 정도면 너무 과한 병력이라는 생각이 들었다. 우리는 겨우 여섯 명이기 때문이다. 서쪽에서 시작된 청색의 천막이 남쪽에서 끝이 나고, 남쪽에서 시작된 흑색의 천막은 마지막으로 동쪽에서 마무리되었다.

천리객잔의 동서남북이 적백청흑赤白青黑의 천막으로 둘러싸이고, 곳곳에서 치솟은 깃발에는 인왕人王, 천왕天王, 지왕地王, 명왕冥王이라 적혀있었다. 깃발만 보면 마교의 사대호법이 전부 나섰다는 뜻이

다. 색과 조합하면. 적인왕, 백천왕, 청지왕, 흑명왕이다. 천지인天地
人의 조합에 명계冥界까지 더해진 셈이다.

애초에 나는 천리객잔에서 벌어지는 싸움이 쉽지 않을 것이라 예
상했었다. 왜냐하면, 전생의 검마가 이 시기쯤에 마교에게 어떤 식
으로든 당해서 이후의 소식이 끊겼을 가능성이 있었기 때문이다. 광
명검은 마교로 회수되고. 검마의 소식은 끊긴다. 색마는 술과 여자
로 세월을 허비하다가 공적으로 몰려서 어쩔 수 없이 마교에 투신한
다. 이것이 내가 대략적으로 예상할 수 있는 사건들이다. 그렇다고
하더라도 사천왕의 병력까지 등장한 것은 너무 과한 일이었다.

"선배, 광명검 회수하는 일이 너무 커진 것 같소. 이렇게 올 줄 아
셨소?"

검마가 대답했다.

"이렇게 올 줄은 몰랐네."

"음."

나는 잠시 뒷머리를 긁었다. 검마에게 "전생에는 어떻게 당했소?"
이렇게 물어볼 수도 없는 노릇이었기 때문이다. 이어서 병력이 도착
하는 잡소리가 귀에 들렸는데 예상대로 수가 많았다. 계속 어리둥절
함의 연속이었다. 색마도 당황했는지 사부에게 물었다.

"병력이 너무 많습니다. 사부님, 한자리에서 맞이하는 게 불리할
수도 있어요. 한쪽을 뚫고 나가서 싸우는 것이 어떨까요. 저놈들이
과연 일대일 차륜전 방식으로 나설 것인지도 의문입니다."

검마가 대답했다.

"저 정도 병력이면 주변에 피해가 클 것이다. 저놈들도 제 딴에는

백도와 엮이지 않겠다고 전장을 제한한 것이니 굳이 우리가 나갈 필요는 없어."

귀마도 말했다.

"검을 회수하겠다고 저렇게 많은 병력이 올 줄이야."

사대악인들이 검마를 주시하자, 검마는 고개를 저었다.

"날 죽이러 온 것이지. 광명검은 명분일 뿐이야. 그리고 날 죽이려면 저 정도 병력은 몰려와야겠지."

"처음부터 사천왕이 다 몰려올 것이라 예상했소?"

"사천왕은 설령 없더라도 원로들은 많이 끼어있을 것이다."

마교의 원로라면 당연히 전대 거마巨魔들이다. 이 상태에서 만약 임소백이 무림맹을 이끌고 나타나면 이것은 정마대전의 축소판이다. 판이 너무 커졌기 때문에 나는 자리에서 일어나서 허리에 손을 얹은 채로 돌아다니면서 사방팔방을 채우고 있는 마교 병력을 바라보다가 칠검에게 말했다.

"칠검아."

"예, 문주님."

"너무 많이 몰려왔는데?"

칠검이 고개를 끄덕였다.

"저도 예상하지 못했습니다."

"네 주군은 언제 온다더냐?"

"그것은 알 수가 없습니다."

이때, 마교 측에서 한 사내가 손에 교지校紙 같은 것을 든 채로 다가왔다. 천리객잔 근처까지 와서 멈추더니 이렇게 말했다.

"전 좌사께 전달할 말이 있습니다. 가서 말씀드려도 되겠습니까?"

검마가 고개를 끄덕였다.

"와라."

전령이 객잔 앞에 도착해서 검마에게 말했다.

"전 좌사께서 삼대공을 억류하고 있다는 소식이 교주님에게 전달되었습니다. 이는 사실입니까?"

검마가 대답했다.

"아니다."

전령이 삼공자를 보면서 말했다.

"다행입니다. 대공, 돌아가시지요. 마차를 준비해 놨습니다."

삼공자가 대답했다.

"나는 억류된 것이 아니지만 돌아갈 생각도 없다."

전령이 말했다.

"배교자와 함께 머물러 있고 교를 적대시하면 대공도 이내 파면될 것이라 하셨습니다."

"그것은 누구의 말이냐?"

"인왕의 말입니다."

"인왕에게 전해라. 대공 자리에 있다가 형들에게 죽으나 배교자로 몰려서 죽으나 마찬가지라고."

"알겠습니다."

검마가 전령에게 물었다.

"교지는 무엇이냐?"

전령이 그제야 교지를 펼친 다음에 읽었다.

"말씀을 전합니다. 전 좌사는 광명검을 교에 반납하라. 분쟁 없이 반납할 경우 전 좌사의 목숨을 오 년 더 연장했다가 죄를 묻겠다. 만약 전 좌사가 광명검을 들고 직접 교에 복귀하여 죄를 청하면 그간의 공로를 생각하여 극형에 처하지 않도록 원로들과 사천왕이 사면을 돕겠다. 더불어 배교자와 함께 있는 자들에게 고하니 이번 포위망을 탈출해서 훗날을 기약할 경우 몽가, 하오문, 육합문의 생존자들은 배교자와 같은 취급을 받을 것이다. 세 사람은 전 좌사를 도와서 교를 적대시하는 일이 없기를 바란다."

말을 마친 전령이 교지를 접었다.

"이상입니다."

검마가 전령에게 물었다.

"원로들도 많이 왔느냐?"

"예. 이곳에서 탈출하시면 여기까지 온 병력이 일단 몽가로 향할 계획입니다. 전 좌사를 제외한 나머지 분들은 지금 원로들에게 가서 죄를 청하고 물러나시면 됩니다."

전령의 말에 내가 대꾸했다.

"제대로 찍혔네."

전령이 나를 보면서 대답했다.

"예, 하오문주님."

"노마두들에게 미안하다고 전해라."

"그런 말씀은 전할 수가 없습니다."

"확인."

전령이 사람들을 둘러본 다음에 말했다.

...

"일각一刻을 드리겠습니다. 답을 알려주십시오. 물러가겠습니다."

나는 전령을 향해 손을 흔들었다.

"잘 가."

"예."

전령이 돌아간 다음에 나는 사대악인을 바라봤다.

"일이 커졌네. 그러니까 도망치면 우리 세력을 치겠다는 말이지?"

귀마가 대답했다.

"나는 세력이 없네. 말이 그렇다는 것이겠지. 주변 사람 다 죽이겠다는."

검마가 씁쓸한 어조로 말했다.

"실력이 있는 자들끼리 해결하면 될 일을. 끝까지 내가 가장 싫어하는 방식으로 나를 압박하는군."

나는 알록달록한 천막으로 둘러싸인 주변을 둘러보면서 물었다.

"교주가 도착했을 확률은?"

삼대공이 고개를 저었다.

"이미 너무 과한 병력이 도착했소. 일부러 예상하는 것의 열 배 이상의 병력을 보내 압박감부터 느끼게 한 것이라서."

다들 검마를 바라봤다. 검마가 냉소를 머금은 채로 말했다.

"어차피 이렇게 몰려와도 나를 죽일 수는 없다. 무슨 생각으로 이런 포위망을 구축했는지가 더 의문이로군."

나는 조금 말이 이상했지만 궁금했기 때문에 물어볼 수밖에 없었다.

"이런 병력도 선배에게 소용이 없나?"

검마가 고개를 끄덕였다.

"그러하네."

나는 마교의 병력을 바라보면서 열심히 생각했다. 시종일관 침착한 검마의 표정을 보면서도 고민했다.

"이거 혹시 공성전攻城戰인가?"

색마가 대답했다.

"성이 없는데 무슨 공성전이야."

"우리가 탈출하면 하오문이나 몽가를 공격하겠다고 하니 갇힌 것이고. 갇혔기 때문에 식량이 떨어지면 성에 고립된다. 식량이 떨어지기 전에 마교 병력을 다 죽여야 공성전이 끝난다. 성은 없지만, 분위기가 그래. 이놈들 하루 이틀 싸우겠다고 이곳에 온 게 아니다. 포위해 놓고 말려 죽일 셈이야. 검마 선배나 내가 날뛰면 원로들이 합공할 거다."

색마가 고개를 끄덕였다.

"그렇다면 다 죽일 수밖에."

나는 귀마에게 물었다.

"어떻게 생각해?"

귀마도 같은 대답을 했다.

"그렇다면 다 죽일 수밖에."

나는 삼공자에게도 물었다.

"너는 돌아갈 곳이 없게 될 거다. 싸우게 되면."

"지금도 없소."

나는 마지막으로 검마의 의사를 확인했다.

···

"선배, 다 죽여야 일이 끝날 것 같은데?"

검마가 고개를 끄덕였다.

"너희가 후회 없다면 그렇게 하자."

이때, 마교 쪽에서 전령의 목소리가 들렸다.

"일각이 지났습니다. 전 좌사 일행은 항복하십시오."

우리가 대답하지 않자, 갑자기 무언가 단체로 휘어지는 소리가 들리더니 천막 바깥에서 시커먼 화살 비가 공중으로 솟구쳤다. 나는 황당한 나머지 입을 벌린 채로 하늘을 바라봤다.

"아니… 화살을."

나는 목검을 뽑자마자 어떻게 하려고 했으나 화살이 너무 많았다. 어쩔 수 없이 가만히 선 채로 내 전신에 닿으려는 화살들만 쳐냈다. 삽시간에 수백 개의 화살이 객잔 주변에 꽂힌 상태. 귀를 기울여 보니 활시위 당기는 소리가 다시 이어지고 있었다.

"일단 들어가자."

나는 일행들과 함께 천리객잔으로 들어가서 창밖을 주시했다. 삽시간에 활시위 튕기는 소리가 요란하게 터지더니 이번에는 불화살이 공중으로 솟구쳤다.

"하하."

나는 황당해서 웃음을 터트렸다.

"와, 불화살이다."

나는 천리객잔의 마지막 모습을 둘러봤다. 이제 곧 불에 타서 없어질 터였다. 확실히 내가 있었던 객잔은 불에 자주 탄다. 이내 천장에 요란한 소리와 함께 화살들이 꽂히더니 불길이 달라붙기 시작했

다. 나는 욕도 하고 하품도 하다가 객잔 바깥으로 나갔다. 불길에 불
길이 더해져서 천리객잔의 지붕부터 화마에 휩싸이고 있는 상태. 계
속 황당함의 연속이어서 머리가 잠시 어질어질했다. 우리는 불길에
휩싸인 천리객잔을 바라보다가 주변을 둘러봤다. 보이는 것은 적백
청흑赤白靑黑으로 출렁이는 천막밖에 없었다. 이때, 처음 듣는 목소리
가 울려 퍼졌다.

"좌사, 광명검을 내놓으면 될 일인데 그렇게 자존심을 부려서야
되겠나?"

내공이 심후해서 또렷하게 들리는 목소리였다. 검마가 대답했다.

"벽 장로, 오랜만이군. 화살이 웬 말인가? 너부터 나와서 겨뤄보
자꾸나."

이번에는 서쪽에서 늙은이의 목소리가 들렸다.

"검마, 이런 상황에서도 침착한 척을 하는 네가 너무 가증스럽구
나."

늙은이의 목소리만 있는 것은 아니었다. 남쪽의 천막 너머에서 비
교적 젊게 느껴지는 목소리가 내공에 담긴 채로 울렸다.

"검마劍魔는 무적無敵이라… 나는 당신이 교에 있을 때 존경했었소.
하지만 교에 함께 있었기 때문에 존경한 것이오. 당신이 아무리 뛰
어나다고 한들, 그동안 교의 배려와 도움이 있었기 때문에 강해진
게 아니겠소? 좌사는 교로 복귀하시오."

여기저기서 마귀들의 협박과 조롱, 시기와 질투 섞인 말들이 검마
에게 쏟아졌다. 잠시 공격은 멈춰진 상태. 나는 마치 내가 조롱을 받
는 것처럼 느껴졌다. 마교 고수들의 말이 끝나자마자, 나는 있는 힘

껏 박수를 보냈다. 손바닥이 서로에게 귀싸대기를 때리는 것처럼 큰 박수 소리가 터졌다.

"하하, 마교가 입담도 화끈하네. 좋았어. 이래야 우리 마교지."

겨우 내가 한마디를 내뱉었을 뿐인데, 검마가 색마에게 말했다.

"셋째, 붙잡아라. 광증이 도지는 모양이다."

"예."

나는 마교의 병력을 향해서 몇 걸음을 나아가다가 색마에게 붙잡혀서 도로 끌려왔다. 귀마가 달려들어서 내 목을 한 팔로 휘감아서 말문이 막히고 있었다.

"좀 놔봐라."

귀마가 언성을 높였다.

"문주, 가만히 있어. 혼자 싸우지 말라고. 맏형도 생각이 있을 테니. 침착해라. 침착하라고. 마음을 가라앉혀라. 어차피 오래 싸워야 한다."

나는 항복했다는 것처럼 두 손을 들었다.

"확인, 확인. 알았어."

내가 다 무너져 내린 객잔으로 붙잡혀서 돌아오자, 검마가 나를 바라봤다.

"내가 먼저 나서마."

맏형이 먼저 나서겠다고 하니, 양보를 해야 하는 상황. 나도 검마가 어떻게 싸우는지 무척 궁금했다. 하지만 널찍한 장소로 홀로 걸어가고 있는 검마의 몸에는 광명검도 보이지 않았다. 나는 색마를 바라보면서 물었다.

"검은 어디에 있나?"

색마가 묘한 표정으로 웃었다.

"정신 차려라. 애초에 마검이다."

"그래?"

검마가 마교 병력을 향해 걸어가면서 말했다.

"장로들 나오너라. 좌사 자리가 탐이 나면 결국엔 나를 꺾어야지."

천막 너머에서 누군가가 대답했다.

"암, 그래야지."

붉은 천막 뒤편에서 백발이 성성한 노인장이 솟구쳐 올랐다가 소리 없이 내려섰다. 목소리를 떠올려 보니 아까 검마가 벽 장로라고 부른 노인네였다. 벽 장로가 검마에게 천천히 다가가면서 물었다.

"광명검은 어디 있나?"

검마는 팔짱을 낀 채로 아무 말 없이 벽 장로를 바라봤다. 순간, 우리는 천리객잔의 잔해에서 불쑥 솟구치는 무언가를 향해 시선을 돌렸다.

쐐앵!

잔해 속에 파묻혀 있었던 광명검이 스스로 공중으로 솟구치더니 검마에게 날아가고 있었다. 두 눈으로 보고 있는데도 실소가 터지는 황당한 광경이었다. 색마가 짤막하게 한숨을 내쉬면서 말했다.

"심마어검."

심마心魔에 빠진 자가 검을 다스린다는 역설적인 말에 나는 고개를 끄덕였다. 그렇다면 그동안 검마의 행적은. 심마에 빠지고 싶지 않았다는 말과 같다. 목검을 수련했기 때문이다.

210.
우리는
무적이 아니다

나는 검마가 벽 장로와 맞붙는 것을 지켜보다가 말했다.

"…지켜보면서 다들 잘 들어라. 객잔이 불에 타서 이제 먹을 게 없다."

"…"

"알다시피 여기서 이탈하면 몽가부터 공격을 받는다. 저놈들 꼬락서니가 우리를 가둬놓고 장기전을 가려는 게 아니고. 저놈들이 사나흘을 버티려는 거 같다."

귀마가 고개를 갸웃했다.

"왜 그렇게 생각하나?"

"저런 병력을 끌고 와서 일대일이나 하고 있으니까 그렇지. 저 늙은이를 봐라. 제법 잘 싸우네. 하지만 뒤지거나 도망을 치면 패배를 선언하고 다른 놈이 일대일을 하자고 기어 나올 거야. 맏형은 삼 일 밤낮을 싸워야 할 거다. 우리가 차륜전에 끼어도 마찬가지."

"음."

"사나흘 후에 우리가 지쳤을 때 광명우사나 다른 대공의 세력, 혹은 저쪽에 미친 백의서생 놈이 등장해서 돌변하면 영 좋지 않은 일이 발생할 수도 있다."

색마가 동의했다.

"그렇겠군. 당연히 그럴 수 있다. 사부님은 저런 일대일 대결은 계속 받아들이실 거야. 죄송한 말씀이지만 사부님에겐 옛날 고수와 같은 면모가 있으시다."

검마에게 옛날 고수와 같은 면이 있다는 말은 나도 동의한다. 검마는 적과 아군을 떠나서 무인을 존중하기 때문이다. 나는 삼공자에게 물었다.

"아까 어떤 놈이 검마는 무적이라··· 이렇게 말하던데 그건 무슨 뜻이냐?"

삼공자가 대답했다.

"그것은 교주님의 말씀이었소. 좌사가 대성하면 무적이라 할만할 것이다. 나중에 대성한 좌사와 우사를 거느리고 나머지 삼재를 쳐 죽여야겠다는 것이 교주님의 계획이었지."

"그러니까 대성하면 무적인 이유는?"

이 말에는 색마가 대답했다.

"도검불침刀劍不侵이니까 그렇지. 이미 그 경지에는 들어섰지만 스스로 완전 결속은 경계하고 계신 것 같다."

나는 미간을 좁힌 채로 대답했다.

"도검불침이 가능하다는 말이냐?"

색마가 대답했다.

"마검과 결속이 강해질수록 도검불침에 가까워진다. 그 여파를 경계하고 계실 뿐."

"여파라면?"

"완벽한 도검불침을 이루는 순간, 본인께서 강해진 게 아니라 그저 마검과 자신을 구분하지 못하게 되는 게 아닐까 하는 우려지. 그렇게 되면 인간이 아닐 수도 있다고 하셨다."

나는 탄식이 절로 나왔다.

"그것참 지옥 같구나. 그리되면, 네 사부는 지옥에서 살아가는 것과 같다."

색마는 아무 말 없이 벽 장로와 싸우고 있는 검마를 물끄러미 바라봤다.

"그러게 말이다."

귀마가 내게 물었다.

"문주, 어떻게 할까?"

귀마의 물음에 전원이 나를 바라봤다. 검마가 벽 장로와 싸우고 있었지만 이제 겨우 첫 번째 싸움이어서 아무도 검마를 걱정하지 않았다. 애초에 저런 늙은이한테 지는 실력이었으면 마교에서 좌사도되지 못했을 터였다. 나는 색마, 귀마, 삼공자, 삼복에게 말했다.

"이번 싸움은 어차피 개판이야. 우리 인생도 개판이었고. 그러니까 이번에도 개판으로 간다. 우리까지 맏형처럼 예의를 갖추게 되면우리는 천리 사막에서 말라 죽거나 굶어 죽을 게 분명하다. 일대일대결은 개나 주라고 해. 이미 마교의 천라지망에 갇혔다. 놈들의 목표는 사나흘을 버티는 거고. 그때 진짜 멀쩡한 사천왕이 동시에 등장하든지 광명우사가 등장하면 우리는 전략적으로 패배한 것이야. 내 말 알아들었어?"

색마, 귀마, 삼공자가 고개를 끄덕이고 삼복이 홀로 대답했다.

"알아들었습니다."

나는 진지한 기색으로 말했다.

"내 생각은 이렇다. 이 자리에서 마교가 스스로 물러나게끔 만들어야 우리가 밥 한 끼를 마음 편하게 먹을 수 있다."

삼복이 고개를 끄덕였다.

"밥 한 끼 먹는 게 정말 힘드네요."

나는 냉정하게 말했다.

"아무리 봐도 검마 선배는 마교 사람들을 어느 정도 존중하려고 저런 일대일 대결을 하는 것인데. 이것은 마교가 맏형의 예의를 악용하는 것이다. 분명히 뒤통수를 때린다."

그래서 전생의 검마가 당했을 것이라는 게 내 판단이다. 이때, 굉음이 터져서 전원이 고개를 돌려보니 벽 장로가 붉은 천막으로 날아가고 있었다. 천막이 벽 장로를 감추더니, 이내 벽 장로의 말이 흘러나왔다.

"좌사, 내가 졌네."

"…졌으면 죽어야지. 뻔뻔하게 천막 뒤로 숨는다는 말이냐?"

"졌으니 나는 좌사 자리를 포기하겠네. 교에서 할 일이 아직 많은데 배교자가 어찌 내게 죽으라 말라 하는가? 그런 명령을 내릴 수 있는 분은 교주님 이외에 없네. 자네는 이미 좌사도 아닌데 어디서 밍

령인가?"

이어서 삐삐 마른 노인장이 천막 위로 날아와서 검마의 근처에 내려섰다.

"시건방진 검마 놈아, 오랜만이구나. 목검을 수련한다는 소문이 자자하던데 무슨 염치로 광명검을 휘두르는 게냐?"

검마가 대답했다.

"용 장로, 그 나이를 처먹도록 교주에게 아첨이나 하고 있으니 말을 해줘도 모를 것이다."

색마가 내게 말했다.

"지금이야?"

"대기."

색마가 돌아서더니 나를 주시했다.

"그냥 그거 다 터지는 거 써라. 대신에 나랑 합을 맞추자. 내가 먼저 진입한다. 네가 저번에 나한테 물었지. 가장 강력한 절기로 얼마나 후려칠 수 있겠냐고. 이번에는 칠팔십 명. 내가 월광일섬을 터트리고 빠지련다. 그곳에 네가 터트려. 저놈들 꼬락서니를 보니까 다 죽여야겠다."

나는 흥분한 색마의 어깨를 잡았다.

"교에도 고수가 많아. 달려가서 공중에 떠올랐다가 암기 수백 발을 처맞을 거다."

"그럼?"

"걸어가. 산책하듯이. 천막 구경하듯이."

색마가 나와 눈을 마주쳤다.

"무슨 말인지 확인."

"가라."

나는 천리객잔의 잔해를 등진 채로 가부좌를 틀고 나머지 세 명에게 말했다.

"날 가려라."

귀마, 삼공자, 삼복이 내 둘레를 어정쩡하게 막아섰다. 색마는 뒷짐을 진 채로 검마가 싸우고 있는 반대편 남동 방향으로 다가가고 있었다. 검마와 용 장로가 맞붙은 상태에서… 색마는 두리번거리면서 천막으로 향했다.

"이봐, 천막 좀 치워라."

"…"

이때, 천막이 아래로 쑥 내려가더니 커다란 방패를 땅에 세워놓은 마교의 병력이 고개만 내민 채로 색마에게 말했다.

"무슨 일이냐?"

"…"

나는 가부좌를 튼 상태에서 천막 너머에 있는 커다란 사각 방패들을 확인했다. 군대나 쓸법한 방패를 보자 나도 할 말이 나오지 않았다. 앞 열만 방패를 든 것이 아니라, 군데군데 전방이나 상공을 틀어막을 수 있는 방패가 빽빽했다. 색마의 월광일섬은 물론이고, 내 일월광천까지 피해를 최소화해서 막아낼 수 있는 방패 부대였다. 색마는 고개를 끄덕인 다음에 방패 부대를 향해 말했다.

"확인."

나는 일월광천을 준비하려다가 멈춘 채로 돌아오는 색마를 바라봤다. 색마가 당황스러운 표정으로 웃었다.

"방패가 많네. 하하. 강호의 도리가 땅에 떨어졌구나. 이런 싸움에서 방패가 웬 말이냐?"

마교 쪽에서 비교적 젊은 목소리가 대답했다.

"하오문주와 몽 공자의 무공이 대단해서 특별히 준비한 것이오. 마음에 드는지 모르겠군. 전면전은 언제든지 환영이외다."

색마는 웃는 얼굴로 다가왔다가 천리객잔 앞에 도착하자마자 웃음기를 싹 지웠다.

"마교가 준비를 잘했는데? 일단 빙공은 효율적으로 막을 것 같다."

빙공의 특성상, 색마가 병력의 상공에서 절기를 사용하면 방패 때문에 무력화될 가능성이 매우 컸다. 다들 나를 바라보기에 나는 어리둥절한 마음에 활짝 웃었다.

"…"

색마가 나를 노려봤다.

"웃지 마라. 무섭다."

나는 낄낄대다가 가부좌를 풀고 일어섰다.

"이래야 마교지. 어디서 동네 흑도 세력 몰려온 줄 알았잖아."

솔직히 말해서 나는 미칠 것 같은 기분을 느꼈다. 전생에도 마교에게 쫓기다가 절벽에서 떨어졌는데 세월을 거슬러 올라와서 또 괴롭힘을 당하는 느낌이다. 저런 놈들을 다 죽여도 교주에겐 별 타격이 없다는 사실도 황당했다. 여전히 우리보다 교주가 강하다는 사실도 부담으로 작용했다. 옆에서 슬금슬금 눈치나 보고 있는 백의서

생의 수하도 얄미웠고. 등장할 것처럼 염병을 떨더니 정작 등장하지
않고 있는 백의서생도 나를 열 받게 했다.

무엇보다 전생에는 이런 상황에서 검마가 홀로 오랫동안 싸우다
가 지쳐서 죽었으리라 생각하니까 속이 뒤집힐 것만 같았다. 검마는
무적이 아니다. 검마는 사람이다. 마귀가 아닌 사람이었기에 예의를
갖춰서 싸우다가 끝내 지쳐서, 먹지 못해서, 목이 말라서 죽었을 터
였다.

나는 광기狂氣에 휩싸인지도 모른 채로 검마의 전생과 우리에게
닥친 현생을 교차해서 곱씹었다. 눈앞에서는 여전히 검마가 마검을
휘두르면서 용 장로와 싸우고 있으나 나는 검마의 전생을 목격하
는 기분이 들어서 꿈을 꾸는 것만 같았다. 문득 삼복의 목소리가 들
렸다.

"문주님이 좀 이상한데요?"

귀마와 색마가 놀란 표정으로 나를 바라봤다.

"셋째야."

"야, 하오문주."

나는 두 사람의 말에 성심성의껏 대답해 줬다.

"왜?"

색마가 말했다.

"너 지금 눈이 빨갛다."

"잠을 못 자서 그래."

"그런 것치고는 너무 빨갛다."

순간 나는 귀가 먹먹해지면서 악인들의 말이 들리지 않았다. 인상

을 찌푸린 채로 주변을 둘러봤으나 기혈이 뒤집히는 현상이 밀려들면서 주화입마가 목구멍까지 밀려드는 답답함이 전신을 지배했다.

"아… 주화입마인가."

나는 목검을 뽑아서 마교의 천막으로 향하다가 뒤에서 누군가가 붙잡는 것을 느끼자마자 경공을 펼쳤다. 귀마였던 모양이다. 정신을 차렸을 때는 내가 공중에 높이 떠있었다. 아래를 보니 시커먼 방패가 펼쳐지더니 흑해黑海처럼 출렁이고 있었다. 나는 아무것도 하지 않은 채로 방패 위에 내려서서 위태롭게 뛰어다녔다. 여전히 귀가 안 들렸다. 순간 검을 휘두르자, 방패와 함께 사람이 검기에 갈리면서 나는 흑해 속으로 빠졌다.

바다에 빠졌는데 어찌 풍덩 소리가 들리지 않지? 심해 속에 들어온 것 같은 기분을 느끼면서 둘러보자, 내 주변에 눈만 내놓은 흑어黑魚들이 잔뜩 몰려와서 나를 바라보고 있었다. 희미하게 남은 인지의 영역에서 이것은 흑어가 아니라 흑의인이라는 것을 알려주고 있었다.

그곳에서 나는 자하기紫霞氣에 휩싸인 검을 휘둘렀다. 칼질 한 번에 검은 물고기들이 애초에 생선이었던 것처럼 잘려나갔다. 전략도 없고, 꼼꼼한 작전도 없이 이렇게 또 미치게 된 것일까. 나는 사실 미치는 것보다 주화입마가 더 무서웠다. 주변 사람을 못 알아보게 되면 어떻게 될까. 수하를 못 알아보면 어떻게 될까. 다시 짓고 있는 자하객잔을 찾아가지 못하면 어떻게 될까. 다행인 것은 흑의인들은 죽여도 좋다는 의식이 남아있었다.

다만 소리를 들을 수 없는 게 문제였다. 나는 무음無音의 영역에서 공포에 휩싸인 나머지 검을 더 요란하게 휘둘렀다. 주화입마가 내부에서 발생한 일이었기 때문에 내부의 문제를 외부로 발산하듯이 검기를 분출했다. 주로 방패가 갈라졌다. 방패가 갈라지고 나서야 사람의 신체가 잘리는 게 보였다.

'와, 이곳은 소리가 없는 지옥이다.'

나는 왼쪽에서 밀려드는 검을 빙공을 주입한 손으로 붙잡고, 목검을 휘둘러서 흑의인의 목을 쳐냈다. 열심히 휘두르다 보니까 어느새 나는 양손에 검을 들고 있었다. 이것은 누구의 검이냐? 어쨌든 죽은 놈의 검을 왼손으로 휘두르고, 허 장로가 선물한 목검은 오른손으로 휘둘렀다. 의도하지 않았는데 왼손을 휘두를 때마다 많은 물고기가 얼어붙고, 오른손을 휘두를 때마다 물고기들이 불길에 휩싸였다.

'황당하다.'

강호인이란 이렇게 황당무계한 자들이다. 방패를 십여 개 넘게 잘랐는데도 어디선가 등장한 시커먼 방패가 또다시 나를 둘러쌌다. 문득 상공을 바라보니 시커먼 장검 한 자루가 날아다니고 있었다.

'심마어검?'

나는 쌍검을 휘두르다가 제법 떨어진 상공에서 백색의 냉기를 터트리는 사내를 바라봤다. 저것은 젊은 광명좌사이자, 내가 싫어하던 색마였다. 추억에 빠질 여유가 없어서 쌍검을 휘두르다 보니까 젊은 귀마가 시커먼 물고기를 베면서 내 옆을 지나가고 있었다. 입 모양을 보아하니, 나를 "셋째야"라고 부르고 있었다. 귀마가 물고기들에게 휩쓸려서 어디론가 사라지는 와중에도 나는 쉬지 않고 쌍검을 휘둘렀다.

...

귀가 먹먹했지만 언젠가 매화나무 아래에서 떨어지는 꽃잎을 쳐내던 것이 생각나서 열심히 검을 휘둘러서 반짝이는 눈동자만 찌르고 다녔다. 아, 이것이 그렇게 효과적일 줄이야? 시커먼 물고기를 눈먼 물고기로 만들면 되겠구나. 나는 마음을 진정시킨 후에 쌍검으로 흑어의 눈을 잘라내거나 찌르면서 움직였다. 가끔 방패가 등장할 때마다 검기를 휘감아서 통째로 갈랐다. 나는 무림맹에게도 갇혀봤고, 마교에게도 갇혀봤었는데 이놈들은 그에 못지않았다. 무척 용맹한 적이었다.

무언가 거대한 위험이 등에서 밀려드는 것 같아서 나는 가볍게 뛰어올랐다가 방패를 발로 밟은 다음에 공중으로 솟구쳤다. 이어서 수십 발의 화살이 물고기의 입에서 튀어나왔다. 나는 검풍劍風으로 대응했다가 몸을 웅크린 채로 회전했다.

"다 죽어라."

무릎을 양손으로 감싼 다음에 쌍검을 쥔 채로 주화입마의 원인이 되는 자하기를 분출하면서 공중을 돌았다. 애초에 머리가 어지러웠기 때문에 더 어지러워도 상관이 없었다. 땅에 내려섰을 때는 방패가 쪼개진 채로 바닥에 널브러진 것이 많이 보였다. 쌍검을 쥔 채로 일어서자 눈앞에 시커먼 장검을 쥔 사내가 등을 내보인 채로 내려섰다.

놀랍게도 검마였다. 색마가 좌측에, 귀마가 우측에 내려섰다. 아군을 죽일 수는 없는 노릇이어서 한 바퀴를 돌아섰는데 삼공자와 삼복이 보였다. 내가 뚫고 나가려고 하자, 동서남북의 아군들이 나를 붙잡아서 강제로 자리에 앉혔다. 나는 어쩔 수 없이 주저앉은 다음에 아미타불의 손동작을 따라 했다.

"아수라발발타."

그러자 색마와 귀마가 손을 뻗어서 내 손을 어지럽혔다. 여전히 아무것도 들리지 않아서 의사소통이 어려웠다. 갑자기 돌아선 검마가 한쪽 무릎을 꿇더니 두 손을 뻗어서 내 얼굴을 이리저리 구경했다. 검마가 내 얼굴을 붙잡은 채로 입 모양으로 말했다.

"운·기·조·식."

나는 숨을 크게 들이마신 후에 일단 눈을 감았다.

211.
눈부신 빛에
눈을 떴다

아무런 소리가 들리지 않는 상황에서 눈까지 감으면 당연히 기분이 끔찍하다. 지금 내가 그렇다. 나는 당장 다시 눈을 떠서 앞으로 뛰쳐나가려는 스스로에게 연신 싸대기를 후려쳤다.

'제발 참아 미친놈아. 지금은 아니야.'

철썩 소리가 나진 않았으나 뺨이 부어오르는 느낌은 생생했기 때문에 나는 아직 살아있다는 것을 느꼈다. 청각과 시각은 사라졌으나 다행히 처맞으면서 촉감은 확인한 상태. 나는 뺨이 부어오르는 것을 느끼면서 검마의 표정과 눈빛, 운기조식을 하라는 입 모양을 기억했다.

'확인! 확인! 확인! 운기조식을 해야 하는 상황임을 확인! 제발 확인! 또 확인! 잊지 말고 확인! 호흡부터 차분하게. 침착해라.'

적이 얼마나 남았는지 하는 문제는 잠시 악인들에게 맡겨야 한다고 나를 설득했다. 고집불통은 이래서 사는 게 힘들다. 나를 설득해야 운기조식에 집중할 수 있는 상황이라서 나는 초조함과 광기를 동시에 애써 억눌렀다.

믿자. 이놈들을 믿어야 한다. 검에 미친 놈, 여자에 미친 놈, 못생긴 놈을 믿어야 한다. 악인들에게 잠시 맡기자. 버틸 수 있다. 내가 인정하는 악인들이기 때문에 그렇다. 나는 큰 호흡을 유지한 채로 막막한 어둠을 주시하다가, 그 어둠에서 피어오르기 시작하는 불꽃을 바라봤다.

제정신이 아니었기 때문에 볼 수 있는 환각 혹은 환상일 것이다. 이미 주화입마 상태였기 때문에 어쩔 수 없이 불꽃을 주시할 수밖에 없었다. 점점 환해지는 불빛에 가까이 접근해서 확인해 보니 아무것도 없는 휑한 장소에 자하객잔이 불에 타들어 가고 있었다.

"지랄… 또 타? 염병. 적당히들 해라."

이것은 내 마음에서 영원히 재생되는 불꽃일까? 저 불을 꺼뜨리기 위해 이곳에 도착한 것일까? 어쩌면 자하객잔은 영구적으로 내 마음에서 불길에 휩싸이고 있었던 모양이다. 못된 놈들이 불을 질렀으면 꺼주는 것이 인지상정. 그게 내 것이든 아니든 상관없었다. 나는 어둠을 향해 물었다.

"또 어떤 새끼들이 불을 질렀나? 저 안에 누가 자고 있으면 어쩌려고 불을 질렀나!"

어느새 내 주변에는 횃불을 든 범인들이 다가오고 있었다. 나는 이놈들의 얼굴을 하나하나 확인했다. 전부 내가 죽인 놈들이었다. 일양현에서 때려죽인 조일섬, 조이결, 조삼평이 있었고, 대나찰과 수선생, 이룡노군과 패검회주도 횃불을 들고 있었다.

　　　…　　　　　　　　　　　광마회귀 4

"너희냐?"

문득 이런 생각이 들었다. 내가 차성태, 사신장, 남명회주, 남천련주, 벽검, 백면공자 같은 놈들까지 죽였다면 이놈들도 횃불을 들고 나를 찾아왔을 것이라고. 어쨌든 내게 죽은 놈들은 내 앞에서 무척 당당하게 나왔다.

"이자하, 이 불쌍한 점소이 새끼."

대답 없는 망자들이 나를 무시한 채로 지나치더니 자하객잔을 향해 횃불을 던졌다. 나는 그것을 보자마자 소리를 버럭 내질렀다.

"그만 좀 해라. 적당히 하란 말이다."

불길이 점점 거세지더니 자하객잔이 새빨갛게 타올랐다. 조일섬이 횃불을 던지면서 내게 말했다.

"자하야, 황당하지 않으냐? 겨우 이따위 객잔 때문에 우리를 죽이다니."

조이결이 말했다.

"결국에 너도 이렇게 되는구나. 강호에서 날뛰다가 맞아 죽기를 기대했는데 겨우 주화입마를 당해서 우리와 같은 꼴을 당하다니. 이것이 인과응보라는 것이다. 흐흐흐."

나는 죽은 놈들을 둘러보면서 말했다.

"인과응보 같은 소리 하고 있네. 객잔 때문에 너희를 죽인 게 아니다. 착각하지 마라."

"그럼 우리를 왜 죽였나?"

나는 불길에 휩싸인 자하객잔을 바라보면서 망자들에게 말했다.

"객잔 때문이 아니야. 너희는 염치가 없었어."

"염치?"

"돈 많은 놈이 왜 가난한 자들의 돈을 걷어가나? 아무리 나쁜 놈들이라도 뉘우치는 기색이나 후회하는 기색이 있었다면 나도 죽이지 않았을 거다. 너희는 끝까지 염치가 없었어. 그것이 죽은 이유다."

나는 갑자기 동시에 달려드는 조씨 삼 형제를 향해 월영무정공을 주입한 장력을 쏟아냈다. 삼 형제가 일제히 백색의 냉기에 휩싸이자마자, 나는 주변을 한 차례 둘러봤다.

"…!"

불에 타고 있었던 자하객잔은 감쪽같이 사라지고 어느새 온통 주변이 백색의 설원이었다. 입에서도 허연 입김이 나오는 상황.

"하아."

멀지 않은 곳에서 사각, 사각 하는 발소리가 들렸다. 눈 밟는 소리였다. 언젠가 정평호수에서 죽였던 살수 무리와 일위도강 무리, 때로 학살했던 산적들이 뭉쳐서 내 쪽으로 다가오고 있었다. 오랫동안 설원을 방황하고 있었던 것처럼 다들 바들바들 떨고 있었다. 한빙지옥에서 벌을 받는 자들처럼 보였다. 그 무리에서 누군가가 말했다.

"이봐, 하오문주. 주화입마에 관해서는 우리보다 자네가 더 잘 알지 않나? 무리했더구나. 잠도 제대로 자지 않고, 감당하지 못할 내공을 과하게 받아들이고. 순리를 거스르는 무공까지 써서 우리를 몰살했지. 우리도 죄가 무거운 편이지만, 자네도 그에 못지않아. 우리와 함께 죄를 청하러 가세. 자네를 기다리다가 우리도 지쳤네. 이제 다 끝났네."

나는 코웃음을 쳤다.

"뒤진 놈들의 말에 내가 신경 쓸 것 같으냐? 만나서 반가웠다. 다음 주화임마 때 또 만나자고. 꺼져."

호숫가에서 내게 끝까지 거짓말을 했었던 놈이 말했다.

"문주님, 사방이 설원입니다. 저희를 보세요. 문주님도 곧 이렇게 됩니다. 어떻게 탈출하시려고요."

"멍청한 놈들, 이곳은 설원이 아니다."

"그럼 어딥니까?"

나는 죽은 자들에게 알려줬다.

"이곳은 천옥이야. 천옥이 나를 시험하려는 모양인데 어림없지."

"헛소리를 많이 하시더니 이런 상황에서도 헛소리를 지껄이시는군요. 같이 구경이나 하시죠? 이곳이 어디인지."

나는 망자들에게 팔다리와 머리채를 붙잡힌 채로 눈밭을 질질 끌려다녔다. 어쩐지 이곳에서는 다들 힘이 나보다 강했다. 온몸이 으슬으슬했으나 뜬금없이 웃음이 나왔다.

"왜 웃으세요? 이래도 웃깁니까?"

망자들이 내 옷을 벗겨서 벌거숭이로 만들었다. 나는 옷을 전부 빼앗긴 상태로 눈밭을 뒹굴었다. 끔찍한 한기가 몰려들었다.

"쉬 마렵다. 그만 굴려라. 개새끼들아."

정신을 집중했는데도 망자들이 사라지지 않았기 때문에 나는 있는 그대로 받아들였다. 나는 실실 웃으면서 몸에 묻은 눈을 털면서 일어났다.

"흐흐, 웃긴 새끼들. 너희는 내 객잔을 불 지르지 말았어야 했어."

"아, 결국에 또 그 객잔입니까?"

"아니야. 그 말이 아니다. 다들 내 말에 집중해라."

나는 주변에 있는 망자들의 뺨따귀를 후려치고 엉덩이를 발로 찬 다음에 이목을 집중시켰다.

"자자, 집중. 다들 잘 들어라. 애초에 나는 어떤 식으로든 너희를 다 때려죽일 자신감이 있었다."

"허풍이 심하네."

"말도 안 돼."

"돼. 나는 객잔에서 걸레질할 때부터 마음만 먹으면 너희를 다 죽일 자신이 있었다."

망자들이 단체로 웃었다. 나는 말을 이어나갔다.

"웃지 마라. 그것은 사실이야. 강호의 고수들도 마찬가지다. 내가 아무리 뒤늦게 무공에 입문해도 결국에는 너희를 다 때려죽일 자신감이 있었다."

"어째서요?"

"그것이 나다. 왜 나를 건드렸나? 왜 끝내 살의殺意를 품게 했나? 객잔이 불에 타는 순간 내가 있는 곳이 강호였다. 다 잃은 내가 병신처럼 구걸이나 할 줄 알았나? 아니야. 무공은 별게 아니다. 어디서든, 어떻게든, 무엇이든 익혔을 것이다. 살의를 품고 고생을 자처하면 돼. 객잔이 불에 타는 순간 어차피 너희 같은 놈들은 하나하나 다 찾아내서 죽일 생각이었다. 약자를 무시한 벌이야."

"그래요?"

"이 새끼들아, 나는 미치기 전부터 내가 미친놈이라는 것을 알고 있었다. 너희가 억지로 나를 광마로 만들었어."

"본래 미친놈이었습니까?"

"나뿐만이 아니다. 다들 양심이 있어서 차마 사람을 못 죽였던 거다. 나 같은 사람은 세상에 수두룩하다. 다들 지켜야 할 게 있어서 참는 것뿐이야. 그걸 모르겠어? 그걸 대체 왜 모른단 말이냐!"

내 목소리가 설원에 쩌렁쩌렁하게 울렸다. 수많은 망자를 둘러보면서 내 속마음을 전했다.

"나는 단 한 번도 내가 약하다고 생각한 적이 없다. 집안이 좋지 않아서 걸레질하고 있었든, 밥벌이를 위해서 낫질을 했든 간에. 무거운 짐을 나르고 도박장에서 개평이나 받아먹고 살았든 간에. 무공을 몰랐을 때도 나는 늘 강한 사람이었어."

"문주님, 허세 좀 그만 부리세요."

"허세가 아니야. 내 마음이 곧 부러지지 않는 신념이다. 직업이나 환경, 처지 따위는 신경 쓰지 않았다. 나는 내 악조건을 부끄러워한 적이 단 한 번도 없다. 내가 죽인 자들과 이미 죽어서 천옥에 갇힌 망자들에게도 고한다. 처음부터 내가 너희들보다 강한 사람이었다. 그러니까 이 병신 같은 주화입마는 그만 때려치워라. 나는 싸우러 가야 하니까 적당히 해라."

"당신도 갇혀서 이제 끝났어요."

"내가 늘 마음을 연 채로 살아가는데 어찌 갇힌다는 말이냐? 이 짓거리를 멈추지 않으면 천옥 내부에서 일월광천을 터트리겠다. 영혼까지 소멸해라."

"그럼 죽습니다."

나는 가부좌를 튼 채로 아미타불의 손동작을 취했다.

"누가 죽는지 보자고. 좋았어. 천옥이고 나발이고 내가 끝장내마. 극락왕생해라."

나는 양손에 일월신공을 펼친 채로 일월광천을 준비했다.

파지지지지직!

갑자기 망자들이 내게 달려들었다. 나는 이들을 무시한 채로 양손에 휘감을 빛을 태극으로 조합했다. 달려들던 망자들이 내 몸에 부딪히는 순간 얼음이 깨지는 것처럼 바스러졌다. 얼굴에 칼이 밀려들고, 어떤 망자는 내 목을 졸랐으나 나는 꿋꿋하게 다 받아냈다. 나는 끝내 양손에서 일월광천을 만들어 냈다. 순간, 양손이 빛에 휩싸였다. 희한하게도 나는 찬란한 빛에 눈이 부셔서 현실에서 눈을 떴다.

"…!"

* * *

태양을 오랫동안 봤었던 것처럼 시야가 천천히 회복되더니 주변의 사물이 점점 뚜렷하게 보이기 시작했다. 꿈인지 생시인지 파악이 안 되는 상황에서 검마가 늙은이 세 명과 맹렬하게 겨루고 있었다. 검과 검이 부딪히는 상황에서도 소리가 들리지 않았다. 나는 목뼈를 한 차례 돌린 다음에 내 앞에 앉아있는 색마와 귀마를 바라봤다.

둘 다 거칠게 호흡하느라 어깨를 크게 들썩이고 있었는데 갈기갈기 찢어진 옷을 입고 있었다. 대체 어느 정도의 시간이 흐른 것일까? 색마와 귀마도 마교의 고수와 한바탕을 한 것처럼 보였다. 시선을 뒤로 돌려보니 삼복이 가슴을 들썩인 채로 누워있고, 삼공자는 창백한 얼굴로 가부좌를 튼 채로 눈을 감고 있었다. 이놈들도 한바탕을 한 모양이다. 하지만 이놈들 너머에는 수많은 방패와 팔다리 잘린 시체가 가득했다. 그러니까 방진의 한 방위가 몰살된 모양이었다. 나는 색마와 귀마에게 말했다.

"나 왔다."

색마와 귀마가 고개를 홱 돌리더니 놀란 눈빛으로 나를 바라봤다.

"괜찮으냐?"

"촌⋯ 미친놈아."

순간, 나는 여전히 귀가 먹먹해서 내 뺨을 후려쳤다. 찰싹- 하는 소리가 들리는 와중에 끔찍한 이명耳鳴이 이어졌다. 이명은 이내 광명검에서 터지고 있는 귀곡성으로 이어졌다. 나는 청각을 완벽하게 되찾자마자, 검마의 중얼거리는 목소리가 들렸다. 순간, 땅에 광명검을 박은 검마의 발밑에서 흑색의 혼령 같은 것이 퍼져나갔다. 그 틈에 노마두들의 검이 검마의 몸을 적중시켰다. 하지만 푹- 따위의 소리가 들리지 않았다. 온몸으로 세 자루의 검을 받아낸 검마가 중얼거렸다.

"장로들, 마검혼전장魔劍魂戰場이라네."

순간, 땅을 통해 흘러갔던 광명검의 혼령들이 팔의 형상으로 뻗어나오더니 세 명의 노마두들을 붙잡았다. 할퀴고, 붙잡고, 얼굴을 틀어막고, 흩어졌다가 다시 뭉치면서 노마두들을 잡아서 뜯어냈다. 노마두들이 맹렬하게 검을 휘둘러서 혼령을 베었으나 소용없었다. 흩어지고 뭉치는 것을 반복하던 혼령들이 노마두들을 계속 공격했다. 나는 이제 늙은이들의 비명이 아주 잘 들렸다.

"*끄아아아아아악!*"

가래 낀 목소리로 아주 끔찍한 비명을 내지르고 있었다. 여기저기서 핏물이 솟구치더니 신체가 허망하게 잘려나간 장로들이 바닥에 널브러졌다. 잠시 시커먼 혼령들이 기어가듯이 움직여서 도로 광명검으로 회수되자, 일대에 싸늘한 정적이 감돌았다. 나도 한숨이 절로 나왔다.

'개새끼들, 맏형한테 깝죽대다가 결국 끔찍하게 죽었구나.'

검마가 숨을 크게 내쉬면서 광명검을 뽑는 순간에 전방에서 빛줄기가 날아왔다. 눈에 띄게 지친 검마가 양손으로 쥐고 있는 광명검으로 빛줄기를 후려치는 순간, 굉음과 함께 검마의 몸이 일직선으로 날아왔다.

"사부님!"

나는 벌떡 일어난 색마를 지나쳐서 날아오는 검마를 왼손으로 받아냈다. 검마가 숨을 거칠게 몰아쉬면서 나를 쳐다봤다.

"셋째야, 운기조식은?"

나는 검마가 균형을 잡게 도와준 다음에 대답했다.

"운기조식은 아니고 그냥 기절했다가 일어났지. 개꿈 꿨다."

검마는 실소가 터졌는지 어깨를 움직이면서 웃었다. 나는 검마와 함께 실실 웃다가 마교를 바라봤다. 삼십 후반이나 사십 초반 정도로 보이는 사내가 등장한 상태. 나는 잠시 검마의 상태를 확인했다. 수십 번의 칼질을 당했는지 잘 차려입었던 의복이 갈기갈기 찢어진 상태였다. 아무리 도검불침에 근접했다고 하더라도 고수의 타격은 내부에도 고통을 주기 마련이다. 장로들을 죽이느라 검마도 지친 기색이 있었다. 나는 검마의 등을 몇 차례 두드렸다.

"고생했소."

나는 검마를 내 뒤로 보낸 다음에 마교의 고수와 시선을 교환했다.

"휴… 주화입마 때문에 죽을 뻔했네. 넌 누구냐?"

놈이 주둥아리를 여는 순간에 내가 먼저 말했다.

"닥쳐라! 생각해 보니 네가 누군지 궁금하지 않아."

순간, 대치하고 있는 놈의 시선이 내 뒤쪽으로 향했다. 속임수라고 생각하기엔 표정이 너무 진지해서 나도 고개를 돌릴 수밖에 없었다. 시체들이 즐비한 곳에서 단체로 몰려오는 사람들이 보였다. 그중에 한 명이 들고 있는 깃발에는 이렇게 적혀있었다. 남명회南明會.

선두에서 걸어오는 남가락 회주가 마교의 병력을 향해 말했다.

"어떤 개새끼들이 하오문주를 엄청나게 괴롭히고 있다던데… 너희냐?"

나는 남가락을 잠시 노려봤다.

"..."

이놈이 흑도黑道였다는 것을 내가 잠시 깜박했던 모양이다.

212.
일대종사가
된 것처럼

남가락이 내게 물었다.

"저 방패 들고 있는 거북이 새끼들은 뭐 하는 자들인가?"

나는 남가락을 맞이하면서 대답했다.

"마교."

"저놈들이 마교면 우리는 무림맹이다. 하하하하."

"하하하하."

남가락이 수하들과 함께 웃었다. 이놈이 현실 부정이라도 하려는 것일까. 남가락의 말도 안 되는 우격다짐에 나는 웃음이 나왔다. 생각해 보니 뜬금없이 남명회가 등장한 것을 보니 무림맹이 어떻게든 하오문으로 소식을 전달한 모양이라 생각했다. 무림맹으로서는 당연한 대처였을 것이다. 그래서 그나마 백응지에서 가장 가까운 남명회가 먼저 달려온 상황이라고 판단했다.

당연히 문주가 위험에 빠지면 이놈들이 달려오고. 이놈들이 위험에 빠지면 내가 달려간다. 당연한 일이라서 남명회의 등장이 기절초풍할 것처럼 놀랍지는 않았다. 본래 우리 여섯 명과 마교의 병력은 일자로 된 횡렬진으로 대치했다. 아마도 내가 미친 상태에서 한쪽 방위를 몰살했기 때문일 것이다.

남가락은 남명회의 형제를 이끌고 와서 자연스럽게 초라한 우리 여섯 명에게 합류하더니 횡렬로 늘어섰다. 이들의 실력이 어쨌든 간에 아군이 합류하자 기분이 묘했다. 든든하면서도 흥이 나는 느낌이랄까? 남가락이 말했다.

"마교 놈들아, 일대일은 방해하지 않겠다. 대신에 전면전이 벌어지면 우리도 다 합류하마. 나는 남명회의 남가락이다. 들어봤겠지?"

나는 마교의 전 병력이 남가락을 향해 코웃음을 치는 것을 확인했다. 나도 고개를 끄덕이면서 남가락에게 말했다.

"못 들어본 모양이다."

남가락이 나를 노려보면서 대답했다.

"닥쳐라."

"확인."

문주에게 닥치라는 말도 할 수 있는 하오문의 이 훈훈함을 어쩔 텐가? 나는 남가락이 굳이 남명회를 강조하고 깃발까지 챙겨온 이유를 알고 있다. 앞으로 하오문이 감당해야 할 마교의 분탕질을 남명회도 나눠서 받겠다는 뜻이었다. 나는 대치하고 있는 마교의 고수를 바라봤다.

"일대일이냐? 전면전이냐. 좋을 대로 해라."

나는 남명회가 합류한 것을 보고 일대일을 잠시 이어나가도 좋겠다는 생각이 들었다. 원로나 중간 간부처럼 보이지 않는 사내가 말했다.

"하오문주, 본교의 암살 대상이 된 것을 축하하네."

"별말씀을. 쑥스럽군. 사내가 무공을 익혔으면 마교의 적이 되는 것이 보람찬 일이지."

이놈이 무서운 말을 입에 담았다.

"우리는 광명검을 회수하라 했으니 회수해야 한다. 나머지는 모를 일이야."

"나도 모를 일이니 계속하자고."

이때, 마교 측에서 한 사내가 나오면서 말했다.

"야율 부관, 들어가라."

"예."

싸움이 진행된 지 한참이나 지났는데도 의복과 행색이 아주 멀쩡한 사내가 걸어 나왔다. 얼굴은 멀쩡하게 생겼으나 머릿속이 아주 얄삽해 보이는 놈이었다. 생김새와 다르게 강자의 분위기가 몸에 서려있는 놈이었다. 시커먼 장삼 안에 청색 무복을 입고 있었는데 허리에 찬 장검에도 푸른빛이 군데군데 섞여있었다. 야율 부관이라는 놈이 군말 없이 들어가는 와중에 뒤에서 검마의 목소리가 들렸다.

"문주, 상대는 사천왕의 일원인 청지왕青地王이다."

"아하."

나는 그제야 청지왕의 얼굴을 기억에서 끄집어냈다. 그러니까 이놈은 젊은 청지왕이었다. 마교에 초청받아서 갔을 때 한두 번 스치듯이 봤던 놈이다. 당시에 강호에서 광마가 유명하냐, 청지왕이 유명했느냐 묻는다면 청지왕이다. 백도의 중소 문파의 장문인들을 이 사내가 많이 죽였기 때문이다. 마교가 천옥의 재료를 구하러 돌아다 닐 때 강호에서 국지 전투를 자주 벌였던 사내다. 나는 이놈의 행색 이 멀쩡한 이유를 이렇게 추측했다.

'이놈이 좌사에 욕심을 냈나?'

어찌 된 노릇인지는 모르겠으나 일단 병력과 원로들을 갈아 넣고 청지왕이 멀쩡한 상태에서 검마를 상대했을 것 같다는 생각이 들었 다. 청지왕이 검을 뽑으면서 말했다.

"하오문주, 교주님이 특별히 언급하셨었는데 계속 선을 넘는군."

나는 씨익 웃으면서 대답했다.

"교주가 나를?"

"걱정하지 말게. 우리 쪽에도 용한 의원이 많아."

"아, 반쯤 죽여놓고 살려주겠다는 말인가? 이렇게 고마울 데가."

나는 처웃다가 기습을 당했다.

획!

눈을 한 번 깜빡이는 사이에 밀려드는 검을 보자마자, 고개를 젖 혀서 회피한 다음에 목검으로 쳐냈다. 순간, 내 허리가 비틀린 상태 에서 청지왕과 좌장의 장력을 교환했다.

쾅아아아아아아아아앙!

나는 허리의 힘을 사용하지 못한 채로 청지왕의 장력에 튕겨 나가 서 공중을 여러 차례 돌았다.

'싸울 줄 아는 놈이다.'

마교의 사천왕이니 당연한 소리다. 강호가 어이없는 점이 이것이다. 누가 옳고, 누가 그른 것인가? 이따위 논쟁은 일단 싸움 앞에서 부질없다. 이긴 놈의 말이 맞는 것이다. 마교가 병신 같은 교리를 내세우고, 내가 시종일관 헛소리를 해대도 상관없는 이유가 바로 이것이다.

어차피 이기면 상관없다. 나는 두 발로 착지하는 것보다 검을 휘두르는 게 효율적인 자세여서 목검으로 땅을 찍은 다음에 공중으로 다시 솟구쳤다. 휘어졌던 검에 공력을 주입하자마자 멀찍이 물러나서 청지왕을 바라봤다. 청지왕이 웃으면서 다가왔다.

"시정잡배 검법을 익혔나? 못난 꼴로 움직이는군."

나는 진지한 표정으로 고개를 갸웃했다.

"어떻게 알았지? 이것은 시정잡배검市井雜輩劍이다. 병신 같은 놈, 별호에 왕王을 함부로 붙이고 다니는 놈이 시정잡배한테 지면 면목이 없어서 어떻게 살아가려고? 자살해야지. 안 그래?"

순식간에 일곱 장의 거리를 단박에 좁힌 청지왕이 검을 휘둘렀다. 나는 순간 생각이 복잡해졌다. 청지왕의 무공이 검법뿐만이 아니라 장법도 안정적이었기 때문이다. 나는 청지왕의 검을 쳐내다가 장력도 자주 겨뤘다. 검이 오✗의 모양으로 맞붙을 때마다 어김없이 장력을 교환했다.

검이 눈앞으로 밀려오다가 청지왕의 지법이 먼저 도착하는 때도 있었고. 검풍으로 내 시야를 방해한 다음에 쏟아지는 다섯 개의 지풍指風이 맹수의 발톱처럼 내 전신을 훑고 지나갔다. 청지왕의 공격은 단순하지 않았다. 나는 침착하게 장풍으로 청지왕의 공격을 무력화시키면서도 놈의 움직임을 주시했다. 청지왕의 모습이 보이지 않을 때는 예상, 경험, 소리로 위치를 파악해서 검을 휘둘렀다. 우리 둘 다 십여 합을 맞붙을 때까지도 한마디도 꺼내지 못했다. 문득 이런 생각이 들었다.

'마공은 없나?'

그럴 리가 없다고 생각했다. 어떤 마교의 고수가 정종의 검법만 구사하겠는가. 이놈은 처음부터 지금까지 정종의 검법을 펼치고 있었다. 나는 청지왕이 감춰둔 수법을 예상할 수 없어서 귀마처럼 굳건하게 수비를 펼쳤다. 본능적으로 청지왕의 표정을 살폈다. 여전히 입가에 희미한 미소를 짓고 있었다.

'나 뭐에 벌써 당한 건가?'

검법만 따지면 백중세였다. 공력은 서로 결전의 패처럼 감춰놓은 터라 우열을 확인할 수 없었다. 서로의 호흡이 느껴질 정도로 가까운 곳에서 서로를 죽이기 위해서 검을 내밀었으나 번번이 막혔다. 그 와중에 나는 청지왕이 검은 장삼 안에 받쳐 입은 청색 무복의 문양을 확인했다. 순간 어디서 봤었던 문양처럼 느껴졌다.

'어디서 봤더라?'

기시감이 느껴졌다. 저 문양, 분명히 어디서 봤다. 나는 본능적으로 싸우면서도 생각을 더듬었다. 맹렬하게 싸우고 있어도 마음이 냉정해야 하는 이유가 이것이다. 나는 그제야 저 문양이 색마의 상반신에서 본 것과 흡사하다는 점을 기억해 냈다.

'호신마공護身魔功이 적용된 보호구다.'

사천왕이나 되는 사내가 착용하고 있다면 마교에서도 최상급의 보갑寶甲일 터였다. 나는 청지왕이 내 회심의 일격을 무력화시킨 후

반격할 것임을 간파한 상태에서 놈의 검법을 다시 분석했다. 그러니까 저 정도면 내 일격을 서너 번 이상 아무렇지도 않게 막아낼 가능성이 컸다. 나는 청지왕의 생각과 의도를 알아낸 다음에도 무표정한 얼굴로 싸웠다. 내가 굳게 입을 다물고 싸우자, 오히려 청지왕이 입을 열었다.

"하오문주, 잘 싸우는구나."

나는 질풍노도의 시기를 시도 때도 없이 맞이하는 엇나간 사내라서 존댓말로 대답해 봤다.

"감사합니다."

"…!"

청지왕은 갑자기 내가 존댓말을 하자 눈을 동그랗게 떴다. 그렇게 침착하던 검법에 빈틈이 보여서 별생각 없이 목검을 찔러 넣었다. 순간, 공세와 수세가 아무렇지도 않게 뒤바뀌었다. 한 번 수비를 펼치기 시작한 청지왕은 내 공세를 연달아 막아내느라 바쁘게 움직였다.

나도 공격만 펼치는 것이 훨씬 마음이 편했다. 공력을 줄이고, 몸동작으로 추가적인 힘을 더한 속검速劍을 펼쳐서 청지왕의 빈틈을 쉴 새 없이 공략했다. 청지왕이 의도적으로 마교 병력을 향해 물러나고 있었으나, 나는 개의치 않은 채로 밀어붙였다. 이제 청지왕에게서 발견한 빈틈마다 매화가 피어있는 것처럼 보였다.

내가 검에 미쳤거나, 매화에 미쳤거나, 그냥 미쳤거나 셋 중 하나였다. 사실은 세 가지에 모두 미친 상태였기 때문에 나는 광기에 휩싸인 채로 검을 휘둘러서 매화를 찔렀다. 순식간에 내 검법이 한 단계를 상승한 것처럼 느껴져서 저절로 낮게 깔린 웃음이 흘러나왔다.

"흐흐."

어느새 나는 마교 병력이 가득한 근처에서 청지왕과 검법을 겨뤘다. 암기가 날아올 것도 같고. 이대로 방패를 가진 병력이 나를 에워쌀 것 같은 기분도 느꼈다. 하지만 나는 검법의 경지가 상승한 것이 즐거워서 공세를 멈출 수가 없었다.

'좋다. 이래서 무공을 익히는 것이다.'

깨달음을 얻는 것보다 즐거운 게 있을까. 매화검법梅花劍法의 요체要諦를 스스로 깨닫고 확립하는 순간이었다. 다만 걱정인 것은 검법의 수준이 높아서 이를 잘 이어받을 사람이 드물겠다는 생각이 들었다. 그러니까 이런 검법은 제자들이 어떤 식으로든 고생을 해봐야 도달할 수 있는 영역이었다. 그렇다면 문파에서 가르치는 검법이라는 형식은 사실 익히는 자들을 고생길에 던져놓으려는 것과 같다. 실은 그것 자체가 목적인 셈이다. 대성과 깨달음은 고생길 이후에 오기 때문이다.

나는 즐거운 마음으로 검을 휘둘러서 청지왕을 공격했다. 여러 곳에서 매화를 베던 나는 청지왕의 목에서 허점을 발견하자마자 힘을 뺀 채로 검을 찔러 넣었다. 순간, 청지왕이 동귀어진同歸於盡의 의도가 담긴 검을 빠르게 내밀었다. 이것은 함정이었지만, 나는 함정으로 전진했다. 내 목검이 청지왕의 목을 찔렀다. 순간 청지왕의 보갑에서 칼날처럼 보이는 두꺼운 가시가 솟구치더니 청지왕의 목을 휘감았다.

텅…!

동시에 내 복부로 밀려드는 청지왕의 검은 왼손에 월영무정공을 휘감은 채로 붙잡았다. 청지왕의 검이 하얗게 얼어붙기 시작했을 때, 청지왕이 절기를 휘감은 좌장을 휘둘렀다. 나는 허초로 내밀었던 목검을 회수하자마자 청지왕의 손바닥을 먼저 찔렀다. 푸욱- 소리와 함께 칼날이 청지왕의 손을 꿰뚫었다. 순간 공중에 뜬 청지왕이 두 발에 공력을 주입한 채로 내 가슴을 가격했다. 어처구니없는 동작이었지만 청지왕으로서는 어쩔 수가 없어서 찾아낸 반격이었다.

나는 목검을 쥔 오른손의 파지법을 잠시 풀어낸 상태에서 장력으로 받아쳤다가 다시 목검을 붙잡았다. 뺑- 하는 소리와 함께 나는 공중에 뜬 채로 물러났다. 어차피 적진에 너무 가까워서 거리를 벌리려는 의도였다. 순간, 갑자기 청지왕의 앞에 백의인과 적의인이 동시에 내려서더니 나를 향해서 쌍장을 분출했다.

'제기랄.'

거대한 백색의 손바닥과 새빨간 손바닥이 뒤엉키더니 내 전신을 뒤덮었다. 나는 공중에 뜬 상태여서 다리와 허리의 힘을 이용할 수가 없었다. 공중에서 자하기紫霞氣를 끌어올린 채로 대각선으로 검을 휘두르고, 이어서 반대 대각선으로 허공을 그었다. 날아오던 거대한 손바닥을 오×의 모양으로 동시에 쪼갠 다음에 나는 지상에 착지했다. 순간, 나는 기분이 날아갈 것처럼 고양되어서 고개를 젖힌 채로 웃음을 터트렸다.

"하하하하하하…!"

청지왕의 손바닥을 뚫은 것은 작은 기쁨이고. 백천왕과 적인왕의 기습을 막아낸 것은 그보다 큰 기쁨이었으나. 무공 실력이 한 단계 더 높아진 것은 앞서 느낀 조잡한 기쁨과는 비교할 수 없을 정도로

…

흡족한 기쁨이었다. 아직 제자는 구하지 못했지만 내가 얻은 심득心得을 전해줘야겠다고 생각하니 그것도 내 기쁨이었다. 마교의 병신 같은 기습도 나를 기분 나쁘게 하지 못하고. 갑자기 웃는 나를 보면서 이상하게 생각할 아군의 마음도 개의치 않았다. 나는 그 어느 때보다 고양高揚된 마음가짐으로 마교를 바라보다가 목검에 묻은 피를 바닥에 털어냈다.

"청지왕은 손이 뚫렸으니 불편할 것이다. 물러나서 치료하도록."

"..."

나는 스스로 광기狂氣를 걷어낸 다음에 마교를 향해 차분한 어조로 물었다.

"다음은 누구냐."

나는 마치 일대종사一代宗師가 된 것처럼 말했다. 점소이였던 사내가 일대종사라니? 내가 생각해도 우스웠다.

213.
너희와는
격이 다르다

지금 내 목적은 악인들이 회복할 시간을 벌어주는 것이다. 어차피
마교는 제멋대로인 놈들이라서 청지왕은 승부가 끝나지도 않았는데
물러났고, 백천왕과 적인왕은 합공으로 나를 기습했다. 그래서 이놈
들이 마도다. 그래도 좋다. 어차피 하오문의 요체는 죽이는 것보다
살아남는 것에 맞춰져 있으니까. 이 자리에서 교도를 한 명 더 죽이
는 것보다 악인들과 남명회의 형제들이 한 명이라도 죽지 않는 것이
내게 더 중요하다. 내가 하오문주이기 때문이다. 나는 다음 상대가
나오기 전에 적당히 거리를 벌린 상태에서 호통을 쳤다.

"삼복아!"

"예."

"물!"

"없습니다."

삼복이 당황하자, 수하에게 가죽 주머니를 건네받은 남가락이 내

쪽으로 성큼성큼 걸어왔다. 나는 오랜만에 남가락과 얼굴을 맞댄 채로 눈을 마주쳤다.

"남 회주."

남가락이 웃으면서 고개를 끄덕였다.

"그래. 우리 하오문주."

다가온 남가락이 가죽 주머니를 내밀면서 말했다.

"괜찮나?"

"이제 시작이지."

나는 남가락이 가까이 오고 나서야 이놈의 몸에 땀 냄새가 짙게 밴 것을 알았다. 소식을 받자마자 달려온 모양이었다. 나는 근래 먹었던 물 중에서 가장 맛있는 물을 서너 모금 마신 후에 가죽 주머니를 내밀었다. 우리 둘은 말없이 서로를 쳐다보다가 씨익 웃었다.

나는 남가락이 물을 주러 왔다가 기습을 당할 수도 있었기 때문에 돌아서서 마교를 주시했다. 물을 마시는 것이 이렇게 어려운 일이다. 마교도들이 청지왕의 뚫린 손에 헝겊을 감고 있는 것이 보이고, 백천왕과 적인왕은 돌아선 채로 대화를 나누고 있었다. 일대일을 할 것인지. 병력을 몰아쳐서 힘으로 누를 것인지 고민하는 눈치였다.

어떤 것이든 불편한 상황일 터였다. 내 쪽으로 합류한 남명회의 위명威名이 너무 떨어지는 터라 혼란을 가중했을 터였다. 목검을 집어넣은 다음, 다음 상대가 나올 때까지 차분한 분위기로 기다리다가 나는 두 손을 전방으로 천천히 뻗었다. 호흡을 깊이 들이마셨다가, 길게 내뱉었다.

"후우우우."

별것 아닌 내 동작을 보자마자, 화들짝 놀란 마교의 병력이 일제히 방패를 치켜들었다.

"…!"

혹독하게 수련했는지 동작이 빠르고 일사불란했다. 나는 마교의 호들갑을 평온한 마음으로 무시한 다음에 쌍장을 전방에 분출할 것처럼 내밀었다가, 두 손을 그대로 강물의 물결처럼 느릿느릿하게 흔들어서 움직였다. 괜히 동작이 빠르면 마교가 놀라서 단체로 나를 공격할 수 있었기 때문에 나는 의도적으로 느리게 움직이면서 살기도 빼냈다. 차분하게, 평화롭게. 유유자적하듯이.

손도 느리고, 보법도 느리고, 움직임도 느리고, 호흡도 느리게. 아무튼, 주둥아리도 닫친 채로 느릿느릿한 것이 핵심이었다. 대체 내가 왜 이러는 것일까? 나도 잘 모른다. 내가 나를 그렇게 잘 알았으면 애초에 내가 광마가 되는 일도 없었을 것이다. 시간을 충분하게 벌려면 이상하고 느릿느릿한 행동으로 이목을 집중시킬 필요가 있었다. 이렇게만 움직이면 지루하고 평화로웠기 때문에 나는 양손에 일월신공을 자연스럽게 휘감았다.

'좋다!'

그렇다면 이것은 당연하게도 일월광천을 조합하기 직전의 상태다. 양손에 휘감은 일월日月의 기를 태극으로 합칠 듯 말 듯 약 올리듯이 움직이다가, 문득 색마가 보고 있는 방향에서 양손을 이리저리 움직이자 색마가 벌떡 일어난 채로 외쳤다.

"하지 마. 이 개새끼야! 이쪽으로 하지 마! 미친 새끼야!"

색마가 호들갑을 떨면서 반응하자, 마교의 분위기도 파도처럼 출렁거렸다. 나는 천천히 한 바퀴를 돈 다음에 하얗게 빛나는 손과 붉게 빛나는 손을 태극으로 합칠까 말까, 던질까 말까 고민하듯이 천천히 움직였다. 마음속으로 되뇌었다.

'던질까 말까, 던질까 말까.'

그러니까 이것은 태극권太極拳이다. 태극권의 요체는 거북이보다 느릿느릿하게 움직여서 상대에게 '저게 무슨 무공이냐?' 혹은 '위력이 없어 보인다'는 것을 강제로 주입하는 것이다. 하지만 이것이 결국 태극으로 합쳐졌다가 제자리에서 터지면 마교도 죽고, 나도 죽고, 아군도 죽는다. 하여간 다 죽는다.

그래서 나는 최대한 심혈을 기울인 채로 천천히 약을 올리면서 움직이되, 끝내 양손을 만나게 하지는 말아야 하는 어려움이 있었다. 이래서 태극권이 어렵다. 일월신공을 익힌 사내가 목숨을 걸고 해야만 위력이 생기기 때문이다. 나는 예나 지금이나 항상 사람 놀리는 것을 좋아했기 때문에 따로따로 움직이던 손을 잠시나마 위아래로 교차해 봤다. 순간 극양과 극음의 기가 스치듯이 만나면서 일대에 파지지직- 하는 소리가 울렸다.

"어우…!"

마교에서도 술렁거리는 분위기가 감돌고 있어서 나는 웃음이 절로 나왔다. 어떤 겁 없는 놈이 나를 공격하겠다고 나섰다가 적인왕의 제지를 받았다.

"가만히 있어라."

"예."

이때 마교 측에서 늙은이의 목소리가 들렸다.

"다음은 내가 나가겠네."

"조 장로가 나서시겠습니까?"

나는 괜히 조씨라는 말에 조조가 떠오르지 않고 조씨 삼 형제가 떠올랐다. 조일섬, 조이결, 조삼평의 이름이 머리에서 스치자마자 나는 일월기를 태극으로 조합했다.

"...!"

순간, 아무것도 들리지 않았으나 이명 현상이 벌어져서 나는 눈살을 찌푸렸다. 마교의 병력을 확인해 보니 이놈들도 전부 귀를 틀어막고 있었다. 비현실적인 것을 보면 교리에 세뇌된 자들도 본능을 일깨우는 것일까. 나를 쳐다보던 자들이 놀란 자라 새끼처럼 움츠러드는 것이 보였다. 이미 나는 또다시 강제적인 무음無音의 세계에 빠진 상태. 아마도 태극권을 펼칠 때 너무 과도하게 기를 양손에 압축했던 모양이다. 일월광천을 펼칠 때마다 들었던 굉음이 사라진 상태였다. 대신에 나는 내가 만들어 낸 빛을 확인했다.

'망했다.'

일전에 만들었던 일월광천과는 모습이 달랐다. 굳이 얘기하자면 만장애에서 삼켰던 천옥의 이상한 문양과 흡사했다. 근접한 거리에 던지면 사천왕 중에서 세 명을 몰살하고 전열에 있는 나머지 장로들까지 죽일 수 있었는데 그렇게 되면 나까지 중상을 입을 판국이었다. 나는 어쩔 수 없이 엄청나게 무거워진 일월광천을 있는 힘껏 멀리 집어 던졌다. 그 와중에도 나는 포물선의 궤적과 일월광천의 여파를 계산했다. 불길한 구체의 모양으로 회전하던 일월광천이 상공으로 뻗어나가자, 마교에서 침착한 목소리가 흘러나왔다.

"공중에서 박살 내라."

순간, 마교도 전체가 공중에 뜬 일월광천을 향해 암기와 병장기, 장력, 검기, 절기 같은 것을 쏟아냈다. 이어서 가장 냉정해 보였던 백천왕은 두 손을 치켜들더니 마교 병력 위에 한랭한 장력을 분출하기 시작했다. 눈치가 빨라서 아군을 보호하려는 행동처럼 보였다. 나는 열심히 뒷걸음질을 치면서 장관을 구경했다.

"염병할…"

일월광천에 빨려 들어간 암기와 병장기가 흔적도 없이 사라지고 나서야 나는 자세를 돌려서 도망을 치기 시작했다. 나는 눈이 휘둥그레하게 커진 아군들을 향해 손짓하면서 외쳤다.

"가!"

분명히 말을 내뱉었는데 이명 현상이 이어지고 있어서 소리가 들리지 않았다. 나는 재차 말을 하려다가 공중으로 떠올랐다. 다행인 점은 눈치 빠른 색마가 용감하게 일어서더니 전방에 백색의 쌍장을 분출했다. 이어서 검마가 광명검을 휘두르고, 귀마가 검막을 뿌렸다. 전부 아군을 보호하려는 절기들이었다. 이 와중에도 마교는 일월광천을 박살 내기 위해 공격하고. 악인들은 서로를 지키기 위해 방어 절기를 동시에 펼쳤다.

운명이 나뉘는 순간이다. 감당할 수 없는 위험이 닥치면 서로를 지키는 게 정답이다. 공중에 뜬 나도 돌아서자마자 양손에 대수인을 휘감은 채로 최대한 넓은 곳을 방어했다. 하지만 나도 어쩔 수 없이 여파에 떠밀려서 멀찍이 날아갔다. 얼굴과 전신에 흙더미가 쏟아졌으나 이제는 이런 지랄도 나름 반가웠다. 나는 균형을 잡자마자 땅에 착지한 다음에도 서너 차례 굴렀다가 일어났다.

"후아."

나는 양손을 허리에 올린 채로 전방을 주시했다. 문득 하늘을 보니 문방사우가 어디론가 여행을 떠나고 있었다. 순간, 공중에 뜬 벼루가 사라지는 것처럼 보였으나 환각인지 바람 때문에 그런 것인지 파악할 수가 없었다. 입을 다물고 손으로 콧구멍을 막은 다음에 바람을 내보내자, 그제야 두 귀가 뚫렸다.

"…"

전방을 확인해 보니 마교 병력의 가운데에 일월광천이 터져서 태양 빛이 사방팔방으로 퍼져나간 문양으로 시체들이 놓여있었다. 사실은 시체가 아니라 피와 살점, 찢어진 의복이었다. 그야말로 수련을 혹독하게 한 모양인지 방패의 잔해도 일월광천을 막아내는 위치에서 시커먼 흔적만 남아있었다.

나는 그제야 아군을 바라봤다. 흙먼지가 피어올라서 보이는 게 없었다. 다만 사대악인들은 일월광천의 여파를 막겠다고 절기를 펼친 터라 근처에 널브러져 있었다. 나는 그제야 목검을 뽑은 다음에 혼자서 마교 진영으로 향했다. 어차피 다 죽이려고 시작한 일이라서 끝장을 보는 게 맞다.

처음부터 끝까지 하오문은 마교의 적이다. 이미 많이 죽인 터라, 더 죽여도 상관없었다. 나는 경공을 펼쳐서 흙먼지 사이를 뚫어서 이동한 다음에 방패의 잔해를 밟으면서 살아있는 놈들을 찾았다. 꿈틀대는 놈이 보이면 별생각 없이 목검을 찔러 넣었다. 그제야 쥐새끼처럼 도망을 치는 소리가 들리고 주변의 흙먼지들이 가라앉고 있

…

었다. 나는 내 목소리를 확인했다.

"아아…"

입 안의 먼지를 뱉어내느라 연신 침을 뱉어야 했다. 순간 먼지 속에서 시커먼 인영이 움직이는가 싶더니 새카만 장검이 보였다. 목검으로 쳐내면서 물러나자, 처음 보는 흑의인이 흙먼지를 뒤집어쓴 채로 나를 공격했다. 표정이 그야말로 침착했다.

'어떻게 이렇게 멀쩡하지?'

순식간에 나는 흑의인과 십여 합을 부딪치다가 말했다.

"그대가 명왕冥王인가?"

뭐 이런 두더지 같은 새끼가 다 있을까. 흑명왕은 수하들이 입는 복장을 한 채로 입도 뻥긋하지 않은 상태에서 전부 지켜보고 있었던 것 같다. 그제야 검을 살펴보니 내가 쥐고 있는 목검과 흡사했다. 내 예상으로는, 살아있는 수하들을 움켜쥔 채로 땅속에 숨었다가 등장한 것처럼 보였다. 검이 무척 빨랐다. 청지왕을 몰아붙일 때와 다르게 매화도 보이지 않는 상태. 겨우 한 곳에서 매화를 찾아내서 공세로 전환했을 때, 흑명왕의 입이 벌어졌다.

"흑!"

흑명왕의 입에서 검은색의 액체가 보이자마자 나는 숨을 참은 채로 뒤로 물러났다. 삽시간에 부채꼴로 시커먼 안개가 퍼져 나왔다. 목검으로 검풍을 내보내서 시야를 확보했더니 이미 흑명왕은 사라진 상태였다. 그 와중에도 흑명왕은 자신의 목소리를 내지 않고 있었다.

'제대로 된 살수네.'

저 정도면 마교 내부에서 살수들의 우두머리라고 해도 이상하지 않을 실력이었다. 마찬가지로 흑명왕이 시간을 벌기 위해서 나와 겨룬 모양인지 아무리 둘러봐도 사천왕의 시체는 찾을 수가 없었다. 나는 시체들을 확인하면서 돌아다녔다. 그 와중에 기분이 약간 불쾌해져서 난장판이 된 전장을 둘러봤다.

아무것도 보이지 않았으나 기분이 찜찜해서 시야를 넓힌 다음에 멀찍이 떨어진 언덕을 주시했다. 언덕 위에 탁자가 하나 놓여있고. 그 옆에 칠검이 두 손을 모은 채로 대기하고 있었다. 당연히 탁자에는 백의서생이 앉아서 붓을 든 채로 일월광천이 터진 장소를 바라보면서 그림을 그리고 있었다. 나는 아무것도 하지 않은 상태에서 백의서생을 바라봤다.

"…"

백의서생이 나를 향해 붓을 내밀더니 그림 안에 들어갈 내 신장身長을 가늠했다. 내가 계속 노려보자, 백의서생이 내공을 담은 어조로 말했다.

"하오문주, 오랜만이야. 그림이 취미라서 이해 좀 해주게."

나는 고개를 끄덕이다가 검을 넣으면서 대답했다.

"거북이 등껍질, 오랜만이군. 취미는 존중해 줘야지. 자세를 잡아줄까?"

백의서생이 궁금하다는 어조로 내게 물었다.

"무슨 자세?"

나는 태극권의 시작 자세를 취하듯이 양손을 전방으로 내밀었다. 백의서생이 고개를 내밀면서 내게 물었다.

"아, 그거는 무슨 무공인가?"

나는 백의서생에게 오답을 알려줬다.

"태극권이라 하네."

백의서생이 붓으로 나를 가리키더니 칠겸에게 말했다.

"칠겸아, 보아라."

"예, 사부님."

"저런 사내를 천재라 하는 것이다. 하나를 가르쳐 줬는데 영 엉뚱한 무공이 나오질 않느냐? 너희와는 격이 다르다. 빙공을 전달해 줬더니 태극권을 만드는 사내라니, 나는 근래 이런 사내를 본 적이 없다. 박수를 보내라."

나는 어느새 내 쪽으로 합류한 사대악인들과 함께 백의서생을 바라봤다. 백의서생은 칠겸과 함께 내게 박수를 보내다가 미소를 짓고 있었다. 나도 어쨌든 백의서생의 행동이 우스워서 함께 웃었다.

214.
며칠은 헛웃음이
나오겠구나

'저놈은 대체 무슨 생각으로 사는 놈일까.'

나는 대화를 하다 말고 그림에 집중하는 백의서생을 물끄러미 바라봤다. 문득 팔뚝에 소름이 돋았다. 저놈의 생각이 궁금하다는 이유로 백의서생을 잡아다가 고문하고, 때리고, 협박해서 밑바닥에 깔린 생각을 들어보고 싶었기 때문이다. 내 이런 마음이 소름 돋는 이유는 이런 짓거리를 실제로 하는 사내가 백의서생이기 때문이다.

'인간에 대한 호기심이 무섭구나.'

나는 어째서 일을 하는 평범한 사람들의 마음도 이해하고, 저런 정신 나간 미치광이의 마음도 어렵지 않게 이해하는 것일까. 도무지 알 수가 없다. 백의서생은 그림을 마저 그린 다음에 칠겸에게 넘기더니 그제야 나를 붓으로 가리켰다.

"하오문주, 태극권은 신교를 놀리느라 만든 무공이지 않나? 음과 양의 조합에 대해서 깨달음을 얻은 것처럼 보이는데. 그렇다면 음양

신공陰陽神功 내지는 일월신공日月神功이라는 말이 더 어울릴 것이니 참고하게. 그리고 혹시나 해서 문주를 비롯한 강호의 친구들에게 물어보는데…"

백의서생이 붓을 치켜든 채로 물었다.

"혹시 나와 경공 대결을 펼칠 사람 있는가?"

"…"

우리는 할 말을 잃었다. 이런 분위기에서 갑자기 경공 대결을 하자고? 백의서생은 고개를 갸웃했다가 말을 이어나갔다.

"지금이 아니어도 좋네. 다들 지쳤을 테니, 다음에라도. 검마 선생은 생각 없나?"

검마는 아예 대답하지 않았다. 백의서생은 흥미를 잃은 사람처럼 한숨을 내쉬었다.

"다들 경공에는 관심이 없나 보군."

백의서생이 흥미를 잃었다는 표정으로 일어나더니 탁자를 손으로 붙잡아서 언덕 아래로 휙 던졌다. 희한하게도 언덕 아래로 떨어지는 탁자가 먼지처럼 바스러지더니 땅에 닿기도 전에 흔적도 없이 사라졌다. 나는 눈을 크게 떴다.

'저건 무슨 무공이냐.'

문득 나는 탁자가 먼지처럼 사라지는 것을 지켜보다가 급히 언덕 위로 시선을 올렸다. 이미 백의서생과 칠겸은 감쪽같이 사라진 상태였다.

"음."

생각해 보면 경공에 미친 인간들이 모인 쾌당에서도 빠른 사내였다. 이런 상황에서 경공 대결에 관심을 가지는 것이 신기했다. 본래 그런 사내라는 것을 아는데도 말이다. 나는 잠시 우두커니 서서 백의서생의 머릿속을 상상했다.

'어쩌면…'

나는 이런 말도 안 되는 상상을 해봤다. 백의서생을 완벽하게 제압하거나 그의 정신을 무너뜨리려면 무공이 아니라 일단 경공으로 승부를 내야 하는 것이 아닐까? 저렇게 끝 모를 자부심을 가진 유형은 가장 자신 있어 하는 분야에서 패배할 때 엄청난 치욕과 상실감을 느낄 터였다. 백의서생은 자신의 방식대로 미친 사내여서 나도 어리둥절했다. 나는 악인들의 시선이 궁금해서 물어볼 수밖에 없었다.

"사라진 거 본 사람 있어?"

귀마가 말했다.

"탁자가 떨어지기에 시선이 자연스럽게 아래로 갔었다. 무공으로 따지면 심리전에 일격을 당한 셈이야."

색마가 대답했다.

"맞다. 나도 먼지로 변하는 탁자를 보느라 놓쳤다."

내가 마지막으로 검마의 표정을 확인하자, 맏형은 이렇게 말했다.

"별것 없었다. 탁자를 던지고 나서 평범하게 물러나더구나."

"오. 역시."

검마는 백의서생의 퇴각을 노려보고 있었던 모양이다. 이래서 검마가 맏형이다. 나는 혹시나 하는 마음에 사대악인들에게 이렇게 당부했다.

"우연이라도 백의서생과 나중에 만나면 반드시 경공 대결부터 하자고 말해."

"왜?"

나는 마땅한 이유를 찾을 수 없었다.

"그냥 그렇게 해. 미친놈이라서 그래. 무공 대결보단 낫겠지. 일단
은 미친놈이 좋아하는 것을 하게 내버려 둬야지."

경공에 자신감이 있었던 모양인지 색마가 이렇게 물었다.

"경공에서 내가 이기면 어떻게 될까."

당장은 그럴 가능성이 희박했으나 나는 상상하는 대로 말했다.

"기뻐하겠지."

"자신의 패배를 기뻐해?"

나는 고개를 끄덕였다.

"그럼 저런 놈이 패배감에 휩싸여서 지낼 것 같으냐. 대신에 다음
에 또 겨루자고 하겠지."

"음, 어떤 유형인지 이제 좀 알 것 같다."

잠시 후 나는 남명회와 함께 참혹한 전장을 정리했다. 내가 죽였
으니 정리하는 것도 내 몫이다. 온갖 잔해를 구덩이에 싹 다 파묻은
다음에 삼복과 남명회의 형제들이 사 온 술독을 들고서 흙더미 위에
뿌렸다. 나는 술을 쏟아내면서 죽은 자들에게 말했다.

"살아있을 때는 교도였으나, 죽고 나면 그저 강호에서 살아가던
사내였다. 나는 너희들에게 악감정이 없다. 졌으면 내가 이곳에 묻
혔을 테니 말이다. 이렇게 살아남아 너희에게 술을 뿌린다. 내세來世
에는 남의 말을 듣다가 죽는 삶이 아니길 바란다. 죽음 앞에 교리가
무슨 소용인가?"

나는 술독에 든 술을 다 뿌렸다. 옆에서 남가락이 허탈하다는 어조로 말했다.

"나름대로 각오하고 왔는데 우리는 싸우지도 못했네. 왜 이렇게 갑자기 강해진 거야?"

나는 남가락을 물끄러미 바라봤다. 남가락은 그간 내게 어떤 일이 있었는지 알 수가 없을 터였다.

"그러게 말이다. 이리 치이고 저리 치였더니 전보단 강해졌다. 다친 사람은?"

남가락이 웃었다.

"뭐, 한 게 있어야 다치지."

나도 허탈한 웃음이 나와서 주변을 둘러보다가 흙더미 근처에 주저앉았다.

"하여간 남 회주."

"말해."

"잘 왔다. 얼굴 보니까 반갑구나."

"문주 소식을 무림맹을 통해 들을 줄은 나도 몰랐네."

나는 남가락과 낄낄대면서 웃었다. 그나저나 바닥에 궁둥이를 붙이고 나서야 피로감이 몰려들었다. 그제야 사대악인들도 바닥에 털썩 주저앉고, 여기까지 힘들게 달려왔던 남명회의 형제들도 둘러앉았다. 싸우진 않았으나 먼 거리를 달려온 데다가 이미 이들도 마교와 싸우게 될 것이라는 점은 알고 있었는지 이제야 긴장을 푸는 모양새였다.

다들 지친 표정으로 앉아있다가 술독을 돌려가면서 술을 마셨다.

술을 마신다는 행위 자체가 유일하게 마음을 다독이는 순간이었다. 술은 사대악인의 목도 적시고, 남명회 형제들의 목도 적셨다. 다들 무슨 생각을 하고 있는지는 나도 모를 일이었으나 우리는 시체들의 무덤 위에 술을 뿌린 다음에 술을 나눠 마셨다. 문득 사천왕이 어떤 취급을 받게 될 것인지가 궁금해서 검마에게 물었다.

"선배, 사천왕이 이렇게 병력을 잃고 패주해서 교로 복귀하면 어떻게 되는 거요? 문책을 받거나 교주에게 맞아 죽을까?"

검마가 대답했다.

"글쎄. 교주의 생각을 누가 알겠나."

나는 삼공자를 바라봤다. 삼공자도 똑같은 대답을 했다.

"누가 알겠소. 모를 일이오."

나는 고개를 끄덕였다.

"…모를 일이군."

문득 나는 사천왕이 불쌍했다. 보아하니 극양의 무공과 극음의 무공을 제각기 갖추고 있었다. 백천왕과 흑명왕은 기도에 서늘한 분위기가 있었고, 적인왕과 청지왕은 극양의 내공을 쌓은 것처럼 보였다. 그렇다는 것은… 이들이 나중에 천옥에 흡수당해도 내게 좋지 않은 일이고. 살아서 재기해도 내게는 안 좋은 일이었다. 마교와 엮이면 삶이 이렇게 피곤해진다.

* * *

총본산으로 복귀한 사천왕은 무릎을 꿇고 있었다. 말을 하는 사람이 없어서 정적이 감도는 와중에 교주의 발소리가 들리자 네 사람이 고개를 숙였다. 보좌에 앉은 교주가 손가락으로 팔걸이를 두드리자, 사천왕이 고개를 들었다. 교주는 턱을 괸 채로 사천왕의 얼굴을 빤히 구경하다가 말했다.

"별호에 왕王이 붙은 것은 너희들이 성장해서 검왕劍王, 도왕刀王이라 불리는 자들과 명성을 나란히 하고. 끝내 너희가 이 자들을 꺾어서 본교의 인재가 많다는 것을 보여주기 위함이다."

사천왕이 동시에 대답했다.

"예, 교주님."

"사정은 대충 들었다만 광명검은 회수하지 못하고, 병력도 꽤 잃고, 배교자를 죽이지도 못하고, 삼대공을 데려오지도 않고, 백응지에서 병력이 몰살된 것이나 다름이 없을 정도로 패배해서 복귀하다니 무슨 생각으로 숨을 쉬고 있는 것이냐. 청지, 흑명, 백천, 적인."

네 사람은 입을 맞춘 것처럼 변명을 일절 하지 않았다.

"벌을 달게 받겠습니다."

교주가 대청 바깥을 향해 말했다.

"우사右使."

"예, 교주님."

붉은빛의 정복을 차려입은 중년인이 대청으로 들어와서 교주에게 가까이 다가갔다. 교주가 광명우사에게 말했다.

"자네도 생각이 있겠지. 사천왕들에게 하고 싶은 말을 쏟아내게. 나도 경청할 테니."

광명우사가 고개를 살짝 숙인 다음에 사천왕을 바라봤다.

…

"예. 자네들에게 내 생각을 말하겠네."

사천왕이 공손하게 대답했다.

"경청하겠습니다."

광명우사가 덤덤한 어조로 말했다.

"방진으로 둘러쌌다고 포위한 것은 아니야. 어차피 전 좌사는 쉽게 도망치는 사내가 아닐세. 병력을 많이 대동했으면 적어도 사흘은 밤낮으로 일정하게 살수 한 명을 보내서 잠을 자지 못하도록 했을 것이다. 이미 그대들은 휘하 병력을 대부분 잃었는데, 살수 한 명을 시간마다 희생하겠다는 내 선택이 올바르지 않다고 여기는가?"

"아닙니다."

"식수를 끊고, 보급을 차단하고, 살수를 보내서 장기전을 벌이는 것은 자네들도 익히 알고 있는 수법인데, 전 좌사에게 예의를 갖춰서 이길 수 있다고 생각했나? 흑명왕, 자네는 그럴 사람이 아닌데 변명을 해보게."

흑명왕이 대답했다.

"장로들의 반대가 있었습니다."

"사천왕의 위치가 장로들의 아래가 아닌데 항명이 나오면 장로들부터 죽었어야지."

흑명왕이 고개를 숙였다.

"같은 일이 벌어지면 그리하겠습니다."

광명우사의 말이 이어졌다.

"사흘을 소모전으로 보내고 방진 앞에 임시 독진毒陣을 설치하고 대치 상황에서 공수를 조절했어도 이렇게 크게 패배했으리라 보는가? 백천왕이 대답해 보게."

백천왕이 광명우사를 바라봤다.

"예, 패배했을 것으로 예상합니다."

"이유는?"

"우사의 말씀대로 예의를 갖춰서 전 좌사를 대한 것이 실책이긴 했으나 어쨌든 하오문주의 무공, 그러니까 한 번에 대량의 병력을 학살했던 절기는 막을 방법이 마땅치 않았습니다. 사흘간 괴롭혔다고 하더라도 도중에 당했었을 수도 있고. 공격하는 자들의 이목이 전 좌사에게 집중되어 있어서 아무도 하오문주를 그렇게 중요한 사람으로 인식하지 않았습니다."

광명우사가 물었다.

"그 절기라는 것이 무엇인가? 적인왕이 대답해 보게."

"말씀드리기 송구하나 하오문주가 펼친 무공은 교주님이 익히시는 무공과 흡사하여 노골적으로 음과 양의 기를 다뤄서 태극 혹은 역천逆天으로 조합한 절기입니다. 병력 전체가 막으려고 했으나 그 무엇도 이미 만들어진 절기에 어떤 영향을 끼치지 못했습니다. 그것의 피해 역시 예상하지 못했던 상황입니다. 백천왕의 보호와 일부 장로들이 내공을 크게 쏟아내서 막지 않았더라면 저희도 살아남는 것이 어려웠을 겁니다."

청지왕이 말했다.

"일신의 무력은 저희와 크게 다를 바 없으나 절기 하나 때문에 일을 그르치게 되었습니다. 말씀하셨던 대로 전 좌사는 일대일을 피하지 않아서 장로들의 연이은 차륜전에 지친 상태여서 공방전은 계획대로 흘러가는 중이었습니다."

여기까지 듣고 있었던 교주가 입을 열었다.

"그렇다는군. 우사가 그 자리에 있었다면 어떻게 대응했겠나?"

광명우사가 말했다.

"저 또한 하오문주를 크게 인식하지 않아서 사천왕과 비슷하게 실패했을 것 같습니다."

교주가 대답했다.

"사천왕을 변호하지 말고 자네 생각을 말해."

광명우사가 엷은 미소를 지으면서 말했다.

"교주님, 사천왕의 말에는 이상한 점이 있습니다. 절기를 펼치는 모습을 똑똑히 지켜본 듯한데 이들이 왜 가만히 놔뒀는지가 의문입니다. 애초에 저라면 틈을 주지 않았을 것이고. 절기를 사용할 기회를 차단한 상태에서 병력은 산개하라는 명령을 내렸을 겁니다."

교주가 고개를 끄덕이더니 흑명왕을 바라봤다.

"명왕이 그때의 모습을 재현해 보도록 해라."

명령을 받은 흑명왕이 창백한 표정으로 일어났다.

"예."

흑명왕이 잠시 침을 꿀꺽 삼킨 다음에 뻣뻣한 자세로 서있자, 광명우사가 말했다.

"명왕, 자네답지 않게 왜 이러나? 하오문주가 펼쳤던 절기를 최대한 자세히 자세, 분위기, 모양과 특징도 설명하게."

보다 못한 청지왕이 대신 일어났다.

"죄송한 말씀이지만 제가 대신 재현하겠습니다."

광명우사가 고개를 끄덕였다.

"그리하게."

손바닥에 헝겊을 감고 있는 청지왕도 짤막하게 한숨을 내쉬더니 창백한 표정으로 뒤로 물러난 다음에 옆으로 비스듬히 서서 두 손을 천천히 뻗었다. 태극권이었다. 청지왕이 방향을 틀어서 시범을 펼친 이유는 교주에게 장력을 내보내는 시늉을 감히 할 수 없었기 때문이었다. 어쨌든 청지왕은 하오문주가 펼쳤던 태극권을 따라 했다.

문제는 있는 그대로 보고하는 것이 원칙이었기 때문에 하오문주처럼 느릿느릿하게 움직일 수밖에 없었다. 무언가 입으로 설명을 하고 싶었으나 교주가 무서워서 입을 놀릴 수가 없었다. 청지왕이 두 손을 내밀더니 물결이 출렁이는 것처럼 움직이자, 지켜보던 광명우사가 말했다.

"대체 뭐 하는 것인가?"

청지왕이 침을 꿀꺽 삼킨 다음에 말했다.

"있는 그대로 보여드리고 있습니다."

"그렇게 느리게 움직였다는 말인가?"

"예."

다른 사천왕들도 시범을 보이는 청지왕을 물끄러미 바라봤다. 청지왕이 하오문주의 한심한 태극권을 똑같이 따라 하고 있고. 근처에서는 무서운 교주가 지켜보고 있다고 생각하니 사천왕은 알 수 없는 비애감을 느꼈다. 이것이 진실이었기 때문에 더욱 당혹스러운 상황이었다. 광명우사가 말했다.

"언제까지 그럴 셈인가?"

청지왕이 대답했다.

"…그러니까 이쯤 해서 돌아선 다음에 각기 붉은 장력과 허연 장력을 조합하는 순간 이명 현상이 발생했습니다. 이때는 이미 늦은 상태여서 하오문주가 그것을 떨궜다면 저희 사천왕을 포함해서 나머지 장로들도 모두 죽었을 겁니다. 하지만 하오문주는 본인도 죽을 위험이 있다고 판단했는지 병력이 뭉쳐있는 곳으로 던졌습니다. 그러고 나서는…"

갑자기 청지왕이 당황한 표정으로 광명우사를 바라봤다. 광명우사가 미간을 좁히면서 물었다.

"뭐? 말을 하게."

"저는 기억이 없습니다. 백천왕의 도움으로 빠져나왔다는 것을 나중에 알았습니다."

광명우사가 한숨을 내쉬더니 교주를 향해 고개를 숙였다.

"죄송합니다. 교주님, 오늘따라 사천왕은 물론이고 저도 실수를…"

여태 턱을 괴고 있었던 교주가 사천왕에게 물었다.

"그건 무슨 무공이라더냐?"

"설명은 없었습니다."

교주가 턱을 괸 채로 말했다.

"일부러 느릿느릿하게 엉뚱한 모습으로 심리전을 걸었구나. 강호에는 이렇게 엉뚱한 사내들이 많다. 결코, 무공의 높고 낮음만으로는 승부가 나지 않아. 하지만 이 모든 실책의 시작은 전 좌사를 향한 너희들의 배려가 있었기 때문이다. 그 배려 때문에 너희가 죽을 수도 있었다는 것을 기억해라. 왕이라는 놈들이 이렇게 물러 터졌다니… 며칠은 헛웃음이 나오겠구나."

교주의 말에 사천왕이 바닥에 바짝 엎드렸다. 교주는 무척 오랜만에 웃는 사람처럼 콧소리를 내면서 어색하게 웃었다.

215.
소문이 이렇게
무섭다

"너희는 이 실패를 떠나서."

"..."

어느새 무덤덤한 표정으로 돌아온 교주가 말을 이어나갔다.

"내가 알던 사천왕들과 다르다. 내 손에 죽은 전대 사천왕과도 다르고. 그들은 후계자 다툼을 벌이는 와중에도 어떻게든 내 편으로 만들거나, 죽여야 했다. 심지어 당시 사천왕은 자신들의 위에 있는 좌우사자들도 어려워하지 않았다. 목숨을 걸고 싸우면 승부가 어떻게 될지 모른다는 자신감이 있었기 때문이지. 교에서 내보내서 독립을 시켰다면 일문의 종주가 됐을 사람들이었다. 한마디로 왕이라는 별호에 어울리는 사내들이었지. 그런 사천왕이 이렇게 허약해졌구나."

광명우사는 교주를 바라봤다가 시선을 아래로 내렸다. 교주가 말했다.

"너희는 옛 총본산으로 가서 원로들에게 도움을 청한 다음, 내가 부를 때까지 폐관수련을 명한다."

"예, 교주님."

"그때까지 교의 일에 일절 간섭하지 말도록. 어떤 수련을 하는지, 어떤 식으로 강해지든지 간에 너희들 선택이다. 언젠가 내 앞에 다시 나타났을 때 시간을 허송세월로 보낸 것처럼 느껴지면 오늘의 죄는 그때 묻도록 하겠다. 물러가라."

사천왕이 동시에 대답했다.

"교주님, 감사합니다."

사천왕이 사라지고 나서야 교주가 광명우사를 바라봤다.

"우사, 검마에게 기습이 있을 것이라고 언질 줬나?"

광명우사가 웃으면서 대답했다.

"예."

"반응은?"

"좌사에게 무슨 감정적인 반응을 기대하십니까? 그저 올 것이 왔구나 하는 태도였다고 합니다."

교주가 한숨을 내쉬었다.

"내심 검마에게 다 흡수당하길 바랐는데 일이 이상하게 돌아가는구나. 겨우 장로 몇 명을 상대하다가 지쳤다면 광명검으로 흡수하지 않은 모양이야."

"장로들이 많아서 싸우던 도중에 흡수하기도 쉽지 않았을 겁니다. 그러다가 정말 좌사가 무적이 되면 어쩌시려고 그러십니까?"

교주가 덤덤하게 말했다.

"축하해야지. 하지만 전대 검마들이 주장하던 도검불침은 무적이 아니다. 단순히 몸으로 창칼을 받아낼 수 있다고 해서 무적이 될 수는 없지. 강호에서 열 손가락에 꼽히는 정도에 그쳤을 것이다. 칠공七孔(이목구비의 구멍)을 막고 살 수는 없기에 어떤 고수든지 약점은 있기 마련이야. 다만 좌사는 전대 검마들보다 검에 대한 순수한 집착이 커서 대성할 수 있는 자질이 보일 뿐이다."

"말씀하시는 대로 도검불침과 검법까지 대성하면 어쩌시려고 그랬습니까?"

교주가 우사를 바라봤다.

"너나 나나 그런 것을 보기 위해서 살아가는 것이다. 이 늙은이들이 활동을 멈춘 것인지 죽은 것인지 알 수 없으니 다음 강자들이 나올 때가 되었다. 검마가 대성하면 나도 마음 편히 좌사에게 교주 자리를 물려준 다음에 수련에만 매진했을 것이고. 왜? 너는 내가 교주자리에 계속 있길 바라느냐?"

"배교자에게 어찌 높은 자리를 물려주려고 하십니까."

교주가 희미하게 웃으면서 말했다.

"누군가가 천마에 등극한다면 그가 누구의 눈치를 보겠느냐? 천마가 내뱉는 말이 곧 법이다. 우사, 자네도 마찬가지야. 무엇 때문에 강해지려는 것인지 대의를 잊지 말도록. 네가 나보다 강해지는 날이 오면 언제든 내 자리를 물려주마. 그것이 좌사와 너의 역할이고, 내가 생각하는 마도다."

"예, 교주님. 물러가기 전에 한 가지만 더 여쭙니다."

교주가 고개를 끄덕이자, 우사가 물었다.

"하오문주는 어떻게 하시겠습니까?"

"알아서 해."

"저도 그럼 나중에 보고 판단하겠습니다. 너무 이상한 사내라서 사천왕들의 말과 수하들의 정보로는 판단이 안 됩니다."

교주가 엷은 미소를 지은 채로 말했다.

"내가 확인한 바로는."

"예."

교주가 자신의 관자놀이 주변에서 손가락을 빙빙 돌렸다.

"제정신이 아닌 놈이다."

우사가 고개를 갸웃했다.

"그렇습니까? 교주님 앞에서는 사마외도 무리도 다들 예의가 올바른 정상인이 되기 마련인데 특이한 사내로군요."

교주는 우사의 말이 웃긴 모양인지 콧소리를 내면서 웃었다.

"평범한 사내였다면 허 장로가 눈여겨보지도 않았겠지."

광명우사가 고개를 끄덕였다.

"좌사와 어울릴 수 있고 허 장로의 마음에 들 정도면 마도에 어울리는 사내가 아닙니까?"

교주가 고개를 저었다.

"정사마正邪魔로 단정하기 어려운 사내도 종종 있는 법이다."

* * *

처음에는 싸움이 끝난 다음에 도착하는 하오문을 보면서 당황스러웠으나, 점점 수가 불어나기 시작했을 때는 기이한 감정을 느꼈다.

"왜 이렇게 뒤늦게 몰려오는 거야?"

소군평이 이끄는 흑묘방이 깃발을 펄럭이면서 도착하고. 독고생의 흑선보, 사신장, 금해, 홍신, 남천련이 간발의 차이로 도착해서 마교가 포위했을 때처럼 무너진 천리객잔을 포위했다. 나는 마교에게 포위당했다가 이번에는 수하들에게 꼼짝없이 포위를 당했다.

"…"

싸움이 끝났다고 이야기해도 돌아가려는 놈들이 없었다. 너무 멀리 왔기 때문이다. 나는 어쩔 수 없이 연합을 대접하기 위해서 악인들과 의견을 나눌 수밖에 없었다. 검마가 감탄한 어조로 말했다.

"문주, 동원할 수 있는 병력이 이렇게 많았나?"

나는 남 일처럼 대답했다.

"그러게 말이오. 모이니까 정말 많네. 실은 몇 명인지 나도 잘 모르는 터라."

색마가 말했다.

"조금 늦긴 했다만 모이니까 장관이다. 그런데 어쩜 이렇게 다들 제각각이냐?"

"하오문은 본래 개판이야."

귀마가 웃으면서 말했다.

"개판이라니? 이 정도 병력이면 결코 약한 세력이 아니야."

내 연합 세력이 이렇게 많았다는 것에 대해서 색마와 귀마도 무척 놀란 상태. 덕분에 대충 구덩이를 파서 정리했던 천리객잔 주변을 할 일 없는 하오문도들이 달려들어서 대로변까지 깔끔하게 정리하고 청소하고 정돈했다. 어쨌든, 하오문이라 그런지 다들 청소를 잘했다.

그 와중에도 일부는 마교 병력이 남긴 멀쩡한 전리품을 슬쩍 챙겼다. 도둑이었다가 하오문도가 된 놈들도 있을 테니 어쩔 수가 없었다. 홍신 사매가 그렇다. 병장기를 챙기는 것까지는 막을 수가 없어서 조금이라도 멀쩡한 것은 전부 하오문도의 품으로 사라졌다. 도와주러 왔다더니, 내가 봐도 정말 무시무시한 놈들이었다.

어쨌든 여기까지 도와주러 온 놈들을 그냥 돌려보낼 수는 없었기에 색마가 풍운몽가에 부탁을 하고, 나도 돈을 지출해서 야영지에서 먹을 저녁을 준비했다. 요약하면, 어림도 없었다. 더군다나 병력이 너무 많이 모인 터라, 백응지에 있는 강호인들도 구경하겠다고 몰려오기 시작하더니 하오문과 잔뜩 뒤섞였다. 나는 태어나서 이런 개판, 난장판, 아수라장을 구경해 본 적이 없었다.

"후… 적당히 좀 몰려오지."

군중이 뜬금없이 많이 모이면 군중 심리가 작용해서 군중이 더 모인다는 것을 나는 알게 되었다. 사람들이 계속 모여들었다. 결국, 나는 천리객잔이 있던 자리에 임시 막사를 세워놓고 손님들을 맞이할 수밖에 없었다. 여기저기서 떠드는 말을 들어보니. 이미 무림맹에 의해서 소문이 하나 퍼졌는데. 그 소문은 벌써 마교의 일부 병력과 하오문이 맞붙어서 하오문이 이겼다는 황당한 소문으로 와전된 상황이었다.

잠시 들어보니 이 전투에 이름까지 붙었다. 백응대첩白鷹大捷이라고 했다. 소문이 개판으로 퍼지긴 했으나 다행히 백응대첩을 이끌었던 사내는 하오문주로 통일되어 있었다. 그러니까 나는 백도 세력에 의해서 공식적으로도 마교의 주적이 되었다. 환장할 노릇이다.

일전에는 매화루의 채향이에게 노래 한 곡조를 듣고 싶다고 내뱉었던 말이 매화루의 채향이와 자고 싶다는 말로 와전되었고. 지금은 어느새 내가 엄청난 수의 하오문도들을 이끌고 마교의 일부 병력을 몰살한 것처럼 소문이 퍼진 하오문주가 되었다. 소문이 이래서 무섭다. 그 소문이 얼마나 강렬한 것이냐면? 백응지에 몰려있는 객잔과 반점, 주루에서 술과 음식을 지원해서 천리객잔의 야영지로 보냈다.

이유는 단순하다. 내가 마교와 싸웠기 때문이다. 그렇게 나는 하오문, 백도, 사대악인과 뒤섞여서 공짜 밥을 먹었다. 백도가 또 이런 것에는 돈을 아끼지 않는 면모가 있다는 것을 알게 되었다. 사람들이 너무 많아서 혼란스러운 상황이었지만 어느 시점이 되자 저희끼리 웃고 떠들면서 술과 음식을 먹었다. 술까지 들어가자, 개판도 이런 개판이 없었다. 싸우러 온 놈들인지, 날 보러 온 놈들인지, 먹으러 온 놈들인지 구분할 수가 없었다. 시끄럽고 번잡한 것을 싫어하는 검마도 탈출하지 못한 채로 야영지에 갇혀서 술과 음식을 먹었다. 다행히 달은 밝았다.

* * *

"백응대첩에서 마교를 물리친 하오문주님의 말씀이 있겠습니다."

짝짝짝- 소리에 이어서 우렁찬 박수와 함성이 이어졌다. 나는 기름이 덕지덕지 묻은 입을 소매로 대충 닦은 다음에 일어섰다. 사람이 너무 많았기 때문에 차곡차곡 쌓아둔 천리객잔의 잔해 위로 올라가서 주변을 둘러봤다. 전부 앉아서 나를 주시하고 있는 상황.

'염병할, 많네.'

태어나서 가장 어리둥절한 상황이었다. 하오문만 있으면 대충 헛소리를 떠들겠는데 이미 백응지에서 온 강호인들과 강호인이 아닌 사람들까지 뒤섞여 있었다. 문득 나는 근처에서 돗자리를 펼친 채로 앉아있는 백의서생을 발견했다. 이 미친 인간은 어느새 제자들과 함께 뒤섞여서 백응지에서 온 음식을 먹고 있었다.

'…이 새끼 완전 제대로 미친놈이네?'

백의서생이 제자들과 무어라 얘기하다가 웃더니 나를 가리켰다.

"…문주가 한 말씀 하신다. 다들 잘 들어라."

"예, 사부님."

나는 여기서 백의서생이 무력을 쓰면 절반 이상이 몰살될 것 같아서 백의서생을 애써 모른 척할 수밖에 없었다. 사람이 너무 많았기 때문에 여기저기서 떠드는 지방 잡담이 줄어드는 것도 시간이 걸렸다. 나는 주변이 고요해질 때까지 가만히 있었다.

"…"

나도 태어나서 이런 경험은 처음이다. 이렇게 많은 사람 앞에서 떠든 적이 없었다. 또한, 군중 속에 백도, 흑도, 하오문, 악인이 있고 백의서생과 같은 미친놈들도 끼어있는 상황이었다. 완벽한 군중들이었다. 이런 놈들에게 대체 무슨 말을 해야 할까? 나는 주변을 둘러보면서 입을 열었다.

"하오문주 이자하요."

나는 생각나는 대로 말을 하기 전에 술을 다시 마셨다. 도저히 논리정연한 말을 할 수 없었기 때문에 취한 척을 해야만 했다.

"와줘서 고맙소. 한 말씀 드리자면, 결론부터. 하오문이 어떤 단체인지 모르는 분들도 많겠지만 하오문은 일인문파―人門派라 할 수 있소."

뜻밖의 선언에 여기저기서 떠들기 시작했다. 나는 아주 잠시 그것을 참아내다가 주둥아리를 개방했다.

"거 좀 닥치시오. 말하는데 왜 이렇게 떠들어?"

"…"

나는 손바닥을 거칠게 부딪친 다음에 양허리에 손을 올렸다.

"주목, 주목!"

"…"

"말했다시피 하오문은 일인문파요. 내가 문주고, 내가 문도가 되겠소. 나는 무공을 누구에게 전수한 적이 없소. 그러니까 정식 문도가 없는 셈이지. 이곳에 달려온 사람들은 일전에 내가 도와줬거나 살려줬던 강호의 형제들이외다. 나는 길을 가던 행상인도 하오문도라고 생각하고, 객잔에서 일하는 점소이도 하오문도라고 생각하고 있소. 하지만 하오문에 정식으로 속한 사람은 나뿐이오. 애꿎은 사람들을 괴롭히지 말고 여러분들은 하오문주를 찾아오시오. 오늘 이후로 하오문 연합은 다시 해산하겠소. 내 말이 어렵나?"

색마가 횡설수설하는 나를 잡아서 끌어냈다.

"문주가 취했소."

"놔라."

나는 색마의 팔을 뿌리친 다음에 모여있는 사람들에게 말했다.

"따라 하시오. 하오문은 일인문파다."

"하오문은 일인문파다."

"문도가 괴롭힘을 당하면 하오문주가 나선다. 하오문주가 생각하는 문도는 평범하게 일하는 사람들이다. 그전에 연이 닿은 강호의 형제들은 하오문 연합에 속한다. 이게 핵심이오. 결코, 이들은 정식적인 하오문도가 아닌 셈이니 함부로 괴롭히지 마시오. 다들 내 말이 무슨 뜻인지 알았겠지?"

단상에 오르기 전에 술을 너무 급하게 마신 것일까? 주변이 너무 고요했다. 나는 꿈을 꾸는 것 같아서 뺨을 한 차례 때린 다음에 주변을 둘러봤다.

"이거 꿈이야?"

나는 술에 취한 김에 백의서생을 손가락으로 가리켰다.

"이봐, 이 거북이 등껍질같이 생긴 백의서생 놈. 내 말이 무슨 말인지 알겠어? 약자들 괴롭히지 말고 나를 찾아와. 알았어?"

하오문은 물론이고 사대악인과 백응지에서 온 강호인들도 일제히 백의서생을 주시했다. 누군지는 모르겠으나 내 지적 때문에 전부 쳐다보는 중이었다. 백의서생이 어깨를 움직이면서 크게 웃더니 나를 향해 고개를 끄덕였다.

"알겠네. 내가 자네를 찾아가지 누구를 찾아가겠나?"

사람들은 백의서생이 누군지도 잘 모르고, 백의서생과 내가 나누는 대화의 의미도 모를 터였다. 하지만 나는 항상 진지하게 속마음을 입 밖으로 꺼냈다.

"서생, 무공을 익힌 자들끼리 해결하자. 약자를 함부로 죽이면 안

...   광마회귀 4

돼. 사람을 개미처럼 대해선 안 된다. 네 눈빛에서는 그게 보여."

백의서생이 그제야 딱딱한 표정으로 대답했다.

"…알겠으니 문주, 그만하게."

나는 고개를 끄덕이면서 백의서생을 노려봤다.

"나보다 뛰어난 서생 같은 강자가 그만하라고 하면 그만해야겠지. 확인."

나는 그제야 주변을 둘러보면서 말했다.

"다들 먹고, 마신 다음에 평안하게 돌아가길 바라겠소. 사람이 너무 많으니 일일이 찾아와서 인사하지 말고 저녁 한 끼 먹고 집에 가는 것처럼 자연스럽게 작별합시다. 이상, 하오문주 이자하였소."

나는 손을 내저은 다음에 천리객잔의 잔해로 만들어진 단상에서 내려왔다. 어쨌든 내가 하고 싶은 말은 이것이다. 하오문은 일인문파라는 소문이 퍼지길 바라는 마음에서 내뱉은 헛소리였다. 소문이 퍼지는 속도는 정말 무섭기 때문이다.

216.
백의서생의
경공은

백의서생이 끝내 자리를 지키고 있었기 때문에 나는 오랜만에 재회한 수하들, 사제들, 형제들과 살가운 작별을 나누지 않았다. 매몰차게, 대충 돌려보냈다. 일부는 작별 인사를 하러 오다가 내 손짓을 보고 돌아갔다. 이들이 내 마음을 아는지 모르는지, 나는 모르겠다.

반면에 백의서생은 여유로운 태도로 나를 지켜봤다. 백의서생의 제자들은 허락을 맡고 숨을 쉬어야 하는 것처럼 경직된 자세로 있었기 때문에 백의서생의 여유로움이 더욱 돋보였다. 나는 결국 천리객잔 일행들을 검마의 처소로 보냈다. 우리와 백의서생 일행이 맞붙으면 그것은 이차 백응대첩이나 다름이 없었기 때문이다. 계속 나를 지켜보고 있었던 백의서생에게 다가가자, 그가 미소를 지으면서 나를 환대했다.

"문주, 아주 바쁜 사람이군."

그제야 백의서생이 엉덩이를 털면서 일어나더니 제자들에게 말했다.

"문주와 산책 좀 다녀오겠다."

"예, 사부님."

나는 백의서생과 나란히 서서 밤길을 걸었다. 이 사내의 느낌은 뭐랄까? 투쟁심이나 살기 같은 것이 없었다. 아무런 살기도 내보이지 않은 채로 맹수에게 다가가서 뜬금없이 목줄을 걸 수 있는 사내다. 하지만 그렇게 잡힌 맹수는 그의 제자들처럼 죽어라 뛰어다녀야 할 터였다. 아니나 다를까. 이놈이 전방을 턱짓으로 가리키더니 다짜고짜 내게 말했다.

"산책을 경공으로 해봤나?"

협박도 아니고 권유도 아니었다. 그냥 자연스럽게 내뱉은 말인데 너무 많은 의미가 내포되어 있어서 따라가지 않을 수 없었다. 나는 한숨을 내쉬었다가 대답했다.

"출발해."

경공 대결의 느낌은 아니고, 경공을 가르치는 교관에게 시험을 받는 교육생의 느낌을 받았다. 백의서생이 출발하자, 나도 경공을 펼칠 수밖에 없었다. 어디로 가는지는 알 수 없다. 백의서생은 몸을 풀지도 않았음에도 질풍이 뻗어나가는 것처럼 빨랐다. 나는 이미 백의서생에 낚인 것일까? 아니면 이것은 단순한 경공 대결일까.

순수하게 대결이라고 본다면 질 수 없었기 때문에 전생에서부터 익혔던 경공 수련을 떠올리면서 백의서생을 따라잡았다. 하지만 따라잡는 순간에 백의서생의 속도가 더욱 빨라졌다. 결국, 나도 내공을 살피면서 달리는 지경에 이르렀다. 내가 세 차례나 따라잡자, 달리고 있는 백의서생의 자세가 변하더니 쾌당에서 만났을 때처럼 상체를 전방으로 살짝 숙이고 뒷짐을 지는 자세로 전환했다.

당연히 속도는 더 빨라졌다. 전생에도 그랬지만 이번에도 저것은 도저히 따라갈 수가 없었다. 대체 저것은 어떤 유형의 경공일까? 나도 경공은 제법 빠르다고 자부했는데, 결국에는 따라잡지 못한 채로 백의서생과의 간격이 조금씩 벌어졌다. 이것은 내공 깊이의 문제가 아니다. 순수하게 경공과 보법의 문제다. 그러니까 백의서생은 경공을 하나의 무학이라고 인식한 채로 깊이 연구한 사내였다.

내가 전생 광마 시절에도 끝내 따라잡지 못했으니 지금도 어쩔 수 없는 상황이다. 간격을 벌렸던 백의서생이 다시 돌아오더니 속도를 줄였다. 나는 백의서생과 거리를 벌린 상태에서 호흡을 가다듬었다. 이놈이 언제 공격할지 몰랐기 때문에 몸과 마음의 준비를 해둬야만 하는 상황이었다. 돌아온 백의서생이 침착한 어조로 말했다.

"문주, 경공 수련을 전혀 안 했군."

"수련을 안 하고 이 정도 속도를 낼 수 있겠어? 그대가 거북이 등껍질을 타고 날아가는 것처럼 빠르군. 대단한 경공이야."

백의서생이 미소를 지었다.

"경공에 관해서는 초보자로군. 잠시 걷자고."

나는 처음 와보는 낯선 동네를 둘러보면서 백의서생과 걸었다. 이러다가 눈앞에 바다가 나와도 이상하지 않을 만큼 짧은 시간에 먼 곳까지 온 상태였다. 나는 백의서생에게 말했다.

"내 경공이 그렇게 형편없으면 뭘 좀 알려주고 대결을 하자고."

백의서생이 황당하다는 어조로 말했다.

…

"나 이런… 강도가 따로 없군. 문주. 남이 힘들게 익히고, 어렵사리 깨달은 것을 그렇게 뻔뻔한 태도로 아무렇지도 않게 가르쳐 달라는 예도 있나?"

"이봐, 서생. 가르쳐 준다고 그것을 다 받아먹을 사람이 강호에 많지는 않아. 혹시 그대 제자 중에서 나보다 빠른 사람 있나? 도살자가 좀 빠르긴 했으나 나보다 빠르진 않았지."

"그러고 보니 도살자가 자네에게 죽었군."

"왜? 복수라도 해주게?"

백의서생이 웃음을 터트리더니 손가락으로 나를 가리켰다.

"넋 빠진 소리 하는군. 도살자는 구제하기 어려운 인간말종이었다."

그제야 나는 전생의 일이 떠올랐다. 이놈이 제자들을 죽여서 무림맹에 머리통을 던진 것은 전혀 과장된 일이 아니었던 셈이다. 그러니까 이놈이 사람을 개미처럼 대한다는 것도 결코 과장된 말이 아니다. 백의서생의 말이 이어졌다.

"그래도 실력은 제법 괜찮았지. 대공들과 싸움을 붙여놓고 구경했으면 좋았을 텐데."

"그것도 구경하다가 그림으로 그리려고 했나?"

"그럴 가치가 있다고 생각하면 그리고. 가치가 없으면 구경만 하다 끝났겠지. 말이 다른 곳으로 새는군. 하여간 자네 경공 실력은 형편없네. 재능은 있는데 경공이 무엇인지 연구조차 하지 않은 모습이 역력해. 재능을 과신하지 말게나. 발전이 더뎌지니까 말이야. 그동안 자네는 스스로 잘 달린다고 생각했겠지?"

"음."

이 정도면 나를 조롱하는 수준이다. 나는 백의서생이 달리던 모습을 다시 떠올려 봤다. 전생에서는 이렇게 가까이서 지켜본 적은 없었다. 또한, 전생과 지금의 나는 무학에 관한 생각도 조금 달라진 상황. 잠시 나는 골똘히 백의서생의 경공을 분석했다. 상체를 숙인 채로 뒷짐을 진 것도 빠르게 달리기 위한 자세였을 터였다. 뜬금없이 축지법縮地法이라는 말이 생각났다.

백의서생이 말하는 경공의 깊이란 혹시 인식의 문제가 아닐까? 사실 내가 보유한 내공으로 따지면 지금보다 더 빨리 달려야 하는 것이 맞다. 내가 달리고 있는 자세는 단전에서 보유하고 있는 내공을 온전하게 끌어내지 못하고 있는 게 아닐까. 옆에서 백의서생이 떠들든 말든 간에 경공에 대해서 진지하게 고민하던 나는 백의서생을 바라봤다.

"…서생, 다시 붙어보자고. 출발해라."

백의서생이 다소 놀란 표정으로 대답했다.

"문주, 뭔가 좀 얻어냈나?"

"닥치고 출발해."

백의서생이 콧소리를 내면서 웃더니 순식간에 사라졌다. 나는 숨을 크게 들이마신 다음에 백의서생을 따라갔다. 나는 그동안 달리는 것의 오류에 빠졌던 것은 아닌지 되돌아봤다. 외공으로 달리는 것과 내공을 주입해서 달리는 것은 엄연히 다른 영역이다. 내공을 사용해서 달리면… 일정한 보폭步幅을 버려도 상관없다. 내공을 보유한 강호인은 도약 한 번에 굉장히 먼 거리를 이동할 수 있기 때문이다.

애초에 경공輕功이라는 것은 몸을 가볍게輕 하는 공부다. 세부적으로 나누면 그래서 경신법輕身法이라는 말도 쓰고, 여기에 보법步法도 포함하는 공부다. 그러니까 몸을 가볍게 한 상태에서 보법이 빨라져야 총체적인 경공 실력이 상승한다는 것이 내가 알던 이론이다.

하지만 정작 백의서생과 옆에서 달려보니까, 이놈은 보법이 빠르지 않았다. 오히려 일보一步에 전진하는 거리가 엄청나게 멀어서 나처럼 잔망스럽게 달리지 않았다. 그래서 갑자기 축지법이란 말이 떠오른 셈이었다. 대신 내가 백의서생의 자세를 흉내 내면, 내공을 주입한 도약의 힘이 내 신체 무게를 월등하게 뛰어넘는 터라 공중으로 많이 떠오르게 된다. 즉, 속도가 떨어진다.

내가 이상한 점이 이것이다. 백의서생은 시종일관 몸을 가볍게 해서 달리는 게 아닌데도 빨랐다. 일보로 전진하는 궤적 속에서 몸을 가볍게 했다가, 무겁게 하는 방식을 터득한 것처럼 보였다. 요약하면, 단순히 경공이라고 부를 수 없는 무학인 셈이다. 백의서생이 달리는 모습은 경공이 아니라 변화무쌍한 경중공輕重功이라 부르는 게 맞지 않을까? 나는 앞서가는 백의서생을 다짜고짜 불러 세웠다.

"서생, 서생, 백의서생!"

내가 소리를 버럭 내지르자 한참을 앞서가던 백의서생이 되돌아오면서 말했다.

"문주, 뭔가 좀 알아낸 것 같더니 속도가 더 느려졌지 않은가?"

나는 시큰둥한 어조로 대답했다.

"배가 고파서 느려졌을 뿐이다."

"아까 그렇게 신나게 처먹더니 벌써 배가 고프단 말이냐?"

"내 배가 또 고프겠다는데, 불만이야?"

나는 일부러 번화가로 진입해서 허름한 국숫집으로 들어갔다. 백의서생이 따라오면서 물었다.

"뭔가 알아내기는 한 건가?"

나는 탁자에 앉으면서 말했다.

"나는 경공으로만 달리는데. 서생은 변화무쌍한 경중공으로 달리고 있으니 내가 당장은 따라잡을 방법이 없다."

그제야 백의서생의 표정이 조금 밝아졌다.

"아, 거기까진 용케 알아냈군. 그나저나 경중공이라?"

백의서생이 고개를 끄덕였다.

"뭐, 요약하면 그렇게 표현할 수도 있겠군."

나는 국수 두 그릇을 주문한 다음에 떨떠름한 표정으로 백의서생을 노려봤다.

'이 새끼도 나를 개미 취급하고 있는 것일까? 염병할 새끼.'

나는 국수를 한 그릇 비운 다음에 성에 차지 않아서 또 주문하려다가 멈췄다. 생각해 보니 백의서생과 또 경공 대결을 벌이면 배가 출렁거려서 달릴 때 불편할 터였다.

"아, 제기랄 국수도 마음 놓고 못 먹다니. 한 그릇 먹으니까 화가 난다. 성질이 뻗친다."

가만히 내 이야기를 듣고 있었던 국숫집 주인장이 조심스럽게 대답했다.

"더 드세요."

"아, 괜찮소."

나는 일부러 백의서생을 가리킨 다음에 국숫집 주인장에게 물었다.

"이 사람 인상이 어떤 것 같소?"

국숫집 주인장이 백의서생을 바라보더니 웃으면서 말했다.

"인상이 아주 좋으시고, 미남이신 데다가 뭐랄까 공부를 많이 하신 분위기입니다."

나는 고개를 끄덕였다.

"눈썰미가 대단하시군."

나는 백의서생이 혹시나 주인장을 해치지는 않을까 걱정이 되어서 국수를 먹는 백의서생을 노려봤다. 국물을 마신 백의서생이 갑자기 팔짱을 끼더니 주인장에게 말했다.

"주인장, 다음에는 소금을 약간만 더 넣게. 너무 밋밋하군."

주인장이 고개를 살짝 숙였다.

"알겠습니다."

나는 국수를 계산한 다음에 백의서생을 먼저 내보냈다. 잠시 주인장을 바라보면서 작별을 고했다.

"나중에 저놈이 혼자 국수 먹으러 오면 소금을 약간만 더 넣어주시오. 제정신이 아닌 놈이라서."

주인장이 놀란 눈으로 나를 바라봤다.

"알겠습니다."

백의서생이 바깥에서 한숨을 내쉬었다.

"다 들리는데 꼭 그렇게 말을 해야겠나?"

나는 주인장을 보면서 고개를 끄덕였다.

"저 성질머리 보시오. 아셨소? 반드시 소금을 약간 더."

"알겠습니다. 감사합니다."

"나는 딱 좋았소. 물국수는 이런 맛으로 먹는 거지. 주인장, 잘 먹고 가오."

"예, 그럼 살펴 가십시오."

나는 바깥으로 나오자마자 국숫집 간판을 확인하면서 박수를 보냈다.

"아주 훌륭한 국숫집이야. 어쩌면 내가 너무 열심히 달려서 맛있는 것일 수도 있고. 속이 아주 든든하네."

백의서생이 웃으면서 말했다.

"문주, 내가 이런 사람들도 함부로 죽일 거 같은가? 쓸데없는 걱정은 내려놓게."

나는 뒷짐을 진 채로 천천히 걸으면서 대답했다.

"서생, 내가 그대의 마음을 어찌 알겠어. 사람 속은 알 수가 없어. 사람 속을 왜 알 수 없는지 알고 있어?"

"그것은 무슨 개소리인가."

"사람의 마음은 변하기 때문에 알 수 없는 것이다. 그리고 경중공이라는 말은 취소하겠다."

"어째서?"

"나름 강호의 일절로 보이는 경공인데 무공의 이름이 너무 경박하군. 제대로 된 이름을 붙이는 게 옳다."

백의서생이 걸음을 멈춘 채로 나를 바라봤다.

"예를 들면."

나는 뒷짐을 진 채로 백의서생을 마주 봤다.

...

"그 뒷짐을 진 자세는 사실 달리기에 적합하지 않아. 자세로만 따지면 땅을 이동하는 게 아니라 사다리를 오르는 것처럼 보인다고. 수평을 이동하는데 사실 그런 자세를 취할 필요는 없지. 대신에 익숙해지면 절벽도 같은 자세로 오를 수 있겠지. 즉 가상의 계단을 오르는 것처럼 보이는 자세야. 사다리 제梯라는 말을 넣자고."

백의서생이 진지한 표정으로 물었다.

"그다음은?"

"가까이서 보면 사다리를 오르는 것처럼 보일 수 있으나 멀리서 보면 그대의 신법은 구름이 이동하는 것처럼 보인다. 당연히 구름 운雲을 하나 넣자고."

"제운신법梯雲身法? 제운공梯雲功?"

나는 경공의 이름을 곰곰이 생각했다.

"둘 다 느낌이 좀 부족하군. 내가 서생을 따라가다가 경공의 이름을 짓고 있고. 서생의 발자취는 내가 따라가기 벅찰 정도로 빠르다. 이런 이름을 담은 느낌은 없을까?"

백의서생이 어렵지 않다는 것처럼 고개를 끄덕이더니 경공의 이름을 만들어 냈다.

"제운종梯雲縱이라 부르겠네."

종縱이라는 글자에는 발자취, 늘어지는 모습이라는 본래 뜻이 있고, 그 안에 있는 좇을 종從에는 하오문주가 좇아오고 있다는 뜻도 내포할 수 있었다. 그러니까 지금의 상황을 완벽하게 축약한 글자를 백의서생이 단박에 찾아낸 셈이었다. 나는 덤덤한 표정으로 고개를 끄덕였다.

"제운종이라… 이보다 더 좋은 이름은 없을 것 같군."

백의서생이 놀란 표정으로 되물었다.

"아, 내 뜻을 다 이해했나?"

"얼추 다 이해했지. 서생의 경공은 적수를 찾기 힘든 강호의 일절이야. 제운종이라는 이름을 가지게 된 것도 축하하네. 과연 강호에 제운종보다 뛰어난 경공이 있을까. 이것을 찾아보는 것도 나름 흥미로운 일이겠군."

백의서생이 내게 권했다.

"문주가 만들어 보는 것이 어떤가?"

나는 고개를 저었다.

"아직 내 실력으로는 부족해. 강해지는 것과 세상에 없었던 무공을 만들어 내는 것은 전혀 다른 일이지. 고민은 해볼 테지만 지금은 아니야."

나는 잠시 백의서생과 함께 뒷짐을 진 채로 천천히 걸었다. 서생 놈은 생각에 잠겼는지 내게 달리자는 말을 하지 않고 있었다. 나도 잠시 입을 닥친 채로 백의서생을 그냥 내버려 뒀다. 내가 생각해도… 백의서생의 경공은 강호에서 적수가 드물 정도로 뛰어났는데, 그 경공의 이름조차 없었다는 사실이 나를 소름 끼치게 했다. 그러니까 요약하면, 이 사람은 높은 경지의 무학을 교류할 사람조차 주변에 없었던 모양이었다.

…

217.
오래된 감옥에서
우리는

"문주, 제운종을 가르쳐 줄까?"

"내가 거지냐?"

가르쳐 주겠다고 하면 배우기 싫은 것이 인지상정. 나는 백의서생과 나란히 걸으면서 말했다.

"필요 없어."

내가 하고 싶었던 말은 사실 "내가 제자냐?"였다. 본능적으로 거지냐는 물음으로 대체되어서 튀어나온 상태. 내가 거절하자, 백의서생이 의아해했다.

"왜?"

"서생, 독문무공을 왜 그렇게 함부로 가르쳐 주려 하나? 혹시 익힌 무공이 너무 많아서 아깝다는 생각이 안 들어? 도무지 무슨 생각을 하고 사는지 알 수가 없군."

백의서생이 낮은 웃음소리를 내뱉었다.

"후후."

나는 백의서생을 곁눈질로 보면서 말했다.

"왜? 가르쳐 준 다음에 나중에 죽이면 그만이라서? 나는 내가 익히고 있는 무공을 수련하는 것도 바쁘다."

"도살자 같은 제자들을 막 대한 것은 사실이나 자네를 그 수준의 인간으로 보고 있진 않네."

"그렇다고 해도 필요 없다."

백의서생이 고개를 갸웃하면서 대꾸했다.

"그러니까 왜? 이유를 설명해 보게."

"황당하군. 이런 것도 이유가 필요한가? 제운종은 내 성미에 안 맞아. 쉽지 않은 것은 차치하더라도 나는 역시 두 발로 땅을 때려 부술 것처럼 바쁘게 움직이는 게 어울려."

"그래?"

"설령 내 속도가 조금 느려도 상관없어. 다만 내 경공 실력이 늘어나면 그것은 서생의 제운종을 목격했기 때문이라는 점은 어쩔 수 없겠군."

"어느 정도 영향은 받았다는 말인가?"

"경공은 신체의 무게까지 변화를 줘야 한다는 것을 알았으니."

백의서생이 고개를 끄덕였다.

"좋아. 이번에는 좀 오래 달려보겠나? 소화가 다 됐을 것인데."

이 미친 인간은 내가 국수를 소화할 때까지 기다렸던 모양이다. 이놈의 의도를 여전히 알 수 없었다. 왜냐하면 이미 경공 대결은 내가 패했기 때문이다. 사실 나는 경공 따위는 이겨도 져도 크게 상관없다. 나는 지금 경공을 겨루는 게 아니라 서생 놈과 겨루는 중이었기 때문이다.

"가자고."

재차 출발한 백의서생은 말 그대로 장기전을 하려는 모양인지 산을 넘고 물을 건넜다. 어느새 날이 밝더니 계곡, 산, 절벽을 지나 늪과 황야까지 질주했다. 평지에서는 내가 백의서생보다 느렸지만 험난한 지형에서는 격차가 크게 벌어지지 않았다. 하지만 백의서생은 특별한 경우가 아니면 제운종의 자세를 풀지 않았다.

이놈은 정말 미치도록 잘 달리는 사내였다. 평범한 고수라면 쫓아가던 도중에 기혈이 뒤집혀서 죽었을 테지만 나는 내공을 살피고 호흡을 계속 차분하게 유지하면서 따라갔다. 나는 서생보다 느리긴 하나, 내공이 부족해서 나가떨어질 생각은 없었다. 서생이 아무리 뛰어나도 지금 내가 그럴 수준은 아니다. 하도 정신없이 전속력으로 달리다 보니 내가 왜 이러고 있는 것인지 한심하기도 하고, 달리고 있는 이유도 언뜻 생각나지 않았다.

하지만 천리객잔 앞에 모였었던 수하들과 악인들을 대신해서 달린다고 생각했다. 이놈의 정체는 백의서생도 맞고, 마군자도 맞다. 하지만 아직은 악제가 되지 않았다는 사실이 내 달리기를 응원했다. 이런 달리기가 미래를 어떻게 바꿀 것인지는 예상할 수 없으나 어쨌든 지금은 달리는 것이 최선이었다. 그래서 계속 달렸다. 이놈은 쉬지 않고 오랜 시간을 계속 달렸으나 나도 고집이 있어서 멈추라는 말은 하지 않았다. 시간을 잊었을 무렵에⋯

백의서생이 멈춰 서더니 전방을 주시했다. 까마득하게 높은 절벽이 솟아있었는데 나는 이 절벽을 가까이서 보자마자 어떻게 제운종이 탄생했는지 알 것 같았다. 그러니까 이곳을 빠르게 오르려면 제운종에 익숙해질 수밖에 없었다. 보아하니 이곳은 백의서생이 나를 끌고 온 목적지처럼 보였다. 백의서생이 나를 바라봤다.

"따라올 수 있겠나?"

나는 덤덤한 표정으로 고개를 끄덕였다. 당장 눈대중으로 가늠할 수 없을 정도로 높았는데 윗부분은 구름으로 가려져 있었다. 백의서생이 공중으로 솟구치더니 제운종을 펼치면서 절벽을 올랐다. 나는 속으로 욕을 한 다음에 거리를 벌렸다가 전속력으로 뛰어올랐다. 다행인 것은 아래에서 봤을 때는 알아차리지 못했던 계단이 절벽에 새겨져 있다는 점이었다.

그러니까 이것은 발자국의 흔적이었다. 혹은 앞서 이곳을 올랐던 사내들의 공력 때문에 파인 것일 수도 있었다. 어쨌든 한 번만 미끄러지면 천 길 낭떠러지였다. 결국에 나도 제운종의 자세를 취한 다음에 백의서생을 따라서 가파른 절벽을 올랐다. 어느 순간 백의서생의 모습이 구름에 가려서 보이지 않았으나, 그의 목소리가 가까운 곳에서 들렸다.

"들어오게."

나는 허벅지가 터지는 기분을 맛보면서 솟구쳐 올랐다가 은신처의 동굴처럼 보이는 곳으로 진입했다. 대체 이런 은신처를 누가 알아낼 수 있을까. 강호에서 백의서생을 악제라 부르면서 살생부에 올려놓더라도 이 사내를 찾을 가능성은 아예 없었을 터였다. 일단, 웬만한 고수들은 이곳에 올라올 수도 없기 때문이다.

이미 백의서생의 모습은 보이지 않는 상태. 동굴은 걸을수록 공간이 점점 넓어지고 있었다. 문득 나는 묘한 기분이 들어서 한숨이 절로 나왔다. 어쩐지 동굴에서 느껴지는 묘한 분위기에서 예전에 와본 것 같은 익숙함이 느껴졌기 때문이다. 진입하던 나는 멈춰서 동굴의 벽을 바라봤다.

벽화가 그려져 있었다. 당연히 세월이 느껴지는 벽화였는데 무엇을 말하는 것인지 알 수 없어서 천천히 걸으면서 확인했다. 비슷하지만 다른 그림이 동굴의 벽면에 가득했다. 잠시 후 통로가 끝나면서 커다란 공간이 나왔다. 여기서부터는 벽화 대신에 그림이 사방팔방에 장식처럼 배치되어 있었다.

나는 그제야 벽화의 그림과 장식된 그림이 묘사하는 것이 같다는 점을 알게 되었다. 그림에는 대체로 학살의 현장이 묘사되어 있었는데 백의를 입은 서생들이 구덩이에 파묻히고 있는 상태였다. 일부는 목이 떨어진 채로 구덩이에 빠지고 있었고, 어떤 그림에는 구덩이에서 기어 나오는 서생을 병사들이 창으로 찌르고 있는 것도 묘사되어 있었다.

나는 뒷짐을 진 채로 계속 그림을 노려봤다. 이제 보니 그림 곳곳에 무언가가 불에 타고 있었는데 다른 지점에서 확인한 것과 합쳐보니… 불에 타고 있는 것은 서책이었다. 그제야 나는 벽화와 그림이 일관되게 표현하고 있는 사건이 무엇인지 알 수 있었다.

"분서갱유焚書坑儒."

분서갱유는 말 그대로 책을 불태우고 서생들을 땅에 묻은 사건을 말한다. 여기에는 여러 가지 소문과 낭설이 섞여있었는데 서생들에

대한 묘사는 대체로 일치한다. 병사들이 땅을 판 다음에 서생들을 생매장했었다는 것이 공통된 의견이기 때문이다. 그렇기 때문에 벽화나 그림에서 구덩이에서 빠져나오려는 서생들에게 창칼이 쏟아지는 모습이 그려진 셈이다. 어느새 옷을 갈아입고 등장한 백의서생이 뒷짐을 진 채로 그림을 둘러보면서 말했다.

"분서갱유를 알고 있나?"

"대충은 알지."

백의서생이 그림 하나를 가리켰다.

"저것을 보게. 당시에 유생, 학자, 서생이라 불리던 자들은 자신의 집 혹은 안가 같은 곳에 책을 숨겨두곤 했지. 벽을 파서 숨기기도 하고, 땅에 묻기도 하고…그러다가 발각되면 책을 찾아내기 위해서 서생들의 집을 통째로 불태우는 것은 비일비재한 일이었지. 이런 일이 너무 많이 일어나면 역사를 기록하는 자들도 피로했던 모양인지 자세히 적진 않았어."

백의서생의 말을 듣고 그림을 다시 확인하니 책을 숨기는 사람들의 모습도 많이 묘사되어 있었다. 그러니까 어떤 그림은 기관진식 같은 것을 묘사해서 서책을 보관하는 것을 묘사했다. 어떤 그림은 마치 무공 비급을 숨겨놓는 것처럼 보였다.

"음."

나도 모르게 백의서생을 다시 바라봤다. 이놈은 대체 어떤 인간인 것일까. 갑자기 하늘에서 뚝 떨어진 인간이 아니라 오래된 증오를 이어받은 전승자처럼 보였다. 백의서생이 나를 물끄러미 바라보면서 물었다.

"사람들은 그저 유생의 책들이 불에 탄 것으로 아네만."

"그렇지 않나?"

"정확하게는 제자백가諸子百家의 책이 불에 탄 것이지. 백가百家라 함은 여러 가지 학파가 존재했다는 뜻이네. 세상에 알려진 것은 겨우 도가道家, 묵가墨家, 유가儒家, 법가法家 정도지만 이런 것이 백여 개 이상 존재했다는 게 무슨 말이겠나?"

나는 백의서생이 무슨 말을 하려는지 알 것 같았다.

"제자백가에 강호 세력도 있었나 보군. 무공과 학문의 구분이 뚜렷하지 않은 시절이었을 테니."

백의서생이 미소를 지었다.

"그렇지. 자네가 죽였던 이룡노군을 기억하나?"

이놈은 나에 대해 어디까지 조사했던 것일까? 한숨을 내쉬었다가 대답했다.

"기억하지."

"그가 어느 일문의 후예인지도 알고 죽인 것인가?"

"내가 예상하기로는 귀곡자鬼谷子의 후인이었던 것 같은데."

백의서생이 고개를 끄덕였다.

"알고 있었군. 귀곡자도 제자백가에 속하는 종횡가縱橫家의 일원이 었지."

백의서생이 갑자기 소리 내면서 웃더니 어디론가 걸어가서 벽에 달려있는 줄을 잡아당겼다. 드르륵- 소리가 울리더니 커다란 동공의 벽을 차지하고 있었던 그림이 동시에 위로 올라갔다. 나는 덤덤한 표정으로 주변을 둘러봤다. 사방팔방에 서책이 가득한 책장이 동공에 빼곡하게 자리 잡고 있었다. 그러니까 온통 책이었다. 삽시간에 오래된 책에서 맡을 수 있는 특유의 냄새가 코를 찔렀다. 백의서생이 다시 무언가를 만지작거리자 기관장치가 움직이면서 한쪽 벽이 뒤집어지더니 책상이 모습을 드러냈다. 반대편 벽에 붙어있다가, 벽과 함께 회전하면서 등장하는 모양새였다.

나는 수를 가늠할 수 없는 수많은 책을 둘러봤다. 당시에 불에 탔었다고 전해지는 제자백가의 책을 모두 보관하고 있는 것일까? 아니면 백의서생의 특성상 무공과 관련되었던 제자백가의 책만 모아놓은 것일까. 백의서생이 마음껏 구경하라는 것처럼 손을 내밀었다.

"문주, 편히 살펴보게."

여기까지가 백의서생이 의도했던 어떤 정신적인 공격이라면 나는 반격 한 번을 제대로 하지 못한 채로 당하는 중이었다. 너무 많은 책과 기이한 현장을 확인하자마자 넋이 빠지는 중이었기 때문이다. 나는 책을 둘러보면서 백의서생에게 물었다.

"…그러니까 이곳이 삼락서옥三樂書獄인가?"

"삼락서옥? 무림맹에 알릴 때 대충 둘러댄 말이니 신경 쓰지 말게."

대충 둘러댄 말이라면 무림맹이 알아내려 해도 알 수 있는 게 전혀 없다는 뜻이다. 책을 둘러보다가 문득 고개를 돌려보니 백의서생은 책상에 앉아서 무언가를 적고 있었다.

'저런 미친 새끼.'

여기까지 나를 초대해 놓고 본인은 잠시 일에 몰두하는 것처럼 보였다. 나는 서책의 제목이 보이지 않아서 벽으로 가까이 다가간 다음에 자세히 훑어봤다. 확실히 제자백가의 분류를 따랐는지 모르는 인물의 이름이 상단에 적혀있고, 그 아래에 서책들이 정리되어 있었다.

제목과 상단의 분류를 읽으면서 걷던 나는 걸음을 멈출 수밖에 없었다. 상단에는 귀곡자의 이름이 적혀있고 그 아래에는 기관진식을 설명하는 것처럼 보이는 제목들이 보였다. 문제는 전부 종이를 사용한 서책들이라는 점이었다. 내가 알기로 분서갱유 시절에는 죽간竹簡이나 목간木簡에 기록했다. 내가 책상에서 무언가를 적고 있는 백의서생을 바라보자, 이놈은 내 마음을 꿰뚫고 있었는지 이렇게 말했다.

"…옮겨서 적은 것이네."

나는 일을 하고 있는 백의서생을 바라봤다. 서옥이라는 말은 괜히 등장한 것이 아니었다. 이런 곳에 갇혀서 죽간의 글을 쉴 새 없이 서책으로 옮겼다면 이곳이 바로 서옥書獄(글 감옥)이나 다름이 없었다. 이 지경에 이르자 나는 백의서생이 미친 것이 매우 당연하다고 여겨졌다. 문제는 대체 이놈이 얼마나 미쳤느냐 하는 점이었다.

서책을 다시 구경하던 나는 잠시 우두커니 서서 하나의 분류를 차지하고 있는 이름을 뚫어지듯이 바라봤다. 기성자紀渻子. 이 기분을 무어라 해야 할까. 나는 표현할 방법이 없었다. 시선을 내린 다음에 기성자의 분류에 속한 서책의 제목을 훑었다. 그곳에서 나는 다시 내게 익숙한 이름을 발견했다. 금구소요공金龜逍遙功. 나는 시선을 뗀 다음에 무언가를 적고 있는 백의서생을 물끄러미 바라봤다.

"…"

백의서생도 붓 놀리는 것을 멈추더니 곁눈질로 나를 노려보고 있었다. 어쩐지 내 표정을 훔쳐보고 있는 것 같다는 느낌이 들었다.

218.
나 같은 놈을
광마로

나는 백의서생의 눈동자를 노려봤다. 백의서생의 눈이 기성자의 이름에 잠시 고정되었다가 아래로 내려갔다.

"이자하, 하오문주."

백의서생이 일어나더니 뒷짐을 진 채로 나를 주시했다.

"솔직하게 말하게. 내 자랑이 아닐세. 나는 강호가 어떻게 돌아가는지 제법 잘 알고 있어. 그런데 너는…"

백의서생이 내 살기를 감지하자마자 웃었다.

"싸우자는 게 아니다. 긴장하지 마라. 좋아. 간격은 유지하자고. 네게만 진실을 바라는 게 아니다. 서로 솔직해질 시간이야."

나는 고개를 끄덕였다.

"암, 매사에 솔직해야지."

백의서생이 만족스럽다는 표정으로 뒤바뀌면서 말했다.

"그래. 기성자가 만든 금구소요공에 시선이 머무르더군. 제자들의 말에 따르면 자네가 극양의 무공도 익혔다고 하더군. 그래서 내가 전달한 월영무정공까지 단숨에 익히더니, 나중에는 극양과 극음을 조합하는 절기까지 만들어 냈고 말이야. 사실은 여기까지도 충격적이야. 다만, 자네가 먼저 익히고 있었던 극양의 무공이 무엇이었는지는 정확하게 예상할 수 없었는데 자네의 표정이 말해주는군. 내가 놀랄 수밖에. 금구소요공이었다니…"

이놈은 똑똑하다. 날 여기까지 데려온 이유는 여러 가지였을 것이다. 하지만 확실한 것은 금구소요공도 포함되어 있었던 모양이다. 백의서생이 손가락으로 나를 가리키더니 경고하듯이 말했다.

"내가 먼저 솔직하게 말하겠네. 나는 아직 금구소요공을 강호에 배포하지 않았는데 어째서 자네가 익히고 있지?"

나는 웃으면서 대답했다.

"배포?"

배포라니, 기가 찰 노릇이다. 백의서생이 인상을 굳힌 채로 말했다.

"감히 내게 네가 사실은 기성자의 후인이라는 말 따위는 하지 마라. 이룡노군 일파도 오래전에 우리 쪽에서 전달한 서책 때문에 귀곡자의 기관진식을 익힌 것이다."

나는 등골이 약간 서늘했다.

"그랬어?"

그러니까 지금 시기는 아직 백의서생이 강호에 금구소요공을 배포하기 전이다. 전생의 내가 금구소요공을 얻었던 시기가 아닌 셈이다. 백의서생은 이 점을 의아해하고 있었다. 그렇다면 내가 전생에 얻었던 기연 형식의 금구소요공 서책 습득은 백의서생이 안배했었다는 뜻이다. 나는 전생에 장보도 한 장과 거기에 설명된 기관진식을 해제해서 찾아낸 오래된 무덤에서 금구소요공을 발견했었다.

나는 백의서생을 위아래로 천천히 살폈다. 결국에는 내가 이놈 때문에 광마라 불릴 정도의 무공을 얻었다는 것을 뒤늦게 깨달은 상황이라서 등줄기가 계속 서늘했다. 더군다나 그때는 내 무공 실력이 대단하지 않았을 테니, 백의서생이 나를 지켜보고 있었다고 하더라도 나는 눈치채지 못했을 것이다. 그러니까 전생의 내 꼬락서니는 내가 죽인 도살자와 크게 다를 바가 없는 처지였다는 얘기다.

나도 도살자와 같은 실험체였고. 그래서 연이 닿은 것처럼 우연히 마군자를 만났다가. 쾌당에도 가입했던 것이리라. 이쯤 되면 쾌당에 속한 놈들이 전부 백의서생에게 조종당하거나 그가 생각하는 제자의 범주에 들어가는 자들이 아닐까 하는 생각마저 들었다. 그러니까 노예들보다는 약간 격이 높았던 실험체이자 제자들이 아니었을까? 백의서생이 웃으면서 말했다.

"좋아. 사연이 있나 보군. 머리를 오랫동안 굴리는 것을 보니… 하지만 내 앞에서 거짓을 고할 생각은 하지 않는 게 좋아."

나는 뒷짐을 진 채로 빼곡하게 진열된 서책들을 더 구경했다. 뒤에서는 백의서생이 노려보고 있었으나 내 성질상 딱히 신경 쓰진 않았다.

"엄청난… 서책들이야. 백도, 흑도, 사도, 마도의 무학이라는 것도 본래 제자백가에 다 있었나 보군. 맞나?"

내가 딴소리를 해대자, 백의서생이 씁쓸한 어조로 대꾸했다.

"쓸데없는 소리 하지 마라. 하늘 아래 새로운 걸 찾는 게 힘들다는 것은 자네도 잘 알고 있을 터. 그나저나 내 제자 놈이 서책을 빼돌렸을 리는 없고. 자네의 행적도 너무 단순해. 내게 거짓을 고하면 일양현으로 찾아가서 자네를 알고 있는 자들을 일단 전부 잡아다가 팔다리부터 잘라서 조금 더 자세한 자네의 행적을 알아보겠네."

나는 한숨이 절로 나왔다.

"하여간 한심한 새끼, 생각하는 꼬락서니가 그런 식이군."

백의서생도 천천히 걸으면서 말했다.

"내가 자네 행적을 조사하다가 놀란 점이 무엇인지 아나? 점소이였다더군. 믿을 수가 없었다. 객잔이 불에 탔다지? 그래서 사실은 적당한 시기에 자네에게 삼매진화三昧眞火에 특화된 무공도 선물하려 했었지. 그게 뭐였겠나?"

"금구소요공이었나 보군."

"맞아. 자네의 불같은 성정, 대나찰과 이룡노군을 죽였을 때의 이야기들을 듣고 나서 자네에게 염화炎火를 줘야겠다고 생각했지. 어처구니가 없는 노릇이야. 이미 익혔을 줄이야."

백의서생이 손가락을 좌우로 흔들면서 말했다.

"하지만 내 앞에서 비밀이 있을 수는 없다. 자세히 털어놓아라. 애초에 자네를 죽일 생각은 전혀 없었네. 오히려 무공 수련을 도와줄 생각이야. 진실대로 말을 하면 내가 생각하는 최강의 신공을 자네에게 주겠다."

나는 원을 그리면서 나를 천천히 따라오고 있는 백의서생을 피해서 함께 원을 그리듯이 움직였다. 그 와중에 서책의 제목도 읽고, 알려지지 않은 제자백가 수장들의 이름도 읽었다.

"웬만한 문파가 다 저곳에서 나왔구나. 신기한 노릇이로군."

나는 문득 백의서생의 어조가 살짝 바뀌었다는 것을 깨달았다. 처음에는 살기를 애써 억누른 채로 말을 하더니 지금은 초조함이 뒤섞여 있었다. 강호의 그 어떤 사람보다 많은 비밀을 알고 있는 사내가 백의서생이다. 그러나 이놈이 결코 알아낼 수 없는 사실 한 가지가 이 사내를 초조하게 만든 것이라고 추측했다.

당연히 나는 곱게 알려줄 생각이 눈곱만치도 없다. 차라리 거짓말을 하면 모를까… 다만, 백의서생이 강호를 통틀어도 손가락에 꼽을 만큼 똑똑한 사내였기 때문에 뻔한 거짓말로는 속일 수 없다는 게 문제였다. 그러나 똑똑한 것이 사고思考의 정점은 아니다. 심리전은 똑똑함만으로 대결하는 게 아니라, 사람의 감정을 얼마나 잘 헤아리느냐에 달려있기 때문이다. 나는 바둑을 두는 사람처럼 여러 가지 거짓말의 수를 조합하다가 주둥아리를 개방했다. 그러니까 이것은 일종의 무리수에 해당하는 발언이자 포석이었다.

"진실을 말해주고 싶어도 그 진실을 막는 사람이 있다면 어쩔 텐가?"

백의서생이 나를 뒤쫓으면서 대답했다.

"말을 하지 말라고 한 사람이 있다는 뜻인가?"

"그렇지 않고서야 내가 무공을 익힌 사연을 밝히지 않을 이유가 있겠나?"

"사문을 배신할 수 없다는 뜻인가? 놀랍도록 뻔뻔한 거짓말을 처하는군. 너는 사부가 없다. 일양현에서 태어나 객잔이 불에 탈 때까

546 　　　… 　　　광마회귀4

지 다른 곳에 간 적도 없고. 얌전하고 착한 동네 청년처럼 살았지."

"마치 내 성장 과정을 옆에서 지켜본 것처럼 말하는군. 어처구니가 없는 새끼."

뒤에서 백의서생의 협박이 이어졌다.

"문주, 네 사지가 멀쩡할 때 올바른 사연을 고해라. 인내심의 한계를 느끼고 있다."

나는 걸음을 멈춘 다음에 돌아섰다.

"서생."

"왜?"

"내 성질머리를 모르겠나? 네가 궁금해서 미칠 것 같다면 나는 이 자리에서 죽어도 상관없다. 붙어보자고. 날 죽일 수는 있어도 너는 내가 금구소요공을 어떻게 익혔는지는 영원히 알 수 없을 거야. 네 병신 같은 제자들이 천하를 다 뒤져도 알아낼 수가 없다. 이미 알아봤겠지만 말이야."

"…"

"너는 내가 알려주기 전까지 알아낼 가능성이 없어."

나는 히죽 웃으면서 백의서생을 바라봤다. 백의서생이 오른손을 치켜든 것을 보자마자 나는 오른손에 염계를 휘감았다.

"서생, 나를 폭군으로 만들 셈이냐? 갱유坑儒는 하지 못해도 분서焚書는 나도 가능해."

백의서생은 올렸던 손을 내리더니 손가락으로 나를 여러 차례 가리켰다.

"멍청한 놈. 이곳을 봐라. 불 한 번 지르면 끝장이다. 분서에 또 당할 것 같으냐? 서옥은 한 곳이 아니야."

"오."

"토끼도 굴을 세 군데나 파놓는데 분서에 당한 우리가 또 그런 실수를 반복하겠나? 심심하면 불을 질러보게. 기록을 존중하지 않는 한심한 강호인 같으니라고. 그래서 내가 너희를 벌레 취급하는 것이다. 쯧쯧쯧…"

백의서생이 탁자에 도로 앉은 다음에 나를 바라봤다.

"이봐, 하오문주. 기이함을 느껴서 내가 말을 험하게 했네만. 사실 별것 아닌 일인데 왜 그렇게 고집을 부리나? 금구소요공을 어떻게 얻었나? 궁금하군. 내가 금구소요공보다 더 뛰어난 신공을 알려줘도 함구할 생각인가?"

나는 개소리로 일관했다.

"혹시 자네의 전임자가 먼저 배포했던 게 아닐까?"

"헛다리 짚지 말게. 우리는 기록에 철저해. 다 관리하고 있네. 누가 어떤 무공을 습득했는지, 결과가 어떠한지. 그것을 토대로 무공을 다시 연구하고 있네. 이곳에 있는 것을 불태워도 된다는 것은 농담이 아니야. 부작용이 큰 무공, 인성을 망치는 무공, 성취가 빠른 무공… 전부 실험을 통해서 기록하고 있지. 무슨 뜻인지 알겠나?"

나는 문득 웃음이 절로 나왔다.

"주화입마에 자주 빠지는 무공이 무엇인지도 잘 알겠군."

백의서생이 웃으면서 대답했다.

"왜 아니겠나? 사실 자네가 음과 양을 조합한 절기를 만들어 낸 것은 기적이나 다름이 없는 일이지. 아니면 자네가 정말 무학의 천재이거나."

나는 백의서생의 눈을 들여다봤다.

"왜? 금구소요공의 후반부에는 주화입마에 걸릴만한 구간이 많아서?"

갑자기 백의서생이 양팔로 자신의 상체를 감싸더니 어깨를 떨면서 웃어댔다.

"소름 끼치는군. 벌써 거기까지 확인했나? 자네에 대한 평가를 내가 수정하겠네. 자네 말대로야. 기성자의 말에 따르면 본인을 제외하고 금구의 경지를 정복한 사람은 없을 것이라 했으니 말이야. 어떤 식으로든 주화입마가 오겠지."

내가 본 금구소요공의 서책에는 저런 말이 없었다. 그러니까 죽간에서 서책으로 글을 옮길 때 저런 내용까지 백의서생이 제멋대로 첨삭을 했다는 뜻이었다. 이 정도면 강호를 통째로 조롱한 것이나 다름이 없다. 대체 이놈은 어떤 무공을 익혔을까. 나는 궁금한 게 있으면 바로 물어봤다.

"그대는 무슨 무공을 익혔나? 부럽군. 여기 있는 무공 서적을 다 들여다보고, 배우고, 익히다가 가장 뛰어난 무공을 골라서 깊게 팠겠군. 혹시 금구소요공도 익혔나?"

백의서생이 웃었다.

"그럴 리가. 금구소요공은 평생을 익혀도 대성하기 어렵다는 단점이 있지. 자네도 병신이 되고 싶지 않으면 투계 정도만 정복하는 것이 나을 것이야. 그나저나 문주, 끝까지 이렇게 나올 셈인가? 지금 당장 일양현으로 달려가서 전부 때려죽인 다음에 대화를 이어나가는 것은 어떤가? 선택하게. 일양현이 싫으면 흑묘방이나 남명회…
아, 모용의가는 어때? 모용 선생이 좀 아깝긴 하지만. 나도 어쩔 수
없지. 내가 거기부터 몰살하면 대화할 마음이 좀 생길 것 같은가? 내
가 저 절벽으로 뛰어내리면 열심히 따라와야 할 걸세. 자네 경공 실
력이 생각보다 형편없으니 말이야."

"그렇게 형편없나?"

"그런 편이지."

나는 살짝 아쉽다는 표정으로 대답했다.

"…아, 그럼 쾌당에는 못 들어가겠네?"

백의서생이 눈을 크게 뜬 채로 고개를 바로 세우더니 나를 물끄러
미 바라봤다.

"…"

백의서생의 미간이 좁혀지더니 눈썹이 양 끝에서 위로 치솟았다.
나는 백의서생이 놀라는 모습을 보다가 기이한 감정을 느꼈다. 이놈
은 괴상한 저주에 걸린 사내였다. 너무 똑똑해서 자신이 알지 못하
는 게 있을 때마다 충격을 받는 모양새랄까. 너무 똑똑했던 나머지
참신하게 미친 새끼였다. 나는 기왕 이렇게 된 거 그냥 내 성질대로
밀고 나갔다.

"병신새끼, 처놀라기는…"

나는 등을 내보인 채로 다시 서책을 구경했다.

"이야, 예전에도 마도가 많았구나. 음양신공도 이미 있던 무공이
고. 일월신공이라는 이름도 예전에 있었군. 하늘 아래 새로운 게 없
다더니 제자백가 때 많은 것이 있었던 모양이야. 그렇다면 진시황의

측근 중에서도 대단한 고수들이 많았겠지? 그러니 유생들과 함께 당시의 강호인들도 몰살했을 거 아니냐. 그때의 천하제일인은 진시황 진영에 있었나 보군. 그렇지 않나? 아니면 황제에게 협력하던 강호의 배신자가 있었다거나."

나는 옛 마도의 무공 서적들을 둘러보다가 백의서생을 바라봤다.

"너는 어느 쪽의 후인이냐?"

"…"

"시황제에게 달라붙어 있었던 천하제일인의 후인이냐. 아니면 강호 전체를 배신한 일족의 후예냐. 만약 후자라면 저기 절벽에 가서 그냥 뛰어내리는 게 어때? 그건 아니지?"

나를 죽일지 말지 고민하는 백의서생을 바라보다가 다시 서책을 훑었다.

"아니길 빈다. 근데 이 정도면 너희가 그냥 마교魔教를 만들 수도 있겠구나. 대단한 놈들이야."

나는 진심을 담아서 박수를 보냈다. 이놈들은 진정한 괴물들이다. 왜냐하면, 때에 따라 마도 세력을 만들어 낼 수도 있고, 때에 따라 평범한 인간을 협객으로 만들 수도 있는 놈들이기 때문이다. 그리고… 뒤늦게 강호에 투신했던 나 같은 놈을 광마로 불리게끔 만들 수도 있는 놈들이었다. 전생에 백의서생이 없었더라면 나는 덜 미친 사내로 살았을까? 그것은 알 수가 없었다.

219.
나는 감정적인
사람이야

백의서생이 험악해진 표정으로 내게 물었다.

"네가 쾌당을 어찌 아는 거냐."

나는 백의서생의 표정을 보면서 웃었다. 이놈은 내게 금구소요공을 던져줬던 은인 놈이다. 내가 금구소요공을 배우지 않았더라면 아마도 강호 어딘가에서 맞아 죽었을 것이다. 동시에 이놈은 나를 미치게 만든 원흉 같은 놈이다. 금구소요공은 입문 과정과 초반의 무공을 익히는 것이 쉬운 편이었으나 중후반부에 진입하면 무척 어려웠기 때문이다. 그러니까 내게 여러 차례 주화입마를 선사했던 당사자가 눈앞에 있었다. 나는 이놈 때문에 살아남았고, 이놈 때문에 괴롭게 살았다.

"서생, 네가 강호에 대해서 그렇게 잘 알아?"

백의서생은 숨을 크게 들이마시더니 자신에게 닥친 분노의 감정을 가까스로 다스렸다.

"네가 예상하는 것보다."

"그래?"

"네가 상상하는 것보다 훨씬 많이 알고 있지."

나는 피식 웃으면서 대답했다.

"대단하네. 하지만 그게 무슨 의미가 있나? 내가 쾌당을 아는 이유도 모르고. 내가 금구소요공을 익힌 이유도 모르는데. 너는 벌레 같은 놈들의 사연을 알 수가 없어."

"문주, 이 자리에서 죽여달라는 뜻이냐?"

"단언컨대, 너는 나를 죽일 수 없다. 내가 밝히지 않은 정보를 인질 삼아 하는 말이 아니다. 이미 늦었어. 네가 준 월영무정공 때문에 나는 스스로 신공神功을 완성했다."

"신공?"

이것도 사실 무리수다. 나는 혼신의 힘을 다해서 무표정을 유지했다. 계속 무리수를 던질 수밖에 없는 상황이라서 그렇다. 앞서 사문이 있는 것처럼 말한 것도 무리수고, 쾌당을 말한 것도 무리수고, 신공을 완성했다는 것도 완벽한 진실은 아니다. 하지만 어쩔 수 없다. 어떻게든 싸울 수밖에 없기 때문이다. 신공이라는 말이 진실인지 아닌지 가늠하고 있을 백의서생에게 시선을 뗀 다음에 나는 서재를 둘러봤다.

"설마 내가 만든 신공도 이곳에 있을까? 하늘 아래 새로운 게 없다면 내가 같은 무공을 창안한 것일 수도 있잖아. 안 그래?"

"확인해 봐라."

나는 의식의 흐름과 백의서생에 대해 파악한 것을 토대로 그에게 약점이 없는지 계속 확인했다.

"당연히 그대도 무공을 새롭게 만들었겠지? 여기서 이 수많은 무공을 보고 익혔을 테니 말이야."

나는 백의서생을 향해 손가락질했다.

"나는 자네가 고금을 통틀어서 가장 뛰어난 신공을 창안했을 것이라고 본다. 암, 그래야지. 잠시만, 음… 네 서재에서 가장 큰 문제점을 깨달았다."

백의서생이 바로 대답했다.

"무엇인가?"

나는 일부러 서재를 마음껏 구경하면서 탄식했다.

"자네도 완벽한 사람은 아니야."

"무엇이 빠졌는지 말을 해라."

"세 가지가 빠졌군."

백의서생이 웃었다.

"세 가지나? 그럴 리가 없지. 제자백가의 실전된 무공만 있는 것이 아니다. 우리가 멸문한 세력의 무공까지 모아뒀지. 의미 있는 독문무공이 강호에 존재하긴 하나, 시간이 흐르면 그것도 어차피 내 것으로 만들 생각이야."

"그래?"

나는 순간 전신에 소름이 끼쳤다. 그저 내 예감일까? 문득 이런 생각이 들었다. 이놈이 전생에 무림맹에 투신했던 이유는 임소백의 독문무공인 육전대검이 궁금해서 그랬던 게 아닐까 하는 의심이 들었던 것. 다른 사람의 무공도 아니고, 무려 당대 무림맹주의 독문무공이다.

더군다나 임소백은 육전대검을 그 누구에게도 가르쳐 주지 않았으니, 백의서생이 아무리 뛰어나도 알아낼 방법이 아예 없다. 우연일지는 모르겠으나 임소백 맹주가 전생과 현생을 통틀어서 여태 멀쩡히 버티고 있는 이유가 독문무공을 보유하고 있기 때문이라는 생각까지 들었다. 그가 가르쳐 주지 않는다면 육전대검은 영원히 사라지는 무공이었기 때문이다. 하지만 나는 일단 맹주를 배려하는 마음으로 육전대검은 언급하지 않았다.

"봐라. 그 어딜 봐도 불가佛家의 무공은 없네. 그것이 첫 번째."

백의서생이 고개를 끄덕였다.

"그것은 알고 있네. 나머지 두 가지는?"

백의서생과 싸우려면 거짓만으로 부족해서 어쩔 수 없이 진실을 섞을 수밖에 없었다.

"밀교密教의 무공이 전혀 없구나."

"밀교도 불가의 갈래인데 어찌 구분을 하나?"

"기원이 같아서 종교적인 것은 그렇다고 하더라도 무학적인 부분은 불가와 궤가 전혀 다르다. 막상 잡부밀교雜部密教의 대종사가 등장하면 삼재를 포함한 천하십대고수天下十大高手와 우열을 가려야 할 터인데 밀교를 그렇게 간단히 무시할 수 있겠나? 무공으로 따지면 그곳도 한 축이나 다름이 없다."

나는 속으로 광승에게 사과했다. 잡부밀교의 대종사는 광승을 뜻하기 때문이다. 일단 엮고 봤다. 백의서생이 말했다.

"잡부밀교가 매우 폐쇄적인 곳이라고 들어는 보았으나, 그곳에 그렇게 대단한 고수가 있다는 말은 쉽게 믿지 못하겠군. 세 번째는 어디냐?"

나는 서재를 보면서 말했다.

"그대도 알겠지만, 당연히 곤륜崑崙이다. 곤륜이 없군. 없어. 어딜 봐도 없어. 없네. 없다. 불가, 밀교, 곤륜이 빠진 서재였구나. 그래도 이 정도면 대단하다고 해야겠지."

나는 백의서생에게 박수를 보냈다.

"그대는 천하에 다시없을 일대 기재奇才야."

나는 일부러 아랫사람을 칭찬하듯이 말했다. 그 와중에도 나는 백의서생의 표정을 확인했다. 내가 칭찬을 하자, 자연스럽게 얼굴에 웃음이 번지고 있었다.

'미친 새끼, 그걸 또 처웃고 있네.'

백의서생이 자리에서 일어나더니 내게 가까이 다가오면서 말했다.

"그것참 놀랍군. 일양현에서 점소이나 하던 놈이 어찌 이렇게 강호에 해박할까? 솔직히 말해서 놀랍네. 나와 무학을 논할 수 있는 사람이 강호에 드문 편이라서 말이지."

다가오던 백의서생이 서재를 둘러보면서 고개를 끄덕였다.

"자네 말이 맞네. 불가, 밀교, 곤륜은 빠졌지. 왜 그런 줄 아나?"

"어려웠겠지."

"무공을 빼앗기느니 죽음을 택하는 자들이네. 하지만 곤륜의 늙은 이가 쓰러지면 곤륜도 무척 약해질 것이네. 그때를 노려야지."

"어느 세월에?"

"우리는 기다림에 익숙해졌네."

백의서생이 탄식하면서 말을 이어나갔다.

"불가의 고승들을 상대하기 어려운 이유는 말이야. 속세를 벗어났기 때문일세. 일단 가족이 없어. 돈도 없지. 욕심도 없네. 고승들은 약점이랄 것이 딱히 없네. 그리고 가장 중요한 것은…"

"뭐?"

백의서생이 나를 바라보면서 씨익 웃었다.

"불가에 정확하게 어떤 고수가 있는지 우리조차 알 수 없다는 것이네. 우리가 시도를 안 했을 것 같은가? 시황제 이래 가장 처참한 실패를 맛봤었지. 결국에는…"

백의서생이 잠시 당황했다.

"아, 내가 이런 것까지 자네에게 말하다니."

백의서생이 한숨을 내쉬는 동안에 나는 이놈이 말하려던 것이 무엇인지 고민했다. 그러니까 언제인지는 몰라도 이전 시대에 불가를 한 번 건드렸다가 박살 난 적이 있었다는 뜻이다. 그래서 대안을 준비했다는 말을 하려다가 멈춘 것으로 추측했다. 백의서생의 표정을 살피면서 말했다.

"결국에는 불가에 대항하는 대척점을 하나 만들어 내야 했겠군. 불가를 지속해서 다양한 방법으로 괴롭히기 위해서 말이야."

"…"

"마도 세력을 골라잡아서 마교魔教로 전환했나? 특정 종교를 약하게 만들려면 대척점에 있는 다른 종교로 공격하는 수밖에 없었겠지. 부추기면 저희끼리 알아서 싸울 테니 말이야. 교리가 정반대였을 테니."

백의서생은 살짝 넋이 나간 표정으로 나를 바라봤다.

"자네는 진정 대화가 통하는 사내로군. 바로 그것이네."

나는 고개를 끄덕였다.

"불가는 자비를 말하고, 마교는 무자비하게 돌아가고 뭐 그런 건가? 하지만 인간의 일은 항상 계획대로 흘러가지 않는다. 이제 좀 아귀가 들어맞는군."

"뭐가 말인가?"

나는 웃으면서 백의서생을 바라봤다.

"꼭두각시 조종하면서 놀려고 그랬는데 마교가 너무 커졌잖아. 그래서 삼공자를 지원했군. 내부 다툼보다 효율적인 게 없지. 처음도 아니었을 테지. 이전에는 후계자 다툼이 더 컸었다고 하니까 말이야. 강호에 이래저래 온갖 지랄을 다 해놨구나."

백의서생이 웃었다.

"…그게 우리 일이다."

나는 돌아서고 있는 백의서생의 등을 바라보면서 말했다.

"설령 천악이 너희 쪽 고수라고 할지라도. 그자도 교주를 죽이지 못했다. 교주가 어디까지 알고 있는지는 모르겠으나 강호의 일은 너희가 꾸미는 음모보다 매우 단순해. 이딴 서책들을 아무리 연구하고 실험해 봤자 강한 자가 이기는 것이야."

나는 백의서생이 총대장인지 아닌지 알 수가 없었다. 다만 확실한 것은 교주와 임소백은 그 어떤 형식의 통제도 벗어난 인물이라는 점이었다. 백의서생은 자리로 돌아가서 앉았다.

"…자네를 어찌해야 할지 모르겠군. 너무 많이 알고 있어. 확실히 그런 점에서는 내 제자들과는 격이 달라. 물론 격이 다르다고 해서 반드시 내 제자를 이긴다는 보장은 없겠지만 말이야. 자네 말처럼."

백의서생이 탁자의 어느 지점을 신경질적으로 때리자, 서재 한 곳의 벽이 뒤집혔다. 그곳에서 두 명의 사내가 나오더니 백의서생에게 말했다.

"…부르셨습니까."

백의서생이 나를 가리켰다.

"하오문주 이자하다. 예의를 갖춰라."

사내들이 나를 향해 포권을 취했다.

"문주님, 오검五劍입니다."

"문주님, 저는 육도六刀라 불립니다. 명성 자주 들었습니다."

나는 나보다 나이가 많은 사내들을 훑어본 다음에 고개를 끄덕였다.

"그래. 반갑다. 너희가 칠검의 바로 위에 있는 사형들이로구나. 나도 칠검에게 이야기 많이 들었다."

"그렇습니까?"

"그놈이 함부로 주둥아리를 놀리진 않았을 텐데요?"

나는 헛소리를 최대한 많이 씨불여댔다.

"실력은 괜찮지만 둘 다 성격이 병신 같아서 사형 대접을 해주기 싫다고 하던데? 너희 둘 아니야? 오검과 육도, 맞네. 오징어랑 꼴뚜기를 닮았다고 하던데. 반갑다. 신기하게 생겼어."

오검과 육도가 서로를 바라보더니 황당하다는 것처럼 웃었다. 감정 표현을 거리낌 없이 하는 것을 보아하니 확실히 백의서생의 제자중에서는 강력한 고수들인 것처럼 보였다. 백의서생이 말했다.

"문주, 선택권을 주겠네. 세 가지 중에서 하나만 증명하면 자네를 일단 손님으로 대우하겠네. 나도 자네가 천하에 다시없을 기재라 판단해서 많이 양보한 것이네. 그러나 세 가지 중에서 하나도 증명하지 못하면 일단 노예 대우를 할 터이니 그렇게 알고 있게나. 살려주는 게 어디야…"

오검과 육도는 어느새 절벽으로 향하는 입구를 틀어막고 있었다. 나는 백의서생에게 물었다.

"손님에서 노예는 너무 급진적인 거 아니냐? 뭔데?"

백의서생이 붓을 들더니 적으면서 말했다.

"첫째, 금구소요공을 익히게 된 사연. 둘째, 쾌당을 알고 있는 이유. 셋째, 네가 만든 신공이 사실인지 밝혀라. 마교 병력을 몰살했던 절기를 보여달라는 게 아니다. 네 입으로 신공이라 표현했으니 신공이겠지. 오검과 육도는."

"예, 사부님."

"문주가 대답하지 못하면 목숨만 붙여놓아라. 어떻게든 내가 살려보겠다. 강자니까 방심하지 말도록."

"알겠습니다."

나는 손을 내밀었다.

"멈춰라."

솔직히 오검과 육도가 문제가 아니라 싸우다가 백의서생이 나를 기습할 가능성이 가장 컸다. 그리 넓지 않은 공간에서 이런 고수들과 삼 대 일은 나도 버겁다. 백의서생에게 물었다.

"신공을 확인시켜 주면 어쩔 테냐?"

백의서생이 고개를 끄덕이면서 대답했다.

"그 신공이라는 것이 우리의 역사에 기록이 되어야 할 정도로 의미가 있는 것이라면 자네를 당장 죽여서는 안 되겠지. 그것이 우리의 역할이다. 네 가치를 스스로 증명하도록."

나는 손가락으로 백의서생을 가리켰다.

"확인."

백의서생은 제 입으로 내가 추측하던 것을 실토했다.

"적어도 임소백의 독문무공 정도는 되어야지."

"암, 그래야지."

나는 어깨를 떨면서 웃었다. 솔직히 그냥 죽을 수도 있는 상황인데 백의서생이 곱게 미친놈이 아니라서 내게 활로를 제시하고 있었다. 문제는 그 활로가 매우 좁다는 사실에 있었다.

'신공이라…'

그런 신공은 내게 딱 하나가 있다. 완성은커녕, 시작한 지도 얼마 되지 않은 신공이다. 나는 숨을 크게 들이마신 후에 뒷짐을 진 채로 백의서생을 물끄러미 바라봤다.

"…"

백의서생이 내게 물었다.

"뭐 하나?"

"닥쳐라. 집중하는 중이야. 나는 감정적인 사람이야. 내가 만든 무공도 감정적이라는 뜻이지."

백의서생이 내 말을 받아 적으면서 대답했다.

"세상에 감정적인 무공이라는 것도 있나? 자네도 정말 정상은 아니야."

나는 진심을 담아서 백의서생의 말에 대답했다.

"있고말고. 서생, 내가 왜 정상이 아닌 줄 알아? 내가 그동안 왜 그렇게 정신이 반쯤 나간 채로 미친놈 소리를 종종 들으면서 살았는지 그 이유를 아느냔 말이다."

백의서생이 웃으면서 말했다.

"그걸 내가 어찌 알겠느냐? 네가 본래 미친놈이었나 보지. 안 그래?"

나는 온갖 복잡했던 심정이 슬픔으로 가라앉는 감정을 느끼면서 대답했다.

"너 때문에 그래."

이놈 때문에 정상적으로 살지 못했던 전생이 주마등처럼 스쳤다. 나는 천리객잔에서 내 상태를 확인하고 놀라던 삼복의 말을 기억한다.

'문주님이 좀 이상한데요?'

그때와 비슷한 기분이었으나 조금 달랐다. 나는 차분한 마음으로 미치는 중이었다. 순간, 눈에 무엇이 덮인 것처럼 세상의 색色이 살짝 변했다. 내가 덤덤한 표정으로 백의서생을 바라보자. 자리에서 일어난 백의서생이 내게 물었다.

"…대체 그건 무슨 무공인가?"

물론 나는 내 상태를 확인할 수 없었다. 천옥에서 힘을 끌어내고 있다는 느낌밖에 없었기 때문이다. 하지만 오검과 육도의 표정도 백의서생과 크게 다르지 않았다. 내 눈빛이 지금 정상은 아닌 모양이었다. 나는 백의서생의 질문에 대답을 해줬다.

"이것은 자하신공紫霞神功이다."

220.
이것은
혁명이다

백의서생의 표정이 점점 변하고 있었다.

"자하신공… 세상에 없던 무공이구나."

명령을 기다리는 오검이 백의서생에게 물었다.

"어떻게 할까요."

백의서생이 대답했다.

"반드시 우리 것으로 만들어야 할 무공이다. 분명히 월영무정공과 금구소요공의 상위 무공이야. 문주가 창안한 것이 확실하다. 본 적이 없다. 무슨 뜻인지 알겠지?"

무슨 뜻인지는 내가 알았다. 생포하라는 뜻이겠지. 나는 오검과 육도의 실력이 뛰어나다는 것을 알아차렸지만 순간 측은지심을 느꼈다. 평상시에 붙었으면 도살자 정도의 실력은 갖췄을 테니 나도 고전을 했겠으나, 지금 내 상태를 감당하긴 어렵겠다는 생각이 들었다.

자하신공은 감정적인 무공이다. 지금 내 기분이 그래. 감정이 아주 좋지 않은 상태다. 예전에 감정적인 무공이라는 것이 강호에 있었는지 없었는지는 내 알 바 아니다. 오검과 육도가 각기 검과 도를 뽑으면서 움직였을 때. 나도 발검을 하자마자 오검과 육도를 향해 휘둘렀다. 우리 셋의 병장기 뽑는 속도는 우열을 다투기 어려울 정도로 비슷했으나, 목검의 칼날에서는 자하검기紫霞劍氣가 쏟아져서 오검과 육도에게 날아갔다.

오검과 육도가 각기 칼날에 검기를 휘감으면서 방어 자세를 취했을 때. 검 한 자루, 도 한 자루, 오검의 팔, 육도의 팔, 오검의 상반신, 육도의 상반신이 동시에 잘리면서 핏물이 사방팔방으로 튀고, 부러진 칼날이 바닥에 떨어졌다. 즉사卽死여서 오검과 육도의 목소리는 더 들어볼 수가 없었다.

"안 돼!"

백의서생이 벼락 치는 것처럼 움직이더니 오검과 육도의 시체를 넘어서 서재 이곳저곳을 만지작거렸다. 갑자기 서책을 꺼내서 멀쩡한지 아닌지를 살피다가 동작을 천천히 멈추더니 숨을 크게 내쉬었다. 놀랍게도 안도의 숨이었다.

"…"

나는 백의서생의 작태를 모두 구경하고 있었다. 이 미친 새끼는 제자들이 죽든 말든 간에 서책이 멀쩡한지를 확인하고 있다. 내 본능인지 감각인지는 모르겠으나 나는 어느 정도 힘 조절을 한 상태에서 오검과 육도를 벴다. 검기가 서재까지 뻗어나갔다면 당연히 백여 권의 서책이 날아갔을 터였다.

백의서생이 창백한 표정으로 돌아섰다. 이놈은 내게 방금 큰 실수를 한 상황이다. 처음에는 불을 질러도 상관이 없다고 호언장담을 하더니만, 정작 서재가 망가지는 상황이 오자 저렇게 당황하고 있었다. 이를 대체 어떤 식으로 해석해야 할까? 나는 검을 쥔 채로 천천히 걷다가 왼손으로는 서책들을 만지면서 걸었다.

"서생… 사본寫本(베낀 책)이 많다고 하지 않았어? 왜 그렇게 놀라는 거야."

나는 자하신공의 상태를 거둔 다음에 백의서생의 표정을 살폈다. 그러니까 정작 백의서생은 자신도 예상하지 못한 상태에서 놀란 것처럼 보였다. 사본이 있다고 하더라도 여기에 있는 서책들이 사라지면 안 되는 이유가 있었던 셈이다. 나는 창백한 백의서생을 바라보다가 어조를 가라앉힌 다음에 말했다.

"서생, 거기 탁자에 가서 앉으라고. 사업 이야기 좀 하자."

백의서생이 당황하고 있는 것을 가라앉히려면 '사업'이라는 단어가 적당하다고 여겼다. 백의서생의 입 안에서 이빨 부딪치는 소리가 난 다음에 말이 흘러나왔다.

"문주, 신공을 익혔다고 나를 낮춰보는 게냐?"

"그럴 리가. 네 실력은 어느 정도 예상해. 결코, 내 밑이 아니다. 알아. 알지만 네가 나를 죽이려면 이곳도 난장판이 돼. 제자들의 시체를 봐라. 내가 힘 조절을 한 것이다. 하지만 널 상대하려면 나도 이런 힘 조절은 불가능해. 그러니까 일단 앉아. 좋은 말로 할 때."

나는 제자들이 죽어서 넋이 나간 게 아니라 서책이 없어질까 봐 넋이 나간 백의서생을 바라보다가 한숨이 절로 나왔다. 백의서생이 탁자에 앉는 것을 보고, 나는 검을 집어넣으면서 말했다.

"저 문 좀 닫아라. 둘이 이야기하자. 어차피 네 수하들이 또 와서 싸우면 이번에는 장담할 수 없다. 어쨌든 오검과 육도보다는 더 강할 테니까 말이야. 맞지?"

백의서생이 탁자 위에 있는 기관장치를 누르자, 수하들이 등장했었던 벽이 뒤집혔다. 백의서생이 말했다.

"내가 그대와 사업 이야기를 할 게 있나?"

나는 기성자로 분류된 구역으로 가서 금구소요공을 뽑은 다음에 본문을 살피면서 말했다.

"…있어. 너는 나에 대해서 세 가지를 모르잖아. 금구소요공, 쾌당, 자하신공. 나도 네 조직에 대해서 아는 게 없다. 이런 서재가 몇 군데 더 있는 것인지. 네가 총대장인지 아닌지도 몰라. 무공 실력의 고하를 떠나서 서로 박살을 내기가 어렵지. 너희는 만만치 않은 조직이야."

"그런데."

나는 대화를 하는 도중에 금구소요공 서책의 말미를 확인했다. 내가 읽었던 서책과 내용이 똑같았기 때문에 백의서생이 전생에 배포한 것임을 확인했다. 금구소요공을 다시 집어넣은 다음에 백의서생을 바라봤다.

"서생, 허락도 없이 일부 서책에 무엄한 짓을 했군."

"…!"

백의서생의 눈이 동그랗게 커졌다. 나는 말을 하는 순간에도 앞으로 내뱉을 말의 전략을 수십 번이나 수정했다. 내 예측이 틀릴 수도 있는 터라 백의서생의 표정을 살피면서 세밀하게 다듬는 중이었다.

"나는 너를 이해한다. 아마 강호에서 너를 이해하는 사람은 앞으로도 내가 유일할 거야."

"뭔 소리냐? 네가 뭘 이해한다는 것이냐."

나는 서재에 등을 댄 채로 바닥에 주저앉아서 백의서생을 바라봤다.

"서생, 흥분하지 말고 내 말을 잘 들어. 때로는 삶과 죽음보다 더 중요한 게 있다. 너와 내가 죽고 죽이는 거? 언제든 할 수 있어. 하지만 지금은 그것보다 중요한 이야기를 해보자."

백의서생이 가소롭다는 표정으로 웃었다.

"문주, 우리가 싸우면 죽는 건 자네야. 알지 않나?"

"닥쳐라. 그래서 내가 얘기하잖아. 삶과 죽음보다 더 중요한 게 있다고."

"그게 무엇인데?"

"사본이 있음에도 너는 이곳에 있는 서책들이 불에 타거나 없어지길 바라지 않고 있다. 실은 그런 마음을 너도 잘 몰랐겠지."

백의서생은 아무 말 없이 나를 바라봤다. 나는 어쩔 수 없이 결론을 내린 다음에 공격에 나섰다.

"…누가 허락도 없이 옛 무공에 네 멋대로 첨삭을 하라고 했나?"

백의서생은 표정의 변화가 없었으나 내 말을 듣자마자 침을 한 번 삼켰는지 목울대가 꿀렁거렸다. 나는 손가락으로 서재 이곳저곳을 가리켰다.

"여기에서 네가 만들어 낸 서책들은 다른 곳의 사본과 내용이 다르다. 네 생각, 네 무학, 네 의견이 들어갔어. 너는 본래 죽간의 글을 서책에 옮기는 일만 해야 했는데 스스로 작가가 되었다."

"작가가 무슨 의미냐? 뜻을 몰라 묻는 게 아니다."

"작품을 만드는 사람이 작가겠지. 뭐겠나? 여기 있는 서책들은 네 작품이다. 네가 만든 예술품이야. 그냥 옮겨 적는 것에서 그친 게 아니야. 네 생각이 일부 문장을 삭제하고, 교묘하게 네 의견이 추가되었어. 다른 곳에 있는 사본과 여기에 있는 것은 다르다. 이것들은 네 작품이야."

백의서생은 당황했는지 말을 아끼고 있었다. 나는 백의서생을 계속 압박했다.

"사람이 혼신의 힘을 다해서 무언가를 하거나, 가치 있는 결과물을 만들어 내면 어떻게 되는 줄 알아?"

"…"

"다시는 똑같은 것을 만들 수 없다. 어려워. 불가능해. 네가 다시 원본인 죽간을 가지고 옮긴다고 해도 첨삭의 내용이 달라진다는 뜻이야."

나는 서재를 가리켰다.

"여기 있는 것은 당사자도 다시 만들 수 없다는 뜻이지. 죽간도 소용없고, 다른 곳에서 보관하는 사본도 도움이 되지 않아. 더군다나 이렇게 방대한 서책을 지금과 똑같이 만들어 내는 것도 불가능해. 그것이 네가 여기 있는 서책을 마음 깊숙이 애지중지하고 있는 이유다."

"음."

"서생, 누가 이런 자네의 마음을 알아주겠나?"

"문주, 하고 싶은 말이 무엇이냐?"

"지금 하고 있잖아. 이 새끼야… 내 진심을 살펴라. 네 뜻을 존중하고 알아차린 사람은 세상에 오로지 나뿐이야. 어느 누가, 네 뜻을 알겠어? 멍청한 네 제자와 똑똑할 게 뻔한 네 조직의 사람들도 네 본질은 이해하지 못해. 네 작품도 존중하지 않을 거야."

"무엇을 거래하자는 거냐?"

"서생, 솔직해지자고. 너와 내가 적이 될지 아군이 될지 나는 모른다. 그게 중요한 게 아니다. 적이 되든 말든 간에 서책은 별개의 문제로 치자. 이것은 내 최종 권고다. 지금 이 자리에서 우리가 싸우게 되면 내 목숨을 걸고 여기에 있는 것을 전부 불태우겠다고 장담하마. 네 저작물은 다 날아가는 거야. 먼지로…"

"싸우지 않겠다면 무슨 선택을 하겠나?"

나는 한숨과 함께 대답했다.

"대체 이런 것으로 무엇을 입증하고 싶었나? 적어도 이미 배포했던 서책의 경우에는 사본을 또 만들었겠지?"

"그랬지."

"강호에 영향을 끼치고 싶었나? 아니면 그저 연구의 목적이냐. 아니면 강호인들을 조롱하고 싶었나."

나는 백의서생이 내 말을 듣는 집중력이 흐트러지는 것 같아서 어쩔 수 없이 결론부터 꺼냈다.

"이봐, 서생. 네가 가진 서책 중에서 가장 뛰어난 검법, 도법, 내공, 신공 등을 추려서 내놔라."

"뭔 개소리냐? 내가 왜?"

"그것을 주면 내가 향후 협객을 천 년에 걸쳐서 쏟아내겠다. 이들은 네가 집필한 서책의 무공을 배우게 될 거야."

"뭐?"

백의서생은 황당한 표정으로 되물었다. 나는 덤덤한 어조로 말했다.

"굳이 너희를 분류하자면 너희는 마도 세력이다."

"아니다."

"마도 세력이야. 왜냐하면, 세상에 도움이 되고자 이런 일을 하는 게 아니라 시황제 때부터 이어진 증오를 이어받았기 때문이야. 네가 제자들에게 하는 짓을 봐라. 너희는 마도야. 너희가 인정하든 하지 않든 간에 내가 그렇게 규정하마. 사본을 보유하고 있는 다른 놈들도 마찬가지. 하는 짓은 마도일 확률이 매우 높다. 증오에서 출발한 일이라서 그렇다."

"우리는 그런 논리에서 벗어났다."

"그런 논리에서 벗어나서 하는 짓거리가 결국 마도였어. 하지만 네게 기회를 주마. 네가 만든 작품, 저작물, 예술품, 백의서생이 옮긴 무공 서적으로 협객들을 가르칠 기회를 주마. 그 협객들이 문파를 세우고, 대종사가 되고, 제자를 받아들여서 사마외도를 때려죽이고 결국엔 네가 속한 조직도 박살을 내게 될 거야. 너희 조직은 강대하고 비밀스러워. 나 혼자서는 감당하는 게 어렵다."

나는 아직 펼쳐지지 않는 미래를 머리에 그리면서 읊조렸다.

"대신에 내 뜻을 이어받은 자들이 천 년에 걸쳐서 싸울 거야. 어쩌면 이 협객들이 네 제자가 될 수도 있어. 백의서생, 사실 우리 두 사람의 제자겠지만…"

나는 백의서생과 눈을 마주쳤다.

"세상 사람들은 우리의 사연을 모르겠지."

백의서생은 그 어느 때보다 맑아진 눈으로 나를 주시하고 있었다. 나는 방심할 수 없었기 때문에 백의서생을 압박했다.

"생각할 시간을 주마. 하지만 기억해라. 나는 자하신공으로 스스로 일월광천이 될 수 있어. 내가 마교의 사천왕을 동시에 물러나게 만든 것은 네 두 눈으로 직접 봤을 테지. 네가 나보다 강하든 말든 간에 나도 죽고, 너도 죽고, 이곳도 먼지로 변하게 할 수 있다는 것을 맹세하마. 찰나에 우리 전부가 사라지는 거야."

"…"

"내가 얼마나 미친놈인지는 네가 가장 잘 알 거다."

문득 숨을 크게 들이마신 백의서생이 눈을 감더니 명상에 잠겼다. 나는 어조를 더욱 낮춰서 읊조렸다. 미친놈 귀에 경 읽기였으나 나는 진지했다.

"너희는 시황제를 그토록 증오하면서 살고 있으나, 나는 시황제를 죽이려다 실패한 형가荊軻를 생각하고 있다. 형가와 같은 협객이 더 많았더라면 이런 증오는 시작되지 않았을 거야. 누가 단언할 수 있나? 시황제 같은 놈이 또 등장하지 않으리라는 법이 없다."

"…"

"세상에는 지금보다 협객들이 더 많아야 해. 너희는 증오를 이어 받았지만 나는 형가의 마음을 이어받으려 한다. 형가도 혼자서는 암살에 성공하지 못했고 나도 혼자서 할 수 있는 일이 많지 않다. 수많

　　　…

은 협객이 두 번째 시황제, 세 번째 시황제를 쓰러뜨리기를 바랄 수 밖에."

나는 내가 상상하던 바를 요약해서 백의서생에게 전달했다.

"그렇게 되면, 그것은 우리가 이 자리에서 시작한 혁명이 된다."

나는 눈을 감고 있는 백의서생에게 통보했다.

"선택해라. 나와 함께 죽을 것인지 이 서책들을 협객들에게 전할 것인지."

백의서생의 대답을 기다리다가 나도 눈을 감았다. 동굴 너머에서 불어오는 바람 소리와 우리 두 사람의 한숨 소리가 때때로 뒤섞였다.

221.
서생 놈의 고견은
잘 들었습니다

백의서생이 눈을 뜨더니 서재를 천천히 둘러봤다.

"…"

마치 자신의 지난 인생을 돌아보는 눈빛이었다. 그럴 것이다. 그
가 원해서 한 일이든, 원하지 않았든 간에 오랫동안 책상에 앉아서
죽간의 글을 옮겼을 테니까. 나는 최종 권고라는 말을 써가면서 백
의서생을 압박했으나 어쨌든 결정은 이놈의 몫이다. 쉬운 결정이 아
니기 때문이다. 이놈의 위에 누군가가 있다면 백의서생도 목숨을 걸
어야 하는 일이라고 추측했다. 한참을 자신의 서재를 바라보던 백의
서생이 말했다.

"기분이 정말 이상하군."

"무엇이."

백의서생은 그제야 나를 쳐다보면서 말했다.

"이것이 내 운명은 아니었던 거 같은데. 알 수 없는 기이한 기분을

느끼고 있다."

나는 저절로 입이 벌어지려던 것을 다물었다. 백의서생의 본래 운명? 나도 잘 모른다. 악제라는 악명을 얻었음에도 무림맹에 숨어들어서 활동하다가 나중에는 어떻게 됐을지는 모를 일이다. 내가 마교에게 쫓기던 시절은 교주에게 다들 패배해서 숨을 죽인 채로 살아가던 시기였다. 임소백 맹주가 나이에 비해서 빨리 허옇게 된 머리카락을 휘날리면서 동분서주하지 않았더라면 진작 천하는 교주에게 머리를 숙였을 터였다.

백의서생의 세력은 마교를 막았을까? 아니면 방관했을까. 어쩐지 나는 이놈이 무림맹에 속해서 반격에 나섰을 것 같다는 느낌을 받았다. 대의 때문이 아니다. 그것이 더 재미있는 일이어서 교주와 싸우지 않았을까… 이것이 내 예상이다. 나는 백의서생에게 물었다.

"네 운명이 본래 어땠을 거 같은데."

백의서생이 말했다.

"살던 대로 살았을 것 같구나."

실은 누구나 그럴 것이다. 백의서생쯤 되는 미치광이도 살던 대로 살았을 것이라는 대답을 내놓았으니 말이다.

"내 제안을 받아들이는 것이냐?"

"이봐, 문주. 너는 왜 그렇게 겁이 없는 거냐? 네가 자하신공으로 일월광천을 터트리기 전에 널 죽일 가능성도 있다. 네 협박이 무서워서 고민하는 게 아니야. 서책을 대하는 네 시선이 뜻밖이라서 고민하는 것이다. 어쩌면 네가 시황제의 정반대편에 있는 인물 같다는 생각이 들기 때문이지."

백의서생이 손을 들더니 자신의 서책들을 가리켰다.

"폭군은 이것을 불태웠고. 자네는 내게 이것을 사용하자고 말하고 있어. 그것이 내 마음을 흔들고 있을 뿐이네. 나는 왜 자네와 같은 생각을 하지 못했을까. 왜 그런 거 같나? 왜 내가 바라보던 시야는 자네보다 좁았을까."

이놈은 스스로 천재라고 생각해서 뜬금없이 나랑 비교질을 하는 것일까. 어르고 달래야 한다고 생각하니 기분이 언짢아서 대충 대답했다.

"몰라. 내가 뭘 알겠나? 나는 모르는 게 많다."

별것 아닌 말인데 백의서생이 웃었다. 몇 차례 콧소리를 내면서 웃던 백의서생이 말했다.

"여기에 있는 서책을 그대에게 다 줘도 내가 배신자가 되는 것은 아니다. 다만 각 처에 있는 서재 관리자는 나와 동등한 위치에 있는 자들이다. 그들이 서책을 어떻게 활용할지는 나도 관여할 수 없어."

나는 문득 정신이 맑아지는 느낌을 받았다.

"음… 다른 관리자들의 서책보다 그대가 옮긴 것이 더 낫다고 보고 있군. 내 추측이 맞나?"

백의서생이 나를 바라봤다.

"그것이 곧 내 자존심이자 자부심이지. 자네가 협객을 키우면 또 다른 시황제를 막을 수 있겠나?"

"서생, 우리가 앞날을 어찌 알겠나? 계획을 세운다고 계획대로 되는 것이 아니다."

"그럼 계획을 왜 세우는 것인가?"

"계획대로 되지 않아도 괜찮아. 계획을 세운다는 것은 뜻을 세우고, 뜻을 굳건히 한다는 것에 지나지 않아. 계획이 어긋나도 상관없다. 나는 객잔이 불에 탔고, 너희는 땅에 묻히고 서책들이 불에 탔다. 이런 일은 예전에도 있고, 지금도 있을 것이고, 앞으로도 있겠지. 곳곳에 협객을 만들어서 나 같은 놈을 줄이고, 제자백가 사내들의 다양한 뜻을 존중할 수 있는 천하가 오길 바랄 뿐이다. 계획을 완벽하게 이루자고 자네에게 제안하는 게 아니야. 내가 당했던 것을 다른 사람은 당하지 말았으면 하는 뜻을 전할 뿐이다. 그저 그뿐이다."

백의서생이 고개를 끄덕이더니 서재를 가리켰다.

"강호인들은 비급에 욕심이 많다. 누군가가 힘으로 이 서재를 차지했다가 함부로 무공 이것저것을 건드렸으면 주화입마에 빠졌을 것이다. 내가 첨삭한 내용은 대부분 함정이다. 강호에 나조차 어찌할 수 없는 강자가 나타나면 이 서재에서 만든 서책으로 죽일 수 있을 것이라 예상했지. 그것도 계획일 뿐이었지만."

나는 새삼스럽게 서재를 바라봤다. 그러고 보니 이 자리에서 내가 백의서생을 죽이고 서재를 차지했었다고 해도 사태가 해결되는 것은 전혀 없었다는 이야기다. 백의서생이 교묘하게 내용을 첨삭했기 때문에 언뜻 대단해 보이는 무공을 익혔다가 주화입마에 빠져서 내 전생처럼 광증에 시달렸을 테니 말이다. 새삼스럽게 백의서생은 철두철미한 사내였다. 하지만 나는 일단 백의서생을 삼 일 밤낮에 걸쳐서라도 설득할 생각이어서 서두르지 않았다.

"도둑질했다가 골로 가는 서재였군."

백의서생이 무언가를 곰곰이 생각하다가 자리에서 일어났다.

"일단은 말이야…"

뒷짐을 진 백의서생이 서재로 가서 둘러보다가 서책 한 권을 뽑았다.

"이게 적당하겠군."

백의서생이 서책을 던지자 수평으로 날아왔다. 나는 서책을 붙잡은 다음에 제목부터 살폈다. 백의서생이 나를 쳐다보면서 말했다.

"자네도 생각이 있을 테지만 나도 취향이 있네. 그것은 모용백에게 전달하게."

뜻밖의 말에 나도 좀 놀라서 되물었다.

"아까는 죽인다며? 죽인다며 이 새끼야. 너, 모용 선생을 건들면 잠자다가 내 일월광천을 막아야 할 거다. 똥을 싸는 와중에 똥간 밑에서 터지는 일월광천을 네가 막을 수 있는지 보겠다. 경고하는데 사람치료하는 사람들은 건드리지 말도록. 이거 정상적인 무공이냐?"

백의서생이 웃으면서 대답했다.

"…이봐, 문주. 자네가 생각하는 것보다 모용백의 오성이 뛰어나다."

"나도 아는데 왜 잘난 척이야?"

"일단 심리전에 능하고 의술을 익혔기 때문에 신체와 혈도에 대한 지식이 해박할 것이다."

이 새끼는 일단 제 하고 싶은 말만 떠드는 습성이 있었다.

"…"

"이것은 심리전에 뛰어난 자가 익히면 도움이 되는 무공이지. 자네는 협객을 키운다고 했지만 모용백도 강해질 가치가 있는 사내야.

내 앞에서 주눅이 들었음에도 할 말은 다 하더군. 내가 어떤 놈인지 파악한 것처럼 보였는데도 끝까지 의연했다. 그것에 대한 선물이야."

서책에는 이렇게 적혀있었다. 이화접목신공移花接木神功. 대충 꽃을 옮겨서 나무에 접붙인다는 뜻이었다. 나는 의심병이 도져서 백의서생의 표정을 확인했다.

"이거 뭐야? 꽃 옮기다가 주화입마 걸리는 거 아니야?"

백의서생이 고개를 끄덕였다.

"너처럼 성질 더러운 놈이 익히면 주화입마에 빠지겠지. 모용백의 성정은 다르다. 상대의 심리를 파악하는 오성이 뛰어나기에 적절하게 사용할 테지. 그 정도 오성이면 주화입마 가능성은 없다."

선물을 받으면서 기분이 더러울 때가 있는데 지금 내 기분이 그렇다. 백의서생이 말했다.

"그렇게 걱정이 되면 지난번에 찾아왔던 내가 전달하는 서책이라고 전해. 그럼 모용백이 알아서 경계할 거다."

백의서생이 다시 뒷짐을 지더니 다음 서책을 찾았다. 솔직히 나는 보따리 하나를 달라고 한 다음에 서책들을 쓸어 담아서 대도처럼 도 망치고 싶은 마음이 굴뚝같았으나, 사실 여기에 주화입마를 유도하는 서책들이 뒤섞여 있어서 그럴 수가 없었다. 직접 글을 옮긴 백의서생이 그렇다면 그런 것이다. 어쨌든 이화접목신공은 모용백에게 전달할 생각이었다. 다음 책을 빼낸 백의서생이 내게 또 던지면서 말했다.

"그것은 독고중검獨孤重劍이다."

"이건 누구에게 주라고?"

백의서생이 돌아서더니 나를 바라보면서 말했다.

"검마에게 전달해."

"왜?"

백의서생이 살짝 한숨을 내쉬었다. 한숨의 의미를 파악해 보니 검마를 좀 답답하게 생각하는 모양새였다.

"검마가 목검을 수련하는 의미를 대충 알고 있다."

"그런데?"

"멍청한 짓이지. 교주도 비웃고 있을 거다."

"어째서."

"검마가 생각하는 목검의 경지는 사실 흔해빠진 목검의 경지가 아니야. 그가 추구하는 것은 사실상 검신劍神의 경지다. 어느 세월에 거기에 도달하겠다는 말이냐? 교주가 어떻게든 죽이거나 굴복시키려고 할 텐데 수련할 시간이 현실적으로 부족하다. 불가능하다는 뜻이지."

"그런 편이지. 시간이 없지."

전당포 주인이 검을 줬다 뺏으려고 하는 데다가, 전당포 주인이 수하도 많고 엄청나게 강해서 검마는 바쁠 수밖에 없었다. 백의서생의 말이 이어졌다.

"중검重劍(무거운 검)은 오래된 무학이다. 옛 대장군들의 무학이지. 전쟁터의 장수는 방어할 시간도 부족하고 아까울 때가 있다. 오로지 공격 일변도. 상대가 방패로 막든 병장기로 막든 간에 전부 쳐내면서 돌격하다가 다듬어지기 시작한 무학이지. 뛰어난 대장군들은 전쟁터를 겪으면서 스스로 익혔으나 이것을 제자백가의 무인이 무학으로 집대성했다. 검마는 도검불침의 신체를 어느 정도 유지할 수 있을 테니 공격 일변도의 검법을 익히는 게 남들보다 수월할 거다. 중검이 더해지면 매번 마검에 의지하지 않아도 지금보다 훨씬 더 강해질 수 있다는 뜻이지."

나는 백의서생의 설명을 듣고 나서야 잠이 확 달아나는 느낌을 받았다.

"옳은 지적이군."

백의서생에게 핵심 요점 수업을 수강하고 있으려니 이놈이 천재라는 사실은 딱히 부인할 수가 없었다. 궁금한 게 있긴 했으나 강의를 시작한 놈의 기분을 잡치게 만들 수는 없는 노릇이어서 최대한 입을 닥치고 있었다. 어쨌거나 수업 시간에 떠들면 나만 손해다. 잠시 노점상에서 물건을 고르는 사람처럼 고민하던 백의서생이 서책을 하나 뽑아서 내게 던졌다.

"그것은 자네가 익히든지 적절한 사람이 있으면 전달하게."

나는 서생이 건넨 서책을 읽었다.

"백전십단공白電十段功. 무슨 무공인가? 이름만 봐서는 극양 계열인데."

백의서생이 나를 보면서 말했다.

"금구소요공은 투계에서 금구로 넘어갈 때 공백이 너무 커. 그래서 나도 익히지 않았지. 과연 이게 사람이 익히라고 만든 무공인가 싶을 정도로 애매한 지점이 많다. 시간과 인내심이 필요하지. 언뜻 핵심을 요약하면 신선神仙에 다다른 자들이나 익히는 무공이다. 어쨌든 극양의 내공을 보유한 자가 궁극에 다다르면 도검불침이 된다고 주장하기 때문이야. 사실 금구소요공만 완벽하게 파고들어도 천하제일이 되는 것에는 부족함이 없다. 다만 이를 해낸 사람이 없다는 것이 문제겠지."

"음."

"투계에서 금구로 넘어가는 구간에서 이 백전십단공을 익혀라. 만약 내가 금구소요공을 파고들었다면 그렇게 했을 것이다. 백전십단공은 극양의 내공을 뇌기雷氣로 전환하는 무학이다. 단순하지만 명확하고, 대성하기 어렵다는 점에서는 금구소요공과 흡사하다. 하지만 백전십단공이 아름다운 이유는 오로지 뇌기의 위력이 깊어지고 강해지는 것에만 초점이 맞춰져 있다는 점이다. 처음부터 끝까지 뇌기의 위력만 깊어질 따름이지. 변화를 추구하지 않는 순백의 무학이다. 따라서 다른 신공과도 조합이 수월한 편이다."

나는 뻔뻔하게 대답했다.

"주화입마 구간은?"

"문주."

"왜?"

"어떤 무공이든 주화입마 가능성은 있는 것이다. 그 정도도 모르나? 백전십단공도 웬만한 고집으로는 대성하지 못해. 네가 익히든, 누군가에게 전달하든 간에 심각할 정도로 끈기 있는 고집불통이 익혀야 할 것이다."

"알았다."

나는 일단 이화접목신공移花接木神功, 독고중검獨孤重劍, 백전십단공白電十段功을 얻었다. 주둥아리를 나불댔더니, 뜻밖의 횡재랄까. 이래서 세상에 사기꾼이 안 없어지는 모양이다. 물론 내가 한 말은 사기를 친 게 아니라 몽상夢想에 가까운 말이어서 진실은 담겨있었다. 다만 웃긴 것은 어쩔 수 없었다. 나는 끝까지 근엄한 표정을 유지한 채로 말했다.

"그나저나 협객을 대거 키워보자니까 왜 갑자기 내 주변과 내게 이런 신공절학들을 전달하는 것이냐."

백의서생이 슬쩍 비웃는 표정으로 나를 바라봤다.

"이자하, 네가 협객들을 키우려면 일단 너부터 살아남아야 하지 않겠나?"

"그건 맞지."

"당대의 강호에서 네가 살아남을 가능성이 크다고 보는 게냐? 너는 이미 마교 교주를 건드렸어. 근래 너보다 더 많이 교도들을 때려죽인 사내는 보지 못했다. 너는 앞으로 교주를 어찌 감당할 것이냐? 임소백도 너를 보호하기 힘들 것이다."

"그것도 맞지."

"결국에 너는 함께 다니는 자들과 함께 살아남아야, 내게 했던 꿈 같은 헛소리를 실현할 수 있게 되겠지."

나는 정색하는 어조로 대답했다.

"이 새끼가 그런데 남의 진심을 헛소리로 깎아내리다니."

백의서생이 고개를 갸웃했다가 한숨을 내쉬었다.

"문주, 너는 그 주둥아리가 참 강호의 일절이야. 내 제자들이 그런 언행을 한다면 진작 맞아 죽었을 텐데. 신기하단 말이야. 그것도 재주라면 재주겠지. 이상하단 말이지. 혹시 그것도 무공의 일종인가?"

이 새끼가 너무 진지하게 물어보는 터라 잠시 말문이 막혔다.

"…"

백의서생이 내게 기분 나쁜 손가락질을 해댔다.

"너는 말이야. 나중에 무공으로 유명해지는 것이 아니고 주둥아리 잘 터는 사내로 유명해질 거야. 왠지 그럴 것 같다. 엄격하고 근엄하고 매사에 진지한 교주 놈에게는 그것도 안 통할 테니 너는 발악을 해야 할 거다. 네가 대체 앞으로 어찌 살아남을지 나는 그것이 더 궁금하구나. 네 협객론은 망상에 그칠 가능성이 크다. 그 모가지가 거기에 계속 달라붙어 있어야 너도 나불댈 수 있지 않겠나."

나는 할 말이 많았지만, 꾹 참았다. 사내는 때때로 말싸움에서 져줄 때도 있어야 하는 법이다. 하여간 언변에 넘어가서 신공을 세 개나 바치는 똘똘이 서생 놈의 고견은 잘 들었습니다… 라는 말을 속으로 삼켰다. 나는 덤덤한 어조로 대답했다.

"확인."

222.
순백의 눈밭에
내딛는 첫걸음

나는 백의서생에게 비급을 더 내놓으라고 하려다가 관뒀다. 사실 비급보다 더 중요한 것을 얻었다. 이제 이놈이 뜬금없이 하오문을 공격하는 일은 없을 터였다. 동맹까지는 아니었으나 이 정도로 미친놈이 내 수하들을 죽일 일은 당분간 없겠다는 사실에 만족하고 욕심을 버렸다. 문제는 어떻게 작별을 하느냐인데… 내가 가만히 있자, 백의서생이 말했다.

"적어도 네가 협객을 키우려면 교주는 넘어서야 할 거다."

이게 무슨 말인지 잠시 고민해 보니 나는 이미 교주의 적이 된 터라 섣불리 제자나 협객을 키우겠다고 설치면 이들부터 마교에게 전부 죽을 수도 있다는 뜻이었다.

"그래야겠지."

"교주가 어떤 무공을 사용하는지는 알고 있나?"

"몰라. 그걸 봤다면 살아있겠어? 내가 삼재도 아니고."

"자네처럼 음과 양의 무공을 사용한다는 것은?"

"예상했다."

문득 백의서생이 탁자에 있는 종이를 엄지와 검지로 붙잡아서 내밀었다. 무언가를 보여주려는 모양이라고 생각하는 찰나에 종이가 산산이 조각나서 흩어졌다. 그리고 보니 이곳에 오기 전에 언덕에서 탁자를 던졌을 때도 저런 현상이 벌어졌었다. 백의서생이 내게 물었다.

"어떻게 한 것 같나?"

나는 손가락으로 뺨을 긁다가 대답했다.

"엄지와 검지에 각기 상충하는 기를 불어넣어서 종이에서 만난 것처럼 보이는군."

"할 수 있겠나?"

나는 솔직하게 대답했다.

"지금은 어렵다."

백의서생이 종이 한 장을 또 뜯어내더니 이번에는 엄지, 검지, 중지로 붙잡아서 내 쪽으로 내밀었다. 삼매진화를 펼치는 것도 아닌데 종이가 사라지듯이 소멸했다.

"이것은?"

"각기 다른 세 가지의 기氣."

"할 수 있겠나?"

"아니."

백의서생이 고개를 끄덕였다.

"이것도 하지 못하면 교주의 공격은 막을 수가 없어. 교주는 오행

　　　…

마공五行魔功을 사용한다. 금金, 수水, 목木, 화火, 토土의 기를 전부 쓴 다. 어째서 다섯 가지의 기를 전부 쓸 수 있는지 아나?"

"내가 어찌 알겠나."

"그래. 아무도 모른다. 이런 황당한 무공은 제자백가에도 없다. 곤 륜에도 없고, 서장의 무공도 아니다. 옛 마교에도 없고, 대공들도 모 른다. 그렇다면 교주의 오행마공을 그나마 상대할 수 있는 강호의 무공은 무엇이 있겠나?"

나는 잠깐 생각한 다음에 어렵지 않게 대답했다.

"맹주의 육전대검."

"왜?"

"찰나에 다섯 개의 기를 다 부술 테니까. 어우러질 수 있겠지."

백의서생이 고개를 끄덕였다.

"맞다. 검마가 완벽한 도검불침을 이룬 상태에서 광명검을 들고 싸우면 어찌 되겠나?"

"도검불침의 상태는 금金의 기운이 전신에 퍼진 상태이니 교주의 수水나 화火 계열의 기에 약하겠군."

"그것이 교주가 검마를 풀어둔 이유다. 그렇다면 교주가 자네를 살려두고 있는 이유도 알겠군."

나는 고개를 끄덕였다.

"수와 화의 기를 더 얻을 수 있겠지. 살아있는 영약인 것처럼."

여기서 나는 의문이 들었다. 그럼 천옥의 정확한 정체가 무엇이 지? 백의서생이 앞에 있어서 깊게 고민할 시간은 없었다. 백의서생 이 내게 물었다.

"교주가 왜 이렇게 철저하게 준비하는지는 알고 있나?"

"삼재에 속한 다른 고수를 넘지 못해서 아닌가?"

백의서생이 미소를 지었다.

"그것도 이유겠지만 우리를 다 파악하지 못했기 때문이기도 하다. 신중한 성격인데 아직 피아彼我 구분을 못 하고 있다. 사실은 그것이 우리의 전략이라는 것도 눈치챘을 테지만. 문주, 너도 마찬가지야. 나는 너의 적이자 아군인 셈이야. 교주, 곤륜, 임소백, 제왕帝王들이 속해있는 십대고수, 나, 너. 누가 살아남는지 보자꾸나."

나는 궁금한 것을 물었다.

"마교를 상대로 곤륜은 어찌 살아남았지?"

"곤륜은 기본적으로 오행을 이해하고 있는 문파다. 검진劍陣과 곤륜 늙은이의 무학으로 살아남았지."

"천악天惡은 너희 쪽인가?"

백의서생이 엷은 미소를 지었다.

"반복해서 말하지만 우리는 적과 아군의 구분이 모호하다. 내부에 있는 자들도 서로 적이자 아군인 셈이지. 의미 없는 물음이다. 다만 내가 알고 있는 것은 사실이야. 그렇지만 천악의 행보까지 내가 계속 파악할 수는 없다. 삼재가 동시에 중상을 입었다고 하니까 여전히 회복 중일 수도 있고. 회복 기간에 죽었을 수도 있고, 폐관수련 중일 수도 있으나 자세한 사정은 알 수 없다."

나는 전생과 현생을 통틀어서 궁금해하던 것을 백의서생에게 물었다.

"대체 그 한 사람은 누구냐? 세 사람이 겨뤘다고 해서 삼재三災라는 별호가 더 알려진 것으로 아는데."

"너도 예상하는 인물이 있을 거 아니냐."

백의서생은 나를 보다가 거래를 제안했다.

"알고 싶으면 네가 비밀을 밝혀야지. 금구소요공, 쾌당, 자하신공. 셋 중 하나는 내게 밝혀야겠지. 거래하겠나?"

"음…"

이 새끼가 왜 이렇게 술술 입을 터나 했더니 여태 잔머리를 굴리고 있었다. 가장 궁금하게 만든 다음에 내 비밀을 캐묻다니… 환장할 노릇이다.

"궁금증이 풀린다고 반드시 좋은 일은 아니다. 듣고 나면 별일 아니라서. 그래도 듣겠다면 말해주고. 삼재의 마지막 인물이 누구인지 알려주라고."

백의서생은 나랑 같은 어조로 대답했다.

"누군지 알아도 놀랍지 않을 것이다. 너부터 얘기해. 너는 거짓말을 할 확률이 십중팔구다."

"무산협곡에서 자빠져 자다가 우연히 들었다. 쾌당이라는 이름을."

백의서생이 한숨을 내쉬었다.

"이거 완전 미친놈이로구나."

"왜?"

"그게 전부란 말이냐?"

"떠들었던 너희 쾌당 놈들 잘못이지."

"누가 떠들었나."

"네 손에 죽을 수 있으니 밝힐 수 없다."

"누군지 모르는 것은 아니고?"

"그럴 리가. 인상착의와 복장은 다 기억하고 있지. 삼재는 누구냐."

"이게 거래가 가능한 문답이라고 생각하나?"

"혓바닥이 길구나."

백의서생이 헛웃음을 짓더니 이렇게 대꾸했다.

"노신驚身의 사부다."

"이거 놀랍네. 거지 놈의 사부가 그렇게 대단했단 말이야?"

거지 놈의 사부는 전생에도 강호에서 아무런 존재감이 없었던 사내였다.

"노신은 개방에서 가장 빠르다. 그런 놈의 사부라면 대단해야지."

"개방 방주면 보통 유명인사가 아닌데 어찌 삼재라는 것이 알려지지 않았나?"

"어떤 놈들이 거지들의 총대장을 그렇게 높게 평하겠나? 싸움을 목격한 자들도 평범한 사람들인데 알 수가 없지. 어디 가서 자랑할 사내도 아니고 그 사람이 싸운 것 자체가 드문 일이다."

내 기억으로 삼재의 일원인 교주의 정체는 오히려 마도 측으로부터 알려졌고. 천악의 존재는 그보다 늦게 알려졌었다. 마지막 인물이 백도의 고수일 것이라는 추측은 있었으나 개방의 방주라는 사실은 아는 사람이 없었다. 아마, 임소백도 몰랐을 것이다. 십대고수에 속한 제왕들이 전부 아니라고 했었기 때문에 미지의 인물이었던 삼재의 일원은 백의서생의 입에서 개방 방주라는 소리가 나와서 나도 당황스럽다.

왜냐하면, 삼재라는 것을 알고 나서도 존재감이 없었기 때문이었다. 믿어야 하나? 아마 개방조차도 모르는 내용이 아닐까 싶다. 어쨌거나 나는 백의서생이 삼재를 정확하게 알고 있다는 사실에서 천악이 서생 쪽의 인물이라는 것을 확신했다. 정황상 그렇다. 제자백가의 악의와 증오를 이어받고, 그들의 무공까지 전부 익힌 병기兵器 같다는 느낌을 지울 수가 없기 때문이다. 그래야 천악이라는 별호도 아귀가 들어맞는다. 백의서생이 말했다.

"자네에게 정보를 공유하고 서책까지 건넨 일은 시간이 흐르면 내부에 알려지게 될 것이다. 다른 서재 관리자들과 말다툼을 하지 않으려면 방법은 한 가지뿐이야."

"뭔데?"

백의서생이 덤덤한 어조로 말했다.

"쾌당에 가입해라. 나중에 쾌당의 총회가 시작되면 호출할 테니 참석하도록. 경공을 겨루자는 놈들이 많을 테지만 네가 알아서 해라."

"가입하겠다. 그럼 쾌당주快黨主는 누구인가?"

백의서생이 눈을 껌벅이다가 내게 물었다.

"금구소요공의 사연을 알려주겠다는 말이냐?"

"에이, 씨벌 똘똘이 서생 놈."

이렇게 철두철미한 사업가는 나도 처음이다. 뭔가를 줘야, 뭔가가 나오는 놈이다. 이쯤 되자 비급 세 개를 받은 것이 점점 불편해지고 있었다. 백의서생이 말했다.

"이봐, 문주. 그 세 가지 신공은 잘 보유하도록 해. 이것은 내 분산 투자다. 우리 쪽에 문제가 생기면 여기 있는 서책들이 날아가고. 네 세력이 교주에게 몰살당하면 세 가지 신공이 사라질 위험이 커지겠지. 양쪽이 동시에 당하는 일은 거의 없을 것이다."

"철저하시군. 분산 투자를 하려면 더 내놔."

"도둑놈이냐? 적당히 하도록."

"확인."

"만약 노신이 새로운 개방 방주가 됐다는 소식이 전해지면 삼재의 일원이 쓰러졌다는 뜻으로 이해하면 될 것이다. 교주가 더 빠르게 움직이겠지."

나는 전생을 더듬어 봤으나 그런 소식은 들어보지 못했다. 그러고 보니 이놈이 노신과 친하게 지내는 이유는 위에 삼재가 있어서 의도적으로 접근했었던 모양이다. 백의서생이 워낙 미친놈이라서 무림맹에 투신하지 않았더라면 아마 개방에 들어갔을 터였다. 삼재의 무공을 얻기 위해서 말이다. 그러나 서생이 거지들의 규율을 지키는 건 무척 어려웠을 테니 무림맹을 선택했던 것처럼 보였다. 나는 서생이 서책을 더 내놓지 않으리라는 것을 알아차리고 세 권의 비급을 품에 넣은 다음에 일어났다.

"나 간다."

내가 동굴 입구로 걸어가자, 뒤에서 백의서생이 천천히 따라왔다. 백의서생과 같은 고수에게 등을 내보인 채로 점점 좁아지고 있는 동굴을 걷고 있으려니 등골이 서늘했다. 문득 나는 걸음을 멈추고 통로에 있는 벽화를 올려다봤다.

"…"

새삼스럽게 백의를 입은 서생들이 구덩이에 빠지고, 목이 잘리고, 창에 뚫리는 장면을 생생하게 묘사한 그림이었다. 이런 곳에서 이따위 그림을 종일 감상하다가 죽간의 글을 옮기고 있으면 그 어떤 사내가 미치지 않겠는가? 나는 입구 근처까지 걸어갔다가 돌아서서 백의서생을 바라봤다.

"서생."

백의서생이 뒷짐을 진 채로 대답했다.

"말하게."

"…벽화는 지워라. 서재의 그림들도 치우고."

"어째서."

나는 백의서생의 표정을 보면서 잔잔한 어조로 말했다.

"하오문에도 그림 좋아하는 늙은이가 있는데 꽃도 그리고 나무도 그릴 줄 안다. 물병도 그리고 용모파기도 그릴 줄 알지. 지도도 잘 그리고 때때로 산과 강도 그리는 것 같더군."

"뭔 개소리를 하고 싶은 것이냐?"

"아름다운 것만 찾아 그려도 시간이 부족한 삶이다. 어째서 죽음을 묘사한 그림만 쳐다본다는 말이냐. 멍청하게, 시간 아깝게. 죽음은 그만 좀 쳐다보고 네 삶을 그리도록 해. 제자들은 네 노예지만 너는 옛 제자백가의 노예나 다름이 없어. 동굴에서 벽 보고 반성하도록."

백의서생이 잠시 나를 물끄러미 바라보다가 대답했다.

"문주, 그런 시건방진 말은 수하들에게 하도록. 조심해라."

웬 조심… 이라는 생각을 하자마자 백의서생이 오른손을 내게 뻗었다. 세 개의 손가락에서 빛이 뿜어져 나온다고 생각하는 순간에 나는 본능적으로 염계대수인으로 받아쳤다. 굉음이 터졌을 때 이미 내 몸은 허공에 뜬 상태.

'저 개새끼가…'

입구에서 웃고 있는 백의서생이 손을 자신의 이마에 대더니 내게 말했다.

"문주, 살아서 만나세."

나는 공중에서 몸을 비튼 다음에 땅을 쳐다보면서 추락했다. 대수인의 장력을 풍風의 형태로 여러 차례 분출해도 속도가 급격하게 줄어들지 않았다. 순간 온몸의 힘을 뺀 다음에 바닥에 닿을 때쯤, 투계의 장력을 반월半月 형태로 휘둘러서 공중으로 튕겨났다가 적당한 높이에서 지상으로 다시 내려섰다. 고개를 돌려서 절벽을 확인했으나 이미 구름에 가려서 아무것도 보이지 않았다. 하지만 백의서생의 목소리는 이곳까지 잘 들렸다.

"부를 때까지 찾아오지 말도록."

순간, 일월광천으로 절벽을 날려버릴까 생각했으나 애써 참았다. 정상적인 놈이 아니어서 저런 행동이 이상하게 느껴지지도 않았다. 오히려 백의서생과 장력을 교환한 터라 생각할 게 많았다. 곰곰이 길을 걸으면서 복기해 보니 장력이 아니라 지법이었다. 그러니까 종이를 소멸시켰을 때처럼 엄지, 검지, 중지를 이용한 지법 공격이었다.

백색에서 적색 정도의 급격한 변화를 갖추진 않았으나 손가락에서 저마다 빛나는 지법의 색이 약간 달랐다. 백색, 회색, 진회색 정도의 느낌이랄까? 내가 만든 일월광천과는 다르다. 오히려 백의서생이 교주의 무공이라 언급했던 오행마공과 비슷하지 않을까 하는 생각이 들었다. 서생의 의도가 무엇이었든 간에 나는 저 수법을 기억해 뒀다.

* * *

백의서생은 탁자의 기관장치를 누른 다음에 뒤집힌 벽을 통해 등장하는 제자들을 바라봤다. 제자들이 서재에 들어와서 조용히 대기하자, 백의서생이 시체를 턱짓으로 가리키면서 말했다.

"치워라."

"예."

"그리고 당분간."

움직이던 제자들이 동시에 멈추더니 다시 백의서생을 바라봤다.

"예, 사부님."

백의서생이 수하들을 한차례 둘러보면서 말했다.

"하오문은 건드리지 말도록. 대기하던 놈들도 불러들여."

"알겠습니다."

제자들은 아무것도 질문하지 않은 채로 시체를 치우기 시작했다. 백의서생은 제자들이 죽은 제자들을 옮기고, 곳곳에 묻은 피를 닦는 동안에 붓을 든 채로 아무것도 없는 백지를 하염없이 노려봤다. 잠시 후 백의서생은 눈을 질끈 감았다가 떴다.

"…"

백지에 점 하나 찍기도 어렵다는 생각이 들어서 당황스러운 상태였다. 백의서생은 심호흡을 크게 한 다음에 붓으로 백지를 찍었다. 백의서생은 순백의 눈밭에 첫발을 내딛는 것처럼 마음이 싱숭생숭했다.

...

223.
돼지통뼈가
사람 한 명 살렸네

"선생…"

모용백은 갑작스럽게 등장한 나를 보자마자 눈을 크게 떴다.

"문주님, 어서 오십시오."

나는 고개를 끄덕인 다음에 모용의가를 둘러봤다.

"별일 없었나?"

"별일이 있겠습니까."

내 목소리를 들은 의녀들이 우르르 몰려나오기에 나도 의녀들을 노려봤다. 의녀들이 단체로 내게 인사를 건넸다.

"문주님, 오셨습니까."

의녀들 사이에 흑백소소가 섞여있어서 이들에게만 고개를 끄덕였다.

"잘 있었나?"

"예, 문주님."

일전에 흑백소소를 봤을 때와 달리 지금은 의녀들과 구분하는 것이 힘들었다. 나는 모용백과 눈빛을 교환한 다음에 집무실을 가리켰다. 모용백이 손을 내밀면서 말했다.

"들어가시지요."

나는 모용백의 집무실에 들어가서 새삼스럽게 서재를 바라봤다. 온갖 죽음을 묘사한 벽화와 그림으로 둘러싸인 서재를 보다가 모용백의 서재를 바라보고 있으려니 그렇게 평화로울 수가 없었다. 새삼스럽게 느꼈다. 서재는 평화다. 내가 우두커니 서서 서재를 물끄러미 바라보자, 모용백은 책상에 앉아서 말없이 나를 기다렸다.

죽음의 서재에서 지식의 서재로 되돌아온 것 같은 안도감이랄까. 서재의 숨겨진 역할이 본래 마음의 평화였다는 것을 나는 이제야 알아차렸다. 사실 나는 백응지에서 백의서생의 거처로 달리고. 백의서생의 거처에서 여기까지 또 쉴 새 없이 달려왔다. 몸과 마음이 지칠 수밖에 없는 여정이어서 서재를 바라보고 있는 것 자체가 내겐 휴식이었다.

"후우…"

충분히 평화로운 서재를 구경한 다음에 모용백의 맞은편에 앉자, 모용백이 손부터 내밀었다.

"문주님, 진맥 좀 하겠습니다."

나는 손을 내저었다.

"괜찮아. 멀쩡해. 몸도 마음도."

모용백이 의심 섞인 어조로 대답했다.

"그래요? 그럼 눈 좀 보겠습니다."

모용백이 손을 뻗더니 내 눈 주변을 위아래로 뒤집어 까면서 살폈다.

"내 눈빛이 이상해?"

"평소보다 희미하게 붉은빛이 있습니다만 괜찮습니다. 문주님은 괜찮다고 하시지만 제가 느끼기엔 전쟁을 치르다가 잠시 복귀하신 것 같은 분위깁니다."

나는 고개를 끄덕였다.

"뭐 틀리지 않은 말이야."

"화병은 좀 어떠십니까?"

"화병은 마음의 문제고. 내 마음은 오락가락하기 때문에 다 나았다고 볼 수는 없지. 사람에 따라서 기분이 달라지니까 어쩔 수 없어. 요새는 마교라는 말만 들어도 성질이 뻗쳐. 뭐 이것까지 병이라고 할 수는 없겠지?"

"그건 그렇죠."

그제야 나는 품에서 서책을 꺼낸 다음에 이화접목신공을 모용백에게 밀었다.

"…자네에게 줄 비급인데 유념할 점이 있어."

"예."

"일전에 내게 월영무정공을 줬던 백의서생 기억하지?"

"어찌 잊겠습니까."

"그놈이 자네에게 선물하는 비급이야. 그러니까 조심해서 살피도록. 주화입마 구간은 없는지. 무공을 익히다가 문제가 발생하면 즉각 멈추도록. 문장 하나하나 해부하듯이 살펴보면서 익히라고. 알다시피 백의서생은 음흉한 놈이라서…"

"유념하겠습니다. 그런데 백의서생이 굳이 제게 이런 비급을 주는 이유가."

"미친놈이라서 그런 것도 있고. 자네 오성이 뛰어나다는 말을 하더군. 그놈도 평범한 사내는 아니라서 아마 자네 성정에 가장 어울리는 무공을 줬을 거야. 그놈 서재를 구경했는데 비급이 가득하더군."

"음."

나는 손가락으로 이화접목신공을 두드렸다.

"나는 보지 않았어."

"왜요?"

"뛰어다니느라 바빴다. 내 성정과는 맞지 않는 무공이라고 해서 안 본 것도 있고."

모용백이 놀란 표정으로 대답했다.

"그래도 비급인데 굳이 문주님이 보지 않을 이유가 있습니까? 문주님이 더 강해지셔야 하오문에 도움이 될 텐데요."

"그런가? 그럼 살펴보자."

나는 모용백을 앞에 두고 이화접목신공을 펼쳤다가 눈을 크게 떴다.

"어?"

"왜 그러십니까."

"그림이 있네."

그림을 확인한 모용백도 나를 바라봤다.

"그렇네요?"

나는 헛웃음이 나왔다.

"참나."

매번 그림이 있진 않았으나, 중간중간에 삽화가 들어가 있었다. 그러니까 백의서생이 서책들을 애지중지할 수밖에 없는 이유는 글만 있었던 죽간의 원본을 서책으로 옮기면서 자신의 해석이 들어간 삽화를 끼워 넣었기 때문이라는 뜻이다. 이런 서책을 다시 만들 수 없을 거라는 내 경고를 백의서생이 받아들인 이유가 하나 더 있었던 셈이다. 왜냐하면, 같은 그림을 그리는 것도 어렵기 때문이다.

'진짜로 본질 자체가 서생 같은 놈이었네.'

나는 이화접목신공을 한 차례 훑은 다음에 모용백에게 건넸다. 내가 팔짱을 낀 채로 내용을 복기하는 사이에 모용백도 한 차례 완독했다. 우리 둘은 눈빛을 교환했다가 모용백이 먼저 입을 열었다.

"무공이 너무 어려운데요? 왜 줬는지는 알 것 같습니다."

"그러게. 기본적으로 점혈 수법은 다 알고 있어야 하네. 부채나 판관필을 호신용으로 준비하도록 해. 되도록 철선鐵扇이 낫겠어."

"예."

"그나저나 상승 무공이긴 하지만 내 입장에서는 이해가 어려운 부분도 있군."

"어떤 점이 어려우십니까?"

"그냥 쥐패면 되는데 너무 세세하게 반격하는 수법을 거론하니까 머리에 잘 안 들어온다고. 그러니까 이것은 점혈에 이어서 총체적인 반격 기술, 반격 속임수, 상대방의 힘을 역이용하는 방법을 떠들고 있어. 내공과 지법, 장법, 금나수법까지 익힌 다음에 추가로 덧붙이는 무공이랄까."

"그게 문제입니까?"

"상대가 일부러 당해줬다가 역습을 가하면 죽는 거지. 꽤 위험한 영역의 무공이야. 첫째로 완벽하게 익혀야 하고 둘째로 상대방의 실력을 봐가면서 써야 해. 셋째는 역이용당하지 않게 늘 주의해야 하고."

모용백이 웃었다.

"다 이해하셨는데 어찌 어렵다고 하십니까."

"선생."

"예."

"이 정도 수법은 압도적인 힘의 격차 앞에서는 무용지물이다. 쏟아지는 파도를 어찌 꽃을 접붙이는 반격기 같은 것으로 돌린다는 말이냐. 중심이 되는 무공을 익히고 나서 덧붙이는 보조적인 절기에 지나지 않는다."

잠시 나를 물끄러미 바라보던 모용백이 서랍에서 자그마한 상자를 하나 꺼내더니 강침을 들여다봤다. 강침을 붙잡은 모용백이 내게 말했다.

"전체적인 요체가 상대방의 힘이나 내공을 교묘하게 되돌리는 반격기입니다."

"그런데?"

"저는 아직 내공이 깊지 않으니 제가 사용하면 생존기가 되겠습니다. 특히 이런 강침을 하나 가지고 있으면 상대방이 역이용하는 것까지 계산해서 타격할 수 있습니다. 강침에 마비산을 발라놓으면 거기서 승부가 끝나는 셈이죠."

"그렇군."

나는 모용백을 향해서 오른손을 내밀었다.

"여기서 내가 장력을 쏟아내면 이것을 어찌 막아?"

모용백이 천천히 손을 뻗더니 내 손목을 밀어서 방향을 바꿨다. 나는 내 손목의 방향을 바꾸는 모용백의 팔목을 왼손으로 천천히 붙잡았다.

"그것을 예상하고 내가 동시에 팔목을 잡아서 으스러뜨리면? 싸움은 심리전과 수법을 읽는 것의 연속이야."

모용백이 웃었다.

"문주님이나 가능하지. 강호인들 대다수가 문주님처럼 싸우겠습니까? 저도 사람 봐가면서 써야겠죠."

우리 둘은 각자 고개를 갸웃했다가 동시에 서책을 바라봤다. 모용백도 무언가를 느꼈는지 먼저 손을 내밀었다.

"먼저 살펴보십시오."

나는 그제야 이화접목신공의 후반부로 넘어가서 그림과 문구를 다시 살폈다. 아까는 그냥 지나쳤던 문장 하나가 유난히 눈에 들어와서 모용백에게 읽어줬다.

"궁극에는 상대방의 수법을 고스란히 복사複寫해서 되돌려 주는 것을 목표로 삼는다. 수법을 복사한다는 것은 똑같이 따라 하는 것이라서 천하에 있는 무공을 되도록 전부 살펴보는 것이 옳다. 그런 후에 이화접목은 더욱 빛을 발한다."

나는 턱을 괸 다음에 말을 이어나갔다.

"무공을 공부하게 되는 무공 비급이었구나. 결국에 내 성미와는 맞지 않아. 연구할 텐가?"

모용백이 고개를 끄덕였다.

"예. 저는 흥미가 생깁니다."

"좋았어. 백의서생의 말대로 확실히 선생과 내가 성정이 달랐음을 무공을 통해 확인하는군. 주화입마가 될만한 구간은?"

"연구하면서 경계도 하겠습니다."

"답답한 게 있으면 혼자 끙끙대지 말고 논의해."

"예, 문주님."

내가 일어나자 모용백이 물었다.

"벌써 가십니까?"

"오랜만에 왔는데 둘러봐야지. 공사하는 것도 좀 보고."

내가 집무실을 나가려고 하자, 뒤에서 모용백이 평소와 어조를 달리해서 내게 말했다.

"문주님."

"왜?"

"그만 좀 돌아다니시고 잠 좀 주무세요."

"아…"

나는 모용백을 바라보면서 고개를 끄덕였다.

"알았네. 깜박했었군."

* * *

…

일양현으로 향하면서 나는 눈이 뻑뻑해진 이유를 알았다. 잠을 자야 할 시간이 한참 지났던 모양이다. 자하객잔의 공사 진행 상태가 궁금하기도 하고, 춘양반점의 돼지통뼈도 생각났다. 먼저 춘양반점부터 들르려고 하는데 길가에 못 보던 젊은 거지가 담벼락에 기댄 채로 나를 바라보더니 고개를 살짝 숙였다. 나는 어쩔 수 없이 고개를 끄덕여 준 다음에 말했다.

"수고가 많소."

거지가 내게 놋쇠 그릇을 내밀더니 젓가락으로 두들겼다. 나는 거지의 요청을 무시한 다음에 발걸음을 빨리했다. 개방이 왜 이곳에 등장한 것일까. 순간 궁금하다는 생각이 들어서 춘양반점을 향해 질주했다. 나는 잠시 후 춘양반점 앞에 멈춰 서서 주변을 둘러봤다. 역시 못 보던 거지들이 땅바닥에 주저앉아서 공기拱碁놀이 하는 것이 보였다. 그런데 공깃돌은 아이들이 가지고 노는 것이 아니고 전부 철제로 된 것처럼 보였다.

'웬 거지새끼들이 일양현에.'

나는 춘양반점으로 들어갔다가 놀랄 수밖에 없었다. 걸레질하던 홍신 사매가 화들짝 놀라더니 나를 주시했다.

"대사형."

"어, 홍 사매."

이번에는 주방에서 나온 득수 형이 나를 보자마자 화들짝 놀라는 표정을 지었다.

"어, 왔어?"

서로를 보면서 계속 놀라는 상황이어서 어리둥절한 상태. 나는 늘

앉는 자리에 궁둥이를 붙인 다음에 말했다.

"웬 거지들이 이렇게 많아? 홍 사매는 왜 여기에 있고. 일단 밥 줘."

"알았어. 금방 줄게. 기다려."

장득수가 주방으로 피신하더니 홍신이 마른 웃음을 지으면서 탁자를 계속 닦았다.

"대사형, 잘 지내셨죠?"

"응."

홍신이 주전자, 물잔, 젓가락을 챙겨서 내 앞에 내려놓았다. 문제는 행동이 매우 능숙하다는 점이었다.

"홍 사매, 여기에 취직했어?"

"예. 자하객잔으로 옮기면 일손이 많이 필요하다고 해서요."

"거지들은 언제부터 있었나?"

"어제 아침부터 갑자기 늘어났습니다."

"아, 그전에도 있었다는 말이냐?"

"예."

"저들이 개방인 것은 알고 있고?"

"다들 무공을 익힌 것처럼 보여서 예상했습니다."

나는 고개를 끄덕였다.

"일양현에 거지가 늘었으니 경사로군. 홍 사매, 너 내 앞에 서봐라."

나는 홍신을 맞은편에 세운 다음에 표정을 살폈다. 홍신의 눈이 나를 주시하지 못하고 빛줄기가 튕겨 나가는 것처럼 춘양반점 이곳저곳을 살폈다. 안쪽에서 돼지통뼈를 그릇에 담은 득수 형이 나오다가 또다시 움찔하더니 나를 바라봤다.

"아, 이거부터 먹고 있어. 국수 말아서 금방 줄 테니까."

나는 손을 비비면서 말했다.

"이야, 돼지통뼈가 바로 준비됐네. 마치 미리 준비하고 있었던 것처럼. 내가 올 것을 알았나? 그럴 리가 없는데. 하여간 운이 좋군. 사매도 같이 먹자. 득수 형, 홍 사매도 줘야지."

돼지통뼈를 내려놓은 득수 형이 주방으로 다시 도망치면서 대답했다.

"아, 알았어."

나는 맞은편 의자를 가리킨 다음에 홍신에게 말했다.

"앉아라."

"예."

장득수가 홍신에게 줄 돼지통뼈를 들고 나오는 것을 바라보다가 손짓했다.

"형도 여기 앉아."

내가 오른편의 자리를 가리키자, 장득수가 멋쩍게 웃으면서 대답했다.

"아, 그럴까?"

나는 탁자에 올려진 돼지통뼈의 냄새를 맡은 다음에 두 사람의 표정을 살폈다. 무언가 장난을 더 치고 싶었는데 나도 웃음이 나와서 그럴 수가 없었다. 일단 바깥에서 진을 친 채로 대기하는 개방의 거지들을 잊은 다음에 두 사람에게 말했다.

"득수 형, 홍신. 두 사람."

"응."

"예, 대사형."

나는 웃음을 참을 수가 없어서 결국 결론부터 말했다.

"…보기 좋군."

순간 홍신의 얼굴이 새빨갛게 변하고, 득수 형은 뒤통수를 긁었다. 내가 인생을 회귀한 것에 대한 커다란 보람을 춘양반점에서 느낄 줄은 몰랐다. 왜냐하면, 득수 형은 여인 한 번 못 만난 채로 노총각의 삶을 살았었기 때문이다. 와… 이래서 인생이 오묘하다는 것일까? 나는 혼자서 웃다가 두 사람에게 물었다.

"뭐라도 좀 말을 해. 아니면 내 예상을 말해볼까?"

홍신과 장득수가 서로를 바라봤다가 내게 말했다.

"예."

"어떻게 예상하는데?"

"홍 사매도 식탐이 좀 있어서 자주 돼지통뼈를 먹으러 오다가."

내가 예상하는 바를 말하자, 장득수가 고개를 젖히더니 큰 소리로 웃음을 터트렸다.

"하하하하하…"

나는 홍신에게 물었다.

"아니야?"

홍신이 웃는 얼굴로 쑥스럽게 대답했다.

"맞아요."

우리 셋은 동시에 웃음을 터트렸다. 세상에 이런 일이 벌어지다니… 돼지통뼈가 사람 한 명을 구원했다.

224.
협객이
많진 않아

요리 잘하는 남자 장득수와 도둑질 잘하는 홍 사매. 이상한 조합이
다. 이상한 조합이긴 했으나 나는 대체로 사람이 한 가지는 잘해야
한다고 생각하는 편이라서 긍정적으로 생각했다. 어쨌든 두 사람은
굶어 죽는 일은 없을 터였다.

"대단한 조합이로군."

득수 형은 헛기침하고, 홍신은 눈알을 이리저리 굴렸다. 나는 돼
지통뼈를 먹기 전에 경건한 마음으로 축사를 시작했다.

"두 사람, 잘 들어."

"응."

"말씀하세요. 대사형."

나는 홍신을 보면서 장득수를 가리켰다.

"우리 형이다."

홍신이 화들짝 놀라면서 자세를 바로 했다.

"예."

나는 홍신이 너무 놀라는 거 같아서 말을 정정했다.

"동네 형이라고."

"아, 예."

"동네 형이지만 우리 형이다."

"그렇죠."

"내가 배고플 때 외상으로 밥을 많이 줬다. 세상에 이렇게 착한 남자는 드물어."

"그렇습니다."

"요리를 연구하느라 무공 수련은 하지 않았으니, 화가 나는 일이 있어도 득수 형을 때려선 안 된다. 무공을 익혔으면 사매보다 강했을 거야. 왜? 요리를 잘한다는 것은 재료의 본질을 파악하는 감각, 다양한 재료를 적절하게 조합할 수 있는 오성. 과하지도 덜하지도 않은 양념만 봐도 절제력이 있는 사내다. 무공을 익히는 것과 요리를 잘하는 것은 영역이 다를 뿐이지. 득수 형도 내 눈에는 고수야. 훌륭한 사내다."

탁자를 물끄러미 바라보고 있는 홍신이 어리둥절한 표정으로 대답했다.

"예. 대사형, 무슨 말씀인지는 알겠지만. 아직 만난 지가…"

"닥쳐라."

"예."

나는 득수 형을 바라봤다.

"형."

"응."

나는 득수 형에게 홍신을 정식으로 소개했다.

"우리 십이신장의 홍일점, 십이신장에서 유일한 미인, 십이신장 중에서 경공이 가장 뛰어난 홍 사매. 미모와 지모, 도둑질까지 겸비한 처자는 만나기 힘들어. 내가 봤을 때 형은 일양현에서 노총각으로 늙어 죽을 것 같았는데 이것은 기적이다."

"그렇지."

"사매에게 처맞기 싫으면 늘 공경하고. 맛있는 거 많이 해주고. 행여나 홍신보다 더 예쁜 손님이 와도 눈길을 주지 말 것이며 검은 머리 파뿌리…"

장득수가 내게 말했다.

"적당히 해라."

"그럴까?"

나는 그제야 웃었다. 여태 긴장한 채로 내 이야기를 듣고 있었던 홍신도 그제야 긴장을 풀었다. 내가 놀리고 있다는 것을 이제 알아차린 모양이었다.

"어쨌든 보기 좋군. 밥 먹자."

"예."

장득수가 고개를 절레절레 저으면서 일어나더니 주방으로 향했다.

"국수 줄 테니 기다려."

나는 돼지통뼈를 뜯으면서 홍신에게 말했다.

"와, 먹으면서 졸음이 쏟아진다는 게 이런 뜻이야."

홍신은 고개를 끄덕거리면서 돼지통뼈를 먹었다. 나는 무아지경에 빠진 채로 돼지통뼈를 뜯고 있는 홍신에게 말했다.

"사매, 혹시 돼지통뼈 만드는 법 훔치러 왔나?"

홍신이 돼지통뼈를 뜯으면서 대답했다.

"그게 좀 어렵더라고요. 가르쳐 주셨는데 잘 못하겠어요. 하루 이틀에 배울 수 있는 게 아니에요."

나는 고개를 끄덕였다.

"일양현에 너보다 고수는 없을 테니 돌아다니면서 이상한 놈들 보이면 마음대로 패라. 아니면 내 귀에 들어올 수 있게 해. 내가 정리할 테니까."

"알겠습니다."

"기왕 이렇게 된 거 네가 하오문의 일양현 지부장이 되는 게 낫겠다."

"사형들에게 연락할 일이 있으면 제가 챙기겠습니다."

잠시 후 득수 형도 합류해서 함께 국수를 먹는 와중에 바깥에서 거지들의 환호성이 들렸다. 한숨이 절로 나왔다.

"웬 거지새끼들이…"

나는 국물을 마신 다음에 일어나서 바깥을 바라봤다. 순간 무언가가 엄청난 속도로 지나갔다. 저희끼리 경공 대결을 펼치고 있었는지 개방의 고수들이 도착할 때마다 환호성이 쏟아졌다.

"…"

결국에 홍신과 득수 형도 일어나서 바깥을 주시했다. 홍신이 말했다.

"세상에 이렇게 많은 거지는 처음 봐요."

…

득수 형이 감탄했다는 어조로 대답했다.

"아무래도 널 찾아온 거 같은데. 일양현에 거지들이 이렇게 몰려올 이유가 없잖아."

"그렇겠지. 득수 형, 오늘 장사 접어."

"그래."

나는 득수 형과 홍신에게 말했다.

"매화루 사람들하고 연자성에게 말해서 그쪽도 일 마치라고 해. 개방에게 저녁 대접해야 하니까. 자하객잔 앞에 탁자를 연결한 다음에 간단히 만들 수 있는 반찬과 밥을 지어서 배급 형식으로 준비해. 밥그릇 못 챙긴 거지들도 있을 테니 매화루에서 그릇 내놓으라고 하고. 개방과 하오문이 만났는데 하오문이 저녁 한 끼는 대접해야지."

나는 장득수를 바라봤다.

"점문店門의 수장인데 이 정도는 할 수 있잖아? 비용 발생한 거는 매화루에서 처리하도록 할게."

"알았다."

"홍 사매는 거지들 인원 파악해서 득수 형 좀 도와줘라."

"예, 대사형."

나는 장득수와 홍신을 바깥으로 내보낸 다음에 춘양반점 앞에서 거지들을 구경했다. 이 정도 인원이면 개방에서도 중요한 인물이 오는 모양이었다. 아무래도 노신이 오는 것으로 추측할 수밖에 없었다. 왜 오는지는 나도 모르겠다. 거지들이 왔으니 밥을 한 끼 대접할 뿐이다.

저 거지들도 딱히 나를 신경 쓰지 않고 있었다. 가끔 추가로 도착하는 거지 형제들이 있을 때마다 박수를 치거나 환호를 보내는 게 전부였다. 지켜보는 와중에 제법 떨어진 곳에서 거지들의 환호성이 들리더니 이내 웬 노인장을 등에 업은 노신이 등장해서 주변을 둘러봤다.

"아…"

나는 거지들과 함께 노신에게 박수를 보냈다. 노신이 업고 다닐 사람은 개방의 방주밖에 없어서 나도 어리둥절한 상태. 등에 업힌 노인이 과연 삼재의 일원인가 하는 의구심이 들었다. 백의서생의 말은 대체로 믿을 수가 없어서 내게 확신 같은 것은 애초에 없었다. 노신의 등에서 아무런 존재감도 없는 노인장이 내려서더니 주변에 있는 거지들을 보면서 웃었다. 그냥 늙은 거지와 젊은 거지들이 담소를 나누는 모습밖에 없었다. 잠시 후 나를 발견한 노신이 나를 향해 손을 내밀자, 개방의 방주로 추정되는 노인장이 노신과 함께 내 쪽으로 걸어왔다. 노인장이 나와 눈을 마주치자마자 말했다.

"문주, 밥 한 끼 얻어먹으러 왔어."

나는 고개를 끄덕이면서 대답했다.

"준비하고 있습니다."

노신도 나를 향해 손을 흔들었다.

"오랜만이야."

"노신 형, 어서 오라고."

비록 우리는 협곡에서 한 번 만난 사이지만, 내가 그를 불렀던 마지막 호칭은 그냥 형이었다. 노신이 노인장에게 말했다.

"들어가시지요. 저는 바깥에서 대기하겠습니다."

…

"괜찮다. 함께 들어가자."

"예."

나는 노신과 노인장을 아무도 없는 춘양반점으로 들여보낸 다음에 새삼스럽게 허름한 간판을 바라봤다. 어렸을 때부터 밥을 먹던 춘양반점에 개방의 방주가 등장할 줄은 나도 몰랐다. 문득 궁금한 마음에 대기하는 거지들을 둘러보자, 이놈들은 또다시 이곳저곳에 둘러앉아서 잡담을 나누거나 공기놀이를 하고 있었다. 나는 반점으로 들어가서 두 사람에게 물었다.

"식사는 하셨습니까?"

노인장이 대답했다.

"물이나 좀 주게. 이놈이 꽤 오래 달렸어. 지쳤을 게야."

나는 빈 그릇을 치운 다음에 주방에 가서 주전자를 가지고 나왔다. 노인장과 노신에게 물을 따라주면서 말했다.

"먼 길 오셨습니다. 어찌 이곳까지 오셨습니까."

노인장이 대답했다.

"제자 놈에게 들었는데 자네가 얼마 전에 마교와 싸웠다고 하더군. 궁금해서 와봤네."

"예."

나도 물을 한잔 마신 다음에 노인장과 노신을 바라봤다. 노인장이 말했다.

"임 맹주의 서찰을 받아서 그전부터 이름은 알고 있었네."

"그러셨군요. 제가 하오문주 이자하입니다."

노인장이 빙그레 웃으면서 대답했다.

"반갑네. 내가 개방 방주라네. 일양현 근처에 현급縣級 단두團頭를 한 명 배치하려는데 괜찮겠나?"

"물론입니다. 어떻게 도와드릴까요."

"구걸만 하는 것이 나는 불편하더군. 단두들은 장례 치르는 법과 염하는 일도 배웠네. 가끔 죽은 자를 배웅하게 되면 그때 좀 챙겨주게나. 그렇게만 해줘도 굶어 죽는 일은 없을 거야."

"알겠습니다."

개방 방주가 노신에게 말했다.

"문주와 협의했으니 그렇게 알거라."

"예, 방주님."

노신이 "사부님"이라고 했으면 삼재일 확률이 높은데 방주라고 칭해서 또 애매했다. 더군다나 이런 대화를 나누는 동안에도 개방 방주는 아무런 존재감이 없었다. 한편으로는 내 눈에 아무런 존재감이 없으면, 실력이 대체 얼마나 높은 것인가 하는 생각이 들기도 했다. 그러니까 나는 지금 개방 방주의 실력도 가늠하지 못하는 실력을 갖춘 셈이다. 딱히 이상한 일은 아니다. 방주가 만약 삼재라면, 이 사람의 실력을 가늠할 수 있는 고수는 강호에서 채 열 명이 넘지 않을 테니까.

나는 여태까지 살면서 마교 교주의 정반대되는 사람이 나라고 생각했다. 하지만 개방 방주도 정확하게 마교 교주의 정반대 지점에 위치하고 있었다. 권위가 없고, 무게감도 없고, 강압적인 분위기와 패기 같은 것도 느껴지지 않았다. 그냥 늙은 거지 그 자체였다. 나를 빤히 바라보던 개방 방주가 손을 내밀었다.

...

"문주, 잠을 좀 못 자는가?"

"예."

"보자."

나는 모용백이 아닌 사람에게 손목을 맡겼다. 개방 방주는 진맥하는 대신에 손을 만지작거리면서 이리저리 살폈다.

"무공을 익힌 지는 얼마 되지 않았구나. 병장기를 오래 수련한 것도 아니고."

"예."

노신이 옆에서 거들었다.

"제 말이 맞았죠? 근래 이렇게 짧은 시간 내에 강해진 고수는 처음 봅니다."

방주도 고개를 끄덕였다.

"신기하구나. 사문은?"

"없습니다."

개방 방주가 어리둥절한 표정으로 눈을 껌벅이더니 나를 주시했다.

"없어?"

나는 고개를 끄덕였다.

"추궁하는 백의서생에게 밝히지 않고 있는 터라, 사정을 말씀드릴 수 없습니다."

"아, 백의서생. 근래 만났나?"

"예."

"그렇다면 나에 대해서도 들었나?"

"제 정보를 주고 궁금한 것을 묻다가 이야기 들었습니다."

개방 방주가 웃으면서 말했다.

"어떤가? 내가 삼재의 일원이라고 했을 텐데. 직접 보니 믿을 수 있는 정보 같은가?"

나는 솔직하게 대답했다.

"서생 놈이 거짓말하는 성격은 아닌 것 같습니다. 다만 제가 방주 님을 직접 보고 있는데도 어떻게 다른 삼재와 싸워서 살아남은 것인 지는 알 수가 없군요."

"어떤 점이?"

"교주를 직접 본 적이 있는데 무척 강해 보였습니다."

"교주는 강하지."

노신이 나를 보면서 말했다.

"우리 사부님도 강해. 세상이 모를 뿐이지."

노신이 옆에 있는 노인장이 삼재라는 것을 확인시켜 줬다. 눈앞에 삼재가 있다. 나는 웃음이 절로 나왔다. 내 인생은 이제 어떻게 흘러 가는 것일까. 삼재 셋이 전부 나를 죽이려는 사람이었으면 나도 이 자리에서 당장 소멸했겠지만 내가 그렇게까지 운이 없는 사람은 아 닌 모양이다.

"백의서생의 말대로 선배님이 삼재의 마지막 일원이셨군요."

개방 방주가 고개를 끄덕였다.

"삼재는 내가 붙인 별호가 아니야. 싸움을 구경하던 자들의 입에 서 퍼진 별호지."

삼재가 등장한 김에 나는 궁금한 것부터 물었다.

"천악은 어떤 인물입니까?"

개방 방주가 지체 없이 대답했다.

"서생 측의 고수로 알고 있네만. 백의서생과 친한 것 같지는 않고. 시황제에게 줄 영약을 구해야 하는 책임을 맡았던 약선藥仙의 일문으로 파악하고 있네."

"그러니까 불로장생의 약을 구해오라고 했던 명령을 받은 자들을 말합니까?"

"그렇지. 명령도 받고, 여행단을 꾸릴 돈도 받고, 영약도 잔뜩 모았지만 매번 시황제를 조롱했지. 더 먼 곳으로 떠나야 합니다. 이번에는 서장에 다녀올까 합니다. 이번에는 바다를 건널까 합니다. 성과는 하나도 없었는데 황실의 재산을 계속 축내면서 조롱했지. 그런데도 시황제는 불로장생의 약이 있을 것이라 믿었으니 언변이든 무공이든 무엇이든 실력은 있는 자들이었네."

"음."

"천악이 그쪽 인물이라고 파악하는 이유는요?"

"우리 셋 중에 가장 젊었어. 만들어진 신체일세. 무공은 천하에 있는 것을 대부분 습득했고. 내가 모르는 무공도 많이 익히고 있었지. 개방이 조사한 것과 노신이 직접 알아낸 것과 백의서생의 말을 종합했을 때… 그렇게 추측하게 되었네. 뭉뚱그려서 서생들의 연합이라고 할 수 있는 자들이 만들어 낸 천하제일고수였겠으나 교주와 내게 막힌 셈이지. 그들도 충격이 컸을 게야."

"교주와 친하십니까?"

개방 방주가 웃었다.

"그럴 리가. 생각해 보게. 천악은 우리보다 젊었어. 승부를 내지 못했지. 서생 연합이 천악을 더 강하게 만들 것인데. 내 수련과 교주의 수련이 천악을 따라잡지 못하면 다음 삼재의 회동 때는 천하제일이 천악 쪽으로 넘어갈 것이네. 서생들은 마음이 어긋난 자들이 많아서 그때는 어떻게 될 것인지 나도 예상할 수 없네."

나는 조용히 경청하다가 고개만 끄덕였다. 잠시 침묵이 이어지다가 개방 방주가 말했다.

"교주가 정상적인 방법으로 강해질 생각은 버렸을 것이네."

나는 어조를 낮춘 다음에 대답했다.

"지금까지 제게 말씀하신 내용은 천하에서 누가 알고 있습니까."

개방 방주가 말했다.

"열 명 정도지만 가장 정확하게 파악하고 있는 사내는 임소백 맹주일세. 어쨌든 내 이야기를 들었으니까."

"이런 이야기를 제게 전달해 주시는 이유가 따로 있습니까?"

개방 방주가 나를 물끄러미 바라봤다.

"딱히 있겠나? 젊은 협객들과 이야기를 나누는 것은 언제나 즐거운 일이지. 세상에 협객이 많진 않아."

나는 개방 방주의 이야기를 듣다가 얼굴이 화끈거렸다.

225.
어쩔 수 없어서
일단 웃었다

'내가 협객이라니 지나가는 개가 웃겠소. 나는 협객이 아닙니다.'

나는 개방 방주를 보면서 하고 싶은 말을 삼켰다. 삼재에 속한 사내에게 내 개인적인 감정을 말하는 것도 못났다는 생각이 들었기 때문이다. 노신이 말했다.

"사부님, 문주의 어떤 점이 그렇습니까?"

"어떤 사내가 교주보다 약하고, 세력도 약한데도 그의 수하들을 저렇게 많이 죽일 수 있겠느냐? 뜻밖의 소식이었다. 협객이 아니면 미친놈이라 생각했지."

"그렇군요."

나는 개방 방주의 이야기를 듣고 나서야 입이 열렸다.

"협객이 아닙니다."

나는 개방 방주의 반격을 기대한 채로 기다렸으나, 개방 방주는 고개를 끄덕였다.

"그럼 아닌 것으로 하자."

순간 개방 방주와 노신이 서로를 보더니 큰 소리로 웃었다.

"하하하하."

노신이 자신의 무릎을 때리면서 웃었다.

"하하하. 문주도 온전한 정신은 아니에요."

이때 춘양반점의 문이 열리더니 개방의 장로처럼 보이는 사내가 무뚝뚝한 어조로 말했다.

"방주님, 하오문이 밥을 준비하는데요?"

방주가 손을 내저었다.

"알았다. 맛있게 얻어먹어라."

"예."

나는 노신과 개방 방주가 죽이 잘 맞는다고 생각했다. 거지는 거지였으나 강호에 속한 거지라서 호탕한 면이 있었다.

"방주님."

"응?"

"어떻게 그렇게 강해지셨습니까?"

개방 방주가 웃었다.

"자네는 솔직해서 바로 물어보는군."

"그런 편이지요."

"공짜로 말해줄 수는 없네."

개방 방주가 콧구멍을 벌렁대면서 말했다.

"고기 냄새가 나는구나. 가져와 봐. 이거 냄새만 맡아도 보통 고수가 만든 게 아닌 것 같군. 어떻게 생각하느냐?"

···

노신도 코를 쿵쿵대면서 말했다.

"양념이 과하지도 않고 적절합니다."

나는 주방으로 가서 돼지통뼈가 남아있는지 확인했다. 다행히 예닐곱 개가 남아있어서 그릇에 돼지통뼈를 쏟아냈다. 거지의 후각을 속이는 것은 무척 어려운 일이라는 생각을 하면서 돼지통뼈를 두 사람 앞에 내려놓고 다시 주방으로 가서 술도 챙겨서 나왔다. 개방 방주가 놀란 눈으로 돼지통뼈를 바라보고 있었다.

"이게 뭐야?"

"돼지통뼈입니다."

"돼지통뼈인 것은 아는데 이름이 없나?"

"돼지통뼈면 됐지요. 이름이 필요하겠습니까. 굳이 말하자면 일양현의 돼지통뼈라고 하면 되겠습니다."

노신이 고개를 끄덕였다.

"맞네. 드시죠. 사부님."

개방 방주와 노신이 돼지통뼈를 먹는 사이에 나는 술을 따라줬다. 사실 삼재에 속한 개방 방주가 어떻게 강해졌는가 하는 이야기는 직접 듣기 어려운 사연이다. 그런데 그 이야기가 돼지통뼈를 뜯는 방주의 입에서 흘러나왔다.

"…문주, 나보다 자네가 더 이상해. 나처럼 늙으면 자네도 더 강해질 테니 별 대단한 이야기는 아닐세."

노신이 고기 살점을 뜯으면서 말했다.

"사실 대단한 이야기잖아요. 아는 사람이 적어서 그렇지. 오랜만에 문주에게 들려주세요. 돼지통뼈가 보통 맛이 아닙니다. 사부님."

나는 팔짱을 낀 채로 두 사람을 바라봤다. 어쩐지 돼지통뼈가 아니었으면 나는 저 이야기를 듣지 못했던 게 아닐까 하는 의구심을 지울 수가 없었다. 돼지통뼈가 장득수도 살리고, 무림비사를 듣게 만들 줄이야. 강호에 영약보다 급이 높은 먹을거리가 있다면 그것이 바로 돼지통뼈였다. 개방 방주가 쪽쪽 빨아먹은 통뼈를 내려놓더니 다음 돼지통뼈를 붙잡으면서 말했다.

"옛날에 주화입마에 빠진 적이 있었지. 그때, 내가 누구한테 당했냐면."

노신이 대답했다.

"신마神魔의 옥쇄장獄碎掌에 당하셨죠."

"옥쇄장… 온몸이 아프고 추웠다. 그런 추위는 처음이었지. 죽음의 고비에서 용 장로가 운기조식을 돕고."

개방 방주가 돼지가 사라진 통뼈를 그릇에 내려놓으면서 말을 이어나갔다.

"육 장로, 홍 장로를 비롯한 팔 장로가 전부 내게 달라붙었지. 결국에 나 때문에 전부 운기조식을 돕다가 장로들의 제자들이 달라붙고. 사형제들이 붙고. 소식을 듣고 찾아온 개방의 고수들이 등에 손을 댔지. 나 때문에 다 죽을 뻔했었네. 최고 장로들은 내 등에 손을 대고, 다른 사람들은 장로들의 등에 손을 댔지."

노신은 본 적이 없었던 사건인지 고개를 끄덕이면서 이렇게 말했다.

"정말 대단했다고 들었습니다."

"나는 경황이 없어서 몰랐으나 총 서른여덟 명의 고수들이 달라붙

…   광마회귀4

었다고 한다."

"맞습니다."

"옥쇄장은 경험해 보지 못한 끔찍한 장력이어서 온몸이 굳어가는 중이었지. 숨이 끊어질 것 같은 기분을 느꼈을 때 한 줄기 온기를 느낄 수 있었다. 구석구석 굳어가는 혈맥을 개방 고수들이 강제로 뚫어내는 중이었지. 얼마나 버텼는지 모르겠다. 정신을 차릴 때마다 숨을 쉬라는 말만 들렸지. 어느 순간 강제로 벌모세수伐毛洗髓 현상이 벌어지고 환골탈태까지 진행되었어."

개방의 방주가 나를 바라봤다.

"그 뒤로 서른여덟 명의 개방 고수들은 내상을 입었지. 나 때문에. 회복할 여력을 남기지 않았기 때문이겠지. 그때의 내 위치가 고작 현급의 단두였네."

일양현의 규모와 비슷한 지역의 단두였다는 뜻이다. 이야기를 듣고 있었던 노신이 거들었다.

"그다음 이야기도 해주셔야 합니다."

개방 방주가 고개를 끄덕였다.

"장로들과 사형제들 덕분에 기이한 경험을 하게 된 나는 무공이 빠르게 성장했지. 결국에는 나를 도와줬던 자들의 내상을 내가 직접 치료해 줄 수 있는 수준까지 오르게 되었다. 나는 이들의 내상을 치료할 때마다 큰 기쁨을 느끼곤 했다. 그런데 이들의 회복을 돕고자 했더니, 나도 내공 운용에 대해 깨닫는 바가 적지 않았다. 사실 그 이후에는 스스로 내공 분야에서는 강호에서 적수가 없을 것이라고 홀로 생각했었지. 물론 교주와 천악을 만나고 나서는 그 생각이 깨졌네."

방주의 이야기도 놀랍지만, 방주의 자부심이 다른 삼재에게 깨졌다는 사실도 놀라웠다. 개방 방주가 말했다.

"남들보다 기이할 정도로 빠르게 성장할 때는 다들 사연이 있기 마련이야."

나는 궁금한 대로 입을 열었다.

"당시 현급의 단두셨는데 어찌 신마라는 별호를 가진 자와 겨루게 되었습니까?"

"신마를 아는가? 옛 고수라 알 리가 없을 텐데."

"모릅니다만, 별호가 꽤 오만방자해서…"

개방 방주가 웃었다.

"우리가 또 상대 별호나 세력에 위축되는 사내는 아니지 않은가."

"맞습니다."

"신마는 당시에도 나보다 훨씬 강한 사내였네. 자네라면 어찌했겠나?"

"일단 눈치 좀 보다가 도망쳐야죠."

"엄청난 경공의 소유자라면?"

나는 내가 하고 싶은 대로 대답했다.

"강으로 도망친 다음에 뛰어들었을 겁니다."

"물질도 잘하고 물속에서도 강하다면?"

"황야로 띕니다."

"그다음은?"

"서로 굶어 죽을 때까지 뛰는 거죠."

"하하하하."

개방 방주와 노신이 이번에도 동시에 웃었다. 노신이 내게 물었다.

"문주가 백의서생보다 느린데, 그자가 쫓아오면 어찌하려고?"

"버틸 수 있는 데까지 버텼다가 도망쳐야지."

나는 두 사람에게 말했다.

"세상 끝까지 도망쳤다가 다시 돌아온 다음에 똥간에서라도 기습하겠다는 마음가짐이 제게 있습니다."

개방 방주가 고개를 끄덕였다.

"그것이 자네로군. 당시 내 몸에는 서른여덟 명의 진기가 돌아다녔네. 이후에는 아마 내 내공과 합쳐졌겠지. 사실 두 번 가능했던 일 같지도 않아. 다시 하라고 하면 불가능할 거야. 그 당시 장로들이 어떻게든 나를 살리기 위해서 순간적인 기지와 불굴의 마음으로 기적적인 해법을 찾았던 것 같네. 비록 내가 원했던 일은 아니지만 나는 그 사건 때문에 내공이 다른 고수들에 비해 깊어졌어. 그 뒤로 오랜 세월 수련하고 몇 차례 다른 깨달음도 있었으나 결국 교주와 천악을 죽이진 못했네. 부끄러운 일이지."

나는 부끄럽다는 마지막 말에서 정신이 확 들었다. 아무리 기연이 있었다 하더라도 본래 성정이나 그릇 자체가 큰 인물이라는 느낌이 들었던 것. 천하에 어떤 사내가 삼재를 죽이지 못해 부끄럽다는 말을 할 수 있겠는가. 개방 방주는 그런 사내였다. 나는 개방 방주의 말을 조용히 경청했다. 방주의 말이 이어졌다.

"그렇다면 두 사람은 대체 어떤 사연으로 강해진 것일까. 서생들은 천악을 어떻게 만들어 냈을까. 교주는 또 왜 그렇게 강한 것일까.

나는 이 두 사람을 넘을 수 있을까. 두 사람은 나를 어떻게 생각할까. 하루도 빠짐없이 답을 구하고, 수련하고, 개방을 돌보다 보니 어느새 시간이 꽤 흘렀네."

나는 개방 방주의 주름살을 보면서 물었다.

"답은 찾으셨습니까?"

개방 방주가 고개를 저었다.

"찾지 못했네. 내가 걱정하는 부분이 그거야. 어쩐지 교주는 찾아냈겠다는 생각이 들어. 뛰어난 사내거든. 천악도 마찬가지. 아마 서생들과 함께 찾아내지 않았을까. 근래 좀 초조해졌네."

민감한 질문이 될 수 있었으나 나는 솔직하게 물어봤다.

"지난 싸움 이후로 무공의 발전 속도를 따졌을 때 천악이나 교주가 더 강해졌을 것 같다는 말씀입니까?"

"알 수 없지. 하지만 강호는 이상한 곳이야. 선악善惡을 구별하지 않아. 오로지 치열하게 고생하는 사람에게만 가끔 기연을 주네. 나보다 다른 삼재가 혹독하게 살았다면 그들이 더 강해졌을 거야. 나는 비교적 나를 내세우지 않은 채로 얌전히 살았으나 이게 옳은 삶인가 하는 회의감이 들고 있네."

"음."

"임 맹주와 녹림맹을 쳤다는 젊은 사내의 이름을 들었는데 나중에는 흑도와도 자주 싸웠다더군. 이후에는 제자를 통해 마교까지 죽였다는 이야기를 들었어. 근래 자네보다 고생한 사람은 강호에 드물테지. 자네가 악인이든 협객이든 간에 강해질 자격이 있었다는 뜻이야. 이것이 강호의 본질이 아닐까. 그래서 어떤 사내인지 보러 온 것

...

일세."

개방 방주가 웃었다. 이야기를 함께 들은 노신이 사부의 그릇을 보면서 말했다.

"더 드세요. 사부님."

"그래."

"제가 이 대 일 이야기를 해도 될까요?"

개방 방주가 돼지통뼈를 뜯으면서 고개를 끄덕였다. 노신이 나를 보면서 말했다.

"삼재는 싸움의 중반부부터 줄곧 이 대 일로 싸웠다고 하네."

나는 미간을 좁힌 채로 물었다.

"노신 형, 어떤 이 대 일?"

노신이 말했다.

"천악과 사부님이 힘을 합쳐서 교주를 죽이려고 했었지."

"뭐?"

"실패했네. 이후 천악과 교주가 힘을 합쳐서 사부님을 죽이려고 했지. 역시 실패했네. 나중에는 교주와 사부님이 합공으로 천악을 죽이려고 했으나 그마저도 실패했어. 암묵적으로 한 사람은 죽은 다음에 싸움이 끝나길 바랐는데 삼재는 전부 실패한 셈이지. 일대일 싸움이야 이미 그전에 다 무승부로 끝났었고. 삼재가 다 같이 중상을 입고 나서야 각자 흩어지게 된 것이네."

나는 현생과 전생을 통틀어서 이렇게 무서운 싸움 이야기를 들어 보지 못했다. 결국 삼재의 둘이 뭉쳐도 한 사내를 죽이지 못했다는 뜻이 아닌가. 그렇다는 것은 이미 세 사람이 완성된 무인이라는 뜻이다. 비슷한 수준의 무인이 둘이나 덤벼도 하나를 죽일 수 없을 만큼 말이다.

이 정도면 삼재가 아니라 무신武神이 세 명이라는 뜻이다. 혈야궁에서 봤었던 교주의 존재감이 다른 의미로 해석되는 순간이었다. 삼재의 일원이 그나마 개방 방주라는 것이 다행일 지경이었다. 한숨이 절로 나왔다. 왜냐하면, 여전히 개방 방주는 두 사람을 경계하고 걱정하고 있는 눈치였기 때문이다. 나는 그제야 눈이 번쩍 떠졌다.

"아, 방주님."

"응?"

"아닙니다."

개방 방주가 웃으면서 말했다.

"말하게. 줄곧 솔직하더니 이제 와서 말을 아낄 필요가 있겠나."

후배의 입장에서는 미안한 질문을 던졌다.

"…이번에 천악과 교주가 힘을 합치면 홀로 감당하실 자신이 없다는 뜻으로 제가 받아들이면 되겠습니까? 묻고 싶었던 게 이겁니다."

개방 방주는 나만큼이나 솔직한 사내여서 바로 고개를 끄덕였다.

"맞아. 대체 누가 삼재 둘의 공격을 감당하겠나? 나더러 다시 하라고 해도 부담이 되는 것은 사실이야. 그래서 수련에 매진했던 것도 있고. 교주나 천악도 내가 한쪽과 손을 잡고 덤비지는 않을까 노심초사했을 것이네. 아무리 인간적인 면모가 없는 사내들이라지만… 죽음 앞에서는 다 똑같지 않겠나? 어쩌면 죽음보다 패배가 더 싫을 수도 있겠지만 말이야."

나는 그제야 삼재가 오랫동안 강호의 전면에 드러나지 않은 채로

…

자중했던 이유를 알게 되었다. 이 인간들은 홀로 다른 두 명의 삼재를 동시에 죽일 생각을 하느라 수련에 매진했던 셈이다. 개방 방주의 말대로. 선악을 구별하지 않는다면… 이보다 더 미친 인간들은 강호에서 찾아보기 힘들 터였다.

나도 어리둥절하긴 마찬가지다. 마음속 깊은 곳에서 언젠가는 교주를 때려죽여야겠다는 포부를 꼭꼭 숨겨두고 있었는데, 생각해 보니 최악의 경우가 닥치면… 교주와 천악의 합공을 견뎌내야 하는 순간이 올 수도 있다는 뜻이다. 나는 입을 반쯤 벌리고 있다가 한숨을 길게 내뱉었다. 노신이 방주에게 말했다.

"문주 표정을 보아하니 살짝 넋이 나갔는데요?"

개방 방주가 소리 내어 웃었다.

"젊은 문주에게 고민거리를 던져줬으니 오늘은 보람찬 하루구나."

개방 방주의 말을 듣자마자 노신이 자신의 허벅지를 때리면서 웃음을 터트렸다. 나는 또다시 거지처럼 해맑게 웃는 사부와 제자 한 쌍을 바라보면서 헛웃음을 지었다. 어쩔 수 없이 결국, 나도 일단은 이들과 함께 웃었다.

"하하하하하…"

"하하하하…"

"아하하하하하하!"

5권에서 계속됩니다.

광마회귀 4

초판 1쇄 발행 2024년 7월 23일
초판 2쇄 발행 2024년 8월 2일

지은이 | 유진성
발행인 | 강봉자, 김은경

펴낸곳 | (주)문학수첩
주소 | 경기도 파주시 회동길 503-1(문발동633-4) 출판문화단지
전화 | 031-955-9088(대표번호), 9530(편집부)
팩스 | 031-955-9066
등록 | 1991년 11월 27일 제16-482호

ISBN 979-11-93790-23-6 04810
(세트) 979-11-93790-24-3